新版 合本 三太郎の日記

阿部次郎

角川選書 1

目次

三太郎の日記　第二　159

付録　447

合本 三太郎の日記　序

三太郎の日記を永久に打切りにするために、従来公にした第一と第二との本文に、その後のものを集めた第三を加えて、ここにこの書を出版する。三太郎の日記は三十代における自分の前半期の伴侶として、いろいろの意味において思い出の多いものである。しかしこの書を通読する人が行間において看取するを得べきがごとく、自分は次第にこの類の告白、もしくは告白めきたる空想および思索をしているに堪えなくなってきた。自分はもはや永久にこの類の——編中において最も日記らしい体裁を具備する——文書を公にすることがないであろう。そうして後年再び告白の要求を痛切に感ずる時期が来ても——自分は早晩かくのごとき時期が来ることを予想する——かくのごとき形式においてそれをすることは決してないであろう。ゆえに自分は、自分の生涯におけるかくのごとき時期を葬るために、また過去現在並びに——将来にわたって自分のこの類の文章を愛してくれ、もしくは愛してくれるであろうところの友人に親愛の意を表するために、Volksausgabe[1] の形においてここにこの書を残しておく。

三太郎の日記は三太郎の日記であってそのままに阿部次郎の日記ではない。まして山口生によって紹介されたる西川[2]の日記が阿部次郎の日記でないことはいうまでもない。これらの日記がどの程度において私自身の日記であるか。かくのごとき歴史的の閑問題も、後世に至ってあるいは議題に上ることがあるかもしれない。しかし現在の問題としては、自分は、自分がこれらの文章の作者として、換言すればその内容のあるものを自ら閲歴し、その内容のあるものを自ら空想し、その内容のあるものに自ら同情し——かくてこれらの内容を愛したる一個の人格として、芸術的に全責任を負うていることを明言すればそれで足りると思う。

　三太郎の日記第一は大正三年四月東雲堂から、三太郎の日記第二は大正四年二月岩波書店から出版されたものである。今この合本を出すにあたって自分は従来の両書を絶版にする。自分は従来の両書をここに集めることと、それを絶版にすることを快諾された前記の二書肆に対して謝意を表しなければならない。今日以後三太郎の日記の唯一なる形としてこの書のみを残すことは、自分の喜びとするところである。

大正七年二月二十四日

来たるべき春の予表に心躍りつつ

東京中野にて　著者識

三太郎の日記　第一

Es irrt der Mensch, solang er strebt.[1]

自序

この類の書は序文なしに出版せらるべき性質のものではない。自分は自分の過去のために、小さい墓を建ててやるような心持でこの書を編集した。自分は自分の心から愛しかつ心から憎んでいる過去のために墓誌を書いてやりたい心持でいっぱいになっている。

この書に集めた数十編の文章は明治四十一年から大正三年正月に至るまで、およそ六年間にわたる自分の内面生活の最も直接な記録である。これを内容的にいえば、旧著『影と声』[1]の後を承《う》けた彷徨《ほうこう》の時代から——人生と自己とに対して素《そ》朴《ぼく》な信頼を失った疑惑の時代から、少しくこの信頼を恢復《かいふく》し得るようになった今日に至るまでの、小さい開展の記録である。自分は自分の悲哀から、憂愁から、希望から、失望から、自信から、羞恥《しゅうち》から、憤激から、愛から、寂寥《せきりょう》から、苦痛から促されてこれらの文章を書いた。全体を通じてほとんど[2]断簡零墨《だんかんれいぼく》のみであるが、いかなる断簡零墨もその時々の内生の思い出を伴っていないものはない。もとより外面的に見れば、これらの文章のほとんどすべては最も平俗な意味におけるなんらかの社会的動機に動かされて書いたものである。経済上の必要や、友人の新聞雑誌記者に対する好意や、他人の依頼を断わりきれない自分の心弱さなどは、外から自分を動かして、これらの文章を書くための筆を握らせた。しかしこれらの外面的機縁は自分の文章の内容を規定する力をほとんど全く持っていなかった。自分はこれらの外面的、社て内面的衝動の充実を待っていた。そうして内面的衝動の充実を待って始めて筆を執った。したがって自分はしばしば経済上の窮乏を忍んだり、締切りの日におくれて他人に迷惑をかけたり、口約束ばかりで半年も一年も引っ張っておいたりしなければならなかった。これらの文章は外面的機縁によって火を導かれたが、外面的動機の力をもって爆発したものではない。もとよりこれらの文章はことごとく内面に蓄積する心熱の苦しさに推《お》し出されたものだというのは誇張である。しかし書くに足るほどの内面的成熟を待ってこれを記録したというだけの権利は、自分に許されていると信じている。自分はこれらの文章がまだまだ熱と力に欠けていることを熟知している。しかし、その時々に自分の人格に許されたかぎりの誠実を尽くして、これらの文章を書いたということだけははばからない。

とはいえ、誠実の深さもまた人格の深さと終始する。自分は従来における自分の文章を貫く誠実が、はなはだ浅く軽いものなことを思うとき、そぞろに冷汗の流れることを覚える。回想すれば、事物の真相に透徹せんとする誠実も浅かった。自分の生活を深く深く穿《うが》ち行かんとする誠実もまた浅かった。――従来、自分は比較的に論理的客観的思考の力に富んだ者と、世間から許されているような気がしていた。そうして自分もまた深い反省なしに、茫漠《ぼうばく》としてこの評価を受けいれていた。しかるに、その実、自分の思想は、現在刹那《せつな》の内面的要求をのみ基礎として、事物の一面にのみ穿《せん》貫《かん》しゆく部分観にすぎないものがはなはだ多かった。そうして自分は自分の内面的要求が特にその阻《そ》遏《あつ》さるる点において燃え立つことを経験した。したがって自分は常に自分の要求を阻遏する一面にのみ極度に強い光を投げて、自然と人生と自己とを観じて来た。自分の思想は、自然についても、自己についても、静かに深い客観性を欠いた少年の厭世主義が主調をなしていた。しかもこの厭世主義を自己に適用するにあたって、自分は解剖の一面にのみ熱して、開展に向かう努力の一面を忘れがちであった。自分は自分の解剖が穿貫の力を欠いているとは今でも思っていない。そうして現在といえども、実相の凝視《ぎょうし》、解剖、並びに嫌厭《けんえん》を、無意味にして呪《のろ》うべきことだとは少しも思わない。しかし自分の人格は、なんといっても解剖の一面に停滞して、静かなる包容と、根強き局面開展の力とを欠いていた。自分は過去の自分を回顧するとき、この点において自分が憎くて恥ずかしくてたまらない。ことに自分は今自分の内生が徐々として転向しつつあることを感じている。したがって過去の自分に対する愛着は、次第に冷淡と憎悪とに変化しつつあることを感じている。自分は今この変化しゆく心をもって過去の文章を見る。そうして自ら生み、自ら育てて来たこれらの小さい者に対して、さすがに愛憐の情に堪えない。自分のこの書を編集するこころは捨てる子のためにその安息のところを――その墓を準備してやる母親のこころである。

しかしかくのごとき未練愛着のこころは、旧稿を編集する理由にはなってもこれを公表する理由にはならない。自分は何の権利があって、あえてこの書を公表するのであるか。自分の信ずるところでは、自分は二か条の理由によってこの権利を享受する資格があるようである。自分はこの二か条の理由によって、この書の出版が現在の思想界に対して多少裨補《ひほ》するところあるべきを信じている。

第一にこの書にあつめられたる文章には未熟、不徹底、その他あらゆる欠点あるにかかわらず、真理を愛するこころと、真理を愛するがために矛盾欠陥暗黒の一面をもたじろがずに正視せんとする精神とは全編を一貫して変わらないと信ずる。この書の大部分を占めている内容は、自分の矛盾と欠乏とに対する観照である。したがって自分はこの観照の記録によって他人のこころを温《あたた》め清めることができるとは思っていない。この書はおそらくは読者を不愉快にし陰気にする書に相違あるまい。しかし自分は自分の文章がいたずらに、理由なくして、他人を不愉快にし陰気にするとは信じていない。読者がこの書によって陰気になり不愉快になるならば、それは陰気になり不愉快になることが、読者その人の必ず一度は経過しなければならぬ必然だからである。自分はその人を往くべきところに往かしめるために、これを不愉快にし陰気にすることを恐れない。矛盾を正視すること、矛盾の上を軽易《けいい》にすべることを戒めることは、すべての人を第一歩において正路につかしめる所以《ゆえん》である。もしこの書を貫く根本精神が多少なりとも生きているならば、読者の胸中に、矛盾を正視しながら、しかもその中に活路を求むるの勇気を鼓吹《こすい》する点において、いくぶんの裨補がないわけはないと思う。

　第二にこの書は単純なる矛盾と暗黒との観照ではない。同時に暗黒にあって光明を求める者の叫びである。そうしてまた、実際、暗黒から少しずつ光明に向かって動きつつある心の記録でもある。もとより自分の心は魔障(1)の多い心である。自分には、わずかに一歩を進めるためにも、なお除かなければならぬ千の障礙《しょうがい》がある。自分は千鈞《せんきん》の魔障を後にひいて、人生の道を牛歩する下根《げこん》(2)の者である。この六年の日子《にっし》を費やして自分の歩いた道はおそらくは一寸にもあたらないであろう。しかし、とにかくに、自分の内生はこの間に多少の開展を経てきた。自分は道草を食いながら、どうどうめぐりをしながら、迷いながら、躓《つまず》きながら、どうにかしてここまで歩いて来た。その間の労苦は、自分にとって決して小さいものではなかった。たとい個々の部分を形成する思想内容には見るに足るものがきわめて少ないとしても、この小なる開展の跡を貫くかすかなる必然は、神と人との前に全然無意義なものではあるまい。自分がこの書を編むに際して経験する心持は、必ずしも羞恥の情のみではないのである。

自分はこの小さい経験の報告が、それぞれの道を進みつつある現代の諸友に、多少なりとも参考になるようにと切望している。自分は過去に対する未練と愛着とによってこの書を編んだ。願わくはこれが同時に、現在並びに将来の思想界をいくぶんなりとも裨補するの書ともならんことを。

大正三年二月十一日

谷中の寓居にて

阿　部　次　郎

断片

（1）青田三太郎は机の上に頬杖《ほおづえ》をついて二時間ばかり外を眺めていた。そうして思い出したように机の引出しの奥を探って三年ぶりにその日記を取り出した。三太郎の心持が水の上に滴《したた》した石油のように散ってしまって、俺《おれ》はこう考えている、俺はこう感じているという言葉さえ、素朴なる確信の響きを伝え得ぬようになってからもう三年になる。彼はその間、書くとは内にあるものを外に出すことにあらずして、むしろペンと紙との相談ずくで空《むな》しき姿を随処に製造することだと考えて来た。日記の上をサラサラと走るペンのあとから、「嘘《うそ》つけ、嘘つけ」という囁《ささや》きが雀《すずめ》を追う鷹《たか》のように羽音をさせて追いかけてくるのを覚えた。三太郎はその声の道理千万なのがたまらなかった。わからぬのを本体とする現在の心持を、纏《まとま》った姿あるがごとくに日記帳の上に捏造《ねつぞう》して、暗中に模索する自己を（2）訛伝《かでん》する、後日の証拠を残すようなことは、ふっつり思い切ろうと決心した。そうして三年の間雲のごとく変幻浮動する心の姿を眺め暮らした。しかし三年の後にも三太郎の心は寂しく空《むな》しかった。この空しく寂しい心は彼を駆ってまた古い日記帳を取り出させた。とりとめのないころの心持をせめては罫《けい》の細かな洋紙の上に写し出して、半ばは製造し半ばは解剖して見たならば、少しは世界がはっきりしてきはしまいかと、はかない望みがふと胸の上に影を差したのである。日記帳のかたわらには三年前のインキのあとを秩序もなく残した白い吸取紙が、春の日の薄明かりにやや卵色を帯びて見えている。三太郎は碁盤《ごばん》に割った細かな罫の上に、細く小さくペンを走らせてゆく。

「生活は生活をかみ、生命は生命を蝕《むしく》う。俺の生活は湯の煮えたぎる鉄瓶《てつびん》の蓋《ふた》の上に、あるかなきかに積もる塵埃《じんあい》である。その底に生命が充溢《じゅういつ》し、狂熱が沸騰しているという意味ではない。俺の心はただ常に動揺している。動揺を予期する念々の不安は現在の静安をもいたずらに脅迫している。一皮をむいた下には赤く爛《ただ》れたさまざまの心が終夜の宴の終局を告ぐる疲れたる乱舞に狂い回っている。重ねていえば、俺の生活は芝居(1)の波である。波の底には離れ離れになった心が、下回りらしい乏しさをもって、目的もなくただもがいている。この動乱こそわが生存の唯一の徴候である。そこには純一なる生命もなく、一貫せる主義もなく、したがってまた真の生活もない。俺の生活はすでに失われた。俺は今眼を失えるフォルキュス(2)の娘たちのように、黄昏《たそが》れる荒野の中に自らの眼球を捜し回っている。

俺は古《いにしえ》の心美しき人たちの歌に声を合わせる——俺にも昔は真正の生活があった。幼き日は全心にしみ渡る恐怖と悲哀と寂寞《せきばく》と、歓喜と争心と親愛との間に過ぎた。俺は子供としてまた人として、無花果《いちじく》の嫩葉《わかば》が延びるように純一無雑に生きてきた。俺の心は一方にすくすくと延びてゆく命であった、一方にはまた静かにさわやかなる鏡であった。命が傷ついて鏡が曇って、ここに動乱を本体とする現在が来る。明日になっては命が枯れるか鏡が砕けるか、現在の俺には何事もわからない。ただ俺には満足しえざる現在がある、現在に満足せざる焦燥がある。

もっとも、猥雑によって心の命を傷つけらるべき俺の運命は早くも幼年時代に萌《きざ》していた。俺の幼い心には後年の教育と経験とによりて蹂躙《じゅうりん》せらるべき空想の世界が早くよりその種をおろしていた。俺はローマ旧教の伝説中に養われた祖母に育てられて、北国[1]の山村に成長した。山村の夜はとりわけ寂しく静かであった。この寂しく静かなる山村の夜々に、桃太郎カチカチ山の昔噺《むかしばなし》とともに俺の心に吹き込まれたるものは、天国煉獄地獄の話であった。俺は幼心に自らの未来を推想して、とうてい直ちに天国に登るを許さるべき善人だとは自信し得なかった。俺は地獄と煉獄との間にかかる自分の魂に、成年の感じ得ざる新鮮なる恐怖を感じていた。特に最も気がかりなのは、煉獄の長い修練により、罪の浄《きよ》めもおえて天国に送られる際に、苛責《かしやく》の血に汚れたる手足を洗うべき水の流れのあるなしであった。俺は夜中に眼をさましてこのことを思い出すとたまらなかった。そうして傍《かたわら》に眠《ね》ている祖母を揺り起こしては、よく泣きながらこの問題の解答を求めたものであった。死の恐怖と死後の想像とは幼年時代から少年時代にかけて久しく俺の生活の寂しく暗い一面を塗っていた。思い出すは十一、二の時分に遭遇した大地震である。俺は母や弟妹とともに裂けてはずれた雨戸から外に這《は》い出した。時は雨が上がって空がまだ曇っている秋の夕暮であった。素足に踏む土は冷たく、またじめじめしていた。火を失したのであろう、遠くの村々の焼ける炎は曇った空にもの凄《すご》く映った。大地の底は沸騰した大釜《がま》のようにゴーゴーうなっていた。そうして湯気を噴出する口を求めて釜の蓋をゆるがすように、数分の間を置いては大地を震《ふる》わしていた。俺はこの中に立って、今ひしひしと胸にこたえる死の恐怖に比すれば、平日の念頭に上る死の圧迫などはまるで比較にならぬと思ったことを記憶している。かくのごとき反省が直ちに念頭に上るまでに、死は当時の自分を威嚇《いかく》していたのである——しかし心の生命が傷つくとともに死の恐怖もまたその新鮮なる姿を失った。俺は今死を恐れない、少なくとも死の恐怖が現在の俺を支配していない。今の若さで、それほどまでに俺の生の色は褪《さ》めてしまった。それほどまでに俺の心は疲れしなびてしまった。

とにかくローマ旧教の世界は、周囲の雰囲気によって養成された自分の世界に、両立しがたき異彩を点綴《てんてい》したる最初であった。爾来《じらい》幾多の世界は別々の戸口を通して俺の頭脳の中に侵入してきた。そのあるものは俺の心に作用して従来知らざりし歓喜と悲哀とを教えた。そのあるものは俺の理解を強制して瘤《こぶ》のごとく俺の頭の一角に固着した。これらの種々の世界は俺の心の中で、俺の頭の中で、もしくは俺の心と俺の頭とに相対塁して、相互の覇権《はけん》を争っている。俺の生命は多岐に疲れてようやくその純一を失ってきた。過度の包摂は俺の心の生命を傷つけた。

俺の心の世界では一つの(1)表象《フォーアシュテルング》が他の無数の表象を伴い、一つの(2)形象《ビルト》が他の無数の形象を伴ってくる。無数の表象と無数の形象とは相互に喧嘩口論をしながらも、その手だけは源氏の白旗を握る小万(3)の手のごとく緊乎《しっかり》と握り合いつつ、座頭の行列のようにいたましくおどけながら無限に心の眼の前を通ってゆく。一つの表象が中心となり一つの形象が焦点となって、他の意識内容は皆情調《シュティムング》の姿においてその背景をいろどるのならば何の論もない。すべてが表象と形象との姿を現わして中心を争うがゆえに、俺の心の世界には精神集注 Konzentration《コンツェントラツイオーン》という跪拝《きはい》に値いする恩寵《おんちょう》が天降《あまくだ》らない。俺の意識はただだらちもなく動乱するのみである。俺の An-sich(4) は苦しい夢の見通しである。

今あることとなければならぬことと、現に実現されたることと実現を求むる力として現実の上に圧迫してくることと——約言すれば現実と理想との矛盾は、おそらくは精神という精神の必ずのがるべからざる状態であろう。この矛盾は健全なる自遜と努力とに導くのみであって、何の悲観する必要もない。しかし俺の意識の中では現実と現実と、理想と理想とが相食《あいは》んでいる。さまざまの心持が海の怪のように意識の中に戯れて、現に頭をもたげている一怪を認めて俺の現実を代表させようとすれば、それじゃアだめだよといって思いがけぬところに他の一怪が頭を波の上に突き出す。

午後の日が彼らの長い髪の上にきらめいて、波が怪しい波紋を織り出している。その上に一つの理想は西から吹いて西から波濤を起こしてくる。一つの理想は北から吹いて北から波濤を起こしてくる。心の海は今自らの姿に驚き呆《あき》れている。

かくのごとくにして内界が分裂すると共にさらに不思議なる現象が現われて来た。俺は自らあることに満足ができなくなった。現にあることとあるを迫ることのいずれをも含んで、とにかく自らあることに満足ができなくなった。俺は飢えたる者のごとくに自ら知ることを求めるようになった。自らあることと自ら知ることと——〔ヘーゲルの言葉を借《か》りていえば An-sich《アン・ジヒ》（本然？）と Für《フユーア・》sich《ジヒ》（自覚？）とである。ヘーゲルの意味と俺の意味と全然相蓋《あいおお》うていぬことはいうまでもない。先人の用語はただ俺に都合のよい内容を盛るための容れ物にすぎない〕——の対照は実に不思議なる宇宙の謎語《めいご》である。自らあることは自ら知るとともに自らあることの内容を変更してくる。強き者は自らを強しと知るとともに多く驕傲《きょうごう》という内容を得やすい。単に強くありし者はその自覚とともに強くかつ驕れる者となった。弱き者は自らを弱しと知るとともに謙遜と焦燥と努力との内容を得来《きた》る。単に弱きのみなりし者は弱きがために謙遜し焦燥し努力する者となった。もしこれが、自ら知るとともに自らあることもまた複雑になり豊富になるにとどまるならばもとより論はない。しかし疑うらくは自ら知ることは自らあることの、純一に強盛に素朴に発動することを妨げるという一般的傾向を持っているらしい。もしくは自らあることの爛熟と退廃との随伴現象として来るという一般的傾向を持っているらしい。ヘーゲルは「ミネルヴァの梟《ふくろう》は夕暮に飛ぶ」[1]といったと聞く。Fürsich は An-sich を蚕食《さんしょく》し陥没せしむるものということが事実ならば、しかしてこの事実を評価する者が俺のように An-sich の純粋と集中と無意識とを崇拝する者ならば、その者の哲学はついに

Pessimismus[1] ならざるを得まい。少なくとも自覚と本然との矛盾について深き悲哀なきを得まい。俺にはこの点について大なる疑問がある。俺の心がこの疑問の生きたる Illustration[2] である。

　しかし自覚と本然との一般的関係はどうでもよい。とにかく An-sich が生命の純一を失っていたずらに動乱する魂なりとすれば、この魂の自覚はますますその悲哀を深くし、その矛盾を細密の点まで波及せしめ、その散漫を二重に三重に散漫にして、とうてい手も足も出し得ない者にする傾向あることは争うを許さぬ。Für-sich は動乱する本然の情態を静かなる知恵の鏡に映《うつ》して観照 Anschauen《アンシャウエン》 を楽とするわけにゆかない。俺の心は慟哭《どうこく》せんがために鏡に向かう累[3]《かさね》である。鏡中の姿をおそるるがゆえに再度《ふたたび》三《み》度《たび》重ねて鏡を手にする累である。反省も批評も自覚もすべて病である。中毒である。Sucht[4] である。

　散漫、不純、放蕩《ほうとう》、薄弱、顚倒《てんとう》、狂乱、痴呆《ちほう》——その他すべての悪名は皆俺の異名である。したがって俺は地獄に在って天国を望む者の憧憬をもって無雑と純潔と貞操と本能とを崇拝する。ああ俺は男とおとなとの名に疲れた。女になりたい。子供になりたい。とにかく俺は俺でないものになりたい——。

　しかし、かくのごとく生活を失える者の歌、失える生活を求むる者の歌を声高らかに歌うことはあまりに俺の身分にふさわしくない。厳密の意味においていえば俺は失える生活を求むる心さえすでに失っている。俺は心から求めたことがない男である。求めよしからば与えられんという言葉の真偽を実際に試したことのない男である。素直にして殊勝なるロマンティケルはいつの間にかその姿をくらました。フォルキュスの娘は今もなおかくれんぼうの相手を捜すように、その眼球を荒野の黄昏《たそがれ》に捜し回っている。おそらく彼女は永久に眼球さがしの遊戯をやめないであろう。ところは荒野である。時は黄昏である。身は失明者である。捜されるものは失われたる生活である。また何の欠けたることがあろう。彼女の真実に求むるところはただこの暗く悲しい気分である」

三太郎はここまで書いてきて急に筆をすてた。そうして憎さげに罫の細かな洋紙の上に一瞥《いちべつ》を投げた。「嘘つけ、嘘つけ」という囁きが三年前と同じく、サラサラと走るペンのあとから、雀を追う鷹のように羽音をさせて追いかけてきた。三太郎はまたペンをとって別のページをあけた。

「俺の心の海にはまだまだ俺の知らぬ怪物が潜んでいるらしい。俺の An-sich はまだ本当に Für-sich になっていない。俺は女のようなもの言いをした。俺はあってほしいことを皆否定の方に誇張している。俺は人生に向かっていやですよといっているのである。

とにかく日記はやはり書くべからざるものであった。書くということは An-sich が生きて動くということではなかった。Füur-sich の鏡をキラキラと磨くということでもなかった。ただ指の先によだれをつけて、心の隅に積もった塵の上に、へへののもへじを書くことにすぎなかった。

結論は俺には何もわからないということである」

こう書いて三太郎は日記帳を再び引出しの奥に投げ込んだ。そうしていつの間にかついている電灯を仰いで薄笑いをした。遠くのほうから蛙の声が聞こえてくる。

（明治四十五年四月二十三日夜）

三太郎の日記

一　痴者の歌（1）

1

世の中にできない相談ということがある。とうていいかにもすることができぬと頭では承知しながら、情においてこれを思い切るに忍びぬ未練がある場合に、人は自分の前に突っ立つ冷ややかな鉄の壁に向かってできない相談を持ちかけがちなものである。できない相談を持ちかける心持は「痴」の一字で尽くされているほどはかないものに違いない。十年壁に面して涙をこぼしていたところで冷ややかな壁は一歩でも道を開いてくれそうにもない。実効の方面からいえばできない相談は無用なる精力の徒費である。ただできない相談を持ちかけずに済む心とこれを持ちかけずにはいられぬ心との間には拒むべからざる人格の相違がある。

実現を断念した悲しき人格の発表——ここに「痴」の趣がある。痴人でなければ知らぬ（2）黄昏《たそがれ》の天地がある。

2

われらには未来に対する楽しき希望がある。しかしわれらにはまた取り返さねば立ってもいてもたまらぬほどの口惜しい過去もないことはない。過去の因果が現在の心持にだにのように食い込んで離れぬ場合もまた多かろう。しかし夢を食う(1)貘《ばく》でも過去を一舐《な》めにして消してくれる力があろうはずもない。過去に向けられたる希望はすべて痴である。できない相談である。二十《はたち》になってようやく恋の心を悟った芸者が、何も知らずに一本にしてもらった昔のことを考えて、取返しのつかぬ口惜しさに頰《ほお》にかかるおくれ毛をかみ切っても、返らぬ昔は返らぬ昔である。血の涙でも昔を洗い去るわけにゆかない。ただできない相談と知りながらまたしてもこれを持ちかけずにはいられぬ心が誠の恋を知る証《あかし》にはなるのである。しかしたとい誠の恋を知る証は立ってもいったん受けた身と心とのしみは自然の世界では永恒《えいごう》にとれる期があるまい。焼け跡の灰は家にならない。焼け跡の灰は痴者の歌である。

3

自覚とは因果の連鎖の中にある一つの環《わ》が自ら第幾番目の環にあたるかを悟ることである。自覚をしても因果の連鎖は切れない。因果を超越するものはただ「新生」である。ああしかし自然の世界のどこに新生があるか。新生とはかぎりなくなつかしく、かぎりなく怖ろしい言葉である。

4

因果の連鎖をたどりゆくままに吾人の世界には新しい眼界も開けよう。新しい歌も生まれよう。しかしその世界とその歌とには常に死霊の影がつきまとっている。天真とも離れ過去の渾然《こんぜん》たる文明とも離れた吾人の世界は「新生の歌」が響くにはあまりに黴《かび》臭い。自分はせめて痴者の歌をきいて涙を流したいと思う。

（明治四十四年八月十四日）

二　ヘルメノフの言葉(1)

1

余は独立の人格である。ゆえに余は独自の思想を持つ。ただし独自の思想を持つとはその結合の状態、統一の方法が独自の面目を呈露するの意味であって、その要素がことごとく独得であるという意味ではない。要素においてことごとく独得なるは狂者の思想である、他人と全然交渉なき怪物である。要素において共通にして結合において独自なればこそ余は友を持ち恋人を持つ。同時に余は余として人生の大道を行く。

余が独自の思想を組織する要素は、一面には現代の徒と共通である。一面には現代の徒とそむいて古代の詩人哲学者と交感する。一面には現代と古代とともに超脱して独得の閲歴にその根底を置く。余は独自の思想をいつわりていやしくも安きを求むるの悪漢ではない。羊の皮を着て群羊の甘心を買うの奸物ではない。余は独自の思想を有することを標榜《ひょうぼう》してはばからず人生の大道を行く。

余ははばからず人生の大道を行く。しかし余は余が思想人格の全部を白日の下《もと》にさらして大道を闊歩《かっぽ》することを恐れる。余は現代と矛盾する思想を発表するには細心なる弁解を付して前後左右を護衛する。重大なる損失をもたらすべき思想はしばらく包《つつ》んでこれを胸裏に蔵する。汝怯者《なんじきょうしゃ》よ、汝覆面して人生の大道を行く者よ。

余の知恵《ちえ》は二重の組織より成る。内面の生活を蒸留《じょうりゅう》してその精髄を蓄《たくわ》えるは一つの知恵である。

この知恵を警護して蛇《へび》のごとく怜《さと》しく外界との調和を計るはいま一つの知恵である。自分にはこの第二の知恵が苦々しい。第二の知恵は第一の知恵を保護するとともにまたこれを蒼白《そうはく》にする。小児のごとく無邪気に、白痴のごとく無選択に、第一の知恵を放ちて世界を闊歩せしむるあたわざるは、わが性格の弱きがゆえか、わが呼吸する雰囲気の鉛のごとく重きがゆえか。ああわが魂よ、コボルト(1)のごとく躍《おど》れ跳《おど》れ。

2

赤子を豺狼《さいろう》の群に投ずるは愚人のことである、汝の右と汝の左とには汝よりもはるかに巧みに自ら守る人多きを見よ、汝の蛇の知恵はむしろ少なきにすぎると一つの声はいう。汝は汝の所持する物を公表するに時の利害を考量するにすぎぬ。持たざるを持てりとし、持てるを持たずとする虚偽《きょぎ》に比すればはるかに上品じゃないかといま一つの声が慰める。しかし、この二つの声は世間に対する申しわけの言葉とはなっても自分に対する申しわけとはならない。いやしくも蛇の言葉を解することが余には堪えがたく苦々しいのである。

強者は自己の思想を外界に徹底せんがために発表の順序を考慮する。弱者は外界の圧迫を避けて静かにひとり行かんがために世間の鼻息をうかがう。

3

自分にとって興味ある対話の題目はただ自己と自己に属するものとである。しかしこの題目は他人にとって死ぬほど退屈なものであろう。また他人にとって興味ある対話の題目はただその人とその人に属するもののみである。しかし他人にとって興味ある対話は自分にとって死ぬほど退屈なことである。ゆえに吾人が他人と対話して非常におもしろかった場合には、自分の相手に与えた印象ははなはだ悪かったものと覚悟せねばならぬ。また相手に与える印象をよくするためには吾人は非常な退屈を忍ばねばならぬ。両者半々ならばその人の経験ははなはだ幸福なる経験である……。レオパルディ[1]は覚え帳にこういう意味の言葉を書いた。この言葉を書いた時レオパルディの唇には苦い、さびしい微笑が浮かんだであろう。この苦い、さびしい微笑がかくのごとき蛇の言葉の生命である。処世の哲学を説く商業道徳の講師のように、ニコリともせずにかくのごとき言葉を発する者は一面において卑俗である、一面において痴愚である。

4

薄明（Dämmerung《デメルング》）が事物を美化することはしばしばいわれた。この事はそれ自身に美しい事物に関しては適用することができない。印象流の画家は強烈なる光の戯れを愛するがゆえに白日を選《えら》ぶ。自然の風光は白日も美しく薄明もまた美しい。薄明はただそれ自身に醜いものを美化する。薄明の美化は自然よりもむしろ人生のことである。

自分の世界は呪われたる世界である。わが意識の外に切り捨て、忘れ去り、葬り終わるにあらざれば心の平安を保持しがたき事柄が少なからず眼前にウヨウヨしている。したがってわが心には抽象（Abstraktion《アブストラクツィオーン》）の願い切ならざるを得ぬ。抽象の願い切なるかぎり、醜き者、厭わしき者、煩わしき物に弱き光を与えて、これを意識のかすかなるほとりに移してくれるおぼろはうれしい光である。

さらに薄明はわが想像に活動の余地、添補の余地を与える。余はおぼろなる事物を余自身に価値あるものとして創造する。この創造によりて事物の本質（Wesen《ヴェーゼン》）が浮かんで来るか否かは明白でない。ただ余自身の本質が薄明に乗じて対象に乗り移るの事実だけは疑われぬ。したがっていかなる事物にも一定の光の下には美しく見ゆべき条件が潜んでいることもまた争われぬ。抽象の意義はただ本質の栄えんがために雑草を刈り去るところにある。本質を逸したる抽象は無意義である。

闇中に見る女の眼はすべて大きく潤《うるお》いを帯びて見える。この大きく潤いのある眼を通じて想像の手を女の肌《はだ》に触れるとき、女の肉体はすべて美しい。後姿の美しい女はその後姿が自分にとっては女の本質である。

ああしかし明るみの中に見んと欲するやみがたき要求よ。明るみの光に消えゆく幻の悲哀よ。この悲哀に促されてさらにたどりゆく人生の薄明よ。

5

自分はいまだインスピレーションというものを知らない。しかし今まで散らばっていた思想が次第に纏《まとま》って、水面に散点していた塵埃《じんあい》の渦巻きに近づくに従ってようやく密集し、歩調を整えて旋転するがごとき刹那《せつな》の経験は決してないことはない。思惟の脈搏が歩一歩に高まり、心のテンポが漸次に快速となるにつれて、肉体の上にも顔面の充血が感ぜられる。いまだ鏡に向かって検査する機会を持たないが、おそらくは眼も潤いかつ輝いていよう。このとき自分の心はムズがゆいような苦しいような快感を覚える。

この状態はいつ襲来するときまっていない。しかし多くは読書の後、安眠の後の散歩中に来る。

自分は思想の湧《わ》く間散歩をつづける。そうして前に湧いた思想が後に湧く思想に圧《お》されて記憶の外に逸せんとするころ、急いで家に帰って紙に向かう。しかし紙に向かうまでには散逸して引き潮のようにひいてしまう場合が多い。結論は形骸《けいがい》を頭の中にとどめても新生の熱は冷灰となってしまう。たまたま写しとどめても読み返して見れば下らぬことが多い。

自分が経験する思想の坌湧《ふんよう》(1)は一尺ほれば湧いてくる雑水のようなものであろう。深く鑿《うが》って清冽なる純水に達するときの心持は自分にはわからない。しかし湧き出るものは雑水で使用するに堪えずとも、とにかく坌湧の快感と苦痛とだけは知っている。

6

夕焼けの空が河を染めている。河沿いの途《みち》を大人と子供とが行く。「もう帰ろうじゃありませんか」と手をひいている女がいう。「いやァ、もっと行こうよ」と手をひかれている子供がいう。疲れた親は活力にあふれた子供のアスピレーション(2)に水をさす。活力に任する子供は疲れた親に同行を強いる。親と子とが自然の愛によって結合されたるはお互いの因果である。親の手にすがることなしに河沿いの途を遠く遠く行く術《すべ》を知らぬ子供のアスピレーションは運命の反語(3)である。

夕焼けの光は次第に消える。河筋は遠く白く闇の中に浮かんで見える。河の面に霧が深くなる。

(明治四十四年十一月二十日)

三　心の影

1

価値ある情調(1)を伴ってこそ知識も、思想も、ないし情緒そのものも始めて身にしみる経験となる。全心の共鳴をひき起こすこともなく、数知れぬ倍音(2)ととけ合って根強い響きを発することもなく、離れて鳴り離れて消ゆる思想や知識はあまりに干からびて、あまりに貧しい。明るみに輝く焦点の後には、暗きに隠れ、薄明の中に見え隠れする背景がなければならぬ。一度鳴れば心の世界の隈々《くまぐま》に反響を起こして、消えての後も意識の底の国に余韻長く響くような知識と思想と情緒とがほしい。一言にして尽くせば心の世界に霊活なるシンボリズム(3)の流通を感ずる生活がしたい。

しかし情調の生活は往々にして思想と人格とを拒むの生活となる。現実の生活があまりに複雑にして思想の単純に括《くく》りがたいことを知るからである。自我の発動があまりに移り気に、変幻多様をきわめて人格の不易に総合しがたいことを知るからである。昨日はどこにさまよっていたやら、明日はいかなる国に漂い着くやら、これらはすべて知るを要せぬ。かつ知ることを得ぬ問題である。ただ瞳《ひとみ》を焼くがごとく明らかなるは現在の生活とその情調とである。その時々の情調をかみしめて、その時々の共鳴を楽しんでゆくより外に吾人の生きる道がない。吾人の生活は刹那から刹那へとぼとぼと漂い流れてゆく。

かくのごとく永久に刹那刹那の情調を追ってゆくのがロマンチシズムならば世にロマンチシズム

ほどさびしいものはあるまい。情調の放蕩の外にこの世に生きる道がないとしたら他人は知らず自分はたまらない。「昨日」に対する不信の意識もさびしく、「明日」に対する不安の意識もまたさびしい。よって立ちよって安んずるに足るべきもの、もしくは包んで温《あたた》めてくれるものがなかったら自分の心は永久に不満である。自分の心の空は永久に曇天である。わが心は漂泊し放蕩する情調をくくる不易のある物に向かって喘《あえ》いでいる。これに触れれば複雑にして移り気な自我の全体が自然に響き出し躍り出すような一つのキーノートに向かって喘いでいる。ああわが知らざる「我《われ》」は何処《いずこ》の空にさまよっていることであろう。

聖アウグスティヌス(1)は神の中に憩うにあらざれば平安あることなしといった。自分は要求の点においていまだ中世にさまよっている男であろう。思想がほしい。人格がほしい。「神」がほしい。

2

要求を現実に化する根強い力を持っている人にとってはあるときを画して天地がひっくり返るに違いない。ある時期を境界としてその生涯が著しい二つの色に染めわけられるに違いない。しかしノラ(2)とともに奇蹟を信ずることができなくなった吾人にとっては、精神のいかなる昂揚もやがては引き去るべき満潮である。高潮に乗じて歓呼し熱狂する自我の背後には、冷ややかに検温器の水銀を眺めている第二の自我がある。「わが身をともに打掛《うちかけ》に、引纏《ひきまと》い寄せとんと寝て、抱付《だきつ》き締寄《しめよ》せ」泣いている美しい夕霧(3)の後には、皺《しわ》くちゃな人形つかいの手がまざまざと見えている。かくのごとき二重意識の呪《のろ》いを受けた者の世界は光も暗《やみ》である。狂熱も嘲笑である。悲壮も滑稽である。要するにいっさいがフモール(4)である。

このフモールの世界に安住して、目新しいフモールの発見に得意になっていられる人は幸福である。自分にはその背後に奇蹟の要求がのぞいている。その笑いには「現象の悲哀」がこもらぬわけにゆかない。

3

一つの感情が旋律《メロディー》をなして流れてゆく文芸はもとより美しいに違いない。しかし二重意識の洗礼を受けたる吾人は、さまざまの感情が即《つ》いたり離れたり調和したり反照したりしながら複雑な和声《ハーモニー》を拵《こしら》えてゆく文芸でなければもの足りない。抽象的な調和統一はどうでもかまわぬ。多量のディッ(1)ソナンスを交えたところに微妙なる情調の統一を保ってゆけばそれでよいのである。自分一個の嗜好からいえばまじめとふざけとの中が割れて両者がない交ぜられてゆくところに妙にやるせない情調を喚起する、フモリスティシュの作品はずいぶん好きである。心の傷に手を触れて身にこたえる苦しさを楽しもうとする類であろう。

かつて富士松加賀太夫(2)の膝栗毛《ひざくりげ》市子《いちこ》の段を聴いた。洒落《しゃれ》と浮気で世を渡る弥次郎兵衛がその洒落と浮気で持ち切れなくなって、しょげて弱って本気になるところに、しんみりした、悲しい、やるせないフモールがあった。またかつて菊五郎(3)の同じ膝栗毛赤坂の段を見た。しかしその弥次郎兵衛は冥土の衢《みち》にさまよって、弱り切って、本気になった弥次郎兵衛ではなかった。踊り自慢のいたずら小僧が白張りの提灯《ちょうちん》をかぶってふざけているとしか思われなかった。この場合において、フモールの印象を与えると与えぬとは作の本質をとらえるととらえざるとの相違である。自分は菊五郎を有望だと思うだけに、その現在の傾向を追うて慢心することを恐れる。菊五郎は一転化しなければただ鼻ッぱしの強い親分と、一通りの単純な滑稽の役者にすぎない。悲壮と崇高とフモールとの役者になるためにはもっともっと心の苦労を積まねばならぬ。悲壮と崇高とフモールとを表現するに堪えざる俳優は吾人にとって用のない俳優である。

（明治四十四年十二月三十日）

四　人生と抽象[1]

1

普通の解釈に従えば抽象とは具象の正反対である。抽象する作用は常に事物の具象性を破壊し、抽象せられたるものはすでに具象性を失っているのである。しかし自分の考えは少しく普通の解釈と違っている。自分の解釈が正しいならば、具象性を破壊するものは抽象作用そのものにあらずして抽象の方法である。したがって具象性を破壊する抽象もあれば、具象性の印象をいっそう明確深《しん》邃《すい》にする抽象もある。

もし事実といい具象ということが吾人の感官を刺激《しげき》する猥雑《わいざつ》なる外界のいっさいを意味するものとすれば、彼の現実ないし具象の世界はすでに吾人の知覚をすら逸している。まして吾人の悟性[2]ないし理性に映ずる世界の姿がこの種の現実を離れ、具象性を失っていることはいうまでもない事柄である。知覚は無意識的に外来の刺激を選択する。更に悟性と理性とは経験の価値と意義と強度とによりて知覚の世界に選択を施す。選択するとはある種の経験を強調してある種の経験を捨象することである。抽象作用を度外視して世界を認識することは徹頭徹尾不可能である。従って現実の世界具象の世界は抽象作用を俟《ま》って始めて吾人の頭脳中に成立するのである。世に抽象的にあらざる具象界は存在し得ない。具象の世界は抽象作用の子である。現実の世界は吾人の創造するところである。

吾人が猥雑なる外来の刺激中より現実の世界を創造するにあたりて、渾沌《こんとん》を(1)剖判《ほうはん》すべき重要なる原理となるものは、強調せられもしくは捨象せらるべき経験の意義である。しかして経験の意義を決定するには(2)リップスも説けるがごとく二様の要素がある。一つは経験そのものが意識に対して有する圧力である。強度である。一つはその経験と吾人の要求との適合不適合の呼吸である。狭義におけるその経験の価値である。もしこの両面が美しい調和と平衡とを保つならば、その強度と圧力によりて吾人の世界に一定の地位を要請する経験は、隠れたる自我の要求となんらの闘争なくしてその要請する地位を占有することができ、また自我の要求によりて強調せられもしくは捨象せらるべき経験は、知覚の側よりなんらの顕著なる抗議を受けることなくしてその抑揚を完《まった》くすることができて、吾人は素朴無邪気に(3)古典主義の世界に優游するを得るわけである。しかし吾人の世界にありて古典主義は遠き世の破れたる夢となった。破れたる夢を慕いて新しき世にその復活を図らんとする新古典主義はあっても、昔ながらに素朴無邪気なる古典主義の姿は今の世の何処《いずこ》にも発見することを得ないであろう。少なくとも自分一己の世界にありては、知覚の世界において一定の強度と圧力とを有する経験に対して、隠れたる自我の要求は、わが求むるところはかくのごとく醜き者にあらずと顔をそむける。自我の要求より出発する(4)経験の抑揚に対して、知覚の世界は現実を離れたる白日の夢よと嘲弄する。要求の眼より見れば知覚の世界は姿醜く、品卑しく、砕けかつ歪《ゆが》んでいる。知覚の世界に立脚すれば要求の世界は実相を離れたる空しき紙の花にすぎない。ここに至りて始めて現実と理想とは主義として闘争し、具象と抽象とは両立しがたき極端となって、抽象作用は意識的にあらざれば行なわれがたいこととなるのである。捨象とは拒斥である、放逐である。一面に、焦燥する自我は眼を瞋《いか》らし肩を聳《そび》やかして醜き知識を(5)擯出《ひんしゅつ》する。一面に、捨象せられたる経験は怨霊となりて新しき世界の四周を脅迫する。このゆえに吾人の世界は第一に知覚と要求との両端に分裂し、第二に不安にして強制の陰影を残し、第三に稀薄にして本能の強健を欠くのである。

しかし吾人の意識に内界統一の願望あるかぎり、吾人は依然として抽象の歩を進めなければならぬ。経験に抑揚を付して人生の精髄を選択しなければならぬ。貧弱なる文明の遺産を継承し、不統一なる知覚の世界に生まれたるだけに、いよいよ切に抽象の歩を進めなければならぬ。明治の日本に生まれ合わせたる吾人は大向こうから人生の芝居をのぞく連中である。前面にウヨウヨする無数の頭顱《とうろ》と、前後左右に雑談《ゴシツプ》する熊公八公の徒と、場内の空気を限る鉄の格子とを抽象して、せめて頭脳の世界において桟敷(1)の客とならなければならぬ。吾人の抽象に反抗と感傷との臭あるはやむをえない。とにかくに余は抽象の生活を愛する。

抽象は超脱となり、超脱は包容となる。余といえどもこれを知らざるものではない。しかしこの不統一なる世界に生まれて、誰か自ら詐《いつわ》ることなくして包容の哲学を説くを得よう。余は抽象の低き階級に彷徨する。ゆえに余は抽象の哲学を説く。

2

前段の論理を摘要し添補する。

具象とは五官よりする印象を、如実に遺漏なく保存するの意ならば、人間の世界にはどこにも具象というものはない。もし具象とは経験の意義、本質、価値を掲げ出すの義ならば、内的要求より出発するの抽象はいよいよ具象性を強烈にするの作用である。真正の具象性は抽象の成果として到達せらるべき状態である。

第二の意味における具象の概念は経験の本質を掲揚し保存することを精髄とする。経験の意義を捨象する作用がすなわち具象性を破壊するの抽象である。抽象が具象性を破壊するには二様の途《みち》がある。第一は経験の内容を捨象してその形式のみを保存するのである。第二は猥雑《わいざつ》なる官能的刺激に執着して経験の意義本質を逸するのである、感覚的現実を偏重する者は形式的普遍のみを求むる者と同様に抽象的である。具象性を破壊する悪抽象たるにおいて両者の間に二致[1]がない。

事件や行動の報告よりは情調情緒の報告の方が更に具象的なる場合がある。情緒情調の報告よりは思想の報告の方が更に具象的なる場合がある。事件や行動の報告にあらざれば、事件や行動の報告を通じて思想感情を暗示するにあらざれば、具象的でないように考えるのは反省を欠ける浅薄なる思想である。

しかし事件行動のごとき知覚的具象と、思想感情のごとき抽象を経たる具象との間には顕著なる一つの差別がある。それは後者が同様の経験を経て同様の抽象を試みたる者にあらざれば通ぜざることである。思想感情の直写は同類の間にのみ通ずる貴族的隠語である。思想感情の伝達を欲して事件行動の報告を欲せざる者のために存在する神秘的記号である。余は他人に煩わされずして静かに自己の生活を経営することを欲するがゆえに、自己の生活を公衆の前に隠す抽象的言語を愛する。

ただしここにいう抽象とは知覚の世界について順当にその意義本領を強調し、その偶然を刈除《かいじょ》しゆくの抽象である。知覚の世界について抽象の歩を進むれば自然に価値の世界に到達するという一元的信念に基づくの抽象である。

3

具象と闘争して相互にその根底を奪うとき、吾人の抽象は古き具象の征服となり、新しき具象の創造とならなければならぬ。吾人の世界は危機に臨んでいる。進化の曲線は急激なる屈折を要する。自我の脈搏は今その調子を乱している。吾人の内界には騒擾《そうじょう》があり醱酵があり憤激がある。

新しき具象を創造するには、志士となっていわゆる事実を改造するか、哲学者となって事相を観ずるの見地を変更するか、この二つの外に道はあるまい。志士の事業は知覚の世界について自我の要求にかなう抽象を強制するのである。「永恒《えいごう》の相の下に」観ずる哲学者といえども経験の抑揚を新たにして知覚の世界に抽象を施すにあらざれば、換言すればかつて重大なる意義を付したるものを軽くしかつて光を蔽《おお》われたるものを明るくするにあらざれば、とうてい現実そのままを受納することを得まい。志士と哲学者の抽象は勇者の抽象である、進撃者の抽象である。

ただ弱き者、感傷する者は身辺に蝟集《いしゅう》する厭《いと》うべく、憎むべき知覚に対して、手を振ってこれを斥《しりぞ》けるよりもまず眼をそむけてその醜よりのがれんとする。かくのごとき抽象の生活にはもとより不安と動揺と悲哀となきを得ない。現実の包囲に脅迫せらるる抽象の悲哀は吾人を超脱の努力に駆るのである。

事実の改造に絶望するとき、しばらく三面(1)の交渉を絶って静かに一面の世界に沈湎《ちんめん》せんとするとき、眼をそむくるの抽象は吾人の精神に揺籃《ようらん》の歌を唱うの天使となるのである。流るる涙を拭《ぬぐ》うの慈母となるのである。現実の光を遮《さえぎ》るの黄昏《たそがれ》となるのである。

（明治四十五年三月九日記）

五　さまざまのおもい

1

いかにして新聞雑誌を読むべきか、この問題が僕にとっては一苦労である。全然読まないのは現代に対してあまりに失礼である、同時に自分にとっても少々心細い。多くを読むのはあまりに煩《うるさ》い。同時に更に更に有意義なる生活と修養とに費やすべき時間が非常なる蚕食《さんしょく》を受ける。

人格上思想上尊敬に値いする少数の人を択《えら》んでその人の作だけを読むこととすれば、はなはだ簡単に現代日本との接触ができるわけであるが、それではいまだ知られざる者、ひそかに近づきつつある者の予感に触れることができない。現今の思想界芸術界にはもちろん尊敬すべき人がいるけれども、これらの人の大多数はただ自分と共鳴もしくは同感するという意味で尊敬に値いするのみである、あるいは自分の持たぬものを持っているという意味において尊敬に値いするのみである。自分の精神を包んでこれを高きところに押し進め、自分の精神の暗所を照らして戦慄と羞恥と努力と精進とに躍《おど》らしむる者は後より来るかもしくは全然来たらざるかのいずれかでなければならぬ。現代に対して触れ甲斐《がい》のある触れようをせんと欲する者は、決していまだ知られざる者を蔑視《べっし》することを許されない。したがって名前を拾って読むことはいまだ十分なる新聞雑誌閲読法ということができない。

ただ最も安全にして秋毫《しゅうごう》の申し分なき省略法は名前によって読まないということである。特定の名前に遭逢するごとに何の躊躇《ちゅうちょ》もなくドシドシページを飛ばしてゆくことである。もとより人には時にとって出来不出来がある。しかしその人の内生活以上に卓出する出来もあり得なければ、全然内生活のおもかげを伝えぬほどの不出来もまたあるわけがない。作品を通して作者の内的生命に触れんと欲する者は凡下なる者の佳作よりも偉大なる者の拙作に接することを楽しむ。凡下なる者の佳作を蔑視するの勇気は吾人を新聞雑誌の苛責から救う唯一の道である。この途《みち》に従うことによって吾人は千ページ読むところを百ページ読んで事足りるようになる。この方面における生活の単純化はここに立派に解決を得るわけである。

もっともかくのごとくにして「読まれざる文学者」は読者によってそれぞれに選択を異にするであろう。したがっていかなる小作家といえどもすべての人によって読まざる部類に編入されるようなことはないであろう。世界は広く、造化の配剤は妙をきわめている。群小に至るまでそれぞれの読者を有して文壇の一角に存在の理由を有することは感謝すべき天帝の恩寵である。吾人が吾人の標準に従って「読まざる人」を決定することは決して天帝の仁慈を妨ぐる結果には立ち至らない。万人に共通して許されたことは各自の「読まざる人」を選択することである。

——僕はこう考えている。しかし僕は考えた通りに実行していない。退屈なときには読まないはずのものもつい手にとることがある。手元にないものはたとい読もうと思ったものでも、ついぐずぐずしている間に敬意を表することを怠ってしまう。このようにして僕は親がつけてくれた名前の三太郎らしく懶惰《らんだ》なる現代生活をしているのである。しかし考え直してみれば、僕をひきずり出して雑誌屋の店頭にも立たしめず、雑誌持ちの友人のところにも走らしめないような作を読まないからといって、何も大業《おおぎょう》に悲観したり、親のつけてくれた名前を侮辱したりするにもあたらないことであった。

――は例によって女性を痛罵している。しかしその言うところを聞くと彼の非難は申し分なく男にもあてはまりそうである。少なくとも男の一人なる僕にはヒシヒシとあたるところが多い。僕はむしろ女性を呪う前に男性を呪いたい。むしろ男女の区別なく人間を呪いたい。男に対立したる意味の女に対して、僕はただ自ら持たざる者を持てる人に対する親愛と尊敬とを感ずる。男性の散漫と不純と放縦との羞恥を感ずる。

2

男は女の名によって人間を呪っている、女は男の名によって人間を呪っている。ともにその最も求めているところについて最も不満を訴《うった》えているのだからおもしろい。女をののしる男の根本の要求は本当に愛してくれる女を発見することにあるのであろう。男をののしる女の根本の要求は本当に愛してくれる男を発見することにあるのであろう。僕といえどももとより本当に愛してくれる女がほしい。しかし僕はそれよりも先に、自ら本当の男であり、人間でありたい。僕の根本要求がここにあるがゆえに、僕は男を嫌い、人間を嫌うのである。問題は他人にあらずして自己にある、女にあらずして男にある。本当に男となり人間となるにあらざれば、たとい真正に愛してくれる人があっても、僕にはその愛を甘受し、味解する資格がない。あさましきは男の要求にかなわぬ女よりもむしろ真正に愛することを得ざる男である。三太郎は第一に男となり人間とならなければならぬ。僕の自己嫌悪にはいまだ女性をののしっているほどの空虚がない。

3

決定した態度をもって人生の途《みち》を進んで行く人の姿ほど勇ましくもまた羨《うらや》ましいものはない。これらの人の日に輝く凛々《りり》しさに比べれば、僕などはただ指を啣《くわ》えて陰に潜むよりしかたがない。しかし汝らはなぜにぐずぐずするぞと叱る人の姿を見る時その人の長き影には強制と作為と威嚇と付け景気と、更に矯飾《きょうしょく》偽善の色さえ加わっているのはどうしたものであろう。彼らに比べれば僕らはまるで品等を異にする上品《じょうぼん》の人である。彼らは偽人である、僕らは真人である。彼らは飴細工《あめざいく》の加藤清正である。僕らは血の通っている田吾作椋十《たごさくむくじゅう》である。吾人をしてわずかに自信を保たしむる者は実にこの飴細工の加藤清正である。

僕は自分のつまらない者であることを忘れたくない。しかし自分のつまらないことさえ知らぬ者に比べれば僕らはなんという幸いな日の下に生まれたことであろう。この差はソクラテスと愚人との差である。このことを誇りとしないで、また何を誇りとしようぞ。

4

自分のつまらないことを知る者はつまらない者でなくなるか。——つまらぬ者でなくなる者は上品の人である。しかし下品《げぼん》の者はつまらぬ者なることを知って依然としてつまらぬままにとどまっている。厳密にいえば真正に自覚せぬ者、真正に砕かれざる者であろう。(1) 僕は上品中の下品に属する。僕の心はいまだ真正に砕かれていない。真正に砕かるる日の来るまで僕はこの苦しい日夜を続けるのだ。

二、三年前の夏、朝じめりする草を踏んで高野の山を下った。宿坊を出るときに、一か月のなじみを重ねた(1)納所《なつしょ》先生は、柔らかい白い餅《もち》に、細かにふるった、やや青味を帯びた黄粉《きなこ》をつけて、途中の用意にと持たしてくれた。山を下れば食料の必要なき僕も、人の好意を無にせぬためにありがたくこれを受け取って、やや持て余し気味にふろしきに包んで寺を出た。神谷の宿を出はずれた坂路で僕は自分の前を行く一人の癩病《らいびょう》やみに追い付いた。僕はとっさの間にあの餅をこの人にくれて荷物を軽くしようと思いついた。癩病やみはそのきたない顔に美しい笑いを見せて、ちょうどひもじくって弱っているところでしたと、幾度も幾度も礼を言った。そうして僕が軽く挨拶して通り過ぎる後から繰り返し繰り返し嬉しそうに感謝の念をのべた。僕は人にものをやってあんなに嬉しがられたことがない。人から礼を言われてあんなに嬉しかったことがない。僕は自分の餅をくれた動機を考えて恥ずかしくなった。

僕はこの真正に飢えた人を見て羨ましかった。心の底から与えられた幸福を経験する人を見て羨ましかった。癩病やみは柔らかに白い餅の返礼として、真正に求むる者の幸福を僕の眼の前に突き付けてくれた。この中有《ちゅうう》に迷う生活からのがれてむしろかの癩病やみになりたいと思いながら僕は重い心をいだいて山を下った。三年後の今日もまだ僕は真正に求むる者の幸福を知らずにいる。

僕は与えらるる日よりもむしろ求め得る日を待ち兼ねている。しかし道草を食うことの趣味に溺れたる者の上には、おそらく死ぬまでも待ちかねる日はめぐってこないであろう。

5

黒味を帯びた緑は日の影を濃《こ》くして、日の光を鮮《あざや》かにする。初夏の森をさまよって、葉をもるる光の戯れをじッと見つめていると、自分は時として盲が眼を開いたときに感ずるだろうと思われるほどの驚きを感ずる。一瞬の間自然は「始めて見たる」もののごとく新鮮に自分の心に迫ってくる。なんの誇張も虚偽もなく「驚いた」と名づけ得べき瞬間の経験をすることができる自分はなんというしあわせ者であろう。いっさいの哀歌にかかわらず僕の心はいまだ死なかった。ああ僕は黒ずんだ緑と、日の光と、初夏の空気とに感謝する。

（明治四十五年五月十五日正午）

六　夢想《1》の家

1

貧しき者、さびしき者の慰安は夢想である。現実において与えられざる事実といえどもこれを夢裡に経験するは各人の可憐なる自由である。この貧しき国に生まれて、貧しきが中にも貧しき階級に育つ者にとって、もとよりこの夢は灰になるまで実現される期《とき》はあるまい。しかし堅く汚れた床の中に困臥《こんが》する身にも、豊富華麗なる生活を夢みるだけの自由は許されているのである。西洋文明史家の説に従えば古代の心はその末期に至ってしばしば怪しき夢の襲うところとなった、しかしその怪しき夢はついに現実となって、ここに新たなるロマンチックの心が生まれた。現今日本の住宅建築もまたまさしく怪しき夢に襲わるべき時期に逢着している。この夢は国家富力の充実と国民生活の精化とに従って早晩実現されずにはいないであろう。自分の夢はこれらの数多き夢の中の最も見すぼらしい、最も専門に遠い、しかも最も実現しがたき夢に属している。

2

平安朝以後に発達してきた日本住宅建築の特色如何《いかん》という問題に対しては専門家の間に定めて精到な解釈があることであろう。構架の様式、材料の選択、装飾応用の方法等ことごとく日本建築固有の特色があるに違いない。しかし住宅建築は直接に国民生活と緊密の関係を有する実際的設備として芸術家ないし好事者《こうずしゃ》の意匠にのみ放任するわけにゆかない。住宅建築の根本特色を決定する主義となるものはむしろ国民生活の理想である。いかに国民生活の要求をみたし、いかに国民生活に影響するかの点において、住宅建築の精神と特色とは成立するのである。ゆえに今この点において日本住宅建築の特色を求むれば、従来美術史家のしばしば自賛せるところに従って、「自然との調和と抱合」とにありとするほか、自分には新しい見解がない。もとより昔の寝殿造《しんでんづくり》、書院造のごときは、今日われわれの起臥する家屋のように、吹きさらし同様ともいうべきほど完全をきわめたる「自然との抱合」を実現していなかったであろう。しかしその主義は依然として家屋内における自然（外界）の支配を許容し歓迎するにあったことは疑いがない。

3

もっとも「自然との調和抱合」といっても外より見ると内より見ると二様の区別がある。外より見るとは街頭を行きもしくは山荘を訪《と》う人の眼に周囲との調和が美しく浮かび出ることである。かくのごとき調和はもとより無条件に望ましいことに違いない。しかし住宅建築本来の目的からいえばかくのごときはむしろ枝葉の閑問題である。吾人は盆景の中に陶製の家屋を置くように、自然景を点綴《てんてい》し補充し装飾するために住宅を築くのではない。快く、暖かに、柔らかにその中に住み、静かに読書し思索し恋愛し団欒《だんらん》し休息し安眠するがために住宅の功を起こすのである。したがって自然と抱合するの主義もまた主として内に住む人の立場から解釈しなければならぬ。縁にたたずみて庭を眺め虫を聞き、障子を開いて森に対し月を見るの便を主とするがごときは、すなわち内より見たる自然との抱合である。

4

自然が柔らかに温《あたた》かく吾人の生活を包むかぎりにおいて、自然が吾人の思索と事業とに対する専念を妨げるほど積極的に働きかけてこないかぎりにおいて、自然との抱合を理想とする住宅はもとより望ましいことである。しかし自然は常に笑ってばかりいない。静かに晴れ渡る若干の日と、降る雨のしめやかに、柔らかに、煙こむる若干の日とを除けば空は常に怒るか曇るか泣くかである。驟雨《しゅうう》や強雨は障子をあけて眺めている間こそ豪爽《ごうそう》であるが、読者思索労作のいずれに対してもずいぶん落ちつかぬ気分を誘いがちである。ことに灰色の雲の押しかぶさる日と、風のざわざわ騒ぐ日はたまらない。しかるに従来の住宅建築にはこれらの影響を調節する機関が備わっていないから吾人は野にたたずむ乞食《こじき》のごとく自然の支配に身を任せなければならないのである。雨の強い日、風の烈しい日は雨戸を締めなければじっとしていられないのは吾人の住む明治の住宅である。しかも障子を締めても雨戸を閉ざしても一家を包囲する自然の情調は遠慮なく室内に侵入してくるのである。ことに外部の音響に対する防御機関の具備していないことは都会生活をする者にとってとりわけ厳酷なる責罰である。無数の騒音が波濤《はとう》のごとく沸き立つ中にあって軽薄なる住宅に一身を託する生活はずいぶんたまらない。自然（街頭の音響周囲の人事をも含《おも》む）の調子のはるかに温柔であった時代、もしくは自然のもたらす情調を呼吸することをもって生活の重なる内容とすることができた時代においては、自然との抱合を主義とする住宅も生活の理想と大なる矛盾を感ぜずにいられたであろう。吾人のごとく興奮しやすく疲労しやすき神経を持って峻嶮なる自然と人事との中に生息する者にとって、住宅建築は城砦《じょうさい》のごとく吾人の生活を外界の襲撃から保護してくれるものでなければならぬ。自分の怪しき夢はすでに根本主義において在来の住宅に不満を感ずるのである。特に借屋住居《ずまい》の身として節度なき自然の襲撃に疲れたる心にはこの不満がいっそう苦しさをもって迫りきたるのである。自分の夢想の家は「求心的統一」を、「外界よりの分離」を主義としている。

5

かくのごとき主義の転換は日本建築の様式に少なからぬ変化を要求するようになるかもしれない。漫遊の外客は必ずこれを痛惜し、保守と事大とを兼ぬる美術家は必ずこれに付和するであろう。しかし吾人は祖先のために隠居所を建立するにあらずして、自己および子孫のために住宅を建築するのである。外国人のエキゾティシズムに満足を与えるための見せ物を造るにあらずして、自らの身と心とを住ましむべき安宅を設計するのである。大極殿の再建と住宅建築の様式とは自ら区別して考えられなければならぬ。内より迫る必要は内より吾人の生活を変形してゆく。吾人はこの力に身を任せるに何の躊躇をも要しないのである。自分は将来に向かって日本の美術と日本の文学と日本の思想と日本の文明とを造るに最も適当なる住宅を求むるにすぎない。

6

外界の侵入、特に音響の侵入を防ぐために、夢想の家は石造でなければならぬ（石造と通気および温度との関係は専門家に諮《はか》るより仕方がない）。少なくとも外界の威力を防遏《ぼうあつ》して独立の世界を形成するに堪えるほどの威厳ある材料によって構成されなければならぬ。採光は自然の晴曇明暗に絶対的支配権を与えぬ範囲において明るい方を好み、従来の日本建築に比していま少しく暗くいま少しく深味のある光を採る。夢想の家にあって自然は利用さるべき者であって支配すべき者ではない。屋内の情調を構成する要素はその構造および装飾から吹ききたる一定の気分でなければならぬ。屋内の情調に変化を与うる権力もまた居住者の掌中に握って、自然の気まぐれなる干渉を許さない。

7

夢想の家にあっては一構えの総体が外界に対して独立するがごとく、各室もまた相互に独立してそれぞれの自由を保たなければならぬ。在来の日本建築に在っては外界に対する独立が曖昧であったと同時に各室の独立もまたはなはだ不安であった。襖《ふすま》と障子とはきわめて信頼すべからざる障壁である。室と室との間には音響が無遠慮に交流し、各室の独立は随時の闖入を予想する不安に慄《ふる》えている。したがって読書も思索も安眠も恋愛もすべてその専念と集注と沈潜とを奪われて、真正なる孤独の経験は容易に居住者の精神を見舞わない。自らを孤独の境に置くことの自由を奪わるるは生活の真味に徹せんとする個人にとってまことに非常なる損害である。ゆえに夢想の家の各室は相互の孤独を十分に尊敬することをもって理想とする。主要なる室には必ず次の間がある。次の間と廊下との境には重い扉があって内から鍵をかけるように設備されてある。夢想の家に住む者は重い扉と次の間とを隔てて廊下の遠い音を聴きながら、外界の闖入《ちんにゅう》を防御したる石造の室にあって読書し思索し恋愛するのである。真正の孤独と閑寂とを領して魂の眼を内に向けるのである。

8

夢想の家の室内装飾は各種の情緒情調と調和してこれらと共鳴し助成するものでなければならぬ。

あまりに積極的に自己を主張するものは室内生活の凝滞《ぎょうたい》を誘致する危険がある。書斎の壁は緑に燃ゆる五月の草の色に塗り（または張り）たい。寝室の壁は北の国の新月に似た蒼色に塗ろう。書斎の空気は暖かに柔らかに心を包むことを要する。寝室の空気は寒いという感じもなく、悲哀の情緒をも刺激せぬかぎり、ただ無限に沈静の情調を吹いて精神を安静の境に誘致することを理想とする。寝室の窓には深くカーテンをたれて昼間といえども刺激に疲れて焦燥し興奮したる精神の避難所とする。

9

夢想の家も決して自然との抱合を拒まない。静かなる雨の音、遠き蛙の声、暁の枕に通う鶯《うぐいす》の音、寝室のガラス窓《まど》をのぞく木立と月光、これらの情調を歓迎するがために開閉の自在なる厚いガラスの窓とさまざまの色に染めたカーテンを具えて、書斎または居室において直接に自然と親しむの機縁を開いておく。しかして更に自然との親和を緊密にせんがために、夢想の家には広いバルコンを造る。草色の縁をとった帆布は日光と微雨とに対してバルコンの上に団欒《だんらん》するおとなと子供とを保護する。円卓を囲む椅子には肱《ひじ》つきがある。

10

夢想の家は畳に寝そべる者の懶惰《らんだ》なる安逸を拒まない。しかし畳の触覚と温覚とはあまりに堅くあまりに冷たい。ゆえに畳の代わりにダリアの花のような深紅の色の天鵞絨《ビロード》を張ったソーファ数台を備えて置く。

11

最後に夢想の家の庭園には茶室がなければならぬ。茶室は日本従来の住宅建築の理想の精髄である。常住に自然の支配下に立つにあらざるかぎり、ここに掛け物を愛玩し、ここに湯のたぎる音に心を澄まし、ここに花を品し[1]、ここに雨を愛した祖先の心はすべてなつかしい。夢想の家に住む者は現代の煩雑をのがれて、古き世の夢を見んがために時々この茶室に安息を求めるのである。

12

夢想の家は時を経るに従ってますますその細条を明らかにしてゆくであろう。しかし朝ごとに厨《くりや》の音と子供の泣く音とにさめる身にはなんという遠い世の幽《かす》かな夢であろう。

（明治四十五年六月十七日朝）

七　山上の思索

1

赤城は柔らかになつかしい山である。しかし頭上を密閉する雷雲と、身辺を去来する雲霧と、絶えて行人なき五里の山道とは人工に腐蝕せる都会の子を嚇《おどか》すに十分であった。自分は全存在の根底を脅かして殺到しきたる自然の威力の前に戦慄しながら、自分の生活のいかに宇宙の真相に徹すること浅く、漂蕩し、浮動し、児戯し、修飾する生活であるかを思った。この大宇宙の中にあって、自分が自由に快活に呼吸し得る空気、自分の生活が真正に自己の領域として享受し得る元素《エレメント》はきわめて少ない。一度家庭と朋友との団欒を離れ、一歩を都門の外に踏み出せば、自分の情調は直《ただ》ちに混乱と迷惑とにおちいらざるを得ない。今大自然の威力と面々相接して自分はしきりに自我の縮小を感ずる。しかしこの感情を征服して大自然と合一することあたわざるがゆえに、換言すれば生死を度外に付して威圧せらるるの自己を威圧するの自然と触合せしむることあたわざるがゆえに、自分の意識を占領する者は常に恐怖不安矛盾の情調であって崇高の感情《エアハーベン》はついに成立しないのである。自分のかつて経験したる崇高は自然と面接してその威力と融合しえたる雄偉なる先人の魂を掩堡《えんぽう》として、芸術品の影に身を潜めつつ、親の手にすがりながらわずかにおそろしき物の一瞥を窃《ぬす》む小児のごとく、かろうじて近づき得たる矮小《わいしょう》なる影の国にすぎなかった。真正に崇高を解する者は、換言すれば真正なる崇高の創造者は、自己の全存在を大自然の前に投げ出してその威力と親和抱合し、その威力とともに動きともに楽しむ者でなければならぬ。生活の根底を深く宇宙の威力の中に託する者でなければならぬ。ああわが魂よ、汝融和抱合の歓喜を知らざる矮小なる者よ、汝根底にいたらずして、浮萍《うきぐさ》のごとく動揺する迷妄の影よ、肆意《しい》にして貧弱なる選択の上にその生を託する不安の子よ。汝の道は遠い。汝の道は遠い。

2

社会の前に、歴史の前に、他の人類の前に、自分はあまりに多くのジャスティフィケーション(1)を持っている。したがって真正の謙遜を感ずることができない。反語(2)と皮肉とに飽和したる自分の道徳は自分の魂をゴムのごとく砕けがたく、鰻《うなぎ》のごとく捕捉しえざる存在にしてしまった。今、旧約の神エホバは自然の威力の名において雷雲の中より自分の魂を圧迫する。自分の弱小なる精神と肉体とはエホバの前にはなんらのジャスティフィケーションもなく、赤裸々の姿を暴露して戦慄し慴《しょう》伏《ふく》する。文明と都会とに害毒せられたる自分の魂は、自然と野蛮との神によりてまずその心を砕かれ、根底から邪気を洗われなければならないのかもしれない。自分は今驕慢と恐怖と反抗と相錯綜《さくそう》する心をもって人跡未到の深山大沢にエホバを礼拝する者の心を思う。まずその魂を襲い来たるべき無限の寂寞と恐怖と無力の自覚《オーンマハト》とは眉を圧するばかり鮮《あざや》かに自分の想像に迫ってくる。更にこの感情をユーバァヴィンデン(3)してその上に出で、始めてエホバをわが神、わが父と呼び得べき日の暁の心——心を衝《つ》きて湧き来たる無限の力と、青くひそやかに全心を涵《ひた》すべき無限の静寂と——もまたわが予感する心の上に、幽かにはるかなる影を落としてくる。

3

自然はいかに荒涼寂寞をきわめていても二人三人と隊を組んでこの荒涼の中を探る者は要するに社会を率いて自然に迫るのである。社会の掩護《えんご》の下に自然を強要するのである。徹頭徹尾ただ自己一身を挺して、端的に自然に面する者にあらざれば、真正に孤独を経験し、真正に自然の威力を経験することができまい。単身をもってフレムト(1)なる力の中に侵入してゆくとき、フレムトなる力の中に自己を没却してしかもその中に無限の親愛《フロイントシャフト》を開拓しゆくとき、始めて真正に自己の中に動く力の頼もしさを感ずるを得よう。自分は人跡未到の地に入る探検者と名山霊地を開ける名僧知識の心境に対して大なる崇敬の情を捧げる。エホバと和らげる心も、未知の領域に邁往する勇気も荒涼たる自然の中にあって新鮮に緊張せる情調も——ことごとく羨ましからぬものはない。物質の世界においても、精神の世界においても常にこの「深み」と「張り」と「力」がほしい。

4

人影も人里も見えぬ松の大木の並木路をたどるときには、どんなにか人というものの臭《におい》が恋しかったであろう。牛馬の踏み荒らした無数の細路の間に迷って、山巓《さんてん》から襲いくる霧の中に立ち尽くしたとき、ふと眼にはいった牧牛者の影はどんなにか自分の心を温《あたた》めたであろう。牧牛者は半里の山道を迂回して自分を宿屋の前まで案内してくれた。自分は礼心に袂《たもと》の中にあった吸い残りの「八雲」(2)をあげた。牧牛者は気の毒そうに礼を言って霧の中に隠れて行った。

社会を離れて自然と自己との中に没入せんとするとき、自分はいよいよ社会的要求の徹骨徹髄なるを悟る。自らを社会より遠ざけるとき、自分はますます社会と自己とをつなぐ縷《つづれ》のごとく細きもののいかに自分の生活にとって切要であるかを知る。余は山に入るに先だって、山巓に自分を待つべき静かなる旅舎と、綿の入った蒲団と、温かなる飯と、夜を照らす灯火と、身を浸すべき湯と、親切なる主人とを予想して来た。山に落ちついた後、日ごとに待たれるものは親しき人々の音信である。余が自然と自己との中に沈湎《ちんめん》すればするほど、自分の周囲にあってこの沈湎をささえてくれる人というもの——社会というもの——の温かなる好意が必要になってくる。山中に迷う者を正路に導くことは八銭の「八雲」をもって報いらるべき好意ではない。自分を快適に心の世界に逍遥せしむるために万般の煩瑣《はんさ》なる世話を焼いてくれることは、決して五十銭や一円の旅籠《はたご》料をもって償い尽くすことができない。余は山に入って始めて切実に社会に対する感謝の念を覚える。全然社会を蔑視し去るは忘恩である。

高きに翔《かけ》る心が矮小《わいしょう》なる者を蔑視し、卑俗なる者を嘲笑するはやむをえない。しかし純朴なる同胞の感情、小児のごとき社会的愛情を失うことは決して些少《さしょう》なる損害ではない。

5

社会を嫌悪するは余が生活の一面にすぎない。社会と隔離するは余が要求の一面にすぎない。人類を嘲笑するは余が感情の一面にすぎない。真正の希望は社会と融和し人類と親愛したいのである。自然と社会と自己と、三面協和するにあらざれば吾人の生活はついに全きを得ない。いっさいを包容する底知れぬ心を思うとき、余が心は羞恥と憧憬とに躍る。

6

妥協を忌む、孤立を忌む、狷介(1)を忌む。しかも真正なる融和包摂の心境の容易に到達しえざることを思えば、惨としてわが心痛む。

7

都会の猥雑《わいざつ》なる刺激をのがれて、静かに本を読み仕事をするために自分は山の中に来た。しかし山の中に来て見れば自然はあまりに問題に富み、自然はあまりに自らの命に溢れている。紙に刷った文字の奥に浮かぶおぼろな人生や、概念と概念とを校量し区別し排列する思索などを押しのけて、自然は今自分の生活の内容を満たしている。読書と思索とに倦《う》んだ際のリフレッシュメント(2)に利用せんとしたのはあまりに自然を軽蔑した仕打ちであった。躑躅《つつじ》の花の咲き残る細径は楢《なら》の森を出つ入りつして、ゆるやかに峠《とうげ》のほうに上っている。自分は朝露の置く若草を踏みながら、いろいろのことを思いつつ行く。

8

人を相手にする生活はずいぶん苦しいことが多い。相手にする人もまた自己と同じように弱い。気の変わりやすい、自己と自然と社会とのすべてについてさまざまの苦悩をつつんでいる人間であることを思うとき、少なくとも相手の心持を察してこれを労《いたわ》らなければならぬだけの苦労がある。自分の察しが至らぬために知らず識らずその神経を無視することはあろう。ふざける興味の図に乗ってある程度まで人の神経を玩具にするような粗野な振舞いもまたないとはいえない。しかし大体からいえば、憤怒と憎悪と軽蔑とに燃えてあえてデリカシーを無視する僅少の場合を除けば、人と人との間には相互に交譲する可憐なる苦労の絶え間もない。交譲はもとより愛の発表である。しかしたとい愛の発表であっても、常に自分を加減し塩梅《あんばい》する不自然と、わがままに自分の全体を露出し得ざるもどかしさと、相手に対する愛の名においてその前に自分のいくぶんを詐《いつわ》っていると意識する心もとなさと、これらの入り乱れた感情が人と人との間に霧のごとく立ち迷って真正に心の底の底までさらけ出した朗らかな融合を経験することは人の一生に幾度もないであろう。親愛する魂と魂との間においてもすでにそうである。まして複雑なる利害の関係が混入しやすい他人同士の応接ははなはだ厭《いと》わしい場合が多い。人間は同類の間において多く孤独である。途中の遭逢にあたっても素朴なる同類の親愛を感ずるほどの優《やさ》しさを持っていながら、人の魂と魂とはなぜか容易に根底から一致することができない。

　同類の間にあって孤独なる人の魂は自然に向かって響きを一つ《アインシュティメン》にするの相手を求める。自然にももとより個性がある。ある自然は自分を威圧しある自然は自分を拒斥する。しかし自然には自分の弱い神経を痛ましめてまでも労《いたわ》ってやらなければならぬほどの脆《もろ》さがない。思いがけない方面《フェース》に触れて顔をそむけなければならぬほどの卑しさがない。自然の前に自分はわがままに露骨に自分の心をさらけ出すことができる。自分の心をさらけ出せば、いやしくも自分と親しみを感ずるほどの自然ならば必ず自分と同じ心に動いてくれる。自然の前に自分は孤独ではない。暗室の中に一人さびしい思いを培《つちか》うと、調べを等しくする自然の中に独歩するときと、吾人の経験の色調のいかに性質を異にするかを思え。同類の中にあって孤独なる人の魂に、自然は始めて奥底なき親しみと無限の融和《アインシテインミヒカイト》との歓喜を教えるのである。

しかし自分の親愛を感ずるはただ特定[1]の自然である。ああ[2]エホバと親愛しうる魂となり得んには、雲霧と雷霆《らいてい》との中にあってこれを親愛しうる魂となり得んには——

（明治四十五年七月六日夕）

八　生と死と

1

死をおそれざることの論理——一厭世者《えんせいしゃ》の手記より。

余の生に何の執着に値いする内容があるか。すべての経験はこれと矛盾するなんらかの記憶、なんらかの予想、なんらかの論理に脅かされて、酒は水と交わり、形は影と混じ、現在は過去と未来とに汚されている。全心をあげて追求すべき目標も、全身を抛《なげう》って愛着すべき対象も、全存在を震撼《しんかん》すべき歓喜と悲痛ももはや余にとっては存在していない。絶滅の恐怖はただ絶滅せしむるに忍びざる何物かを確実に占有する者にのみ許さるる情緒である。真正に生きる者にのみ許さるる経験である。しかるに今死が余より奪わんと脅すところは真正の生にあらずしてただ生の影である。余の前に置かれたる選択は生か死かにあらずして、生の影か死か、死に劣る生か死かにすぎない。もとより余は浅薄なる愛情によって親朋につながれている。余は彼らの世界から消失することを悲しみ、余の死を慟哭《どうこく》すべき彼らの悲哀をあわれむ。しかし余に真正の生を教えるの力なきいっさいの関係は要するに余にとって真正に存在の価値があるものではない。彼らは畢竟《ひっきょう》未練にすぎない。幻想にすぎない。この未練を擺脱《はいだつ》すれば、余は常に死に対して準備されている。死よ。汝の欲する時に来たりて余を奪い去れ。

加うるに死は生の自然の継続である。最もよき生の後に最も悪き死が来る理由がない。死と死後とは人知の測り知るべからざるところであるが、ただ死に対する最良の準備が最もよく生きることにあるは疑いがない。名匠の手に成れる戯曲は最後の幕もまた美しいに違いがない。余の問題はこの苦痛と戦い、この悲哀と鈍麻(1)との波をわけていかにこの生の価値を創造すべきかにある。創造の成果ははなはだ疑わしい。しかし余が生存する間はこのことを外にして第一義の問題がない、第一義の事業がない。死の恐怖は痴人の閑問題である。

2

死を恐怖することの論理――一懐疑者(2)の手記より。

わが生にはいまだ深き執着に値いする内容がない。しかしこの判断は現在の余の事実に適用するのみである。この判断はいっさいの生をあげてその価値を否定し、余が生の蓋然性《プロバビリティ》と可能性《ポシビリティ》とをことごとく破壊し去るだけの力を持っていない。いっさいの生と、そのプロバビリティとポシビリティとをあげて無価値と断じ去る者こそ真正に死をおそれない者であろうが、かくのごとく断じ去るは厭世者の誇張である。飛跳《シュプルング》である。質実にして謙遜なる反省の上に立脚する者は、いまだ知らざる生の予感に動かされて、かえって深く生を執着することを知る。真正に生きたる者は即下に絶滅するもなお余は真に生きたりと信ずる自覚が慰《い》藉《しゃ》となる。真生の予想に生きる者はこの予想を絶滅せんとする死に対して特別の戦慄なきを得ない。死はその人の生を根底から虚無に帰せしめるからである。余は生きず、余は生きんと欲す、ゆえに余は死をおそる。余の死を恐るるは嫩芽《わかめ》の霜を恐るる心である。

余はとうてい生きる力を持っていない者かもしれない。生に対する憧憬をいだいて永久に生きることのできない者かもしれない。しかし余が肉体の生命を保つかぎり、現在の事実として余には「生きんと欲する意志」がある。「生きんと欲する意志」は盲目に本能的に死をおそれている。しかるに死は常に一躍して余を捕えることをしない。鼠を弄《もてあそ》ぶ猫のごとくしばしば余の「生きんと欲する意志」を脅かして余が生に不安の影を落す。余を死に導く力に対してなんらの覚悟なきかぎり、吾人の生には常に死の影が交わっている。(1)一度自己を保護する薄弱なる人工の揺籃を離れて、人間と社会と文明とを包囲してその運命を掌中に握る偉大なるエホバの前に立つとき、死の不安は刻々吾人を脅かして、生きるだに堪えざらしめる。吾人は吾人の生を確立せんがために吾人を死なしむる力を凝視しなければならない。死の恐怖は吾人の生を生の根底に駆る。

しかして死が最後にその鉄腕を伸ばして急遽に余を襲う時、死に対してなんらの準備なき余は、このフレムトなる力と対抗して不安に満ち、絶望に満ち、戦慄と動乱とに満ちてその手に落ちるであろう。余は死の刹那におけるかくのごとき精神的苦悶を予想するに堪えない。単にこの刹那に対する準備のためにも、死の恐怖はなんらかの解決を強請する問題といわなければならぬ。

ああ「余を死に導く力」よ。余は汝を諦視(2)し汝を理解せんと欲す。汝の中に潜む「必然」を認めてこれと握手せんと欲す。これと握手して余の一身を死に託せんと欲す。死を恐怖せざるの論理は胡魔化《ごまか》しにすぎぬ。感覚鈍麻にすぎぬ。

3

余には死に対するなんらの準備もない。余は暴漢の手に捕えられたる妙齢の処女のごとく、全力をあげたる抗争と、肺腑《はいふ》を絞り尽くしたる絶叫の後、力尽きてようやく死の手に帰するであろう。

4

余が急遽《きゆうきよ》に死の手に奪い去られたとする。余の死後にこの日記が残ったとする。この日記を読んで、余がただ死に対する不安恐怖の念にのみ満たされて、なんら安立の地を得なかったことを発見するとき、余を愛する者の悲哀は実に絶大にして、全く慰藉の途《みち》なきを覚えるであろう。しかし後人に残す悲哀がいかに絶大であってもこのことは事実である。余は死に対する不安と動乱とに満ちて死んだのである。死に対する諦めもなく、死後の生活に対する光明もなく、みじめに力なく死んだのである。――もし死の瞬間に奇蹟的の経験が起こって余の精神を霊化するにあらざれば。

5

余を包囲する不思議なる力よ。余は汝を神と呼ぶべきか悪(1)魔と呼ぶべきか、摂理と呼ぶべきか運命と呼ぶべきか、自然と呼ぶべきか歴史と呼ぶべきかを知らない。ただ余は汝が余のいっさいの生活――歓喜と悲哀と恋愛と罪悪と――を漂わしゆく絶大なる力なることを知る。やむをえずんば余は汝に対して弱小なる余をあわれめと言おう。しかし許さるべくば余はいっさいのセンチメンタルなる哀泣と嘆願とを避けて、ただ汝と一つにならんことを祈りたい。汝とともに働き、汝とともに戯れ、汝とともに残(2)虐し、汝とともに慈愛する者とならんことを祈りたい。

（明治四十五年七月六日夜）

九　[1]三様の対立

1

人はわれ持てりという。余はわれ持たずという。人は確信し宣言し主張する。余は困惑し逡巡し、自らの迷妄を凝視する。人はニーチェのごとく自覚の高みにあって迷える者を下瞰《かかん》する。余は麓に迷いてはるかに雲深き峰頭を仰ぐ。人は一筋に前へ前へと雄叫《おたけ》びする。余は前へ進まんとして足を縛られたるがごとき焦燥に捕えられながら、自らの腑甲斐《ふがい》なきに涙ぐむ。人は日の光の鮮かに輝き渡る中にあって占有と労働との喜びに満ち溢れている。余は霧のごときものの常に身辺を囲繞《いじょう》して晴れざることを嘆ずる。彼らは楽観し余は悲観する。彼らは肯定し余は否定に傾く。余をして悲観と否定とに傾かしむる者は余の生活と運命とを支配する不思議なる力である。不思議なる力の命ずるかぎり、余はこの苦しき生活に甘んじて、[2]身辺方寸の霧を照らすべき微光を点じて生きながらえなければならぬ。ああしかし暗き否定の底にも洞穴に忍び寄る潮のごとくかすかににじみくる肯定の心よ。思いがけもなく、ひそやかに、ほのかに、夕月の光のごとく疑惑の森に匂《にお》いくる肯定の歓喜よ。この悲しき中にも温《あたた》かなる思いは、強暴なる肯定者に奪われて、ひとり脆弱《ぜいじゃく》なる否定者にのみ恵まるる人生の味であろう。

2

余は自覚せりと自信することはそれ自身においてすでに力であるに違いない。しかしただ自覚せりと自信する輪郭のみあって、自覚の内容が渾沌《こんとん》と薄弱とをきわめているならば――きわめて薄弱なる内容にもきわめて強烈なる自信が付随しうることを忘れてはならぬ――何の彼らを珍重するまでもなく、(1)巣鴨に行きさえすればその(2)尤《ゆう》なる者が室と室とを相接して虎視《こし》しているのである。自覚の価値と真実とを立証するものは自信にあらずして内容である。力に満ちたる内容である。

自覚することと自覚を発表することとは本来別物である、内容を有することと内容を発表することともまた本来別物である。しかし単に自覚の自信のみを発表して自覚の内容を発表せぬ者が、世間の眼から見て偽予言者とせらるるはやむをえない。発表に値いするものは自信にあらずして内容であるからである。

今の世にもまた自覚せりと称する者が少なくない。しかし少数の謙遜なる自覚者を除けば、彼らの自覚の内容は余のごとき(3)懐疑者の眼から見てさえ気の毒なほど新鮮を欠き緻密を欠き真実を欠いている。余は無内容なる自覚者の外剛内柔なる態度を見るとき、まず微笑し苦笑する。彼らがなお自ら恥ずることを知らずして、野蛮に他人を圧迫するとき、余は声をあげて嘲笑をさえしてやろうと思う。自分にも身辺方寸の霧を照らす微光はある。

内容を示せ。内容を示せ。

3

ダンテは自分の罪は傲慢《プライド》と羨望《エンヴィ》とにあると言ったと聞く。余の罪もまた傲慢《プライド》と羨望《エンヴィ》とにあるらしい。力においてダンテに似ずして罪においてダンテに似るは余の悲哀である。

4

独創を誇るは多くの場合において最も悪き意味における無学者の一人よがりである。古人および今人の思想と生活とに対して広き知識と深き理解と公平なる同情とを有する者は、いたるところに自己に類似してしかも自己を凌駕《りょうが》する思想と生活とに逢着するがゆえに、廉価なる独創の誇りを振りかざさない。古人および今人に美しき先蹤《せんしょう》あるを知らずして、古き思想を新しき独創として誇説する無学者の姿ほど醜くもいたましくも滑稽なるものは少ない。

自分の生活と思想とを独得にせんがために古人および今人と共通なる内容を駆逐するは、吾人の生活を極端に貧しくすることである。プラトン、パウロ、アウグスティヌス、聖フランチェスコ、スピノザ、カント、ゲーテ、ショーペンハウアー、ニーチェ、ロダンらの思想と生活とを拒んで吾人はいかなる新生活を独創すべきであるか。

机上の万葉集をとる。「朝《つと》に行く雁《かり》の鳴く音は吾が如《ごと》く物思へかも声の悲しき」という歌の思いは明治の今日において更に歌い返すべき社会的必要のない歌であろう。万葉歌人の歌の内容をそのままに歌い返すことは明治の歌人の恥辱であろう。しかし歌う必要のないことも経験する必要はある。この歌の思いをしみじみと身に覚えることができないことはいかなる世においてもその人の生活の欠陥である。一度書き表わされたことはその物が失われぬかぎり再び書き返す必要がない。一度発見せられたる真実はすべての時に渡りてすべての人の胸にかみしめられることを要する。独創を急ぐは発表にのみ生きる者の卑しさである。

自己の生活を自然に発展せしめゆく間に、先人および今人の経験に逢着して「ここだな」と膝を打つ場合がある。彼らと同感してその真意義に悟入する場合がある。これらはすべて自己にとりて新たなる獲得であって決して模倣ではない。

　自己の中に他人と異なる性格があり、現代に他の時代と異なる要求があるかぎり、吾人は先人および他人と異なる者とならずにはいない。しいて自己を他人と異なれる者にしようとする努力は人生の外道にすぎない。商売人の成功策にすぎない。この努力がいかにその人を高処に押し進めても、その人の生活には必ず人生の至醇《しじゅん》なる味に接触しえざる一味の空虚があるに違いない。

　自己を圧迫し強制するものとして先人の経験は悪しき「型」である。自己の望んで得ざるところを実現せるものとして、自己の進撃せんとする方向を標示するものとして、先人の経験はいとよき型である。吾人は悪しき型を蹂躙《じゅうりん》するとともによき型を崇敬することを知らなければならぬ。先人が経験して吾人がいまだ経験せざるところ、古人が残し置きたる経験にして吾人の悟入を要するところ――吾人の前にはいかにいとよき型の多いことであろう。われらはこれらのいとよき型の前に真正の謙遜と敬虔とを学ばなければならぬ。悟入と模倣と一致と追随とを区別するはきわめてデリケートな問題である。

　余は他人と区別するための独創を求めずして、ただ生活の中核に徹するの真実を求める。余は先人および今人と一致することを恥じずしてむしろ内的必然を離れたる珍説を恥とする。

5

　心の内に皮肉なる者の声が聞こえる――汝の思想と生活とが先人および今人と共通することの恥辱にあらざるはすでにこれを領す[1]。汝の発表する思想と生活とが古人および今人の思想と生活とに比して何の特色もなくば、どこに存在の理由があるか。

余はこの詰問に対して答うる所以《ゆえん》を知らない。無学にして懶惰なる余は、余の思想と生活とがいかに古人および今人と一致し、いかに古人および今人と異なるかを判定するの力をすら持っていない。ただ余のいうところが古人のいうところと何の異なるところがない場合においても、余自身の生命を裏づけて再びこれを繰り返すところにかすかなる満足を感ずるだけである。

（明治四十五年七月八日午前）

十　蚊帳

1

蚊帳《かや》は艶なもの、悲しいもの、親しみの深いなつかしいものである。木綿《もめん》の蚊帳はあの手触《てさわ》りのへなへなところから、あの安っぽい褪《さ》めやすい青色まで、いかにも貧乏らしくて情けないが、麻の蚊帳の古い錦絵《にしきえ》に見るような青色や、打ちたての生蕎麦《きそば》のようなシャリシャリした手触りや、絽《ろ》の蚊帳の軽い、滑《なめ》らかな、涼しい視覚触覚など、蚊帳そのものの感じがすでに夏らしくさわやかな気分を誘ってくる。更にこれを人事と連関させてくると蚊帳のもたらす情調はずいぶん複雑に豊富になる。中形《ちゅうがた》の浴衣《ゆかた》に淡紅色《ときいろ》の扱帯《しごき》しどけなく、か細く白い腕もあらわに、鬢《びん》のほつれ毛をかき上げている姿が、青い蚊帳の中に幽《かす》かに透いて見える場合もあろう。病人の蒼白《あおじろ》い額にフツフツと浮かぶ汗の玉を蚊帳越しにのぞいて見る痛ましい夜もあろう。幽霊は蚊帳の中には這入《はい》れないから、恨めしい人の寝姿を睨《にら》みながら夜通し蚊帳のぐるりをめぐるという。雷よけの昼蚊帳は(1)加賀鳶《かがとび》梅吉の女房にあらぬ(2)濡衣《ぬれぎぬ》をも着せた。蚊帳という青い物は凄《ものすご》い上にも色っぽく夏の生活をいろどっている。

2

一つ蚊帳に寝ることは一つ部屋《へや》に寝るというよりもはるかに相手との親しみを深くする。久しぶりで逢った友達でも、広い部屋に離れ離れに寝るよりは小さい蚊帳の中に枕を並べて、互いの汗の香を嗅《か》ぎながら寝苦しい一夜を明かしたほうが、どのくらい思い出の色が濃いことであろう。野と衢《ちまた》とは人と人との住むところとしてあまりにあわただしく、あまりに空漠である。人と人との魂の距離をちぢめるために人の家はある。更にその距離を近くせんがために人の住む部屋はある。人住む部屋の中に一区を画して、人と人との魂の呼吸を最も親密に相通わしむるものは夏の夜の蚊帳である。

3

夜遅《おそ》く外から帰って自分の居間に通る。細目《ほそめ》につけてあるランプの光が蚊帳にうつっているのを見るときの心持。蚊帳の中に幽かな寝息をきくときの心持。

4

母親は添え乳の手枕を離れて、乳房を懐《ふところ》の中にかくしながら、スヤスヤと眠っている子の上にソッと幌蛔《ほろがや》をかける。女性独得の世界と女性独得の幸福が涙を誘う柔らかさをもって男の想像の世界に迫ってくる。

5

自分は田舎《いなか》で育った。田舎ではたいていの家に土蔵があって、蚊帳などは秋の初めからあくる年の夏が来るまで土蔵の隅に押し込められている。下水の孑孑《ぼうふら》がそろそろ蚊になり出すころに、祖母はきっと土蔵に蚊帳を取り出しに行く。根付《ねつけ》のように祖母のあとを追い回していた自分はよく土蔵の中についていったものであった。蔵の二階の薄暗い隅から幽かにうなりながら飛び出す二、三の昼蚊の羽音と、一年目に日の目を見る蚊帳の古臭いにおいとは、自分の幼い頭にどんなに入梅の予感を刻み込んだことであろう。今でも入梅を思うと、あの音とあのにおいとが幽かに浮かんでくる。

6

秋になって蚊帳を釣らなくなった晩の広さ、さびしさ、うそ寒さもまた忘れることができない。北の国では蚊帳の釣り手のひとり残るころにはもう機織虫《はたおりむし》が壁に来て鳴く。細めたランプの光を暗く浴びながら、蒲団《ふとん》の中に秋らしく小さくくるまって、機織虫の歌をきいて寝たころの心持はいまだにありありと意識の奥に浮かんでくる。初めて蚊帳を釣らなくなった晩にしみじみとものなつかしく秋になったなと感じたあの心持——あの鮮かな、青く澄んだ、ふっくらした感覚をもう一度取り返して、自然のあわれをつくづく味わうことができたら、それ以来積んできたいっさいの経験と知識とを代償とするに何の未練もない。

十一　別れの時

1

ニーチェはしばしば「別れの時」という言葉を使った。彼の超人[1]は一面からいえば幾度か「別れの時」を経過したれる孤独寂寥《せきりょう》の人である。私はツァラトゥストラ[2]を読むごとに、この「別れの時」という言葉の含蓄に撃たれる。ニーチェ自身もまた「別れの時」を重ねたる悲しき経験を有し、「別れの時」の悲哀と憂愁と温柔と縹緲《ひょうびょう》とに対する微細なる感覚を持っていたに違いない。その極愛せる祖母の死は早くも彼に「別れの時」のせつなさを教えた。後年ワーグナー[3]およびその徒とそむき去ったことがいかに深刻なる「別れの時」の悲哀を彼の脳裏に刻み込んだかはいまさら繰り返すまでもないことである。彼の思想は彼の生活の寂寞を犠牲として購《あがな》われたる高価なる「必然」であった。これゆえに私は彼の思想の真実を信じ、これゆえに私は彼の人格の純潔と多感とをなつかしむのである。

概括せる断言は私のはばかるところであるが、私の心臓の囁《ささや》くところを何らの論理的反省なしに発言することを許されるならば、「別れの時」の感情はあらゆる真正の進歩と革命とに欠くべからざる主観的反映の一面である。あらゆる革命と進歩とに深沈の趣を与えて、その真実を立証する唯一の標識である。「別れの時」の悲哀を伴わざる革命と進歩とは虚偽か誇張か衒耀《げんよう》[4]か、いずれにしても内的必然を欠く浮気の沙汰とよりは思いがたいのである。再び一己の感情に形而上学的背景を与えることを許されるならば、これはおそらくは世界および人生の進化が一面において必然に悲壮の要素を含蓄するからであろう。宇宙および人生をかくのごとく観、かくのごとく感ずる点においてはイプセン[1]もまた吾人の味方である。

　進む者は別れなければならぬ。しかも人が自ら進まんがために別離を告ぐるを要するところは――自らの後に棄て去るを要するところは――かつて自分にとって生命のごとく貴く、恋人のごとくなつかしかったものでなければならぬ。およそ進歩はただ別るるをあえてし、棄て去るをあえてする点においてのみ可能である。かつて貴く、なつかしかったものに別離を告ぐるにあらざれば、新たに貴く、なつかしき者を享受することができない。新たに生命をつかむ者は過去の生命を殺さなければならぬ。真正に進化する者にどうして「別れの時」の悲哀なきを得よう。思えばかくのごとくにして進化する人間の運命は悲しい。「別れの時」の悲哀に堪えぬために進化を拒み過去の生命に執着する卑怯未練の魂も、その情愛のこまやかに心情の柔らかなる点を察すれば、また憎くないといわなければならぬ。

　すべての個人と等しくすべての文明にもまた別れの時がくる。あえてこれを乗り切ると逡巡して進化を拒むとのいずれを問わず、とにかくに別れの時は襲いきたらなければならぬ。客観的に見て日本の文明が「別れの時」に臨んでいることは万人の等しく認むるところである。しかるに「別れの時」の感覚が痛切に人々の主観を襲ってこないのはなぜであろう。

　今の世に「新しい人」をもって自任する人は多い。一方に「過去」を理想として現実を祝う人もまた次第にその数を増してくる有様である。しかしいわゆる「新しい人」ははたして過去の余影をとどめざる全然新しき人であろうか。いわゆる国民精神の擁護者もまたはたして古代理想を一身に体現し尽くした人であろうか。私の見るところでは、かくのごときは両者ともにほとんど絶無に近い。事実上彼らはともに半ば新しく半ば旧き、不可思議なる混血児であって、ただ理想上あるいは新におもむきあるいは旧に傾向するにすぎないのである。したがって新と旧との戦いはあえて社会一般に投影するまでもなく、彼ら自身の中にその惨澹たる姿を現じなければならぬはずである。しかるに何事ぞ事実はこれに反して、いわゆる「新しき人」は全然自らあずかり知らぬ者のごとくに旧を嘲り、いわゆる「国民精神の擁護者」は暴君のごとき権威と自信と――並びに無知とをもって新を難じている。かくのごときはいまだ問題をその焦点に持ち来たすことを知らざる無自覚の閑葛藤であって、哲学的にいえばいまだ真正に「別れの時」の問題に触れざる者である。「別れの時」の感覚が痛切に各人の主観に迫り来たらざるもとより当然といわなければならぬ。「別れの時」の感覚を伴わざるがゆえに、保守と急進との理想は日本の文明においていまだ決然たる対立を形成していない。「別れの時」の感覚は保守と急進との間に一味心情の交感を与える、同時に避くべからざる抗争の悲壮なる自覚を与える。

　いわゆる「新しき人」は、まず自己の中にありて「旧」のいかに貴きかを見よ。見てしかしてこれを否定せよ。「別れの時」の悲哀を力としてかえって更に強く「新」を肯定するの寂寥に堪えよ。いわゆる「保守」の士はまず自己に感染して強健なる過去の本能を侵蝕せんとする「新」の前に恥じかつ恐れよ。「別離」に堪えざるの濃情をもって強く「旧」を保持し、激しく「新」を反撥せよ。かくのごとくにして両者の思想に始めて真実と悲壮と深刻とがあるであろう。

2

他人のために自らの身を殺し得る人の心情は尊い。他人の生活を直ちに自己の生活の内容として、その人の死によりて直ちに自己の生活の中心義を奪われたと感ずるほど、深く他人を愛し、深く他人の魂と相結ぶことを得る人の心情は羨ましさの限りである。真正に愛を解し、真正に他人と自己との融合を経験するを得る純潔高貴なる魂にして、始めて他人の死を悲しみて自刃するを得るのである。私はこの高貴なる魂の前に、真正に他人との融合を経験しえず、純粋に個我を離れたる愛情に一身を託するを得ざる自分の矮小《わいしよう》なる姿を恥ざるを得ない。少なくとも純一なる主義、純一なる力をもって自己の生活を一貫するを得ざる自らの迷妄を恥じざるを得ない。恋愛のために殉ずる人も、君主のために殉ずる人も、自分の不純を鞭《むち》うつにおいては二致あるを感じないのである。

私は乃木大将の自殺が純粋の殉死であるか否かを知らない。またたとい純粋に殉死であるとしても、その道義的意義が客観的に情死者と同一であると信ずる者ではない。ただもし大将の自殺に少なくとも殉死の一面があるならば、その殉死には情死者と共通なる「人として」の美わしさあることを感ずるだけである。その殉死には誠実と純潔との不滅の教訓あることを感ずるだけである。しかして私がこの意味において深く大将の死に動かされたことを告白するだけである。

更に人をしてその別離の情に殉ぜしむる所以《ゆえん》の対象が殉死者の私情我欲と相わたること少なければ少ないほど殉死者の愛情は少なくともいっそう珍貴となり、希有となり、哲学的となる。この意味において君主に殉ずる者の心情が恋愛に殉ずる者の心情に比して独得の意義を有し、特異の印象を与え、特異の感化を及ぼすことはいうまでもない。吾人は大将の殉死によりて純潔と無我との教訓に接するのみならず、また特異なる愛情の実例を示された。私は人間心理の研究者としてこの特殊にしておそらくは次第に滅びゆくべき現象に対して格段の興味を感ぜざるを得ない。大将の自殺は他人の愛情に殉ずる者の一般的関係を離れてなおいっそう深き問題を吾人の前に提出する。その問題は一面にトルストイの「他人に仕うる生活」と共通の問題である、一面に社会と国家と、民衆と君主と、高調の方面を異にする点においてトルストイの立脚地と対立する。大将がその死後に残したるこの問題は一般国民の問題たるこというまでもないが特に公的生活によりて栄達し、公的生活によりて私情私欲の満足を図《はか》る人にとりて最も痛切なる問題であろう。大将の自殺によりて彼らの胸中にいくぶんなりとも不安の影が宿ったならば、私は彼らに与えたる不安のゆえに、大将の死に向かって感謝せざるを得ない。

私は大将自刃の動機と問題とについて如上の感想をいだく。大将自殺の客観的意義と、大将の信奉せる武士道とについては、ここに軽率なる感想を語ることを好まない。ただ火を見るよりも明らかなるは大将の死がかくのごとき客観的方面にも種々の問題を残していることである。しかしてこの方面において自由討究を試みるは国賊でも非国民でもないことである。日本将来の文明をいかにすべきかは至難にして至重なる問題である。乃木大将の悲壮なる死をもってするもこの問題に鉄案を下して、反対者を強《し》いるの権利なきはいうまでもない。私はこの点について倫理学者並びに社会学者の慎重なる審議を希望する。私はただ人間の行動並びに心理に対してその内的意義を考うることを喜ぶ。

3

理想主義の人にとって「ある事」は無意義にして、意義あるはただ「あるべき事」である。彼にとって事実とは「ある事」にあらずして「あるべき事」である。かくのごとき主義および教養の結果、「あるべき事」に関係すること少なきある種の「ある事」は無に等しくなる。「あるべき事」のみを念頭に置くがゆえに「あるべからずしてしかもある事」は次第に意識より消えて、自然に自己をあげて「あるべき事」のみをもってみたされた人となるのである。彼らの世界はすべて意識(1)と条理とである。彼らはこの意識と条理との世界において純潔に健全に感激に満ちたる充実の生活をすることができるのである。

　乃木大将は旅順にその二愛児を失った。また大将は明治末期の時勢についてすこぶる慷慨《こうがい》の情をいだいていたとのことである。この二事を根拠として推測すれば、大将晩年の心情にはすこぶる寂寞の影なきを得なかったであろう。武士の条理に明らかなる大将がこの寂寞のゆえに自殺したのでないことはいうまでもない。しかしこの寂寞の情が無意識に大将を動かして自殺の気分を助成したことは必ずしもないとはいわれまい。仮にかくのごとき心理作用が意識の奥に働いていたとしても、大将はこれを意識の明るみに引き出して自ら解剖するような必要は寸毫も感じなかったであろう。徹頭徹尾殉死、もしくは責任を果たすの死と信じて、透明なる意識と幸福なる道義的自覚とをもって自刃しえたであろう。しかもこの間に寸毫も虚偽と粉飾とのあとをとどめざるは大将が完全なる理想主義の人であったからである。理想主義がその人格となっていたからである。

　吾人は、しばしば吾人の周囲に堕落せる理想主義の老人を見る。「あるべき事」と「ある事」との中間に迷いて「あるべからずしてある事」を意識しながら、これを粉飾し塗抹《とまつ》する老人を見る。吾人はかくのごとき老人に毒せられて、理想主義そのものを軽蔑するに慣れた。しかるに今乃木大将は吾人のために理想主義の崇高なるものを示された。人間心理の研究者として、吾人はこの希有にしておそらくは将来ますます減少しゆくべき実例に対してここにもまた深き興味を感ぜざるを得ない。私はすべての事件と行動とについてその内的意義を観察するを喜ぶ者である。
（大正元年十月六日）

十二　影の人

1

俺はここに一生の秘密を書きつける。俺の名は実は青田三太郎というのではない。俺の親たちは俺に瀬川菊之丞《せがわきくのじょう》という美しい名前をつけてくれたのだ。しかしだんだん成長するに従ってこの美しい名前は俺のお荷物になってきた。俺はこのクラシカルな美しい名前をまもるために手も足も出ない達磨《だるま》大師になってしまった。俺の生活は正しく、厳粛に、世間の眼から見て一点の非の打ちどころもない生活であった。しかし同時に俺の生活の内容は、空しい、貧しい、子の成長してしまった後の蜂の巣のようなものであった。俺の霊は、継母のために糧《かて》を断たれた小児のように日ごとに青ざめて、痩せ衰えてきた。そこで俺は神様に哀求して転身《(1)メタモルフォーゼ》の秘跡を行なってもらった。世間の奴は俺の前身を知らないが俺が青田三太郎となったのはそのときからである。瀬川菊之丞が青田三太郎となったのは、表面から見れば、下情に通ずることを求めるために、殿様がぼろを着てお菰《こも》になった趣があるともいえよう。しかし魂のほうから見れば――これが本当の見方である――広い世間を食い詰めた無頼漢が、河岸《かし》を変えて新しいまじめな生活を始めるために偽名をしているのだと見るほうが適当である。瀬川菊之丞の名を思い出すのは恐ろしい。悲しい。だから俺は今まで自分の意識にさえこのことを秘密にしていた。俺は今一期の大事を打ち明けるようにおどおどしながらこのことを自分の魂に囁くのだ。俺のいいようがふざけているという人があるならばそれはふざけなければこんなことは言えないからだ。わが魂よ、君は恋人を口説《くど》く前に酒を飲む男を卑怯だとばかり貶《けな》してしまう気なのか。

　菊之丞は三太郎になるとともに思いきり「悪い子」になってやろうと思っていた。いやしくも霊の糧となってこれを肥やすことならば姦淫でも裏切りでも何でもやっつけてやろうと思っていた。しかし転身の秘跡を行なうときに神様の火が弱すぎたと見えて、菊之丞の性質がいまだ焼き尽くされずに三太郎の中に残っていた。菊之丞の最も悪い性質——いい子で通そうという性質——を三太郎もまた承《う》け継いでいた。三太郎は新しい周囲の中に立って、脆《もろ》くもまたいい子になりたいという希望を起こした。三太郎は姦淫も裏切りもできなかった。彼は今新しい社会に立って、再び手も足も出ぬ達磨大師に収まらんとしつつある。三太郎はこれを苦しいと思っている。

　もっとも三太郎は菊之丞時代に比べれば少しは自由になっている。菊之丞は学校にあって論理学[1]の成績の抜群な子供であった。菊之丞の推論に誤りがないというのではない。彼は時々ずいぶん見当違いの推論をしては自分でも苦笑していた。しかし彼は不思議に論理学のエッセンスをつかんだ子であった。[2]論理的気分というようなものの強い子であった。一言で言ってしまえば、彼にはコン[3]ゼクヴェンツを要求する気分がずいぶん濃厚に働いていたのである。論理学の教師は菊之丞のこの性質を見抜いてこれを可愛がった。しかしこの性質は決して菊之丞の幸福ではなかった。彼はこの性質のために自分の思想行動経験気分を検査して一々そのコンゼクヴェンツを討《ただ》さなければ気がすまなかった。そうしてそのコンゼクヴェンツを検査することは常にインコンゼクヴェンツを発見する結果に終わった。そうしてインコンゼクヴェンツに堪えざる彼にとってインコンゼクヴェンツを発見することは同時にその生活に空虚を拵えることであった。もしくはわれとわが身の自由に束縛を加えることであった——転身の秘跡を行なうとき、神様の火が菊之丞のこの性質をかなり焼き尽くしたのは事実である。三太郎はそのときの気分次第で勝手にものを言ったり身を処したりすることがかなりの程度までできるようになった。神々の火は三太郎に新しい信念を吹き込んだ。三太郎はそのときの心持にさえ詐《いつわ》りがなくばそれは自分にとって常に真実であると信ずるようになった。論理的不一貫《ローギシエ・インコンゼクヴエンツ》も(1)人格的一貫《ペアゼーンリヘ・コンゼクヴエンツ》を妨げるに足りないと信ずるようになった。それで三太郎はかなり矛盾したことを平気で言ったりしたりすることができるようになったのである。菊之丞としてはできないことが三太郎としてできるようになったのである。——しかしこれは縛《いましめ》の縄が少しゆるんだくらいにすぎない。三太郎は更にいっそうの自由を望んでいる。

　要するに三太郎はまた自分の存在に苦しみ出した。三太郎はもっと気まぐれにものをいい、もっと気まぐれに身を処することを切に望んでいる。俺は更に神々に転身の秘跡を要求して阿呆の三五郎——わが魂よ、君は僕といっしょに昇之助(2)の紙治内(3)を聴《き》いたはずだ、なにとぞ昇之助の調子でこの固有名詞を発音してくれたまえ——と改名したくなった。しかし転身は神々から降る恩寵である。三太郎の哀求はただ降神を求めるインヴォケーションにすぎない。幸いにして三太郎には幻想の力がある。幻想によって三五郎となることは三太郎の自由である。世間の物質論者から見れば三五郎は三太郎の頭の中の影にすぎないであろう。しかし三五郎はただ三太郎から物質と社会と論理との束縛を解き去ったという意味において影となったのである。現実は仮相である。真相はただ影のごとくその奥に揺曳《ようえい》する。影となるということは外面を擺脱《はいだつ》して内面のみに生きるということならば、影となることは人間の哲学的要求である。三五郎は三太郎の影として三太郎のなしえざるところをなし、発表しえざるところを発表し、経験しえざるところを経験する。三五郎はますます人生の間に悪を行なって霊の糧をそこに求めよう。三五郎はますますその場限りのことをいって辻褄《つじつま》の合わぬ出鱈目《でたらめ》を並べよう。世間には自分の魂のために善でありながら、他人を傷つけるために悪とされる「悪」が多い。人の心には論理において統一なくして魂において統一ある矛盾が多い。この悪とこの矛盾とを経験するは影の人三五郎の役目である。

2

アガトン(1)の家の饗宴に臨んで洒落者《しやれもの》(2)アリストファネスのした卓上演説は不思議に俺の頭に忘れがたい印象を残している。彼の説に従えばその昔人間には「男」と「女」と「男女」との三種類があった。彼らは腹背両面にその「性」の機関を持った丸い存在であった。彼らははなはだ強かった。彼らはその力を恃《たの》んで「天」を征服することを企てた。諸神はこれを知って大いに驚き彼らの驕慢を罰するがために人間を真ん中から梨子《なし》割りにしてその力をわかち、更に永久にその罪を記憶せしめんがために、その顔を半回転してその切り割《さ》かれたる部分（現今のいわゆる腹）が常にその眼の前に見えるようにした。かくのごとくにして二分せられたる人はその半身を求めて哀泣し彷徨した。たまたま相邂逅《かいこう》すれば緊《かた》く相抱擁していつまでも離れることを欲しなかった。そのために彼らはついに飢餓と運動不足とのために相踵《あいつ》いで死亡した。ツォイス(3)はこれを見てあわれみをたれ従来背部に残っていた性の機関を前に移して、抱擁は繁殖を来し、少なくとも一つになることによりて相互の慰藉を得るようにしてやった。人間の恋愛はわかたれたる半身を求むるの憧憬である。男が女を求め、女が男を慕うはすなわち前生に「男女」であったものである。女が女を、男が男を求めるのはすなわち前生に「女」または「男」であった者の半身である。彼を自然としこれを不自然とするは論者の誤謬である。いずれにしてもその半身を求める憧憬に一致がないから——すべての深入りした経験は世界の光景の全然一変する刹那を経過するに違いない。この刹那においては道端の石塊も俄然として光を発する。個物は象徴となり、現実は幻影となり、夢幻は実在となる。かくのごとき刹那はもとより吾人にとってははなはだ希れに許さるる刹那である。しかしこの高められたる世界の一瞥が尊いか現在日常の生活の明確なる意識が尊いかは疑問である。少なくとも彼に許さるる歓喜と充実と福祉との意識はここに許されない。もしこのははなはだ希れに許さるる刹那を永続せしめ、または頻繁にすることができるならば、自分は現実の「真」に生きるよりも、高められたる世界の「夢」に生きたい。

この高められたる世界に生きるときに、吾人の立脚地は自ら自然的科学的の立場を離れて宗教的神秘的の立場に移る。その刹那の経験が宗教的神秘的の性質を帯びてくるからである。自然的科学的の立場がぐるりとその姿を代えて神秘的形而上学的の立場に変わる刹那の経験を持たない者は気の毒である。はなはだ希有ながらこの刹那の余光を身に浴びて、魂の躍《おど》りを直接に胸に覚えることができる自分は幸福であった。

「両性」の生活においてもこの形而上的転換を経験しえた人は、換言すれば永遠の Zweisamkeit(1) を刹那に経験しえた人は、この刹那の経験を説明するものとしてアリストファネスの神話的仮説を笑わないであろう。彼の仮説には笑ってすますことのできないほど厳粛な——しかも悲壮な——心の経験が含まれている。

この広き宇宙の間に離れ離れに投げ込まれた二片の運命を考えてみる。処女の美しさと頬の紅味とに輝いて、幸福にその半身の尋ねくるのを待っている者はけだし希有であろう。そのある者は父母の命ずるままに霊魂の上の他人にその身を任せて、日ごとに心の底に囁《ささや》く空虚の訴えに戦慄しながら、罪と破滅との陰にかすかにその半身の近づきくる跫音《あしおと》を待ち設けている。そのある者は眼と血とに欺かれたる抱擁の熱の次第にさめてゆくさびしさに始めてその前半身に対する切なる憧憬を感ずる。そのある者は友人もしくは友人の妻としてわれ知らず深くなりゆく親しみに前世の因果の怪《あや》しく現在に働きかけていることを覚って身慄《みぶる》いする。そのある者はその半身にめぐりあわぬ間に空しく死んでしまっている。

されぱこれらの半身の邂逅は多く「罪」の名において、「裏切り」の名において、「不幸」の名において果たされるのである。仮の契《ちぎ》りにも馴染《なじみ》はある。多年の共棲に対する温かき回想も、捨ててゆく人に対する切なき哀憐も、魂の他人と共に産んだ子の運命に対する心痛も、互いの額に刻まる「姦淫」の烙印《らくいん》も、乃至《ないし》相互に異性の第一印象を他人によりて印刻せられたる悔恨も――これらはすべて割かれたる半身が再び一つになるための租税となるのである。

しかしいっさいの暗き影にもかかわらず、アリストファネスの仮説は楽天的である。その世界ではどこかに自分を待っている半身がある。死もなおその記憶と回想とを奪うことのできない半身がある。すべての彷徨はただその半身と邂逅するまでの仮の姿である。

しかしもしこの半身がどこにも存在しなかったなら……。もし常に新鮮なる恋愛の恍惚境《ヴァイエ》におらんがためには、永遠に恋人から恋人に移らなければならないものとしたら……。もし次から次に別れを告げることが虚偽を許さざる両性生活の形式であるとしたなら……。もし無限の彷徨が本来の面目であるとしたなら……。

（大正元年十二月）

十三　三五郎の詩

1

ある朝

眼を開けば、近眼の眼に、
波立って見える障子の桟《さん》。
眼を閉ずれば眼瞼《まぶた》の奥に、
渦巻き流れる異形の色。
世界よ、しばらくジッとしていろ、
心の火よ、むやみにチラチラ動くな。
あわれ、しずけさよ。魂の悲しきふるさとよ。
精霊のごとく来たりて、わが神経を空色の中に包めよ。

2

三五郎は森の中に住めり。一日心寂しさに森を出《いで》て市内の電車に乗り、
電車の中にて鼻紙に書きつけたる歌。

電車待つ間の五分間の長さよ。

飯を食いながら食卓の上に
新聞を乗せて読む心あわただしさよ。
心よ、心よ、あわれわが心よ、
汝の忙しげに求むるものは何ぞ。
乞食の子のごとく、はきだめの隅に
芋のきれはしをあさる心よ。
冷たき畳の上にいぎたなくねそべりて、
時々ピクピクと手と足との先を動かす心よ。

3

同じく

心の隅の穴よ、北風の隠れ家よ。
貴様はまたピューピューやり出そうとしていやがるな——
この予感する心の冷たさと
美学一巻を読みおえたる後の疲れと。

4

同じく

やい、「[1]重圧の精」奴《め》、

どけやい、
どけやい、
どきゃアがれやい。
女王様のお通りだぞ。
たとい着物は黒くても
顔の色は青ざめても
髪の毛は痩《や》せほおけても
踵《きびす》の音は寂しくても、
女王様は女王様だぞ。
女王様の悲しみは
女王様の歓びと
一つに光っていらっしゃるのだ。
黄金の色は曇っても
気高い匂いに二つはない。
貴様は何だ、鉛じゃないか、
歓びも、悲しみも、怒りも、恨みも、
重く、鈍く、光なく、薄ぎたなく、
よぼよぼと、のろのろと、躄《いざ》り行かしむる
貴様は鉛の精じゃないか。

お通りなさるは女王様だ。
どけやい、
どけやい、
どきゃアがれやい。

5

同じく

真向いには、ほくろが五つある、黄色い女の顔、
その隣の男の、顎《あご》の疣《いぼ》に生《は》えた赤毛は
三、四寸のびて、電車の中の風に
もそろもそろと動いていやがる。
吊革《つりかわ》につかまっている小意気な年増《としま》の
白粉のたまっている耳の下には
真っ赤な肉の上がっている瘰癧《るいれき》の切りあと、
瞼の上にやけどして片眼の釣り上がった男は
平面の、顎の四角な、青ぶくれのその連れと
何か話してはにたにた笑ってやがる。
前の男がちょいとよろければ、
遠慮なくぷんと来る腋香《わきが》の臭《にお》い。

眼をつぶればわが胸の奥にて、
げえげえ上げているコロリ病みの心——
外は師走《しわす》のから風に
どんよりとした空の色。
勝手《かつて》にしやがれ、畜生め。
死にゃどいつにも用がない。
どうなるものか、あきらめろ。

（大正元年十二月一日）

十四　内面的道徳

1

自分にとっては自明なことでも社会にとっては自明でないことがある。自分にとって自明なことと、社会にとって自明でないことと——この二つが永久に並存して相互に関係しないものならば問題はない。しかし社会は社会自らにとって自明ならぬことはすべて許すべからざることと推定する。個人にとって自明にして、社会にとって自明ならぬ場合に、個人が自己にとって自明なる道を進まんとすれば、社会はこれに干渉し、社会はこれを圧迫する。ここにおいて個人は自明の道を進まんがために社会と戦う必要を生ずる。自らのためにいう必要なくして、社会のためにいわなければならぬ必要に逢着する。自分はこれに名づけて啓蒙言という。内面的道徳の説は自分の啓蒙言である。

2

道徳とは偏《ひとえ》にいかに行為すべきかを教えるものとすれば、換言すれば行為の規矩《きく》準縄《じゅんじょう》(1)を教えるものとすれば道徳の人生における価値は矮小卑吝《わいしょうひりん》である。そは精神的生活の末梢に位する、粗大な、外面的な価値を表示するにすぎない。犬は飯を食い、人は飯を食う。飯を食うことは犬と人とをわかつに由ない。乞食も兵役に服し、市民も兵役に服する。兵役に服すると兵役に服せざるとは乞食と市民とをわかつに由ない。大奸も遜《ゆず》り聖者も遜る。遜ると否とは大奸と聖者とをわかつに由ない。

飯を食うことによって価値を判ずれば犬と人とは価値を等しくする。兵役に服することをもって価値を判ずれば乞食と市民とは価値を等しくする。遜ることをもって価値を判ずれば、大奸と聖者とは価値を等しくする。外面的道徳もまたかくのごとき笑うべき価値の標準にすぎない。天と地とのごとき相違を有する内的生活は、行為の外形において往々類似の形式をとる。形式の共通する行為の外貌は往々天と地とのごとく相異なる内的生活を包蔵する。

内的生活の機微を識《し》るものには、不信の内容にも天より地に至るまでの無限の階級がある。姦淫の内容にも西より東までの無限の間隔がある。不孝の内容にも山から海までの無数の高低がある。なお友情の内容にも天より地に至るまでの無限の階級があり、貞操の内容にも西より東までの無限の間隔があり、孝悌《こうてい》の内容にも山から海までの無数の高低があると同様である。外面的道徳は内面生活無限の風光にあずからない。豊富なる、多彩なる、陰影と明暗とに饒《ゆた》かなる精神的価値の世界にあずからない。それはただ芋虫のごとく栗のイガを知る。それは偽善者の、商人の、法律書生の、教育者の、老人の、検査官の道徳である。彼はドン・フアン[1]の罪と電《いなずま》[2]小僧の罪と、エディプス[3]の罪とお酌を汚す老人の罪との高下を知らない。彼らは盗賊の罪と探偵の罪との美醜を知らない。彼らは失敗者の罪と成功者の罪との善悪を知らない。彼らは善人の罪と罪人の罪との真偽を知らない。

3

しかし内面生活に生きることを知る者にもまた道徳がある。道徳は精神的価値の世界に緊張と威厳と「真実」とを与える。内面生活を支配する道徳は法律書生の、検察官の道徳とは全然別様の基礎の上に聳《そび》える。いかに行為すべきかは今や枝葉の問題となる。いかなる態度に心を置くべきか、いかに精神を潤歩せしむべきか、これが最高関心の問題である。精神の高貴、心情の純潔、動機の純粋――これが内面的道徳の世界において無比の尊崇を受ける。この世界においては[1]紀伊国屋小春《きのくにやこはる》は盛名ある某貴族夫人のはるかに上位に置かれる。衣食の保証を得んがために夫に貞操なる者は[2]マダム・ボヴァリーの靴の紐を解くことを命ぜられる。黴毒《ばいどく》のために狂死したモーパッサンは内面道徳の天国にあって、体面国大総領偽善氏の地獄におつるを快げに瞰下《かんか》する。ドン・ファンは選ばれ、お酌の貞操を破る老人は面《つら》に唾して豚小屋の中の女豚に交わるべく追放せられる。探偵は陰暗の国に困臥して盗賊の輝ける姿を仰視する。

4

外面道徳の世界にあっては、潜《ひそ》かに姦淫する者は、自己の姦淫を告白する者を嘲笑し、圧迫し、監督し、危険視するの権利を有する。彼らは偽善という外面道徳最高の善徳を有するからである。偽善によって姦淫の暗示と伝染とを防ぐからである。しかし内面道徳の世界から見れば道徳的悔恨をもってする者はもとより、芸術的誠実をもってその姦淫を告白する者もはるかに偽善者の上に置かれる。彼らは少なくとも悔恨と誠実との美徳を有するからである。彼らは自己の真価値に従って他人から取り扱われることを恐れないほど真率だからである。彼らはその姦淫から精神的偉大を創造するだけの力を持っているからである。最後に社会と人類とをこの精神的創造によって高貴にするの効果をもたらすからである。内面道徳の世界にはどこにも[3]二重道徳を[4]一元的道念の上に置くの論理がない――。

5

こういったら外面道徳の信者は言うであろう。これはこれ大乗(1)の教説、社会の公衆を導くには外面道徳の小乗(2)説をもってするを要すると。彼らの矮小卑吝は遺憾なくこの一言中に暴露されている。内面道徳は姦淫を奨励するものにあらずして、姦淫の中にも高貴卑賤の階級あるを説くものである。心情の高潔を説く者に何の危険があろう。汝の外面道徳を保持せんとならば、これを内面道徳より流出派生せしめよ。この外に汝は絶対的に存在の理由を持たない。

6

外面道徳の専権は精神を萎縮し窒息せしめる。外面道徳の専権は人を野卑陋劣《ろうれつ》にする。今や法律書生と検査官との道徳は白昼公然として街衢《がいく》を横行し、内面の世界に生きんとする者は彼らの喧燥と悪臭とに堪えない。内面道徳の説なきを得ざる所以《ゆえん》である。

（大正元年十二月十五日）

十五　生存の疑惑

1

解決されぬままにいつの間にか意識の闇に葬られていた問題は、幾度目かにまた俺の心に蘇《よみがえ》ってきた。生活と生存と――真正に生きることと食うために働くことと――の矛盾はまた俺の心を悩まし始めた。

吸収と創造とは交錯連続して魂をその行くべき途《みち》に導いてゆく。創造の熱が鎮静のよろこびに代わるとき、余裕を得たる魂は快く息づき、身辺をめぐって流れる雰囲気をば大らかに呼吸する。このときにあたっては世界との接触も外物との交渉も、魂にとって何の苦痛でもない。吸収はかぎりなきよろこびである。魂は快活に、肯定的にいっさいを包容して流れ動く。

しかしいくばくもなく魂は外物に飽和する。世界は夢と影とに満ち溢れて重苦しく魂を圧迫する。処理を要する問題と展開を要する局面とは魂をいまだ知らざる新しき世界に推し進めんとする。ここにおいて醗酵と苦悶と創造との時が押し寄せてくる。魂は内に渦巻き溢れるものに集注し沈潜するにもっぱらなるがために、外界との接触に堪えない。内界の動乱に具象の姿を与えるために外物につかみかかることはあっても、静かに外物を享楽してこれと同化している余裕がない。心は熱に呻く。その脈搏は高まってくる。外物の些細なる干渉も、創造の過敏なる神経を攪乱する。

吸収も創造もそれ自らに価値ある生活である。魂はこの二つの層の交錯を通してその終局に――

ある者はオリュンプスの蒼空に、ある者は地獄の深みに——急ぐ。しかしこの二つの層が食うためにする労働——職業——に対する寛容の度には著しい逕庭《けいてい》がある。生活と生存との矛盾は、魂がこの二つの層に出入りするごとに明滅する。明滅の度に相違はあっても、おそらくこの矛盾は魂が肉体と共にある間永久に人間を悩ますことをとどめまい。

吸収は余裕ある状態である。物と遊ぶ間に自己を活《い》かして行く状態である。従ってこの場合には些細の譲歩をもって——もしくは自己を活かす途そのままに、職業と調和することができる。外物と応接して倦まざる心は、ある特定の外物と応接するにも、特殊の苦悩を感ずること少なきを原則とする。もとより全然内界に共鳴を喚起し得ざる事物は、魂に倦怠と苦痛とを感じさせるであろう。しかし吸収の状態にあるとき、魂はきわめて多数の事物と共鳴し得る。魂はその共鳴を感ずる事物の間にも、肉体を支えるに足るだけの職業を発見し得るはずである。

これに反して創造の要求はあらゆる経済的活動と矛盾する。創造の熱に悩む心は一部を割《さ》いて職業に与えることを欲しない。創造の活動を中絶する経済的活動は常に創造の熱を冷却する。創造の成果が偶然にある経済的報酬をもたらすことはあっても、経済的報酬の要求と予想とは常に創造の作用を不純にする。魂が醱酵し苦悶して内界になんらかの建設を試みるとき、職業の強制は腸をかきむしるほどの苦しさをもって魂の世界を攪乱する。

俺の心には常に創造の要求がある。魂の底に潜む一種の不安は常に静かなる外物の享楽を妨げている。本を読みながら、人と話しながら、外を歩きながら、酒を飲みながら、俺の心は常に最深の問題を胡魔化《ごまか》しているような不安を感ずる。道草を喰っているのだという意識は常に当面の経験に没頭することを妨げている。従って俺には本当にわれを忘れた朗らかな吸収の時期がない。しかし創造の脈搏ゆるやかなとき、俺は外物と応接することによって紛れることができる。大なる苦痛なしに職業の人となることができる。

しかるに運命は今俺の内面生活を危機《クライシス》に導いた。死と愛との姿は今眼について離れない。内界の平衡は著しく傾いて、このままにしてはいられないという意識は強く俺の魂をゆすぶる。俺の心は今この意識に面して顚倒している。俺は苦しい。俺はこの問題に対して正面からぶっつかって行きたい。俺は今創造の熱に燃えている。今一息押して行けば忽然《こつぜん》として新しい世界が現前しそうだ。もとより俺の創造は例によって否定に向かっている。しかしすべての決然たる否定は常に積極的の創造である以上、どこに否定を恐れるの理由があろう。俺にはこのままにしてはいられないという心がある。この心を押しつめたところに、なんらかの形で新しい世界が開けて来ないわけはないと思う。

しかしこの創造は職業を棄てたる専念を要求する。そうしていつまでかかるという時間の予約をしてくれない。しかるに俺は貧乏人である。俺には借金があっても貯金はない。労働をやめると共に俺は食料に窮する。のみならず病弱の母は薬餌《やくじ》の料に窮し、知識の渇望に輝く弟は学資に窮する。俺の創造は、俺の真正の生活は、俺の今に迫る内部の必然は、俺の生存と矛盾する。母の健康と矛盾する。弟の前途と矛盾する。飛躍を要求する魂と、魂の翼を束縛する骨肉の愛と――俺はこの矛盾をどうすればいいのだろう。

忽然として頭の中に一つの声が響いて来た。その声は非難するような調子で俺の魂に囁く。――お前がどうしても職業に堪えないならば、母と弟とのことは心配するに及ばない。運命はきっとお前に代わって彼らを見守ってくれるであろう。運命が見守ってくれないならば、彼らは自分で苦しんで勝手にその途を拓《ひら》いて行くに違いない。またお前の肉身を支えるためにはお前の物質的要求を極小に制限すればいいのだ。お前は貧乏だといいながら、必要以上に贅沢している。その贅沢な習慣を抛棄《ほうき》するだけの決心ができれば、お前は魂の徹底を障碍するような職業を無理にする必要を感じなくなるであろう。お前が餓死するまでにはずいぶん時間がある。その時間を利用してお前の創造に専念してはどうだ。それができなければお前の魂はいまだ本当に危機に臨んではいないのだ。お前の心にはまだ職業に堪えるだけの余裕があるのだ。この問題にはっきりした解答を与えて見るがいい。その上でお前は始めて生活と生存との矛盾を云々するの資格を得るのだ――。

俺の魂にはさびしいあきらめと謙遜とが浮かんで来た。俺が創造の熱に苦しんでいることは確かである。しかしこの熱は俺の愛憐の情を破壊し、俺の生活上の習慣を転覆し尽くすほどの力を持っていない。生活上の現状維持を根本仮定とする以上、俺は職業の間を縫って、内界の創造を仕上げて行くより仕方がない。創造の熱は職業の虐待に反抗して鬱積するであろう。そうして早晩鬱屈に堪えないために爆発するであろう。忍ばれるだけ忍べ。おさえられるだけおさえよ。魂はいたわらなければ育たない――これも一面の真理である。魂は虐待しなければ育たない――これも一面の真理である。おさえるに従って潜熱が増す。魂のいのちは石垣の間に咲く菫《すみれ》のように、職業に奪われる心の合間にも育って行く。職業と魂とを堪えがたいまでに争わせることもまた痛快な一経験たるを失わない。放って開かせる時期の来るまで俺は俺の爆発をおさえて行くのだ。

もとよりこのようにおさえて行けばいつまで経っても爆発することがないかも知れない。おさえなければ育つはずのものが、おさえたために枯れて死ぬことがあるかも知れない。しかしおさえたために枯れて死ぬような弱いものならば仕方がない。運命は枯れて死ぬことを命じている。枯れて死ぬことを命ぜられたものは従順に萎《しお》れて死んでやるまでのことだ。

ここに来ると金持は職業のために創造の熱をおさえる必要がない。金持を俺の境遇に置けば彼は何の躊躇もなくこれまでの仕事を全然抛棄してしまうに違いない。そうして彼は心の動くままに本を読み、温泉に行き、旅行をして、自分の魂をいたわりながらその問題を育てて行くであろう。問題は育てられるに従って育って行く。彼は進歩した思想と平衡を得た頭とをもって再び東京の生活に帰って来る。彼にはその醱酵に自然の経過を与えるために、生活の様式を一変する必要がない。愛憐の情を傷つけることもなく、物質的要求をおさえることもなく、爾余のものを否定するの苦痛なしに、彼は素直に、のどかに一大事の肯定に進むことができるのである。

しかし俺のような貧乏人はそうは行かない。俺は温泉に行くことも、旅行に出かけることもできないから、依然として机に向かって頭の労働を続けて行く。魂の問題は時々仕事に行き悩む頭の中に現われてその進行を妨げる。仕事が捗取《はかど》らないから癇癪を起こす。労働に妨げられて内から湧く問題をおさえつけるから自分がはかなくなる。しかも怒ったり悲観したりしている間に、仕事はとにかく進んで行く。問題も牛のようにノロノロとその歩みを運んで行く。その間にある種類の思想と感情とは芽を吹くか吹かずに闇から闇に葬られる。ある種類の思想と感情とは素直な姿を失ってヒネクレて行く。思想の胎児を流産するの寂しさも、行きたい方に行かずにムズムズするの腹立たしさも、金持の人はおそらくは(この意味においては)知るまい。知ることのよしあしは別問題である。しかし運命が金持と貧乏人とを導くに別々の径路をもってすることだけは争われない。貧乏人は虐待によって育って行く。虐待は彼を夭死《ようし》に導き、または彼を独特の成長に導く。

要するに貧乏人の創造は金持よりも酷《きび》しい試金石にかけられている。従って金持が「何物か」になり得る場合にも、貧乏人は「無」でおわるかも知れない。しかし生育すべき魂にとっては、もとより貧乏と金持との差別があるわけはない。

俺は貧乏人だ。俺は職業によって食って行かなければならない人間だ。この事を本当に覚悟するのは容易なことではない。未練なる俺の心は時々金持の真似をしたくなってフラフラとなる。しかし俺は貧乏人だ。俺の煩《わずらわ》されざる魂の生活は「汝ら明日の糧を思い煩うなかれ」(1)という言葉の意味を真正に体得することによって始まるのだ。この関門を通過するのは容易なことではない。しかし「生存のための関心」をはねのけた方が爾後の生活にとって無意味におわるわけはない。俺は貧乏人として特殊の発達を遂げなければならぬ苦痛を恨んではいけない。

出家とならずに、魂の救いを得られるかどうかは疑問である。少なくとも俺一人にとっては。

2

生きるための職業は魂の生活と一致するものを選ぶことを第一とする。しからざれば全然魂と関係のないことを選んで、職業の量を極小に制限することが賢い方法である。魂を弄《もてあそ》び、魂を汚し、魂を売り、魂を堕落させる職業は最も恐ろしい。

俺は牧師となることを恐れ、教育家となることを恐れ、通俗小説家となることを恐れる。

（大正二年四月二十二日）

十六　個性、芸術、自然

1

物と物とを差別するということは、これを永遠に再会することなき並行線に分離させるということではない。デカルトの哲学における物と心との関係のように、差別される存在と存在とに無限の別離を申し渡すことではない。差別された物と物とはまつわり合い、からみ合い、もつれ合い、とけあって、最後に一つの窈深[1]なるものに帰する。内容における無限の差別は、窈深なる一つの生命を形成する必然的の要素である。差別の豊富を除いて生命の充溢なく、豊富なる差別の認識を予想せずに、活《い》き、動く生命の認識は成り立たない。私は差別することを知らざるものの――祖先の用い慣れた熟語を用いれば、菽麦[2]を弁ぜざるものの――いわゆる「渾一観」を信ずることができない。彼らの世界には陰影《ニュアンス》がない、逓層《グラデーション》がない。調和《ハーモニー》がない、交響《シンフォニー》がない。従ってまた真正の意味の戦闘がない。彼らの世界にはただ盲目なる動揺があるのみである。いっさいを包む夜があるのみである。思いあがりたる渾沌《こんとん》があるのみである。

生命を、創造を、統一を、強調するは歓迎すべき思潮である。しかしこれらのものを強調すると称して、創造の世界における差別の認識を、生命の発動における細部の滲透を、念頭に置かざるがごとき無内容の興奮に賛成することができない。否、ただに賛成ができないばかりではなく、私は彼らのいわゆる「生命」、いわゆる「創造」、いわゆる「統一」の思想の内面的充実を疑う。

2

個性を理解するに個性型（Individualtypen《インディヴィドウアルテユーペン》）をもってすることがどれくらいの程度まで妥当であるかは問題である。人間を差別するに哲学者政治家などの個性型をもってし、芸術家を差別するに画家彫刻家建築家文学者音楽家などの個性型をもってすることがどれくらいの程度まで妥当であるかはなおさら問題である。しかし人間の性格に哲学者政治家などに分化して行くべき自然の傾向があり、芸術家の空想《ファンタジー》に絵画に拠り彫刻に拠り建築に拠り文学音楽に拠らんとする自然の個性があることは争われない。しかしてこれらの個性型がある程度まで無限なる個性の変化を概括する用をなすに足ることもまた争われない。この限りにおいて政治家哲学者画家彫刻家建築家文学者音楽者などの名は意味のある内容を持っているはずである。しかるに軽燥なる「生命崇拝者」はこれらの差別の意味をも一笑に付し去らんとしているようである。

　そこに生命があれば必ず個性があることは論者ももとより異論のないところであろう。そうしてある個性型に属する個性はその人格開展の方向を――その内界建設の資料を――色と線とにとり、ある者はこれを量と面とにとり、ある者はこれを音響にとり、ある者はこれを思想にとり、ある者はこれを言語を所縁とする空想《ファンタジー》にとる。ヘーゲル以来いい古した通り、顔料をとるか石塑[1]をとるか楽器をとるかは、芸術家の世界に対して――その創造と生命とに対して――決定的の意味を有する事件である。方向の相異はそれぞれの個性にとって、生命の必然なるがごとく必然である。政治家と哲学者と、音楽者と彫刻家とを内面的に区別するものは実に彼らの生命そのものに内具する特殊の傾向である。個性はその特殊の内面的傾向を最もよく実現するときに最もよく「人」である。したがってマイヨールは彫刻家として最もよく人であり、チャイコフスキーは音楽者として最もよく人であり、セザンヌは画家として最もよく人である。ロダンが彫刻と共に素描に長じ[1]、カンジンスキーが絵画を描くと共に詩を作り、ワーグナーが音楽と共に劇詩と評論とをよくする等、近代的天才には精神的事業の諸方面にわたる者次第に多きを加えて来たとはいうものの、彼らといえどもある特殊なる芸術的性格として、始めてその「人」を実現していることは疑われない。カントは哲学者である、そうして音楽者ではない。ルノアールは画家である、そうして建築家ではない。彼らが哲学者に限られ、画家に限られていることは、彼らの「人」であることに対して決して何の妨げにもならない。否むしろ彼らは哲学者であり画家であるがゆえに始めて「人」なのである。天才は自己を「人」として自覚すると共に「あるもの」（哲学者音楽家その他）として自覚する。彼の「あるもの」が——彼の個性を真正に生かすべきあるエレメントの支配が——彼の「人」の内容だからである。（この「あるもの」がこれらの個性型のいずれにも落ちつくことができない限りにおいて、吾人は彷徨の「人」であって哲学者でも芸術家でもない）。

「俺は画家ではない、人だ」という言葉は、「画家」の中から「職人」を排斥して「生命」を強調する点においてのみ意味がある。真正に自分の個性を自覚した人が、まともの言葉を使っていう場合には「俺は画家として人だ」というべきである。絵を描く人がその「画家」を殺して「人」を生かそうとするのは、「俺の絵はゼロだ」というに等しい。かくのごとき自覚の下に描かれた絵画には、筆触と色彩と形式と構図との虐殺があるのみである。[2]戸迷《とまど》いのシンボリズムとアレゴリーとがあるのみである。

3

芸術には技巧が必要である。という意味は資料（顔料、塑土、金石、言語など）の精《ゲーニウス》を完全に掌握することが必要だという意味である。更に適切にいえば資料の精《ゲーニウス》と空想《ファンタジー》の精《ゲーニウス》とが神会融合(1)していることが必要だという意味である。従ってある資料の精《ゲーニウス》を完全に掌握していることは必ずしも他の資料を完全に掌握しているということにはならない。ある資料の中に実現されることを熱慕する空想世界は、往々他の資料を反撥して、その中に実現されることを嫌う。ゆえにいかに彫刻の大家といえども、強いて顔料をもってその空想を実現することを迫られる場合には、戸迷いするのに何の不思議もない。彼は彫刻家だが画家ではないという言葉はこの点においてその意味を有するのである。

すでに芸術内においてそうだとすれば、芸術と思想との間においてはこの間隔が更にはなはだしいのは当然である。彼は芸術家だが思想家ではないといったり、彼は思想家だが芸術家ではないといったりするのは決して無意味な言葉ではない。われわれは一つの部門における強みがただちに他の部門における強みではないことを真正に理解して、自己の能力に対する真実な愛惜と敬虔な謙遜とを持たなければならない。われらの「人」として「芸術家」としての真正の発展はこの自覚を基礎として始めて迷わざる途《みち》をとることができるのである。

もとよりこういうのはあらゆる芸術的資料の精《ゲーニウス》を掌握し、いっさいの芸術世界に妥当なる空想を兼有して、その上に思想上の創造にも卓越しているような偉大なる個性の可能を否定するのではない。また偉大なる芸術家であることが偉大なる思想家であることの一つの資格であり、偉大なる思想家であることが偉大なる芸術家であることの一つの資格であることを否認するのでもない。偉大なる芸術家はその豊富な芸術的経験をもって、思想家にきわめて貴重なる材料を供給し、偉大なる思想家はその精神的訓練と哲学的人生観とをもって深く芸術家を指導するはむしろ当然のことである。私はただ彫刻家の完成がただちに画家の完成でないことと、芸術家の完成がただちに思想家の完成でないことを明らかにしたいのである。かくのごとくにして彫刻と絵画と、芸術と哲学との間には差別を生ずる。そうしてその差別の中に、また奥に、大なる「人」の統一が君臨するのである。

4

芸術は創造である。これは疑いがない。しかし芸術は創造であるということは、いっさいの創造は芸術であるという意味ではない。芸術は特殊の創造である。いわば第一の創造を描出する第二の創造である。芸術は一種の創造として人生そのものである。しかし第一の創造（人生そのもの）を描写するものとして、それは人生にあらずして芸術である。いわば芸術は第二の人生である。

芸術の内容は、人生である。ゆえに芸術家は大なる人生を経験したものでなければならない。換言すれば大なる「人」でなければ、大なる「芸術」の創造者となることができない。しかしこれは大なる人生を経験した者が、換言すれば大なる「人」がことごとく大なる芸術を創造し得るというわけではない。大なる芸術の創造者は第一の創造を深く内面的に把握して、これを[1]外化《エクスターナライズ》し、これを感覚界に投射する第二の創造に堪える人でなければならない。経験を内化するがゆえに外化する秘義をつかんでいる人でなければならない。この意味において芸術家は「生」を深くすると共に

「生」を殺戮《さつりく》する。この意味において芸術家は質料[1]を殺して「形式」を創造する。芸術家の個性はこの形式《フォーム》を外にして現われることができない。従って芸術はなまのままではいけない、質料そのままではいけない。いわば第一の創造は第二の創造によって新しく蘇《よみが》える。蘇えるためには第一の創造がなければならない。蘇えらせるためには第二の創造がなければならない。要するに大なる「人」と大なる「芸術家」と――男なるアダム[2]とアダムの肋骨から出たイヴと――の交わりによって大なる「芸術」は生まれるのである。

この第二の創造に対して敬虔に跪《ひざまず》くことを知らざる者は真正に芸術を理解する者とはいい得ない。私はルノアールの絵に対する時――もちろん原図を見たのはたった一枚であるが――この第二の創造の生気潑剌たるを崇敬する。しかるに人の語るところによればK氏はルノアールを唾棄《だき》するといったそうだ。私はK君のいった意味を詳《くわ》しく知らない。しかしもしそれがルノアールの芸術に対する軽蔑をも意味しているならば、私はそんな人の芸術を信用しない。そうしてその人がセザンヌの絵のあるエッセンシャルな一面を理解していることをも信用しない。それにもかかわらずK君の絵にある芸術的価値があるのは、K君の粗笨《そほん》なる思索のヴェールの底に、いまだ真正に目ざめぬ芸術家が隠れているからであろう。私はK君のような有望な画家が――私はあえて画家という――いまだその渾沌たる思想を恥ずるまでに自覚してくれないことを惜しいと思う。

5

芸術が創造ならば、その中心生命は芸術品のいかなる細部にも滲透しなければならないはずである。私は色彩も筆触も構図も――換言すれば微細なる技巧《テクニック》が――問題にならないような絵は信用しない。文章や句調やその他のディテールが問題にならないような文学は信用しない。舞台装飾や採光や人物の出入りや場面のとり方が問題にならないような演劇は信用しない。街路や家屋や服飾や装飾品の一々に波及する傾向を持たないような「美術界の新潮流」は信用しない。

6

芸術は自己内生の表現であるという。湧き上がる心をおし出したものであるという。芸術家の個性の創造であるという。すべて正しくその通りである。しかしその表現される内生とは何ぞ。その湧き上がる心の内容は何ぞ。その個性によって創造されるところのものは何ぞ。それは死んだ児の着物をひろげて見せる三千代[1]の姿である。サランボー[2]の足の下に落ちている金の鎖である。パウロ[3]の腕の上に見えるフランチェスカの顔とそのうしろにひいた腰の恰好《かっこう》とである。両手をもって髪をおさえている裸の女と黒奴との上に落つる光である。それはすべてこれら具象的のものであって、芸術家の「哲学」でも、乾物[4]の「個性」と「自己」とでも何でもない。もし表現を求める内生が、おし出して来る心が、個性によって創造されるものが、これら抽象的のものならば、それが三千代となり、金の鎖となり、姿となり色となるのは余りに間接にすぎる。あまりに「おし出す」趣がなさすぎる。これらのものは哲学の講義となり、自己または個性の賛美演説とはなっても、小説と彫刻と絵画とにはならないはずである。ただ芸術家の中からおし上げて来る内生が、姿であり色であり形であればこそ、その直接なる表現が芸術となるのである。芸術家の製作にあたって、直接にその意識に上ってくるものは、哲学や自己や個性であってはいけない。これらのものは芸術家に作為と強制と誇張と打算とを教えるにすぎない。芸術家の意識に上るものが色と形と姿とで——更に適切にいえば、いのちととけ合った色と形と姿とで——あればこそ、その芸術は自然に直接に生気があるのである。そうして芸術家の哲学や自己や個性は、自らその上に漂い、その中に顫《ふる》えるのである。哲学や自己や個性の表現は自然の結果であって努力の目的ではないのである。約言すれば芸術家の第一の努力は対象——物、自然、空想世界——の心の捕捉である。そうして芸術家の個性は[1]対象を統覚《アッパーシープ》する形式の上に、必然に、しかし無意識に表現されるのである。

　われらはかくのごとき見地から芸術家の自然——現在の意味において自然は対象の一代表者である——に対する崇敬を理解することができる。自然と自己といずれが原本的実在なりやは芸術家の関知するところではない。彼らはただ自己の前に——哲学的にいえば自己の中に——展《の》べられたる美の無尽蔵を見る。そうしてその美を自己の芸術中に生擒《いけどり》せんと踴躍する。私の見るところでは、芸術家の自然に対する態度の相違は、自然の本質に対する理解の相違である。物質的に見るか精神的に見るか、いかに深く、いかなる方面より、いかなる強調をもって白然を見るかの相違である。もしくは対象を狭義の自然にとるか、[2]抽象的形式にとるか、空想的自然にとるかの相違である。自然を殺して自己を活《い》かすか、自己を殺して自然を活かすかの問題ではない。もし意識的にこのディレンマにおちいった芸術家がありとすれば、それはその人の論理的迷妄であって、実際彼の芸術の価値を上下するものはこのディレンマに対する解答ではあるまい。形象（対象）の熱愛に動かされざる芸術家は、必ず無価値なる芸術を残したに違いない。

　ロダンの自然に対する崇敬はいまさら繰り返すまでもない。彼の誇張は自己を表現するための誇張ではなくて、自然の心を生かすための誇張であった。私の見るところではいわゆる表現派の代表者ファン・ゴッホのごときも実に自然の心をつかみ、物の精を活かした画家であった。ゴッホの強烈なる個性が常に画面の上に渦巻いて、その中心情調をなしていることはいまさらいうまでもないことであるが、個性が猛烈に活きているということは物の虐殺を意味するとはかぎらない。彼の描く着物は暖かに人の身体を愛撫する、手触りの新鮮な毛織りである。彼の火は農婦の手にする鍋《なべ》の下に暖かに燃えた。木の骨に革の腰掛をつけた椅子《いす》も、ガタガタの硝子窓《ガラスまど》も、彼の絵の中にはすべて活きた。彼の天を焼かんとするサイプレス(1)も、ゴッホの目には確かにあのように恐ろしい心を語ったに違いない。しかし私はゴッホの絵の前に、自然を心の横溢と見た。そうして自分も自然と一つになって燃え上がった。しかし私はゴッホの絵の前に、自然か自己かのディレンマを見ることができない。自己表現のエゴイズムが自然と物とを虐待していることを見ることができない。哲学的にいえばゴッホの自然に生命を付与したものはもとよりその特色ある個性である。しかし芸術家ゴッホは自ら生命を付与した自然の前に跪いた。彼の活かさんとしたところは、おそらくは自己でなくて自然であったであろう。むしろ自然を包む霊であったであろう。

芸術家は個性の修練によってその芸術的形式を獲得し精練する。この意味で芸術家に個性の修練を説くのはよいことである。また芸術を説明して表現であり創造であるというのはもとより結構である。しかし個性の表現とは作為と打算との奨励ではない。創造というのは対象の圧迫と主観の放恣(換言すれば客観的有機性の蔑視)ではない。この点について特に念を押す必要があるように思う。

(注。ゴッホはテオドール(2)に送った手紙の中に、「たとえば一友の肖像を描くに、単に目に映じたところに拘泥することなく、自己を強く表現するために、彼に対する余の愛を表現するために、勝手に誇張して着色する云々」、という意味のことをいっている。そのいうところは一見私の説に反対することばかりのようである。しかし少し考えれば両者の間に精神上の矛盾のないことはただちに明らかになるであろう。勝手に誇張して着色するのは対象の外形を無視してその本質を表現するためである。自己を表現し、対象に対する愛を表現するのは換言すれば人を牽引し人を感動させる対象の力を表現することである。ここには自己表現と対象の本質の表現との間に何の矛盾もない。自己表現の中に対象の精を圧迫する何のエゴイズムもない。私の非難の理由はこの矛盾この圧迫このエゴイズムにあって、対象の表現に即する自己表現を難ずる意味ではないのである。）

7

芸術家は対象を――物を、自然を、色を、線を、形を、空想世界を――活かすことによって自ら活きる。対象を活かす外に決して自ら活きる途《みち》がない。

芸術家らしい素朴をもって対象を自然と呼ぶも、また哲学者らしくこれを自己と呼ぶも、それはどちらでもかまわない。ただその自己は常に対象的内容を持っていることを忘れてはならない。

芸術家は物と遊ぶものである。その血まみれ汗まみれの労苦によって到達せんとする究竟の境地は、物と遊ぶの歓喜《ヴォネ》である。吾人の祖先が「天地の化育に参す」[1]といったり、「万物と遊ぶ」といったりした意味において。シラーが「人は遊ぶときにのみ完全に人である」[2]といった意味において。換言すれば物を深く、痛切に、しかも自由に経験するという意味において。

この意味において物と遊ぶものには、いかに惨苦なる内容に対するときといえども、根底に静かなる歓喜《ルーエフォレ・ヴォネ》があるに違いない。これはクラシックの芸術家のみならず、デカダンの芸術家にも表現派の芸術家にも適用するに違いない。

8

私たちは恋愛によって「成長」する。恋は成っても破れても、とにかく恋愛によって成長する。しかし成長するために、恋するのは、恋愛ではなくて恋愛の実験《エクスペリメント》である。成長の目的が意識にあるかぎり、その恋愛の経験は根底に徹することができない。成長も破滅もこの恋に代えられなくなるときに、恋愛は始めて身にしみる経験となる。そうしてその恋の結果として私たちは成長するのである。

これを一般的の言葉に移せば、私たちは成長の目的を意識せずとも、すべて与えられたる経験に深入りすることによって成長（事実上）する。これに反して成長の意識は一度具体的経験の深みに陥って死なななければ、その目的を実現することができない。成長の欲望を一度殺して蘇らせることを知っている者でなければ、人生における個々の経験の意味を汲み尽くすことができない。その人の精神的生活の中心は永久に「成長の意識」に在って、経験内容の意識に移ることができないからである。かくのごとき人生のパラドックスは主我主義に固執する者が自我の内容を真正に豊富にすることができないのに似ている。

9

俺は強いぞという言葉は本当に強い人にとってはいうを要しないことである。本当に強くない人にとっては、いうべからざることである。否ただにいうべからざることであるにとどまらず、彼はこの誤信によって身分相応の謙遜を忘れ、自己の真相に対する自覚を誤る。そうして彼は自らふくれることによって内容を空しくする。

かつて私は内省の過敏によって苦しめられた。そうしてほとんど内省の拘束なしに行きたいところに行き、したいことをなし得る人を羨んだ。しかし私は今おさえる力のいかに真正の生活に必要であるかを悟った。ふくれ上る力をおさえて、内に内にと沈潜して行くことによって、私たちは始めていのちの道に深入りすることができる。弱い者の人生に入る第一歩は自分を弱いと覚悟することの外にあり得ない。強い者に必要な謙遜は自分の強さを過信しないことである。鋭敏なる内省はいかなる意味においてもよいことである。私の罪はただ内省の過敏に釣り合うほどの旺盛な発動力を持っていないことであった。この点において私は本当に謙遜な心をもって周囲の友人から学ばなければならない。しかし私の内省はいかなる場合においても私の強みに違いない。私は真正の内省から出発しない思想の人間的真実を信ずることができない。

真正に強さを示すものはその実現である。敵対力の征服である。この実現なしに、強者は自己に対してもその強さを承認させることができないはずである。少なくとも思想上《ゲダンクリヒ》にその強さを実現して見なければ――これは俺は強いぞと繰り返すことではなくて、頭の中で想定した敵対力を実際《ヴイルクリヒ》に征服することでなければならぬ――自分は強いとはいわれないはずである。もしこの順序を経ず、だしぬけに俺は強いぞという人があらば、私はその人の力の意識が内省の欠乏に因していることを何の疑惑もなく断言することができる。もしまたその事業により、その実現によって真正の強さを示す人があらば、私はその人の前にひざまずこうと思う。そうしてその人が自分の強さについて沈黙すればするほど、私はいよいよその人を崇敬する。

他人が真正に強いか弱いかを検査するのは、私の仕事ではない。ただ繰り返していう。弱者はただその弱さを自覚するところに人生の第一歩がある。そうして弱者といえどもその行くべき道を与えられていないのではない。弱者の行くべき道にも幾多のなつかしい先輩がわれらを待っているのである。弱者は決して強者の口真似をすることによって強くはならない。強者の真似をすることによって弱者はただふくれるのみである。青ぶくれまたは赤ぶくれになるのみである。私はこのことを私自身のために、また私自身と同じく弱い人たちのためにいって置きたい。

（大正二年九月十一日）

十七　年少の諸友の前に

1

私はこの一両年になって始めて自分より若い人の存在を感じ出した。この感じは一種不思議な経験として、私に刺激と鞭撻《べんたつ》と悲哀とを与えている。私はいまだこの新しい経験に馴染《なじ》むことができない。私の心は一種もの珍しい落ちつかない驚きをもって、この新しい感じを――私の意識内における新来の珍客を、右から左から眺めている。

これまで私はただ自分を思想文芸の世界における最も若いゼネレーションとのみ意識して、何の不思議をも感じなかった。私の前には先輩がいた、私の周囲には私と同じように自分の世界を開拓して行こうとする友人(1)がいた。そうして私のあとから来るものは、いまだ思想上文芸上何の問題とするに足らぬ子供ばかりだと思っていた。私は自分を日本における最も若いゼネレーションだと信じて、ただ現在を開拓すること、未来を翹望《ぎようぼう》することにのみ生きて来た。

現今といえども、私は自分をいかなる意味においても完成品だなどとは思わない。自分の本当の仕事も――否、むしろ本当の準備も、本当の創造に備える真剣な吸収も、すべてこれからだと思っている。しかし自分でも知らずにいる間に、日本の社会にはいつしか更に若いゼネレーションが生まれた。自分より年の若い幾多の人々はそれぞれ活気の多い、注目に値いする仕事を始め出した。そうして彼らのある者は自分よりも更に新しい時代に育ってきた特徴を、鮮《あざや》かにその思想と文芸との上にあらわすようになった。私は次第に自分より若い人の存在を信じないわけにゆかないようになって来た。

そうしているうちに、彼らと私との間にいろいろの私交が生まれて来た。彼らの[1]ある者は私の宅へ尋ねて来たり、手紙を寄せたりして、さまざまの相談を持ち込むようになった。そうして彼らは私を遇するに先輩をもってした。なんらかの意味において「与える者」に対するがごとき態度をもって私に対した。従来単に「受ける」者としてのみ生きて来た私は――現今といえども「受ける者」以上の資格を持っていると自信することのできない私は、この新しい待遇に対して不安と圧迫と不思議とを感ぜざるを得なくなった。しかし私のいかなる遁避も、私を「与える者」として待遇する少数の人の存在を防遏《ぼうあつ》するわけに往かない。自ら知らぬ間に、私は小なる先輩の一人になっていることを感ずる。私の内省のあらゆる抗弁にかかわらず、社会的にいえば私は小さい先輩の中の一人になってしまったに違いない。悲しむべき自覚は私にこの事実の承認を強いる。

そうしてこの悲しむべき自覚は、若い人たち――私自身がこんな言葉を使わなければならないようになった、何という驚きだろう――との交わりによって、内容的にもまた確かめられざるを得なかった。彼らとの親しい交わりによって、私は彼らのある者がかつて自分の経過した道を新しく経過するために苦しんでいることを発見した。また私が落ちついて正視するを得る事物の前に、彼らが困惑し動乱していることを発見した。しかしこれと同時に、私は彼らが新鮮なる感情と驚異とをもって対する若干の事物に、もはや同様の感情と驚異とをもって対することができなくなっていることをも感ぜざるを得なかった。そうして私の年少時代に与えられなかった若干の経験が彼らに与えられて、その精神の一養分となっていることをもまた感ぜざるを得なかった。要するに私は彼らによって、かつて私の中に経過したものと、すでに私の中に死滅したものと、運命が私に与え惜しんだところのものを発見せざるを得なかった。これらの発見は私に「経過」を思わせた。ようやく三十になったばかりの私にも、すでに「過去」というものがあることを思わせた。悲しいことには私が「先輩」になっていることはもはや何の疑いもなかった。私は年と共にますます痛切を加え行くべきこの新しい経験の萌芽に面して困惑を感ずる。

しかしこの自覚は単に悲観的の色彩をのみ帯びた経験ではない。私はこの自覚と共に、従来のさまざまな疑惑と混乱とにかかわらず知らず識らずの中に私の人格に凝成した些細なある者を感ずる。従来の模索と瞑想との底に、些細ながらもある「確かなもの」のいつしかできかかっていることを感ずる。「更に若いゼネレーション」との相違如何《いかん》にかかわらず、私には私のために与えられた一つの道が開けていることを感ずる。そうしてこれと共に「更に若いゼネレーション」の功過を批評すべき人生の視点を与えられていることを感ずる。だいたいからいえば先輩という名は私にとってはなはだ厭《いと》うべき名である。しかし自然のもたらす善悪いっさいの経過はとうてい人力のよく回避するところではない。私はただ年少諸友の狂奔に対するにたじろがざる沈着と独立とをもってして、先輩という名のさびしさとはかなさとを堪えてゆきたいと思う。

2

私は中学校から高等学校にかけて内村鑑三先生の文章を愛読した。できるならば先生に親炙《しんしゃ》して教えを請いたいと思っていた。これは私のいた高等学校の位置と便宜の上からいって決してできないことではなかった。私の友達はだんだん先生の私宅を訪問したり、日曜日の聖書講義に出席したりするようになって来た。しかし私は私の個性の独立が早晩明瞭に発展してついに先生にそむかなければならぬ日が来ることの恐ろしさに、先生の親しいお弟子になる気にはなれなかった。思想の分立はついに生活の分立となるはまことにやむをえざる自然の経過である。しかし、この最後の日の予想は――先生の感ぜらるべきさびしさと、私の感ずべき苛責との予想は、私の勇気を挫《くじ》いた。私は勇気ある諸友の断行を羨みながら、自分は依然として先生の文章にのみ親しんで、遠くから隠れて先生の感化に浴していた。

私は私のとった態度を他人にすすめようとは思わない。今の私が本当に崇拝すべき人を発見するならば、あのような痴愚にして卑怯な態度をとらずに、逡巡しながらもその人の膝下にひざまずくに違いないと思う。しかしその時分にはどうしてもそれができなかった。そうしてそれができなかった心持が今でもまざまざと私の記憶に残っている。

今になっては事情が転換した。そうしてこの転換した事情の上から、私は近ごろまたあの時分の心持をしみじみと思い返して見るようになった。私の性格からいえば、私は一生かかっても先生のようなセンセーションを起こすことができないにきまっている。しかし、小さくかすかながらもとにかく私は先輩の一人になった。私の周囲には二、三の「求める者」がいる。従って私は先輩の虚名に伴う特殊の離合を経験すべき地位に置かれている。かつて内村先生のために考えてあげたことが、今は自分のために考えなければならないようになった。どんな意味においても別離はさびしいものである。

そうしてかつて求めるに怯懦《きょうだ》であった心は、今や与えるに逡巡する心となって私に隠遁の誘惑を投げているようである。しかし私ももう羞恥の情にのみ支配される紅顔の少年ではない。私も少しは強くなった。私はもう求める者の身辺にあることを恐れない。詳《くわ》しく言えば、逡巡はするが退却はしない。はにかみはするが隠遁はしない。求める者を身辺に吸収することを嫌うが、求める者の自然に集まって来ることをば恐れない。

私の身にはある些細なものがあるようだ。これが他人の発育に滋養となるならば、勝手に近づいて勝手にこれをとって行くがいい。もし滋養分をとるために近づいても、その実彼らを益する何物もないのに失望するならば、勝手に自分を捨てて走るがよい。もしまた自分の中から吸収し得るものは吸収し尽くして、もはや私に用がないならば、自由に私を離れて新しい途《みち》を往くがよい。これらのいっさいは私の本質に何の増減するところもない。求める者の集散去来にかかわらず、私は常に私である。私の中にはある些細なものがあるようだ。この些細なものを生育させるのが私の唯一の本質的事業である。

これまでも自分の奥底の問題に触れるごとに、自分は常に孤独であることを感じて来た。先輩も友人も父兄も愛人も自分の奥底には何の触れるところがないことを感じて来た。そうしてこの孤独に堪えて来た。私は今後といえども、この孤独の心をもって求める者の去来を送迎するの寂しさに堪えることができることを信ずる。求める者の到着を迎える空しいはなやかさも、去る者の遠ざかり行く影を見送る切ない寂しさも、その時々の過ぎ行く影を投げるのみで、私の本質的事業には何の影響するところもないことを信ずる。「求める者」が隊をなして自分を囲繞《いじょう》しても、私の魂はついに孤独である。「求める者」の群が嘲罵の声を残して遠く去っても私は常に私である。

私は「求める者のむれ」を持っていない。そうして私の周囲にいる二、三の求める人はいまだ一人も私を捨てない。しかし神経質な私の心は、これら二、三の友人との間に、しばしば小なる別離と小なる再会とを経験する。そうして更に大なる別離と再会との心を思う。来る者を拒まず去る者を追わざるほどの覚悟はすでに私にできていると信ずる。願わくは去る者を送るに祝福をもってするほどの大いなる心を持ちたい。少なくとも思想の上でその先輩にそむかないような後輩は、要するに頼もしくない後輩に相違がないのだから。

3

崇拝者を求めるためにいたずらに声を大きくして叫びたくない。崇拝者をつなぎとめるために、いたずらにおどしたりすかしたりしたくない。これは私のような性格と境遇とにいる者にはほとんど何の誘惑にもならない心持である。しかしもっとはなやかな、もっとセンセーションをもって迎えられるような性格と境遇とにいる友人(1)には、少なくとも無意識の底に多少の誘惑になっているらしい。

崇拝者の歓呼に浮かされて知らず識らずいい気になって納まってしまうことは先輩に与えられる誘惑の一つである。自己の内生に対する感覚が鈍麻して、環境に対する神経のみが過敏になってしまうことは先輩に与えられる一つの誘惑である。崇拝者の歓心を買うにもっぱらにして、内生の流動を公表するに怯懦《きょうだ》となることは先輩に与えられる一つの誘惑である。ことに年少諸友の狂奔に暗示されて、自己の進路に迷うような先輩は憐憫《れんびん》に堪えない。

吾人は年少諸友の傾向を批評するに臆病であってはいけない。吾人は「求める者」の群を捨てて新しい途に進むだけの勇気を持たなければいけない。要するに自然によって与えられた先輩の地位を、なんらの意味においても、内なる「人」を縛る力としてはいけない。

[1]ロマンティックの運動が始まってもゲーテはたじろがなかった。そうして静かに落ちついて自分自身の途を進んだ。

4

真正に自己の生命を愛惜する者は模倣と独創との意味を深く理解して置く必要がある。模倣を嫌悪する意識と暗示に対する敏感とが手を携えて増長して行くことは注目すべき現象である。独創を求める意識と作為誇張とが蔓《つる》を並べてはびこって行くことは看過すべからざる事実である。その結果として生まれるものは独創の外見と[2]プリテンションとの中に模倣の内容を盛った鼻っぱしの強い思想と文芸とである。

新しい言葉と珍しい思想との刺激《しげき》にひかされて、この新しい言葉を綴り合わせ、この珍しい思想をはぎ合わせてうれしがっているのは、浅薄な、無邪気な模倣である。かくのごとき模倣の経験は私たちの少年時代にもずいぶんあったことである。今でも中学や女学校にいる文芸愛好者の多数は、おそらくはこの種の模倣衝動に浮かされていることと思う。この種の文芸には珍しがり、新しがりの臭気が著しく人の鼻を衝《つ》くから、他人も当人もこの種の模倣によって欺《あざむ》かれることが少ない、浅薄なだけに罪も少なくまた害も少ない。

しかし模倣とはこの種のものばかりだと思うのは大なる誤りである。新しがり、珍しがりの意識から出ているのでないから模倣でないという申し開きは成り立たない。模倣の深いもの、精かなものは「意識」に現われずに「心」に潜んでいる。「意志」にあらわれずに「本質」に隠れている。模倣者に模倣せんとするつもりがなくとも、なお彼のするところは模倣にすぎない場合がけっして少なくない。現今の青年によって嫌悪されること模倣の名のごとく劇《はげ》しいものはめったにないであろう。それにもかかわらず彼らの思想文芸の多くに模倣の名を強いなければならないのは悲しむべき事実である。

模倣とは個性の底から湧いて来ないいっさいの精神的営為に名づけらるべき名である。起源《オリジン》を外面のあるものに発し、経過の方向を外面のあるものより来る暗示によって規定される行動はすべて模倣である。砕いていえば、自分の中から発する自然の衝動が溢れ出るのでなしに、眼に視耳《み》に聴いたものに動かされて、視聴に映じた外部的存在と同じ型に従って行動するものはすべて模倣である。従って模倣せんとする意志がなくともなお模倣の事実がある。いかに興奮と熱情とをもってする行為の中にもなお模倣の事実がある。模倣を嫌悪する強烈な意識と独創を誇りとする勇猛な自覚のもとになされた行動の中にもなお模倣の事実がある。ある行動が模倣でないことを証拠立てるものは興奮でも熱情でも独創の自覚でも何でもない。それはただ興奮と興奮との推移の間に証明される深い人格的の連続性である。その行動がその人の全生活全生涯を押し通して行く深い貫徹性である。この連続性と貫徹性とによって証拠立てられない行為は、すべて独創として承認されることを要求する資格がない。この連続性と貫徹性とを裏切るような経過をとるいっさいの行動は、いかに興奮と熱情と独創の自覚とをもってするものといえどもひっきょうするに模倣である。今の人は独創ということを余りに廉価に考え、模倣ということを余り浅薄に解しすぎているようだ。私たちは自らに独創の名を許すことが容易でないことを思い、自分から模倣の名を斥《しりぞ》けるには深い内省を要することを思わなければいけない。

性情の軽薄で頭脳の雋敏《しゅんびん》なものは、外来の刺激によって容易に興奮する。そうして熱情と無意識

（もしくは独創の軽信）とをもって模倣的に行動する。彼の模倣を証明するものはその興奮と興奮との間に人格的の連続がないことである。外来の刺激に差等を付する人格的の判別が働かないことである。強力なる刺激を反撥する余儀なさと、世間の潮流と背進する寂しさとを知らないことである。外来の刺激によって生ずる興奮と興奮との間に、自ら道を開かんとする要求を感ぜざる懶惰が挟まれることである。彼らは自然主義来れば自然主義によって興奮し、浪漫主義来れば浪漫主義によって興奮する才人である。個性と独創とを要求する声が盛んとなれば、個性と独創とを要求する叫びをさえ模倣し得るほど「幸福」な人である。実際頭脳の雋敏な才人は、その興奮をおさえて内省するだけの底力を持っていないかぎり、ほとんど模倣者に堕することを免れることができない。彼らが模倣を斥け独創を誇りとするの軽易なることはむしろ彼らの模倣性に富む証拠である。

先輩の影響はただ個性の萌芽を成育せしめる際にのみ、進路に困惑する個性のために新たなる道を指示する際にのみ、独創の助けとなる。その他の影響は暗示にすぎない。模倣性の刺激にすぎない。このことは私一個の経験として、私の閲歴から来る懺悔《ざんげ》としてもまたいうを得ることである。

教育学者の説によれば模倣は児童の発達に欠くべからざる階段であるという。おそらくは教育学者のいうところに誤りがあるまい。しかし模倣者が独創者として自ら誇ることはいずれにしても不遜にすぎるようだ。自ら知らざるにすぎるようだ。私は年少の諸友に向かって模倣と独創との意味を再考することを要求したいと思う。

5

自分の天分を問題とすることは近来の一風潮である。そうしてこの問題に触れる人はたいてい自分は強いという自覚を得て自分のちからの意識について飽くことを知らざる享楽を恣《ほしいまま》にしているようである。私はこの自覚を諸友と共にすることができない自然の結果として、これらの人の自信に対してもまた多少の疑惑を感じないわけに行かないが、しかし私にはこれらの人の内省に立ち入ってその欠陥を指摘する資格もなし、またこの自信を持つことそれ自身は彼らにとって非常の幸福に違いないから、彼らのためにこれを悲しもうとも思わない。しかしこの自信が彼らの中にいかに働いているかについては、多少の憂慮がないでもない。

　ある天分を持っているということは、その天分が実現して価値ある精神内容を創造することによって始めて意味のあるものとなる。天分の有無はただ精神内容の創造に堪えるか堪えないかの問題に対する準備として始めてその意義を生ずるのである。従って精神内容の創造に没頭する人はたいてい天分の問題を第二義の問題として閑却する。自己の天分に対する意識がなくとも、精神的内容の創造に堪え得る人は寸毫もその価値を減じない。実際天分に対する神経過敏なる顧慮を欠くことは第一流の天才に共通なる特徴のように思われる。彼らの内生の異常なる豊富と坌湧《ふんよう》とは、輪郭に対する顧慮を問題としてとりあげているの余裕をなくなすからであろう。

　しかしある種の天才は自分のちからに対する自信がなければ精神内容の創造に堪えない。自己感情の興奮を原動力として、彼は始めて精神内容の創造に猛進することができるのである。かくのごとき人の精神的所産には、必ず強烈なる自己崇拝の色彩を伴って来る。しかしこの際に在っても価値あるは精神的内容の精彩と芳烈とであって、自己の耽溺《たんでき》にあるのではない。ニーチェの勇ましくいたましい哲学を除いて、彼の自我狂《エゴマニヤ》が何であろう。彼の自己崇拝は、彼の精神的創造によって許容と是認とを受くべき付加物にすぎない。

自分の天分を問題としている先輩同輩を通じて、私にも同感のできるのはほとんど武者小路君一人の心持だけである。私の見るところでは、彼はまず認識論から始めなければ承知のできない哲学者のように、自分の天分に対する強烈な自信がなければ精神内容の創造に猛進することを得ざる弱い（これだけの意味で弱い）性格を持っているように見える。それで彼は「お前には力があるかどうだ」と反復自問自答した。そうして最初にはしばしば自信の動揺を感じて失望したり寂しがったりした。しかし内省の反復と共に彼には次第に自信ができて来た。そうして彼はこの自己感情の興奮を原動力として自分の事業に安んずることができるようになった。従ってこの問題に対する彼の態度には内部的必然性を見ることができる。そうしてこの問題に対する肯定によって精神的創造を励まして行く趣を看取することができる。私はこの意味で彼の自己崇拝を是認する。しかも彼の価値はこの感情によって仕上げて行く精神的創造の内容にあるので、自己崇拝の感情そのもののごときはその価値の末の末にすぎない。そうして彼の強烈な自信の当否はひっきょう将来における事業の分量によってのみ決定される問題である。

しかし武者小路君の結論をもってただちにその出発点とする年少諸友の自己肯定には、これと同じくらいに深い根を認めることができない。少なくとも彼らの文章にはこれと同じくらいに深い根を認めることができない。およそある人の強いことを証明するものはこれに敵対する偉力の征服である。険難を通じてその途《みち》を開いて来た閲歴である。この閲歴を提供せずして、その強さを承認させることは自分自身にとってもできないはずである。いわんやその強さが客観的妥当性を得るがためには、「俺は強いぞ」という宣言だけではとうてい駄目である。しかるに年少諸友のある者はこの閲歴の報告をする前に、だしぬけに「俺は強いぞ」という。そうしてこれによって他人を凌辱《りょうじょく》する当然の権利を要求する。しかし第三者から見ればこの種の強がりは一種の愛嬌にすぎない。本当に強い者は敵対力の征服によって自己を語るがよい。そうして自己の力を宣言することは強者をして更に強きものたらしむる所以《ゆえん》ではないのである。

自己のちからに対する享楽は事業の成績のあり余る人にのみ許されるところである。たといその人格の中にちからが渦巻いていることを感ずるにしても、その貧弱なる実現と貧弱なる征服の記録を恥ずる者は自己感情の興奮に耽溺すべきではない。ちからの必然の発現は詠嘆ではなくて事業である。そうしてちからの天賦《てんぷ》が少ない者といえども、これを最もよく実現することによって最もよく生きることができることを知る者にとって、天賦の大小は要するに第一義の問題ではない。

（大正二年九月八日）

十八　沈潜のこころ

1

自己の天分に対する自信は、その天分の発展にたじろがざる歩調を与えるであろう。自己の力に対する自覚は、艱苦との闘争に屈撓せざる勇気を与えるであろう。そうして自己の「成長」に対する意識は、その成長のいとなみに朗らかなる喜びを与えるであろう。そのかぎりにおいて、これらの自覚と意識とは歓迎せらるべきものに相違ないのである。

しかし自己の天分と力と「成長」とを不断の意識として、反復念を押して喜んでいることは、必ずしも自己を大きくする所以《ゆえん》ではない。輪郭の大小強弱に拘泥《こうでい》する心は、往々その生活内容に対する余念のないいとなみを閑却する。抽象的なる「自己」に執する心は、往々自己の内容が全然そのいのちの中に開展する「世界」の充実と豊富とにかかることを忘れる。そうして「自己」の名のためにかえって「世界」を貧しくする。換言すれば自己の輪郭のためにかえって自己の内容を空しくする。彼らは自ら住まんがために家を建てるかわりに、垣根の修繕にその日を暮らす愚かな人たちである。

また自己の天分と力と「成長」とに対する不断の懸念は、往々その公正なる内省の力を鈍くして、自己の周囲にいたずらにはなやかなる妄想《ヴァーン》のまぼろしを描き上げる。心の世界の中に内容と自意識との二つが分離して、神経はもっぱら自意識の上にあつまり、自意識はその内容と実力とに無関係に、自分勝手に大きくふくれる。そうして内容と実力とは厖大《ぼうだい》なる自意識の薄暗い下蔭に日の目を見ぬ草のように影の薄い朝夕を送って行く。自意識と生活内容との懸隔ははなはだしくなるにつれて、彼らの次第に接近し行く方向は誇大妄想狂という精神病である。そうして彼らの自信と並行して昂進するものは、第三者の眼に映ずる空虚と滑稽との印象である。彼らの住む国は「自己」の末梢《ペリフエリー》である。中枢《ツエントルム》は末梢の病的成長につれて萎縮の度を加える。彼らは象のような四肢と、豆のような頭を持つ怪物として、自己の外郭をめぐる塵埃の多い日照道を倦むことなき精力をもって匍匐《ほふく》して行くのである。しかし無窮の匍匐もついに彼らを真正なる自己の国に導くことができない。真正なる自己の国に導く力は、どうどうめぐりではなくて、掘り下げ、推し進め、かつぎ入り、沈み込む力でなければならない。生活内容に対する――真正の意味において自己の「現実」に対する――公正な気取り気のない自覚は、まず吾人に力の集注と結束とを教える。更に生活内容そのものに内具する「神聖なる不安」[1]は吾人に進撃と爆発との力を与える。そうしてこの内容の実相に対する自覚と、内容の不安から推し出される張力とは、天分の大きいものと小さいものと、力の強いものと弱いものとの差別なく、各人を自己開展の無限なる行程に駆り出すのである。このやむにやまれぬ内部的衝動に駆らるるものは、右顧左眄《うこさべん》するの余裕がない（天分の大小強弱を問題とするは要するに右顧左眄である）。与えられたる素質と与えられたる力のいっさいをあげて、専心に、謙遜に、純一に、無邪気に、その内部的衝動の推進力に従う。真正に生きる者の道はただこの沈潜の一路である。いのちの中枢を貫く、大らかな、深い、静かな、忘我によって実在の底をさぐる心を解する者の一路である。外部との比較と他人の軽蔑とを生命とするいわゆる「自己肯定」[2]はあずからない。自我の末梢に位する神経過敏はあずからない。

2

沈潜のこころを解せんと欲するものは、「神聖なる無意識」の前にひざまずくことを知らなければならぬ。

俺は偉大だぞと意識する者の中に、必ずしも「偉大」が存在するのではない。自己の偉大に対する意識が全然欠如するところに、必ずしも「偉大」が存在しないのではない。偉大という事実は、俺は弱小無力だと感ずる砕かれたる意識の底にも、なお存在しないとはかぎらないのである。真正の偉大は無意識の底にあるので、意識の表面に浮草のように漂っているのではない。偉大の意識は欲望の生むまぼろしとして、自己の真相を覆う霧のように湧いて来ないとはかぎらないのである。意識と無意識との間に行わるる微妙なる協和不協和[1]の消息を知らない者は、俺は偉大だと叫ぶところに、本当に偉大があるのだと思っている。そうして俺は偉大だぞというお題目の百万遍を繰り返すことによって自己を偉大にし得ると妄信している。しかし、このお題目の功徳によって顕現するものはただ萍《うきくさ》のような偉大の意識であって底から根を張って来る偉大の事実ではない。意識と無意識との矛盾を解する者は、偉大の意識の中にも真に侮蔑に堪えたる空虚と自己《じこ》諂諛《てんゆ》[2]とを見る。そうして弱小無力の意識の底にも、涙を誘う純一と無邪気との中にスクスクと延び行くいのちの尊さを看過しない。

私は刻々に推移する気分の、意識の把住力[3]を超越し、意識の抗拒力を超越して、恣《ほしいまま》に出没することを感ずる。私は私の心の奥に、ある知られざるものの雲のように徂徠《そらい》[4]し、煙のように渦を巻いていることを感ずる。そうして私は私の心の底にある無意識の測り知るべからざる多様のこころを思う。

私は逡巡をもって始めたことの思いがけぬ熱を帯びて燃えあがる驚きを経験する。悲観と萎縮との終局に、不思議なる力と勇気とが待ち受けていて、(1)窮窘《きゆうきん》の中にも新しい路を拓《ひら》いてくれることを経験する。そうして私は意識の測定を超越する私の無意識の底力を思う。

私はまた力の湧き立つ若干の日と夜とに、身も挫《くじ》けよとばかり衝《つ》きあたる勢いの、いたずらに冷ややかなる扉によりてはね返される焦燥を経験する。力の蓄積が欠乏を告げて、張りつめた勢いが、空気枕から空気が抜け去るように音を立てて抜け去る刹那を経験する。そうして私は意識のはかなさと無意識の深さとのこころを思う。

また私は自ら努めず自ら求めざる無心の刹那に心の果実の思いがけもなく熟して落つる響きに驚かされる。無意識の中に行われたる久しき準備と醗酵とが、天恵のごとくとつじょとして成熟せる喜びにいそいそとする。そうして私の心はしきりにこの無意識の賛美が一紙を隔てて運命と他力との信仰に隣することを思い、いつの日か(2)迷妄《マーヤ》の面帕《めんぱつ》が熱の落つるように落ち去るべきことを思う。

神聖なる無意識に跪くこころは、私に弱いものの前に遜《へりくだ》ることを教えた。大らかに、ゆるやかに、深く、静かに歩みを運ぶことの、喧燥しながら、焦燥しながら、他人の面上に唾を吐きかけながら、喚叫しながら、駈け出すよりも更に尊いことを教えた。それはまた待ち望むことと、疲れたときに休むことと、力の抜けたときに怠けることと、巫山戯《ふざけ》たい時に巫山戯ることと、結果と周囲とに無頓着に内面の声に従うなげやりの快さとを教えた。そうして私の心はこれらの緊張と弛緩《しかん》との幾層を通じて、不断にある人生の秘奥に牽引されることを感ずる。どこに行くかはわからない。どこまで行けるかもわからない。しかし私の心に牽引されるちからの存在するかぎり、私はとにかく何ものかに沈潜するのである。そうして力尽きたときに破滅するのである。

私は自己の天分の強さと「成長」とを造次も忘れることのできない文士よりも、むしろ貧苦の中にその妻子を愛護する農夫の間に、恋愛の熱に身を任せて行衛も知らぬ夢また夢の境をさまよい行く少年男女の間に、はるかに真率にして純一な、しめやかにして潤いのあるいのちの響きを聞く。

生活の全局を蔽う深沈なる創造のいとなみに従う者は、もとより困惑せる農夫と少年との無意識をもって満足すべきではない。彼は無意識に伴う安詳にして鞏固なる意識を――明らかに真実を見る内省と、障碍と面争してたじろがざる自信とを――持つ必要がある。しかしいずれにしても無意識は君主にして意識は臣僕である。無意識の君主を蔑視するものは――「無意識」の神聖なる祭壇を蹂躙《じゅうりん》して我は顔をするものは、必ず神罰をこうむって、真実を視《み》る眼と、人生を味わう心と、実在に沈潜する力とを奪われるに違いない。

3

沈潜のこころを解せんと欲するものは、内省の意義を蔑視することを許されない。

内省は自己の長所を示すと共にまたその短所を示す。内省は自己のちからを示すと共にまたその弱小と矛盾と醜汚とを示す。内省の眼は、いやしくもそれが真実であるかぎり、いかなる暗黒と空洞の前にも回避することを許さない。ゆえに内省は時としてわれらを悲観と絶望と、猛烈なる自己嫌悪とに駆る。真実を視るの勇なき者が、常に内省の前に面をそむけて、その人生を暗くする力を呪うのはまことに無理もない次第である。しかし胸に暗黒をいだく者は、その暗黒を凝視してその醜さを嘆くの誠を外にして、暗黒から脱逸するの途《みち》がない。真実の直視から来る悲観と絶望と自己嫌悪とは、弱小なる者を生命の無限なる行程に駆るの善[1]知識である。暗黒を恐れる者は、悲観を恐れる者は、そうしてこれらのものを生むの母なる内省を恐れる者は、とうてい人生に沈潜する素質のない者である。

内省は時として理知の戯れとなる。力強い無意識の背景を欠くとき、空洞なる者は空洞なる自己を観照することによって、そこにはかない慰めを発見する。無意識の底から押し上げて来る「神聖なる不安」を原動力とせざるかぎり、内省はただまぼろしの上にまぼろしを築く砂上の戯れにすぎない。そうしてかくのごとき理知の戯れはただちに情意の方面における悲哀と憂愁との耽溺を伴って来る。この種の内省、この種の多涙が、自意識の耽溺、「自己肯定」の耽溺と共に人生の左[2]道たることはいうまでもない。否、憂鬱症《メランコリア》が誇大妄想狂や燥狂に比していっそう不幸だと同じ意味において、この種の「自己否定」は「自己肯定」に比して更に不幸である。そうして人生における歓喜と活動とを拘束する意味において更に有害である。私は従来しばしばこの意味におけるセンチメンタリズムの領域とすれすれに通って来た。従って私はかなり深くその危険を了解していると信ずる。私の内省を説くのは決してこの意味において自己弁護するためではない。ただここに明瞭に区別せんと欲するのは、内省そのものが決してかくのごとき理知の戯れと、これに伴う情感の耽溺とを意味するにかぎらないことである。理知の戯れと情感の耽溺とは内省のもたらす必然の結果ではなくて、むしろ無意識の空虚と疲労とから来ている。これらのものを難ずることは決して内省そのものを難ずることにはならないのである。真正の内省は無意識の底から必然に湧いて、その進展の方向を規定する。理知の戯れと情感の耽溺がこの上もなく危険なるにかかわらず、真正の内省は依然として必要である。この種のセンチメンタリズムを難ずることは、決して無鉄砲なる「自己肯定」を正当とする申しわけにはならないのである。

真正なる内省は無鉄砲と盲動との正反対である。従ってそれはある意味において行動の自由を拘束する。そうして時として無鉄砲と盲動とから来る僥倖《ぎょうこう》を取り逃がすことがあるに違いない。しかし真正なる内省によっておさえられるような行動は、本来発動せぬをよしとする行動である。そうして無鉄砲と盲動とによって始めて得られるような僥倖は、これをとり逃しても決して真正の意味の損失ではない。

真正なる内省は征服せらるべきものを自己の中に視る。勇ましく、いたましく、たじろがずにこれを正視する。そうして征服せらるべきものの征服し尽くされざるかぎり、彼の内面的闘争は日星の運行の必然なるがごとくに必然である。日星の運行の不断なるがごとくに不断である。従って彼はこの内面的衝動に促されて、堅実に、鞏固《きょうこ》に、深く、大きく、必然に動いて行く。彼の発動には燥急と強制と(1)射僥《しゃぎょう》の心とがない。彼の進路に内外両面の障碍と機会とを置くものは運命である。この障碍の征服と機会の利用とによって自己を建設し行く者は彼自身の内なる力である。ある行動を拘束するのは、彼の人格の自由によって、発動の気まぐれを制御する更に深い力の発現である。盲動より来る僥倖を期待せざるは内面的必然によって作り出されざる遭逢《エアファールング》のついに無意味にすぎないことを知っているからである。盲動から来る僥倖は事功の機縁とはなるであろう。軍人に金鵄勲章を与え、政治家に公爵を授ける機縁とはなるであろう。しかし精神上の生活において、僥倖は全然無意味である。内面的必然に促されたる魂は、明らかなる内省と静かなる人格の発動とによって、その要求にそぐうほどの世界を創造することを知っている。そうして内からの準備の完《まった》からざる魂にとっては、いかなる外面的機縁も、常にその頭上をすべって行ってしまう。

無鉄砲はいっさいの内面的経験を上すべりして通るに十分なる眼かくしである。彼らは自己の弱点を弱点として承認せず、自己の欠乏を欠乏として承認せざるがゆえに、その内面に何の征服せらるべき敵対力をも認めることができない。従っていっさいの精神的進歩の機縁たるべき内面的闘争の必然性を持たない。彼らは自己の弱点を楽観することによって、苦もなくその弱点の上をすべる。そうしてそのすべり方の平滑なることを基礎として「自己肯定」の信仰を築き上げるのである。もとより彼らはその無鉄砲によって種々の外部的葛藤に遭逢するであろう。しかしこの葛藤は永久に外面的葛藤たるにとどまって、内面にしみ入る力を持たない。従って彼らの遭遇すべき代表的運命はいっさいを経験《エアファーレン》して一物をも体験《エアレーベン》せざる大なる白痴である。かくのごとくにして無鉄砲なる勇者の生涯は、矮小《わいしよう》なる(1)実験家《エクスペリメンタリスト》の生涯と内容的に相接近して来る。

弱い者はその弱さを自覚すると同時に、自己の中に不断の敵を見る。そうしてこの不断の敵を見ることによって不断の進展を促すべき不断の機会を与えられる。臆病とは彼が外界との摩擦によって内面的に享受する第一の経験である。自己策励とは彼がこの臆病と闘うことによって内面的に享受する第二の経験である。従って臆病なる者は無鉄砲な者よりも沈潜の道に近い。彼は無鉄砲な者がすべって通るところに、人生を知るの機会と自己を開展するの必然とを経験するからである。弱い者は、自らを強くするの努力によって、最初から強いものよりも更に深く人生を経験することができるはずである。弱者の戒むべきはその弱さに耽溺することである。自ら強くするの要求を伴うかぎり、われらは決して自己の弱さを悲観する必要を見ない。

繰り返していう。無意識の背景を欠く内省の戯れとこれに伴う情感の耽溺は無意味である。しかし内省の根底を欠く無鉄砲な自己肯定は更に更に無意味である。無鉄砲を必然だというのは蹣跚《まんさん》たる酔歩が酔っぱらいにとって必然だというに等しい。酔っぱらいには遠く行く力がない。無鉄砲な者には人生に沈潜するこころがわかるはずがない。

4

大なるものを孕《はら》む心は真正に謙遜を知る心である。

謙遜とは無力なる者の自己縮小感ではない。無意識の奥に底力を持たぬ者が自己の懶惰を正当とする申し訳ではない。謙遜とはかくのごときものであるならば、人生の道に沈潜せんとする者は決して謙遜であってはいけない。

謙遜とは奸譎《かんけつ》なる者がその処世を平滑にするための術策ではない。他人の前に猫をかぶって、私はつまらない者でございますとお辞儀をして回る者は、盲千人の世の中にあってはさだめて得をすることであろう。しかしこの類の謙遜は内省に基づかずして打算に基づいている。誠実に基づかずして詐欺に基づいている。謙遜とは自己の長所に対する公正なる自認を塗りかくして周囲の有象無象に媚びることによって釣銭をとることならば、奸詐《かんさ》を憎み高貴を愛する者は決して謙遜であってはいけない。

謙遜とは人格の弾性を抑圧する桎梏《しっこく》ではない。謙遜とは月並のキリスト教が罪の意識を強いるように、われらの良心に対する税金として課せられるものならば、精神の高揚と自発とを重んずる者は決して謙遜であってはいけない。われらの人格の独立はかくのごとき謙遜を反撥することによってようやく始まるのである。

真正に軽蔑し反撥することを知る魂のみが無邪気に公正に自己を主張するの弾力ある魂のみが、

真正の謙遜を知る。謙遜とは独立せる人格が自己の欠点を自認することである。覆いかくすところなく、粉飾するところなく、男らしき公正をもって自己の足らざるを足らずとすることである。この意味の謙遜を除いて真正に人間に値いする謙遜はあるはずがない。

　われらの自ら認めて長所とするところが、すべて矮小にして無意味なるを悟るときに、われらの自ら恃《たの》みとするところが相踵《あいつ》いで崩落することを覚えるときに、われらは初めて絶対者の前に頭を擡《もた》げることができないほどの謙遜を感ずるであろう。偉なる者の認識が始まるときに、すべての人はことごとく従来の生活の空虚を感じなければならぬ。小なる世界の崩落を経験し、大なる世界の創始を感じ始める者は、必ず謙虚な心をもって絶対の前にひざまずくはずである。真正なる謙遜を知らざる者は、大なる世界の曙《あけぼの》を知らざる者である。私はこのことを特に私自身に向かっていう。私は究竟の意味においていまだ謙遜のこころを知らない。そうして私は真正に砕かれざる心[1]の苦楚《くそ》のゆえに暗然としている。私の極小なる世界は一、二のやや大なる世界を孕んだ。そうして私は一、二の小なる謙遜のこころを味わった。しかし大なる謙遜のこころの前に、私の小我はなお愚かなる跳梁《ちょうりょう》を恣《ほしいまま》にしていることを感ずる。そうして私はまず「大なる謙遜のこころ」の前に、知らざる神にひざまずくがごとくにひざまずいている。

　謙遜のこころは孕むより産むに至るまでの懊悩《おうのう》のこころである。

5

　自己の否定は人生の肯定を意味する。自己の肯定は往々にして人生の否定を意味する。なんらかの意味において自己の否定を意味せざる人生の肯定はあり得ない。少なくとも私の世界においてはあり得ない。私の見るところでは、これが世界と人生と自己との組織である。私の見るところでは、古今東西の優《すぐ》れたる哲学と宗教とは、すべてことごとく自己の否定によって人生を肯定することを教えている。一本調子な肯定の歌はただ人生を知らぬ者の夢にのみ響いて来る単調なしらべである。キリストは死んで蘇《よみがえ》ることを教えた。仏陀は厭離[1]によって真如[2]を見ることを教えた。ヘーゲルは[3]純粋否定《ライネ・ネガティヴィテート》を精神の本質とした。そうして私の見るところでは現代肯定宗の開山とも称すべきニーチェといえども、またよく否定の心を知っていた人である。彼は超人を生まんがために放蕩と自己耽溺とその他種々なる人間性を否定した。彼のいわゆる超人が人間の否定でなくて何であろう。もとより自己のいかなる方面を否定するかについては各個の間に大なる意見の相異がある。肯定せられたる究竟の価値と否定せらるる自己の内容との関係についてもまた大なる個人的意見の差異があることは拒むことができない。しかしいずれにしても大なる哲人は自己否定の惨苦なる途によって、人生の大なる肯定に到達するところを知っていた。彼らの中には混沌《こんとん》として抑制するところなき肯定によって、廉価なる楽天主義を立てた者は一人もいない。人生と自己との真相を見る者はかくのごとき浅薄な楽天観をどこの隅からも拾って来ることができないからである。

一向きの否定は死滅である。一向きの肯定は夢遊である。自己の否定によって本質的価値を強調することを知る者にとっては、否定も肯定である。肯定も否定である。これを詭弁だというものはすべての宗教と哲学とに縁のない人だということを憚《はばか》らない。

生活の焦点を前に（未来に）持つ者は、常に現在の中に現在を否定するちからを感ずる。現在のベストに活《い》きると共に現在のベストに対する疑惑を感ずる。ありのままの現実の中に高いものと低いものとの対立を感ずる。従って彼の生活を押し出す力は常になんらかの意味において超越の要求である。かくのごとき要求を感ぜざる者はついに形[1]而上的生活に参することができない。
女は愛して貰いたい心と、思う男に身も心も任せた信頼の心やすさと、母たらんとする本能とに慄《ふる》えている。そうしてこの心は女の生活を不断の従属に置き、常住の不安定に置く。この従属と不安定との苦楚をのがれんがために、なんらかの意味において女性を超越せんとするは、女の哲学的要求である。

人は現象界の流転に漂わされる無常の存在である。人の中には局部に執し、矮小に安んじ、自己肯定の己惚《うぬぼ》れに迷わんとする浅薄な性質が深くその根底を植えている。この無常とこの猥雑とこの局小とを超越せんとするは人間の哲学的要求である。

自己超越の要求は要するに不可能の要求であるかも知れない。しかし生活の焦点が前に押し出す傾向を持っているかぎり、不可能の要求はついに人性の必然に萌す不可抗の運命である。人はこの不可抗の運命に従うことによって、許さるるかぎりの最もいい意味において人となるのである。押し出されるより外に生きる道がない。牽《ひ》かれるより外に生きる道がない。

そうしてこの不可抗の要求に生きる者のこころは常に謙遜でなければならない。足らざるを知るこころでなければならない。いい気になること（self-sufficiency《セルフ・サフィシアンシイ》）ほど人生の沈潜に有害なものは断じてあり得ない。そのいっさいの方向を尽くして、そのあらゆる意味を通じて self-sufficiency は人生最大の醜陋事である。

（大正二年九月二十五日）

十九　人と天才と

1

何を与えるかは神様の問題である。与えられたるものをいかに発見し、いかに実現すべきかは人間の問題である。与えられたるものの相違は人間の力ではどうすることもできない運命である。ただ稟性[1]を異にするすべての個人を通じて変わることなきは、与えられたるものを人生の終局に運び行くべき試練と労苦と実現との一生である。与えられたるものの大小においてこそ差別はあれ、試練の一生においては——涙と笑いとを通じて歩むべき光と影との交錯せる一生においては——すべての個人が皆同一の運命を担っているのである。もし与えられたるものの大小強弱を標準として人間を評価すれば、ある者は永遠に祝福された者である者は永遠に呪われた者である。これに反して、与えられたるものを実現する労苦と誠実とを標準として人間を評価すれば、すべての人の価値は主として意思のまことによって上下するものである。そうして天分の大なる者と小なる者と、強い者と弱い者とは、すべて試練の一生における同胞となるのである。

「天才」の自覚から出発すべきか、「人間」[2]の自覚から出発すべきか。この二つが必ずしも矛盾するものでないことはいうまでもない。しかし出発点を両者のいずれにとるかは人生に対する態度の非常な相違となる。「人間」の自覚を根底とせざる「天才」の意識は人を無意味なる驕慢と虚飾と絶望とに駆りやすい。ある者は自己の優越を意識することによって自分より弱小な者を侮蔑する権利を要求する。ある者は天才を衒《てら》う身ぶりによって自己の弱小なる本質を強いる。ある者は天才の自覚に到達し得ざるがために、自己の存在の理由に絶望する。この種の驕慢と虚飾と絶望とは、彼らが能力《ケネン》の大小強弱の一面から人生を観ているかぎりとうてい脱却し得ないところである。彼らのあやまちは「人間」に与えられたる普遍の道を発見するに先だって、特殊の個人に与えられたる特殊の道を唯一の道だと誤信するところにある。

天才には天才のみに許されたる特殊の寂寥《せきりよう》と特殊の悲痛と特殊の矜持《きようじ》とがあるに違いない。従って天才には天才のみの歩むべき特殊の道があるに違いない。しかし天才としての自覚を人間としての自覚の根底の上に築くことを知れる者は、おのれ一人のさびしい道を歩みながらも、なお平凡に生まれついた者の誠実な、謙遜な、労苦にみちた、小さな生涯に対して尊敬と同情とを持たなければならぬはずである。平凡な者を指導すべき使命を感じなければならぬはずである。もし世に平凡な者に対する同情と尊敬とを欠き、平凡な者を指導すべき使命の自覚を欠く天才があるならば、彼の非凡は妖怪変化の非凡にすぎない。彼は人間の代表者でなくて仲間はずれである。平凡な者が彼の暴慢と自恣とに報いるに反抗と復讐とをもってするは当然にすぎるほどの当然事である。

凡人には天才の知らざる拘泥と悲哀と曇りとがある。実現せんと欲して実現し得ざる焦燥と、些細の障碍と戦うにあたっても血の膏《あぶら》を搾らなければならぬ労苦と、無辺の世界の中に小さく生きるはかなさのこころとがある。従って凡才は常に天才の知らざる羞恥の心をもって天才の天空を行く烈日のごときまぶしさを仰ぎ見る。しかし凡人としての自覚の底にもなお確乎たる「人間」の自覚を保持することを知る者は、決して天才にあらざるのゆえをもって自分の生涯に失望しない。小さい者がその小さい天分を実現し行く労苦の一生の中にも、なお人間の名に値いする充実と緊張とがある。内より温《あたた》める熱と自然ににじみ出る汗と涙とがある。内からの要求に生きる者にとって、第一義における自己の問題は「天才」の有無ではなくて、精神生活における不安である。自分が天才でないという自覚によって全存在をくつがえすほどの打撃を受けるのは、周囲の人との腕くらべに生きようとする間違った心がけを持っているからである。

俺が天才であるか、俺が天才でないか、そんなことはすべて俺にはわからない。しかし俺は今「人間」の自覚を生活の中心とすることによって、ようやくこの意味における「天才」の問題を確実に超越することができるようになったことを感じている。たとい俺は天才でなくても——たぶん俺は天才ではあるまい——俺にはなお「人間」の自覚がある。そうしてこの自覚は確実に俺の将来の進展を指導してくれている。俺は天才でないにしても俺の生涯は決して無意味ではない。また万々一俺は天才に生まれているにしても、俺が天才の自覚から出発せずに人間の自覚から出発することは少しも俺の天分をそこなう所以《ゆえん》にはならない。そうしてこの自覚は他人に対する尊敬と包容とのこころを——いっさいの人類に対する同胞の感情を俺に教えてくれた。

価値の標準を天賦の大小に置かずに、意志のまことに置く点において、俺は古い古い宗教の徒弟である。俺は決してこのことを恥としない。むしろ俺はこれによって全人類を同胞として包容すべき新しい限界のようやく開け始めたことを嬉しいと思っている。

俺は天才を崇敬する。同時に誠実なる凡人を尊敬する。俺は特に弱小にして誠実な者の味方である。俺は特に驕慢にして天才を衒う者の敵である。

2

天才の本質を能力《ケネン》の強さと大いさとに置かずに、人生の秘奥に貫徹する力の深さに置くとき、天才と凡人との関係は獅子と羊との対照にあらずして、導師と法弟との関係となる。更に天才と凡人とを、試練と労苦とに喘《あえ》ぐ人間共通の運命に照らし出すとき、彼らは温情をもって涙と笑いとをわかつべき兄弟として、能力の大小強弱による相互の墻壁《しょうへき》を撤する。

凡人が天才の出現を翹望《ぎょうぼう》するは、彼が彼らを代表して更に奥深い世界を開くべき鍵を握っていることを信ずるからである。従って深く人類の悩みとあこがれとを体得して、人類全体の問題を一身に担う者でなければこの翹望に答えることができない。自己の未熟を鞭《むち》つ代わりにその優越の意識に耽溺し、弱小なる凡人を救済する代わりにこれを嘲笑して自ら高しとするような者は、反抗には値いしても決して崇敬には値いしない。

3

いかなる天分を有するかは何処《いずこ》に往くべきかの先決問題である。従って天分の性質は各個人にとって必然の問題である。しかしその天分の大小強弱は、各個人にとって前者と同様の必然性を持つ問題ではない。人が「あるもの」として生まれて来たかぎり、その天分の大小強弱如何《いかん》にかかわらず、当然その天分の性質によって動いて行かなければならぬ不安を植え付けられているからである。その不安の衝動力がいきいきと作用するかぎりにおいて、常により大きく、より強くなって行くことができるはずだからである。自己開展の極限はその極限に到達して見なければ本当にわかるはずがない。その極限を性急に見極めなければ気がすまないのと、極限の問題を度外に付して現在の衝動力に信頼することができるのとは、各個人の性格の差別であって、いっさいの人に通ずる必然の問題ではない。

4

天才は凡人に比してはるかに偉大なることに堪える。ゆえにその用についていえば凡人が天才の下位にあることはもちろんである。従って社会的または人文史的見地より見るとき、天才がほとんどいっさいなるに反して、凡人はほとんど零に近いのはやむをえない。

天才の衷《うち》に実現せらるる世界が、凡人の惨澹たる労苦によって獲得せる世界に比して、はるかに豊富に、はるかに深遠に、はるかに自由に、はるかに精彩あることはいうまでもない。ゆえにその世界の価値についていえば、凡人の世界が天才の世界の下位にあることはもちろんである。天才は下瞰して与え、凡人は仰視して受ける。自然の世界において大小強弱の対照が儼存《げんそん》することはまことにやむをえない。

ある人がなし得るところをある人はなし得ない。ある人が到達し得るところにある人は到達し得ない。ゆえにあることをなし得るか得ないか、ある点に到達し得るか得ないかを主要問題とするとき、各個人の天分はその性質について問題となるのみならずまたその大小強弱について問題となる。この方面から見れば各個人の価値はほとんど宿命として決定されていることは否《いな》むことができない。

しかし観察の視点を外面的比較的の立脚地より内面的絶対的の立脚地に遷《うつ》し、成果たる事業の重視より追求の努力の誠実の上に移し、天分の問題より意志の問題に遷すとき、吾人の眼前には忽然《こつぜん》として新たなる視野が展開する。従来如何《いかん》ともすべからざる対照として儼存せしものは容易に融和する。そうしていっさいの精神的存在は同胞となって相くつろぐ。この世界にあってはおのおのの個人がその与えられたる天分に従ってそれぞれ彼自身の価値を創造するのである。そうしてこの創造によって「人間」としての意義を全くするのである。

内面的絶対的見地よりすれば、三尺の竿を上下する蝸牛《かたつむり》は、千里を走る虎と同様に尊敬に値いする。そうして虎は蝸牛を軽蔑することの代わりに、千里の道を行かずして休まんとする自己を恥ずる。蝸牛はその無力に絶望することの代わりに、三尺の竿を上下する運動の中にその生存の意義を発見する。

5

軽蔑に値いするは小さい者が小さい者として誠実に生きて行くことにあらずして、小さい者が大きい者らしい身ぶりをすることである。ある真理とある価値とを体得しない者がその真理と価値とを口舌の上で弄《もてあそ》ぶことである。要するに pretension(1) と reality との矛盾に対する無恥である。

詩人または哲学者でないゆえをもって、野に耕す農夫を嘲ることはできない。しかし天才でもない癖に天才のつもりになって威張《いば》っている文士は笑わずにはいられない。まして天才でもない癖に天才のつもりになって平凡な者を凌辱する文士は憎まずにはいられない。

乞食の子に石を投げるは冷酷なるいたずら小僧の強がりである。しかし孔雀《くじやく》の羽根をさした烏《からす》を嘲笑するは、虚偽を憎む者の道義的公憤である。

6

「成長の意識」（詳しくいえば「成長の事実に対する意識」）と「成長の欲望」とは同一事ではない。成長の意識は過去と現在との比較がなければ成立することができない。過去に熟せざりしものと現在に成熟せるものとの比較が始めて成長の意識を成立させるのである。そうしてこの成長の意識はあるいは自欺より生まれて自己諂諛《てんゆ》となりあるいは公正なる内省より生まれて静かにして朗らかなる自信となる。

これに反して「成長の欲望」は未来に対する翹望である。そうして成長の欲望あるいは他人を凌駕せんとするアンビションから生まれて、必然の段階をふむの余裕なき燥急となり、あるいは現実の矛盾から生まれて、一歩を人生の奥に踏み込ましめる必然となる。従って成長の欲望をその最も精神的な、最も内面的な、最も純粋な意味においていい換えて見れば、それは「内容の不安から押し出される張力」である。そうして自己の道を発見せざる者がこれを発見せんとする努力も、すでにこれを発見せる者がその途《みち》を拓《ひら》かんとする努力と等しく「内容の不安から押し出される張力」である。等しく「成長の欲望」である。この意味において「成長の欲望」を持たない者は始めから問題にならない。

ただし「成長の欲望」は必ずしも常に「我の成長の欲望」として意識に現われて来るのではない。多くの場合それは「個々の具体的経験内容の不安」として意識に現われて来るのである。従って心理的にいえば「成長の欲望」という言葉は十分に妥当だとはいわれない。

トルストイを追い越そうとする ambition[1] よりも、強く深く真理をつかんで、人生究竟の価値に参せんとする aspiration の方が、更に純粋な、更に精神的な、更に内面的な、そうして更に大きい欲望である。

7

比較の対象を自分の外に、自分に近く、そうして具体的な個人として持っているときに、その人の努力はいっそう真剣に、いっそう猛烈に、いっそう死物狂いになるかも知れない。この意味において、アンビションは精神的創造の原動力として決して無意味なものではないであろう。アンビションから行くのも一つの人情に近い行き方に相違ないことと思う。

しかしトルストイを追い越そうとするアンビションは、強く深く真理をつかんで、人生究竟の価値に参せんとするアスピレーションに変形するにあらざれば実現の途につくことができない。他人に勝つための唯一の途は、その競争者よりも更に深く真理の中に沈潜することである。この途によらずして他人に勝たんとする者は、空虚なる名誉欲にとらわれて実質の問題に参することを知らざる人生の外道である。従ってアンビションの問題もその本質的意義においてはアスピレーションの問題に帰する。アスピレーションとならざるアンビションは無意味である。しかしアンビションの背景を欠くアスピレーションは決して無意味ではない。自己の周囲に競争者なき場合といえども、その人の精神に現実の不安から押し出さるる張力が働いているかぎり、アスピレーションはその純粋なる形において作用することができるはずだからである。

自分はアンビションによって真理に深入りした二、三の人を知っている。そうしてその人が真理に深入りした程度に従ってその人を尊敬することを忘れる者ではない。しかしアンビションは個人的性癖の問題であって、アスピレーションと同じ意味において人間全体の問題ではない。アンビションがなければ駄目だというのは、個人的性癖を人間全体に通ずる必然として主張せんとする誤謬である。

自分は「人を相手にせずして天を相手にせよ」といった人の意味深い言葉を忘れることができない。アンビションからはいる道の外にもなお真理に深入りする途は儼存しているのである。自分は天を対手にするアスピレーションが精神的創造の無限なる行程を導くに足る力であることを確信して疑わない。

8

俺の今いわんとすることをかつて先輩が更に力強い言葉でいっているにしても、俺の今いう言葉は空にはならない。俺の今いう言葉に体得したる真理の響きがこもっているかぎり、俺の弱い言葉は先人の声によって打ち消されはしない。先人の声は基音として俺の声を支えてくれている。そうして俺の言葉は先人の言葉の倍音としてその響きに参加している。俺の言葉にはなお存在の理由があり、なお存在の意義がある。

俺の今悟入するところが先人のかつて発見したところ以上に一歩も出でないにしても、俺の新しい悟入は無意味にはならない。俺の心はこの悟入によって新しい世界に入り、真理は新しく俺の胸に生きることによってその光を増す。先人の霊はおそらくは新しい同胞を得たるがために歓喜するであろう。そうして「精神生活」の殿堂は新たに一つの灯光を加えることによって更に輝くであろう。俺の今悟入した真理は新しくないにしても、俺が今この真理に躍入したことは新しい事実である。この新しい事実は俺自身にとって、俺の生存する時代にとって、最後に真理そのものにとって、決して無意味に終わるはずがない。最も重要なるは真理が生きて働くことである。現在生きて働いている真理が過去に類似を有するか否かは要するに第一義の問題ではない。

俺はドストイェフスキーよりも小さいが俺はドストイェフスキーをそのままに縮小した模型ではない。俺の衷《うち》に俺でなければ何人も入り得ない世界があるのは、俺が自分と他人とを区別する必要から拵《こしら》え上げたのではなくて、俺の中に、俺の個性の芽が植え付けられているからである。俺の声が他の何人とも異なっているのは、俺が自分の声を他人の声以上に耳に立つものにしようと努力したからではない。俺の声には俺の音色が自然に与えられているからである。もし俺が独特の世界と声音とを与えられていないとすれば——換言すれば他人の模型として拵え上げられているとすれば——俺は芝居をするより外にこの宿命をのがれる途がない。しかし俺は芝居によってオリジナルな人になるよりは、むしろ宿命に従って完全な模型になりたいと思う。

俺は他人と自分とを区別しようとする欲望から出発しても、自然に俺自身になることに落ちて行くであろう。しかし俺が俺自身になるには必ずしも他人と自分とを区別せんとする努力を要しない。内容の不安から押し出される張力は自然に俺自身にしてくれるに違いない。

俺の道が先輩の道と一致するならば、俺は一緒に行けるかぎり先輩の跡を追って行こう。そうしていよいよ一緒に行けなくなったときにさようならといおう。俺が終生その先輩の跡を追うにしても、あるいはいくばくもなく俺一己の道に踏み込むにしても、とにかく俺は真理に深入りすることによって最もよく生きるのである。そうして最もよく俺の事業を完成し、最もよく日本と世界とに貢献するのである。

（大正二年十二月十三日）

二十　自己を語る

1

「俺の事」が今俺の問題になっている。俺は今自己を語らんとする衝動を感ずる。

　俺は偉くも強くもない。俺は偉くなり強くなれる人間かも知れないが、とにかく今の俺は偉くも強くもない。偉いという言葉、強いという言葉は、俺にとって深い、大きい、恐ろしい、容易に近づくべからざる内容を持っている言葉である。このちっぽけな、ケチな、弱虫の俺を偉い者強い者の中に置くのは、これらの者に対する観念の純粋と態度の敬虔と――したがって憧憬の信実[1]とを傷つける恐ろしい冒瀆である。俺はかくのごとき肯定によって、偉いという言葉、強いという言葉を路傍の石のように軽易にもてあそぶ野次馬の輩と同様の滑稽《こっけい》に陥る。しかし俺はいかに安価に見積もっても、これらの輩と類を同じくする恥知らずではない。俺は偉くもなく強くもない事実を恥とする、しかし決してこの自覚を恥としない。

　俺は偉くも強くもないが、俺の周囲にうごめく張三李四[2]に比べて確かに一歩を進めている。俺は俺の周囲に、俺よりもはるかに劣等な生活内容を持ちながら、その劣等な生活内容を裏付けるに希世の天才にのみ許される自身をもってするチグハグな「自己肯定者」を見た。そうして彼らに比べて俺の知恵が確かに一歩を進めていることを思わずにはいられなかった。俺はまた俺の周囲に、眼前の喜怒哀楽に溺れて、永遠の問題に無頓着なる胡蝶《こちょう》のような「デカダン」[3]を見た。そうしてこの逡巡と牛歩と不徹底とをもってするも、なお彼らに比べて俺の思想が確かに一歩を進めていることを思わずにはいられなかった。最後に俺はまた俺の周囲に、他人の賞賛によってわずかに自信を支えている「弱者」と、媚を先輩に呈することによってわずかにその存在を保つ「寄生虫」と、断えず流行の仮声《こわいろ》を使うことによってようやく文壇を泳いで行く「游泳者」とを見た。そうしてこの小ささと弱さとをもってするも、なお俺は彼らのように無性格ではないと思わずにはいられなかった。彼らに比べれば俺の人格は、もっと独立独行で、もっと高慢で、もっと自己に真実だと思わずにはいられなかった。すべてこれらのことはいまだ俺の中に生成せざるものの——いまだ俺の中に実現せざる価値の羞恥に比べればもとより何物でもない。おれは張三李四を比較にとる優越感に溺れることの危険を深く恐れている。俺は俺の生活の礎を決してこの優越感の上に置いてはならない。しかし俺は俺と彼らとの間にある種の距離を感ずることが不当だとはどうしても考えられない。俺はこれらの自己肯定者、デカダン、弱者、游泳者、寄生虫と自分とを等位に置くことによって、わずかに俺の中に実現したる「真理」をはずかしめる。俺はこの優越感に耽溺することを恥じ、この優越感を刺激すること多き張三李四の中に活きることを悲しむがしかしこの優越感を持つことをば恥じない。

俺は偉くも強くもない。しかし俺は周囲の張三李四よりも一歩進めている。そうして俺は一歩を彼らの上に進めたものとして張三李四に対する。

2

俺は「優越感を持つことを恥じない」といった。俺がこの意識を恥としないのは、これが虚偽の事実に基づいていないからである。しかしこの意識がよいこと、あってほしいこと、なければならぬこと、価値のあること——換言すれば理想だからではない。俺は張三李四に対して優越感を持つことを恥じない。しかしこの優越感を超越すればするほど俺の人格はますます高まって行くのである。俺は次第にこの優越感を超越するように自分を養って行かなければならない。俺は長くこの優越感に固執することを恥とする。固執を恥とするのはこの意識が虚偽の事実に基づいているからではない。意識するに値いせざることにある重さを置き、重さを置くに足らざる意識を執拗に把住《はじゅう》する人格の矮小を恥ずるのである。

　優越感を超越する第一歩は意識の重心を真理の実現者三太郎の優越に置かずして、三太郎の心に実現せられたる真理の優越に置くことである。重心を真理の優越に置くことによって、俺は羊を屠る獅子の優越感を超越して、牧羊者としての——真理の使者としての自覚に到達する。俺の優越感は弱者の凌辱として発現せずに、使命の自覚として——救済の使命の自覚として発現して来る。俺は俺の優越に対して厳粛なる愛惜と、真理に対する敬虔と、小我の固執を離れたる謙抑[1]とを感ずる。張三李四の前に優越の地歩を占めるのはひっきょう自分の中に実現せられたる真理を敬重するからである。自己の中に真理の宿れることを信ずる者は、空しき謙遜をもって、易々と他人に地歩を譲ることができない。

　しかし自己の中に実現せられたる真理の優越を意識することも要するに比較の見地を離れては成立しがたい。ここに我を置きかしこに彼を置いて始めて我の——真理の実現者三太郎及び三太郎の中に実現せられたる真理の——優越感は成立するのである。人がもし絶対に、全然内面から、泉の溢るるがごとく自然に生きるようになれば、たとい相対を根本仮定とする他人との応接においても、また比較の見地を離れて動くことができるはずである。優越を意識せずして優越者の実績をあげ、教化を目的とせずして自ら他人を薫化することができるはずである。ここに至って優越者の中において優越の意識が無意味となる。彼の問題はただ自然に生きることであって、優越非優越は全然問題にならない。全然問題にならないといいきってしまうのが悪いならば、全然問題にならないはずである。

　今俺の心の中にはこの三つの層が——三太郎の優越感と、真理の優越感と、優越の問題を超越せる自然と——相重なって横たわっている。柔らかなものの底に峻《けわ》しいものが、峻しいものの底にきたないものが隠されている。俺は優越感によって生きていない——俺はこのことを社会の前に、先哲の前に、自分の前に、公言することをはばからない。しかし俺の優越感は容易に触発される。そうして真理の優越を意識する心の傍に三太郎の優越を意識する心が全然交らないとはいいがたい。俺は深い屈辱の念をもってこの事実を承認する。俺は深い羞恥の情をもって特に論争が俺を醜化することを——三太郎の優越感を触発することを承認する。このことを言うは苦しい告白である。

　しかし俺は過度に自分を貶《おとし》めてはいけない。いかなる場合にも俺の優越感は虚偽の事実を基礎としてはいない。そうして俺の人格は少しずつ優越感を超越せる至純の境地に向かって動きつつあることを感ずる。俺は次第に小敵の前に喧嘩腰になる衝動を感じなくなって来た。俺は持てる者の必然の流出はただ与えることにあることがようやく心の底からのみこめて来た。

　俺の優越感を超越する道は、未来を信じて人格の成長を待つことである。この優越感を強いて抑圧することは、俺を道学先生にはしても、俺を生きた人にはしない。俺は依然として傲慢なる敵である。同時に傲慢を恥ずる求道者である。

3

俺の心が隅から隅まで渾沌《こんとん》に満ちていると思っていた時には、他人のことがちっとも俺の問題にならなかった。俺はただ悲しい、内気な心をもって俺一人の問題に沈湎していた。

しかし俺の心にある確かなものができかかって来たと感ずると共に、俺は自分で確かだと感ずる点について他人のことが問題になりだして来た。そうして他人のことが気になる心持は、自分の中に確かだと感ずるものが増加するにつれて大きくなって来た。俺にとっては、他人のことを気にするとは自分のことをお留守《るす》にするという意味にはならない。従って俺は他人のことが気になることを恥ずべきことだとは思わない。

かつて優《すぐ》れたる人は、天下に一人の迷える者あるはことごとく自分の責任だと感じたと聞く。俺もまたこの優れたる人にように、すべての人のことがことごとく気になるようになりたいと思っている。換言すれば全人類を包容する博大なる同情を持つようになりたいと思っている。

4

真理の愛によって言動することは自分にもできると思っている。しかし敵に対する愛によって言動することは容易なことではない。俺はいかなる場合にも他人に対する悪意や他人の損失を目的とする嫉妬によって動いたことはない。しかし常に他人に対する好意と温情のみによって動いているとはなかなかいいがたい。真理を愛する心と真理に反する者を憐憫する心とは決して両立し得ぬことではない。しかるに俺は真理を愛するがゆえに、真理に反する者を憎まずにいられない心持にわずらわされ通しである。

真理の愛を外にして言動しないことは自分にもできると思っている。しかし真理の愛のみによって言動することは容易なことではない。俺は真理の愛を外にして論難攻撃したことはない。しかし俺の論難攻撃が真理の愛からのみ出ているとはなかなかいいがたい。俺の心には人生を滑稽化する喜劇作者の衝動が根を張っている。俺の論難攻撃には真理の愛と喜劇作者の衝動とが雑居している。俺は真理を明らかにする要求の底に、自分の敵を喜劇役者に仕立てる要求を包んでいないとはいいきりがたい。俺はこの意味で俺から喜劇役者に仕立て上げられる人の反感をある程度まで是認しないわけに行かない。

喜劇癖によって煩わされることははなはだしいときに、俺は三太郎の優越感がここに噴出の口を求めているのではないかと自分自身を邪推する。しかしこれは自分を貶《おと》しめることを喜ぶ三太郎の誇張にすぎない。本当の三太郎はもっと無関心に戯れることを知っている。

5

俺はあることをする。そうして俺は自分のすることを凝視し、解剖し、理解する。俺には俺自身をみきわめんとする衝動が不可抗に働いているからである。

ある人はあることをする。そうして自分のすることを注釈し、弁護し、説明する。他人が真相を誤解することを——もしくは不利益なる真相を看破することを恐れるからである。

自分で自己解剖の要求を感じない人は、他人の自己解剖の誠実を信ずることができない。そうして自己について語ることのいっさいをことごとく浅い意味の自己弁護と解釈してしまう。彼らにはこれ以外の動機は理解しがたいからである。

自分は自己解剖の衝動を感ずる。そうしてこれを語ることを恐れない。世人の誤解は自分に不安を感じさせずにかえって彼らの粗大なる理解力に対する憐憫を感じさせる。

6

俺は特殊から普遍に漂うこころを知っている。俺は特殊から触発されて普遍が中心問題となるこころを知っている。俺は普遍の問題の中に特殊が溺れ死ぬこころを知っている。一時の問題から永遠の問題に、個体の問題から人類の問題に、個人の問題から潮流の問題に、漂い行くこころを知らぬ者はおそらくは哲学的素質を持つ者とはいいがたかろう。

普遍の問題に導くものは多く特殊なる個々の経験である。しかし一度普遍の問題に入れば考察は「特殊」のディテールによって拘束されない。問題が普遍に深入りすればするほど、かくて掘り出されたる真理はますます「個体」の底に横たわる「人」に肉迫するであろう。しかし細密にいえばかくのごとき真理はいかなる「個体」にもあてはまらない。しかもなお普遍の真理は寸毫もその価値を減じないのである。

「個体」のディテールを細密に闡明《せんめい》する努力と、「個体」に関する漠然たる直覚に触発されて「普遍」の中に衝《つ》き進む努力とは全然相異なる方向である。後の道をとるものは「個体」のディテールを闡明する責任を負わない。この責任を負わないのは卑怯ではなくて、興味の中心が移動しているからである。

一種の文明批評家として日本現代の文明に対するとき、俺は現在の俺をディテールの細密なる闡明に駆るほど興味ある個人をほとんど一人も発見しない。しかし俺はこれらの凡常なる人物によって構成される潮流には無頓着であることができない。ゆえにここしばらくの間俺の問題はほとんど全く「文明の潮流」に限られている。

かつて俺はかくのごとき潮流の一つを問題とした。そうして俺の問題は潮流であって個人ではないといった。しかるに一人の畏敬する友人は、「君がその潮流を論ずるとき君の頭の中にはある特殊の個人があったかも知れないのに、自分の問題は潮流に在って個人にはないというのは卑怯だ」といった。しかし俺はこの批評を承服しなかった。潮流に対する興味は確かに個々の事例によって触発されたに違いない。しかし俺はこれらの事例に深入りするだけの興味を持たなかった。そうして問題はただちに潮流の上に移って行った。俺の下す断定は潮流の上に適用されるのみで、個人の上に適用されることを要求しない。ゆえに俺の問題は潮流にあって個人にはない。これは道徳の問題ではなくて、論理の問題である。

「おまえは俺の悪口をいったな」というとき、「それがどうした」と買って出るのは一応の意味で元気そうな返事である。しかし俺はそんなヒロイズムを尊敬しない。俺は哲学者の[1]無感動《アパティー》をもって自分の最初の立場を固執する。そうして「俺のいうのはおまえたちを相手にした売り言葉じゃないよ」と冷ややかに問題をはぐらかす。俺が「男子の意地」に誘われて、フラフラと当初の立脚地に反する喧嘩に出かけないかぎり、この返事が最も自己に忠実な返事だからである。

卑怯だという非難に対する俺の返事は、哲学的考察の心持を理解せよということである。

7

俺は書かずにいられない心持を知っている。俺の中にたしかなものを感ずるにつれて、俺のこの心持はいよいよ切実になってくる。

俺は書くことができない心持を知っている。大なる醱酵のとき、大なる動乱のときには、肚《はら》の中に渦巻くもの、燃えるものを感ずるのみで姿が定まらない。半成の姿はこれを筆にするに及ばずして、これを熔解し、これを破壊する力に逢着する。書けないということは没落の徴候ともなりまた大なる準備の徴候ともなる。発育のカーブが急転するとき、書くことができなくなるのは当然である。俺は書けない意味を知っているつもりである。

俺はまた書くことの危険を知っている。あの経験を深く掘って行く努力の方向と、ある経験を総《そう》攬《らん》し形成し――従って書く――努力とは必ずしも一致しない。経験の爛熟を待たずして、意識をその表現に転向するとき、経験は往々その歩みをとどめる。そうしていたずらに紙上に形成せられたる人形として、流産せる経験はその死骸をさらす。俺は書かない者の多数にとって、経験は真正に具体的の姿をとらないことも知っているが、俺はまた書かないものに比べて書く者の方に、経験を半熟の姿に玩弄するオッチョコチョイが多いことも知っている。

書けることはよいことである。しかし書けないことは必ずしも悪いことではない。書けないときに書くよりも――本当に書かずにいられないことがないのに書き散らすよりも、書かない方がよいことである。そうして同じ書くべからざる状態にありながら、書けないことの苦しみを知らぬ者よりも、書けないことの苦しみを本当に経験する者の方が優《まさ》っている。（大正三年一月十八日）

三太郎の日記　第二

主(1)よわれ信ず、わが信なきを助けたまえ

一　思想と実行

1

実行とならぬ思想は無価値だという言葉はしばしば耳にするところである。しかしこの言葉の意味はずいぶん粗雑で、その真意を捕捉しがたい。もし実行とは主観が客観（人及び物）に直接に働きかけることのみを意味するならば、ある種類の思想は本来実行となるまじき約束を持っている。そうして実行とならずともその思想は決して無価値ではない。もしまた実行とは主観内の作用が他の主観作用を――一つの思想感情が他の思想感情を――喚起することをも意味するならば、すべての真実なる思想は必然的に実行となる。世界のどこにも実行とならぬ思想はあり得ない。

　数学上の公理は幾多の定理と系と命題とを産んだ。地理学上の法則は宇宙間に行なわるる幾多の具体的事実を説明した。思想は常に思想を産んで細密なる連続体を形成し、ついに吾人の世界観を構造するに至る。いかなる場合においても思想は力である。

　思想は力なるがゆえに、思想は波及する。また深みに行く。数学者または物理学者の思想といえども彼らの世界観を規定し、彼らの人格的生活を規定せずには措《お》かない。まして哲学上芸術上の思想が哲学者芸術家のGemüt《ゲミュート》（心ばえ）に作用して、彼らの主観状態を改造することはいうまでもないことである。ゆえに実行とならぬ思想は無価値だという主張が、単に力――心理的の力である、物理的社会的の効果を惹起すべき力ではない――力のない思想、遊離せる思想、空華なる落想を拒斥するだけの意味ならば、もとよりその主張は正当である。この主張は要するに虚偽なる思想は無価値だというに等しい。改めていうまでもないことである。

しかしすべての力ある思想は必然的に客観に働きかける性質を持っているということはできない。もとよりすべての思想はその思想を懐抱する人の人格を規定する。従ってその人格が客観に働きかける際の態度をなんらかの意味において規定する。ゆえに間接にいえばすべての思想は客観に働きかける性質を持っているといえないことはない。しかし回り回って客観に働きかける結果となることは、思想そのものが客観に働きかける目的を持っているということにはならない。また思想そのものが直接に客観に働きかける性質を持っているということにもならない。ある種類の思想はまず人格を規定して、その人格を通じて間接に客観に作用する結果を産む。またある種類の思想は客観に働きかけんとする人格の意志より生まれて、直接に客観と折衝するの任にあたる。もし実行とならぬ思想は無価値だという主張が第一種の思想を否認して、第二種の思想のみを是認するの意ならば、この主張の根拠は燥急なる実利主義と浅膚なる功利主義に在るといわなければならぬ。かくのごときはただ内面生活の権威を知らぬ商人のみの口にすべき主張である。

この意味の主張に従えば、数学と物理学とは器機工業の基礎としてのみわずかに存在の理由を有する。哲学宗教は教育と社会改良との根拠を与えるにあらざるかぎりは無用の長物である。芸術の中で、許さるべき唯一の部門は傾向芸術(1)である。密室の中に在りて神と交通する宗教家の生活は飲酒喫煙と種類を等しくする懶惰《らんだ》の生活である。彼らにとりて価値のある生活は、商売人となりて算盤《そろばん》をとるか、政治家となりて国政を議するか、救世軍となりて街頭に太鼓をたたくかの外にはあり得ない。

2

ある人は考察の生活、観照の生活、瞑想の生活――約言すれば思想の生活の空しきを説いて、事業と実行との生活につくべきことを奨説する、この際において問題となるものは、人間生活の理想としての思想と実行との対立である。

思想の生活はその客観に対する態度からいえば受納の生活である。受動の生活である。思想は(客観と関係する点からいえば)客観より与えらるるところを受納しこれを材料として主観内において潑刺たる能動の態度を採る。その対象とするところは「物」としての客観にあらずして、自己主観裡に摂取せられたる客観である。ゆえに思想の内容は森羅万象を網羅するにかかわらず、思想家の面々相接するところはむしろ思想家自身である。従って思想家の生活にはしばしば孤独の感情、空漠の感情、遊離の感情が襲来しやすい。思想家が往々自家の生活の空しきを感じて事業の生活、実行の生活を慕い、ついにその生活に転移する心持は決して無理だとは思われない。実行の生活において、客観は赤裸々に、その全面を呈露して「対象性」をとる。そうして主観はこの対象に対して能動の態度をとり、客観はまた主観に対して潑剌として反応する。ゆえに実行の生活は的確で、明晰で、痛快で、猛烈である。吾人はこの生活において全人の根底から揺り動かさるる機会を持つことが多い。自分もまたしばしば実行生活に対する憧憬によりて思想生活の根底を震撼される心持を経験する。自分はこの類の主張に対して相応の理解を持っているつもりである。

しかし確乎たる思想上の根底を有せざる実行の生活もまた空しい。全体を統一する大なる力の支配の下に立たずして、きれぎれに、離れ離れに、ただ動くがために動く生活のあわただしさを思え。

内化されず、把握されぬ空しい動乱は、ただ意識の表面をかすめるのみで、砂上の足跡のようにはかなく消えてしまう。実行のために実行を追うものは、ただ無数の事件を経験するのみで、真正に「我」を経験する機会を持たない。吾人の周囲にウヨウヨしているいわゆる政治家、実業家、法律家、教育家の生活——彼らの生活こそ in abstracto[1] に実行の生活である——の空しさを見れば誰か面をそむけて逃げ出さぬを得よう。空漠な、遊離せる思想の生活が厭《いと》わしいように、根底に横たわる大きい深い者を原動力とせざる実行の生活もまた空しい。思想の生活を実にする者はおそらく実行の生活のみではあるまい。思想の生活と実行の生活とを併《あわ》せて実にするある者が、おそらくはこの両者の奥に君臨しているのであろう。

　しばらく自分の経験のいまだ及ばざる範囲に思索を馳《は》せることを許していただきたい。宗教家の経験するところに従えば神は愛であるという。もし神が愛ならば、この神の愛を身に受けてこれと交通するに余念のない生活——瞑想のみの生活は真正に宗教的な生活とはいい得ないであろう。神の愛を真正に身に受けたる者はこの愛を他の暗黒裡にうごめく同胞に光被させようとしなければならないはずであろう。約言すれば神より愛さるるのみに満足せずして、神と共に愛する者とならなければならないはずであろう。済度の欲望とならず、伝道の欲望とならぬ宗教の不徹底な所以《ゆえん》は自分にもかすかにのみ込めている。宗教の信はその本来の性質上必然に行とならなければなるまい。換言すれば宗教上の思想生活は必然に実行生活に移らなければなるまい。しかし神の愛を深く心の底に味わいしめたことのない者がどうしてこれを他人に与えることができよう。伝えるとは何を伝えるのか、与えるとは何を与えるのか。光はもとより照らさなければならない。照らすは光の本質である。しかしいたずらに照らさんとあせる闇ほど滑稽なものはない。野に出《い》でて叫ぶ者の活動を正しき者とするはただ密室における神との交通である。ただ内より輝き出《い》ずる光である。

神との交通は瞑想の生活を正しくする。また実行の生活を正しくする。瞑想の生活を実にする。また実行の生活を実にする。今自分の思想の生活は寂しい。自分はしばしば孤立を感じ、空漠を感じ、遊離を感ぜずにはいられない。今自分の実行の生活はたよりがない。自分はしばしば動きながら逡巡する。進みながら疑惑する。この寂しさとこのたよりなさは自分の「実なるものを実にする者」に対する、根本的実在に対する、「神」に対する憧憬である。それは、思想生活より実行生活に向かう憧憬と解釈してしまうには、余りに深い根底を持っている。余りに内面的ななやみに溢れている。

自分が思想の生活と実行の生活との根底として待ち望むものは Vision[1]（直視）の生活である。Vision の生活に進めば、自分の思想生活の対象は空漠を脱して溌剌として活躍するものとなろう。従って自分の思想生活の態度もまた痛烈にして勇猛なものとなるであろう。そうして自分の実行生活は根底を得、内容を得、統一を得るであろう。

（大正三年五月十七日）

二　思想と実現

1

ある種の思想は、その本来の性質上、主観内において、もしくは客観の世界において、ある種の状態を実現するの要求として現われる。吾人は普通かくのごとき特殊なる思想を呼んで理想といっている。理想は常に現実の上に臨む力としてその実現を求めている。現実に対して実現を迫るの力なき理想は詠嘆にすぎない。空語にすぎない、饒舌《じょうぜつ》にすぎない。ゆえに実行とならざる思想は無価値だという言葉は、その意味を限定して、実現せられざる理想は無価値だという意味とすれば、その内容ははるかに鮮明にして妥当なるものとなる。

　しかし人のよくいうように——そうしてトルストイもかつていったように——実現せられたるものは理想ではない。理想は実現さるると共に理想ではなくなる。理想の理想たる所以《ゆえん》は、それが常に現実の上にかかる力として、現実を高め浄むる力として、現実を指導して行くところにある。ゆえに理想が理想たるかぎりはそれは現実と矛盾する。理想は現実を歩一歩に浄化してこれをおのれに近接せしめながら、しかも常に現実と一歩の間隔を保って行く。実現の要求を伴わぬものは理想ではない。実現されてしまったものもまた理想ではない。実現の要求に駆られながらいまだ実現せられぬところに理想は存在するのである。

　ゆえに実現せられざる理想は無価値だという言葉は再び改鋳するの必要がある。すでに実現せられたるものは理想ではない。実現を求むる切なる要求を伴わぬ理想こそ――実現に向かう内的必然性を含まざる理想こそ、無価値なのである。実現せられざる理想が無価値ならば、すべての理想はその本来の性質上無価値なものにならなければならない。

実現の結果を重視するものと、実現の意志を重視するものと――この二つの相違は人生の見方に非常な逕庭を生ずる。前者より見ればいまだ結果に到達せざる思想はすべて無価値である。いまだ実現せざる理想を主張する者は偽善者である。しかし後者の立脚地より見れば、いまだ実現せられず、いまだ結果に到達せざる思想といえども、なお理想として特殊の価値を有する。この価値を証《あか》しするは、未来を洞察する予感の力である。実現の要求を煽《あお》る現在の心熱である。刹那刹那に新生面を開展し行く現実の進歩である。

大なる理想をはらめる者は、その理想が自分の内面に作用する力を刻々に感ずるであろう。この理想を実現するの困苦をしみじみと身に覚えるであろう。そうして征服し尽くされず、浄化し尽くされず、高揚し尽くされざる自分の現実について堪えがたい羞恥を感ずるであろう。しかも彼には直接内面の心証あるがゆえに、この屈辱と羞恥の感情をもってするも、なおこの理想を抛擲《ほうてき》することができない。理想を負う者の矛盾と苦痛と自責と屈辱とを耐え忍ぶことは避くべからざる彼の運命である。

しかし理想を負う者の苦しみを嘗《な》め知らざる者は、この間の悲痛について同情を寄せることができない。彼らは軽易に理想家の内に行わるる理想と生活との矛盾を指摘して、ただちに理想そのものと理想家その人とを否定する。ゆえに理想家は内面的矛盾の苦しみの外に、また社会の罵詈と嘲笑とをも忍ばなければならない。トルストイのような一生は実に理想を負う者の代表的運命である。

多かれ少なかれ、理想を内にはらめるものはトルストイの運命をわかたなければならないのである。逃げんと欲する者は逃げよ。逃げんと欲するも逃げ得ぬ者は勇ましくこの悲痛なる運命を負うのみである。

2

理想はその現実の上に——事実現在の生活の上に、百歩を進めても関《かま》わない。理想が溌剌たる要求の性質を失わぬかぎり、理想は高ければ高いほど、その現実に作用する力は峻烈となり痛切となるであろう。従って現実はますます根本的に高められ浄められるであろう。

しかし大なる理想に堪える心はまた現実の卑しさを端視するに堪える心でなければならない。大なる理想はしっかりとその生活の上に根をおろして丹念に誠愨[1]に現実の卑しさを浄化する努力を指導するものでなければならない。大なる理想はまず現実の真相を看破して、そこに第一の礎を築かなければならない。それは生活の進歩を一足先に見越して、まだ空なところにその基礎を据えようとしてはいけない。理想と現実との距離に対する鋭敏なる感覚は、理想の浄化作用を溌剌のままに保つための第一要件である。この距離の感覚を失うとき、吾人は自分の生活に厳峻なる鞭撻を加えるに疲れて、ようやくその現実に媚《こ》び、これに慢心の理由を与えようとする。しかし大なる理想に堪えるということはその人格の潜在性の大きさを証《あか》することにはなっても、決してその人格の現実性の大きさを証することにはならないのである。

優《すぐ》れたる人は曰《い》う、「飛躍せよ飛躍せよ」と。ここにいわゆる飛躍とは本質の飛躍であって、自意識の飛躍ではない。燥急なる飛躍者にありしは、自意識が飛躍して本質が取り残される。そうして飛躍せる自意識と取り残されたる本質とは、中に横たわる罅隙《かげき》を隔てて呆然として相対する。自意識の飛躍は余りに軽易にして、余りに人に親しい。真正の飛躍を望む者は本質に飛躍すべき力のみち溢れるまで押しこらえて待っていなければならない。

キリストは曰う、「終わりまで待つ者は救わるべし」と。

悪魔は曰う、「終わりまで待つ者は腐るべし」と。

3

理想は何物かを否定する、何物をも否定せざる理想は理想ではない。もとよりここにいう否定とは存在を絶滅することにあらずして、存在の意義を、存在の原理を更新することである。本体論上の否定にあらずして、倫理哲学上の否定である。簡単にいえば Vernichtung《フエアニヒトウイグ》（絶滅）にあらずして、Verneinung《フエアナイヌング》（否定）である。ヘーゲルのいわゆる aufheben[1] するのである。これを破すると共に、これを高めてこれを保存するのである。すべての理想はこの意味において常に何物かを否定する。

人生におけるいっさいの悪と醜とはすべて存在の理由を持っているものかも知れない。悪と醜とを絶滅しようとするはひっきょう無用な、神の世界を侮辱するの努力であるかも知れない。しかし自分は悪と醜とが悪なるものの立場そのままに肯定さるべきものとはどうしても考えることができない。この世には単純に自分一個の便宜のために他人をおとしいれている者がある。この世には処女を誘拐《ゆうかい》してこれを売笑婦に売る者がある。自分にとってはこれらの讒誣者《ざんぶしゃ》これらの誘拐者の行為をば彼らの立場そのままに是認することはどんなにしてもできることではない。自分は彼らの存在を見て悲憤する。自分は彼らのためにそこなわるる者を見て涙を流す。ここに自分の全人格的存在がある。もしこれらの悪と醜とを否定すべからざるものとせば、自分という者がこの世に存在するのは世界の原理と矛盾するの誤謬に違いないと思う。

否定さるべきものは決して自分の外にのみあるのではない。自分はとうてい許すべからざる醜と悪とが自分の心の洞窟にウヨウヨとして菌集するを見る。自分は自分の中に巣くう醜と悪とを見て羞恥のために飛び上がらざるを得ない。この醜と悪とを現在のままで是認することは自分の全人格がこれをゆるさない。いかなる強弁をもってするも自分の存在全体がこれに反抗する。自分は全心の憎悪をもってこれを擯斥《ひんせき》する。もとよりいかにこれを擯斥するも自分の悪と醜とは容易に絶滅しない。しかし自分は心からこれを恥ずる。そうしてこれを恥ずることによりて自分の悪と醜とは一段の浄化を経た。自分の悪と醜とは少しく人間らしい「欠点」にまで高められた。これを恥ずるはこれを否定するのである。これを否定するは自分の全人格が彼の醜と悪との立場にいないことを証するのである。そうして全人格の立場を高き処にとれるがゆえに彼の醜と悪ともまた少しく浄められた。羞恥の誠をもって包むことを外にして、醜と悪とを是認することはとうてい考え得ない。かくのごときは全人格の経験に反する空華の思想である。

優れたる人の立脚地よりすれば神の世界におけるいっさいの現象はすべて肯定さるべきものかも知れない。しかしいっさいの現象が肯定されるのはいっさいがその優れたる立場によりて浄化されたからである。換言すればその優れたる立場によって下層の立場がことごとく征服され否定されたからである。すべての「あるもの」はこの優れたる立場によってますます輝いてくるであろう。しかし幾多の「見かた」、「考えかた」、「感じかた」はこの立場によって否定された。ゆえにいかにいっさいを肯定する者といえども野卑、奸譎《かんけつ》、柔媚、陰険をば拒斥せざるを得ないのである。これらをも併せて肯定する途《みち》も（否定を経ずして肯定する途も）またあるかも知れない。しかしその途は現在の自分にとって全然理解の途を絶している。

理想は吾人の本質から生まれて、吾人の現実を超越して、現実の上に浄化の力として作用して、最後に現実を永遠に渡そうとする。いっさいの立脚地が征服せられ、いっさいの存在が肯定されるようになれば理想はもはやその任務を果たしたのである。そのときこそすべての価値は現実となって吾人は無理想の自在境に入るであろう。しかしそれまでは――その久遠劫の後までは、理想は常に吾人を苦しめて吾人の本質を精練浄化するのである。吾人の生活に矛盾をこしらえて、吾人の生活を開展させるのである。

（大正三年五月十七日）

三　遅き歩み

1

俺はいまだ究竟の意味において関門を突破したときの爽快と清朗との味を知っているとはいいがたい。第一義の生活において、俺のように鈍根な、俺のように迷執の多い人間は他にあるまいと思われるほど、俺は惑って、困って、ひっかかって、進みかねている。しかし俺の生活にも凝集する時期と発散する時期と、関門に向かって突進する時期と少しくこの関門の通過を意識して限界のやや開けたことを感ずる時期との交替はないことはない。しかし悲しいかな鈍根の身には、打開の次にいくばくもなく弛緩の時期が襲来する。従来鬱積し集中して来た心熱が、心身の小康と共に散漫に流れて、俺はしばらく自分の生涯を貫く連続《コンティニュイティ》の糸を見失うことを感ずる。この間の空しさとさびしさの感情は比ぶべきものもないほどである。俺はこのさびしさに駆られて再び魂を凝集するの努力に向かって行く。そうして俺の心は徐々として——真に徐々としてその「張り」を恢復《かいふく》する。

俺は今日、自分の生涯における連続と変化とを握りなおすために、過去における俺の思想生活を思い返して見た。俺は俺の思想生活には、変化せざる多くの部分があることを見た。連続して発展して来たというよりも、むしろそのままの姿において俺の現在に残存している多くの思想を見た。俺はまた久しく忘れられていた思想と問題とが新しい機縁に触れて再び復活し、かくて隠現しながら俺の生涯を貫き縫っていることを見た。しかし俺はまた俺の生活が徐々として開展し、俺の生活中心が逓次に移動していることをもまた認めざるを得なかった。俺は現在の立脚地を明らかにするために、しばらく過去を回顧しなければならない。

2

俺の頭は小さいときから理屈っぽい頭であった。道理に従って生活することは幼年時代以来俺の人格に固着した欲求である。俺は小学校の終わりか中学校の始めかに、父の本箱から古い倫理学の本をとり出してこれに読み耽り、人生の目的について、人間生活の理想についてさまざまに思い惑った。そうしてその倫理書中に羅列された諸説を自分の内面的知覚に照らして見た。俺にとって唯一の根拠ある欲求は、「幸福」であった。幸福説以外の諸説はすべて空に見えた。俺はもし「幸福」の追求が倫理学上真正に許すべからざるものであったらたまらないと思った。俺は幸福説の立脚地に立って厳粛説や真覚説を非難し、その幼い論難を大まじめになって当時の日記に書いたことを覚えている。

もし幸福とはわれらの本質的要求を徹底的に満足させることを意味するならば、俺の思想は、その形式においては、少年時代と少しも変わらない。しかし俺の問題は幸福の輪郭を棄てて幸福の内容に侵入した。現在の俺に興味のある問題は吾人の本質的要求は何ぞやということである。いかにして本質的要求の徹底的満足を発見すべきかということである。現在の俺の考えに従えば、吾人の本質的要求は肉体における個人生活の中から宇宙的内容を磨き出すことにあるらしい。(1)この本質的要求を徹底的に満足させる所以《ゆえん》は、生活の基礎を「神」の上に築いて、神において万物を包容する愛の生活を送ることにあるらしい。従って幸福に至る吾人の道には幾多の否定と戦闘と飛躍とがなければならない。俺は今、幸福の代わりに、しかし幸福を究竟の意味において実現するがために、「真理」を、「神」を、「愛」を問題とせずにはいられなくなった。幸福を徐々として俺自身の生活に体現するために否定と戦闘と飛躍との前途遼《はる》かなる努力を開始しなければならないことを感ずるようになった。

3

俺は中学校の終わりに、学校の権威に反抗したために放逐された。高等学校の始めにあたっては、一つはその反動として、一つは清沢先生(1)の感化によって、一時非常に内観的になったけれども、高等学校の末から大学時代の全体を通じて、俺の心には再び権威に反抗するの精神が燃え出した。社会と、先輩と、歴史とが、青年の自由な、みずみずしい発展を束縛する事実は――もしくは束縛すると感じた幻影は――事ごとに俺の心を痛めた。「自己の権威」を主張することがこの時代における思想生活の全内容であった。高等学校に在っては、三、四の勇気ある友人の驥尾《きび》に付していわゆる「個人主義」の主張者となった。大学に在っては、思想の自律と、青年の権利とのために、はなやかな、興奮した（しかし今から考えれば要するに空といわなければならないような）議論を書いて来た。

すべての生活において、自由と自発とを重んじて、圧迫と強制とを反撥する意味からいえば、俺は現在といえども「自己の権威」の主張者である。そうして自覚せる妥協の外にもなお誤魔化《ごまか》しの妥協を行いがちな自分にとっては、今でもなお「自己の権威」の主張に顧みる必要がないとはいいがたい。しかしこのことは自分にとってはもはや自明の真理となった。俺は今繰り返してこれを思索し、これを主張しているほどの内面的必要を感じない。俺の中心問題はいつの間にか「自己の権威」から「自己の内容」に転移していた。

中心問題の転移と共に俺の限界もまた変化した。自己の生活を本質的の意味において妨げているものは、社会でも先輩でも歴史でもなくてただ自己自身であった。クーノー・フィッシャー(1)の言葉を藉《か》りれば、俺の生活は「自由」の問題から「救済」の問題にその焦点を移さなければならなかった。俺は自分の空しさに、自分の弱さに、自分の統一のなさに、かつて経験したことがないほどの苦しみを嘗めた。生活内容の充実が何事に換えても望ましいことであった。しかししばらくの間――かなりしばらくの間、どこに生活内容を充実する泉を汲むべきかを知らなかった。しかし今俺はほぼその途を会得したと思う。自己をみたす者は客観的、形而上的、宇宙的、人類的内容でなければならない。実在の中に沈潜することは徹底的の意味において自己の空疎を救う唯一の方法である。こう考えると共に「自己」の問題は、「自己」の問題を究竟の境まで推し詰めて行くために、必然的に「実存」や「神」や「真理」や「愛」の問題に移らなければならなかった。

今俺の生活は神と真理と愛との問題を中心として旋転している。もとより否定の力足らず、愛の力足らず、ヴィジョンの力足らぬがために、これらのものはすべてまだ俺の生活の内容とはなっていない。しかし方針だけはすでに決定した。俺は今、神と真理と愛と――誤解のないように一言する、換言すればこれは生命の根原とその波及の途である――これらのものを、力強く体得することを外にして、自己の内容を徹底的に充実せしむべき何物をも知らない。これと同時に俺は久しい間――まことに久しい間、俺を悩まして来た自己と他人または個人と社会との問題を、実践的に解決すべき緒を与えられたことを感じている。両者の完全なる融和に到達するにはなお幾度かの戦いを要するが、しかし自分と他人と、個人と社会とが「神」の中に融和の地を持っていることは予感のできないことではない。昨日俺はある人が、真理のためではない、自己のためだといっているのを聞いた。しかし自分から見ればそれは虚構のディレンマである。自分のためなるがゆえに真理のためである。真理のためなるがゆえに自己のためである。真理を内容とせざる自己は否定に値いするのみである。自己を根底から活かす力のない真理は真理ではない。

4

自分にとっては、歓楽も恋愛も、現実そのままの——換言すれば単純に現実的な立脚地から見た——姿においてはすべて空しかった。歓楽も恋愛も一時の忘我を与えるのみで、新しい生活の礎を置く力をば持っていなかった。自分は現実の中いたるところに空虚の存在を触知せずにはいられなかった。甲から乙に移っても、丙から丁に転じても、この空虚の感じはついに塡《つ》められなかった。俺の経験したかぎりでは酒もひっきょうは苦かった。異性もひっきょうは人形のように見えた。すべての現実は、ひらめいて、消えて、虚無に帰する影のようなものにすぎなかった。そうして俺はさびしかった。

イエスが驢馬《ろば》に乗ってエルサレムの都城に入らんとする時、衆《おお》くの人はその衣を途に布《し》き、あるいは樹枝を伐《き》りて途に布きながら、あるいは前に行きあるいは後に従いつつ、歓呼してこれを迎えた。俺もまた俺の都城に入って、俺の中に君臨すべき「神」を迎えるために、衣を布き、橄欖《かんらん》を折らんとする願いに堪えない。俺の心は今統治する者なきはかなさに悩み挫折《くずお》れている。神に対する俺の憧憬は、明日のためではなくて今日のためである。今日の生活の余りに空しきに堪えがたいためである。新しい光によってすべての現実生活を根本的に実にしたい望みがおさえがたく俺の中に湧いて来るからである。

5

俺はまだ内容的に「神」を知らない。俺は努めて「神」という言葉を用いることを避けたいと思う。しかし空と山と野と海と人の心との奥に流れている不思議な生命に触れてこれと共に生きるとき、俺は何か神のようなものに行き逢う。また自分の生活の流れが開け、閉じ、撓《たわ》み、繞《めぐ》り、進み行く姿を凝視して、俺の意識と意志とが後天的にこれに参与する力のはなはだ微弱なことを思うときは、俺は何か神のようなものに行き逢う。俺はすべての存在の奥を流れているらしいこの力に逢うごとに感激と充実とを経験する。現在のところ、「神」は俺の予感に名づけた名でいまだ信仰に名づけた名ではないけれども、この時にあたって俺の胸に湧く感激の経験は、「神」の名によって最もよく表現されることを感ずるのである。ゆえに俺は逡巡しながらもなおこれを神と呼ぶのである。現在俺の見ている神は「力」であって「愛」ではない。もっと適当にいえば俺はいまだ神の「力」の「愛」であることを明らかに会得することができない。しかしたといこの根本的実在が悪魔であっても、その悪魔が俺の胸をみたす感激のゆえにこれを神と呼ぶのは、そんなに不当なことではあるまいと思う。

俺が「知らざる神」を信じ出してから幾年の月日を経過したことであろう。俺は今日までもなお俺の神を「知らざる神」と呼ばなければならないことを悲しいと思う。しかし俺は蚕が桑の葉を食うように、徐々に、本当に徐々に神の中に食い入っている。この途はいかに長くとも、この生活はついに空にはなるまい。

6

俺は八年前にスピノザ[1]を読んだときに、「実在の多少」、「実在の程度」という考えが本当にわからなかった。当時の俺にとっては、問題は実在であるかないかの二つあるのみであった。しかし俺は今少しく「実在の多少」という感じを会得したように思う。俺の世界は実在の多少によって影の濃淡疎密が差別されるようになって来た。秋の夜のつれづれに障子に移す鳥差し[2]の影が光との距離に従って濃淡を異にするように、すべての存在、並びに生活も、また実在の多少によって濃淡の影を異にするようになって来た。

実在の少ない生活からのがれたい。実在の影をいよいよますます濃くして行きたい。そうして最後に完全なる実在に到達したい。

（大正三年五月二十八日）

四　形影の問答

1

「君の世界は小さくて、曇っていて、歪んでいて、しかも才はじけて浮き浮きしている。しかし君の魂の奥には何物もその進行を阻《はば》むことができないような、鞏固《きょうこ》な、独特な、運命と悲劇とが発展しているようだ。君は君に与えられた運命のために、慢心と遊惰とをおさえて自愛しなければいけない」

「僕もまた心ひそかにそう感じていた。この感じは僕を謙遜にすると共に僕を傲慢にした。僕は悪魔の誘惑を恐れるように、この苦くて甘い感じを恐れていた。しかし僕は今、逡巡しながら君の言葉を承認する。君は僕の知己だ」

2

「君はこれまで感心に自分の卑しさに堪えて来た。君は高い理想を構成する能力と共に、自分の醜い現実を端視する勇気を持っていた。そうして君は理想と現実の間に横たわる距離に対して、誠実な、敬虔な、鋭敏な感覚を失わなかった。君の論理[1]は誤謬に満ちていたが、その誤謬にみちた論理を紡《つむ》ぎ出す精神上の生活にはギャップがなかった。君の思想は君の生活と等しく、緻密な連続を保って来た。そこに大小の穿鑿《せんさく》を刎《は》ね返すに足る君の思想の人格的価値があった。しかるに君もとうとう待ちきれなくなったとみえて、昨今になってついに一足飛びをやったようだ。自分の醜い現実を端視する勇気が、これまでの張りを失ったために、これまで活潑に働いていた距離の感じが少し曇りを帯びて来たようだ。君は自分の現実の上に、その慢心を媚《こ》びるような幻を描いて、醜い現実をそのままに肯定し始めたようだ」

「僕もまた心ひそかにその疑いを感じていた。僕は今この疑いを解くために、自分自身を検査しなおしている。僕は知己の言に感謝する」

3

「君の思想には一つとして新しいものがない。君の中心思想は自己超越[1]の要求にあるようだが、それはカント[2]の根本悪の思想や、ヘーゲルの自然に対する精神の思想や、オイケン[3]の自然を征服したところに精神生活の基礎を置く考えや、飛んではニーチェの超人の思想などに、実に雄大に表現されているじゃないか。そうしてこれらのいろいろの思想を根底において培ったキリスト教の罪悪観は要するに君のいわゆる自己超越の要求の基礎ともなっているじゃないか。否定によって肯定に到達する修業の順序は、ほとんどすべての宗教で、昔から説いて説いて説き尽くしたところだ。理想に対する君の解釈は要するに一通りの倫理学者並みで、何の新しみをも持っていない。トルストイが君と同じ解釈をとっているといったところで、それはトルストイの思想中でも最も平凡な、最も黴臭《かびくさ》い部分にすぎない。君の求めている『愛』や『神』が耶蘇《ヤソ》教のそれにくらべてどこが違っている。違っているとすればそれは君が到達しかねて魔誤魔誤《まごまご》しているところに、耶蘇教信者はとっくの昔に到達しているというだけの話だ。いったい君の理想にはどこに新しいところがあるのだ」

「全く君のいう通りだ。ただ一つ僕に新しいところがあるとすれば、僕の問題の中心がこれまで誰も考察の対象としたことのない『三太郎』という人間にあるくらいのところだが、三太郎という人物がどだい下らない人間だから、それは自慢にもならない話だ。僕は実際いろいろな人と思いがけないところで鉢合わせをしてびっくりすることがあるよ。もし世間の人が一人でも僕を新しいなどと思っているようなら、それはたいへんな間違いだから、君がそういってくれることは、至当なばかりではなく、全く必要なことにも違いない。

　ただ僕はもう新しくなろうとする心がけを捨ててしまっているから、その点から批評されても、僕の大事なところを見のがされているような気がするだけだ。僕は新しくても古くてもいいからただ本当の生活をしたいのだ。本当の生活ができるようにいろんな人から導いて貰いたいのだ。僕は昔の人の本を読んで、自分と同じ思想に邂逅《めぐりあ》うことは数限りもない。時には同じいい回しにさえぶっつかってハッとすることもあるくらいだ。そのときには先を越されたなと思ってちょっとさびしい気がするが、また思い直して、前になっても後になっても本当のことは本当のことだ、偉い人と同じことを考えたのは俺の名誉だと考えると、喜ばしい、心強い気になって、自分の古いことに感謝するのだ」

4

「君は近ごろ少し評判がよすぎるようだ。いったい君はどっちかといえば怜悧《れいり》すぎる方の性質だから、いい気になってかつぎ上げられているようなことはまアあるまいが、君は怜悧すぎる癖にまたずいぶん抜作《ぬけさく》でもあるから、そのために知らず識らず自分自身を過信《オーヴァーエスチメート》するようなことはあるいはないともいえないだろう。そこが恐ろしいところだ」
「君のいう通り、全く僕は少し評判がよすぎるようだ。君も知っているはずだが、僕は決して自分自身をアンダーエスチメート[1]しすぎる方の性質ではない。それだのに、世間の一部では、僕が僕自身を評価しているよりもまだ評判がいいんだから恐ろしい。たとい一部分の人からにもせよ、自分の真価以上に見積もられるということは恐ろしいことだ。昔の偉い人は一生かかってもその真価を認められずに死んでしまったのに、僕は今の若さで自分の自信以上に認められている。僕のような底の浅い者は、そうなるのが当然の運命で、当然以上の幸運なのかも知れないけれども、当人になって見れば、今から popular writer[2] になってしまってはたまらないと思う。これは君だけの話だが、近ごろ僕は時々、自分でも知らずにいる間に、僕は今僕に許された fame[3] の絶頂に立っているのではないかしらと思うことがある。僕はただちにそんなことがあってたまるものかと強くこの感じを打ち消してしまうが、しかし僕はまた、おまえの先輩はおまえよりも若くてそのフェームの絶頂に登った、そうしておまえの年ごろにはもう忘れられていた。こんなことは現在の日本では決してあり得ないことではないと反省しないわけに行かない。僕はそんなことを思うと、評判のいいのが嬉しいよりも、むしろ不安で、さびしくて、ばかばかしい気がする。なかなか評判に浮かされているどころの騒ぎじゃない。

　僕はそんな気がするごとに、顧みて自分の life《ライフ》を思う。フェームはそれとして、おまえのライフはどうだ、おまえは今おまえのライフの絶頂に立っているのかと自ら質問する。そうすると即座に山彦のように返って来るものは、まだまだだ、俺のライフはまだろくに青くさえならないという返事だ。この返事を得て僕は安心する。僕にとって肝要な問題はフェームではなくてライフだからだ。フェームなぞはお天気次第で昇っても降っても、僕はきっと僕のライフを高く、高く、高く、上の方に推し上げて見せる。僕はかなり注意深く僕のライフを検査して見たが、僕の目に映ずるものは見渡すかぎり問題の芽、いのちの芽だけで、僕のライフが頂点に達した徴候は――まして下り坂になった徴候などは、薬にしたくも見つけることができなかった。もっとも僕は近ごろ少し自己肯定をやりすぎた気がしている。いったことは嘘だとは思わないが僕はまだまだ貪欲に貯め込まなければならない時機なのに、少しの施与くらいはできそうな顔をしたことをきまりが悪いと思っている。僕があれをいうときには、俺があれくらいのことをいったって世間の人も笑うまいくらいの気はあったから、多少世間の評判をあてにした気味合いもないとはいえないけれども、その重なる点からいえば僕を軽蔑する奴の前に自分の地歩を占めて置く必要があったからだ。僕のライフの半熟なところは僕自身の眼に余りはっきり映りすぎているから、少しの評判じゃなかなか胡魔化しきれやしない。君の親切はまことにありがたいが、この点だけは安心してくれ給え。

　僕はもう青春という時代もどうにか通り越してしまった。僕はこの時代との別離がずいぶんつらかった。僕は夢にも、恋にも――人生のあらゆるはなやかなものに別れてしまうような気がして非常に心細かった。しかし今はもうこの別離を大して悲しいこととは思わない。僕は昨今になってしきりに人間は長生きしなければ駄目だと思っている。人間の魂が本当に成熟するのはどうしても老年になってからのことだ。大きい、静かな、波のうねりの深い、見晴らしの広い、重味のある生活は若い者にはとても味わわれそうにもない。僕はロダンや、イプセンや、トルストイや、ゲーテの老年を思うと恐ろしく、なつかしく、望みにみちたような気になる。死ぬ前にはゲーテのような顔になって死にたいというのが、[1]おおけなくも僕の大野心だ。それだのに、今からライフの頂点に達したり、降り坂になったりしてたまるものか。日本の先輩が、これまで、早く衰えてしまったのは、彼らの心がけが悪かったせいだ。彼らに仕事をさせた力が、一生を貫く内面の要求ではなくて、一時的な青年の情熱にすぎなかったからだ。フェームに浮かされたり、酒色に耽溺したりして、ただちに内面の要求を見失ったからだ。内面の要求を緊乎と握っている者には、老衰などはめったに来るはずのものではない。先輩が早老だからといって、なにも後輩がその真似をしなければならないわけがないから、先輩が早老であればあるほど、僕たちは晩老[1]の新事例を開いてやる責任があるのだ。僕は一つ晩老の模範を示してやろうという大野心を持っている身だ。僕はフェームの没落についてさびしさを感ぜずにいられるほど練れた人間でもないけれども、なかなか自信以上のフェームを甘受して一緒になって増長していられるほどのばかでもないつもりだ」。

5

鏡の多い部屋が俺を苦しめる。
今いる部屋がいいのか、
他のもっと暗い部屋がいいのか、
今の俺には本当のことがわからない。
鏡の多い部屋が、
今俺を苦しめている。

（大正三年五月二十八日）

五　聖フランチェスコとスタンダール(1)

1

俺はまだ弱い。俺の生活の内容はまだ貧弱と空疎をきわめている。したがって俺は厳粛《シーリアス》な問題に突きあたるごとに、俺と傾向を等しくして俺よりもはるかに大きい人を取って、その人の内生に参することによって自分の問題を拡大して見る必要を感ずる。

　俺はこの間中、俺の中のドン・ファンを検査する必要に逢着した。そうして自分のドン・ファンを拡大するためにスタンダールの著書をとってこれを拾い読みした。俺はこの人の中に俺の性格と響きを一つにして鳴る数多くの——まことに数多くの性質を見た。甘い憂鬱と微笑する懐疑とに包まれたその享楽主義《エピキユーリアリズム》も、かぎりなき漂泊の傾向も、利害の打算から来るというよりもむしろ本能的な羞恥と他人にわずらわされざる自恣の欲求とから来る自己隠閉のこころも、それにもかかわらず、常に自己解剖の要求に促されて終始「俺」のことを語らずにいられなかった——俺のことを語りながらその過敏な自意識を嗤《わら》って「忘我」の心を求めずにいられなかった——その矛盾も、自分をさまざまの姿に変えて見なければ鬱屈を感じたらしいその転身の要求も、自分の憂鬱を底に包んで、快活な、機知《エスプリ》に富んだ、何気のない社交的人物となり得たその二重性格も——これらいっさいの性質が俺の中にその反響を見出した。ブランデス(2)が言ったように、彼の第一の問題は幸福であった。そうして彼の幸福は主として戦争と恋愛とにおいて見出さるべきものであった。戦争と恋愛とが人を幸福にするのは、これらのものが人の魂に根底からの戦慄を与えるからである。身命を賭するに足るほどの実なる情熱を喚起するからである。スタンダール自身の言葉に従えば、その愛した多くの嬌美なる女たちは「文字通りに俺の全生涯をみたした、その次に来るものは始めて俺の仕事である」。「俺はただ俺の愛した女たちのためにのみ苦労し通した。そうして一人も恋人を持たないときに、俺は夢みながら人間の事を観察した。もしくは歓喜の情をもってモンテスキュー[1]かウォルター・スコット[2]を読んだ」。彼は「気狂《きちが》いのように」女を愛した。彼は五十までの間に十二人の女を恋してその六人を占領した。その中には女優もあった。恩人にして上官なる者の妻もあった。これらの恋愛はたいてい三年か四年の間続いた。ある者は結婚によってその恋を確かにせんことを希望したために、スタンダールは任地を離れると共にこれと別れた。ある者はスタンダールを操り、利用し、最後にこれを捨てた。四十二の年スタンダールはミラノの女マチルデから愛していないという宣言を聞かされたために幾度も自殺を思った。彼は幾度か苦い経験を重ねてもなお女性を崇拝することを罷《や》めなかった。そうして、これらの不従順な、見え坊な女たちのために経験して来たばかな真似を悔いなかった——俺は（三太郎は）今この人を俺の眼の前に据える。そうして自分自身の生涯を考える。俺の中にも少なからぬドン・フアンが見出された。しかし要するに俺は俺の生涯をドン・フアンにしてしまうことが許されないような境遇におり、ドン・フアンにしてしまうことができないような性格と要求とを持っていると思わずにはいられなかった。

一、もし俺の貧弱な経験に信頼することができるならば、俺は日本のどこにも「美的に精化された人《デア・エステーティシュ・フェアファイネルテ》」を酔わせるに足るほどの「歓楽」の準備を見ることができなかった。俺は俺の知っている女性の中に「誠実」を見た、涙を見た。同情と助力とに値いするほどの自己教養の努力を見た。しかしドン・ファンのわがままな要求から見て「恋人」の名に値いするような女性を見ることはできなかった。ある者は人形らしい従順を理想とする教育によってその個性の圭角《けいかく》を銷磨されていた。ある者はさしあたっての社会的経済的独立の欲求に心奪われて、感情上霊魂上の教養を忘れていた。前者には潑剌として手答えのある反応が欠け、後者には包むような、温めるような、柔らかさが欠けていた。そうして両者を通じて、精化されたる感情と教養との欠乏があった。性格の内面性《イナアリヒカイト》から来る神秘的な誘惑の欠乏があった。思うにドン・ファンにとってその呼吸に快いような空気はまた妖婦《デイルネ》の養成にも適するような空気でなければならない。しかし現在の日本にはまだ教養のある新しい妖婦《デイルネ》が発生していそうにも思われない。スタンダールは十八の年イタリアのミラノでアンジェラ・ピエトラグルアを見た。彼の心はアンジェラに対する情熱的な恋によって、「地上から夢の国に——最も天国的な、最も尊い(1)戯謔《ガウケルビルダー》図中に高められた」。しかし当時のアンジェラには他の恋人たちがいた。スタンダールはその後十一年の間、他の女と共におりながらもアンジェラのことが忘れられなかった。そうして二十九の年の九月その恋は始めてある意味において酬いられた。彼は始めて「幸福の絶巓《ぜってん》」に到達した。その十一月二日彼は当時他人の妻なるアンジェラと、街の灯の下に肩を並べて歩き回りながら、「疑いもなく俺がこれまで持ったうちの——そうしておそらくはかつて見たうちの、最も美しい女だ」と思った。彼らは裏街の隠れた処でカフェー(2)を飲んだ。「女の眼は輝いた。女の顔は明暗の中に甘美な調和を現わした」。スタンダールは女の超自然的な美を恐ろしいと感じた。そうしてある人間以上の存在が、たとえば(3)神巫《ジビュレ》がこの姿をとって、その貫き徹す眼で人間の魂の底までも見透すような気がした。——しかしカフェー・ライオン(4)はおそらくはスタンダールとアンジェラとの占むべき席を持っていまい。実業家というもの、政治家

（更に具体的にいえば大臣と代議士と）官吏富豪というものによって女にされた「紅裙」[1]の中にはおそらくはアンジェラのような意味の妖婦《デイルネ》はいまい。いわゆる「教育ある夫人令嬢」たちの中にもまたおそらくはアンジェラはいないだろう。アンジェラのいないのは日本の幸福である。醜悪なる事実を表現するために最も醜悪なる言語を用いれば、現今の日本は和製ルーズヴェルト[2]の発生に適しているが、和製ドン・ファンの発生には適していないらしい。俺はただ、ドン・ファンを志す幾多の気の毒な青年が、掃溜《はきだ》めの中から美味をあさっているのを見るのみである。俺は、単に自分が置かれた境遇の上ばかりからいっても、俺がウィーンにもパリにも移住せずにここにこうしているかぎりは、これらの気の毒な青年の中に交ってドン・ファンの修業に努めることをよそう。あえてしないのは――最も直截にいえば――自分の趣味である。

二、もっとも俺がこう思うのは俺の見聞が狭いためかも知れない。現にドン・ファンを志している多少の青年がいるところを見れば、ドン・ファンの相手たるに足るべき女が日本のどこかに――現に心あたりをあげて見たいけれども、言いぐさが野卑になることを恐れてこれを思いきろう――現にいるかも知れない。しかし俺がドン・ファンになりきれないのは、境遇以外更に深い性格上の根拠があることである。俺は三十を越す今日に至るまでいまだドン・ファンの歓喜を経験したことがない。この事実はおそらくは境遇の不利益のみによって説明し尽くさるべきことではあるまい。三十を越す今日に至るまでいまだかつてドン・ファンの歓喜を経験したことがない者が、今に至ってドン・ファン修業を思い立つなどは余りにおけない業である。

もとより俺は俺に寄りすがる者に対するあわれみをもってすることを知っている。俺は俺に寄りすがる者の誠実と専心とに答えるに同情と愛とをもってすることを知っている。しかし寄りすがる者に対する俺の愛は俺の全身をあげて期待し追求している一大事に対しては、不幸にして本質的に何の付加するところもない些事《ネーベンザヘ》である。この愛は積極的に俺の本質的生活の焦点に立つ力を持っていないから、俺はスタンダールと共に、この寄りすがる者が「文字通りに俺の生活をみたした」ということができない。その他のわずかな半ドン・ファアン的経験についていえば、あるときは、俺は魂と魂との間に大なるギャップを挟みながら、肉体と肉体とが加速度をなして相接近せんとする卑しさに堪え得なかった。あるときは、俺は異性の灼熱と専心とに対する俺の態度に優越と遊戯との微笑あることを認めて俺自身を憎んだ。しかも同時に女性の空虚と情事《ラムール》の寂寞とを痛むの情に堪えなかった。要するに俺の切望している魂と魂との合致は、ドン・ファアンの途によってはついに到達し得そうにもなかった。しかも俺はこれもまた面白いと諦めてしまうことができなかった。俺の魂は酒と女とを前にして、俺の求めているものはこれではないと囁《ささや》かぬわけにゆかなかった。これは俺の心にパッションの熱が足りないためかも知れない。あるいは俺の運命が潜めるパッションの火を灼熱させるような相手を与えてくれなかったためかも知れない。いずれにしても情事の中に溢れるほどの充実を感ぜずして、空虚の悲哀に感傷しがちなものが、その生涯をドン・ファアンに捧げんとするは愚かな、卑しい、乞食らしいことである。スタンダールのドン・ファアン生活を美しくするものは、「気が狂う」ような情熱と恍惚と――もう一つこれらの底に動く憂鬱とであった。

三、ことに俺の性格の奥にはドン・ファアンの敵なる「哲学者」がいる。冷静なる客観性《オブジェクティヴィティ》が大きく重く俺の全性格をおさえている。しかるにドン・ファアンの倫理的立脚地は徹底的主我主義《エゴイズム》でなければならない。ドン・ファアンの愛するは――彼がその熱情を傾倒し尽くして異性を愛するは、自分をその愛する者の地位に置いて、専念に愛する者の生活の充実と福祉とを希求するのではない。

愛する者によってかき鳴らさるるわが魂の慄え《トレモロ》[1]を熱愛するのである。自分の歓楽のために他人を犠牲に供するに堪えない者は、ドン・ファンとなる資格がない。ドン・ファンにとっては、その愛する者は、厳密な倫理的意義からいえば、人格ではなくてただ彼の魂にトレモロを準備するための器械である。ゆえに自分の中に他人を見、他人の中に自分を見る者——これが客観性の中核である——は容易にドン・ファンを放って、自分の衷《うち》に闊歩させることができない。逆にドン・ファンもまた、キリスト教的客観主義——キリスト教の精神は、異教の「自然的」な精神に対していえば要するに哲学的な精神といわなければならない——と両立することが難しいのである。かつてスタンダールは[2] *La Chartreuse de Parme* において侯爵夫人サンセヴェリナの恐怖を描いた。サンセヴェリナはかつてその敵を除くために毒を用いた女である。しかも今、自分の恋人が毒殺されんとしているという報知を耳にして、恐怖のために度を失っている女なのである。作者はこの瞬間における侯爵夫人の心理を説明してこういった（これは俺が直接読んだのではない、ブランデスの中から孫引きするのである）——

「彼女には何の道徳的反省も起こらなかった。これが北方の宗教の一つの中に教育された女ならばただちにその道徳的反省に駆られたであろう——北方の宗教は『私は毒を用いた、それで私は毒によって罰せられるのだ』という自己検察を許しているから。イタリアでは、悲劇的狂熱の瞬間に際してこのような反省をすることは、ちょうど、パリで、類似した事情の下に駄洒落《だじゃれ》をいうのと同じように、いかにもばかばかしく、その処を得ないものに見えるのである。

スタンダールはこの無反省な、野生のままな、素朴な熱情のゆえに、イタリアの女たちを愛した。そうしてドン・ファンの倫理的立脚地もこの侯爵夫人と等しきエゴイズムにならなければならない。ドン・フアンの美は彼が我欲を追う態度の狂熱と奔放と憂鬱とにある。約言すればドン・フアンの生涯は異教の良心をもってロマンティシズムの夢を追う生涯である。俺は久しい間異教的良心の美に対して驚嘆の情をかけてきた。異教的良心の純粋なる発現に――ホメロス[1]やソフォクレス[2]の人物が持っている敵愾心《ファイントシャフト》の強健と雄大と崇高とにひき付けられて来た。この方面から――これは人の魂と人の魂との交渉に関する、きわめて重大な、きわめて焦点的な視点である――異教の心とキリスト教の心との差別を明らかにすることは俺の研究の計画の一つであった。俺は単に知識欲の上からではなく俺の人格上の必要から、異教的良心の神秘に参して、秘跡を受けんことを熱望していた。俺のキリスト教的良心は曇って病んで悩んでいる。この病は異教的良心の接触によって癒《いや》されなければならなかった。

　しかし、それではお前はキリスト教的良心を捨てて道徳上の異教徒に改宗するかといわれれば、簡単に答えていおう、俺にはそれができない。できないところに俺の人格的存在がある。俺は男が女を賛美するように異教の良心を賛美する。俺は「主成分に対する酸のように」異教の心が俺の良心に作用することを求めている。俺は俺の人格を俺の人格の根底のままに据えて置く。そうして異教の心が「汝の敵を愛せよ」というキリスト教の良心に「力」と「自然らしさ」とを与えることを求めるのである。キリストの良心は、それ自らの途によりて、独得なる強健と雄大とに到達し得ない心ではない。彼にアキレス[3]やアヤス[4]の怒りのような「自然的」な崇高があれば、これにはカントの倫理や聖フランチェスコの生涯のような「内面的」な崇高がある。そうしてキリスト教の「愛」の世界においても決してドン・フアンの恋に比敵すべき恍惚の美を欠いていないのである。

　俺の中にも確かに異教徒がいる。これを両性の関係に引き移せば、俺の中にも明らかに「ドン・

フアン」がいて心の底にその美しい「戯謔図《ガウケルビルダー》」を織っている。しかし、俺の中にはまた「キリスト教徒」がいる。そうして俺の「ドン・フアン」と争っている。この二つのものの争いはまだまだ俺の心の中に協和の道を見出していない。しかしキリスト教の心は客観的な心なるがゆえに、当然にまたひろがらんとする心である。支配せんとする心である。俺はこの公明にして遍《あまね》く照らさんとする心を無視して全生涯をドン・フアンに捧げることができない。これが俺のドン・フアンになり得ぬ根底の理由である。

四、最後にスタンダールをそのドン・フアネリー[1]に駆った根底の動力は要するに何であったか。彼は男と女とを問わず、その崇拝する者、その熱愛する者の前では「全然自分を忘れた」。「俺の自愛も、俺の利害も、俺の俺も、愛する者の面前では消え失せてしまった。俺は愛する者の中に自分自身を失った」。そうして彼は妖婦アンジェラの美しさの中に人間以上のものを見た。アンジェラは彼にとって「崇高な」妖婦であった。実に彼をして戦争の中に「幸福」を発見させたのはナポレオンに対するディヴォーション[2]である。恋愛の中に「幸福」を発見させたものはその「不従順な、見え坊な」女たちに対する崇拝である。他人の上に夢を描く力、他人の上に自分の理想を投射する力、英雄を崇拝する情熱は、彼のドン・フアネリーの根本的動力であった。そうして彼はその愛において自己を忘れ、その愛する者において人間以上のものを見ることによって「幸福」を感じた。彼のようなエゴイストがそのエゴー[3]の忘却によって、その自己以上のものに対する没入によって、始めて幸福を発見したということは極めて注目すべき事実である。ある人はドン・フアンの漂泊は神を求むるの苦悶であるといった。おそらくはすべてのドン・フアンの中心の動力と中心の要求とはここにあるのではないだろうか。おそらくは――醜悪なる事実を表現するために醜悪なる言葉を用いれば――「女狩りの不良少年」や「和製ドン・ファン」と、真正のドン・ファンの品位の懸絶はここに基づくのではないだろうか。

　しかしドン・ファンの忘我は刹那に閃いて刹那に消失する。ドン・ファンの没入は哲学的にいえば浮動《ボーデンロース》のものであることを免れない。もとよりドン・ファンの忘我と没入とは直截で、端的で、充溢せるものであろう。しかし全生涯を一貫すべき連続《コンティニユイティ》を欠くがゆえに、すべての部分を全体の基礎の上に置き、すべての刹那を「永遠」の象徴として生きようとする者にとっては、さびしく、空しく、たよりない感じがないわけに行かない。スタンダールは頑固なる[1]公教的教育に反抗して育って来たために、またその時代の偽善と愚鈍とに反抗して育って来たために早くから徹底的な無神論者であった。従って戦争と恋愛とを外にして全身を没入するような生活はあり得ないと考えたでもあろう。形而上的生活のごときは空しい、虚《うつろ》な、退屈な、あり得べからざる生活と考えたでもあろう。しかし戦争と恋愛との外にも、なお恒久な、連続的な、確実な、忘我と没入との生活があり得ないだろうか。官能の満足を第一の関門とする生活の外にも、なお直截な、端的な、充実した、精神の生活があり得ないだろうか。戦争と恋愛とを外にしても、なお自己以上のものと一つになる生活があり得ないだろうか。ドン・ファンの恋を外にしても、もっと全人類を包容する、もっとわれらの本質に深い満足を与える「愛」の生活があり得ないだろうか。要するに、スタンダールが勇猛に否定したように、「神」ははたしてあり得ないだろうか。

　スタンダールはその五十歳の秋、[2]サン・ピエトロに登ってローマを瞰下した。太陽は美しく輝き、軟《やわ》らかな[3]シロッコが知れないくらいに吹いて、[4]アルバノ連山の上には一、二片の白雲が漂っていた。彼はもうすぐに満五十歳になることを思った。「ああ、もう三か月で俺は五十になる。それはあり得べきことだろうか。千七百八十三年……千七百九十三年……千八百〇三年……俺は指を折ってそれを数えたてる……それから千八百三十三年。五十！　それはあり得べきことだろうか。すぐに俺は五十になるのだ」。彼は眼下の古跡を眺めながら[1]ハンニバルや古ローマ人のことを思った。「俺より偉大な者がこの年にならずにとうに死んでいる。俺は俺の生涯を空過しなかったか」。彼はサン・ピエトロの階段の上に腰をかけて一時間か二時間ばかり思いに沈んだ。「俺はもうすぐ五十になる。もう俺が俺自身を知ってもいいころになった。俺は何であったか。俺は何であるか。実際、俺はこれに答える所以《ゆえん》を知らない」。彼はその愛して来た女たちとの「不幸な恋」を思った。彼が「気狂いのように」愛したにもかかわらずついに手に入れることのできなかった四人の女のことを思った。七年の間彼の全存在をみたした――九年後の今日になってもなおその疵《きず》から癒えることのできない――マチルデのことを思った。そうして「いったい彼女は俺を愛したことがあるのか」と思わずにはいられなかった。しかも最も不幸なのは彼の「勝利」の――彼は昔、戦争のことが頭一杯になっている時分に、こういう言葉を使った――彼にもたらした享楽が、彼の敗北によって生じた深い苦悩に比べて半分も大きくないことであった。「メンタを征服した驚くべき勝利は彼の中にただ一つの歓喜を――彼女がB氏におもむくために俺を棄てたときに、俺の中に残して行ったなやみに比べれば百倍も薄弱な歓喜を、喚起したにすぎなかった」と彼は考えた。そうして彼は、いったい俺は憂鬱なのか、快活なのかと自ら質《ただ》した。

　もとより自分の生涯に対するこのような疑惑は決して彼の生涯の全体を否定させるまでには募らなかった。俺はこのことをわが偉大なるドン・ファンの名誉のためにいっておかなければならない。その五十三歳の九月、彼はアルバノ湖畔に遊んでその砂の上に、これまで恋して来た女たちの頭文字を一列に書いた。そうしてその占領した女たちの下に1から5までの番号を打った。彼は言う「俺はこれらの名前と、彼らによって誘い込まれた、驚くべきばかな真似や、たわけな真似について深く幻想《トロイメライ》に耽った。驚くべき、と俺は俺自身にいう、読者に向かっていうのではない。とにかく俺はそれを悔いない」。そうして「こんなことを書きながら、昨日アマリエと舞踏場でやった長いお饒舌《しゃべり》を思い出して、俺は全くいい気持になっている」のである。俺はこのことをわが偉大なるドン・ファンの名誉のためにいっておかなければならない。

しかしとにかく、スタンダールはその晩年になってその生涯のさびしさと空しさについて疑惑を感じなければならなかった。人生にはこのさびしさのない、この空しさのおとずれて来ない生活がないであろうか。もっと連続した、もっとどっしりした、もっと根底のある、そうして究竟の意味においてもっと充実した生活がないであろうか。俺は深くスタンダールの性格と運命とに同情する。しかし、要するにその生涯の終局について、この疑問を置かずにはいられないことを感ずる。

2

俺は俺の中にいる「神を求める者」を検証するために、イェルゲンセン(1)の『聖フランチェスコ』を読んだ。ここに俺を待つものは、譬えるものもないように尊い、聖い魂が、悩みながらもなお踏み迷わず、右顧左眄《うこさべん》せずに、痛快に切れ味よくその行くべき道を進んだ一生であった。フランチェスコは、アッシジ(2)の富裕な、フランス好きな商人の家に生まれて、騎士の生活を理想とする十二世紀の末葉に育った。彼の周囲にはプロヴァンス(3)のChansons de geste《シャンソンドジェスト》やアーサー王(4)および円卓の騎士の歌が響いていた。プロヴァンスの快活な知恵“la gaya scienza”《ラガーヤシエンツァ》が彼をとらえた。彼はアッシジの青年に交って饗宴から饗宴に渡り歩いた。そうして夜は笛または絃楽器に合わせて歌いながら街頭をさまよいあるいた。彼は自ら雑色なミンストレル(1)の衣を拵《こしら》えてこれを着た。彼の富裕とその物惜しみせぬ性質とはいくばくもなく彼をアッシジ青年間の中心人物とした。彼は決して商家の事務に疎《うと》い者ではなかったが、ただ余りに交游に夢中になる性質がその家人を悩ました。彼は食事中といえども、友達が呼びに来ればすぐに飛び出して帰ることを忘れた。しかし彼はその歓楽の間にも貧しい者を忘れなかった。一日彼は急いで店から飛び出そうとしてちょうどそこにいた乞食を追いのけた。そうして「この人がもし俺の友人から、伯爵または男爵からつかわされた者ならばその求めるものを与えられずにはいないだろう。しかるに俺は王の王、主の主からつかわされたこの人を空手で帰した」。彼は自らこういって責めた。そうしてこの日から以後、神の名によって彼に乞う者には必ず与えようと決心した。

二十一の年彼はペルジア(2)との戦において捕虜となった。捕虜中に在っても彼は元気よく歌ったり巫山戯《ふざけ》たりしていた。人のこれを責める者があれば彼はただこう答えた。「君は偉なる未来が俺を待っていることを知らないのか。そのときが来れば世界がひれ伏して俺に祈るのだ」と答えた。翌年捕虜から帰って、彼の貴族的な、華美な生活はいっそうその度を加えた。かくのごとき酔歌と遊宴との生活に始めて陰影が投じたものは、彼が二十三の年に患《わずら》った重病であった。

その年の秋、葡萄《ぶどう》の実の熟するころ、ようやく病から癒えたフランチェスコは、杖に支えられながらアッシジの郭門の外に立って、眼下に展《ひろ》げられた森と野と里とを眺めた。しかしその輝いた色も、朗らかな空に美しい輪郭を刻む山の姿も、(3)疇昔《ちゅうせき》のように溢れるような喜びをば与えなかった。青春がこれまであんなに若く、あんなに強く搏《う》っていた彼の心臓も突然年を取ったように見えた。

逝《ゆ》くという感じが身慄《みぶる》いのように彼を通って過ぎた。彼に永遠の平和を与えるはずのものも、彼にとって尽きざる宝と見えたものも、日の光も、青い空も、緑な野も、今はすべて価値のない、灰となり行くものになった。フランチェスコは長く眺めていた。そうして杖に身をもたせながら徐かにアッシジに帰って行った。「しかしコンヴァージョン[1]の第一歩にあるすべての人のように、青年は自分自身のそれとともにただちに他人のあやまちを考えた。彼は自分の中に行われた変化を感ずるにつれて、これまで幾度も一緒にこの風景を嘆称し合った友人の上を思った。そうして郭門に帰りながら、彼は一種の優越感をもって、『彼らはなんというばかだろう、彼らの愛するのは滅すべきものだ』とその心に思った」。

しかし彼はこの時その魂の空しさを感じただけで、病が全く癒えると共にまた疇昔のような歓楽の生活に帰った。そうして彼は騎士の冒険とはなばなしい生活とを夢みながら、ドイツ勢《ぜい》撃退の軍に加わるためにアプリア[2]に向かった。途上、スポレト[3]で熱を病んだ夜、彼は「故郷へ帰れ。そこに汝のなすべきことがある」、という主の声を聞いて、翌暁アッシジに帰って来たが、アッシジに帰っても彼の使命は示されなかった。彼は又もや歓楽の生活においてアッシジ青年の中心に立った。しかしこの世につく心と、主に従ってその命ずる「使命」を発見せんとする心との闘いが日ごとに激しさを加えた。二十四歳の夏、ある夕、フランチェスコは例にも増して盛大な饗宴を開いてその諸友を招いた。会衆は例によって食卓を徹した後で歌いながら街を通った。しかしフランチェスコは少し列から引き下って歩いた。彼は歌わなかった。少しずつ彼は列からおくれた。そうしていくばくもなくアッシジの巷の静かな夜の中にただ一人とり残された。ここで主が再び彼を見舞った。この世とこの世の空しきものとに疲れたフランチェスコの心は、今、全く他の感情を容《い》れるの余地がないほどな甘美にみたされた。彼は全く我を忘れ、時を忘れて立ち尽くした。そこに彼を捜しに来た友人の一人がやって来て、「ヘロー、フランチェスコ、君は、新婚のことを考えているのか」と呼びかけた。フランチェスコは澄んだ、星のきらめいている八月の夜空を見上げながら、「そうだ、僕は結婚のことを考えている。しかし僕の愛を求めている花嫁は、君の知っているどんな女よりもノーブルで、富裕で、美しいのだ」と答えた。ちょうどあとからやって来た友達の群が笑い出した――「それじゃ裁縫屋がまた仕事にありつくね、ちょうど君がアプリアに出かけたときのように」。フランチェスコは彼らの笑い声を聞いて心に怒った。しかし彼の怒ったのは友達のことではなかった。がぜんとして彼の従前の生活の愚かさが、その対象の欠乏が、その子供らしい空虚が、彼の眼の前に呈露された。そうしてまた彼の前には彼の怠って来た生活が、真の生活が、キリストにおける生活が、輝き渡る美しさをもって現われて来た。責むべきはただ彼自身であった。「この時から、彼は自分を小さいものと思い始めた」。

彼は今その友を離れて、市外の洞窟に隠れて祈った。「ああ主よ、汝の道を我に示したまえ。我に汝の道を教えたまえ」という詩篇の句が幾度かその唇に上った。しかし神はまだ答えなかった。苦悶にみちたる魂をもって、洞窟の寂しく暗い中に、彼はその救済の戦いを戦った。彼がこの悩みに疲れ果てて再び白日の下に出て来たときには、ほとんど昔の面影がなかった。それほどまでに彼はやつれた。彼はまたその客を換えて貧しい者をその饗宴に招いた。貧しい者を見、その憂苦を聞き、彼らの必要を補助することが、その日以後彼の主たる関心事となった。そうして彼は貧しい者をあわれむだけでは満足ができなかった。知人の多いアッシジを避けるために、彼はローマに巡礼して、そこで乞食の衣を藉《か》りて、自ら物を乞うても見た。かくのごとくにして神に対する祈りを続けている間に一日神からの第一の答が来た。神の意志を知らんがためには、フランチェスコは従来肉において愛着して来たいっさいを厭離しなければならなかった。そうすれば従来美しく、愛すべしと見て来たものがすべて堪えがたく苦いものとなって、従来忌避して来たいっさいのものが卓越せる歓喜となるべしとのことであった。一日フランチェスコはこれらの言葉を瞑想しながら、一人ウンブリア(1)の平原に馬を駆った。突然として彼はその前に一人の癩を病む者を見た。癩病は彼の最も忌み嫌うところであった。彼は飛び上った。彼はできるだけの速度で逃げ出したいと思った。しかし彼は主の言葉を想起して、馬から飛び下りた。そうして病者の膿《うみ》を持った指に接吻した。彼は興奮しきって、どうして再び馬に乗ったかも知らないくらいであった。彼の心には甘美と歓喜が溢れに溢れた。かくて主の言葉の第一はみたされた。しかし誘惑は他の途《みち》から来た。日が照り渡って野が緑に光る日であった。彼は例の洞窟におもむく途で、不具な、埃まみれの女乞食を見た。彼の胸の奥には「汝はこれらのすべてを捨てて、洞窟中の祈禱にその青春を空過するのか、そうして見すぼらしい老年を迎えるのか」と囁《ささや》くものがあった。しかし洞窟に到達するころには、彼はこの誘惑を征服していた。

いくばくもなく主の第二の答が来た。フランチェスコはよくサン・ダミアノ(2)のよぼよぼな教会に行って、十字架にかけられたキリストの像の前に祈った。ある日も彼はその前にひざまずいて、かくのごとく祈りを捧げていた。――「偉大にして光栄なる神よ、わが主耶蘇《ヤソ》キリストよ。仰ぎ願わくは我に光を与えて、わが魂の暗黒を払い給わんことを。まことなる信仰と、確かなる希望と、完全なる愛とを授け給わんことを。おお主よ、いっさいのことにおいて汝の光により、汝の意志に従いて行うを得るように、よく汝を知らんことをわれに許したまえ」。彼がこの祈りに沈んでいたときに十字架の上から声があった。「いざ行け、フランチェスコよ。行きて余の家を建てよ。そはまさに倒れんとしつつあれば」。ああ祈りはついに聞かれた。神の意志はついに示された。彼はその瞬間の荘厳に慄えながら、十字架にかけられたる者の前に拝礼して、「主よ、歓喜をもって我は汝の欲するところをなすべし」と答えた。素朴なるフランチェスコは主の命ずるところはサン・ダミアノの修繕にあると考えた。彼はただちにその財布をとり出してひざまずいて堂守の老僧に捧げ、あっけにとられている老僧を後にして、満ち溢れる心をいだいて、一歩ごとに十字架にかけられたる者の姿を魂に刻み込みながら、そこを立ち去った。「このときより以来、主の受難の思想がフランチェスコの心をとかした。彼はこのときからその命の終わりまで、主イエスの傷をその心に持っていた」。フランチェスコはついにサン・ダミアノで出家してしまったのである。

世俗的な父は、その家の名誉のために、このことを喜ばなかった。多少の紛紜《ふんうん》の後、父と子とは、市民環視の間に、ところの司教の前で顔を合わせなければならなかった。司教は父から受けた金を返すべきことをその子に命じた。フランチェスコの返したものは金ばかりではなかった。彼はまたその美しい衣を脱いで裸になった。そうして四周の人に向かって、情緒に慄える声でいった――「すべての人々よ、私のいうところを聞け！　これまで私は(1)ピエトロ・ディ・ベルナルドーネを父と呼んで来た。今私は彼から受けたその金とすべての衣とを彼に返す。これより後、天にいます我らの父を除いて、父なるピエトロ・ディ・ベルナルドーネといわざらんがために」。聴衆も司教も動かされた。司教はフランチェスコの傍に寄って、その法衣《ケープ》を彼にかけた。そうしてその白い襞《ひだ》の中に裸なる青年を包みながら、これを自分の心臓に押しつけた。フランチェスコは司教の園丁が着た古い着物を貰い受けて、白墨をもってその背に十字架を描いて、喜んでこれを着ながらそこを立ち去った。ちょうどその二十六の年の四月のことである。

　彼はサン・ダミアノの修繕に用いる金がないために、石を拾って自ら大工の業に従った。老僧の好意で食事にはさしつかえることがなかった。しかし一日彼は、これがはたして従来理想とした貧しい者の生活だろうかと考えた。そうして翌日鉢を持ってアッシジの町に乞食に出かけた。骨や、パン屑や、サラダの葉などがその鉢をみたした。フランチェスコはむかつく思いをしながらその一片を口にした。しかるに見よ、彼の心は精霊の甘美にみたされた。彼はこれほどの美味をかつて味わったことがないような気がした。喜びに酔って彼は馳せ帰った。そうして老僧にこれから自分で自分の食事を準備すべきことを告げた。一方寺の修繕はますます進んだ。彼は灯明の油の貯《たくわ》えを老僧に残して置くためにアッシジの町に油を乞いに出かけた。一日彼は昔の友達の家を過ぎた。内には饗宴の歓楽が高潮に達していた。彼には今の身を恥ずるような心が起こった。彼はその家の前を数歩通り過ぎた。しかし自分の弱さを愧《は》じて、引き返して来て友達に油を乞い、その前に自分の弱さを懺悔《ざんげ》した。

　二十八の年彼は再び神の啓示に接した。二月の二十四日[1]ポルティウンクラの会堂における使徒マタイのための祭式に彼はマタイ伝第十章第七―第十三節の朗読を聞いた。そうして二年前サン・ダミアノで聞いた声よりも、いっそう明らかに、いっそう深く彼の使命が啓示されていることを感じた。マタイ伝を通じて啓示されたる彼の使命は「福音に従って生き、神の平和を万民にもたらす」ことであった。彼は神徠《しんらい》を感じて、「これが私の要するところだ、私が全霊をあげて私の生涯において従うを要するところはこれだ」と叫んだ。隠者フランチェスコはこの時から伝道者フランチェスコ、使徒フランチェスコとならなければならなかった。彼は教会の戸を出るやいなや、その靴を脱ぎ、その杖を投げ棄て、折からの寒さをしのぐために着ていた外套を脱ぎ捨てて、帯の代わりに縄《なわ》をその腰に締め、頭巾《ずきん》のついた百姓の衣を着て、主の使徒としてその平和を宣伝するために、裸足《はだし》になって世界のはてまで漂泊すべき準備をした。

この日より後も、彼の心に隠遁の願いがおとずれないではなかった。しかし彼は勇ましく伝道者としての使命を確守した。彼は隠れて神に祈るために静かなる森や山を求めた。そうして福音の喜びを伝えるために巷《ちまた》に出た。神に祈ることと、神において働くこととがその後の彼の全生涯であった。彼は溢れるほどの愛をもって神の被造物を愛した。彼は単に人間のみならず、また深く自然界の事物を愛した――かつて神に行くために一度厭離した自然界の事物を愛した。姉妹なる「鳥」は、喜んで彼の身辺に集まり、おとなしく彼の説教を聞いた。彼はまた兄弟なる「太陽」、姉妹なる「月」、兄弟なる「風」、姉妹なる「水」、兄弟なる「火」を賛美した。彼は神にありていっさいの存在を愛することができた。彼の愛はまた人を動かした。彼の身辺に集まる者は次第に増加して来た。フランチェスコ教団は次第に大きくなった。彼はその教団の多くの兄弟のためにその身と心とを砕かなければならなかった。しかし教団の拡大とともに、フランチェスコにとっては悲しいことが起こって来た。それは法律と学者との精神が、最初の簡朴な、清素な精神を紊《みだ》し始めたことであった。フランチェスコは全力をあげてこの新しい傾向と戦った。しかし自然の推移は彼の力で堰《せ》き留めがたく見えた。フランチェスコは疇昔の希望が空しくならんとするを見て、ようやく寂寞の感なきを得ないようになった。一方にはまた極度なる清貧の生活が彼の健康をそこなった。フランチェスコはその四十三の年の八月、しばらく隠れて神に祈るために、最も忠実なる四、五人の「兄弟」と共にラ・ヴェルナ(1)の山に退いた。

彼は山にいたるや、その兄弟からも離れて、一人大きな山毛欅《ぶな》の木蔭に建てた小舎の中に住み、朝夕ひたすらに神に祈った。彼の魂を悩ますものはその教団における兄弟のことであった。世間が彼から奪って迷路に誘い込もうとしている兄弟たちの上であった。彼は教団成立の最初のように彼と彼の「子供たち」との間に何の蟠《わだかま》りもなく、再び完全なる一致において住むようになりたいと熱望した。しかしそれは神の許さぬところであった。一日彼は福音書をとって兄弟レオに三度開かせた。そうして開かれたところは三度ともキリスト受難の章であった。彼は終わりまで苦しまなければならぬことを悟った。彼は神の意志にその身を任せた。その夜フランチェスコは眠りを成さなかった。天国における平和と幸福との希望がようやく彼を睡眠に誘った。彼は眠りの中に天使が彼のために神の座の前に奏する音楽を奏してくれるのを聞いた。

聖母昇天の祝いの後、彼は更に深く兄弟たちと離れたところに住んだ。兄弟たちのいるところから彼の小舎に行くには、深い断崖を過《よぎ》って倒れている大木の幹を渡らなければならなかった。彼はただ兄弟レオが二十四時間内に二度、パンと水とを持って来ることを許した。しかももしレオが呼んでもフランチェスコが返事をしなければ、レオはそのまま黙って引き返さなければならなかった。それは「フランチェスコが終日物を言うことができないほど歓喜に包まれることがあるから、彼がそれほど神にみたされることがあるから」であった。九月十四日、十字架建立の祭日の黎明、彼は昇る日を待ちながら、顔を東に向けて、手をあげ腕をひろげながら、祈りに祈った。彼の祈るところは、第一に、耶蘇が受難のときに受けた苦艱《くかん》を「できるかぎり」自分の魂と肉体とに感ずることであった。第二に神の子なる耶蘇を焦《こが》して罪人たちのためにあれほどまでの苦艱を受けさせた過度の愛を「できるかぎり」自分の心に受け取ることであった。かくのごとくにして久しく祈っている間、彼は「被造物にできるかぎり」神がこの二つのものを彼に与えることの確かなるを感じた。彼は大なる敬虔をもってキリストの苦難とキリストのかぎりなき愛とを瞑想し続けた。彼は愛とあわれみのために「全く耶蘇に作り変えられる」ことを感じた。ここに至って六つの輝く翼を持ったセラフ(1)が天から降って来た。セラフは十字架にかけられた人の像を支えていた。フランチェスコは歓喜と悲哀と驚異とにみたされてセラフを見守った。かくてフランチェスコは被造物のかつて経験したことがないものを経験した。彼はその肉体にキリストの十字架の傷あとを受けたのである。その結果として第一に彼をみたしたものは従来知らなかったほどの大歓喜であった。キリスト教的歓喜の最高巓であった。彼は「自分に恵まれた恩寵を感謝するために」賛美の歌を作った。

九月三十日彼はレオと共に山を降りた。そうしてポルティウンクラに帰着すると間もなくまた伝道の旅に出た。しかし彼の肉体は聖なる傷を受けて後ますます衰弱を加えた。医療の勧《すす》めを彼は聞かなかった。四十四年の夏、彼はこの病の中にいて、野鼠の群れに苦しめられながら、最も快活な、最も楽天的な「太陽の歌」を作った。しかし彼の健康はますます悪かった。法王庁の医者たちは彼に説いた――「あなたの肉体はあなたの生涯を通じて、善良な、従順な僕《しもべ》でかつ同盟者ではなかったのか」と彼らは問う。フランチェスコはそうだと答えざるを得なかった。「そうしてあなたはその返報にどうそれを扱いなすった」と彼らは問う。フランチェスコは、その取り扱い方が結構なものではなかったといわざるを得なかった。フランチェスコは悲しみに打たれてついに叫び出した――「喜べ、兄弟『肉体』よ、我を許せ。今私は喜んで汝の願望を果たさせよう」。彼はこれ以来少しくその生活法を変えて、医療をも受けるようになった。しかし時はすでに遅かった。病者はアッシジに移ってそこでその遺書を書き、更にポルティウンクラに移って、四十五の年の一月三日の夕、「われ声をいだしてエホバによばわり声をいだしてエホバにこいもとむ」というダビデの詩を声高らかに誦しながらついに「姉妹なる」死の手に帰した。彼が現在未来におけるいっさいの「兄弟」たちのために残した最後の言葉は、「余の力の及ぶかぎり――余の力の及ぶ以上に、彼らを祝福する」ということであった。

――俺はこの人を前に置いて自分のことを考えなければならなかった。俺は speculum(1) perfectionis の前に俺の醜い顔を映して見なければならなかった。

3

俺はこの「完全の鏡」の前に立って、自分の醜さ、小ささ、卑しさ、きたなさの覆い隠すべきもののなきを切に感ずる。かつて(2)山中に行き悩んでエホバの前に慴伏したときと同じように全然何の自己弁護もなく、この人の前に平伏しなければならないことを切に感ずる。スタンダールは五十歳の秋に「俺より偉大な者がこの年にならずにとうに死んでいる。俺は俺の生涯を空過しなかったか」と思い沈んだ。俺は「俺(3)より偉大な者がこの年にならずにその真生活に躍入した。俺はこの年になるまでいったい何をしていたのだろう」と思うの情に堪えない。

一、フランチェスコの経験した世間の歓楽は、はなやかな、豊かな、青春の情熱に溢れたものであった。しかし世間の眼から見て、決して卑しく穢れたものではなかった。伝記記者の証するところに従えば、フランチェスコの遊宴と酔歌との生活には、少しも淫蕩の痕跡がなかったらしい。「異性との交わりに関するいっさいの点において彼は模範であった。このことがその友人間に知れ渡っていたために、何人も彼の聞く前では、一言も卑猥な言語を発することをあえてしなかった。

もしそうする者があれば、ただちに彼の顔は厳粛な、峻厳ともいうべき表情をとった。そうして彼は答えなかった。心の純潔なるいっさいの人と等しく、フランチェスコは性(1)の秘密に対して、大なる崇敬を持っていた」。それにもかかわらず、フランチェスコはこの豊かな生活を空《むな》しと見、この純潔な生活を汚れたと見て、更に実なる、更に清い生活の追求に走ったのである。しかるにフランチェスコの世間的生活にくらべて、過去及び現在における俺の生活が何だろう。彼の生活にくらべれば、俺の経験した世間的歓楽は、はるかに貧しく、はるかに精彩乏しく、はるかに青春の情熱を欠くものであった。しかしそれにもかかわらず、俺の生活は彼にくらべて、もっと汚れて、もっと斑点の多いものでないとはどうしていわれよう。もとより自分もフランチェスコと共に「性の秘密」に対して世間並み以上の崇敬を持っている。俺は従来いかに淫蕩なる生活との接触にあたっても、異性を弄《もてあそ》び、異性を、「買う」ことを卑しとする自分の良心を枉《ま》げなかった。しかし純潔の理想を絶対にとり、異性の人格に対する尊敬を絶対にとるとき、「買う」ことと「遊ぶ」こととの間にどれほどの距離があろう。俺の心の奥には俺の良心を裏切るさまざまの欲望が常に動いてはいなかったか。俺のドン・ファンが異性とのなにげない交際の間に、しばしばその卑怯なる抜け路を発見しようとはしなかったか。俺は今この詰問《きつもん》に対して否と答えるだけの勇気がない。おまえはその生活をきたないとは思わないか、と問われれば、俺は確かにきたないと思っていると答えないわけにいかない。おまえはその生活を空しいとは思わないか、と問われれば、俺は確かに空しいと思っている(2)と答えないわけにいかない。しかるにこのきたなさと空しさとに対する嘆きが、俺の心の中に出離の願いを決定してしまわないのは何のためだ。フランチェスコは俺に比べてはるかに豊かに、清い生活を送っていてさえも、なお専心に神を求める生活に走らずにはいられなかった。もっと空しく、もっと汚れた生活を送りながら、しかもその空しさときたなさとを意識し抜いていながら、なお病葉《わくらば》が秋の梢にすがり付くように、この生活に対する未練を断絶し得ぬ俺の心弱さと俺の決定心の乏しさとを何といおう。

二、フランチェスコにもまた人間らしい迷いがないことはなかった。彼は神の「使命」にその生涯を捧げようとする願いを孕《はら》みながらも、なおしばらくは歓楽の生活を捨てかねていた。すでに神を求むる生活に躍入しながらも、時になお「自然なる」生活の若さと快さとを回顧するの情に堪えなかった。すでに乞食托鉢の生涯に入りながらも、また旧友の前にその姿を恥ずる念なきを得なかった。すでに使徒伝道者の生活に入りながらも、なお隠遁生活の静かなる歓喜を慕う心がしばしばその衷《うち》に動いた。またその晩年に至っては、教団の兄弟たちと離れ行くさびしさに堪えずして、帰らぬ昔に恋々するの情を如何《いかん》ともすることができなかった。しかしかくのごとき多少の迷いは、彼の生涯に人間らしい親しみと温《あたた》かさとを添えるのみで、大局に通ずる勇猛精進の雄々しさをばいささかも毀損していない。彼は実に瞻仰《せんぎょう》するに堪えたる俊爽の態度をもって、痛快に、切れ味よく、彼の前途を待ち受けていた幾関門を踏破した。彼は世も、友も、父も、一度捨つべきものはことごとく捨ててしまった。癩者を忌む心も、托鉢を恥ずる心も、十字架をのがれんとするの心も、すべて截断するを要する心はズバリとこれをきり下げてしまった。彼の生涯は実に「突き抜けた」瞬間の大悦にみちていた。豁然《かつぜん》として開けたる新光景の前に躍り上がる喜びに溢れていた。しかるに俺の曇った、歪んだ、小さい、さもしい生活は実になんというざまだ。俺は究竟の意味においていまだ第一[1]の関門をさえ突破していない。俺は人生における第一の「公案[2]」をさえ解くことができずに、十幾年というものをいたずらに鎖《とざ》されたる扉の前に立ち尽くしている。人間を掘り下げる俺の労苦はただその時々の難易に変化があるのみで、かつて突き抜いた瞬間の大悦をば知らなかった。俺の眼前に展《の》べられたる人生の姿は、あたかも半盲の前にひろげられたる自然の風光のように、かすかなる明暗の交替を現ずるのみで、いまだかつて豁然たる新風光を呈露したことがなかった。ああ、彼のフランチェスコの輝いた姿に比べて、この鈍根の身を何としよう。

三、フランチェスコの心は、世俗の生活においても、出離の生活においても、また伝道の生活においても、常に充溢せる心であった。彼は交友に耽っては食事を忘れた。彼は洞窟の中に祈ればその友人でさえ見違えるくらいに痩せ衰えた。彼は伝道者の使命を感ずれば、即座に帯を捨てて縄に代え、靴を脱いで裸足になった。貧者に対する彼の愛は彼自らを貧者にしなければやまなかった。ことに晩年におけるフランチェスコの生活は、まるで何人の手も届かないほどの高さに突き抜けてしまった。彼の生活は深く、ますます深く神の中に沈潜して、そこに溢れに溢れる歓喜を見出した。彼は「被造物に許されたるかぎり」神そのものにならなければ満足ができなかった。神になるとは、彼にとっては、十字架にかけられたるイエスとなることである。フランチェスコの心に宿ったものは実に宗教生活における最大のアスピレーションであった。そうして彼はかくのごとき大望を見事に突き抜いた。彼の手足に受けた(1)聖傷《スティグマ》に対する科学的説明はどうあっても、十字架に対するフランチェスコの熱愛がその身体に生理的変化を起こすまでに灼熱したことだけは疑うことができまい。古《いにしえ》より今に至るまで、これほどまでに徹底した祈りの心を経験した人が他に幾人あることであろう。フランチェスコのように全人格を凝集して「神」の深みに突入し得た人が他に幾人あることであろう。

自分の心は充溢しがたいことと凝集しがたいこととを特色とする心である。自分の生活が今日以上に散漫になってしまわないのは、俺がほとんど全力を尽くして自分の心を引き締めているからである。俺は散乱せんとする心をようやくの思いで引き纏めて、おぼつかなくも第一義の問題に立ち向かって行く。しかもこのようにして多少の深みを獲得した経験も、極端に貪欲なる彼の心には、常に充足の感じを与えることができない。俺の心に注ぎ込まれるすべての経験は底の方でさびしい音を立てるのみで、一度もみちて溢れる思いをさせてくれなかった。俺の心はその薄弱なる本質に、より多くを――常により多くを誅求してやまない。かくのごとく要求と本質との極端なる矛盾を、むしろ要求に応ずるの力なき薄弱なる本質を、包んでいる凡人の立脚地から、フランチェスコのような天才の――フランチェスコのような人こそ根本的の意味において「天才」である――天馬空を行くような生涯を瞻仰《せんこう》すれば、実に羨《うらや》ましいというより外の言葉もないことを感ずる。しかしおそらくはここに俺のような凡人の十字架(1)があるのであろうから、自分は決して自分に与えられざるものを羨んでばかりはいない。俺はフランチェスコに降された使命とはすこぶる種類を異にする、小さい、凡下な、しかし、無意味ならぬ使命が俺に降されているらしいことを感じている。俺は従来幾度かこの凡下に生まれついた身を恨んだが、今はいたずらに自分の天分について悲観しようとは思わない。ただ自分の堪えがたく恥ずかしいのは、フランチェスコのように祈って痩せざる自分の腑甲斐《ふがい》なさである。凡下の身には、凡下の身なるがゆえに、征服を要し、否定を要し、浄化を要する悪質が菌集しているのに、俺は恥ずかし気もなく、友人と談笑し、遊楽し、飲食する生活を続けている。ああ俺は俺の無恥が恥ずかしい、俺の無神経が恥ずかしい。

四、かくのごとく考え来れば聖フランチェスコと俺との間には全然共通点がないようである。俺のような者が自分の性質を検査するために聖フランチェスコを藉《か》りて来るなどは、実に無恥とも大胆ともいおうようのない企《くわだ》てであるような気がする。実際俺自身も心の底で自分の滑稽なる大胆を笑わずにはいられない。しかし精密に考えれば、器の大小の点における懸絶は必ずしもその問題における一致を妨げない。性格の点における逕庭はその要求における一致を妨げない。俺ははたして聖フランチェスコと共通な問題と要求とを持っていないだろうか。

　聖フランチェスコは、自分の歓楽に夢中になりながらも、なおその追い退けた乞食のために、その身になって考えてやらずにはいられぬ性質であった。俺の人格はいかに小さいにせよ、俺にもまたこの種の客観性があって、俺の苦悩を形成していることは――従って俺の性格には本来(1)キリスト教的な心《クリスチャン・マインド》があることは、疑われない。聖フランチェスコは世間的な歓楽の中に空虚を感じて出離を要求せずにはいられなかった。俺の態度はいかに曖昧にして微温をきわめているにもせよ、俺の世間的歓楽に対するひっきょうの評価は要するに空虚の点に帰する。そうして出離の要求は明滅しながらも彼の衷心に固着して離れない。また聖フランチェスコが世間的歓楽の中に空虚を発見した究極の理由は、彼の心に永遠なるもの、真実なるものに対する消しがたき欲望があるからであった。俺が世間的歓楽に対して空しさとさびしさとを感ぜずにいられぬ最後の理由もまた「全体」に対する、「根本的実在」に対する、すべての存在と融合して活きることに対する憧憬が俺の人格の中に深く根拠を据えているからである。俺は聖フランチェスコの偉大と俊爽とに対すれば平伏せずにいられぬほどに小さい。幾度繰り返しても足りないほどに小さい。しかし俺をして聖フランチェスコの疾駆して通った足跡をよろめきながら、匐《は》いながら、跛《びっこ》をひきながら、蠢《うごめ》き行かしめるものは、かつてアッシジの聖人を駆ったと等しく、深奥に沈潜せんとする憧憬である。生活の基礎を実在の上に、神の上に築かんとする熱望である。愛においてすべての存在と――人と、自然と、神と、――一つになるまでは「自己」の幸福を完くすることを得ざる寂寥の思いである。自分はアッシジの聖人を自分の師と呼び、先蹤《せんしょう》と呼び、更に同胞と呼ぶおそろしさを恐れない。精神の世界におけるアキレス以上の勇猛と崇高とをもって、「被造物に許されたかぎり」の高さに登るのがフランチェスコの使命であった。自分にできるだけの細心と精緻とをもって、一々の魔障を征服して、彼と等しく凡下な者のために、一生の間に経過するさまざまな戦の小さい記録を残すのが俺の使命であるらしい。

俺はここに再び俺のドン・ファンを喚起して、彼の到達すべき究竟の生活を、「神を求める者」の到達すべき究竟の生活と比較する必要を感ずる。後者の生活にもまた寂寥と悲痛とがないことはない。否、十字架において神を見たる聖フランチェスコの生活は実に寂寥そのもの、悲痛そのものともいうべきものであった。彼の寂寥はその限り無き愛が愛する者によって反撥され拒斥さるるところにあった。彼の悲痛はその愛のために自己を犠牲にして、その苦痛の中に灼熱するがごとき歓喜を発見するところにあった。この寂しさの中に有る愛と、この痛さそのものの中に燃える歓喜とは実に「神を求める者」の――そうして「神と共に活きる者」の本質的生活でなければならない。かくのごとき寂寥と悲痛とにくらべれば、ドン・ファンの寂寥と悲痛とはまだまだ微小をきわめている。「神」に生きる者の寂寥と悲痛とを貫く痛いような必然にくらべれば、ドン・ファンの寂寥と悲痛とは戯れにすぎない。そうして両者の生活の色調を根本的に区別するものは、彼はすべて「実」にして、此《これ》はすべて「空」に瀕していることである。神において生きる者の寂寥はそれ自らにいのちの表現である。しかるにドン・ファンの寂寥は「無」の深淵に臨むの戦慄である。スタンダールはその生涯の晩年に至って多少の寂寥を感じた。そうして生涯を空過したのではないかという疑いをいだいた。ミケランジェロの晩年に感じた寂寥はもとよりスタンダールの比較にならないほど大きい。そうして生涯を空過した歎きもまたスタンダールと同日の談ではないほど深刻である。しかしミケランジェロの歎きはその為すべきことを遂げ得なかったため、その美しい本質が伴侶を見出し得なかったための寂しさであった。その寂寥にはスタンダールのように「虚無」に瀕するの空しさがない。もしドン・ファンとして生きた者の晩年にミケランジェロが経験したような大きい、深刻な寂寥がやって来たらどうであろう。想像するも身慄いするほど恐ろしいことといわなければならない。

仮に小賢《こざか》しい現実論者に従って、神を求めるは空な努力としても、信仰を求めるは羨ましいほど呑気《のんき》なこととしても、なおある人がこの空なる「神」のゆえに、呑気な「信仰」のゆえに、彼らのあずかり知らぬほど「実」なる痛切なる経験をしたことだけは争われない。この人が感ずる悲痛も寂寥も歓喜も、彼らの小さい生涯に比べては比較にならぬほど深酷で、痛切で、幅が大きかったという主観的事実だけは争われない。約言すればこれらの「空」で「呑気」なものを求めた人たちは、小賢しい現実論者以上に、深い、複雑な、徹底した人生を経験したことだけは間違いがないのである。自分は人生を大きく深く経験するために、彼らのいわゆる空な、呑気なものを追求することを恐れない。俺にとってたまらなく恐ろしいのは、皮肉らしい顔をした現実論者と共に人生の深みに対する感覚を失うことである。現実論者にとっては感覚と主観的感動との外に真実なものがどこにあり得よう。彼らが灼熱する感覚と痛切なる主観的感動とを準備する事実を否定するは無意味である。彼らが「空」といい、「呑気」というは要するに自分の参加し得ぬ経験を貶するの意味にすぎない。

五、しからば俺は今日以後「神を求める生活」に、「神と共に活きる生活」に余念なく沈潜しようと堅く決心しているか。俺はなおこの問に答うべき所以を知らない。俺の心の中にはなお父母妻子朋友と共に活《い》き、小さい権利を享受し主張して、小さい義務を甘受し忍従して、人間らしい享楽と悲哀と恩愛と憂慮との間に活きて行くNatürlichkeit[1]にひかされる心がある。俺にはなお心身の快適と清爽とにひかされるエピキュリアン[2]の心がある。ことに俺には異性との間における恍惚と歓楽と嘆息と変化との間に現実的の充実を求めるドン・ファンの心が漲っている。俺がドン・ファンの満足を知らぬことは前にもいった。しかしそれは俺がドン・ファンの衝動を感じないという意味では決してない。俺のドン・ファンの衝動は行為に発露せぬ前に殺戮されるのみで、俺の心ひそかなる記憶はドン・ファンの屍骸に満たされている。従前俺はこの性質を釈放して、公然たるドン・ファンとして闊歩するを得ざる俺の卑怯を嘲った。しかし今俺はドン・ファンに生涯を捧げてしまうことができないのは俺のいっそう根本的な性格と要求とに基づくことを知るがゆえに、自分のドン・ファンを討たんとする内面的闘争を卑怯とは思わない。しかしこれらの雑念が猛烈に自分の中に活きていることを感じながら、自ら「神を求める者」をもって任ずるのは余りに口はばったい仕業である。注意の焦点を全体に置かんがためには、まず部分に対する未練を断絶しなければならない。すべての部分は一度否定されるにあらざれば、徹底的に肯定されることができない。出家に堪える者のみ真正に神を求める者をもって自任することを許されている。俺は俺の内面にその力が蓄積されるまで、この栄誉ある名称を自ら許す資格がないのである。

しかしドン・ファンに志す意志を否定する意味においては――ただこの意味のみにおいては、俺はもうドン・ファンを脱離している。俺のドン・ファンは他日あるいはこの否定の裏をかいて、俺を汚瀆と罪悪との淵に投ずるかも知れない。そうして俺の中にいる「神を求める者」にこの汚瀆と罪悪との始末を強いるかも知れない。俺は屈辱と苦痛との幾層を通じて――もしこの汚瀆と罪悪とを征服する戦いに勝ちを得るならば――更に深酷な、更に痛切な人生の光景に味到するであろう。そうすれば俺の中のドン・ファアンは、あたかも神の世界における悪魔と等しく、否定されることによって肯定されるのである。しかし、神は常に悪魔を否定するように、俺の中なる「神を求める者」もまた常にドン・ファアンを否定する。否定することによってドン・ファアンに存在の意義を与える。この外に俺は決して俺のドン・ファアンを許容することをすまい。この点においては、俺の心はすでに決している。

しかし俺はドン・ファアンを否定したと同じ程度で、ドン・ファアン主義の一つの変形とも見るべき romantic love(1) の夢を否定したとはいいがたいことを感じている。俺は愛すべく、あわれむべく、同情すべく、感傷すべくして、しかも要するに俺の心をみたすに堪えざる一つの魂を傍にして奥深く一つの夢想を続けている。俺はこの半熟なる愛憐の情を蹂躙《じゆうりん》して、俺の魂を根底から戦慄させるような、他の一つの魂を待ち設けていないとはいわれない。俺の心にはなおワーグナー流の悲壮と罪悪との予期がある。俺は今この予期を徹底的に処分すべき力を持っていない。しかし、たといパウロやトルストイのような単に「許さるべきもの」としての結婚観がかくのごとき浪漫的恋愛の夢想を打破するに足らずとするも、「神」に対する憧憬と、すべての存在と融合せんとする熱望から出発した者がかくのごとき浪漫的恋愛にその究竟の生活を発見し得ぬことだけはすでに現在の俺にとっても明白である。俺は浪漫的恋愛の夢がいかなる時にその対象を発見し来るべきかを知らない。また俺はそのときにあたって自分の生活が、いかなる屈折を経ていかなる進路を発見すべきかを予想することもできない。自分はただ、かくのごとき冥捜《めいそう》と模索とが努力に値いせざることを知るのみである。かくのごとき予想に活きることの痴愚をきわめていることを知るのみである。

最後に最も戦慄すべきは、俺の心の底の底に、すべての存在を愛によって包容せんとする希望が、要するに人間にとっては実現すべからざる空想ではないかと思う懐疑がないとはいえないことである。スタンダールはかつてその友に書を送ってルソーの「いたるところに義務と徳とを見るマニア[1]が彼の文体をペダンティック[2]にし、彼の生涯を不幸にしたのだ」といった。そうして人と人との接触に関するベール[3]（スタンダール）主義は要するに次のようなものだといった。――「二人の人が相互に接近する。熱と醱酵とが発生する。しかしかくのごとき状態はことごとく無常である。それは放縦に享楽すべき花にすぎない」。俺はこの快楽主義に潜む憂鬱に対して戦慄を感ぜずにはいられない。人と人との間にはついに包摂融合の道を絶しているとすれば、人生の寂寥はついにどうすればいいのであろう。俺はこれを俺自身の経験に質《ただ》して見た。俺はどうしても愛によって他人を包容し尽くした経験があるとはいえなかった。俺の記憶の中にあるものは要するに究竟の意味において他人と融合するを得ざる孤独の苦さのみであった。俺はまた「神において」人を愛せんとした偉人の生涯を求めた。俺はまずトルストイに逢着して新しい痛みのために飛び上がらずにはいられなかった。

メレジコフスキー[4]もいったように、トルストイほど人を愛しようと努めた人は少ない。しかしメレジコフスキーも疑ったように、トルストイはついに人を愛することができたか。彼の八十歳の長い生涯は要するに愛せんとして愛するを得ぬ悲劇に終わらなかったか。トルストイのような偉大な、誠実な、貫徹の力に溢れていた人も、なお真に人を愛することができなかったとすれば、自分たちのような鈍根な者がどうして愛において他人を包容することができよう。思えば人間の前に置かれた選択は、他人を包容する愛か自我独存の悲痛（または寂寥または自恣または断念）かにあらずして、愛をもって他人を包容せんとする悲壮な、絶望的な努力か自我独存の悲痛（または寂寥または自恣または断念）かにあるのかも知れないのである。しかし俺は多少の考慮の後に、明らかなる意識をもって答えよう。たとい愛において他人を包容する努力は絶望的だとしても俺はなおこの悲壮なる努力の道を選ぶ。スタンダールの幸福よりもトルストイの不幸を選ぶと。後者を選ばずにいられないのは俺の性格の中に確乎たる客観性があるからである。客観性の要求は愛において他人を包容するにあらざれば徹底的に満足することができないからである。この要求をみたそうとする絶望的な努力もなお断念と放擲とに優《まさ》るからである。メレジコフスキーはその鋭利にして浅薄なる洞察をもって——俺はこの大胆なる断定をあえてする——トルストイの本質を異教的な心だと断じた。そうして異教的なトルストイがキリスト教徒らしく他人を愛せんとするのは無用の努力だという意味の口吻をもらした。しかしたといトルストイの心がメレジコフスキーの説のように本来異教的な心だとしても、なお世界史上における異教主義がキリスト教に転移するには、はたして異教主義そのものの中にこの転移を至当にする必然性がなかったろうか。同様にトルストイにおける異教の心がキリスト教の愛を要求するところにも、なお必然性を見ることができないだろうか。愛することを得ざる者が愛せんとするのは——俺の見るところでは——決して無用の努力ではない。愛の理想はたとい究竟の意味において実現せられぬまでも、なお刻々にこの理想を懐抱する者の現実に作用してこれを浄化する。愛せんとした懸命の努力の中にトルストイの生涯の意義を発見し得ぬ者は、いかに議論の精彩と微細とをきわむるも要するにトルストイの本質をつかみかねたものといわなければならない。トルストイの一生は実に偉大なる未完成の一生であった。その悩みの強烈なのもなつかしい。その迷いの執拗をきわめているのもなつかしい。トルストイは聖フランチェスコよりもはるかに親しい意味において、自分の師でありまた先蹤である。俺はトルストイの生涯を見ることによって、愛の理想に対する疑惑を感ずるよりも、むしろ精進の努力に対する鼓舞激励の力を感ぜずにはいられない。

そうして最後に神における愛の理想の決して空想に終わらぬことを証するために、「被造物」フランチェスコの聖なる生涯がある。もとよりフランチェスコの高みに攀《よ》じることがトルストイにさえできなかったことを思えば、自分たちは究竟の意味において他を愛する生涯をば決して軽易に見積ることを許されない。しかし被造物フランチェスコはついに愛の生涯を実現することができた。フランチェスコの生涯ははるかなる彼方《かなた》において愛の生涯の可能なことを自分たちに例示した。自分たちの心には希望がなくならない。そうしてトルストイがフランチェスコのような愛の生涯に入り得なかったのは、要するに彼の見た「神」の性質によらなかったか。「神」を見るにあの方面からしなければならなかった彼の内奥の性格によらなかったか。そうしていささかも回避せずにこの性格と戦い尽くしたところに、フランチェスコよりはもっと親しく、もっと手をとるように、俺のような凡下の輩を導くべきトルストイ独特の偉大と使命とがあったのではないか。

俺の周囲にはエホバの崇拝からマンモン[1]の崇拝に転移した転倒の改宗者が少なからずいる。俺自身もまた他日これらの先輩のあとを追うことがないとは、神ならぬ身の断言する由もない。しかし俺の問題は未来ではなくて現在である。俺の心に「神」の要求がなくならぬかぎり、俺の心に現実の生活の空しさがさびしく映っているかぎり、俺の終生を貫くものは、かつてフランチェスコがサン・ダミアノの会堂で十字架にかけられた者の前に捧げたような祈りでなければならない。もとより俺はいまだ「偉大にして光栄なる神よ、わが主耶蘇キリストよ」と呼ぶことを許されていない。そうしてこの祈りはいつ聞かれるかわからない。この祈りが聞かれた後になっても、フランチェスコのように使徒として伝道者としての自覚が授けられるかどうかもわからない。しかしこの祈りが一生聞かれないならば、俺は一生このことを祈り通すのみである。もし伝道者としての自覚を授けられないならば、一生隠者として神に祈り通すのみである。そうして隠者の生涯を記録して、人類に対する愛をいくぶんなりとも実現するのみである。とにかく、俺はこの祈りに活きることの外、自分を真正に活かす道を知らない――

「明暗を駆使する力よ。わが知らざる神よ。仰ぎ願わくは我に力を与えて、わが魂の暗黒を払い給わんことを。まことなる信仰と、確かなる希望と、完全なる愛とを我に授け給わんことを。おお神よ、いっさいのことにおいて汝の光により、汝の意志に従いて行うを得るように、よく汝を知らんことをわれに許したまえ」。

4

一月ほど前に俺は――詳しくいえば俺の中の羊飼い三太郎である。果樹園守り三太郎である――俺の中のドン・フアンが友愛の美名の下に、親愛する同胞の手と心とを偸《ぬす》まんとしていることを発見した。俺の全心は騒ぎ立った。俺は俺の品性の卑しさがたまらなかった。俺のような奴が人格の高貴を説き、愛を説くなどは実に洒落臭《しゃらくさ》さの骨頂だと思った。俺は自分の心の中を検査するにつれて、とうていここに書くに堪えないような恐ろしい、醜い思いがそこに蛆《うじ》のように湧いていることを発見した。俺はかくのごとき醜い心をことごとく相手の前に懺悔することができるかどうか自分自身に訊《き》いてみた。その小さいものは――相手からゆるして貰えそうなものは――十分に否定の誠を尽くしてこれを懺悔することもできよう。その大きいものはとうてい口にするだに堪えない。そうして俺にはこの大なる醜さを十分に否定し尽くしてこれを発表するだけの人格の力がない。――これが俺自身の答であった。俺はせめてこの苦しみを日記になりとも書いて、いくぶんの休息を得たいと思った。しかしおまえにはこれを日記に書くだけの態度さえできているかと俺は再び自分を追窮しなければならなかった。醜いものを十分に浄化するに足るほどの高貴なる態度なしに、茶飲話をするように自分の罪過を告白する者は申し分のないばかである。日記に書くのも要するに自分自身の前に懺悔することではないか。おまえにはいかなる意味においても自分の醜さを懺悔する資格があるか。俺はないと答えないわけに行かなかった。俺は日記さえ書けない苦しさに床にもぐり込んで呻吟した。そうして翌朝は薄暗い中に起きて、[1]松原越しに遠く海を見渡す屋根の物干しに登りながら、熱い頭を朝の空気に冷やした。この日はちょうど東京へ行かなければならない日であった。俺は人の顔を見るのがつらいと思った。

　この日以来俺はこのこと以外のことをしたり考えたりするに堪えなかった。その当時俺は早くやってしまわなければ義理が立たない――そうして俺自身の生計のためにもこれをやってしまうことがきわめて必要な――仕事を持っていた。しかし思いきってその仕事も捨てた。俺は雨の降る中を濡れながら、松林を通ったり、砂丘に登ったりして歩き回りながら、さまざまのことを思い続けた。しかし自分に対する呪いが頂点に達したころに、俺の心にはドン・ファアンの権利を主張する声が響いて来た。おまえはなぜ自分のドン・ファアンについて苦しむのだ。おまえはなぜ公然ドン・ファアンとして活きることができないのだ。おまえの抱いている愛の理想は要するに根拠のない空想ではないか。その声は苦しみ悶えている俺をこういって慰めた。俺は俺の中にある「神を求める者」と俺の中にあるドン・フアンとを対決させる必要に迫られて来た。俺は前者を拡大して見るために、聖フランチェスコの伝記をとり、後者を拡大して見るために、スタンダールの著書をとって、かつ読みかつ考えた。両者ともに俺の中に響きを返すたくさんのものを持っていた。この対決は容易に決定しがたかった。俺は解決に到達する前にようやく疲れて来た。例によって松林と砂丘と海岸とを歩き回りながら、俺の心はしばしば快い夢の中にのがれて現在の問題を避けようとした。俺のドン・フアンは畑に麦を刈る百姓の娘の、日に焼けた、健康らしい、無智なる顔の中に、通りすがりの享楽を発見して、現在の問題から這い出ようとした。俺は何よりもまず俺の心の張りの弱さが憎かった。俺は散乱せんとする心を強いて結束して同じ問題を考え続けた。

去月の二十八日——（それから今日までにもう十日を経た。俺の叙述がここに到達するまでに当時の心持もかなり色褪せてしまった。心の感動をそのままに文字に表わそうとする者にとっては、表現のために特別の努力と時間とを要することは、時としてはなはだはかない約束に見える。もし心の感動が、形の影を伴うように、自然な、直接な、反射的な、時間を要せぬ方法で文章となってくれたら。）——去月の二十八日、俺は松林を通って、砂丘を越えて、海岸に出た。俺の心にはようやく一応の解決ができた。その解決は要するに未解決のままに戦いを明日に延ばそうとする決心をしたにすぎない。しかし俺はこの解決によって従来「神を求める者」に与えて来た王位をいっそう確かにすることができた。俺の中におけるドン・フアンにいっそうはっきりした使命を指定することができた。そうして明日の戦いに備える元気と快活とをいくぶんなりとも増進することができた。俺は恥ずべく、嗤《わら》うべき奴だけれども、まだ救済の見込みがないほどに堕落していないことだけは確かだった。――この一応の解決に到達しただけでも、俺の心はずいぶん嬉しかった。ちょうど空が晴れて富士山が洗い出されたようにはるかなる海岸線の上に浮き出している日であった。午前の海は紺青の色をなして、大きく、静かにうねっていた。他には誰も見る人がいなかったから、俺はこの嬉しさをもらすために、打ち寄せる波と追いかけたり追いかけられたりして戯れながら、富士山を前にして、砂の上を躍り歩いた。他人の見る前で躍ることのできない性分の自分にとっては、三太郎の躍る格好は定めて珍妙だったろうねなどといって冷やかす友人がいなかったのは幸いだった。俺は明日からまた職業に帰る力を与えられたのだと思った。俺は明日からまた俺の心から愛憐を感じている家族のために働く力を与えられたのだと思った。そうして俺はこの小康の嬉しさに砂の上を躍り歩いた。

今夜俺は十日余りの月を仰ぎながら砂丘の上に立った。遠くに波の音がして、蛙の声が降るように聞こえて来る。俺はさびしさに涙ぐんだ。俺はもう俺のドン・ファンを告白してしまったのだ。俺は俺の親愛する友達に対するにも時としてドン・ファンの衝動を感ぜずにいられないことを告白してしまったのだ。俺はもうあらゆる異性の友達を失ってもこれを恨むだけの資格がない。そうして決して恨むことをすまい。それよりしかたがない。それがいいのだ。孤独なる寂しさの中に神を求めるのが俺のこれからの仕事だ。俺はその神のまだ遠いことを思った。俺は俺の当然失わなければならぬあらゆる異性の友達のことを思った。そうして俺は静かな、朗らかな、しかしさびしい心持に涙ぐんだ。

（大正三年六月五日）

六　愛と憎と

1

俺はまことに久しい間、俺よりも偉大な者に対して心ひそかなる圧迫を感じ、俺よりも小さな者に対して腹の底に軽蔑を感ずる心持から脱却することができなかった。これは偉大な者と親しむ所以《ゆえん》でもなく、小さい者を慈《いつくし》む所以でもないために、俺は常にこの心持について不安を感ぜずにはいられなかった。この不安は俺の心に、すべての存在と愛において一つになりたいという要求を刺傷した。俺は久しい間この落ちつかない態度から脱却する途《みち》を求めて来た。

俺はこの苦しみによって、すべての人を「被造物」の点から、また「人間」[1]の点から見ることを学んだ。「被造物」の点から見れば、偉大な者も小さい者も、苦しみ、悩み、限られた者として同一の運命を担っていた。「人間」の点から見れば、偉大な者も、小さい者も、それぞれに内面に植えられた要求をもって、器に応じてこれを実現して行く長途の旅においては共通であった。俺はここに、偉大な者を尊敬し、小さい者を扶助して行く包容の視点を与えられていることを感じた。俺は峠を一つ越したような気がして嬉しかった。そうして内心に行われたこの変化は、偉大を衒《てら》う者に対する特別な憎悪と、小さい者に対する特別な同情となって現われた。

しかしここにもまた新しい誘惑は潜んでいた。俺は小さい者の無知と、無邪気と、誠実とに同情するの余り、小さい者をその小さいままに、弱い者をその弱いままに、卑しい者をその卑しいままに許容する傾向におちいらんとしていた。そうしてその奥には、自分の小ささと弱さと卑しさとをそのままに看過する惰弱の心を挟んでいないとはいえなかった。誘惑は狡猾に勝利の後をねらっている。今俺はこの誘惑を征服する新しい戦いを戦わなければならない。

人生の意義は人間が人間を超越するところにある。人間が真正に人間になるにはその人間性を征服してしまわなければならない。この点において俺はキリストの弟子であり、カントの弟子であり、またニーチェの弟子である。すべての人をこの長い大きい悲壮な戦いに駆り出すことを外にして、真正な愛はあるわけがない。自己を愛する最真の途もまた自己の惰弱を鞭《むちう》ってこの戦いにおもむかせる点に窮極しなければならない。甘やかさせたり、増長させたりするのは哲学的な愛の正反対である。俺はようやくこの点を忘れかけていた。

もとより弱い者はいたわらなければならない、自分の弱さに悩む者は他人の弱さにも思いやりがなければならない。しかしこの憐憫と同情とに溺れて真正の愛を忘れる者は、要するに自他をそこなう者である。いたわりながら、同情しながら、涙をわかちながらしかも結局は小さい自己の一毫をも磨き落させずには措《お》かないところに、すべての人類に対する哲学的な愛があるのである。憐憫と同情との名によって、兎《う》の毛ほどの卑しさでも仮借するのは俺の恥辱である。俺の「愛」の恥辱である。

人を愛する心は人を嘲るに堪える心でなければならない。自己を愛する心は自己を嘲るに堪える心でなければならない。単に自己だけについていってみても、自嘲は強者のことである。自己憐憫は弱者のことである。もとより弱く生まれついた者には自己憐憫の心がないわけに行かない。しかし自己憐憫から自己嘲笑に、自己嘲笑から自己超越に磨き上げるのが——カントの言葉を用いれば

――彼の「義務[1]」である。そこに彼の真正な生活がある。

2

新しい意味において憎しみと嘲りと怒りとの自由をとりかえしたい。俺の心は今、これらのものの禁止によって多少の窒息を感じている。ああ、新しい意味において憎悪と嘲笑と憤怒との自由をとりかえしたい。

俺は今ある者を愛している。この愛する者のゆえに、ある他の者を憎んでいる。俺の憎むのは、愛するがゆえに、愛する者を、憎むのではなくて、自分の愛する者を愛護せんがために、ある他の者を憎むのである。憎む者を憎むがために憎むのである。俺の憎悪には愛の根底がないから、愛せんとする俺の要求はこの憎悪を禁止せずにはいられない。

もとより愛せんとする要求を撤回すれば、憎悪と嘲笑と憤怒との自由を恢復するくらいは実に何でもないことである。しかしかくすることによって、俺は俺の古い人格に復帰する。自分のことを棚に上げて他人を軽蔑したり嘲笑したりすることを自慢にしている張三李四の立脚地に堕落する。俺の要求するのはそんなに廉価な自由ではないのである。愛によって浄化されたものでなければ憤怒も嘲笑も憎悪も正しくない。俺はあくまでもこの立脚地を固執する。この立脚地を固執した上で、憎悪と嘲笑と憤怒とを浄化したいのである。新しい自由によって、朗らかに、安んじて、憎んだり、嘲ったり、怒ったり、軽蔑したりしたいのである。俺は今、憎みながら怒りながら、自分の憎しみと怒りとについて不安を感ぜずにはいられない。俺の生活がこの曇りを脱却しえないのは、誰の罪でもなくて、ただいっさいを浄化する力のない自分の愛の欠乏の罪である。

俺は自分の家族の前に怒りと嘲りとを発表すべき相応の自由を感じている。彼らの前に自由にこれらの心を表現することができるのは、根底において愛と理解とがあることを信じているからである。ことに俺の自分自身に対して享受している嘲笑憤怒軽蔑憎悪の自由はほとんど完全をきわめている。それほどまでに俺は自らを愛しているのである。しかし俺は他人に対してはほとんどこれらの自由を享受していない。他人に対する俺の愛はそれほどまでに薄弱をきわめているのである。

自分を愛するほど完全に他人を愛するようになりたい。自由に、朗らかに、愛をもって、すべての人を嘲ったり、憎んだり、怒ったりしてやることができるようになりたい。

3

人類を愛するために、現在の俺に許された最主要なる道は、俺自身の生活を活きて、俺から生まれた思想を彼らに送ることである。しかし俺にはなおこの外に、一々の人について、一々の生活について、細かにこまやかな愛を送らなければならぬ一群の人がある。俺は子で、夫で、親で、弟で、兄で、朋友であるからである。

俺の愛の欠乏はこれらの一群の人が最もよくこれを知っている。俺は彼らの聞く前で愛を口にするのさえ恥ずかしい。俺は時として、彼らの衷心からの訴えを上の空で聞いていた。俺は時として、彼らの愛の表現をうるさいというような心持で受け取った。すべての人に対するにその人自身に同化した立場をとろうと思う心がけは、幾度も幾度も裏切られた。あるときには誠実なる人の愚かなる話を聞きながら、腹の底で笑った。あるときには諄々《じゅんじゅん》として尽きざる話を耳にしながら、腹の底で退屈を感じた。本当に相手の心になって聞いていれば――本当に相手を愛していれば、笑ったり退屈を感じたりすることができないような場合にも、俺はなお腹の底で笑ったり退屈を感じたりせずにはいられなかった。もとより俺は自分の態度をたしなめた。そうして仮面ではなくて誠実な心で、まじめに他人の話を聞くように努力した。しかし嘲りや退屈や軽蔑が一瞬間俺の心をかすめて過ぎることはどうにもしようがなかった。もし俺を心の底から、何の蟠《わだかま》りもなく他人を包容する人だと思っている人があるならば、それはその人の誤りである。俺の愛には曇りと固まりとがある。もし俺が「いい人」ならば、それは俺の本質が「いい人」なのではなくて、俺の意志が「いい人」なのである。

俺の周囲にいて俺の愛を要求している人はきわめて少数である。しかし俺は俺の愛がこれらの一群にさえ行き渡り兼ねていることを感じている。俺はもはやこれ以上にこの群を大きくすることに堪えられそうにもない。俺は愛する者の群れを本当に心の底から愛することができるように、――そうして人類に対する更に大なる愛の努力を怠らないように、彼らから離れて住むことを考えなければならなかった。彼らと離れてから、彼らに対する俺の愛は、かつて彼らと雑居していた時よりも、次第に美しく磨かれ始めた。昨夜もまた俺は、松原の梢《こずえ》を見渡す砂丘の上に、月を仰いで一人立ちながら、しめやかな心をもって、愛する群れの上にはるかに愛の思いを送った。

4

光る者は自ら照さなければならない。しかし愛する心は必ずしもただちに愛の実行となっては現われない。持つことは必ずしもただちに与えることになっては現われない。愛を実現するためには努力が必要である。光を与えるためには意志が必要である。この点において自然の光と精神の光とは相違するのである。もとより精神の光といえども、内に光があれば自ら外にもれるに違いない、光の存在それ自らが周囲を照らすことにもなるに違いない。しかしその光が十分に外を照らす力を実現するためには、照らそうとする意志が必要である。精神の世界にあっては、光ることと照らすことが全然同一だということはできない。

もっとも偉大なる光、充溢せる光にあっては、照らさんとする努力、与えんとする意志が、必然に、自然に、本能的に、あたかも自然の光が自ら照らすと同じような意味で押し出して来るに違いない。しかしかすかな光、またたける光、逡巡せる光にあっては、光らんか照らさんかが意味のあるディレンマとして問題となる。ある光はその努力を更に大きく光る方に向けなければならない。ある光はその努力を広く遠く照らす方に向けなければならない。今俺は——このかすかにまたたける光は、このディレンマに突きあたっていることを感じている。

しかしこのディレンマの解決はまことにあっけないほど軽易である。もし俺が俺の衷《うち》にあるだけの光を尽くして照らそうとしたところで、俺によって照らされたものは現在の俺以上に光るわけに行かない。しかるにこの俺が何だろう。この空虚な、弱小な、迷いのみ多い俺が何だろう。もとより俺の周囲をめぐるものは漆《うるし》のような闇だから、ある特殊の点については、ある一、二の点については、俺もまた照らすことを心がける必要がないとはいわれない。しかし全体を貫く態度の問題として見れば、現在の俺には、光ろうか照らそうかという問題をディレンマとして採用している資格さえないのである。大きく光ること、貪婪《どんらん》に光ることが、いうまでもなく、俺の専念なる努力の目標でなければならない。

俺は俺自身の悩みを悩み、俺自身の運命を開拓する。この悩みとこの努力とは俺を一歩ずつ人生の深みに導き、人生に対する俺の態度を徐々として精鋭にするに違いない。俺はこの悩みと努力とによって、人生の底に動くある「力」を見、ある「力」を体得する。俺はこの悩みと努力とによって、人生の底に動く深い力を次第に鮮明に確実に、全人格的に捕捉する。この力を捕捉するとは俺の衷に輝く光を次第に大きく、ますます大きく掲げ出すことである。かくのごとくして俺の衷に輝き始める光は、俺と類似した悩みを悩み、俺と類似した運命を享受している者を照らすに足るものであるに違いない。ゆえに俺が俺自身の内面的必然性に従って活きることは、ただちに人類に対する俺の愛を準備し蓄積することにもなるのである。

そうして俺は俺の悩みと努力との経験を表現することによって、ただちに俺の経験を人類の財産とする。俺の悩みが小さければ、俺の悩みを表現したものは、人類の微小なる財産である。俺の悩みが大きくなれば、俺の悩みを表現したものは、人類のやや大なる財産となる。とにかくに俺は表現の道によって、俺の生活を尽くしてこれを人類に寄付するのである。人類を愛するために、現在の俺に許された唯一の道は実にこれである。

俺の生活は小さくて浅い。沈黙の中に、はるかに深くはるかに大きい人生を経験している人が幾人もあることを思えば、俺は俺自身のことを表現するのが恥ずかしくてたまらない。しかし自分があさましくてとても堪えきれなくなるまでは、俺は自己表現の努力を捨てることをすまい。それは俺一己のためではなくて俺の愛のためである。

5

「俺の愛せんとする意志が、それほどまでに君を束縛したり、君の生活に曇りを与えたり、君の生活を苦しくしたりするならば、君はなぜそれを捨ててしまわないのだ。それを捨てれば、君の渇望している自由も、清朗も、爽涼も、即座に君の手にはいって来るじゃないか」。
「それは僕の理想だからだ。もっと俗耳に入りやすい言葉を用いれば、僕の人格に根ざしている力強い要求だからだ。すべての存在と一つにとけた生活がしたいからだ。ただ、一度愛した味がとても忘れられないからだと答えることができないのが悲しい」。

（大正三年六月七日）

七　意義を明らかにす

1

俺はしばしば理想という言葉を使った。今の時勢では理想という言葉は、黴《かび》が生えて、尿に汚された言葉である。しかしもし流行の言葉がお望みならば、要求といい換えても俺のいおうとする内容はちっとも変わらない。理想は人間の本質から遊離して空にかかっている幻を意味するのではない。理想の究竟の根拠が人間の本質にあることはいうまでもないことである。理想が「なければならない」のは、人間の本質が「ならずにはいられない」からである。

人間の精神がある方向に運動しようとして、しかもその運動の傾向が精神自身に明らかに意識されていないものを「衝動」と呼ぶとする。衝動が衝動自身の意識と結合して「要求」となるのは自然の成長である。更に現在の意識に作用して、精神の中にある「状態」を喚び出そうとする力を「要求」と呼ぶとする。その要求が人格全体の内容――最も広い意味の人生観――と連絡を求め、またその欲求する「状態」の表象を明らかにして「理想」となるのは、これもまた自然の成長である。衝動から理想に発展する経過にはなんらのギャップをも認めることができない。理想を排斥して衝動を過重するのは心理的の意味における初級主義《エレメンタリズム》にすぎない。この意味においての無人格主義にすぎない。

繰り返して念を押そう。理想とは自己の人格に根ざす力強い要求を意味するのである。

2

俺はしばしば生活の連続《コンティニュイティ》を求めると言う言葉を使った。ある人はこれに対して、それは求めるまでもなくすべての生活に連続《コンティニュイティ》のないものはないと答えるかもしれない。もとより「一国の選良」[1]と考えたすぐその次の瞬間に、「ああ小便が出る」と感じたところで、この二つの観念の間には、肉体及び脳髄の組織上、相踵《あいつ》いで起こるべき充足理由があるに違いない。しかし俺がこんな意味の連続を求めているのではないことはいうまでもないことである。俺の求めているのは一貫せる意志の連続である。思想と思想との緊密なる連続である。ひきくるめていえば生活内容の連続である。俺の周囲にヴィジョンの連続のない芸術や、思想の連続のない論文や、無意味な飛躍に満ちた生活が多い以上は、俺の要求は決して無意味ではないと思う。

「一国の選良」という観念と、「ああ小便が出る」という観念との間に内容上の連続があるかどうかは、名誉ある代議士諸君にきいて見なければわからない。

3

俺はしばしば否定ということをいった。俺の否定というのは主として歴史的の観念である。内面的歴史――思想、人格、生命の発展――上の観念である。ゆえに否定される「対象」についていえば、それは前に一度否定されて、後に再び肯定されてもちっとも関《かま》わない。そうして前の否定も後の肯定も共に真実である。

第一に生命の一部が吾人の注意の――人格的生活の――焦点に立っていたとする。第二に生命の全体が吾人の注意の――人格的生活の――焦点に立たなければならぬとする。第一の時代から第二の時代に移るためには、注意の――人格的生活の――焦点が生命の一局部から生命の全体に転じなければならぬ。換言すれば一局部が否定されて全体が肯定されなければならぬ。しかる後、一度否定された一局部が、新たに肯定された全体の光に照らされて、新たなる肯定を獲得することはきわめて自然なことである。この意味においてすべての部分は一度否定されなければ、究竟の意味において肯定されることができない。

聖フランチェスコは神を求める熱望に駆られて、かつて愛した自然を厭離した。そうして一度神に到達した後、幾層の深さをもって一度捨てた自然を熱愛した。

4

敵手を否定せんとせぬ戦いは戯談《じょうだん》である。
敵手の態度を否定せぬ怒りは洒落《しゃれ》である。
いっさいの存在を肯定する者にとって、
戦いは戯談である。怒りは洒落である。
いっさいの否定を否定する者は、
また戦いと怒りとを去勢する。

5

すべての経験は与えられたる刺激《しげき》と、刺激を受け取る精神との交渉によって産まれる。平凡な者の経験においては刺激を受け取る精神よりも与えられたる刺激の意味が重い。顕著な個性を持つ者の経験においては、与えられたる刺激よりも、刺激を受け取る精神の意味が重い。顕著な個性を持つ者の世界は、特別な意味において彼自身の創造である。そこにゴッホの芸術があった。そこにショーペンハウアーの哲学があった。

もし直接外来の刺激から離れるに従って、芸術は生活の根を失い、思想は空虚になって行くものならば、ゴッホの芸術は無根底である。ショーペンハウアーの哲学は虚偽である。そうして理想的芸術は写真で、理想的の思想家は新聞記者と――某男爵のような実業家でなければならない。

もし又、直接外来の刺激をあのような線と色とのリズムに化成したゴッホの芸術が深く生活に根ざしているものならば、直接感覚の経験をあのような「世界」に創造しあげたショーペンハウアーの哲学もまた深く生活に根ざしているものでなければならない。直接外来の印象を緑と色とのリズムの方面に深く掘って行くか、思想観念の方に深く掘って行くかは、刺激を受け取る精神の個性によることである。この方向の相異をもって、両者の世界の深浅、空実を区別せんとするは理由のない独断である。

個性と創造とを説く者が、そうしてゴッホの芸術を賛美する者が、思索的個性と思索的創造との意義を理解することができないのは不思議である。思索的個性と思索的創造力とを持つものは、その特性の濃厚となるにつれて、ますます遠く直接外来の刺激から離れるに違いない。そうして現実論者には思いもつかないような観念と図式と記号との世界に沈潜するに違いない。カントは、日常茶飯の世界からあの複雑なる批評哲学を構成しなければ、その「生活の根に」徹することができなかった。そこにカントの個性と創造と「天才」とがあった。実際カントの哲学のように痛切に実生活に根ざした思想がいくばくあろう。小賢《こざか》しい現実論者の思想などはその傍に持って行くさえ恐ろしい冒瀆である。

「生活の根」は新聞の雑報にばかりあるのではない。手帳のはしに書いた詩にばかりあるのではない。少し複雑な思索を見れば、それは思索のための思索だ、実生活を遊離した思想だという最後屁を放って風を臨んで逃げ出すものは卑怯である。

6

弱い者を愛するとは、強い者を貶黜《へんちゅつ》するために、弱い者の価値を実際以上に誇張していい触らすことではない。強い者、大きい者を小さくするために、故意に、世間の眼の前に、その敵を持ち上げることではない。反感を根拠とする価値転倒は何よりもまず価値転倒者その人の人格を低くする。

俺は衒《てら》う者、偽る者、驕慢な者に対して憤激する。しかし俺は偉い者、大きい者、強い者、その他あらゆる価値ある者に対して反感を持つことを恥辱とする。反感の基礎は要するに嫉妬にあるからである。昔から今まで優《すぐ》れた者のために陥穽《かんせい》を置いたさまざまの陰謀は卑怯な者の心に宿る反感と嫉妬とから産まれたものであった。反感を感ずることはこれらの陰謀者と精神上の同類となることだと思うと実に恐ろしい。

俺もまた時に他人に対して反感をいだいて、この反感のゆえに自分自身を軽蔑する。俺は世間の人のように、「彼は反感をいだかせる」というような恐ろしい言葉を、平気になって口にする気にはなれない。

反感を軽蔑する点において、俺は特にニーチェの弟子である。

7

俺は一つの問題を考えるときには、そのとき俺の頭にあるいっさいの記憶を遠慮せずに思索の材料に使用する。そうしてその中から最も適当な表現の手段を選択して自分の思想に形を与える。従って俺の文章の背後には常に俺の読書の全量がある。俺は俺自身の思想として消化した以外のことはいわないつもりだから、自分のいうことの一一を誰彼の説と比較したり参照したりする必要を感じない。自分の読んだ書物を装飾として使用するなどは、最も俺に遠い誘惑である。

しかし俺は特別な意味で、俺は甲または乙の思想を導いてくれた人や、甲または乙の思想の主張者として特別に俺の頭に映じている人の名は、その時気がつくかぎりは黙って通る気にはなれない。俺が他人の名を引用するは感謝または尊敬のためである。これもまたペダンティックというものだろうか。俺と同じような心持で他人の名を引用する人は外に余りないのだろうか。

8

俺は本を読みながら、自分の要求にピタリとあてはまらない憾《うらみ》を感ずることが多い。俺は本を読みながら、自分の問題の焦点に触れて貰えない歯痒《はがゆ》さにイライラする。そうしてついに読書の生活を軽蔑してしまう。

しかし純粋に、単独に、自分の問題に深入りしようとすると、いくばくもなく、俺の思想は散漫になり、統御を失い、連絡を失って、ついに行衛不明になってしまうことが多い。そうして俺は新しく読書の恩恵に感謝する。

ベルグソン[1]のような人が読書を重んじないと仮定しても、それは何の不思議でもない。すべての独創的の人は、その独創が熟して来ると共に「学生」としての読書の生活を離れた。しかし単独の思索をわずか十日内外さえ続ける力のないものが読書を軽蔑するなどは生意気である。この意味の独立ができないものはいつまで経っても学生にすぎない。卒業の見込みが立たないのは心細いが、とにかく学生は学生として、覚悟を固める必要がある。俺は今俺のなすべきことはまじめなしっかりしたスタディであることを感ずる。俺は身のほどを自覚した、謙虚な心がけをもって、改めて大家の思想と生涯とを研究しよう。ここに、俺のように平凡に生まれついた者の仕事がある。

今日以後、俺には読書の生活を軽蔑する資格がない。

（大正三年六月八日）

八　郊外の晩春

三太郎は友人の雑誌記者に原稿を送る約束をした。彼の書こうと思うことはすでに頭の中で形をとっていた。しかし、いよいよ筆を執る段になって、持病のように週期的に俺を襲って来るennui[1]が彼の内から、三月の末の重苦しい、頭を押しつけるような曇天が彼の外から彼を悩ました。彼の書こうと思うことは締切り後一週間になっても、彼がこの思想を産むに際して経験したような内面的節奏を帯びて再生してくれなかった。それで彼は苦しまぎれに、古い日記を取り出してこれを読み返した。そうして、その中から他人に見せても大して差しつかえのなさそうなところを原稿紙の上に写して、これをその友人に送ることにしようと決心した。ここに抄出する部分は去年の春の日記の最も抽象的な一部分である。その当時彼はある[2]大都会の南の郊外の、海に近い森の中に住んでいたのである。

1

山吹が咲いてからかなりになる。川を隔てた向こうの廃園にはもう躑躅《つつじ》が咲き出した。

自然の推移と、その生命のニュアンスに対して俺はいかに鈍い感覚を持っていることだろう。俺は四月と五月との生命の差別さえろくに知らずに、「晩春」という大ざっぱな総称の下にこれを経験して来た。

一年の間微細な注意をもって自然と共に生きて見たい。自然の生命の推移をしみじみと味わい占めて見たい。

2

夕暮の散歩。

産科病院の傍から、醜い、きたない犬が二匹出て来た。そのあとから四人の妊婦が醜い姿をして、苦しそうにしながら散歩している。黄昏《たそがれ》の中を、恥ずかしげもなく笑い合いながら散歩している。

俺はまた女が憎くなった。

3

俺は死そのものよりも、死後の肉体のことをよけい気にしている。

死骸を他人にいじられるのもいやだ。焼かれて油がジトジトにじみ出る有様を想像するのもたまらない。埋められて、体が次第に腐って、蛆《うじ》が湧いて行く有様を思うのもたまらない。肉体は牢獄だという感じが、直接の事実として深く俺の心に喰い入っている。

死と共に、肉体が蒸気のように発散してくれたらどんなに安心だろう。

4

経験の再現——芸術の製作——を試みる際に、われらはもう一度その経験を心の脈搏に感ずる。われらはそれを書きながら、もう一度泣いたり、笑ったり、怒ったりすることができる。しかしその涙と笑いと怒りとが人を顚倒させるときに芸術はなくなるのである。芸術家はその経験を再現する際に、いかに興奮しても強調しても構わない。しかし顚倒することだけは許されない。それは全体の通観を妨げるからである。芸術家の心には、いかなる動乱の再現に際しても、根底にRuhe(1)がなければならない。

5

芸術はわれらの経験を弱めて再現するにすぎないかも知れない。しかし経験の全体を与えるものは——全体を対象とした感情の経験を与えるものは芸術の外にはない。われらは人生または事件の全体観を持ち、全体を心からerleben(2)するためには、芸術を俟《ま》たなければならない。もしくは自ら芸術家となって、その経験を心の中に再現しなければならない。

6

芸術家の心の中で部分が全体となるときに——芸術家の心の中に一つの世界ができ上るときに、芸術家はその表現の要求が始めて完全に満たされることを感ずる。従ってその芸術品は客観的にも(翫賞《がんしょう》する者にも)また芸術品としての意義を有する。換言すれば、翫賞者は芸術家の世界に同化することができる。芸術家の内に湧く内部的必然の遂行が、ただちに芸術品の社会的伝達の作用を全くすることは、人生の驚くべき神秘の一である。

7

われわれは茶飲話をして笑っている。この時われわれは人生を経験しているのである。経験の内容は人生に相違ないのである。

俺は障子をあけて梅若葉の梢に雀の鳴いているのを見る。このとき俺は宇宙を経験しているのである。経験の内容は宇宙に相違ないのである。

しかし普通の人は茶飲話をしながら、人生全体、人生そのものを経験してはいない。梅若葉の梢にさえずる雀を見ながら、宇宙全体、宇宙そのものを経験してはいない。これらのものはSymbol[1]として意識に上がってこないからである。

全体を経験するには——全体を味わうには、まず全体の意識を持たなければならない。人生そのものと人生の一内容と、宇宙そのものと宇宙の一内容とは全然感情上（直接経験上）の意義を異にする。人生そのものは、人生の個々内容及びその総和とは殊別[2]なる経験の対象である。人生および宇宙の大流転の中にありながら、人生そのもの、宇宙そのものを経験せずに終わる人が多い。これを経験させるのは、宗教、哲学および芸術である。そうして宗教および哲学はこの全体的経験を描写再現することによってそのままに芸術となる。描写し再現するとはひっきょう感覚的方便によって精神的感動を伝えることに外ならないからである。

哲学は経験の概括総合をなすのみならず、また新しき経験の対象を提供する。この意味において実の実なるものを対象とし、実の実なるものを創造するのである。斬新にして高貴なる芸術の材料を提供するのである。

その世界観や人生観に現わるる世界の観念、人生の観念を対象として、深い恍惚か歓喜か絶望か憂愁かを経験することを知らざる者は、その世界観や人生観がその人にとってさえ実ならぬことを証明する。そのかぎりにおいてその哲学は虚偽である。

真生の哲学は深い世界感情《ヴェルトゲフュール》か、深い人生感情《レーベンスゲフュール》を経験させずにはおかないはずである。

(以上四項更につきつめた elaboration(1) を要す)

8

……俺はこんな（以上四項）ことを思いながら「新しい路」を通った。

「新しい路」とはT(2)の家を訪うために、最近に発見した路に名づけた名である。柴《し》折戸《おりど》を出て畑を向こうに越すと、垣根の外に沿うて細い道がある。俺は久しい間、この細道がどこに通じているかを知らなかった。この月の始め、俺は知らない道を歩く興味に促されてこの道を通った。高い木で暗くされている径《みち》を曲ると、山吹の咲いている川添いに出た。その川添いには白桃の花が咲き、名を知らぬ灌木が芽を出していた。その道は一度これと直角をなす並木路と交叉してまた畑の中を通る。畑には麦が青く延びてところどころに菜の花の畑が交っていた。左手には杉林に交る高い森があって、その梢には若い緑の芽が柔らかに霞んでいた。径は二度、やや広い――電車通りに出るために田舎《いなか》娘の多く通る――道と交わって、ただちにまた麦と菜種との畑にはいった。それからもう一度直角をなす道と交わって、ダラダラと田圃の間に下りた。田の畔の小川には板橋があって女の児が尻まで着物をまくって泥鰌《どじょう》をさがしていた。それから径はまた少し上って今まで通り馴れたOへの道に出ることができた……。

9

俺は先ばかり急いでいる。

頭の中で叙述するのは創造するのだから飽きないけれども、頭の中でできた叙述を筆にするのは熱がさめたようでつまらない。一句が一度に筆の先へ押しよせて来るからろくそっぽペンを紙になすらずに先の方へ進んでしまう。それだから「あります」と書こうと思って「あます」と書いてしまうのである。

俺は一つの仕事をしながら、その仕事ができ上がった先のことばかり考えている。だから××ができたら、何を読もう何を考えようなどと先から先へ空想するのみで××はちっとも進まない。

10

俺の熱は容易に高くならない。そうして一度出た熱はいつまでもひっかかっていてさめてしまわない。

俺は忘れることのできない男だ。過去を許すことのできない男だ。だから俺はいつも苦しんでばかりいる。

俺はよっぽどばかだ。

11

午前のことである。俺は『死[1]の勝利』を持って外に出た。そうしてこれを読みながら広い庭をあちらこちらした。

俺は『死の勝利』(1)を読みながら、過去に経験したいろいろの心持を思い出した。そうして珍しくcontemplative な心持になった。

俺は時々読みさしたところに指をはさんで手にさげながら、緑に溢れている自然を見た。緑の作る深い影ほど俺の心を静かな興奮に導くものは少ない。俺は梅若葉の梢を通して向こうの躑躅園《つつじえん》を見ながら、俺の contemplation の快く汗ばむことを覚えた。

俺は微笑した。そうしてこの微笑の顔はきっといいに違いないと思った。それで、これを鏡に映して見たくなったけれども、この一節を読んでしまってからと思ってしばらく眼を本に移した。叙述は水死の小児のことに移った。俺は前のような心持になれなかった。俺は俺の表情がまた堕落していることを意識していた。

一節を読みおえて、部屋に帰って、鏡の前に立ったら、俺の顔には妙な影があって、ちっとも朗らかになっていなかった。俺は惜しいことをしたと思った――鏡に向かって自分の顔を検査するような欲望を嗤《わら》う気にもならずに。

12

悲しみがその対象となる表象から離れて、一般的の気分にとけてしまったとき、悲しみの気分は一雨あった後の土のようにシットリと快く俺の思索と研究との背景を形づくってくれる。俺は雨あがりの土を踏むような心よさをもって、思索と研究との歩みを運んで行く。

昨日の朝はそれができそうな気分であった。しかし今朝になったら土が乾いてもう埃が飛ぶ。俺は興ざめた心持で机の前に坐っている。

13

昨夜の雨がやんで、雨戸をあけると朝日が庭に影を作っている。今日は春の大掃除だ。始めるまでは畳をあげるのが億劫《おっくう》であった。しかし少しやりだしたら大掃除が面白いような気がしだした。それで少し頭痛がするのをこらえて、すっかり畳をあげることにした。体を動かすのが愉快であった。手拭を頭にかぶるのも面白かった。畳をほして日にあてている間、聖フランチェスコの本を持って日の光の下でこれを読んだりなぞもした。

夜久しぶりで頭の仕事をした。美学史中世(1)の部のノートを拵《こしら》えたら頭がさわやかになったから、勢いに乗じてH先生(2)の「カントの宗教哲学」という論文を読んだら十一時になった。

久しぶりで体と頭を動かしたせいであろう。「さわやかな心持」がまた珍しくも帰ってきた。俺は嬉しくなった。新しい寝衣を着た上に掻巻《かいまき》を羽織って外に出た。月がさしている。木立が影を地上に投げている。蛙の声がしきりにきこえる。俺は嬉しくなった。

聖フランチェスコの伝説は、同感し得ず理解し得ぬ多少の斑点を含むにもかかわらず、しばしば俺の心を涙に誘った。カントの哲学にあるという Idealismus(3) の精神も俺の心の中に成長しつつあることを感ずる。

俺は月下の庭に立って、「熱の落ちる」ように迷いの落ちるときを思った。そうしてヴェールが裂かれた後のように新しい世界の開けて来ることを思った。新しい世界は俺に与えられるのだ。俺は心の底に「他力」と「奇跡」とを信じている。そうして幾多の迷いの後に、ついに召さるべき

「恩寵」の予定をも心ひそかに信じているようである。俺の心には希望がなくならない。

14

俺は魂と職業とを堪えがたいまでに争わせるのも痛快な経験だといった。俺がそう考えたのは本当である。しかし事実上、俺はあの問題に悩まされ通しで、この一月余職業に手をつけることができなかった。俺は inactivity(1) の中に苦しんで来た。

しかしこの重圧を早くおろすためにも、俺の置かれた運命を利用するためにも、俺は職業に骨を折らなければならぬ。

俺は今日、再び職業に堪える力を与えられたような気がする。俺は魂と職業との争いを本当に「痛快」と感ずるだけの積極的な心持をとりかえしたような気がする。働くのだ、働くのだ。ぐずぐずせずに働いて苦しみの汗を流すのだ。

15

他人の文章を読んで、俺には興味がないとか、共鳴を起こさないとかいえば、ただちにその文章の価値を判断し得たつもりでいる者がある。

しかし自らを啓発するために常に準備している魂でなければ――自らの中にいまだ知らぬ者を求むる苦悶と憧憬とを持っている魂でなければ、本当に他人の世界を理解して、これによって高められることができない。自分の現在に満足する者や、狭隘《きょうあい》なる自分の興味を標準としてこれと等しいものを他人の文章から拾い出そうとする者は、自分よりも高いもの深いものに対して「興味を感じ」

たり「共鳴し」たりすることができないのが当然である。

謙遜な心を持って高められることを望んでいる者は、すべての真実なものに対して「興味を感じ」、「共鳴を覚える」であろう。自らの小世界に満足して倨傲《きょごう》なるものは、要するに他人によって啓《ひら》かれることのできない無縁の衆生である。彼らによって興味を持たれず、共鳴を覚えられないということは、決してその文章の価値を現ずるものではない。

外物について現在の自分と等しいものをよりわけることと、自分を動かし高める力として外物の価値を測ることとは大いに趣を異にする。

16

すべての高いもの、深いもの、真実なものに興味を感じ、これと共鳴を覚えるように自分の魂を啓いて行きたい。自分に興味を与えず共鳴を起こさずという前に、それは対象の無価値なるためか、自分の心の硬《こわ》ばっているためかを反省して見たい。そうして真正に無価値なるものを拒斥するに大胆なると共に、多くの価値あるものの真価値に参し得ざる自分の未熟を愧《は》じたい。

17

×××の質問に答えて愛読書の名をあげて行く中に、俺は俺の心の底に流れているものは大なる(1)クラシックの血であることを悟った。俺はホメロスやソフォクレスやヨブ(2)やダビデやキリストや、パウロや、聖アウグスティヌスや聖フランチェスコや、ダンテやゲーテを精神上の祖先に持つことを愧《は》じない。

俺は中学にいて始めてバイブルを読んだときに、「キリスト涙を流し給えり」の句がどんなに俺を喜ばせたかを忘れることができない。

18

俺は謙遜によって神に行くタイプの人間だ。砕かれて始めて生きるタイプの人間だ。俺の行く途《みち》はキリスト教徒の行く道の外にはない。俺はこのティピカルな径路をとるように定められていることを悲しまない。

19

俺は興奮によって足が地から離れるような誘惑を感ずる。俺は興奮によって夜も眠りを成さぬほどに引きずられて行くことを感ずる。俺は夢の中でも興奮が継続している夜々を経験する。俺はゴッホが興奮を恐れた心持をやや理解することができるように思う。

しかしその興奮がなんだ。ばかはばかなるがゆえに興奮する。愚かなる刺客は大なる政治家以上に興奮する。俺は興奮を自慢にするばかと一つになってはいけない。俺はこの興奮によって偉大なる精神内容を創造したときに、始めて、この精神的内容のゆえに興奮を自慢しようと思う。

20

俺の創作はまず短い句で来る。この句が Thena[1] となる。書きながらこのテーマーが開展する。俺は開展の勢いに任せてテーマーから遠ざかりすぎることを感ずることがある。俺はまたテーマーに回顧して余りに放恣なる展開をおさえる。

三太郎はここまで書き写した。そうして手が疲れたのと、夜が更《ふ》けたのとでやめた。そうして内容に連鎖がないことと、楽屋落《がくやお》ちになっていることとを読者に気の毒がりながら、郵便に出すために帯封をした。

（大正三年三月二十六日）

九　蝦と蟹

1

自己以外のものに生命を認めることは俺の生活を苦しくする。

昨日、松の樹の下蔭に出かかっている菌を踏んだら、紅味を潮《さ》した白い色の、汁気の多い、弾力のあるその肌が、俺に生命の印象を与えた。俺の心はこの生命を蹂躙《じゅうりん》したという意識によって苦しめられた。——俺のしたことの残酷なことと、生きたものを苦しめるときに感ずるような手答えのある快さと。

今朝、伊勢蝦《いせえび》の生きたのを買って、肴屋《さかなや》から四つに切って貰った。そうしてこれを醤油と砂糖との沸騰せる汁の中に投じた。四つの片がピクピクと動いた。きりとられた足の附け根が、手のない人がその腕だけを動かすように動いた。二つにきりさかれた頭のそれぞれの端に在って、二つの眼が、蟹《かに》が怒ったときのように眼窩《がんか》から飛び出していた。俺は眼をそむけて、すぐに鍋の蓋をした。

昼にかますを焼く。あの澄んだ眼が焼けるに従って牡蠣《かき》のように白くなって行くのが悲しい。少し開いてややつき出した下唇の奥に、何か血のような紅いものが見えた。俺はこれまで牛鍋をつつきながら、あの赤い肉を見てたまらないような気がしたことはあった。しかし魚類はそんなには思わなかった。しかるに俺はここに来て、その全《まる》い形のままで料理される魚類を特にたまらないと思う。ことにたまらないのはあの頭とあの眼とである。

新しい鮪《まぐろ》のさし身の、食べてしまった後の皿に残る、あの牡丹色《ぼたんいろ》の血はどうだ。

大きい蟻が追っても追っても畳の上に上って来る。俺は蟻が人をさすように思う。特に夜寝てから床の中に這い込まれてはたまらないと思う。Kちゃんにきいたら、蟻は殺すといくらか上って来ることが少なくなりますといった。俺は苦い、緊張した心持になりながら、精一杯残酷な気になって蟻を殺してしまう。負傷せる蟻の——怜悧にして敏捷なる蟻の——あのもがきようはどうだ。俺は、あんなに追ってやるのにしようのない奴だ、殺しても殺してもしようのないやつだ、と一人言をいいながら、箒《ほうき》をとって、死んだり負傷したりしている蟻の黒い身を掃き出してしまう。そうして、真剣になって蟻の幽霊が出て来はしまいかと思う。蟻が畳の上に上って来ることがやまないので、蟻との戦争は特に苦しい。

それでも俺はなお、うまいから蝦と魳《かます》とを食うのである。（今日の魳は特にうまかった）。うるさいからなお蟻を殺すのである。

（六、一〇）

2

昨日散歩の帰りに、やや大きい蟹が電車にひかれて、半分軌道の内側に残っているのを見た。

[1]Kには田にも畑にも砂山にも蟹が多い。小さいのは蟻ぐらいの滑稽なものから、大きいのは拇指《おやゆび》の長さくらいの幅の甲羅《こうら》を持っているものまでいろいろある。色は白茶けたものもあれば、甲羅が黒くて鋏《はさみ》の赤いのもある。後者は逞《たく》しそうでいい心持だけれども、前者は影が薄くて、生きているうちからはかなげである。

蟹の生命は弱いものらしい。家の傍の用水溜《だめ》の中にはいつでも死んだ蟹のいないことがない。畑の畦《あぜ》でも田の畔《くろ》でも俺は毎日のように蟹の死骸を見ないことがない。そうして蟹の死骸は生きたまじっとしているように水溜まりなどの底に沈んでいることもあるけれども、たいていは甲羅と鋏《はさみ》と諸足とがばらばらになっている。白茶けた蟹の死んだのは、さらされたようで、見すぼらしく、哀れに、みじめであるが、黒と赤とでいろどられたやや大きい蟹が、手足ところを異にして死んでいるのを見ると、なまなましくて、刺激の強さはまた格別である。

俺は今蟹の死骸に苦しめられている。俺は蟹の死骸に逢うごとに、なまみの無常を感じて額を曇らせずにはいられない。谷中に墓地を見て暮らしていたときはこんな気がすることがかえって少なかった。俺は人間の墓を見るよりも蟹の死骸を見る方が心が痛い。一つは死の記号で、一つは死そのものの姿だからであろう。

（七、一四）

3

害虫の駆除とは何ぞ。材木を蝕《むしく》うがために白蟻を焼くとは何ぞ。自己を養うために動物又は植物を食うとは何ぞ。盗賊とは何ぞ。殖産興業とは何ぞ。家屋とは、邸宅とは、財産とは、需要とは、供給とは何ぞ。

ああこの底止するところなきEntweder-Oder[1]を何としよう。

4

愛するとは自分の生活を捨てて他人のためにのみすることか。

自分の生活を豊かにして、その饗宴を他人にわかつことか。

愛するとは全然自己の権利を抛棄することか。
愛する者はその施与に資すべき自己の貯蓄を保護するの権利を有するか。
およそ権利とは何ぞ。
（七、二）

今朝、味噌汁の身にするわかめを水に浸けるために、伏せて置いた洗い桶をあけたら、中に蟹がはいっていた。俺が洗い桶を手に持って立っているので、蟹は逃げ路に困ってしばらくまごまごしていたが、ついに一飛び飛んで水落しの中に隠れてしまった。

横這《よこば》いの蟹でもやはり飛ぶことがあると見える。俺は蟹の飛ぶのが自分自身のことのように嬉しかった。
（九、五）

十　A(1)に

先月の中ごろ、僕の往復葉書の返事が出ている新聞を社の方から送ってくれたので、一緒に載っている君の『三太郎の日記』の評の第三回を読んだ。そうして君の態度が冷ややかで君のいうことが僕を正解していないような気がして不平だったから、ただちに君に宛てその不平を訴える葉書を書いた。しかし母屋へ行って古い時事を探《さが》して貰って、その第一回を読んだら、君の親切と好意がきわめて明らかになったので、僕は君に対して不平を感じたことを自ら恥じて、その葉書を破いて焼いてしまった。しかし本当に理解されていないと思う寂しさはどうしても除くことができなかった。先日（旅行に出かける前）S君から君の批評の切抜き全部を送って貰って通読したときには、僕は君と差向いになって少し戯談《じようだん》交りにまじめな話をしているときのような気持になって、少しいい心持にさえなった。しかしそれにもかかわらず正当に理解されていないと思う寂しさはやはり僕の心の底に固着していて離れなかった。君と僕との間では、少しの蟠《わだかま》りでも裹《つつ》んで忍ぶよりは、打ち開けて訴え合う方がいいことだと思うから、僕は——もう不平とはいわない——この寂しさを君に書いて送ろうという気になった。それで旅行から帰って、やや心持の静かになった今日になって、君に宛てた公開状を書き始めるのである。

僕は近来、大胆な勇猛な、懐疑の心持などは影さえ差さない、しかし不幸にして藪睨《やぶにら》みな批評家によって、幾度かまるで見当の違った批評を聞かされた。彼らのある者に従えば、僕は単に修辞家にすぎなかった。彼らのある者に従えば、僕は生活と切り離された頭の遊戯に耽っている論理の化物であった。彼らのある者に従えば僕は情意の作用を全然無視している思想の乾物であった。僕はこれらの批評家が僕の文章のどこを読んでいるのかを訝《いぶか》った。そうしてかくのごとき無理解を公言して憚《はばか》らぬ彼らの頭の、蜂の巣のように穴だらけなことをあわれみ、彼らの人格の疎漫で無責任なことを憎んだ。しかも同時に、歯牙にかくるにも足らざる輩《やから》に対して本気になって不愉快を感ずる僕自身を嗤《わら》わずにはいられなかった。そうして、僕はひっくるめて、これらの無理解の中に生きているのが寂しかった。今、君の批評をこれらの批評家の批評とくらべれば、僕はどれだけ君に感謝していいかわからない。君の理解は徹底していないまでも、決して見当が違ってはいない。君の僕に対する態度は友達らしい親切と好意とに溢れている。君が僕の中に誠実と情熱とを認めてくれたのは特に嬉しいことであった。僕は僕の平生を熟知している君の証言を得て、僕を才気と論理との化物のように心得ている世間の誤解から救われたような気がした。僕はいかに君から正当に理解されていないことを寂しく思うにしても——いうまでもないことだが、決して君を世間の批評家並みに見ているのではない。僕は君から理解されていない点を述べながらも、心の底には君に対する感謝の念を失わないつもりだ。僕はまずこのことを明瞭に君にいって置きたい。

僕が君の批評に対していくぶんなりとも不満を感ずるのは、決して君の褒めようが足りないからではない。僕はある点については、君から身分不相応に褒められていることを感じている。君は僕の才気を、僕の理解力を、僕の思索力を僕の自信以上に認めてくれた。僕は君がもっと褒めようを差し控えてくれたところで決して不足をいおうとは思わない。また、僕が君の批評に不満を感ずるのは、決して君が僕の欠点をあげているからでもない。たとえば「……持前の勝気に駆られて乗り出しすぎるようなところがある。この点において著者の勝気の十分に発揮せられたプロテスト風の文章が今のところ著者の文章として最も隙のない者のように思われることは自分のむしろ著者のために悲しむところである。また、「願わくはカーライルと比較せられたことを光栄として、君の技巧にいっそう無意識的な偉大を蔵するように志して貰いたい」という言葉も――君が僕の技巧としてあげた四つの例の中で三つは単純な写生で一つは気まぐれの洒落《しやれ》だから、実例としてはいずれも承認することができないけれども――僕が確かに「光栄」として受納するところである。僕の不足に感ずるのは、決してこれらの点に在るのではない。

僕が君の批評について不足を感ずる点は、僕が自分の友達に対して――特にも君に対して、最も要求している点について、僕の期待が裏切られたからである。僕は友達から自分の長所を認められることを（もとより軽蔑されてはたまらないが、いやしくも軽蔑に至らぬかぎりは）そんなに大切なこととは思わない。僕の要求するのは、何よりもまず僕の欠点を根底から認識してくれることである。自分の欠点に悩み、欠点と戦い、欠点そのものの中に人格的価値を創造しようとしている僕を、あわれみ、愛し、もしくは尊敬してくれることである。他人に同情を求めることは僕の性癖として極端に嫌いなことであるが、すべての乞食らしい、婦女子らしい、感情家《センチメンタリスト》らしい臭味を擯《しりぞ》けて、友達から自分の欠点にミットライデン(1)して貰いたいとは思わないわけに行かない。僕は自分の友達の中でも、君は特に僕の欠点にミットライデンしてくれることができる人だと思っていた。しかるに僕は君の批評を読んで、君が存外僕の欠点を浅く見て、存外平気で――思いやりの少ないガサツな手で、僕の欠点を取り扱っているのを発見して寂しかった。この寂しさは、全然理解のない、むしろ悪意を含んでいる者に取り巻かれていると思う寂しさとはもとより意味が違うけれども、君のように親切と好意とを持ってくれて、君と僕とのように要求と思想と（人格とはいわない）が接近していながら、なお人と人との間にはこれほどの罅隙《ギャップ》があるかと思えば、いまさらながら新たなる寂しさを感ぜずにはいられないのである。そうしてこの寂しさは前のものよりも、どれほど深酷で、心細いか知れないような気がする。この寂しさをいくぶんなりとも少なくするために、僕は君の前に、できるだけ正直な心で、少しく自分の自己を語りたいと思う。

（一）、僕は君が僕の文章並びに人格を評して、「余りにぼろを出すまいとし、隙を見せまいとして」いるといった言葉について不満がある。そうして僕をこう解釈することが世間でほとんど定論となりかけているらしいから、僕はなおさらこのことについて沈黙したくない。いったいぼろを出すまいとし、隙を見せまいとするとは、世間の前に自分の利益もしくは名誉を防御して、これを危険にさらすことを恐れるということでなければならない。しかし僕の楽に動けない性質をこのように外面的に解釈してしまうのは、僕の性格の内奥にある dialektische[1] Natur を全然理解してくれないものである。僕の心の中には常に主《テーゼ》と客《アンチテーゼ》とがある。一つの声がそうだというともう一つの声がそうじゃあるまいという。この二つの声のいうところに詳しく耳を傾けて一々の理由をおしつめて行かなければ、僕は曲りなりにも「確かさ」の感じに到達することができない。そうして僕はこの感じなしに言動することができるほど無責任な人格ではないのである。僕が思想においては進行が遅く、実行においては活動が鈍いのは、主として僕のこの性質に基づいている。もし僕の言行にぼろが少ないならば、それはぼろを出すまいとするからではなくて、ぼろを出せないからである。もし僕の文章に隙が少ないならば、それは他人に突っ込まれるのが口惜しさに、始めから逃げ路を用意しておくからではなくて、いやしくも隙が自分の眼につくかぎりは自ら安んずることができないからである。しかしその実、僕の文章は決してぼろや隙の少ない文章ではない。少し時を経てから見れば僕の文章は僕自身の眼にさえかなりぼろだらけ隙だらけである。もし僕が他の人たちのように、更にはなはだしくぼろだらけ隙だらけなことをいうならば、それは単に僕の誤謬にとどまらずして、また僕の人格の不誠実に基づくものでなければならない。実際僕は不誠実にならなければ、今日以上に「放胆」な文章を書くことができない。もとより僕は自分の弁証的な性質《ディアレクティシエ・ナトゥーア》を苦しいと思う。しかし同時に僕はこれあればこそ世間並みに上すべりして通ることから救われているのだとも思う。そうして要するに僕はこの性質を恥ずかしいとも悪いとも思うことができない。僕の楽に動けない性質を単に打算から、もしくは勝気から来る臆病から解釈してしまうのはいささか僕を見そこなったものである。僕は、少なくともこの点については、世俗の解釈よりも、もっと内面的なもっとノーブルな品性を持っていると自信する。僕は君からまで世俗並みにしか見て貰えないのが寂しい。

　もっともこの点においては君と僕とはだいぶ頭の性質を異にしている。君が素直にまっすぐに深入りすることができるところに、僕は右に突きあたり左に突きあたりしなければはいって行くことができない。もとより僕はこうしなければ深入りすることができないのだから、無条件に君の行き方がよくて僕の往き方が悪いのだとはいってしまいたくないけれども、ともかく二人の行き方にこれだけの相違があることは争われない。従って君が僕の弁証的性質を理解してくれないのは無理もないことのようにも思う。ただ僕の不満を感ずるのは、君が理解しないものを理解したつもりになって、なんらの懐疑的色彩もなく、断言的に、楽に、浅く、僕の性質を片付けていることである。いったい事物（特に他人）を根本的に理解するのは決して容易なことではない。君は決してこのことを知らない人ではないけれども、君のような行き方の人は、往々自分と異なった存在に対してはこの認識の困難を忘却して、存外手軽に拵《こしら》え上げた想定に存外絶対的な信憑《しんぴょう》を置きやすいように思う。このことを再考して貰いたい。

（二）、君が僕の自己沈潜の味を純粋でないといったことについてもいろいろ詳しく考えて貰いたいことがある。この非難は僕にとってはかなり重要な非難であるが、不幸にして君の非難の内容はかなり曖昧である。君が難ずるのは僕が自己沈潜の経験を他人に聞かせるように語っている点にあるのか、僕の自己沈潜そのものが「人交ぜ」[1]をしている点にあるのか。前の意味ならば、三太郎の日記の大部分は最初から他人に見せる目的で書いたものであった。それは「三太郎の日記」で「次郎の日記」ではなかった。だから自己沈潜の経験を語るに際して僕の意識が「人交ぜ」をするようになるのはやむをえない。君のいわゆる「周囲に対して敏感な性質」が混入するようになるのはやむをえない。しかしそれは語らるる内容としての自己沈潜が始めから人交ぜをしていたという証拠にはならないと思う。三太郎の日記の中には、外に純粋に「内生活醱酵の一節に結語」[2]を置くつもりで書いた少数の文章（「山上の思索」、「生存の疑惑」等）があるが、これらの文章もなお眼に立つほど「人交ぜ」をしているだろうか。なお人間並みの意味で純粋を欠いているだろうか。もし君の非難が僕の自己沈潜そのものの経験にまでも及ぶならば、僕は即座に君の言葉を承服することができない。もとより僕の自己沈潜の力はまだまだ欠乏をきわめている。僕は決して今日の程度で満足していようとは思わない。もし僕がトルストイやゲーテなどの傍に生きているならば僕は自分の沈潜の力の足りなさを恥じても恥じても足りないと思うに違いない。しかし僕は不幸にして、見渡すかぎり自己沈潜のまるでできそうもない連中の中に住んでいる。僕は自分の沈潜の力を、純粋の点においても、深さの点においても、彼らの前に謙遜しようとは思わない。僕はただトルストイやゲーテの前に自ら遜《へりくだ》るのみである。

思うにこの点において君の目を暗《くら》ましたものもまた僕の弁証的性質ではなかったろうか。僕の心の中では純粋に他人離れのした生活においてもなお、主《テーゼ》と客《アンチテーゼ》とが相対してかなり才走った会話を交換している。君はまるで人声がしないはずのところに話し声がすると思ったかも知れない。その話し声の中には時として笑い声が交っているのを聞いたかも知れない。そうして僕の自己沈潜には人交ぜをしていると思ったかも知れない。しかし僕の「一人いる事《アインザームカイト》」は常に「二人いる事《ツヴァイザームカイト》」だから、第三者――僕の場合こそ本当に第三者である――を交えぬ場合にもなお僕の世界には話し声が絶えないのである。僕の世界に話し声が聞こえる事実は僕の自己沈潜が人交ぜをしているという証拠にはならない。もっとも僕の中にいる主《テーゼ》と客《アンチテーゼ》の会話はかなり才ばしっているから、まだまだしんみりした味が足りない。ゆえにしんみりしていないというだけならば僕も全然同感である。ただこのしんみりしていないという事実を僕の自己沈潜そのものの不純にまで漫然として拡張されるのが不満なのである。僕は君の考え方の浅くて楽すぎる欠点がここにも現われていはしないかを疑う。

（三）、君が僕を「通《つう》がりの田舎者《いなかもの》」のようだといった言葉も僕には意外だった。僕は従来ずいぶん自分をいろいろな悪者に見立てて考えたことがあるけれどもいまだかつて自ら「通がり」だと思ったことはなかった。僕は僕がペダンティクだという世評を君の批評と併《あわ》せて考えた。ペダンティクだというのはたぶん「通がりの学者」ぐらいの意味であろう。僕は田舎者ではあるが学者ではない。この点においては君の評があたっていて世評が間違っている。しかし、僕の自覚に従えば、僕を「通がり」だという点に至っては君も世間も共に間違っている。「通がり」ということは他人の欠点としてはゆるすことができるが、僕自身の欠点としてはとうてい許すことのできないいやな性質である。勝気な僕は君から「通がり」といわれたことを口惜しいと思う。

僕は自分の良心にかけていう、僕にはもの知りを誇りとする気はもうとうない。もの知りを誇りとするには僕の抱負は余りに高すぎる。しかし僕にも知らぬを恥とする心はある。そうして僕は知らなければならぬ僅少のことまでも知らない。僕は知らなければならぬことを知らぬ恥ずかしさに、また口惜しさに、知識の補充をハンドブックや百科全書にまでも求めている。だから、僕の示唆を仰ぎ、僕の考察または解釈または講述に使用する知識には不自然な落ちつかないところがあるには違いない。しかし自ら「通がり」となることの嫌いな僕は真に鼠賊が贓品を使用するときのような忸怩《じくじ》の情をもって、事情の許すかぎり控え目にこれを使用するのみである。もとより読者に問題が充溢している場合には、ハンドブックといえども決して吾人を啓発する力のないものではない。いやしくも真正に自分を啓発するものならば、僕はハンドブックから来る示唆といえどもなおこれを尊重している。しかしその他の点については、僕は淑良なる婦女子のように知っていることまで知らない顔をするほど謙遜でこそないけれども、ハンドブックその他から得た半可通の知識を誇説して、「通がり」を振り回すための厭味《いやみ》や洒落《しゃれ》をいったことは決してないつもりである。貧に迫って泥棒をする者は見え坊だろうか。無知を恥じて知識の補充をハンドブックその他に仰ぐ者は、そうしてその使用を神経過敏に消極的の一面に限ろうとしている者は「通がり」だろうか。僕は僕に僕の大嫌いな形容詞を与えた君と世間とを見返すために、もっともっと本を読んで大通になってやろうと思う。

(四)、「厭味」といい「下品」という言葉もまた僕にとってはきわめてショッキングな言葉である。

既往はとにかく、現在においては、他人に対しても自分に対しても僕はこのショッキングな言葉を軽易に使用することを好まない。僕の生活はこの点において病を持っているために、自らの手でも他人の手でもとにかく僕はこの点に触れられると飛び上がるのである。しかしそれにもかかわらず、むしろそのゆえに、僕は唇を嚙んで君のこの点に関する非難を黙聴していなければならない。僕の人格も文章も、確かに「厭味」で「下品」に相違ないからである。僕は君の言葉が真実である廉《かど》をもって、君の批評に不平をいうことはできない。僕の不平を感ずるのは、君が僕の「厭味」と「下品」とを軽易に取り扱って、しかもこれらの欠点が僕の人格に作用している積極的意義を認めてくれないからである。

　君のいうところによれば僕の厭味と下品とは僕の「才気」から生まれて、僕の「聡明」によって駆逐されることができるほどの手軽なものらしく見える。しかし僕の下品や厭味は決してそんなに表面的なところに根をおろしているのではないのである。もとより僕は善悪、美醜、高下を(1)甄別《けんべつ》して心から善と美と高とを愛する意味においては人間並みにノーブルな品性を持っていると信じている。自ら善と美と高とについて悪と醜と卑とを離れんとする意味においてまた人間並みにノーブルな意志を持っていると信じている。これらの点においても下品だという非難があるならば、僕はその非難を承服することができない。しかし僕にはまた高きに翔《かけ》らんとする心を裏切るかなり旺盛な(2)ジンリヒ・エローティシュの興味がある。そうして僕の心が高きに行こうとすればするほどこの二つのものの矛盾が——従ってまたジンリヒ・エローティシュの興味そのものがますます目立って来るのはやむをえない。僕の下品の最後の根拠は、僕の人格内における動物性の跳梁《ちょうりょう》と、自由に「高貴」にこの跳梁を肯定することを得ざる僕の理想との矛盾に在る。この矛盾は僕の生活に無理と、なまなましさと、高いものそのものの中に潜む卑しさとを拵えているのである。また僕には人生と自己との欠陥と矛盾とを見る相応に鋭い眼とこの欠陥と矛盾とを憤激もしくは苦笑をもって否定せんとする相応に潑剌たる倫理感とがある。従って僕の言動には他人を刺傷する圭角が多いに違いない。しかし僕はただちにこのことを僕の厭味として承認することを肯《がえ》んじない。このことをもってただちに僕の厭味とする者は刺激を受けたる瞬間の痛さにその刺激を与うる者を怨恨することをのみ知って、一応は不快なる印象の中から振り返って真理を探し出すほどのノーブルなる品性を欠いた、執拗野卑なる賤民である。しかし僕には確かに僕の圭角を包んでこれを浄化する愛と温情とが足りないに違いない。この大事なものが足りないために、僕の針には毒を含み、僕の笑いと憎しみとにはノーブルな品性を持った人をもなお不快にするような厭味がこもっているに違いない。僕の厭味の最後の根拠は実に愛せんとする意志と愛するを得ざる本質との矛盾にある。愛の欠乏と動物性の跳梁と――この二つこそ僕の厭味と下品との奥深き根なのである。僕はこの二つのことを外にして僕の下品と厭味とを承認することを肯んじない。そうしてこの二つのことは共に僕の「聡明」をもっては如何ともするを得ざる人格の病いである。

もし君が僕の下品と厭味との根をここまで追及して理解してくれたならば、おそらくはここに君自身と共通なあるものを認めたろうと思う。もとより君の中には僕のように矛盾した混雑した動物性の跳梁がないには違いない。君の眼と心とは僕のように苦味にみちていないにもまた違いない。しかし霊性と動物性との矛盾が混在するかぎり、愛せんとする意志と愛するを得ざる本質とが相剋するかぎり、すべての人はそれぞれの性格に応じてさまざまに姿を変えた下品と厭味とを持っていると思う。僕は君自身もまたこの点について苦悩を感じている人だと思っていた。(これは君を僕と同様な悪者に引きおろそうとするのではない。人間に共通な矛盾の一面から君をも見ようとするのである。そうしてこの矛盾を自覚している人として君に特別の敬意を表しようとするのである）。従って僕は君から、僕の才気の上に軽く浮かぶ、僕自身に特有な欠点として僕の人格の爛《ただ》れに何げない手を触れられようとは思っていなかった。僕は君が君自身の内面生活において苦のない人でないことは熟知している。しかし君には他人の苦を理解する点において時にガサツな（自分自身の興に乗った）浅い率直に任せすぎるところはないか。認識者としての生活のみならずまた道徳の生活においても、きわめて軽い、きわめて無邪気な意味においてパリサイ人[1]らしく無神経なところがないか。反省の余地があるならば反省して貰いたいと思う。

　最後に、自分の下品と厭味とに対する自覚は僕の生活に張りを与えている。そうして休息を許さない。詳しくいえば疲労を恢復するための小康をば与えるが、小成に安んずる意味の休息をば許さない。概括していえば僕の欠点は常に僕を向上に駆り、僕の悪魔は常に僕を神に駆っているのである。しかし君はこの点を認めてくれなかった。ただ僕の「聡明」をもってなおこれらの欠点を脱却しきっていないのは「苦々しい」と思ってくれただけであった。そうして君がこの意味において同情と理解とに乏しい例は他にもう一つある。君は著者は無意識の偉大や砕けたる心や自己沈潜を説く人だが、「しかし」著者の文章には（したがってコンテクスト[2]から推せばその人格生活には）いまだこれらのものの味が出ていないといった。君の文章の論理的関係はかなりルーズだと思うが、君の文章の直接の意味からいえば、僕は君から説くこととあることとの矛盾を責められているような気がしないわけに行かない。しかし僕は無意識の偉大や砕かれたる心や自己沈潜を自分自身の十分領得している境地として説いた覚えはない。ことに砕かれたる心と自己沈潜の心とは僕がせつに待望しながらもいまだ到達し得ざる境地として、三太郎の日記の中で幾度か悲嘆の情をもらしたところである。いまだ到達し得ざる境地を胸に描いてこれに向かって進撃しようとするのが三太郎の日記のテーマである。従って僕の生活にも文章にも、無意識の偉大や砕かれたる心や自己沈潜の味が十分に出ていないのは矛盾ではなくて当然である。そうして僕はこれらの境地に到達することによって滋味の深い、垢抜けのした生活と文体とを獲得することができていない代わりに、これらの境地を待望することによってどれほど君のいわゆる「緊張」を得ているか、どれほど人生と自己とを見る眼にゆとりを得、どれほど自分の高慢をおさえ浮動を警《いまし》め得ているか知れないと思う。もとより出ていないものを認めた点において君の観察は大体正鵠《せいこく》を得ている。しかし君は出ていないことの当然な所以《ゆえん》も、それにもかかわらずこれらの待望が僕の生活を高揚させている所以も、共に認識《エアケネン》してくれなかった。君は僕の長所を一方に数え、僕の短所を一方に数える、しかし僕の存在の根底から、僕の長所と短所とを併せて理解することをばしてくれなかった。君にはまだ僕がバラバラな人間としか見えていないように思う。従って褒められても非難されても僕の「人」は寂しい。

僕は君が「痴人とその二つの影」[1]を解釈したあの見方で、僕の欠点と長所とのいっさいを理解して貰いたかった。著者の原質《ズブスタンツ》は下品で、嫌味で、恐ろしく意識的で、かなり高慢で、ずいぶん浮気である。しかし著者はこの原質に甘んぜずに、自己超越の要求をいだいている。ゆえにその原質の征服ができていないかぎり、著者の人格も文章も下品で嫌味で意識的で高慢で浮気である。しかし自己と他人との矮小《わいしょう》と野卑とに堪えざる点においては著者の意志も品性も文章もノーブルである。そうして著者の生活と文章とは苦しいがために緊張している——僕はできるならばこういって貰いたかった。そうしてできるならばロダン[2]のケンタウロイに似たこの苦痛に、できるだけデリケートな手を触れて貰いたかった。

当面の問題について言いたいと思ったことの中、重要なものはほぼこれで述べ尽くした。その他一般に、友情、理解、孤独、批評等のことについて言いたいことがずいぶんたくさんあるけれども——本当に言いたいのはむしろこちらにあるのだけれども、すでに余り長くなりすぎているから今度はいったん筆を擱《お》こう。これらのことはまた重ねていう機会があることと思う。

（大正三年八月十三日）

十一　砕かれざる心

彼はこの数か月の間、ほとんど他人を愚かだと思う心と、自らを正しいと思う心との中に生きて来た。他人を愚かだと思うことも自らを正しいと思うことも、彼にとっては要するにうるさい、下らない心持にすぎなかった。しかし彼はうるさい、下らないと思いながらも、なおこの心持の煩《わずら》いから脱却することができなかった。しかしこの煩いは又彼をある新しい覚悟と要求との前に連れて行った。今、彼は過去数か月間の生活を回顧して、ここにも脱がなければならぬ皮があったのだと思った。

彼はこの数か月の間、他人の生活と思想とを審判することを職業とする批評家という一団の人の問題となるべき、特殊の事情の下に立っていた。彼は元来自分に関する評判をあさって読む方の性質ではなかった。しかしまた自分の眼に触れるものまでも読まずに素通りのできるほど超越した性質でもなかった。あるものは彼が見付けて読んだ。あるものは友人が持って来て彼に読ませた。そうして彼はそれを読めば、批評家のいう意味を自分自身の自覚に照らして判断せずにはいられなかった。彼は批評家の批評を心の中に批評し返した。そうしてたいていの批評が間違っていることを発見した。無邪気な態度をもってする者に対しては、彼はただこの人は間違っていると思った。お粗末な内容を述べるに、高慢な、気取った、自ら高くする態度をもってする者に対しては、何だ下らないと思った。敵意もしくは悪意をもってする者に対しては、下らない奴だなあとさえ思った。

かくのごとくにして彼は多くの批評家を心の中に軽蔑した。軽蔑せずにはいられなかった。

彼はまたその人自身の思想としては尊敬すべきものを持っていそうに見えながら、他人の批評をさせると、まるで心理的哲学的の洞察を欠いためちゃくちゃなことをいっている人があることを見た。そうしてその人がその人自身の思想をばまるで発展させずに、最も柄にない他人の批評を書き散らしているのを見て惜しいような気がした。彼の意見に従えば、たいていの人がその人自身の思想や感情を述べたものは、誠実でさえあれば常に多少の価値があった。しかし他人の内生に貫徹する能力を根本条件とする批評においては、特別なタレントのある人でなければこれを書く資格がないのであった。彼の周囲には批評家のタレントを持っている人がはなはだ少なかった。そうして批評家のタレントの少ない者ほど平気で批評を書いているのであった。彼は自分も昔はこれらの批評家の仲間であったことを思った。彼はキリスト教にいわゆる審判《さばき》にも似た恐ろしいことを、平気で、面白半分に、時としてはいい気になってやって来た自分を深く恥じた。現在の彼は、「わが審判はただし、そはわが意《むね》を行うことを求めず、我を遣《つかわ》しし父の意《むね》を行うことを求むればなり」というほどの自信がなければ批評ということはできないと思っているのである。

彼は元来貴族的な性癖を持っている男であった。従って彼自身をも彼の周囲をも、器の大小、才幹の多少によって評価する傾向が深かった。この傾向は久しく彼を苦しめた。彼は近来になって少しくこの見方から脱却することができたような気がしていた。すべての人間を同胞として見ることを学び知ったような気がしていた。そうして実際、彼は彼の周囲にいる無邪気な、謙遜な人たちに対しては彼自身のプライドをほとんど除外して交わって行けるようになっていた。しかし彼を取り巻く批評家たちに対しては、彼はこの態度をもって対することができなかった。彼は彼の批評家がちょうど彼が忌避しようとするその点に中心を置いて彼を批評していることを感じた。しかも彼らが自分よりも大きい者、高い者の立場に身を置いて彼を批評していることを感じた。従って彼は大小高下の点において彼らと自分とを比較して見る衝動を感ぜずにはいられなかった。そうして彼らが彼よりも小さく、低く、お粗末なことを発見せずにはいられなかった。彼は彼らを痛快にこきおろしてやりたいという欲望を感じた。「自ら高くせんとする者を卑しく」してやることについて意地の悪い喜びを感じた。かくのごとくにして彼は彼に関する批評を読むごとに自分のプライドの緊張を感じた。しかもまたこのプライドの緊張をうるさい、下らない、ばかばかしいと感じて、自ら賤しむ心持を経験せずにはいられなかった。そうして彼は結局批評家というものはうるさい動物だと思った。彼は自分もこのうるさい動物であったことを——おそらくは特別にうるさい動物であったことを思って、再び自ら恥じた。

彼は批評家の存在の理由を考えて見た。批評家は作家のためにのみ存在するのではない。彼はすべての現象を理解するように、作家という一つの現象をも根本的に理解するために、理知的学術的の要求から批評を書くこともできる。彼はまたある作家を社会に推薦し、ある作家を社会から排斥するために——社会生活上の動機から批評を書くこともできる。従って作家その人をいささかも内面的に啓発する力のない批評といえども、他の方面から見て多少の効益があれば、なお全然無意味とはいい得ないはずである。彼はこう考えて見た。そうして作家が自分にとって有益であるかないかの一点からのみ批評の価値を量るのは間違っていると思った。しかし作家が自分の要求に従って批評に対する去就を決するのは彼の自由であった。彼を啓発する批評を尊重して、彼を啓発する力のない批評を無視するのは彼の自由であった。

彼は（三太郎は）今自分自身の立場から自分に加えられた批評を回顧して見た。彼らに従えば、彼はあるいは論理は細かだが生活に根拠のないことをいう嘘つきであった。あるいは脱《ぬ》け殻《がら》で早老者であった。あるいはお殿様《とのさま》で厭味で下品であった。彼はこれらの批評を省みて少数のものはあたっていて、多数のものはあたっていないと思った。そうしてあたっていてもあたっていなくても要するに彼にとってはどうすることもできないことだと思った。彼は三太郎として生まれて来たものであった。彼が三太郎として生まれて来たことは彼の意志ではどうすることもできない事実であった。彼はただ自分の持って生まれて来たものを発展させ、浄化させるポシビリティーを持っているのみであった。彼は発展の欲望浄化の欲望が内から盛んに燃え立つことを願っていた。これらの欲望と努力とが外から誘掖され助勢されることを願っていた。しかし彼の持って生まれたものを並べて見せようとしたにすぎざるこれらの characterization(1) は彼にとって何のたしにもならぬものであった。これらの鑑定はただ自分がそれを意識していない場合にのみ、警告として役立つはずであった。しかし不幸にして彼について言われたこれらの批評は、あたっているかぎりにおいては彼の意識して自ら苦しんでいるところであった。彼の意識していなかったかぎりにおいてはあたっていないことであった。彼はこれらの批評に感謝すべき所以を知らなかった。当面の問題に対して的確な、明細な批判を下す能力のないものこそ、他人の人格を丸のみにしたような、大づかみな、見識ぶった批評をしたがるものだ、と彼は思った。

彼はまた彼自身が自分に加えたとほとんど同じ言葉で彼を是非する批評を見た。この批評にはもとより異議のありようがなかった。同時にこの批評によっては啓発のされようもまたなかった。

彼自身以上に彼を知っている洞察の鋭い人に出逢わぬかぎり、彼が何人であるかについての批評は彼にとってすべて無用であった。彼はただ彼の現在の思想内容、現在の行き方、現在の生き方の可否に関する細かな批評を聞きたいのであった。これらの点に関する批評は、あたっている者でもあたっていない者でも、彼は尊敬と感謝とをもって喜んで読んだ。しかし彼は不幸にしてこの方面に関しては余り批評して貰えなかった。多くの批評は彼をばかだと言った、もしくは感心だと言った。しかしばかがばかとして現在どんな行き方をしているか、その行き方はどこまでが身分相応で、どこからが間違っているか、それをはっきり言ってくれる人はほとんどなかった。ある人はただ自分の立場はそうじゃないと言った。しかし彼の立場とこの立場とが交叉する点まで掘り下げて行って、その点から彼の（三太郎の）誤謬を証明してくれるのではないから、その批評をきいても、彼はやはりまるっきり前と同じ方針に従って進んで行くよりしようがなかった。

　この数か月の間、彼が批評家たちによって学び知ったことはこんなことであった。そうしてその結論は、現在の社会において、自分の思想上の生活ははなはだ孤独だということであった。孤独が孤独なだけならば、それはやむをえざることであった。孤独を孤独のままにそっとして置いて貰うことはむしろ彼の最も愛好するところであった。しかし彼はかなり多数の批評家の態度に彼の孤独を攪乱せんとする意志を読んだ。彼らの態度は彼の心を孤独にするのみならずまた彼を苦々しくした。そうして彼は彼らによって苦々しくされる自分自身の心について苦々しさを感じた。

　彼は彼らの態度に好意と親切とを認めることはとてもできなかった。彼を友人らしく取り扱って、彼と共に真理を(1)砥礪《しれい》しようとする誠意はとても認めることができなかった。彼はまず第一に何だと思う反抗の感情に刺激《しげき》された。それから振り返ってこの感情をおさえながら、始めてこれらの言説の真理内容を検査することができるのであった。しからば彼らは自分に対して憤慨しているのだろうか、自分は憤慨に値いするほどの不都合な人間だろうか。彼はまたこうも反省して見た。彼は自分の人格がいささかも憤慨に値いしないほど卑しいところも汚いところもない人格だといえないことを悲しいと思った。しかし彼の思想を導くものが真と高とを愛するノーブルな意志であることも、彼の思想が彼の誠実な精進の努力の所産であることも疑いがなかった。そうして憤慨に値いするのは誤謬ではなくて邪悪な意志だから、自分は少なくとも思想上の生活においては憤慨に値いするほど不都合な人間ではないと信じた。もし彼自身の態度に挑発的なところがあるとすればそれは彼のプライドと自信とだけでなければならない。彼は自分の自信を当然と思って、自分のプライドを悲しいと思った。しかし他人のプライドによって挑発されるようなものは、憤慨というような公明な名に値いしない反感と嫉妬とにすぎないと思わずにもまたいられなかった。彼は自分の周囲を見回して幾つかの反感と嫉妬とを発見したような気がした。そうして何だと思った。彼はまた最も無邪気な意味における競争心と、面白半分の調戯《からかい》との幾つかを見るような気がした。そうしていささか見下した意味において彼らを愛する心持を覚えた。

かくのごとくにして、彼はここにもプライドの緊張を感じた。同時にこのプライドの緊張を苦々しいと思った。

彼は時々これらの批評に対して戦いたいと思った。しかし第一に、彼らの態度に好意と親切とがないのだから彼と彼らとの間には非常な迂路をとらなければ理解の途《みち》がないと思った。その迂路をとっているには彼の生活が余りに忙しかった。彼は時々俺の愛が俺の敵に及ぶその少し前に、俺は彼らとの間に理解の途を発見する努力をまじめにする気になるのだろう、と自らいった。第二に、彼自身にも愛をもって彼らと応酬しうる自信がなかった。彼は相手に対する愛かもしくは人類のためにする公憤かに促されなければある個人とものを言い合うことをしたくないと思っていた。愛をもってするには彼の人格の力が足りなかった。公憤を発するには事件があまりケチにすぎた。第三に、彼は彼の文章の内容を永遠に値いすることのみをもってみたしたいという野心を持っていた。そうして彼の批評家と往復問答することは永遠に値いしていそうにもないことであった。

七月の十五日、彼はその日記にこんなことを書いた——

「黙殺する権利を許されなければノンセンスを語るに妙を得たる批評家の多い世界には生きて行かれない。公表した言説に社会的責任の付随して来ることはもちろんであるが、それは一々のいいがかりに正直らしく答弁していることによってのみ果たされるのではない。自分の思想を深くし、明らかにして、それ自身において徹底した表現を与えることが、要するに言説の社会的責任を果たす唯一の道である。

ばかないいがかりを黙殺せよ。これがばかと共に住む世に生きて、自分の生活を本質的に発展させるための最良の知恵である。

俺の弱点を正当に衝《つ》いた批評に対しては、敬意を表して黙聴（自省）の態度をとる。あまりに下らない見当違いの批評に対しては軽蔑の意味において黙殺の態度をとる。誠実な意志で半分本当な半分嘘なことを書いた批評や、余りに重大な点において俺を傷つけるような批評は、黙殺することができない場合がある。俺は時として正当防御のために、注釈し、または戦闘する必要に逢着する。いっさいのあやまった批評を黙殺することができるようになりたい。すべての誤解に対して不死身になりたい。誤解によって傷つけられるような急所のない身になりたい」。

前の意味において彼に返答を強いた批評はたった一つあった。後の意味においては、彼は幸いにして沈黙を破らずにすんだ。彼はこれらのものを黙殺もしくは顧眄[1]してすぎた。しかし彼はこれらのものを黙殺することができても腹の底から無視することはできなかった。彼は彼の腹のどこかがこれらの言葉によってチクチク螫《さ》されることを感じた。そうして自分の小さい執拗と拘泥とを悪《にく》んだ。

こんな心持をしながら彼は批評家のまん中に立っていた。批評家の妄評は彼を畏縮させずに彼を膨張させた。彼を反省させずにかえって彼を高慢にした。彼は自分が知らず識らずの間に、内面の生活から表皮の生活に引きずり出されて行くことを感じた。しかるに彼はすべての生活は——社会的の生活も職業的の生活も——自己の内面において把握され味到されることによって始めて自己のものとなることを信じているものであった。内化せられざる遭逢はすべて徹底した意味において経験と称することができないことを信じているものであった。従って彼にとって生活の第一義は、この統覚し内化し味識する人格の修練でなければならないのであった。すべて外部の経験は一度ここに帰って来て、また改めてここから発射して行かなければならないのであった。沈潜の道を離れることは、彼にとっては人格の死に等しいことであった。そうして彼は今、批評家に拘泥するこころの中に、彼の人格の死を意味する誘惑の影を見た。二つのことを同時にすることができない彼にとって、他人を愚かだと思うことは、少なくともその瞬間において、彼自身の愚かなことを忘れることであった。自己を正しいと思うことは、少なくともその瞬間において、自己の正しくないことを忘れることであった。他人を愚かだと思うこと多ければ多いほど、自分を愚かだと思う意識が閑却されて行った。自己を正しいと思うことが多ければ多いほど、自己を正しからずと思う意識が閑却されて行った。彼は自分の注意の焦点が――生活の中心点が――愚かな、正しからぬ自己から、愚かな、正しからぬ他人の方へ移動して行くことを覚えた。しかし彼にとって重要な問題は、他人が愚かなことではなくて、自己が愚かなことであった。他人が正しくないことではなくて、自己が正しくないことであった。群小の間にあってやや大なることを喜ぶことではなくて、絶対の前にひとり立って自己の真相を正視することであった。彼はただそこにのみ彼自身の真正な生活と発展とがあることを知っていた。ただそこにのみ愚かな、正しからぬ他人を導くべき唯一の道があることを知っていた。甘んじて他人を導くには、彼自身が余りに小さかった。しかも批評家に対して怒りを含むことは、単に彼自身を益せざるのみならず、批評家そのものを益することでもまたないのであった。彼は無用の拘泥が天地と自己とを前にして玲瓏《れいろう》として生きんとする生活を曇らして、彼の進み行かんとする沈潜の道に妨碍を置いていることを悲しいと思った。しかし彼はこれを意識しこれを悲しみながらもなおズルズルとこの邪道にひかれて行くことを感ぜずにはいられなかった。

彼はこのごろになってようやく世間というものの存在を真正に意識することができるようになって来た。世間とは、すべての真剣な努力に対してまじめな注意と同情と尊敬とを払わぬ者の集団であった。しかもこの集団に属するものは浅薄なる好奇心をもって他人の生活を話題にし、他人の一挙手一投足にも是非の評を挟むことを特権と心得ているものであった。彼はノンセンスによって彼を怒らせる批評家をばこの意味における世間の代表者と見た。彼は彼が一度平和な謙遜な友人の間にあって修練して来た「人間的」態度を――すべての人間を同胞として敬愛する態度を――もう一度批評家という特殊な一群に対して試練して来るように押しもどされていることを感じた。彼はこの試練には見事に落第した。彼は見分不相応の高慢をもって彼を批評している言葉の内容を吟味して、ただ「いかに余が汝よりも低く、小さく、お粗末であるかを見よ」という響きのみを聞くような気がした。そうして「いかに余が汝よりも高く、大きく、精緻なるかを見よ」と鸚鵡《おうむ》がえしに叫ばずにはいられなかった。彼は単にこれを心の中に叫ぶのみならず、またこれを文章に書いた。これらの文章を書くとき、彼の眼中にあるものはただ彼を嘲罵する世間の批評家のみであった。しかし彼にはこれらの文章が誤って彼の平和な交游の目に入ることを防ぐの力はもとよりなかった。そうして彼はこれらの交游に対しては、平和な、静かな、肩の凝らぬ同胞として、穏《おだや》かに交わり、温《あたた》かに相砥礪《しれい》して行きたいという希望を持っているのであった。ゆえに彼は一方に世間に対して威張りかえしてやりながら、一方にはこれらの態度が平和にして謙遜な人たちをいたずらに脅かすことを、すまないと思い、恥ずかしいと思い、不安に思った。しかも一方に不安を感じながら、なお一方に強く自己を主張せずにはいられなかった。この間の心持にはもとより矛盾があった。しかし彼はこの矛盾を意識しながらも、なお強いられたる自己肯定の、苦い、甘い、落ちつかない気分の中に低徊することを禁じ得なかったのである。

彼の心にこの気分を助長したものは、決して彼に対する「世間」の批評のみではなかった。彼の友人、同情者、同感者の賞賛もまた批評家によって激昂《げっこう》させられた自己感情を甘やかした。これはもとより彼の同情者の罪ではなくて、彼自身の自己中心主義の罪であった。およそ何人でも彼に同情と好意とをいだくものは、彼に対して悪意と反感とをいだくものよりも彼と融会の機縁が多いはずである。ゆえにすべてこれらの同情と好意とを受け取ることは彼の恥とせぬところであった。不釣合いなほど高い声を出して彼に迷惑をかけてくれぬかぎり、彼は常に感謝をもってこれらの好意を受けるように心がけていた。そうして彼に対して表示されるあらゆる同情と好意とをば、何の疑察も何の逡巡もなくこれを受けいれて、人と人との純粋な愛をもって交わって行くことは、彼の理想とするところであった。これらの点においては彼は正しかった。しかし彼は時としてこれらの同情と好意との表示を縁として、自己感情の耽溺に陥ることがあった。牛が草を味わうがごとくこれらの賞賛を反芻して、しばらく沈潜の努力を忘れることがあった。ゆえに彼はこれらの同情者によって心を温められることがある一方には、また内に向かう努力を鈍らして外面をうかがう逸楽に誘われることもまたなきを得なかった。彼はこの間の心理を反省しながら、ふと彼の幼年時代の記憶を想起した。彼は「それは悪いことだよ」と教えられるとき、たいていの教訓に服従することができた。しかし「悪い子だ」、「ばかな子だ」、といって叱られるときには常に非常な反抗心を起こした。このことは間違いかもしれないが、自分は全体としては悪い子でもばかな子でもないと思わずにはいられないのであった。そうして「いい子だ」という賞賛は、彼にとっては余りに多きにすぎた。彼は「いい子だ、いい子だ」と頭の中に繰り返して、しばらくいいことをすることを忘れた──彼はこの記憶と現在の事情とを比較して、自ら苦笑することを禁じ得なかった。

かくのごとくにして、彼は自分の生活が外面に向かって浮かれ出そうとしている自然の傾向を見た。そうして彼は内に向かわんとする努力を保持するためにこの自然の傾向と戦わなければならなかった。彼は彼に与えられる外来の刺激がほとんど彼を外に向かわせるもののみなことを苦々しいと思った。彼の注意を内に転じさせるものは、どんな苦しいことでも彼にはありがたかった。某月某日彼はその日記にこんなことを書いた──

「近来俺に与えられる外来の刺激は、主として俺の fame《フエーム》 に関するものであった。そうしてそれは俺に味方するものと反抗するものとのいずれを問わず、たいていは思想界における俺の勢力を標識するものであった。俺は自ら警戒しながらも、しばらく俺の注意がこの末梢に集まらんとする傾向を如何ともすることができなかった。俺の生活が内に向かうとき、俺の中には書くに値いする何物かが生ずる。そうしてこの記録は外部における俺の勢力を拡大する機縁となる。賞賛もしくは非難が外部から俺の身辺に集まって来る。そうして俺はこれによってしばらく内に向かう生活の進行を阻碍される。俺はちょうどこの時期にいた。そうしていまだこの時期を脱却する力のない自分を苦々しいと思っていた。

今日何気なく新聞を読みながら俺は俺の昔ながらの傷を刺激する記事に出逢った。俺は俺の身を屈したる愛によって始めて教わるべき二、三の人のさびしい姿を思った。そうしてとうていそこまで身を屈することを許さざる俺のプライドとエゴイズムと自己憐愍とのこころを思った。俺は兼ねてよりここに俺の苦しい問題があることを覚悟していた。俺の愛の最後に近い試練として、はるかなる彼方に俺を待っている問題として覚悟していた。俺は今こと新しくこの問題に触れて心に痛みを覚える。しかし俺はこの問題が俺に不断の問題と苦痛とを提供して、俺の魂に erhebend[1] に作用し得ることを信ずるがゆえに、この運命を悲しんでばかりいようとは思わない。そうして俺の心が外部に向かって発散せんとしているときに、偶然の機会によって再び俺の心を内に向かわせてくれる『不思議な力』に感謝の情を捧げる。俺は今忙しく仕事をしなければならない身だ。しかしバック[2]やカリカトゥーアや月評を背景として仕事をしているよりも、俺の愛の欠乏に対するいたみと、俺と俺の愛する者とに与えられた運命のはかなさとを背景として仕事をする方がよいことである。俺は今日の新聞を見て苦しかった。しかしそれにもかかわらず俺は忍辱《にんにく》の涙をのんでこの苦痛を与えられたことを感謝する。俺は余りにふくれやすい性質を持っているからである」。

あるとき彼はまたこんなことを書いた——

「周囲に向かう心よ。汝の眼を閉じよ。汝の周囲にいて汝を是非する者のほとんどことごとくは愚人なり。汝を高むる者はただ汝自身の中にあり。汝自身の中に沈め。漂泊する心よ、憤激する心よ、自己を正しとせんとする心よ、いい子にならんとする心よ、周囲に対してあまりに敏感なる心よ」。

しかし「周囲の愚人」が容易に彼の頭を去りきらなかった。一つの刺激が静まるころには他の刺激が来てまた彼の頭を攪《みだ》した。彼の注意は散乱してあるいは内を見、あるいは外を見た。自ら結束して内に向かわんとする努力はどうしても焦点に集まることができなかった。

彼は振り返って彼の内面生活の状態を見た。そこには新しいものの認識が始まろうとしていながら、彼にはなおこの認識を確実に占領すべき力がなかった。彼は特殊の恵まれたる瞬間にのみその高みに昇って、次の瞬間には振い落されていた。そうして心の弛緩している間、彼の認識は彼自身にさえ幻影のように見えた。彼の故郷がその方向にあるべきことは疑いがなかった。しかし彼の心は故郷に帰ることのまれなる漂泊の人であった。彼はその故郷に帰ることが少ないという事実は、そこに彼の故郷があるという事実を否定するものではむろんなかった。しかし故郷に永住するために全力を尽くすことは彼の焦眉の問題でなければならなかった。彼は彼自身の内面に幾多の問題の押し合っていることを見た。そうしていたずらに漂泊する心を悪《にく》んだ。彼はどうしてもこうしてはいられないと思った。

ある日彼は一人の友人の家で、彼に関する某の批評を見た。それは彼がかつて批評家というものを顧眄《こべん》して過ぎた短い文章に関するものであった。彼はその文章の中で、批評家の頭脳の穴だらけなことをあわれみ、彼らの人格の疎漫にして無責任なことを憎むと言ったのだった。しかるにこの男は（新しく口を出した批評家は）憎むなら憎むでいい、あわれむというのは無用だ偽《いつわ》りだという意味のことを言っているのだった。彼はこの男には全然俺を理解する素質が欠けていると思った。憎んで憎みきれないところにこそ彼があるのであった。憎しみからあわれみに、あわれみから愛に進もうと努力しているところにこそ彼があるのであった。この中心的な態度を理解することができずに、彼を是非するのは全然間違っていることであった。彼はこの男が正直な男なことを知っているために、いくぶんかこの男のために惜しむ心持になった。しかし彼の心に盛んに喚起されたものは、この男の疎漫と無責任とに対する新たなる憎しみとあわれみとであった。しかも彼はこの明白なる誤謬をちょっとこう思っただけで無視してしまうことができなかった。彼の頭には例によってこの小さい無理解に拘泥する心が残っていて彼を不愉快にした。そうしてこの不愉快を感ずる自己について、彼は重ねて不愉快を感じた。

彼はこんな心持をしながら日の暮れ方に郊外の家に帰った。机の上には数日前に買って来た、チェラノのトマスの書いたアッシジの聖フランチェスコ伝の英訳が載っていた。彼は世間の煩《わずらわ》しさと自分自身の神経質からのがれたいと思いながら、机の上の本をとって、偶然にあけたところに読み入った。

それは「聖フランチェスコの祈禱における熱心について」という章の最初の節であった。彼（フランチェスコ）にとって世間は何の味わいもない物であった。彼はすでに天の甘美を食としているものであった。神聖なる歓喜が彼を人間の粗大なる関心にそむかせているのであった。彼は公衆の中にあって、とつじょとして主の来訪を受けるときには、彼の外衣をもって小さい洞窟を作った。

もし外衣を着ていないときには、隠れたるマナ(1)を人に見せないように、その袖をもって顔を覆うた。彼は常に自分自身と傍に立つ者との間に何物かを置いて、公衆の中に立ちながらも隠れて祈るのであった。最後に彼と他人とを隔つべき何物もないときには、彼は自分の胸を殿堂とした。彼は自己について無意識になっていたから、そこには唾をはくことも呻吟することもなかった。彼は神に吸収されていたから、そこには烈しい息づかいも目に立つような身動きもなかった。しかし森の中もしくは他の寂しき場処において祈る時には、彼は歎《なげ》きをもってその森をみたし、涙をもって大地を霑《うるお》し、その手をもってその胸を撃ち、時には言葉を出してその主と語った。そうしてその存在の全骨髄を、さまざまの途において燔祭《はんさい》(2)の犠牲とするために、無上に単一なる「彼」を、さまざまの姿において自らの目の前に描いた。彼の全人は祈る人というよりもむしろ生きたる祈りであった。彼はその注意と愛情との全体をあげて、彼が主によって求むる一つのことに集中した……

彼はこの章を読んでこれだと思った。彼の生活を外から内に喚《よ》びもどす唯一の途は、ただ彼の批評家と自己との間に何物かを置くことであった。世間の前に隠れて自分自身の中の祈りに——主を求むる祈りに、彼の注意と愛情との全体を集中することであった。これは決して彼にとって新しい知恵ではなかった。しかし現在の彼にとっては最も必要な知恵で、新しい覚悟として新しく決定《けつじょう》されることを要する知恵であった。彼はこの必要な瞬間において、偶然にこの警告を与えてくれた「不思議な力」に感謝の情を捧げた。

そうだ。批評家と世間との前をのがれること、自分の胸を殿堂とすること——これが現在の瞬間において彼の生活を外から内へ喚びもどす唯一の途であった。この隠遁は決して単純なる隠遁ではない。彼はこの隠遁の中において、彼にとって最も険難な途を進もうとするのであった。大実在に対する限りのない恋に全身を没頭せんとするのであった。そうして彼を批評家と世間との間に帰らしむべき唯一の途もまたここになければならなかった。彼と世間とは、軽蔑や憤怒というような卑しいものではない、大なる愛憐と同情との中において再会しなければならないのであった。彼はその心の中で、俺は世間に負けたのではない。また世間を捨てるのではないと叫んだ。

かくのごとくにして彼は再びその「洞窟」に帰るの決心を新たにした。しかし彼の耳にはなお時として世間の声が響いて来た。そうして彼の注意がその響きに奪われるかぎり、依然として彼らに対する軽蔑の情を感じた。彼は批評家によって代表される世間を「同胞」として敬愛することはまだまだできなかった。彼の心にはなお苦痛が残っていた。

そうしているうちに、彼には更に彼の心を内に向かわしむべき一つの小さい事件が落ちて来た。それは彼と彼の友人の一人との間にあった不愉快な事柄であった。自分は今彼の心理を闡明《せんめい》するために、あえてこの小さい事件を語らなければならない。

彼には彼がレスペクトをもって交わっている若干の友人がいた。そうして彼もまた彼らからレスペクトをもって取り扱われていることを感じていた。しかし彼は時々、彼を尊敬してくれる友人の態度に、彼の欠点をつっついて喜ぼうとする心持の影を認めることがあった。彼はこの心持の影を認めるごとに、そこに友情の限界と、動物と動物との敵意があることを思って苦い心持になるのであった。

Qは彼の少数な友達の中でも平生特に重厚なレスペクトをもって彼を取り扱ってくれる人であった。しかし彼は多少緊張した刹那にあたっては、誰よりも最も多くこの男の敵意に触れることを感じた。彼はQの心の底に自分に対する敵意が暗礁のように固着しているらしいことを感じた。そうしてある日彼はまたいつもよりもひどくこの暗礁に触れた気がしたのであった。

　その日彼はQの上京を迎えるために（彼は近県に教師をしていた）Pと三人で晩食を共にした。彼はあるまじめな事件を背景としてPと戯《たわむ》れの言葉争いに落ちて行った。Pは彼の言葉尻をとらえては、玉突きのボーイが玉の数を数えるように一つ二つと彼の言葉のぼろを数えて行った。彼は歌《か》留多《るた》に熱中するもののような心持をもって、次第にその防戦に熱くなって行った。そうしてぼろでないものをぼろに数えられるときには、それはいけないと抗議を申し込んだ。そうするとQはいつも傍から口を出して、まいってもまいったことがわからないのだからなあ、といった。この横槍がたび重なるに従って彼はまじめな心持でまた始まったと思った。そうして口を緘《つぐ》んでしまった。Pもまた言葉争いに倦んだか沈黙してしまった。しかしQはまだやめなかった。彼の口真似をするために、妙な声を出してその短い顎を突き出した。そうして始めてPも彼も沈黙しているのに気がついたらしく、少し照れたような様子をしてこれも黙ってしまった。彼は憎悪と軽蔑とをもってQの突き出した顎を見ずにはいられなかった。そうしてこれがこの男なのか、これが俺の友達なのかと思った。

　彼は腹だちまぎれにQの態度と自分の態度とを比較して見た。彼自身の態度にQを挑発するあるものがなければならないことは明らかであった。しかしそれは彼の頑強、彼の高慢、彼の自恣が自ら他人を圧迫する結果になるので彼自身に他を圧迫せんとする意志がないことは、彼自身には明瞭至極であった。彼はまた、近来といえども自分の態度に、他人を翻弄せんとする興味が全然跡を絶っているとはもちろんいえないが、その際においてもなるべくシーリアスな点を避けていると思った。シーリアスな点に触れるかぎりにおいては、彼は戯謔の間にシーリアスな忠告をしようとする目的を持っていると思った。そうしてすべてを通じて遊戯の気分を失わないと思った。彼もまた時に突っかかって行く衝動を感ずることはあった。しかしそれは頑強な者を悪《にく》む反感の性質を帯びずに、虚偽なる者空虚なる者を賤しむ公憤の性質を帯びていた。しかるにQはまっすぐに自分の頑強を突きくずそうとする目的をもって自分に突っかかって来るのだ、彼の態度は公憤でも忠告でもなくて反感だと彼は思った。彼は自分の方から一度だってQに突っかかって行く要求を感じたことがあるかと自問した。そうしてそんなことは一度だってないと安んじて答えることができた。Qとの関係においては彼は常に受身だった。そうしてこんな場合においては受身になる者よりも働きかける者の方が下等なのだ――と彼は腹だちまぎれにこんなことを思った。そうしてQに口をきくことができなかった。

しかし彼はこんなにしてQを軽蔑してしまうことが悲しかった。彼は更にQその人になってQのことを考えて見た。Qの半生の寂寥《せきりょう》と労苦とを思った。彼の家族に対する慈愛と自己犠牲とを思った。真率な態度と敬重すべき人格とを思った。この男からあんな態度を引き出すものは彼の交游のうちで自分一人なのかも知れないと思った。そうしてあの敬重すべき人格からあの卑しむべき態度を引き出す自分の高慢と自己主張とについてQに謝罪するような心持になることができた。Qの反感は彼にとっては依然として不愉快なことに相違なかった。しかしそれはその人からいえば極めて枝葉の欠点にすぎなかった。彼はQを許しQから許して貰いたいような心持になって、いつもよりは複雑な親しみをこめて別れることができた。

彼は彼の生活が近来ますます寂寥になって行くことを感じていた。彼の思想が独立し彼の人格が明瞭に発展して来れば来るほど、彼はますます彼の思想と生活とが孤立して行くことを感じていた。彼が愛を理想とすれば、彼とこの理想を共にせぬ者との間に罅隙《かげき》ができた。彼が自己の人格に対する自覚を明らかにすれば、彼の人格を理解せぬ者と彼との間に疎隔の感じが深くなって行った。そうして彼が融合の生活を求めるに比例して、彼の生活の孤立がますますはなはだしくなって行くのであった。彼はあるときは、これは高きに進まんとする者のやむをえざる運命だと思った。あるときはどこか自分の行き方に誤りがあるのではないかとも思った。

しかし彼が自他融合の基礎を、他人の彼に対する愛と理解との上に築こうとすれば、こうなって行くより外にしようがないのであった。彼がこの立場に立っているかぎり、Qのような特別に敬重すべき人格とさえ融和の途が絶しているに相違ないのであった。彼は今、問題はこの根本にあることを悟った。自ら求める心を挟んで他人に対すれば、すべての人が彼に向かって彼自身の求めるものをことごとく与えることができないことはもとよりきまっている。それはあたかも彼自身が他人の求めるものをことごとく与えることができないと同じことである。ゆえにこの立脚地にあるかぎり、自他の関係は必ず不満、憤怒、憎悪等でなければならない。しかししばらく自己の要求を除外して対象それ自身の生活を仔細《しさい》に見れば、すべての存在には彼自身の価値があり欠点があり苦悩があるに違いない。Qはもとより、ノンセンスによって彼を怒らせる世間と批評家との類といえども、必ず認むべきの価値があり、尊敬すべきの誠実があり、同情すべきの苦悩があるに違いがない。ゆえに自ら求むるところなき愛をもってすれば、彼の敵も、彼の誹謗者《ひぼう》も、すべて親愛すべき同胞に相違がないのである。自ら求める心を挟んで他に対する者は、求めるものを与えるか与えないかの一点をのみ拡大して、対象そのものの真生命を遮蔽する。自ら求める心を空しくして他に対する者は、あらゆる存在に美と真と誠とを認めてことごとくこれを愛することができるようになるのであろう。彼は後の命題の真実をばいまだ知ることができないものであった。しかし前の命題の真実をば彼自身の苦しい生活において味わい知って来た。彼は「忍辱」(1)という言葉が新しい輝きを帯びて自分の前に復活して来ることを感じた。

　自分の生活の中心を名声《フエーム》に置けば、自分の名声に不当の損害を与える者は彼の敵に相違なかった。自分の生活の中心を愛せらるることに置けば、彼を愛せぬ者は路傍の人で、彼の愛を妨げる者は彼の敵に相違なかった。しかし彼の生活の中心を他人によって侵害せられざる「天」(2)に置けば、彼の名声を傷つける者も、彼の愛を妨げるものも、根本的の意味において「彼」の敵ではないはずであった。そうして求むるところなき愛の眼をもって見れば、彼らはただ、他人に不当の侵害を与えずにはいられないような、小さい病める同胞の一人にすぎないはずであった。彼はここに至ってようやく「汝の敵を愛せよ」(3)という言葉の意味を悟ったような気がした。愛する者に敵はないはずであった。彼の敵は彼の患ある友にすぎないはずであった。

　彼は再び、かつてアッシジの聖人フランチェスコについて読んだことを想起した。彼はある冬の日、きびしい寒さに苦しめられながら、その愛弟レオとペルジアから(4)サンタ・マリア・デリ・アンジェリの方へ行った。そうしてその途々《みちみち》「完全なる幸福」の何であるかについてレオに話した。使者を蘇《よみがえ》らせる力も、人と天地とに関するあらゆる知恵も、あらゆる異邦人をキリスト信者とする宣教の力も、いまだ人に完全なる幸福を与えるに足るものではなかった。完全なる幸福はただ、彼らが霙《みぞれ》に濡れ巷の泥に塗《まみ》れてサンタ・マリアの寺にたどり着いたときに、門番が彼らを拒み、彼らを打ち、彼らを罵るとしても、なお愛と快活とをもってこれを忍び、門番の打擲《ちょうちゃく》、拒斥、罵詈《ばり》の中に神の意志を認めるところにのみあるのであった——彼は今フランチェスコの言葉を領会[1]したと思った。忍辱に堪えるものは、完全に彼の生活の基礎[2]を不易なるものの上に置いたものでなければならなかった。彼の生活の基礎を不易なるものの上に築いた者に「完全なる幸福」があることはいうまでもないはずであった。

　彼はこれらのことを思いながら、晩秋の快く晴れた日の午後、七里ヶ浜を鎌倉の方へ歩いて行った。鎌倉逗子の山々はもう夕靄の中に霞んでいた。彼はあの山々の一つに、彼が心に親愛して来た一人の友の骸がうずまっていることを思った。彼の心の底からはいっさいを包み、愛し、許したいと思うような、おおらかな、ゆるやかな心持が、この秋の日の七里ヶ浜の波のように静かに揺りあげて来た。彼は今ならばいっさいを許すことができると思った。もとよりこれはこのときだけの気分にすぎないことを彼は知っていた。彼はその親友に対してさえも憤怒と憎悪とを感ぜずにいられないほどの人格に相違なかった。しかし彼は、今彼の前に一つの途が開けていることを信じた。その途を進んで行く間には、彼を煩わしくする世間と批評家とをさえ、大きい公な愛をもって包容し得る日の来るべきことを信じていた。そうして日の光が月の光にかわろうとする不思議な光の中をどこまでも鎌倉の方へ歩いて行った。

（大正三年十一月二十八日）

三太郎の日記　第三

Inzwischen treibe ich noch auf ungewissen Meeren ; der Zufall schmeichelt mir, der glattzüngige ; vorwärts und rückwärts schaue ich——, noch schaue ich kein Ende.[1]

一　自ら疑う

A　できるだけ自分の心の中の生活の底を見せること――これより外に俺には書くことがなかった。しかし俺の割って見せる生活の底を誰が見るのだ、どんな奴が見るのだ。

B　僕は久しい間その疑惑の言葉を待ち受けていた。いったい君がものをいう態度には頭隠して尻隠さずという趣がある。君は処女のような羞恥をもって自分の生活の肌を見せることを恐れながら、しかも普通以上の大胆をもって自分の尻をまくって見せているのだ。尻をまくって見せながら赤面しているのだ。君の自己告白の態度には、妙にきまりが悪そうな、拘泥したところがあるから、平気でいってのければ特別の注意をひかずにすむところでも、君のようなものの言いようをするとかえって他人の好奇心を煽るようなことになるのだ。君の逡巡と内気とは、かえって君の見せるをあえてしないところにまで、ここに注目せよとアンダーラインを引くという結果を持ち来たしている、この間の矛盾は、君の表現の内容が深入りすればするほど、ますます著しくなって来ているようだ。

A　君の観察《オブザベーション》は全くあたっている。それだから僕はものを書くたびに苦痛を感ずるのだ。人目はとにかく、自分が苦しいから、僕は一日も早く今日の態度を脱却したい。しかしそれを脱却するために僕は dialectic(1) の方向をどちらに進めればいいのだ。自分の生活の肌を全然裹《つつ》んでしまえばいいのか。それとも何事も隠さずに裸になって世間の前に立つ方がいいのか。

自分に最も興味のある問題は、自分の最も他人に見せることを恥とする生活の肌である。ある部分を見せてある部分を隠そうとすれば、徹底を求める表現の要求が承知しない。表現の要求を十分に満足させようとすれば、群集の前に隠れようとする処女の羞恥が顔を赧《あか》くする。僕はいったいどうすればいいのだ。

B The(1) chariest maid is prodigal enough, If she unmask her beauty to the moon. 真珠を豚に与えるのは愚かなことだ。

A いや、考えて見るとやっぱりそうじゃなかった。生活の肌は肉体の肌と違って、他人に見せるを恥とすべきことではない。僕の dialectic の行く先は「頭隠しの尻隠し」として徹底することではなしに、「頭隠さず尻隠さず」として徹底することでなければならない。逡巡も疑惑も要するに通り過ぎる雲だ。僕は自分の生活の肌をすっかりむき出しにして、天と人と、敵と味方との前に玲瓏《れいろう》として突っ立っていられるようになりたい。

B 君のように自分の生活を愛惜する人が、衆愚の前に自分の生活を投げ出そうとするのはおかしいじゃないか。

A 僕が自分の生活を愛惜するのは、生活を愛惜するので体裁を愛惜するのではない。僕は自分の生活を愛惜するから、これを安っぽい実験の道具にしたり、浮き浮きと他人の煽動に乗ったり、下らない挑戦に応じたり、行きがかりのためにずるずると引っ張り出されたりすることは、できるだけしないつもりでいる。しかし僕の生活したかぎりを尽くしてこれを表現しても僕の生活の内容は少しもそこなわれない。もっとも僕の表現されたる生活はいろいろな野次馬の玩具にされるだろう。僕が自分の生活の底を割って見せれば見せるほど、浮気で、酔興で、本当の意味で他人の生活を尊重することを知らぬ人たちは、喜んでこれを噂の種にするだろう。しかし彼らがいかに僕の表現されたる生活を玩具にしたところで、僕の生活の内容は依然として昔のままである。僕は野次馬に対していやな気はするが彼らを恐れはしない。「暴露」を恐れるのは体裁を愛惜する人のことで、生活を愛惜する人のことではない。

　Ｂ　君の考え方は例によって抽象的にすぎる。君はこの際に君自身の過敏な自意識をも勘定に入れて考える必要がある。世間の評判はきっと過度に意識的な君自身の心に反射してきて、君の生活内容そのものを不純の色に染めるようになるに違いない。それだから、本当に自分の生活を愛惜するものも、また容易にその生活の秘密を他人の前に暴露すべきではないのだ。

　Ａ　それは君のいう通りだ。本来過敏な僕の自意識が、自己表現の努力と世評に対する反応とのために、更にどれほど過敏にされて来たか、測り知れないほどなことは、僕自身も十分これを認めている。表現の結果に対する十分の覚悟なしに、うかうかと自分の奥底をさらけ出してしまうことは、ばかでもあり間抜けでもあるに違いない。しかしそれは覚悟の足りない当人が悪いので、生活の表現そのものが悪いのではない。玩弄物にするのは世間のことだ。世間の玩弄に堪えて内生の純潔を保って行くのは自分のことだ。この試練を踏みこらえて行くことによって僕らの生活は更に根底を固め、輪郭を大きくして行く。

　自分の生活の肌を見せる覚悟を固めるためにはある程度までの性格の強さがなければならない。自己表現の社会的結果を踏みこらえて、更にこれを将来における発展の原動力とするためにも、またある程度までの性格の強さがなければならない。僕にその強さがあるかないか、それは君の判断に任せよう。

B　よし。君にその強さがあることを許すとしよう。しかし自分の生活の肌を見せたり、自分の欠点を暴露したりすることが、自他にとって何の利益になるのだ。トルストイでさえその伝記記者ビルコフに与えた手紙の中で、自己称賛とcynical frankness(1)とに陥らずに自分の生涯を記録することは恐ろしく困難だといったじゃないか。君は君自身の告白にもこの二つのものが混入して、知らず識らずの間に君自身の品性を堕落させたり、君の文章を読む者に悪質の感化を及ぼしたりしていないことを保証することができるか。

A　悲しいけれども、僕はそれを保証することができない。ルソー(2)流の露出の快感は僕にとって本来縁遠い誘惑であるけれども、自分を傑《すぐ》れたものにして見せようとする衝動とmelancholia(3)の患者に似た自己非難の快感とは決して僕の知らないところではない。この際僕の安んじていい得ることは、ただこれらの衝動を根本動力にして書くのではないということと、これらの衝動の侵入を防ぐためにできるだけ厳重な見張りをしているということだけだ。僕は僕の純粋な動機から来る美しいものが、不純な動機から来る混入物の醜さを償うに足ることを希望するばかりだ。

　いったい自分の心がけからいえば、僕はただ自分の弱点を見せるために、面白《おもしろ》半分に自分の弱点を暴露しているのではない。僕は時として自分の弱点を——他人に見せるためではなしに自分一人の心底から——嘲弄せずにはいられないような心持になる。そうしてこの嘲弄によって、この弱点以上に立つなんらかの積極的なものの生きて動くことを感ずる。だから僕はこの自己嘲弄の心持を表現するのだ。僕はまた時として自分の短所を征服して一歩を新しい段階に進めたことを感ずる。だから僕はこの新しい段階に立ってたった今通り抜けて来た自己征服の歴史を回顧するのだ。僕の欠点や短所は、欠点や短所そのものとしては表現に値いせぬ些事だが、この欠点に甘んずるを得ぬ憧憬やこの短所を否定する意志や、これらの欠点と短所とを征服した歴史は、表現に値いする積極的価値を持っているに違いない。もっとも自分の体得した価値を他人に見せるために、もしくは宣伝するために書くというのは、僕の現在の実際には遠い心持だが、とにかく僕は自分の衷《うち》にいいものの身動きを感じたときにのみ書くことができる。そうして自分の衷にいいものの身動きを感じたときには、なんらかの形でこれを記録せずにはいられない。世間との関係についていえば、自分を高めたもの、清めたものが他人に害をなす理由がない、というのが自分の書いたものを江湖に放つときの自分の信仰だ。

しかしこの信仰は時々動揺する。あるときは高めらるるを要する低きもの、清めらるるを要する汚れたるものの存在を語るに声の慄《ふる》えることを覚える。あるときは浄《きよ》めの火の灼熱が足りないために不純の動機を焼き尽くすことができないことを恐れて、顔を覆いたいような心持になる。僕はまだまだ自分の書いたものを他人にすすめるだけの勇気がない。僕は自分の書いたものを自分の面前で読まれると顔を赧《あか》くする。しかも僕はまた足の弱い子を遠い旅に送った親のように、世間を巡り行くわが子の朝夕を案じてはいるのだ。忍男(1)の子を持った母親のように、恥じらいながらも自分の書いたものを愛してはいるのだ。自分の書いたものを厚遇してくれる人々の好意を心ひそかに喜んではいるのだ。

Ｂ　君は文章を書くときに、読者の顔を明瞭に思い浮かべたことがあるか。

Ａ　思い浮かべようとしたことはあるが、はっきり思い浮かべることはできなかった。さまざまなもやもやしたものが僕の面前に立ちはだかって、僕を羞《はに》かませたり躊躇させたりすることはあっても、底をたたけば僕はただ僕自身を相手にして自分の文章を書いているのだ。そうして自分自身に通ればそれで満足しているのだ。僕が割合に大胆に無邪気に自分の生活の底を割って見せることができるのは、一つはこういう製作の心理に基づいているのだろう。もしはっきり読者の顔を思い浮かべることができたら、僕は今よりもっと臆病に小胆になっていたかも知れない。僕は結局読者の顔をはっきり思い浮かべることができないことを仕合わせに思う。

B　自分の子の苦痛を見まいとする母親のように——？　しかし君がいくら眼を瞑《つむ》っても事実は事実だ。君の書いたものは昔から多くの「思想」が遭遇したと同様の運命に逢っているのだ。君の敵と味方とが君の「子」を取り巻いてわいわい騒いでいる。君の愛児は肯綮(1)をはずれた攻撃と内容の充実を欠いた同感とのまん中に立って寂しく微笑んでいる。そうして巷の雑閙《ざっとう》の中にいながら孤独を感じている。

A　君のいうことはいくぶんかあたっている。感情の興奮した刹那には、僕自身も幾度君のように考えて来たことだろう。しかし僕はもう君のような高慢な、誇張した考え方はしたくない。孤独はおそらくはあらゆる人間の運命だ。孤独なのは決して僕一人ばかりではない。僕は厳《おごそ》かな、慎ましい心持でこの運命を忍受するばかりだ。多くの偉大な先輩が忍受して来たものに比べれば、僕の孤独などは実に物の数でもない。僕は自分と読者との関係については、むしろ自分の多幸を感謝しなければならないと思う。

もとよりすべての自己告白者におけるがごとく、僕の周囲にもいっさいの中から三面記事(2)を読もうとする野次馬がいるには相違ない。僕は時として笑いを含んだ好奇の眼が自分の顔をのぞいていることを感じてたまらない心持になる。僕はこれらの野次馬の前に自分の肉体的な顔をさえさらすに堪えない。しかしこれはすべて他人の注目をひく地位に立つ者の必ず払わなければならぬ税金である。しかも僕の払っているこの方面の税金は小説などを書く人に比べれば、どれほど廉《やす》いかわからないくらいであろうと思う。この種の野次馬はただ簡単に無視すればいいのだ。野次馬の顔は自己告白の勇気を挫《くじ》くに足るものではない。

Ｂ　しかし同感者の名において集まって来る野次馬はそれほど簡単に無視するわけには行くまい。彼らは君の書いたものによってひき出された心持を自分自身の育て上げた心持と混同して、君が労苦して到達した段階にわけもなく攀《よ》じ登って来る。そうして君と同じ言葉を用い、君と同じ結論を振り回して、世界の前に君の戯画を描いて見せる。君は「流行」となる。そうして「流行」のごとくにまもなく超越される。君は君に同感すると称する人の顔に、君の思想がちっとも実にならずに瘤《こぶ》のように付着していることを発見して、くすぐったいような気がしたことはなかったか。君の思想が読者の胸に種をおろさずに、ただ危く接穂《つぎほ》されているにすぎないことを見てはかなさを感じたことはなかったか。

Ａ　そんな経験もまたないとはいえない。しかし自分の思想は他人が容易に同感し得ないほど特異なものだと考えるのは僕の高慢にすぎないだろう。僕は決して他人の同感を拒む資格を自分に許さない。僕はただその同感が根本的なことを希望するばかりである。そうして多くの誠実なまじめな読者を持っている点でも、僕は特別に幸福でないとはいえないようだ。僕は僕の思想をその根本的な態度と問題とにおいて受け取って、これをその人自身の発展の参考としている幾多の人があることを信じている。現在僕が不安を感じているのはむしろこの方面から来る過度の尊敬と信頼とだ。僕はもとより自分自身について相応の自信がないものではない。しかし僕の中にはまた尊敬と信頼とに値いせぬ極めて多くの欠陥がある。そうして僕はこれを熟知しこれに苦しんでいる。従って僕は身分不相応の尊敬を平気で受けていることができない。僕は元来不足を感ずることばかりを知って、感謝することを知らない男であった。しかし近来自分の欠陥の意識が明瞭になるにつれて、幾多のことを運命の過分な恩寵と感ずるようになって来た。そうして僕が最も「過分」と感じて恐縮していることの一つは自分の書いたものによって受ける他人の尊敬である。僕は一つの告白を書くたびに他人の非難と軽蔑とを予期して身の縮むことを覚えた。僕は一つの文章を書くごとに、他人の軽蔑に堪える覚悟を固めてかかった。しかし事実は予期に反して、自分は多くの友人から思いがけない宥恕《ゆうじょ》と尊敬とを受け取ることとなった。僕は本当にこれを不思議に思う。僕はどうしてもこれを自分の(1)メリットと考えることができない。だから僕は身分不相応の尊敬に逢うごとに、自ら省みて慚愧《ざんき》の念を深くする。君は尊敬される者の寂しさを感じたことがあるか。尊敬される者の寂しさを感ずる者は、時として極めて誠実な人によって表示される尊敬の中にも運命の皮肉を読む。しかし自分の尊敬すべからざる所以《ゆえん》は自分で他人に説明し得る事柄ではないから、僕はその人の好意に対する感謝と運命に対する畏怖とをもって、誠実な人の尊敬を忍受している。自分のメリットではなしに「知られざる者」の意志として。尊敬されなくなる日を当然の帰結として予期しながら。その人の事実にあたらざる尊敬が僕の欠点に対する愛に変わる日を心の中に待ち望みながら。

思うに過分なる尊敬は僕のような者に対して準備された新しい十字架だ。遜《へりくだ》れる心なしに人はこの十字架に堪えることができない。

B　といっても他人の尊敬を自分のメリットとして要求する気さえなければ、その寂しさは温《あたた》かい気安い寂しさであろう。しかし君を(2)待っているものは他に大なる損失がある。君は君の内生の底を割って見せたために、君の先輩と長者との憤怒と不信用とを購ったことはなかったか。君はそのためによほど社会上物質上の損をしはしなかったか。

Ａ　僕はほとんど野育ちだから、元来先輩と長者との恩恵を知らずに来た。従って僕の書くもののために、彼らの恩恵をとりあげられた経験は一つもない。もっともおとなしくしていれば受けることができるはずの恩恵を受けそこなったというようなことはあるいはあるかもしれないけれども。しかし僕は黙っていてもいなくても要するに僕が書いて来た通りの人間に相違ないのだから、黙っていたために、先輩の信用を受けたにしても、それは信用の詐欺《さぎ》にすぎない。僕は自分のありのままをさらけ出してそれでも信用してくれるのでなければ信用して貰わなくてもいい。詐欺によって先輩の信用を偸《ぬす》むことは僕の屑《いさぎよ》しとせざるところだ。天下の前に全人格を露出して生きる気安さは君も知っているはずだ。僕は先輩の恩恵に代えてこの気安さをとったことを悔いない。

Ｂ　しかし君はやらないことをやったように書いたり、なかったことをあったように書いたりしたところが少なくないだろう。そのために君は自己非難の快感をより多く味わったかも知れないが、常識的道徳の前では実際以上の悪人と見られるようになっているに違いない。

Ａ　それは僕が外面的歴史的真実を書こうとせずに内面的真実を書こうとしたからだ。僕の書いたことはたとい行為となってあらわれないまでも、ことごとく僕の心と頭とで経験したことばかりだ。換言すれば僕の実際ばかりだ。僕の人格は僕の書いた一言一句の責任からものがれることができない。しかも僕の人格には書き現わされたものの外に更に審議せらるべき幾多の欠点があるのだ。僕は僕の心の最も暗い一面をばとうてい書くに堪えなかった。そうして僕の日常生活の世界は僕の文章の世界に比べて、はるかに散漫な、ゆるんだ、調子の低い世界である。従って内面的道徳の立場からいえば、僕は、書いたものの世界において、実際の自分よりもはるかに善人になっているに違いない。僕は決して書いたものによって自分を審《さば》かれることを恐れない。

僕は自分のきたなさと低さとを反省するごとに正しき人の怒りが自分の頭上に爆発することを当然と思わないことはなかった。僕は先輩の不信用よりも常に正しき人の怒りを恐れて来た。しかもなお自分の中に鬱積するものを排除するために、自分の正しきを求める意志を生かすために、自分の生活の底を割って見せずにはいられなかった。自分は多少纏《まとま》った告白を書くたびごとに、これでもって、いっさいに捨てられいっさいにそむかるる日を予期して来た。僕は恐れながらもなお待ち望む心を愛想がつきるならつかして貰いたいという心持で書いて来た。僕はこれらのものを書くたびごとに、自分の孤立を賭して来た。そうして心ひそかにその孤立を望んで来た。孤立は僕の人格の罪の当然に値いするところである。そうして僕はこの責罰によって本当の自分の本心に立ち返ることができるのだ――僕はこう思いながら、復活の日を待ち望むように孤立の日を待ち望んできた。すべての人から罵《ののし》られ誹《そし》らるる日を待ち望んで来た。僕は世間の人があまりに寛容なために今不当に愛せられ、尊敬せられながらも、心の底にはなお来るべき日の予期を捨てることができない。

僕はまだまだ損をすることが少なすぎる。僕はもっともっと損をする人間になりたい。僕はまだまだ自分の生活の底を見せるに臆病にすぎる。僕はもっともっと自分の生活を露出する勇気を養わなければならない。疑惑も逡巡も要するに通り過ぎる雲だ。僕はいっさいの衣を脱いで裸になりたい。そうして首をのべて運命と世間との審判を待ちたい。生きるために。復活するために。人となるために。

（大正四年六月九日）

二　散歩の途上

1

ニーチェがトルストイを悪くいったり、トルストイがニーチェを悪くいったりすることは、俺がニーチェとトルストイと両方の弟子であることを妨げない。ニーチェとトルストイとの間に彼ら自身が考えたほどのギャップがあったか、彼ら自身が考えたほどの本質的矛盾が存在していたか、すでにこのことからが疑問であるが、しかし仮に彼らの背反がある程度まで彼ら自身の誤解に基づいていたにしても、彼ら自身の積極的方面がこの間に輝いているがために、この誤解は彼らにとって(1)フェータルな欠点とはならない。ただこの誤解を踏襲することが彼らの研究者にとってフェータルとなるだけである。もしまた彼らが相互に反撥するのはその間に深い本質的の矛盾があるためにしても、俺が彼と此《これ》との弟子であるには何の妨げともならない。俺の人格は俺の人格で、彼らの人格ではないからである。

すべての優《すぐ》れたる人は自分の師である。いかに多くの人の影響を受けても、総合の核が自分であるかぎり、自分の思想はついに自分自身の思想である。

2

(2)「菩薩涅槃《ぼさつねはん》を修むる時身と心とに苦あり。されど思えらく、われもしこの苦を忍ばずば衆生をして

煩悩の河を渡らしむること能わざらんと。ゆえに菩薩は黙していっさいの苦を忍ぶ」(仏伝涅槃篇)

この句は忘れがたい中にも忘れがたい句である。この簡潔な一句の中に、自分は激励と慰藉と、及びがたき高みから射して来る静かに清らかな光との錯綜を見る。「菩薩は黙していっさいの苦を忍ぶ」。自分がこの境地に到達しうるのは何の時だ。

3

愛には愛の対象と同一になっている愛と同一になることを求めている愛との二つの区別がある。自分は仮にこれを融合愛(Verschmelzungsliebe《フェアシュメルツングスリーベ》)と憧憬愛(Sehnsuchtsliebe《ゼーンズフツリーベ》)と名づける。友人の話によればキェルケゴールは反復愛と回顧愛(Wiederholungsliebe《ヴィーダアホールングスリーベ》 und《ウント》 Erinnerungsliebe《エアイネルングスリーベ》)の二つを区別しているそうだ。自分は愛する者と愛する者との関係からこれを見、キェルケゴールは最初の愛の瞬間に対する関係からこれを見ているという差別はあるけれども、その意味はずいぶん似通っているように思う。

ポロス(豊足)とペニヤ(貧窮)との間に産まれたるプラトンのエロス(1)は現象の世界にあってその到達しがたき観念の世界をいだかんとする永久の憧憬愛である。憧憬の愛もその奥底になんらかの融合がなければならないとはいうものの、その中には常に十全なる融合を欠くの意識があるゆえに、憧憬の愛はいつも寂しい、いつも苦しい。今自分は憧憬の愛に疲れている。

自分は静かな心をもって自然に対するとき——もしくは美的関係において立つかぎり人間に対する時といえども——彼と此《これ》との間に融合愛が成立する刹那があることを知っている。しかし人と人とが倫理的関係において立つかぎり、融合愛の成立は実にむずかしい。自分は時としてセンチメンタルな心をもって希望する——たとい積極的に徹底せる融合の意識はなくとも、せめてこの噛《か》むがごとき非融合の意識なしに静かに他人との愛に眠りたいと。

4

仏典を読んで「苦治[1]」するという言葉に出逢った。自分は苦治を喜び苦治に疲れている。しかし自分はやはり堅忍してこの病を苦治しなければならない。

5

途《みち》で乞食のような風体《なり》をしている人に出逢った。羊羹色《ようかんいろ》もところ斑《まだら》になった古ソフトをかぶっていた。色のうすはげた浅黄《あさぎ》の大風呂敷で何かを背負っていた。肉の引きしまった、しかし、肉が柔らかに骨をかくしている蠟色の顔には、針のような髯《ひげ》が茂生していた。帽子を眉深《まぶか》にかぶったその逞《たくま》しい眉の下には二つの眼が男らしく光っていた。自分はこの人をじっと見ながら一種の沈痛な満足を感じた。

　自分が感じたこの満足の根底には、自分がこの人の生命に貫徹[2]し分関する経験が横たわっていなければならない。しかしこの満足はおそらくは自分だけが持っているもので、この人が感じているものではあるまい。この人はおそらく自分の貧苦について、身に覆いかかっている何かの屈託について思い沈んでいるのであろう。この人の生命に分関することによって生じた自分の経験が、この人の持っていない満足を伴ってくるのは何のためだ。

　思うにそれは、俺はこの人を「観[3]《ベトラハテン》」ているのに、この人は自分自身を「観」ていないからである。俺は心を結束してこの人の生命を貫徹する(1)「働き《テーテイヒカイト》」をやっているのに、この人はそれをやっていないからである。一つの生命は自分自身の中から動き出している。その生命は動くにつれて喜びもしくは悲しみを感じている。もう一つの生命は自ら動くにつれて喜びまたは悲しんでいる他の生命を追って動いている。それはつれて動いているがゆえに、「観《ベトラハテン》」ているがゆえに、換言すれば動きながら(2)正念《ルーエ》を失わぬがゆえに、喜ぶものを追うても悲しむものを追うても常に底のほうに独得の喜びを感じている。

「観る《ベトラハテン》」とは自分は静止していて他の動いているのに対立することではない。対立するものとともに自ら動くことでなければならない。むしろ対立するものに即して自ら動くことでなければならない。しかし「観る」とは対立するものと全然同様の意味において顛倒し惑乱する意味でもない。顛倒するとともに「観る」ことは消失する。「観る」者は正念《ルーエ》をもって顛倒し惑乱し、呼吸の逼迫を経験しなければならない。正念を失わずにいっさいを観ずるを得《う》るものにとっては、いっさいの顛倒も惑乱も罪悪も災禍もすべて宇宙の生命のあらわれとしてことごとく美しく見えるに違いない。自分はもとよりこの境地を知らない。自分はある物については宇宙の生命のあらわれを観得するを得ざるがゆえにそのものを醜しと見る。自分はある物に対しては対象とともに顛倒し惑乱し了するがゆえに、世界は実に悲しく苦しいものと見える。しかし正智の眼を開いて(3)法爾自然《ほうにじねん》の相を観ずる悟者にとって、法界のいっさいが清浄の光を帯びて見えることは、自分が悲しめる人を見て沈痛の満足を感ずる経験より類推して首肯することができるのである。

しかし、観ずるの喜びは観ずるもの一個の幸福にとどまる。観ずるものは人生の起伏する波濤のなかに顛倒し、惑乱し、慟哭《どうこく》し、絶叫する無数の衆生を見てこれに同情しながらも、なお彼は涙に濡《ぬ》れた微笑をもってよしというのである。彼自身の怒り、嘆き、迷い、苦しみに対してさえそのうちにある物の光を認めてこれらすべてよしというのである。（自分のここにいうのはすべてがよくなるという合目的観の信仰をいうのではない。すべてこのままにてよしという美的世界観についていうのである。前者の見方からいえば世界はなお苦労にみちたる努力によって改造されなければならない。後者の見方からいえば問題はただ眼を開くと開かざるとの一点にかかるのである。眼を開いた者にとってはいっさいがこのままで正しいのである）。しかし観ずる者によってよしと称せられたる衆生の煩悩はよしと観ぜらるることによってそれ自身には何の光をも受けることができない。彼らは正智の眼をもって法界を観ずることを得ざるがゆえに、いつまでも苦悩のうちにあってなんの慰藉もなく顚倒し惑乱し慟哭し絶叫しているのである。悟者の悟はそのままでは衆生の迷蒙を如何《いかん》ともなしがたいのである。悟者は幸福でも、世界は――厳密にいえば正智の眼を開かざる衆生は――依然として暗黒のうちに転々しているのである。

このときにあたって悟者には自分の悟を恥ずる心が湧かないだろうか。衆生の苦に対して自分の幸福を私と感ずる意識が動かないだろうか。自分の悟をもたらして山を下ろうとする愛を――倫理的の愛を――感じないだろうか。この愛の徹底せざるかぎり自分の世界も再び新しい意味において暗黒だとは思われてこないだろうか。自分は乞食のような風体をしている人を見て一種の沈痛な満足を感じた。しかもこの満足は自分一個の満足で、この人を幸福にする力はちっともないのだと思ってすまないような気がした。そうして自分のこの小さい経験を根拠にして悟者の心を推想するのである。

もとより自分のここにいう悟者はいっさいの悟者を指していうのではない。芸術の方面からはいった一種の悟者を指していうのである。この方面からはいった悟者には自己の幸福と他人の救済とが最も分裂しやすく、最も矛盾に陥りやすいことを思うのである。そうして美的の悟りもついには一種の倫理的活動に転移してゆかなければならないことを信ずるのである。

6

幸福な、輝いた世界のみを取り扱っている芸術家のことはしばらく言わない。人生の悲惨と暗黒と、これらのものの間に響くシンフォニーとを取り扱っている芸術家は、その取り扱う世界の真生命に徹底するために、まずその正念《ルーエ》を失うに瀕《ひん》するまでに暗黒の世界に同化しなければならない。むしろいったんその正念を失ってしまうまでに、自ら慟哭し絶叫しなければならない。しかしこの素材《シュトフ》の世界に彷徨し労苦している間、慟哭し絶叫するものとともに渾沌の間に昏迷している間、彼の衷《うち》には彼の芸術が生まれてこない。彼はこの世界にさし込んでくる光か、この世界の底を流れている流れかを探りあてるに従ってよくやくその正念《ルーエ》を回復してくる。そうして彼の芸術の世界の形成《ゲシュタルトゥング》と結晶とが始まってくる。彼の世界に一つの節奏が響き始めてくる。彼が素材の世界に貫徹するの深さはこの節奏の中にとかされて始めて特別の「美しさ」を生じてくるのである。彼の慟哭と絶叫とは始めて洪鐘《こうしょう》のように響き渡るのである。

地獄を見ないものは地獄が描けない。地獄を忘れたものも地獄が描けない。地獄にいるものもまた地獄が描けない。地獄を通ってきてしかも現在鮮《あざや》かに地獄を「観」ているものにして始めて地獄は描けるのである。

正念《ルーエ》とは冷ややかな超越《ユーバアレーゲンハイト》ではない。

（大正四年秋）

三　去年の日記から

1

昼寝からさめて寂しい、空しい、落ち着かない心持になる。去年の暮から始まった「一年間」の問題が一生の問題となり、読書と修業（行法《ぎょうほう》）とのディレンマや、いっさいの仕事の空しさに対する感じなどに溺れて、なかなか読書や仕事に手がつくところまではこぎつけがたい。

夜、風ひどく吹く。広小路に出て買い物をして、帰って一人で少し酒を飲む。涙ぐまるる心持。

（一月）

2

生きるとは何ぞ。

平凡非凡併《あわ》せて空《くう》となる。

前の生活が後の生活の基礎とならず、突発し霧消する生活の寂しさ。芝居を見、酒を飲み、遊宴歓語し、旅行をする。——すべてそれぞれの記憶を残すのみで、過ぎてしまえば跡かたもない。酒さめたる後、興奮のすぎ去りし後に残るものはただ疲労とデプレッションとのみ。連続なき生活のはかなさ。

ああ、南無無量寿仏。南無無量光仏。

3

何のために書を読むか。

知らないのが口惜しいから読む。

商売だから読む。

現在の楽しみを求めるために読む。

自分の生活の基礎を拵《こしら》えるつもりで読む。

読んでゆきながら、書中の問題または書中の世界に同化するは何の用ぞと思う。ある部分は自分自身の問題に心奪われながら上の空で読む。ある部分は書中の問題に同化せんと努力するために自分の問題を殺していることを意識しながら苦しみ読む。自分の問題と書中の問題とピタリと呼吸が合うことを感じながら、先を楽しんで読むことはすこぶる稀《まれ》である。まして全編を通じて呼吸の一致を感じ通すことなどはほとんどない。

かくて自分はなかなか本が読めないのである。

4

午前Xがその情人を連れて遊びに来る。軽い戯れるような好意を感じながら二人のふざけるのを見ている。

LとQから年始状の答礼が来ない。これが先生や長者ならばなんとも思わないが、彼らが金持なるゆえに癪に触《さわ》るのである。自分が彼らに年始状を出したのは、彼らが金持だからではなくて、友だちらしい親しみを見せたのを殊勝だと思ったからだ。自分は鐚《びた》一文だって彼らの世話になろうなどとは思っていない。それを彼らの門前に蝟集《いしゅう》して利益のこぼれに預からんとする書生並に取り扱っていやがるのはなんという不心得だ。もうこれから挨拶をしてやるものか。自分は憤慨と反抗との炎を燃やした。そうしてその炎の奥にはこの小さい拘泥を卑しむ哲学者の心が笑っている。

しかし悲観するには及ばない。道は確かだ。ただ雲が通りすぎるのだ。

5

夜Zという人が尋ねて来た。始めはうるさいという心持で話をきいていたが、後にはこのまじめな、忙しい中に勉強を心がけている、本を買いたくとも金の余裕のない、知識の乏しい、誠実な人に対する尊敬と同情とが起きてきて、しみじみした心持になった。そうして優《やさ》しい心持で親切に話をした——自分はここに「この人の方が自分などよりはえらいのである」と書こうとしてハッと思った。こういう言葉はちっとも自分に損のゆかない、むしろ自分を寛容な人と思わせる利益のある、他人に喜ばれやすい言葉である。それだけこの言葉は軽々しく発すべき言葉ではない。自分がZという人のまじめなのに感心して、自分が恥ずかしく思ったことは確かである。しかし本当は自分はこの人がいったいに自分より偉いと思っているのではないのである。今自分は自分が書こうとした言葉に、自分自身の優越を裏から肯定しようとする心持の影があることを認める。こんな言葉は本当にめったに使うものではない。

6

つかまえたるもの指の間より逃ぐ。
[1]Exaltation よりさめたる後の depression のわびしさをいかにせん。
恋、酒、事業、好景、歓会——これらのものすべて皆空し。

7

能成の翻訳でニーチェの『[2]この人を見よ』を読む。

ニーチェとは自己に対する評価がまるで[3]反対の立場にありながら、その思想が思いがけぬところで一致するところがある。自分がひとりで考えていたところを、ニーチェが全く同じ言葉でいっているところもある。自分はニーチェ反対者でないとともに、純粋のニーチェ主義者でもないと思う。ニーチェの主張には同感なところが多く、ニーチェの批評には反対なところが多い。[4]ニーチェのメタフュージクには科学的ポジティヴィズムがあることを思う。これが彼の哲学を誤謬または時代遅れにする原因になりはしないかとも思う。いろいろの混雑した感じと、多少の濁った落ち着かぬ心持と、全体を包む興奮とを経験する。ニーチェに対する批評的研究の興味が新たに刺激される。

8

[5]K子を抱きて宵寝す。眠りながら三度四度続けて片頰に笑む。
力んで赤くなる顔。乳房をさがしてあせる口。笑いより顰《しか》め面《つら》に変わる表情のうつり目。利口に見えたり、小ましゃくれて見えたり、すふざけて見えたり、いたずらに見えたり、仏のように見えたりする人相の変化。

十時縁側より庭に下り立つ。月夜、霜夜、白く、遠く、一つにうす靄かかれり。静かなる幸福の心。

9

夜九時過ぎ、さっき買って来た伏見の豆人形を机の上に行列させて楽しんでいたが、ついにこれを床の間の長押《なげし》の上に行列させることを思いついた。二十五燭の電気が青味がかった光で隈なく照らしている中を、小さい人たちが小さい影を投げて長押の上に列んでいる。その数およそ六十。じっと見ていると不思議な生物のように見えてくる。並べおわったのは十一時半過ぎ。隣のT夫人が外から呼ぶので戸をあけて見たら月が墓地に冴えていた。

女中が二階に上がってきて蒲団に行火《あんか》を入れてくれる。

10

三月二日。谷中(1)の家の戸を締めて学校へ行き、帰りがけにわずかな金を持って三越と松屋とに雛人形を買いに行く。三越はもう売り切れていた。たまたまあるものは高くて手におえない。三越に緋毛氈《ひもうせん》を、松屋に五人囃《ばやし》と貝雛とを買い、貧しく乏しい心をいだいて衢《まち》に出ると、雨がハラハラと降って来た。万世橋から電車で柏木(2)《かしわぎ》へ行き、貰ったのや買って置いたのや今日買ってきたのなどを並べて見ると、見すぼらしくごたごたしながらもさすがに賑《にぎや》かに見える。夕暮妻が桃の花を買いに行ったあとでK子が大あばれをして僕を困らせる。夜十時過ぎぬるい湯にはいって寝た。なんとなく納まらぬ心持である。

夜中、雨が降って雷が鳴る。しかしK子は何も知らずに安らかに眠っている。

11

天気よし。K可哀《かわゆ》し。午後近郊を散歩するに、春の風冷ややかな中に温かみを帯びて、日の光が柔らかに野の上に流れていた。そこここに娘や子供が摘み草をしているものが多い。この世の美しさとこの世に生きることの幸福とを感じて、静かに、柔らかに、感謝の祈りを捧げたい心持になった。小川の縁に萌え出した草を藉《し》いておぼろに暮れ迫る向こうの丘の雑木林や森かげの三重塔をじっと見ているうちに、久しい間ただ求めるばかりで感ずることができなかった神の近接《ネーエ》を感じ得たような気がしてきた。Kを得てから、若い女を見るにAppetit(1)の眼をもってせずに、同胞に対する慈愛の眼をもってする視野の開けてきたのも嬉しいことの一つである。Kを得てからKの母に対する色情と憎悪とともに和《やわら》げられたるもまた嬉しいことの一つである。Kを得てから彼女の母の顔が著しく平和に、輝いて、幸福に見えてきたこともまた嬉しいことの一つである。Kに感謝しなければならぬことが、どんなに多いことだろう。

五時柏木を出て、夕暮池の端のえびす屋で米沢と伊予のあねさまと、首ふりの虎とを買いこれを本箱の上に飾る。おっとりと素直なあねさまの顔はまた余の幸福感を助けた。この心を伝えるためにW(2)夫婦に葉書を書く。

12

甘い心持の飢えを感ずる。それで学校(3)の帰途丸善にセガンティーニ(4)を買って、電車の中でも帰ってからも貪《むさぼ》り見た。愛と涙と敬虔と、孤独と寂寥と山と湖との心にみてるその(1)材料の世界にいいがたい親しみを感ずる。折から来合わせたEと二人でしみじみと見る。

　夜十時半、客が帰ってからまたセガンティーニを見る。今度は一人なので本当に涙が出てきた。そうしてセガンティーニの愛をもってわが子K子のことを思う。

13

夕暮頭が疲れたので屋根の上の物干台に上る。静かに、ほがらかに、気高く暮れてゆく(2)湘南の海と山と眼の前にあり。外界を支配している平和清明の感じと、疲れ鈍りたる自分の状態と。自分はここにわれと自然との背反を感ずる。主観的状態の動揺を離れたる対象《ゲーゲンシュタント》の権利を感ずる。われと世界との追分の心もとなさを感ずる。

　自分の心は疲れ鈍りたるがゆえにこの美しい世界に同化することができない。しかもこの世界は疲れ鈍った自分の心にもなおその本来の美しさをもって押し迫って来ることをやめない。自分は今、疲れた頭をかかえて悄然として、静かに、ほがらかに、気高い海と山との夕暮に対立している。

　躍《おど》り込め。根を張れ。一つに生き、一つに燃え上がれ。しかし自分はそのために、どこまでもこの弱い、疲れやすい主観を錬りぬかなければならない。主観の動揺を離れても大なる価値の世界がある。しかしこの世界は魂あるものの主観を離れて実現の(3)地《プラッ》を持っていないのである。

（五月、鵠沼）

14

××××という田舎《いなか》の雑誌から創刊の挨拶と原稿の請求状とを受け取った。往復葉書にせずに開封書状にしたのは、丁寧《ていねい》にしようとのこころであろう。要求に応じていい加減な原稿を送ってやらないのはむろんのことである。俺は従来往復葉書の質問を受け取るたびに、返事をせぬのは見知らぬ人に(1)一銭五厘の借金をしているようで心持が悪いから、その葉書を送り返す意味だけでも返事を出さずにはいられなかった。今度は返事を出さずともそんな気がせずにすむから、返事は出してやるまいと思った。しかし思いかえして、往復葉書にせずに書状にしたのは、田舎の人の気のきかない礼儀である。それをいいことにして挨拶を出さずに済ますのはあまりに思いやりのない仕方だと思った。それで断わりの返事を書くことにきめた。

――これが俺の近来のやり方である。俺のやり方の純と不純と、いたったところといたらぬところとがこの小さいことの中に現われている。こんなことにもちょっとしたこだわりを感ずるのは、自分の程度ではどうにもしかたがない。

小さいことに波を立てる心よ。しずまれ、しずまれ、人に知るな。

15

フト鏡の傍を通って自分の顔を見た。自分の顔を見てK子が俺に似ているという話を思い出した。それからいったいに女の子は男親に似て、男の子は母親に似るという話を思い出した。

男を女に生まれかわらして見たり、女を男に生まれかわらして見たりして、個性の動き方が男女によってどんなに違い、どんなに一致するかを見るのは興味のある(3)experiment《エクスペリメント》であろう。俺を女にしたり、(2)Tを男にしたりしたらどんなものができるかしら。God, the scientist や God, the novelist があったら、これも消閑の一つにはしているかもしれない。

16

草と木と人とが俺の内にあるならば、神も俺の内にあろう。草と木と人とが俺の外にあるならば神も俺の外にあろう。神はもとより草や木とは異なった存在である。したがって神が俺の内または外にあるありようは、草や木と等しくないことはいうまでもない。しかし少なくともすべての存在が客観的であるとおなじ意味で客観的であるに違いない。

17

俺はわかりのいい男だそうだ。あるいはそうかもしれない。しかし俺の現在の立場から眼の届かぬ境に対しては頑固にわかりの悪い男でもあるに違いない。

ここに俺の人生を踏みしめる足がある。ここに俺の真正の進歩の素質がある。

18

「おまえのやり方はこうだ――おまえは字を書きながら、一筆書いては俺はまずいなあといったり、俺もなかなか有望だよといったりする。まずいのも、有望なのもみんな本当でも、とにかく一々そういわれてはうるさくてたまらない」

19

「彼は亡くなった人の遺影に対して見えも飾りもない悲哀を感じた。しばらくの後、彼はこの悲哀の表情が遺族の心に反映して彼らの顔に感謝と満足との感情が浮かんでいることを読んだ。そうして彼は相手に反映したこの心持を意識しながら更に悲哀の表情を持続した。彼は自分の態度に悲哀の pose[1] が交ってきたことを意識してにがにがしいと思った。

彼の人格を統御する善良なる意志がなかったら、彼は偽善者となり籠絡家《ろうらくか》となるべき多くの素質を持っているに違いない」

20

「三十前に何か一仕事した者でなければ、一生ろくなことができないものだそうだ。君は三十前に何か一仕事しているかい」

「いいや」

「それじゃ君は一生ろくなことができない仲間だね」

「僕は三十前に、一仕事を仕上げはしなかったけれども、三十前から大きい仕事を始めて今もなおその仕事を進行させている。もし君のいう意味は三十前に何か大きいことをして見せなければ駄目だというのなら僕はその前例をきっと破って見せる。僕の今書いているものは皆僕の大作のエチュード[2]だ。僕は一生に一つ仕事をすればいいのだ。僕は *Goetz*[3] や *Iphigenie* を書かずとも、一生のうちに一度僕の *Faust* を書いて見せる」

「それにしちゃあ、君はあまりエチュードを惜しまなすぎるよ。ゲーテはファウスト断片を売り物にして成上がりはしなかったからね」

「ファウスト断片を公にしていてもいなくても、ファウストそのものの価値には変わりがあるまい」

「世間のやつは飽きっぽいから、もうファウスト断片で鼻についてしまって、本物のファウストができ上がるころには、見向きもしないようになっているだろうよ」

「どうせそんな浮気なやつは、僕よりずっと先に駄目になって、僕のファウストができ上がるころには、発言権を失っているにきまっている。そのときには更に新しいジェネレーションが生まれていて、フレッシュな心で僕のファウストを読んでくれるだろう」

「おあいにくさまだね。その新しいジェネレーションは、もう君のファウストよりもずっと進んでいて、お爺《じい》さんの一人よがりを笑い飛ばすに違いないねえ」

「そのときには僕は永遠の後に生きるのだ。ゲーテのファウストがロマンティック(1)よりも長生をしているとおなじように」

21

「君は僕を侮辱したね。君はいわゆる『愛するがために』僕を侮辱したのか」

「いやそうじゃない。僕は君を憎むがゆえに侮辱したのだ。だから僕は君と逢うと、少しテレて、窮屈で、息苦しいような心持がする。こんな心持がするのは、君を愛していないための刑罰だ。しかし僕が君を侮辱したのは、社会と真理とを愛するためだった。社会と真理とを愛する者は、君のような詐欺と瞞着《まんちゃく》との生活を憎まずにいられないのだ。だから僕は君を侮辱したことを悪いと思わないばかりか、かえって広く人間のためにいいことをしたという自覚を持っている。だから僕は君と相対する時こそ妙な蟠《わだかま》りを感ずるけれども、世間の前ではちっとも自分のしたことを恥ずかしいとは思わない。もっともし僕が君その人に対しても、愛するがゆえの憎しみを感ずるのだったら、僕は君と差し向かいになっても、世間の前を闊歩すると同じように君の前を闊歩することができるだろう。もとよりそうなるのはいちばんよいことで、そうなるように修業しないのは嘘に相違ないが、たといそれほどの立派なことができないにしても、君のすることに無頓着であるよりも、君を悪《にく》んで君を侮辱したほうがいいことだと信じている。君のような不まじめな、上面《うわつら》の胡魔化しで瞞着してゆく男から、いつまでも国政を議していて貰うようでは、全く日本も心細いからね」

（三太郎と代議士）

22

下らないことから力を抜く——一大事にウンと力を入れるために。

無用の争いを避ける——命がけの喧嘩をする力を蓄えるために。

上すべりをして通る——中心の問題に注意の焦点を集中するために。

力の足りないものは力の経済を考えなければならない。俺の力はいくら愛惜して使っても、なお必要に応ずるにさえ足りない。

下らないことにも全力を注いでいるような顔をしたがるな。何げない顔をしていることができなくなるまではいつまでも何げないような顔をしていよ。

世間はうるさい。外来の刺激はあまりに猥雑である。すべての遭逢《エアファールング》は内から抑揚《(1)ベトーヌング》をつけなければならない。

すべての刺激をそのままに受け入れて全力を刹那刹那に用い尽くすを得る者は非常な強者である。

もしくは無神経なばかである。俺は強者でもない、ばかでもない。
すべての避け得べからざることの中に邁進《まいしん》して汝自身の生命をその中より発見し来《きた》れ。すべての避け得べきことについて、進むべきと逃ぐべきとの判別を明らかにせよ。

（大正四年抄録）

四　日常些事

1

昨日何か考えたことがあって、昼飯を食いながらこれを日記に書こうと思っていた。しかし、茶《ちゃ》碗《わん》を洗って、椎茸《しいたけ》をきって、鍋《なべ》に入れて、火にかけて、机の前に来てすわるまでの間に、何のことだったかすっかり忘れてしまった。新聞の帯封をきって紙撚《こよ》りを拵《こしら》えたり、お茶を飲んだりしながら考え出そうと努めたけれども、ついに思い出せなかった。今度はいろいろの手がかりを見つけて、それからたぐり出そうとしたけれども、それも駄目であった。忘れてしまわれるくらいのことならいいじゃないかと思っても、たぐりかけた心の糸を途中で見失うのがいやな心持であった。俺は(1)モナリザの笑いを顔に浮かべながら——西川が俺の笑い方をモナリザの笑い方だといった。そうして俺はいくぶんの得意といくぶんの悲哀とをもってこの言葉を肯定するのである——「(2)三百おとした気持たあ、よくいったものだなあ」などと囁《ささや》いてふざけながら、午後の仕事にとりかかった。

その夜の九時に『(3)クロイツェル・ソナタ』の訳が全部完成した。俺は雨戸を締めて、床をとって、もぐり込めばいいようにして置いて外に出た。十日余りの月が小さく空にかかって、砂路に松の梢の斑《まだら》な影をおとしている。俺はステッキで砂をたたきながら、行く行く自然の美しさを思った。そうしたら、自然に昼飯のときに考えたことが思い出されてきた。それはその前の日に読んだトルストイの『(4)ルツェルン』の最後の一節に関したことであった。俺はまたこの思想の糸をとりあげて考えながら、砂山の嶺伝いに小松原のはずれまで行った。そうして帰ったら寝る前にこれを書いておこうと思っていた。しかし十時過ぎ家に帰るころにはあまり静かな心持になっていたので、再びこれを興奮させて安眠ができないようにするのは惜しいと思った。それで、あんな心持は書きとめておくほどのことでもないと思いながら床にはいった。しかし、なぜだか俺は寝つかれなかった。戸外の月夜を内から思いやりながら、俺は久しく床の中で眼をさましていた。そうしてむしろこの前置きに興味を感じながら、今朝になってそのことを書きつけるのである――

トルストイは富裕なるイギリス人の刻薄を憤って、彼らによって何の酬いられるところもなかった楽人のためにいろいろのことをした。そうして最後に湖畔の月光の中に独歩しながら、いっさいが神の中に調和を保っていることを思って、自分のひとむきな憤激の心を嗤《わら》うような心持になった。(鷗外先生著『水沫集』「瑞四館」参照)。

しかし、神とならずして、いかなる人か神の眼から見た世界の大調和を底から悟り知ることができよう。この思想は予感であって、real《リアル》になった物の見方ではないから、往々にして真正なる葛藤をごまかすための口実となる。しかし吾人が真実に吾人の現在獲得している立場から世界と人生とを見るとき、どうしてあのような英人の刻薄を憤らざるを得よう。吾人を真正に生かすものは、彼の気分に基づく事後の調和観にあらずして、このにがにがしい憤激の情である。人の生活が「離れ」た立場から「即《つ》く」立場に進むに従って、ますます後の方の見方が重きをなしてくるであろう。トルストイの一生もまたこの方向をとって進行してきたものと見ることができるのである。

現在真正に獲得した立場からいっさいを地道に見てゆきたい。しかも更に高い立場の可能を忘れぬようにしたい。憤激のうしろに反省がある。確信のうしろに懐疑がある。この反省と懐疑とは、いまだ知られざる高みから差してくる光である。現在の憤激と確信とに一種のフレックシビリティを与える[1]靭体《じんたい》である。

2

すべての立場にはそれぞれに限られたる視野がある。立場が推移すれば視野もまた推移する。しかし究竟の立場に到達せざるかぎり、すべての人にはいまだ視るを許されぬものがあるはずである。その視野に入り来たるいっさいのものの外に、いまだ見るを得ざるものに対する敬虔なる予感があるはずである。

ある種の人は自己の視野に入り来たるいっさいの事物を鮮明に的確に見る。そうしていまだ見えざるものをいまだ見えずとして、謙《へりくだ》り、嘆き、仰ぎ見る。これに反してある種の人は渾沌《こんとん》として自己の視野に入り来たるものをさえ見ることができない。しかもその視野を限る地平線を越えてはるかに遠き事物を透視する不思議な能力を持っている。むしろ最も自己に遠いものを最も自己に近いもの——現在直下に自己の中にあるものと盲信する幸福なる妄想を持っている。

いかに「抽象」的なる思弁に耽《ふけ》る者といえども、彼の生活が真正にこれによって支配されているかぎり、彼の思想は最もいい意味において具体的である。いかに「具体」的研究を主張する者といえども、彼が真正に具体の世界に生きることをしないかぎり、彼の具体思想は最も悪い意味において抽象的である。ある種の人は最も具体的に概念と形式とを取り扱った。ある種の人は最も抽象的に事実と内容とを取り扱った。

自分の視野に入りきたる事物を鮮明に的確に見る力を持っている人を「わかりのいい」人という

ならば、彼は自分の視線の到達し得ざる事物については頑固に「わかりの悪い」人でなければならない。しかし別にこの世には何でもかでもすっかりわかる人がある。自分の立脚地と全然無関係に、視野以内のことも視野以外のことも何でもかでもわかる——もしくはわかるつもりでいる人がある。後の意味において「わかりのいい」人となることは実に恐ろしいことである。世に「無縁の衆生」というものがあるならば、彼こそは正しく「無縁の衆生」の代表的なものである。

ある人は登山者として今人生の中腹を登って行く。ある人は死骸のように、人形のように、もしくは絞首台上の首のように、人生の絶頂に立って、登山者の遅さを見下しながら歯をむいて笑っている。立っているところの高さを比較すれば登山者は決して山上の死骸の敵ではない。差別は、ただ前者は真正に征服することによって、中腹に攀《よ》じ登り、後者は運び上げられることによって山上にさらされているところにあるのみである。ある人は中腹にあっても生きることを冀《こいねが》い、ある人は死骸となっても高き処におらんことを冀う。

人類の到達し得たる最高の立場に易々と身を置いて人生を瞰下《かんか》している人たちの顔に、自分は時として絞首台上にさらされたる生首《なまくび》の相を見る。彼らの言葉はさらされたる首から来るもののように響きが足りない。自分は高い処から落ちてくる彼らのからっぽな声を耳にしながら、もし自分が彼らと等しい高みに攀じ登る日が来たら、自分は決して彼らのように生き、彼らのように物を言いはしないだろうと思う。彼らの声はそこに生きている者の声ではない。そこに死んでいる者の声である。

3

夜、仕事が手につかないので古い手紙を整理する。昔親しかった人で、心持の離れてしまった人の多いことをいまさらに想いかえした。昔の親しみを思うと今離れている人でもなつかしい。いろいろの人に世話になった。世話になった人に離れている。すまないと思う。俺は薄情だと思う。知らず識《し》らずの間に俺は多少の人を踏台にしてここまで来ているのだと思う。

昔の方が今よりももっと本当に人に親しんでいた。自分の中に立てこもる寂しさ冷たさ固さが少なかった。今俺は愛を思う。そうして愛しえざる寂しさに導かれて神に行こうとしている。昔の俺は自分の享楽を思った。そうしてその実もっと人を愛していた。

俺の友情にはセンターにはいった人とはいらぬ人とがいる。長く知り合っていていつまでもはいらぬ人もいる。後から来てただちにはいってしまう人もいる。概していえば俺の心は肌合いのこまやかな、温《あたた》かな、柔らかな心に向かって開いてきた。俺の生涯にとって忘れがたき人々の数よ――M、H、F、I、A、N、S、Y、U、K、W、E――父母兄弟の名はいうまでもない。Tの名もまたいうまでもない。ある人とは喧嘩をして別れた。ある人をば俺のほうから避けた。ある人とは知らぬ間に冷たくなっていた。ある人とは互いに思いながらも遠ざかった。ある人とは最も近づいてしかも最も越えがたい心の溝渠《こうきょ》を感じている。

わずか三十年余の生涯も、魂と魂との遭逢離合を思えば、遠い、ほのかな心持がする。

4

内面的とは行為に現われないということではない。内部より発生するということである。外面的とは行為に現われたということではない。外部から付加されるということである。全的であるにはまず内面的でなければならない。内面的とは全的でないということではない、頭だけに限るということではない。外面に発露することを禁止するということではない。

5

人を怒らせることによって、その人を精神的に征服することがある。相手がブツブツ言いながらも、自分の言ってやったことが次第にその魂にしみてその言動に現われてくるのを見ているのはいい心持である。相手をとがめようとするのではない。自分の行為の空しくなったことを自ら喜ぶのみである。

五　懊悩

今日また読者からの手紙を受け取った。「主よ汝の愛するもの病めり」の一書によりてまさに救われたというのである。

Xは俺の本を読んでキリスト教に対する疑惑から救われ、新しい方面からキリストを見ることができるようになったといってきた。俺の書いたものを読むと、熱と力と光とが無限に湧くといってきた。俺がそれにあたらないといっても彼女はそれを信じない。幾回か議論を往復しても、この点において二人は一致することができない。二人の立場が異なっているから、一致することができないのはもとより当然である。しかし自分の書くものに他人を照らす力があるというのが不思議でならない。

俺は今最も悪い状態にいる。俺の生活は今最もゆるんでだらけている。しかしこの時期が過雲のように通ってしまっても、自分は救われているという意識が俺にやってこないことは疑う余地がない。俺のだらけている精力が張ってくれれば、俺は現在の苦痛によって生命の緊張することを感ずるであろう。更に一歩を進めなければならぬ要求を感ずるであろう。しかし力を持ち、光を持ち、救いを得たというような意識はいつになって与えられるかわからない。俺に感ぜられるものは、痛切に感ぜられるものは、ただ内面の欠乏のみである。ゆるんでも張っても、俺はとにかく闇にいる意識を離れることができない。しかるに人は俺によって「力」を得、「光」を得、「熱」を得たという。

何の意味ぞ、何の意味ぞ。俺にはわからない。

もしくは現在俺の中にあるものを所有するのみでも、なお人は新たに得たる歓喜を経験するを得るのか。俺が常に欠乏の意識に苦しめられているのは、飽くことなき貪欲の深さによるので、俺は実際俺の後から来る者に光と力とを与えることができるほど進んでいるのか。俺はXらの言葉の誠実を疑うことができない。彼らの言葉の誠実を信ずれば、俺はとにかく彼らには歓喜を与える力を持っていると思わなければならない。しかしその力はなお俺に自信を与えない、歓喜を与えない、不断の充実と緊張とを与えない。俺はかえって彼らの方が自分よりもはるかに緊張し、充実し、純粋に感謝し、歓喜していることを信じている。俺は自分の力を喜ぶよりも、彼らの前に自分の不純と弛緩とを恥ずる意識で一杯になっている。たとい俺の中に彼らを照らす力があるとしても、俺はそのゆえをもって自分を彼らの上に置く気にはとてもなれない。俺はただ忸怩《じくじ》として自分の前に跪《ひざまず》く者の前に跪くばかりである。

もしくは俺は救済の「器」にすぎないのであるか。俺は救済の器という言葉をこんな意味で経験しようとは夢にも思わなかった。俺には宗教的の意味において力の自覚がない。自ら救われているという自信がない。したがって人を救い得るという自信がない。しかるに人は自分から力を受け、自分に導かれて救いを得たという。彼らの自分から受ける力を俺は知らない。彼らの自分から得る救いを俺は知らない。俺はいつまでもいつまでも力と救いとをただ求めている。それだから俺は俺によって力を得、救いを得た人を羨む。尊敬する。そうして自分はいつまでも悄然として頭をたれている。救済の器という言葉がこんな皮肉な意味をも持つことができようとは、思いもよらぬことであった。

(1)弥勒菩薩《みろくぼさつ》はいっさいの衆生を救ってしまうまで自ら涅槃《ねはん》にはいらないと誓ったとかきく。しかし俺は誓ったのではなくて取り残されるのである。俺を一つの通路として俺の先に行った鳥を羨ましがっているのである。かくのごときあわれむべき先覚や指導者がかつてあったであろうか。これからあるであろうか、いったいあり得るであろうか。

もしくは俺はこれまで嘘ばかり言ってきたので、今その罰を受けるのであるか。神はこの嘘つきを道具としてその聖業をなし給うのであるか。

俺は嘘つきか、嘘つきが俺の本体か。

否《いな》、俺の文章は闇にいるという意識によって緊張しているのみである。俺の文章は光を求める心によって緊張しているのみである。俺の世界には(2)パースペクティヴが開けているのみで、俺は決して俺の求めているものを現在獲得しているとは宣言しなかった。おそらく俺は嘘つきじゃあるまい。俺は嘘つきじゃないように思う。

しからばこの骨に徹する皮肉は何の意味ぞ。

もしくは神この道によって余を何処《いずこ》かに導かんとするか。

自分はまたなんにもわからなくなった。

六　"Ivan's Nightmare"(1)（メフィストの言葉）

1

「ここに一人のばかがいる。

おまえは他人の運命に干渉することを慎むという意味においては、きわめて神経質な Altruist(2) である。おまえは決して他人をそこなうに堪えない。しかしただそれだけの話である。おまえは積極的に他人を愛したこともなければ他人に善をなしたこともない。おまえの『善』はただすべての他人に向かって、『君は君として生きたまえ、僕は関係しないから』というにすぎない。

そうしてそれはおまえが他人から干渉されることを極端に嫌う性癖を論理的に徹底させたにすぎないだろう。おまえは他人から少しでも自分に触《さわ》られるとただちにその手をおしのけて、『僕のことは僕に任せ給え、僕も君のことには干渉しないから』というのである。

その癖おまえは寂しいと言っているね。融合の愛を求めると言っているね。しかし愛する者が大勢手をつないできて、おまえの周囲をぐるりと取り巻いたら、おまえはどぎまぎしやしないかい。おまえは本当は一人で寂しくしていたいんじゃないのかい」

2

「おまえの生活にはなんといってもまだ内容が足りない。文明史的の意味においても、現実的の意味においても。

現実的の生活は空しいだろう。しかしおまえはまだろくにその生活を味わっていないから、一方にはそれに対する未練があるし、一方にはそれを厭《いと》う心持が濃厚でない。それだから善にしろ悪にしろそれから来る刺激をいきいきと受け取ることができないのだ。Experiment《エクスペリメント》の態度でもいいから、もっと恋愛と歓楽と迷いとをあさって見ろ。必然的にそこに堕ちて行くのならいちばんいいが、聡明で冷静にすぎるお前にはなかなかそんな時期が来そうにもない。構うものか、Experiment の心持でやっつけろ。そうして誘惑を捜しに出かけて行け。

おまえは Kultur(1) を消化していない。のみならずそれに接触してさえいない。そんなに無学じゃてんでお話にならないじゃないか。生意気をいわずに、もっと落ち着いて知識をあさってみろ。

おまえにはすべての経験に直接にぶつかっている余裕がないから、頭だけで見通しすぎている。素質と境遇とが共同しておまえを『先が見えすぎる者』にしている。真正に征服せずに先ばかり急がしている。おまえは貧弱な経験を統一しようとしすぎる。おまえは十分の幅なしにひょろひょろと背だけが延びている。なんといってもおまえの『宗教的』は怪しい。こちこちに固まってしまわない前に火にかけてみろ。『懐疑』と『利己』と『享楽』との力を呼びさまして『神』に反抗してみろ。征服して統一する前に、征服されるものをたくさん喚び越こしてみろ。構うものか、Experiment のつもりで、自分の意志で、自分のたくらみを承知しながら、自分の生涯に一つの時期を画してみるつもりで、堕落してみろ。

本を読むこと、身慄《みぶる》いの出るような恍惚をさがしに行くこと、そうしながら自分の考えをおしつめてゆくこと、考えの本当に熟した時に熟果の墜《お》ちるように文章をポトリポトリとおとしてゆくこと——なんという楽しい生活の夢だろう。

もちろん、おまえがそうしている間にも多くの人は苦しんでいるだろう。飢えているだろう。しかしおまえは当分それに眼をつぶっておまえの楽しみを——おまえの成熟を——求めてゆかなくちゃならない。そうしておまえがいくらおまえの『実験』に夢中になったって、実際今日以上に彼らの運命に冷淡になり得ようがない。おまえは他人の未来の不幸を予想して自分の享楽を控える意味では今より『方正』でなくなるかもしれないが、現在貧しき者悩める者に対しては、もっと親切で慈悲深くなるだろう。

おまえは罪と過失とによって、もっと本当に他人を愛することを学んでこなければいけない」

3

「おまえはあわれみのために他人の弱点に媚《こ》びることをせぬ点においては、相応に性格の強さを持っている。おまえは友人の誤謬を認め、敵の真実を承認する点においても相応の公正を持っている。おまえは泣いて訴える女に向かって、この点はあなたがいけないと思うということができる。おまえは過失を逃げようとする友人に対して、僕は君に賛成しないということができる。しかしそれはその友人を愛するためにその非を諫《いさ》めるのか。自分の Konsequenz(1) を愛するために情にほだされた態度をとることを恥ずるのか。

一つにはこれは正しくないと思う。二つにはこれはこの人のためにならないと思う。三つには今この非に賛成すれば俺の思想と行動とが一貫を欠くと思う。世間の手前申しわけが立たないとさえ思う。おまえの心の中にこの三つがことごとく働いていることは事実だが、いずれが最も先に来るか、いずれが最も重きをなしているか。ここに来るとすこぶる疑問になる。

Yはおまえを主義の人だといったね。全くおまえは相応に主義の人でもある。しかしそれは真理を愛するためか、他人を愛するためか、自己を愛するためか。

眼先の見えるやつは、自愛のためにもまた主義の人となり得るのだ」

4

「おまえがZに親切にするのは、まさか彼女が金持だからではあるまい。しかし彼女が女だからでないかどうかはすこぶる疑わしい。

おまえは顔を赧《あか》くするね。俺はおまえがこの告白に堪えないことを知っている。黙っていろ、黙っていろ。おまえにそれだけの力がつくまでは。

ただおまえは彼女の尊敬を自分の merit《メリット》 として受ける資格がないことを承知していればいい。おまえがそれほどの不純な心を持っていることを承知していればいい」

5

「おまえは昨夜どんな夢を見た。

おまえは夢の中で、頭をおかっぱにした、五つばかりの、唇が赤ん坊のように白く柔らかな、土人形のような恋人をその前の男から誘惑したろう。おまえは……。そうしておまえはその夢の半ばで飯と火とを持ってきてくれた女中に起こされたろう。

おまえは女中のために戸をあけてやって、すぐに床の中にもぐり込んで、またその夢を追うた。

この夢とこの夢を見る自分の人格とを呪う心持は、すぐにはおまえの心に湧いてこなかった。おまえはこの醜い女たらしの夢から脱却する日の一日も早く来《きた》らんことを祈る心持にもならなかった。おまえは半ば見残した楽しい絵でも思いかえすようにさっきの夢を思いかえした。感覚の興味と残酷の喜び（ああこの蕩児のみが知る残酷の喜び！）をもっておまえは夢の中の画面を思いかえした。そうしてそれを貪り味わってから、ようやくこれが神を求める者の心持か、これがドン・ファンを否定するものの心持かと思ったのだった。ここに至っておまえには始めて自ら恥じる心持が起こってきたのだった。おまえは『悪』そのものを憎まずに、悪を憎まぬ無恥を恥じることを知っているのみだ。おまえのハートにはまだconversion《コンヴァーション》がちっとも行なわれていない。おまえの『恥』は表面的だ。おまえの思想は実に根底が浅い。

おまえはかつての厭いしものを喜び、かつて喜びしものを厭うハートの転換を経験していない。おまえは依然としてかつて喜びしものを喜び、かつて喜びしものに溺れている。おまえはただ、このうっとうしく、蒸し暑く、酷《むご》たらしく、悲しく、落ち着かぬものが自分の究竟の境地でないことを感じているだけだ。おまえのように蕩児の興味に生きていながら『神を求める者』も凄じい。おまえを嘘つきだという者も、おまえの思想は生活を遊離しているという者も、おまえを偽善者だという者もすべて正しいのだ。おまえの『誠実』も、おまえの思想における『生活の根』も、ただその時々のStimmung(1)を欺かないという点において意味を持っているだけで、まだ人格的生活には徹していない。

おまえはしばらくものをいうな。しばらく黙っていてその蕩児の仕末をどうにかつけてしまえ。それでなければおまえの考えることは、すべて究竟の意味ででたらめにすぎない。ましておまえのような中ぶらりんなばか野郎の書くことが何になるのだ」

（大正四年、春から夏へかけて）

七　病床の傍にて

1

今持っているこれんばかしのものがまだ持たぬものの多きに比べれば何になる。救いを求めている者がいまだ救われないという意識を前にして、自分の進んできた路を自慢にする余裕がどこにあろう。

ないものがほしい、ないのが苦しい。少し持っているものなんか糞喰《くそく》らえ。

2

おまえは跪《ひざまず》いたことがあるか。神の前に跪いたことがあるか。おまえのあらゆる探究に際して、知られざる者の前に跪いたことがあるか。(1) Frömmigkeit を知らざる者よ。

3

病人が苦しみ悶《もだ》えている。しかしそれから数尺を隔てた椅子の上には、自分たちが腰をかけて何の苦痛をも感じていない。自分は平気で病人をあおいでやっている。いかに病人の苦痛に同情して手に汗を握ったところで、自分の肉体は病人の苦痛の億分の一をも感ずることができないのである。自分はこの五尺の軀《からだ》の中に閉じ込められ、他と絶縁してコンセントレートされている生命の不思議を感ずる。同時に病者と等しく苦痛を感ずることのできぬ個体と個体との隔たりについて一種のはかなさと寂しさとを感ずる。

苦しんでいる人をただ見ていなければならぬ苦しみをなんとしよう。

4

自然の世界における偶然を通じて、神の意志行なわるること能わざるか。

自分の法則を自然のままに行なわれしめて、これを神の啓示とすること能わざるか。

根のゆるみたる瓦は落つ——これ自然の法則なり。

落ちたる瓦はその下にあるものを打つ——これ自然の法則なり。

行かんと欲する者は行く——これ心理の法則なり。

ある日あるとき行かんと欲する者が行くとき、根のゆるみたる瓦が落ちてその人を打つとき、
この自然の法則と心理の法則との契合の偶然。

これを通じて神の啓示作用しえざるか。

神の意志、神のテレオロギー、作用しえざるか。

すべての偶然を一つの意志に統合しうるとき、
あたかも他人の人格を認めざるを得ざるほど必然に、
神の姿われらの前に現前するにあらざるか。

5

一々の経験について何者かの意志の啓示を感ず。

推論して「神の意志でなければならぬ」という。

Sollen[1], Müssen が先に立ちて、「神」の姿明らかならざるを如何《いかん》せん。

「神の意志なり」——

かくのごとき絶対的認識に達するを得るはいずれの日ぞ。

ああ、「かくあり」、「かくあらず」

余は汝の単純なる確信を羨望す。

願わくは旧約の世のごとく眼のあたりにエホバ[2]を見奉らんことを。

6

悪をあらわすは偽りて善なるよりよし。

悪を嘆くは悪をあらわすよりよし。

悪を憎むは悪を嘆くよりよし。

悪と戦うは悪を憎むよりよし。

善をなすは悪と戦うよりよし。

よき人となるは善をなすよりよし。

よき人となれ。

すべてのことこの泉より流れ出《い》でん。

7

アルコールをとる。
神と人との姿がいきいきとしてくる。
今俺は葡萄酒の酒杯をあげて神と女とを思っている。
健康のために薬を飲むように、
生命の流れを盛んにするために酒を飲むのはなぜいけないのだ。

酒によって生命を拵《こしら》えることはできない。
酒によって生命の障碍を拭うことはできる。
今酒杯の中に神と女とが踊ろうとする。

8

ある病人の言った言葉の数々。
眠られないときに病人は言う――「Wさん（自分の教えた生徒）のような人をたくさん袋に入れて、その中に自分も頭を突っ込んで寝たら眠られそうな気がする」。また言う――「おまえたちも一緒に眠っておくれ、そうすると私も眠られるから」。Tは涙声で「ええ、ええ、私たちも一所懸命に眠りますから、あなたもなにとぞよく眠って頂戴」と答える。

あるとき病人は言う――「眷属は大勢だが自分は一人だ。それが不思議で不思議でならないのです」

また看護婦に言う……「あなたは誰のために働くのですか。言って御覧なさい。私のためですって。それが不思議でならないのですよ」

愛において祈りを共にする者の慰藉と疑惑と――自分は病人が半ば囈言《うわごと》のように言ったこれらの言葉を長く忘れることができない。

（大正四年の暮）

八　二つの途

1

一己の私事から出発することを許していただきたい。

一昨年[1]の夏、早稲田[2]文学社から「実社会に対するわれらの態度」という往復葉書の質問を受け取った時、自分は、

「私の今、力を集注しなければならないところは、どうしても自分自身のことですから、大体の態度としては、なるべく実社会との深入りした葛藤《かっとう》を逃げなければならないと思っています。しかしそれは私の力が足りないからで、すべての人がそうなくてはならないからではありません。私の力がもっと満ち張って溢れてきたら、私は十分に腰をすえて実社会に突っかかってゆきたいと思っています」

という返事を書いた。しかるにC[3]君は翌月の雑誌『反響[4]』にその批評を書いて、

「自分の力がもっと満ち張ってから、実社会へ突っかかってゆこうというのは、自分というものと実社会というものとを切り離して考え——そういう考え方も場合によって必要であるが——てばかりいるのである。実社会が自分というものの輪郭であり、自分が実社会というものの焦点であるという大切な意識を欠いている、自分をよりよくすることによってのみ、社会をよりよくすることができ、社会をよりよくすることによってのみ自分をよりよくすることができるという大

切な信念をつかんでいないのである」(当時の『反響』を座右に持ち合わせないから『新日本』[1]に出た反復を引用する)

といった。自分はこの批評が不服だった。しかし自分からいえばかくのごとく自明なる友人の誤謬を社会の前に指摘することを好まなかった。ゆえに自分は私信をもってC君に自分の不服を述べ、不明なる点の説明を求めた。しかし不幸にして自分はC君からなんらの返答をも得ることができなかった。そうしてだんだんC君の書くものの中に横目で自分を睨んでいるようなものの言いぶりを認めることが多くなってきた(もっともこれは自分のひが目であるかもしれない)。ゆえに自分はC君が自分との間に正面から事理を明らかにする意志がないものと認めて、それ以来C君の言論を無視することに決心してきた。しかるにC君が昨秋、『新日本』の大正聖代号(?)において、また前に引用したような言葉を反復しているのを見て、自分は自分の態度に対するかくのごとき執拗なる誤解の前に黙止していられないことを感ずるようになった。しかし身辺の事情はこの誤解を正している余裕を自分に与えてくれなかった。ゆえに自分は鬱積する感情をいだいて今日まで沈黙してきた。今自分がこの小論を書くのは、もとよりC君と論争することを主なる目的とするのではない。しかし冒頭まずC君の誤謬を正すことをもって始めずにはいられないことを感ずる。

2

一、自分がかの返事において「自分自身のこと」といったのは、自己の物質的利益と享楽とを意味するものでないことは断わるまでもない。「自分自身のこと」とは自己の中に規範(道、理想、信仰)を発見することと、この規範を発見または実現するに堪えるまでに自己を精練することとを意味する。

また自分がかの返書において「実社会に突っかかってゆく」といったその「実社会」とは、個人の多数（Mehrheit《メーアハイト》 der《デア》 Individuen《インディヴィドゥエン》）を意味するのではなくて、一種の合成体（Gesamtheit《ゲザムトハイト》）を意味していることもまたうるさく断わるまでもない。自分は実社会の名によって父母兄弟妻子朋友隣人等およそ他人との関係を意味させはしなかった。政治によりて統治され、法律によりて支配され、教育によって訓練せらるる一種の団体、具体的にいえば国家、地方自治体、その他職業または階級等によりて組織せらるるGesamtheiten《ゲザムトハイテン》を意味させたにすぎなかった。もとより自分は父母や兄弟や朋友隣人などの間にあっても、しばらく彼らに――この言葉に含まれている敵対的の意味を除いて――「突っかかってゆくことを避けて、静かに、自分自身の胸の中で、彼らに対する自分自身の感情や思想を反省したり整理したり――これもまた自分自身のことの重要なる一内容である――しなければならない時期があることを知っている。時々かくのごとき時期を挟むことによって、自分と彼らとの間が始めて本当に深くなり鞏《かた》くなることを知っている。自分はある人のある時期においては妻子朋友その他いっさいの愛するものと離れる意味の遁世《とんせい》も決して無意味でないことを信じている。しかし自分に提出された問題はそのことではなかった。ゆえに自分はただ「実社会」に対する態度だけを答えた。

自分は上述の意味における「自分自身のこと」と「実社会のこと」とを、自分の現在の努力の焦点を求めるという特殊な問題において対立させたのである。かくのごとき対立は、もとより事実上社会が自己に影響し、自己の活動が社会に波及するという社会学的考察を否定するものではない。またかくのごとき準備によって充実し来たれる自己の活動が将来実社会と切実なる交渉を開始せずにいられないこと、自己実現の最後の段階が万物の救済にいたらざれば完成しないこと——これらの倫理的観念をも否定するものではない。自分はかくのごとき将来に関する十分の予想をもってあの返事を書いた。これが何ゆえに「自分というものと実社会というものとを切り離してばかりいるのである」か。ばかりといったりのみといったりする意味深い言葉をかくのごとく誇張のために用いるのは通俗演説家の詐術として意味があるにすぎない。いやしくも責任ある思想家の用うべき言葉では決してないのである。すでにC君自身も「そういう考え方も場合によって必要である」といった。この場合こそまさにそういう考え方の必要な場合ではないのか。C君のいわゆる必要であるとはいったいいかなる場合をいうのか。ここにこそ真正にC君と自分とをわかつべき問題があるはずである。しかるにC君はこの「場合」に対してなんら自家の意見を提出することなしに、ただ自分と社会とを切り離して考えてばかりいると自分を誣《し》いた。自分はかくのごとき漠然たる批評に対して感謝すべき所以《ゆえん》を知らない。

二、自分は現在における自分の努力の焦点をどこに置くべきかを考えた。何事に現在の意識を集注して、何事を将来に期すべきかを考えた。かくのごとき問題のとり方（Fragesetzung《フラーゲゼッツング》）に対して「実社会が自分というものの輪郭であり自分が実社会というものの焦点であるという」いうところの「大切な意識」が何の解答を与うるものぞ。かくのごとき平面的叙述はC君の提唱を待つまでもなく社会学の腐儒がすでにいい古したところである。意志の焦点を求むるの問題にかくのごとき平面的叙述をもって答える者は、飢えて飯を食わんとする者に向かって、飯は米でたいたのだと教えるに等しい。しかもC君は米を食うよりも飯にしようなどというのは、飯は米でたくという大切な意識を欠いているのだとさえ誣《し》いようとするのである。飢えて食わんとする者にとっては、生米と飯とは[1]Entweder-Oder となる。意志の焦点を求める者にとっては、父と母と、妻と子と、黒子《ほくろ》の一寸上と一寸下ともまたEntweder-Oder となる。いわんや自己と社会とをや。意志の焦点を求める問題において自己と社会とを混一せんとする者は、輪郭は焦点でなく、焦点は輪郭でないという大切な意識を取り逃がしているものである。問題の中心をつかみそこなって、悪い意味の抽象的思弁中に彷徨しているものである。

三、C君特愛の信条、「自分をよりよくすることによってのみ、社会をよりよくすることができ、社会をよりよくすることによってのみ自分をよりよくすることができる」という言葉もまた——その中に敬重すべき真理を含んでいるにもかかわらず——急卒にして曖昧なる概括である。

第一にこの絶句的命題[2]——前後両連から成立していて、各連はのみによって接合されたる二句から成立しているから——を常識的に解釈するために、仮にC君特愛ののみを除いて考える。「自分をよりよくすることによって社会をよりよくすることができる」。これには異議がない。「社会をよりよくすることによって自分をよりよくすることができる」。これにもまた異議がない。確かに社会をよりよくすることと自分をよりよくすることとは交互的である。次に前連ののみを復活して考える。「自分をよりよくすることによってのみ社会をよりよくすることができる」。これにもまた異議がないようだ。C君はこの前連によって、自己および周囲の者について、自分のことを棚に上げた社会改良家的浅薄を叱正せんとするのであろう。更に後連ののみを復活してみる。「社会をよりよくすることによってのみ自分をよりよくすることができる」。これもまた一理はあるようだ。C君はこれによって周囲の独善主義者を叱咤されたものであろう。しかしここまでののみを復活してきてこの絶句的命題の全体を回顧するとその意味はただちに無窮のいたちごっこを始める。「自分をよりよくすることによってのみ社会をよりよくすることができる」。ゆえに社会をよりよくせんとする者はまず自分をよりよくしなければならない。しかし「社会をよりよくすることによってのみ自分をよりよくすることができる」。ゆえに自分をよりよくせんとする者はまず社会をよりよくしなければならない。しかも社会をよりよくするにはまず自己をよりよくし、自己をよりよくするにはまず社会をよりよくせざるべからざるを如何《いかが》せん。意志は、努力は、この無窮に循環する輪のどこから手をつけていいかわからない。最初に社会をよりよくしようとせんか、それは自己をよりよくすることを基礎としていないから無意味である。最初に自己をよりよくしようとせんか、それは社会をよりよくすることを基礎としていないから無意味である。社会と自己とを同時に同様によりよくしようとせんか。意志は、努力は焦点を求める。現在の意識を一つのことに集注して、ある他のことを将来に期することを求める。しかるにここには動機の前後を決すべきなんらの根拠も与えられていない。もしくは社会でも自分でも手あたり次第のところから出発すべしとせんか。自分は(稿者は)まず自己をよりよくすることから出発しようとした。そうして「自分をよりよくすることによってのみ、社会をよりよくすることができ、社会をよりよくすることによってのみ自分をよりよくすることができるという大切な信念をつかんでいないのである」とされた。そうすれば自分の問題となって来次第手あたり次第に始めることもまた許されていないことは明白である。しからば自分は現在の努力の焦点を何処に求むべきかであるか、いったいにC君は、この信条によって努力の焦点を求めんとする意志に、いかなる出発点を与えんとするか。おそらくは何の出発点をも与えることができまい。この絶句的信条は前連と後連との間における重力の関係を明示せざるがゆえに、そうして各連の上下二句を誇張を交えたるのみによって緊密に限定しすぎたるがゆえに、最も周匝《しゅうそう》なるがごとくにして最もフラフラしたものとなってしまった。

仮に重心を少しく自己の方に移すとする。社会をよりよくせんとする者はまず自己をよりよくしなければならないが、しかし自己をよりよくせんとする心の底にもなお社会をよりよくせんとする願いが（意志の焦点ではないが一つの願望として）含まれていなければならないという意味だとする。上求菩提[1]の努力の中にも下化衆生[2]の大願を忘れてはならない。独善主義や主我的な享楽主義は排斥さるべきである――自分はC君がその信条において、一つはこのことを言いたかったのだということを疑わない。そうしてそれは確かに敬重すべき真理である。しかし自分はいつこの真理を否定したか。いつこの真理に矛盾することを言ったか。したがってC君はこの真理を根拠として自分の言葉を非難すべき権利をどこから持って来たか。C君と自分との相違はただ、C君が漠然と並列させておく上求菩提下化衆生の二句について、自分は現在の努力の焦点としてまず上求菩提を採り、下化衆生の活動を将来に期したところにあるにすぎない。あるいはかくのごとくにして焦点と輪郭とを区別したのは自分の誤謬であるか。もしこれが自分の誤謬であるならば――それならば、意志の焦点を求める時、人は上求菩提か下化衆生かいずれか一つを表にしていずれか一つを裏にすることなしに、両者を同時に同様に追求することができるか。下化衆生の「十分腰を据えた」活動を将来に期してまず上求菩提の険難な途《みち》を行こうとする者は主我的享楽者か。それならば、論者は、ある人のある時期において上求菩提の願いと下化衆生の願いとが意志の焦点として矛盾する悲しみを考えたことがないのか。しばらく下化衆生の逸《はや》る心をおさえて強いて上求菩提の途に帰りゆく者の修業苦を経験したことがないのか。おさえ、退き、待つ者の心と、おさえ、退き、待つことを正しとする決定心とを経験したことがないのか。上求菩提下化衆生は二つの句である。少しくこの二句の内容に滲透して考えたことのある者は、これらの間にも時として厳粛なる矛盾と相闘《そうげき》とあることを知っている。もとより人はいつまでもここにとどまっている必要はない。ある者はすでにこの関門を踏破して遠くに行っている。しかしいやしくもこの段階を通過した者は、必ず這般《しやはん》の消息を解してかくのごとき対立の意義を認めなければならないはずである。これを認めることができない者は、いまだ上求菩提の一句の内容にさえ真正に滲透することを得ざる者の言葉いじりか。もしくはいたずらに異を樹つることを快しとする一種の野次馬か。

更に重心を社会に移すとする。上求菩提下化衆生というがごとき対句ははなはだまだるっこい。衆生を化することを外にして菩提にいたるの途はないのである。衆生を救うことによってのみ自己を救うことができるのである。自分はC君があの信条の中で一つは（もしくは主として）このことを言いたかったのだと信じている。これは大なる断定である。そうしてこの断定は、ことが究竟の救いに関するかぎり、恐るべき真理を含んでいるに違いない。自分などはまだまだこの内容に近づくことができるほどの境地に到達していないながらに、なおこれを賛嘆するにおいては人後に落ちないことを期しているものである。しかし究竟の救いがそこにあるからといって、いまだ究竟の救いというような段階に到達せざるものが、しばらく自己の精練と浄化とに専心せんとするのがなぜに悪いのであるか。釈尊が道を求めて山にはいったのは誤謬であるか。キリストが荒野の試みに逢ったのは無意義であるか。雪山の修道や荒野の試みは彼らの大なる救世の活動にとって必須なる準備ではなかったのか。自分は謙遜なる心をもって自分がいまだ「救い」の道の麓にさまよっている者なることを承認する。そうして釈尊の求道に似た意味において——大小の比較をするのではない、意味の類似を主張するのである——自己の救いを求め、キリストの自己鍛練に似た意味において

――大小の比較をするのではない、意味の類似を主張するのである――自己の鍛練に専心しようとするのである。これをさえ「社会をよりよくすることによってのみ自分をよりよくすることができるという大切な信念をつかんでいないのである」と非難する者は衆生済度の「十分に腰を据えた」活動をするにはどれほどの準備と蓄積とが要るかを理解しないものか。「救い」の道における自己の現在の位置を正直に反省することをあえてせざる大言壮語の徒か。「衆生」を救うの道はただ「人」(der《デア》 Mensch《メンシュ》)を救うの道である。「人」を救うの道を実証するものはただ「自己」を救うの道のみである。そうしてあらゆる善業は――あらゆる社会をよりよくする活動は――それが内面的に把握されないかぎり、「自己」を救うの道とかかわりなきこと、なお路傍の木石に等しい。これらの大切な信念をつかんでいる者は、決して退いて自ら養うの意義を見誤らないはずである。

しかし自分がこの論文を書く主要なる目的は、C君の誤りを匡《ただ》すことのみではなかった。社会(前に言った意味の実社会も、父母兄弟妻子朋友隣人等他人との関係も併《あわ》せてこれを含ませる)と自己との関係について、自分の現在考えていることを言いたいのであった。それをするために、自分は今C君を離れて自分の考えを正面から叙述しなければならない。

3

社会は自分を培うの土壌である。自分を囲繞《いじよう》するの雰囲気である。社会は自分の環境中最も有力なる要素である。自分は山にのがれても完全に社会を脱却することができない。海に浮かんでも徹底的に社会を超脱することができない。人は社会に対して、あるいは屈服しあるいは妥協しあるいは感謝しあるいは反抗する。いずれにしても人は社会の影響をのがれることができない。

社会は自己実現の地《プラッ》である。人は自己の中に溢れるあるものを感ずるとき、社会に働きかけずにはいられない。自己以外のものに対して愛を感ずるとき、社会の中に動き出さずにはいられない。自己の中に理想の成熟することを感ずるとき、これを社会に与えずにはいられない。自己の周囲に戦慄すべき罪悪を見、自己の中に戦いに堪える力あることを感ずるとき、これと戦わずにはいられない。いずれにしても自己の実現は社会に働きかけるにあらざれば完成しない。

人は社会と離れてものを考えることができないか。人は天上の星と地上の花とを考えることができる。いかにこれらのものを考えるか。その考え方には常に社会の影響があるであろう。しかし人が天上の星を考え、地上の花を考えるとき、社会を考えているのではない。

人はおよそ物を離れて自己を考えることができないか、離れて考えることはあるいはできないかもしれない。しかし他人のことを考えることと、他人と自己との関係を考えることと、他人との関係に表われたる自己の力を考えることと——この三つは混同すべきではない。人は世界を縁として自己を考えることができる。そうして世界を縁として自己を考えることは直接に世界そのものを考えることとは意味を異にする。この意味において世界を考えずに自己を考えることができないというのは誤謬である。いわんや社会をや。世界と社会と自己との間にはもとより緊密なる連鎖がある。しかしそれにもかかわらず自己の問題は世界や社会の問題に対して特殊にして独立せる問題となり得るのである。このとき意識の焦点に立つものはただ自己のみである。そうして世界と社会との問題が自らその中に含まれてくるのである。

実行の問題において、社会と自己とを対立させて考えるのは無意味であるか。人はもとよりどんなにしても社会をのがれることができない。しかし人の努力は社会の全面にひろがらんとする方向と、自己の一点に凝集せんとする方向と、二つの方向をとることができる。そうして二つの努力ともある程度までは有効である。ゆえにこの意味において自己と社会とを対立させて考えるのは、決して無意味なことではない。

いかにして自己の準拠すべき「道」を発見せんか、いかにして自己の内面に一つの世界を建設せんか、いかにして「道」の実現に堪えるまでに自己を鍛練せんか――これらの問題に対して決定的の意義を有する者はただ自己だけである、純粋に自己だけである。もとより社会と環境とはいろいろの意味においてこの努力と交渉する。自己はまず社会と世界とから豊富なる材料を吸収しなければならない。これを整理しこれを裁断する方針についても、先覚の教えに待つところがなければならない。彼を駆りてこの問題に向かわしめた動機の中には世界苦の痛切なる印象と衆生済度の大願とがある。私が発見すべき「道」の少なくとも一つの重要なる内容は汝の隣人を愛せよということでなければならない。とはいえ材料は材料であって解決ではない。先覚の教えはただ参考であって、その徹底せる識得はひとり自証によるのみである。衆生済度の大願はそのままで救済の道を与えるものではない。隣人を愛せよとは愛の対象または内容が隣人だという意味であって、愛せよという道そのものは決して隣人から自己に、器から器に水を移すようにして与えられることができない。すべてこれらのことを決定するものはただ自己の一心である。この点において、自己は社会と世界とを超越して、天地の間に寥然《りょうぜん》としてただひとり存在する。この方面においても自己に対する社会の権威を承認する者は、霊の独立と意志の自律という大切な自覚をとりおとしたものである。

自己をよくせんとする者は努力の焦点を自己の内面に置かなければならない。経験の蓄積と内化と、人格の精練と強化と、これらのことを外にして徹底的に自己をよくするの道はどこにもないのである。社会をよくすることは、身辺の空気をよくするとほぼ相似た意味において人格の健康を増進する。他人をよくせんとする努力は、肉体の運動とほぼ相似た意味において精神の成長に裨益《ひえき》する。しかし自己と社会とは焦点と輪郭との関係があるゆえに、自己をよくするにはまず社会をよくしなければならないなどという者の愚は、他人に薬を飲ませて自分の病をなおそうとする者の愚に等しい。人格の健康の点においても、肉体の健康におけると等しく、自己は自己であって他人は他人である。

要するに、自己と社会との関係を主として見るとき、自分は三種の生活を見る。第一は社会の子としての生活。第二は求道者としての生活。第三は広義における伝道者としての生活。第一の生活においては、社会と自己との関係は、最も同一と呼ばるる関係に近い。第二の生活においては、自己はその本質において超社会的である。第三の生活においては、社会と自己とは相求め相反撥する。それは男と女とのごとく、対立として最も緊密なる交渉を保持する。これら三種の生活はもとより相錯綜し相交互する。しかし生活様式の焦点に着目するとき、人はこの三種の生活の差別を見誤ることができない。

4

求道者としての生活にとって社会の子としての生活は無意義なるか。否、心を虚《むなし》くして社会の与えるものを受けることは彼の内界を豊富にする。他人との接触は彼に思いもかけぬ内省と思索と鍛練との機会を与える。久しく社会と遠ざかることによって、彼の材料は貧寒となり、彼の内界は稀薄となる。

求道者としての生活にとって伝道者としての生活は無意義なるか。否、いやしくも持てる者はこれを与えることによって初めて実証される。金を持てる者は金を与え、食を持てる者は食を与えることによって、彼はおのれ自らの霊に何者かの与えられることを覚える。少しの真理を持つ者はその少しの真理を他人に伝えることよって自らよりよくなる。かくのごとくにして伝道の生活はまたその求道の生活に反映し来たってこれを強めるのである。

しかし社会の子としての生活によって提供されたる材料を把握し内化して、これを内界の建設に資するの生活は、社会の子としての生活ではなくて求道者としての生活である。自ら持てるものを与えるの努力によって新たに開けて来た局面に思索と省察とを集中して更に新たなる真理の獲得に向かって準備するは、伝道者としての生活にあらずして求道者としての生活である。

人の生涯には、社会の与うる材料のあまりに豊富にして複雑なるがために、これに対する自己の統覚があまりに混乱し、あまりに表面に蔓延していることを感ずる時期がある。自己の中にあるものが要するに他人を救うに足らざることを悟って、痛切に力の欠乏を感ずる時期がある。このとき彼は新しい印象を求めるよりもむしろ新しい原理を求めずにはいられない。このとき彼はその接触する人と物とを小さく限りて、これらの対象によりて提供される経験に、惑溺して思いを潜めずにはいられない。時として彼は過去の経験を記憶の中に携えて山林に退き、静思と内省と苦行との中に日を送らなければならぬことさえある。これ比較的純粋なる求道者の生活形式である。

しかしかくのごとくにして彼が修業三昧《ざんまい》に耽る間にも、世界はその罪悪と惨苦とをもって流転を続けて行く。処女は汚されつつある。貧しき者は飢えに泣きつつある。賤《いや》しき者は虐《しいた》げられつつある。かくのごとき事実に面して彼の心には自ら疑惑が湧いてこないわけにはゆかない。自分の修業三昧は悲惨なる者を忘れたる私ではないのか。自分はいっさいを捨て彼らの救済に走らなければならないのではないのか。しかし彼は痛憤に湧きかえりながらも否々と叫び出す。自分の使命は根本的の救いをもたらすことである。自己の中に根本的救済の道を発見すること――これが自分に負わせられたる最大最切の義務である。自分はいまだこの救いの道を体認するに至らない。ゆえに自分にはいまだ真正の意味において彼らを救う力がない。しばらく余の修業三昧を許せ。自分は自分一個のみの救いを求めているのではない。自分は汝らのために汝らを救うの途を求めてもまたいるのである。かくのごとくにして彼は重い心を抱《いだ》きながら、いっそうの強さをもって――衆生の苦をも負うがゆえにいっそうの強さをもって――求道の生活に帰ってゆく。そうして彼の財嚢の許すかぎりにおいて、彼の身辺に起こるかぎりにおいて、彼の時間の許すかぎりにおいて、これやあれや偶然彼の途を横ぎる惨苦に援助の手を藉《か》すことによって、僅かにその苦しい心を慰める。そうして唇をかんで、この惨苦と罪悪との根に斧を加え得る日の来たるのを待ちに待っている。

釈尊は老病死苦を見て心の痛みに堪えなかった。しかし彼はそのために医者ともならず、政治家ともならず、また国庫を開いて救恤《きゆうじゆつ》の事に専心することをもせずに、衆生と人間とを痛む心を抱いて山にはいった。彼は世界苦の根が医術と社会改良とをもって除却するにはあまりに深いことを認めていたからである。救済はまず自証の途によって獲得されなければならぬことを知っていたからである。

しかし自分はここに至って自ら嘲る者の声に耳を傾けずにはいられない。汝が今読書や研究の生活を送っていられるのは、衆生苦に対する汝の感覚が鈍麻しているからではないのか。汝ははたして世界の惨苦を救わんがために駆け出そうとする心をおさえおさえしながら、張り詰めた心をもって修業の生活を送っているのか。いったいに汝の修業に張り詰めた心があるのか。自分はこの詰問に対して、自分にも衆生苦に対する相応の感覚はあると答えることができるかもしれない。自分は決して修業の努力を弛緩せるままに放置して自ら甘んずるものではないと答えることができるかもしれない。しかしかくのごとき微弱なる答弁はひっきょう何するものぞ。自分の衆生苦に対する感覚は確かに鈍磨しているに違いない。自分の修業欲は確かに弛緩しているに違いない。もしそうでないとすれば、どうして自分のような呑気《のんき》な生活を送っていられるものぞ。自分は理想を負う者の謙遜をもってこの詰問の前に首をたれる。求道の生活を送る者にとって最も戒むべきはまことに懶《らん》惰《だ》と利己との混入することである。自分は更に衆生苦に対する感覚を鋭敏にして、修業の欲望をかき立てなければならない。しかし、しからば今ただちに伝道の生活に赴けといわれれば、否々、いかに衆生苦を負うも、今は雪山《せっせん》に入れる釈尊の心に習って、忍んで自ら養わなければならないと自分は答えよう。

5

もとより自ら養うの途には限りがない。そうして持てるものを与えるのもまた自ら養う所以の一つである。人は何処《いずこ》に求道中心の生活と伝道中心の生活との区別を画すべきか。それが自己の完成する日にあらざるは言うまでもない。自己完成の日を待たば永劫に輪廻《りんね》するもついに伝道の生活に入ることを得ざるは言うを須《もち》いざるところである。しからばその時期は何の時ぞ。内面生活のカーブが急峻なる角度を描いて回転することを真実に感知するとき。

求道の生活と伝道の生活との関係問題と、道そのものは何ぞの問題と――この二つはもとより同一の問題ではない。道そのものは何ぞ。道そのものの内容と社会との関係如何《いかん》。道そのものの内容として、自分は（キリストの教えに従って）少なくとも二つのことを考えることができる――神を愛することと、隣人を愛することと。

ある人は曰《い》う、すべての人皆他人の幸福を図《はか》れば、ひっきょうその幸福を享受する者は誰ぞと。それはすべての人である。幸福を図ってもらう者は、自ら他人の幸福を図りながらも、またその隣人によって自分の幸福を図ってもらうことによって幸福を感ずる。そうして他人の幸福を図る者の最大の幸福は、自分が他人を幸福にすることそのものである。自己の私欲を捨てて他人の幸福に奉仕することそのものである。この間の関係を評して不合理というものの愚は、なお億万年の後に実現せらるべき超人の理想のために現在を犠牲にするは不合理だというものの愚に等しい。超人の理想は永遠に実現し尽くされることができないかもしれない。しかしこの理想は現在の刻々に働いて、現在を犠牲にすることによって現在を活かしている。他人を幸福にするとは、自己を幸福にしないことで、永遠の理想をいだくとは現在の生活を空虚にすることだと考えるのは、生活経験に乏しい論理家の空論である。いやしくも愛したことのある者は、いやしくも理想をいだいたことのある者は、ただちにかくのごとき論理的遊戯の空しさを看破するであろう。

隣人に奉仕することは決して論者のいうがごとき空語ではない。しかし神の愛と隣人の愛とは常に全然相覆うているか。神を愛する道は隣人を愛する道の外には存在しないか。もしくは隣人を愛することを忘却した刹那にもなお神を愛するの道はあるか。

人は花に対するとき、凝然として花に対するとき、花の中に高きもの、美しきもの、換言すれば神のおもかげを見る。そうして神性の具現に対して言いがたき愛を感ずる。しかし人はかくのごとき観照の中に没入するとき、社会と他人と他人の愛とを忘れる。彼がそのために（対照として人の醜さを想起しきたらざるかぎり）社会を憎むのでないことは言うまでもない。彼の心が間もなく世界と人間との愛にひろがりゆくべきこともまた言うまでもない。そうして彼が芸術家ならば、彼はおそらくこれを描いて自分の観照の幸福を他人にも伝えようとするであろう。しかしとにかくに彼の幸福――そうして彼の他人に伝えんとする幸福は――観照の幸福にある。直接に隣人に働きかけることから来る幸福ではない。もし人がかくのごとき観照の生活を継続するとすれば、彼はその間直接に隣人に働きかける生活から遠ざからなければならない。彼はかくのごとくにして学術や芸術というがごとき Kultur(1) の世界に貢献する。そうして長く観照の生活に預かる隣人を幸福にする。しかしこれもまた隣人に奉仕する生活ということを得るか。人は自己の中に観照の幸福を蓄積して隣人をその饗宴に招待するの権利を有するか。

もしくは常に持てる者のいっさいを尽くして直接に身辺の者にわかつことのみ真正に隣人に奉仕するの生活であるか。餓虎(2)が食を欲すれば身を餓虎に与え、「人汝の右の頰を批《う》たばまたほかの頰をも転じてこれに向け、汝の裏衣をとらんとする者には外服をもまたとらせ、人汝に一里の公役を強いなばこれとともに二里行く」生活のみが真正に神にかなうの生活であるか。人は他人をよりよくすること――というよりもむしろ全然自己を捨てて他人の欲望に奉仕すること――によってのみ真正に自ら富ますことができるのか。学者や芸術家はこの信念をつかまざるがゆえに救わるることが少ないのか。いっさいを忘れて他人の難に赴くとき、豁然《かつぜん》として神はその人の前に現前するのか。

自分はここに至ればもはや何事をも断定する力がない。自分はただ自己の生活によってこの間の問題に断案を下した人の前に跪《ひざまず》かんことを思うばかりである。

（大正五年三月十九日正午）

九　芸術のための芸術と人生のための芸術

1

自分がこの覚え書を書くのは主張するためではなくて整理するためである。新しき真理を発見するためではなくて、古き真理をいっそう明瞭に把握するためである。

2

芸術の製作並びに鑑賞は言うまでもなく人間の一つの活動である。ゆえにそれは一個人の内部生活において、また個人の集団なる社会において、他のもろもろの活動や目的や理想と交渉するところなきを得ない。これらもろもろの活動や理想の中にあって、芸術の製作並びに鑑賞はいかなる位置を占め、いかなる価値を有し、いかなる使命を持つか――芸術はかくのごとき着眼点から評価されることを拒むことができない。そうして他のすべての活動と等しく、芸術もまた人生全体の意義と理想とに参加し、[1]究極理想の実現に貢献する程度に従ってその価値を獲得する。この意味においてすべての芸術が人生のための芸術でなければならないことは、繰り返して言うまでもないことである。もし芸術のための芸術という主張が、かくのごとき着眼点から芸術を評価する権利を拒むことを意味するならば、それは主張ではなくて片意地とわがままとである。思想ではなくて思想の放棄である。芸術の意義に対する解釈ではなくて、単にがむしゃらなる独断である。ゆえにこの意義における芸術のための芸術と人生のための芸術との対立は、最初から考察に値いしない。それがいやしくも一つの主張として意義あるものであるためには、芸術のための芸術とは他[1]との比較を拒む独断ではなくて、他のもろもろの価値と比較せる後にもなお芸術の価値の優越または至上なることを主張するものでなければならない。

3

逆に人生のための芸術という主張が、人生における他の目的の方便として、単に功利的価値のみを芸術に許すことを意味するならば、それはただ商売人と検閲官と道学先生との信条であり得るのみである。およそ方便とはその目的の実現さるるとき、存在の理由を喪失するものでなければならぬ。しからば芸術とは理想的人生において全然存在の理由を持っていないものであるか。我らがこの欠陥多き現実の生活において真正に「生き」たることの喜びを経験し得る刹那はただ芸術以外の領域においてのみ許さるるか。芸術家がその精神の全体を凝集して一つの世界を心裡《しんり》に創造するとき、過去の閲歴を回顧してその全体としての意義を把握するとき、心の表皮をかすめて去れる人生と自然との印象を追跡してこれを自己の内面に味会するとき、もしくは鑑賞家が雑念を刈除《かいじょ》することによって一つの世界にはまるの喜びを経験するとき、一つの世界に没入してそこに全精神をもって沈潜して生きるとき、また芸術の感傷から出発して深き生命感情の心裡に横溢することを感ずるとき——そのとき我らはただ方便としてのみ意義ある生活をしているのであるか。天成の俗人にあらざるかぎり何人もそうは思わないであろう。芸術は他の目的に対する方便ではなくてそれ自身において一つの目的である。多くの目的の間にあって独自の地歩を占むる一つの目的である。もし芸術のための芸術とは、芸術のかくのごとき独自なる価値を主張する意味ならばそこにはもとより多くの異論あることを許さない。ゆえにこの意味において人生のための芸術と芸術のための芸術とを対立せしむることも、またはなはだ急要な問題ではない。我らはただ明瞭なる自覚をもって、芸術をただ方便としてのみ評価せんとする俗人を防御すればそれで足りるのである。

4

かくのごとく、芸術のための芸術とは、芸術と他の価値との比較を拒む意味でもなく、また他のもろもろの活動と並べてその独立せる価値を主張するだけの意味でもないとすれば、その真正の意味はどこにあるか。この主張の底を流るる根本精神は何ものであるか。

自分は、人間の他のあらゆる真摯《しんし》なる主張におけると等しく、ここにもまたよりよき生活に対する憧憬の心を見る。現実の生活は色彩に乏しく変化に乏しく、充実を欠き徹底を欠き、平凡で膚浅で散漫で多苦で煩《わずらわ》しい。ゆえにこの生活を超脱してよりよく生きんがために、彼らは芸術の世界に走らんとするのである。芸術の世界に走って、そこに色彩と変化とに富み、充実し徹底し集注した生活をしようとするのである。ここに彼らのよりよく生きんとする意志の特異なる規定がある。彼らは生の解脱を宗教に求めず、他人に対する奉仕に求めず、現実世界における活動に求めず、偏《ひとえ》に生の表現の活動に求める。現実の生において与えられないところを、なんらかの途《みち》によって生の表現の中に獲得しようとする。さればこそ「芸術は人生より尊い」のである。「人間は何物でもなくて、製作はあらゆる物」なのである。芸術のための芸術の主張の中には、他の活動と並べて芸術の独立を主張するような理知の要素よりは、更に偏《かたよ》った――同時に更に人間生活の深処に触れた呻吟の心がある。それは芸術独立の主張ではなくて芸術の優越もしくは至上の主張である。

5

芸術のための芸術の主張がいかによりよき生活に対する憧憬の心に基づいているかは、これと、芸術を現実の模倣人生の再現と称する主張との関係を一瞥すれば、更に明らかとなるであろう。現実の模倣や人生の再現を能事とする芸術は、そこに人生をよりよくする意志が働いていない意味において、人生のための芸術ではない。そうして表現を唯一の目的とする意味においてそれは確かに一種の芸術のための芸術である。ゆえに一見すれば芸術至上主義と現実模倣主義は芸術のための芸術として相提携するのが当然のようにも思われる。しかるにこの両者は末流に至って時に相合流するのみで、その本流においては――外見上時として相提携しているように見えながらも――むしろ決然たる対立を成しているのはなぜであるか。それは芸術至上主義が人生のPotenzierung[1]（増盛）を――従って現実以上の生を求めているに反して、現実模倣主義は前者にとっては厭うべき現実生活そのままの再現を求めているからである。前者は人生の苦を増盛することによって人生の無味をのがれ（たとえばフロベール[2]の『サランボー』）「人生をより善く且つより悪くする」[3]ことによって人生の平浅をのがれんとするに反して、後者は無味にして平浅なる人生を如実に再現することによっていわゆる「人生の真」を表現せんとするからである。後者に属するある者は、われらが日常生活において韻文をもって対話せざるのゆえをもって、劇中人物の対話を韻文にするの不自然を攻撃する。しかし芸術至上主義者はむしろ日常生活においても韻文をもって対話することによって、「人生を芸術の模倣」たらしめんとするのである。かくのごとき二つの主張がその本質上相一致することを得ざるはもとより当然である。

現実模倣主義の背景には現実に信頼する楽天主義がなければならぬ。これに反して芸術至上主義の背景は現実に信頼するを得ざる厭世主義である。従って前者にとっては芸術において人生を増盛する必要がなく、後者にとっては芸術の中に人生を増盛することなしには生きていられない。ゆえに前者に比すれば後者はむしろより多く「人生のための芸術」である。われらはかくのごとくにして、ここに芸術のための芸術と人生のための芸術との不思議なる合致を発見する。しかし少しく熟慮すればそれはなんの不思議でもない。芸術至上主義は要するに他のもろもろの活動を軽視して、芸術を至上の人生とするものだからである。

6

芸術は現実の鏡ではない——少なくとも現実の鏡ばかりではない。それは哲学や宗教と等しく、よりよき人生を創造するための一つの機関である。人間が自己の現在を超越して更によき現実に進まんとする努力の一つの表現である。ゆえにそれは現実を如実に映出すること——記憶と同様の意味において現在の状態を写真に撮って置くことのみをもって満足することができない。よりよく生きんとする意志を欠くとき、彼は表現の努力を支持するに足る内面的緊張をさえも保つことができないであろう。

もとより芸術が現実超脱の努力に参加するにはさまざまの途がある。これはあるいは *La nouvelle Héroïse*[1] の著者ルソーのごとく、自己の憧憬に姿を与えて、現実の生において発展せしむるに由なかった内奥[2]の本質を芸術の世界において生かすことであるかもしれない。(vgl. W. Dilthey :[3]

Das Erlebnis und die Dichtung, S. 217ff.)。あるいは[1] *Leiden des jungen Werthers* の著者ゲーテのごとく、[2]夢魔のごとく襲いくる過去の追憶を脱却して、「大懺悔をした後のように自由に楽しむ心持になって、新しい生活を享ける権利」を回復することであるもかれしない。あるいはまた *Salambo*《サランボー》 の著者フロベールのごとく、人生の苦艱を増盛することによって平浅と無味とから脱却することであるかもしれない。あるいはまた『手』の彫刻者ロダンのように、[3]対象の精髄をつかんでそこに万物の底に流るる「心」を発見することであるかもしれない。いずれにしても芸術は現実の人生の奴隷ではなくて、現実以上の人生をわれらに示唆するものである。われらを更に生き甲斐《がい》のある人生に導くものである。この意味において、「芸術」を「人生」の上に置く思想は当然の理由を持っているといわなければならぬ。芸術至上主義に対していかなる態度をとるにしても、われらはまずこの事実を承認しておく必要がある。

7

しかしわれらが芸術を「人生」以上に置くといい、芸術は「現実」の鏡ではないというとき、その「人生」または「現実」とは何を意味するか。それは与えられたる人生である、現在の自己に対立する現在の現実である。しかし人生には単に与えられたる人生に対して、実現せらるべき人生がある。現実には目前に与えられたる現象に対して、現象の底に潜む本質、現在を導きゆくべき理想がある。かくのごとき本質的理想的現実に対して芸術至上主義はいかなる態度をとるか、芸術のための芸術の主張は、一般によりよき生活を求むる憧憬の中にあって、ここにその特異なる点を持っているのである。

芸術は人間の一つの活動として、それは人生の一部分である。しかしそれはまた人生の表現として人生そのものに対立する。われらが芸術を人生の上に置くことを許したのは、それがよりよき人生の――理想的本質的人生の表現であるからであった。しかしそれはよりよき人生の表現であるがゆえに、よりよき人生そのものよりもなお優越しているか。およそ表現はあらゆる意味における現実以上であるか。われらはよりよき人生を芸術のうちに表現することによって、よりよき人生を最も完全に実現したものということができるか。

芸術のための芸術を主張する者といえども、おそらくはそれはそうだとは言わないであろう。しかしよりよき人生を現実の世界に実現することは、人生を知らざる青年の夢想であって、現実の真相を知れる者は人生にかくのごとき無邪気なる信頼をかけることができない。世界は悪にみちている、人生は苦痛の谷である、ゆえに我らはせめて芸術の世界においてよりよき生活に生きようとするのである――芸術至上論者はおそらくこう答えるであろう。芸術はこの世に存在するもののうち最もよきものである。世界の悪と人生の苦といえども、芸術の中に表現さるることによって我らに深刻なる歓喜を与える。芸術を除いて何処《いずこ》にかくのごとくいっさいを歓喜に変じうるものがあるか――彼らの言わんと欲するところはおそらくこうである。ゆえにそこには人生に対する深き懐疑がある。現実に対する底知れぬ絶望がある。芸術至上主義をこの根本情調において理解するとき、自分は彼らの心境に対して一種の深き同情を感ぜざるを得ない。

8

しかしかくのごとき態度の正否はしばらく論外に置くとしても、かくのごとく現実との応酬を厭離して、表現の活動のみに生活の中心点を置くことは、少なくとも可能であるか。芸術のみに生きんとする努力はあたかも夢にのみ生きんとする努力のようなものである。我らは、夢ならぬ世界に身を置いて夢にのみ生きることができるためには、不断に夢を防御する警戒をゆるめることができない。現実の襲撃の不時に来たらんことを思う虞れは我らの夢そのものをさえ不安にする。そうして現実の中に生きて夢というはかないものをまもるの努力は要するに烈風の前に裸火を護ろうとするにも似たはかない努力である。我らは現実を離れて芸術のみの中に孤立しようとする人たちの生涯にこの類のはかなさを認めずにはいられない。

　そうして夢にのみ生きんとする努力の支持しがたきは単にこれのみではない。現実との交渉を厭うことによって夢はそれ自らの食養を失う。現実の生活は夢の根である、夢の命である。この根より離るるとき夢そのものも次第に凋落する。その色彩は褪《あ》せ、その内容は貧弱となる。我らは、よき夢を楽しまんがためにはよき現実に生きなければならない。

　芸術はもとより夢ではない。それは人間の意欲を根底とせる凝集せる精神の活動である。しかし現実と芸術との関係をいえば、それは現実の生活と夢との関係と酷似している。我らが現実の世界において喜悲し翹望《ぎょうぼう》し追求し努力するあらゆる体験は、芸術の世界に表現せらるべき内容を供給する。現実の中に立って真剣に経験する感情——衣食の煩い、愛欲の悲しさ、他人のためにする努力、自己反省の苦しみ等——が次第に欠乏しゆくとき、我らの芸術もまた次第に貧弱となる。およそよき芸術の条件は二重である——よき生活とよき表現と。表現の努力のみを生活の中心とするとき、我らのその他の生活は空虚となる。鏡を磨くことにのみ専心するとき、鏡に映すべき姿は萎縮してしまう。我らはもとより芸術至上主義の芸術家のある者が、その芸術家的本能に導かれて、巧みにこの陥穽《かんせい》からのがれていることを知っている。しかし芸術のための芸術を徹底的に遂行するとき、彼らはついにこのディレンマに陥らずにはいられないであろう。

ここに人生のための芸術を主張することの正当なる根拠がある。現実の中によりよき生活を開拓することはたといいかに困難であろうとも、我らは現実の自己と現実の人生とを根本的に改造することを外にして、徹底的によりよく生きる方法を持っていない。芸術もまたよりよき生活の表現として――よりよき生活の一要素としてその最後の存在理由を獲得する。ゆえにそれは人生のもろもろの活動から孤立することを求めずに、人生のもろもろの活動と共同してよりよき人生の実現に参加しなければならない。かくすることによって芸術そのものも始めて真正に豊富なる内容を獲得する。人生全体の理想を求めて精進するあらゆる真摯なる努力と、この努力に伴うあらゆる複雑なる感情とは始めて芸術の内容となる。そうして芸術のための芸術さえ、そのよりよき生活に対する憧憬の根本精神によって、かくのごとき人生のための芸術の一分子となることができるのである。

9

最後に芸術至上主義は現実に対する絶望の外に――むしろその特殊なる場合として、民衆と社会とに対する絶望を伴っている。人間の諸活動の中における芸術の孤立の外に、人間社会における芸術家の孤立を伴っている。民衆は優秀なる芸術を理解する力がない。芸術は選ばれたる少数者のために存在するものである。ゆえに我らは芸術の製作に際して民衆と社会とを顧慮していてはいけない――自分はかくのごとき主張の中にもなお相当の理由あることを認める。我らが芸術の製作に際して顧慮することを要するものはもとより社会でも民衆でもなくて、直接に内面から押し迫ってくる表現の要求である。そうして社会の大多数が優秀なる芸術を理解しえないのもまた事実であろう。しかし我らはかくのごとくにして製作されたる芸術と、かくのごとく無鑑識なる社会との距離をこのままに放置してよいであろうか。民衆を導いてこの優秀なる芸術を理解せしめるようにすべきか、もしくはトルストイのようにむしろ民衆の中に健全なる本能の存在を認めて、我らの芸術の偏局と退廃とを放棄すべきか。いずれにしても両者の間にある非常なる罅隙《かげき》を放置して、おのれのみ優秀なる、もしくは優秀と称する芸術の享楽に耽るは利己主義ではないであろうか。我らはこのことをもまた考えなければならぬ。自分は今自らこのことについて何事をもいう資格のないものであることを感じている。ゆえに自分はただここに真摯にして偉大なる一つの霊魂の苦悶を引用してこの覚え書の筆を擱《お》くことにしようと思う。それはトルストイの日記の一節である――

「夜通し私は睡《ねむ》らなかった。絶え間もなく心臓が痛む……父よ、救いたまえ！　昨日私は八十になるアキムを、外へ出るにも外套一枚上衣一枚持たないヤレミーチェフの家内を、それから、夫に凍死されて裸麦の刈り手もなく、嬰児を餓死せしめようとしているマーリャを見た。……しかるにわれわれはベートーヴェンの解剖をしているのである。私は、神が私をこの生活から釈放してくれることを祈った。今も再び祈る。そうして苦痛のために叫ぶ、私は混乱した、憂悶した、自分ではどうすることもできない。私は自分を、自分の生活を憎む」

（大正五年十二月）

十　不一致の要求

1

トルストイの『芸術とは何ぞや』を読んで、この人の思索の態度と特質とについて多少会得するところがあるように思う。

トルストイは芸術の定義を下して次のように言った——

「一度感じたる感情を自己の中に喚起して、これを自己の中に喚起したる後、運動や線や色彩や音響や、言語によって表出される形象などによって、他人もまた同様の感情を感ずるようにこの感情を再現すること——ここに芸術の活動が成立する。芸術とは、一人の人が、意識的に、ある外面的の記号によって、自己の感じたる感情を他人に伝達することにおいて——また他人がこの感情に感染してこれを追感することにおいて成立する一つの人間的活動である」

この定義はきわめて周密にして要領を得たる定義である。たとい一、二の些末なる点においてなお訂正すべきところあるにもせよ（自分は芸術論をするつもりでないから、ここにはその問題に触れない）、大体においていかなる専門家も異存あることを得ないほど公正にして穏健なる定義である。しかしトルストイはこの定義を立するためにいかなる破邪を行なわなければならなかったか。彼は独仏英伊等の美学者四十余人の美の定義を列挙してことごとくこれを排斥しなければならなかった。ことごとくこれらの学者の説を排斥して、しかる後に自分の説を立てなければならなかった。

しかし彼の説はこれらの学者の説とそれほどまでに遠隔しているか。彼はこれらの学者の説の真精神を捕捉することを得るまでにこれを研究したか。彼は彼らの学説の真精神を捕捉せんと欲する意志さえも十分に持っていたか。彼はこれらの学者の説を破壊し――否《いな》破壊ではないただ一束にして抛擲《ほうてき》しただけである――抛擲しなければあの穏健な芸術の定義に到達することができなかったか。余人はともかくとして、フランスのギュイヨー[1]との類似のごときはむしろ自ら強いて見ないように努めた嫌いさえないか。自分はこれらの点にトルストイの主張と思索との態度のきわめて特異なるもののあることを認めざるを得ない。トルストイは自らきわめて正しいことを言う人である。またきわめて鋭敏に他人の不正を発見しうる人である。しかし彼の後の方の特質は、時として他人を不正なる者にせんとする意志によって歪めらるることはないか。他人の中に正しきものを発見せんとする努力が、往々にして自己を他人と異なれるものにせんとする欲求によって裏切られることはないか。愛と正義との要求がその熾烈《しれつ》なる我執によって覆い去らるるところはないか。

　トルストイは、現代の宗教的意識の要求は人と人との内面的一致であるといった。そうして彼はその芸術論において、この理想に反するゆえをもって多くの優《すぐ》れたる芸術品を排斥した。しかし彼自身の芸術論は如何《いかん》。彼がその中に、熱烈に民衆との一致を求めていることは言うまでもない。とはいえ彼はまた宗教的意識の要求に従って、学者との一致をも求めたということができるか。学者の中にも正しきものを求めて、ついにこれを求めえなかったところから彼の憤怒は始まっているか。彼は学者との間にできるだけの一致を求めて、とうてい一致しえざるところからこれと手を別ったか。むしろ彼の心に求めていたものは最初から学者との不一致ではなかったか。この不一致の要求のゆえに、彼は彼らの学説の真精神に透徹する能力を失い、彼の味方をもなおその敵と誤認するに至ったのではなかったか。

トルストイの芸術論の中には、我らの考えなければならぬ多くの問題がある。そうしてそこには本当に我らの学ばなければならぬ思想もまたもとより少なくない。しかしトルストイの芸術観から正当に学ぶべきものを学ぶためには、まず不一致の要求という外衣を剝《は》ぎ去ってその真髄を見なければならぬ。そうしてトルストイの他の著作を読むにあたっても、またおそらくは同様の用意が必要である。

2

我らは時として、あまりに深く一つのことを感ずるために、かえって評価のバランスを誤ることがある。多くの偉人が往々凡庸人にさえきわめて明白な誤謬に陥ることがあるのは、ここにその一つの理由を持っているのである。従って評価の不均衡は必ずしも感受性の鈍さを証明するものではないと同時に、きわめて均衡を得た評価といえども、常に感受性の鋭さを証明することはできない。ロマン・ロランはトルストイの音楽の評価について、明瞭にこのことを証拠立てた。

トルストイが、その感受性の激しさのために、かえって評価の転倒に導かれたことは、他の場合にもまた少なくないように思う。いかなる場合にも誤謬はもとより誤謬である。しかし自分は自分の感受性の鈍さに対する羞恥と、トルストイの激しさに対する尊敬とを感ずることなしに、これを難詰する気にはなれない。自分はこの点において、どこまでもトルストイを尊敬する。その誤謬をさえも尊敬する。

しかし彼には別に、その感受性の鈍さのゆえに、貫穿《かんせん》の力の乏しさのゆえに、誤謬に陥った点はないであろうか。自分は彼の哲学的思弁において、特に他の哲学者に対する彼の批評において、しばしばこの疑いに逢着する。我らがトルストイから学ぶべきはおそらくはこの方面ではないであろう。この点においても、真正にこの人の長所を学ぶために、我らはこの人から独立した地歩を占めて置かなければならない。

3

思想界の偉人と偉人との間に相互の理解を欠くこと多きは、人生の痛ましき事実の一つである。かくのごとき現象はいかにして生ずるか。そこにはもとより多くの理由がなければならない。彼らの世界があまりに明瞭に構成されているために、他との異同があまりに明白に感ぜられることも一つの理由であろう。その感受性が一方に異常に発展する間に、他方面に対する感受性が知らず識《し》らず萎縮してしまっているようなこともまたないとはかぎるまい。しかし自分は時として、彼らの間に、トルストイの芸術論におけるがごとき不一致の要求――更にはなはだしきは理解せざらんとする意志を発見することを悲しむ。自分は人間の我執の根の深さをここに発見して、一種の悲愴なる感情を覚えざるを得ない。

しかし彼らはこの我執の外に、彼ら自身の中になおきわめて多くのよきものを持っていた。そうして彼らのこの我執にさえ――この不一致の要求にさえ、彼らを人生の深処に導く力があった。ゆえにこれはもとより彼らにとって致命的の欠点ではない。我らは彼らがこの我執の外に持つ――もしくはこの我執によって到達する長所のゆえに、深く彼らを尊重する。しかしこれは彼らにゆるすべきことであって。彼らに学ぶべきことではない。また学びうべきことでもない。我らは偉人の研究にあたっては、特にこの不一致の要求を模倣することを慎まなければならない。

我らは時として、この不一致の要求の外に何物をも所持せざる――そうしてこの不一致の要求から何物をも産出することを知らざる、一種不思議なる動物を発見する。彼らの不一致の要求は自己を信ずることの篤さから来たのではなくて、他人の美を成すことを好まざる狭量から来ているがゆえに、そこには矜持《きょうじ》すること高き者に特有なる品位がない。力の溢れている者に特有なる一種無邪気なる寛容がない。傲語と群集本能と、嘲罵と嫉妬と、偽悪と卑劣とが手をつないで輪舞しているところに彼らの不思議なる特質がある。我らは偉人の不一致の要求を学ぶことによって、この淤泥《おでい》の中に転落することを戒めなければならない。

いかなる偉人にあっても不一致を求むる意志は罪悪である。多くの優れたる人はその一生の惨苦によってこの罪の贖《つぐな》いをしなければならなかった。そうして彼らの思想はこの贖罪《しょくざい》によってその深さを増した。しかもなお彼らと聖者とを隔てるものがこの傲慢の罪にあるのではないと、誰が保証することができるか。

4

自分はおそらくはSynthesist(1)である。

自分の世界にももとより幾つかのEntweder-Oder《エントヴエーダア　オーダア》がある。しかし自分は人生の中に「あれかこれか」を発見するに特に鋭敏なる感覚を持っているか。自分はこれを発見することに対する一種の要求、一種の歓喜とも名づくべきものを持っているか。おそらくはそうではあるまい。自分の「あれかこれか」はやむを得ずして逢着する突きあたりの壁である。自分はむしろSowohl-als auch《ゾヴオールアルス　アオホ》を喜ぶ性情を持っているらしい。そうして多くのものを並び行なわれさせながら、その中に生きてゆく能力をもまた相応に持っているらしい。これは自分の天性である、従ってまた自分の長所である。自分はこの長所を自信して他人の Entweder《エントヴエーダア》-Oder《オーダア》 を模倣することを戒めなければならない。

多くのものを雑然と並列していたずらに取材の豊富なるはフォルケルト(1)の Sowohl-als auch である。しかし自分の「あれもこれも」はおそらくはフォルケルトのそれではない。いっさいの存在の中にその存在の理由を――その固有の価値を認めてことごとくこれを生かすこと、個々のものを真正に認識することによって普遍に到達すること、すべてのものと共に生きてしかも自ら徹底して生きること――自分は自ら修養することによって Sowohl-als auch のこの途《みち》を進んで行くことができることを信じている。そうしてこの途を進むことによってトルストイの理解するを得なかった若干の事物を理解しうるようになることを信じている。

自分はトルストイに学ばなければならぬきわめて多くのものを持っている。しかし自分は根底において彼と我との間に天稟《てんぴん》の相違あることを忘れてはならない。そうしてその相違はあらゆる意味において自分の稟性がトルストイに劣っていることを意味するのではない。自分は虚偽の謙遜を離れてあえて正直にこのことをいう。自分は大トルストイに対するときといえども、なお自ら恃《たの》むところを保持しなければならぬ。

トルストイの芸術論の中には、Sowohl-als auch を許すものを強いて Entweder-Oder にしてしまったところがないとはいわれない。トルストイの愛の欠乏のためにその真意義が理解されなかった若干の――おそらくは多くの芸術や思想がないともまた言われない。不一致の要求を根拠とする「あれかこれか」は、「あれか、これか」の下級なるものである。また愛の欠乏がこの感受性の鋭敏な人をさえ誤謬に導いたことを思えば、我らは更にいっそう戒むるところがなければならない。トルストイの誤謬を楯として、自己の誤謬に対する寛容を要求するは無恥なる者のみよくするところである。自分はトルストイの芸術論の中に多くの警告を読まなければならなかった。

しかし彼の芸術論はすべて作為された「あれかこれか」から成立しているか。その中にはいかにも身動きを許さぬ真正の「あれかこれか」は存在しないか。誰かかくのごとき独断を下す権利を持っていよう。彼の芸術論の中には、真正に「あれかこれか」がある。我らの思想と生活との不徹底を嘲る真正の「あれかこれか」がある。自分の見るところに従えば、それは第一には本能か文化か、この意味における民衆か貴族かである。彼は誤まれる文化の悩み、酔生する貴族の悩みをもって、その救いを民衆の健全なる本能に求めた。彼はデカダンスの嫌悪と、そのデカダンス嫌悪の精神とにおいて、不思議にニーチェと共通の点を持っている。彼が民衆の芸術感を尚《とうと》ぶは、それが単に多数に共通であるためではなくて、むしろ人間の精醇なる本性に基づく芸術感であるからである。彼の芸術上の民衆主義を解して、単純なる多数決主義とするものは浅い。彼の民衆主義の真精神は、他の場合におけるがごとく、ここでもまた民衆崇拝である。更に透明なる言語を用いればむしろ自然と本能との崇拝である。

そうして第二の「あれかこれか」は、自己の享楽か民衆に対する義務かである。これは彼の一生を貫く悲痛なる懸案であった。理論では解決して実行では解決するを得なかった――しかも死に至るまでその解決を求めてやまなかった懸案であった。そうしてそれはここでもまたその芸術論を貫く主動機となっているのである。我らはこの主動機に同感することなしに、彼の芸術論の真精神に触れることはできない。我らがトルストイのごとくこの問題を痛切に感ずることを得ないゆえをもって、トルストイのあの熾烈《しれつ》なる民衆に対する義務感は誤謬であると言えようか。言うをあえてする者は自ら知らざる無恥の輩である。自分はこの点においては自分の鈍感を恥ずる外に一言もないことを覚える。

この二つの「あれかこれか」を除けば、他はむしろ枝葉に近いものである。芸術の目的は美か感情の伝達か、よき芸術は農婦の唄《うた》かベートーヴェンか、かくのごときはおそらくは不一致の要求から生まれた人為の二筋道である。我らはこの Entweder-Oder を Sowohl-als auch に変えることを憚《はばか》るべきではない。

（大正五年十二月）

十一　身辺雑事

1

　他人の長所を認めて、これを尊重し、いたわり、助成することは、雑《まじ》り気のない朗らかな歓《よろこ》びである。しかし不幸にして我らが眼を開いて他に対するとき、我らの瞳にその影響を落すものは他人の長所や美点ばかりではない。その弱点や短所もまた否応《いやおう》なしにその黒影を印象する場合がある。そのときこの余儀ない印象をいかに取り扱うべきか。この問題が自分にとっては一苦労である。

　その欠点がはなはだしく重大な、致命的なものでないかぎり、これをむきになって憤慨したり、これを自分に加えられたる傷害として不愉快がったりする心持からは、自分はかなり遠ざかっている。この弱点を捕えてそれを玩具にして、調戯《からか》ったりくすぐったりするいたずらっ気も、近ごろはずいぶん少なくなってきた。自分は相手の弱点を自分一人の腹で呑《の》み込んで、黙ってこれを看過してしまうか、もしくは好意ある微笑をもって、相手がその弱点を始末して行く自然の経過を見まもっているかすることができるように思う。そうして必要に応じて適度の忠告と暗示とを与えてゆくことができるように思う。相手の長所を重んじてこれを助成してゆくことに中心の態度を置くかぎり、多少の欠点を寛容することは、そんなに困難なことではない。

　しかし自分は自分の友人に、彼は俺の欠点を呑み込んで知らん顔をしているという印象を与えることを恐れる。自分は無意識の間に、自分が相手の欠点を脅かす態度をとっていることを恐れる。

その人に十分の信頼を寄せている場合でないかぎり、他人から呑み込まれていると思うことは、決して心持のいいものではない。自分は他人から十分に信頼される資格を自分に許すことができないから、自分が相手の欠点を看過して黙っていることが、かえって相手に不安の念を与えることを恐れるのである。もしN[1]先生のように、相手の弱点に対する不同意を即座に即刻に発表して、しかも少しも相互の親愛を傷つけずに行くことができたら、自分はどんなにせいせいすることであろう。しかし現在のところ自分にはそれができない。自分は相手の欠点を感じながら、あるときが来るまではこれを自分の腹の中に蔵《しま》っておく。そうしてある特別に静かな時を択《えら》んで、できるだけ和《なご》やかな言葉をもって相手に忠告する。現在の自分にはこれ以上のことは徳が足りなくて企て及ばないのである。およそ言えないことがあるということは、人と人との間にあって決して喜ばしいことではない。しかるに自分には時として相手に言えない心持がある。もしこの沈黙が善良な意志から出ていることを信じえなかったら、自分はさぞ気詰りな人に見えることであろう。ただ自分の善良な意志を信ずることができる人のみ自分の友達となりうるのである。

　そうして更に悪いことは、自分の軽々に看過したつもりでいる欠点が、その実自分の心の底に引っ掛って、相手に対する軽蔑もしくは怒りを構成している場合があることである。自分は時として、意識的にその人の長所を見ながら――もしくは見ようと努めながら、無意識の間にその人を軽蔑していることを発見する。この矛盾を発見することは自分にとって特に苦い経験である。

　この間Xが来てYの書いたものの話をしたとき――Yの書いたものの不合理を指摘してこれを笑ったとき、自分はどうにかしてYを弁護しようとした。一見明らかに不合理なYの言葉をどうにかして助かるように解釈してやろうとした。しかし悪いことには、Xの話をきいたとき自分も高々と笑ったそうだ。しかもなお悪いことには、自分は自分が高々と笑ったことにまるで気が付かずにいた。自分は言葉でYを弁護して、心でYを笑ったに相違ないのである。気取ろうとしてますます桁《けた》を踏みはずすYの態度を笑ったに相違ないのである。

もとよりYを弁護した自分の言葉が虚偽の言葉でないことは、誰よりも自分自身が最もよくこれを知っている。しかしそれはいかにも底の浅い言葉である。軽蔑と肩を並べた好意、痛罵にも劣れる行為を、Yが喜びえないのはもとより当然である。自分はこのような好意がYと自分との間に好意として通用しえないことを熟知している。自分はそれが好意として通用しえる日が来るまで、沈黙してこれをしまっておかなければならない。そうして努めて彼を痛罵するほうの一面にエンファシス(1)を置かなければならない。痛罵の段階を経なければ、自分の彼に対する好意はいつまでも生きてこないであろう。

2

妻は自分のわがままをもらす唯一の抜け路である。不機嫌なとき、残酷なことがしたくなるとき、自分はいつもその相手を妻に求める。そのために我らの間に一種の気安さがあることは事実である。しかし妻の身となってはずいぶん堪えがたいことに違いない。しかも近来の自分には、これを償うに足る愛があるかどうかさえすこぶる疑わしいのである。

このようなわがままな気安さの対象とせずに、たとい他人に対するときのような遠慮をもってするのでも、むしろ一種の抑制と思いやりとをもってこれを取り扱ったほうが正当ではないであろうか。寂寥や焦燥や不機嫌や――すべて内面に食い入る孤独を男らしく自分一人で堪えしのいで、せめて妻をいたわり慰めるだけの隔たりを保ってゆくのが道ではないであろうか。
（大正六年一月一日）

十二　善と悪（ある年少の友のために）

1

すべての人には善心と悪心とがある、世界には純悪の人が存在しないと等しく純善の人もまた存在しない――これは改めて言うまでもない凡常な真理である。我らはもとよりこの自然主義的真理について多くの抗議すべきものを持っていない。しかしこの一つの真理は、我らの善悪に関する考察の全局に対してどれほどの意義を持っているか。我らは我らの実際生活の上に、この一つの真理からどれだけの結論を導いてくることができるか。自分は、この点について明瞭な意識を欠いているために、この自明の真理によってかえって恐るべき誤謬に導かれた多くの人を見た。ゆえに自分はこれらの人々のために、この一つの真理から正当に導きうべき結論と、正当に導きうべからざる結論とを区別せんとする欲望を感ぜずにはいられない。

正当に導きうべからざる結論から始めれば、第一に我らはこの一つの真理を根拠として、善悪無差別を主張することはできない。一人の人格の中に善もあり悪もあるという言葉は、すでに善悪の差別を予想するものである。善悪の差別を予想せずに、人性における善悪の混淆《こんこう》を云々するは無意味である。ゆえにすべての人に善心と悪心とがあるという一つの事実は、悪を去り善につかねばならぬという良心の負荷を軽減する理由とはならない。むしろ人性は善悪の混淆なるがゆえに、悪を去り善につく義務はいっそう痛切を加えるのである。

第二に我らはこの一つの真理を根拠として、善人悪人無差別を主張することもまたできない。人性が善悪の混淆であるという事実は、いうまでもなくその間に、より善いものとより悪いものとの差別があることを否定するものでもなく、また人がよりよくなりより悪くなることができるという事実を否定するものでもない。人には、その素質上すでに善人と悪人との比較的差別がある。しかも後の条件を考慮の中に入れるとき、我らは更に善に向かう心と悪に向かう心と、その方向の上に截然《せつぜん》たる対立を認めずにはいられない。たとい二人の人がその素質において同等であり、その善悪混淆の度において等量であると仮定しても、その志すところの相違によって、全然反対の方向をとることもまたありうるのである。ゆえに我らはその意志の所在により、その努力の方向により、その人格生活の焦点によって、善人と悪人との間にずいぶん本質的な境界を画することもまたできるはずである。ここに二人の人があって、共に同様の罪過を犯し、共に同様の過誤を重ねることがあるとしても、これを恥ずると恥じざると、そのあやまちを改めんとするとその非を遂げんとすると、この両様の態度の差別によって人格の善悪を判ずることは決して不可能のことではない。ゆえに我らはすべての人に善心と悪心とがあるという事実を根拠として、善人と悪人との差別を破壊することもまたできない。カント以来言い古されたように、善人とはよき意志である。よき意志によってその素質の悪を浄煉《じようれん》し、善に向かう努力によって善にかなう本質を獲得したものである。これに反して悪人とは悪き意志である。その無恥なる悪の主張によって素質の悪を更に倍加しゆく者である。ここに同一の空間を相前後して経過する二つの矢があっても、その方向が相反対するとき、そのdestiny《デステイニ》もまた全然相反せずにはいられない。善人と悪人との差別はかくのごときものである。

かくのごとく、善悪の差別を廃し、善人悪人の区別を棄て、善の主張を無意義にし、悪に甘んずることを教えることが、善悪混淆の人生観から正当に導きうべき結論でないとすれば、この一つの真理が我らの実際生活の上に、正当に与えうべき結論は何であるか。それは第一に、自己の善を軽信することの警戒である。悪は我らの素質の奥に深くその根をおろして容易に刈除《かいじょ》することができない。善良な動機から出た善良な行為さえ微細にこれを解剖すれば悪き動機とからみ合っている。よき人となることはいかに難きか。根底から浄《きよ》めらるることはいかに希有であるか。我らは深くこのことを意識して自らいい気になることを戒めなければならない。

第二にそれは他人に対する寛容を教える。世に純善の人がないとすれば、我らは軽々しく他人に絶対善を要求すべきではない。そうして世に純悪の人がないとすれば、我らは凶悪無慚の徒の中にもなお本性の善を認めてこれを助成することを努めなければならぬ。我らは我ら自身が決して純善の人でないことを記憶して、他人に善を責めるにもなお身のほどを忘れぬようにしなければならない。我らがすべての人に善心と悪心とがあるという事実から、最初にひき出さなければならぬものは、「汝らのうち罪なきものまずその女を打て」というキリストの戒《いまし》めである。

要するに我らがこの一つの真理から導き出すことができるものは、自己の善を軽信しないという意味においても、他人の罪過を無慈悲に責めないという意味においても、共に最も直接にパリサイ(1)の徒にあたるものである。しかるに無恥なるパリサイの徒は彼らとは正反対の位置に立つこの一つの真理を、僭越にもかえって自己防御の用に供する。彼らは——この真理によって自己反省と他人に対する寛容とを学ぶことを知らざる彼らは、ただ自己の不善を責めらるるとき、その不善を弁護するために、世には純善の人がないということを持ってくるのである。しかしこのような自己弁護が彼の人格についていかなる証明を与えることになるか、落ち着いてその意味を省思すれば、彼らといえども赤面することを禁じえないであろう。他人の不善を口実にして自己の不善に甘んじていることができるほど求善の心弱きか、他人に対して提出する要求をもって自己を律せんとすることを解せざるほど軽薄であるか、世間の前に不当に自己を正しく見せんとする虚栄心に駆られて、真実の前に屑《いさぎよ》く頭をたれることができないほどに浮誇《ふこ》であるか――三つのうちのいずれかでなければ、この恥ずべき自己弁護を公言することができるはずがない。

汝は他を責めること厳酷にすぎるという非難に対する正当の自己弁護は、自分は厳酷に他人を非難する資格があるほどに正しいということでなければならぬ。そうして汝は不善であるという非難に対する正当の自己弁護は、否《いな》余は不善ではないという主張ばかりである。世に純善の人がないことを理由として自己の不善を弁護するは、要するに逃げながら吠える犬のさもしさにすぎない。ことに、他を難ずるとき余はこれをあえて恥ずるところなき正義の士であると揚言したものが、逆に自己の不善を責めらるるとき世に純善の人がないことをもって遁辞《とんじ》とするごときは、実にさもしさの最も近づくべからざるものである。

重ねて年少の諸友に告ぐ――「汝ら[1]パリサイ人《びと》のパン種を慎め」

2

偽善とは何ぞ。

自己の悪を隠蔽する者は偽善者であるか。自己の悪を隠蔽することによって、自分を真価以上によき者に見せんと欲する者はもとより偽善者である。自分を真価以上によき者に見せかけることによってなんらかの利得を身に収めんと欲する者はもとより偽善者である。この意味において政治家と教育者との間にいかに偽善者が多いことであろう。しかし我らはかくのごとき偽善以外に、別に意味を異にする悪の隠蔽があることを忘れてはならない。この意味における悪の隠蔽者は、自分の中にとうてい告白するに堪えぬ悪心があることを自覚している。この悪心のきわめて恥ずべきことを底から感じている。そうして現在の生活の自然を破ることなしにこれを社会の前に暴露するだけの性情の強さが与えられていないことを感知している。ゆえに彼はその悪を恥ずるこころから、不自然なる開放を憚《はばか》るこころから、自分を真価以上に見せんとする欲望なしに、自分を真価以上に見せかけることによってなんらかの利得を身に収めんとする打算なしに、本能的の羞恥をもってその悪を隠蔽するのである。我らはこのような悪の隠蔽をもなお偽善と呼ばなければならないであろうか。もとより悪意をもってすれば、たとい消極的にもせよそこに外観と実質との矛盾があるかぎり、これを偽善と呼ぶこともできるであろう。しかしここにはその善を誇張して見せびらかそうとする意志なきがゆえに、またここには悪を恥ずる善心がその隠蔽の根拠となっているがゆえに、自分は――一つは自分自身のために――もっと優《やさ》しい名称をもってこの弱点を呼んでやりたい。彼がこの弱点を脱却する途《みち》はただ三つあるのみである。第一の途は心の底に潜む悪心を根絶することである。第二の途はその悪心を懺悔《ざんげ》し尽くすことができるほどに玲瓏透徹の人格となることである。しかしこの二つの途は修練によって自然に到達することができることであって、決心によって即下に実践することができる途ではない。ゆえに剰《あま》されたる第三の途は、この悪心を家常茶飯事として開放するほど無恥になることのみである。cynical frankness《シニカルフランクネス》 の途のみである。しかしこの途をとることによって、彼は一つの弱点を脱却するために、より悪き罪過に陥らなければならない。この新しき罪過に陥らぬかぎり、彼はこの弱点から即下に脱却する途を持っていない。従って、悪意ある者の呼称に従えば——偽善は現在の彼がふむべき正しき途である。彼は依然として、悪を恥ずる心をもって告白するに堪えない悪心を自分一人の胸に抱き締めてゆかなければならない。善心の醇熟に先だつ安価なる告白を慎んで、隠忍して自分の人格の浄化を努めなければならない。そうしてその間、悪意ある者の侮辱を絶えてゆかなければならない。

第二に、理想と現実との間に矛盾を持っているものは偽善者であるか。現在即下に実現することのできぬ理想をいだく者は偽善者であるか。その理想がいまだ自然的素質を征服し尽くすに至らず、その求める善が時としてこれと矛盾する欲望によって裏切られることがあるかぎり、その人は常に偽善者であるか。もしこれをもなお偽善と呼ぶならば、人は偽善者であるかぎりにおいてのみ人格の進歩があり、その人が偽善者でなくなるとき、その進歩は全然停止するといわなければならないであろう。理想はその人の自然的素質と矛盾するがゆえに情熱を帯び、現実は理想と矛盾するがゆえに刻々に高められる。理想と現実と矛盾するは、繰り返すまでもなく当然至極のことである。ただ実現の情熱を伴わぬ善の空想を理想と称して揚げ出《いだ》すとき、理想と称して掲げ出しながらこれを実現せんとする情熱を心に貯えざるとき、また理想として要求するところをただちに自己の現実であるかのように見せかけるとき、その生活には始めて虚偽を生ずる。しかし実現しえざる善を求めることと、持っていないものを持っていると見せかけることとは意味を異にするのである。ショーペンハウアーは死を恐れても、彼の意志否定の理想は虚偽にはならない。トルストイが妻と子とを持っていても、彼の絶対的貞潔の理想を偽《いつわ》りと呼ぶことはできない。ショーペンハウアーが余には死を恐るる心なしと揚言するとき、トルストイがその妻と子とを社会の前に隠そうとするとき、彼らは始めて偽善者となるのである。

第三に、空想の中に多くの善を夢想しながら、これを現実の世界に移すことに失敗するとき、心の中に多くの美しき意図を描きながら、これを実行し貫く生活の根強さを欠くとき、その人は偽善者であるか。ここには空想と――理想ではない――現実との間の矛盾がある。従って彼がその空想を言葉に現わすとき、彼の言葉と実行との間にもまた矛盾があるに違いない。彼の空想は彼の現実より美しく、彼の言葉は彼の実行より美しきとき、我らは彼を偽善者と呼ぶに何の躊躇をも要しないように思うであろう。しかし現実の世界に移すことに失敗するとき、空想の善は常に虚偽であるか。これを実行し貫く性格の根強さを欠くとき、意図の美は常に詐りであるか。ある場合にはそうであろう。しかしすべての場合にそうであるというのは早計なる概括である。現実の生活の中に円熟せる者にあらざるかぎり、誠実に善を思い、誠実によき意図をいだきながら、なおその実現において失敗することはきわめて少なくない。我らがこの場合において概括的にいいうることは、ただその善が薄弱なことである。もとより薄弱はいかなる場合にも恥辱である。しかし薄弱な善も、不善または無善よりははるかに優《まさ》っているであろう。空想の善や美しき意図が幾度かその実行において躓《つまず》きながら、これによって我らの性格の次第に大きく堅く練られてゆくことは、すべての人の知っているところである。ゆえに我らは空想の善や意図のみの美しさを恥ずるよりも、むしろこれを乗り切ってその先に行かなければならない。ただ誠実に空想せざる善を美しき言葉に飾るとき、また心に醜き意図をいだきながら、美しき意図あるがごとく人に見せかけるとき、我らは始めて偽善者となるのである。

　偽善とは詐欺の意志もしくは衝動によって成立する一種の特別なる悪徳である。偽善の特に憎むべきはその矛盾が詐欺によって成立しているからである。

年少の諸友に告げよう——偽善とはきわめてショッキングな言葉である。我らはこの言葉をもってしばしば自ら怯《おび》え、また人を脅かす。しかし我らは詐欺の意志に基づく真正の偽善と、一見これに類似しながらしかも我らの忍んで通過しなければならぬ自然の諸段階とを混同してはならない。この混同は我らの生活の勇気を挫《くじ》き、また他人に対する我らの態度を不正にする。我らが開放するに堪えざる悪心の蠢《うごめ》きを心に感ずるとき、我らが理想として求める善を実現する力を欠くとき、また我らが空想の中にきわめて美しく人類に対する愛を描きながら、現実の関係においては父母兄弟をさえ完全に愛することができないとき——そのとき我らは深く屈辱を感ずるであろう。しかしその屈辱はいかに深くとも、それは偽善ではない。直下に即刻に深くこれを憎んで、悪疫のごとくこれを遠ざけなければならぬものは詐欺の偽善である。しかし自然の発達のみが癒《いや》しえる若干の弱点は、忍んでその癒《い》える日を待っていなければならぬ。あらゆる意味において生活の矛盾を脱却することは、決して容易なことではないのである。

3

自己の悪を隠蔽して正しい者のような顔をするとき、自己の善を誇張して正善の人らしく歩き回るとき、自己の中に最も多くその非難に値いする悪徳を包蔵しながら神のごとき無恥をもって他人と社会との悪徳を憤慨の種とするとき——そうしてその外観と本質との矛盾が明瞭に我らの眼に暴露されるとき、そのとき我らはこれらの徒を呼んで偽善者で呼ぶ。しかし我らの偽善者という概念は、その外観が一応我らを欺くに足るだけのもっともらしさを具えている場合に特に剴切《がいせつ》に通用する。その外観と本質との矛盾があまりに明々白々なるとき、我らは最初にその滑稽とでたらめとの印象に支配されて、偽善者とさえ思っている余裕がないのである。同一の隠蔽、同一の誇張、同一の無恥、同一の詐欺が、偽善として憎まれずに滑稽として笑われるにすぎないのは、ばかの一徳である。しかしこれはただ彼の詐欺が彼の愚によって覆われていることを証明するのみで、少しも彼をよりよくする所以《ゆえん》ではないのである。

（大正六年二月十六日）

十三　夏目先生のこと

先生が亡くなられたとき、自分は、現代と後世との人々に先生の事業の一端を説明するに足るような、少し纏《まとま》った論文を書いて、これを先生の霊前に捧げたいと思っていた。先生に対する自分の負荷はこの一つの論文で果たすことにして、その他の断片的なことはなるべく書かないようにしようと思っていた。しかしその後先生に関するいろいろの世評を見聞するにつれてちょいちょい先生のために弁じて置きたいと思うことが出てきた。自分はもとより、今でもさまざまの細々したことについてかれこれ言いたいとは思わない。しかし二、三の重大なことについて、自分が自分なりの解釈を下していることを、早く世間の人に聞いてもらいたい気がする。それでいっておきたいことの一つを今ここに公表する気になったのである。

自分のここで考えようとするのは「早く注射をしてくれ、死ぬと困るから」といわれた先生の言葉である。世間ではこの一語によって、先生が臨終にあたってたいへん精神的に苦悶されたように解釈しているらしいが、それは事実に相違している。最後の日の昼、もう臨終に間がないからというので一同先生の枕頭に集まったときには、先生は本当に静かにしていられた。精神的の苦悶はもとより、肉体的の苦痛さえほとんど意識を乱していないように見えた。臨終の静かなことは悲しみの中にもなお自分たちの心を喜ばせた。自分たちは厳粛な敬虔な心持で先生の大往生を見守っていた。しかしそうしているうちに先生は少し身動きをされた。医師はこれに力を得たらしく、もう一つやって見ることがあるからと言って、一同を病室から退かせた。あとで聞けばあのとき食塩注射をすると死際に激しい苦痛が来ることはわかっていたのだそうである。主治医真鍋氏は先生の静かな臨終を乱すに忍びないからと言って、最初はこの食塩注射に反対したのだそうである。しかし万一を僥倖《ぎょうこう》するために最後の食塩注射は行なわれた。そうして先生は少し持ちなおされた。素人《しろうと》の悲しさに自分たちの心にはなんだか回復の見込みがあるような気が起こってきた。自分などはこのほっとした心持に欺かれて、今の間にと言ってちょっと自宅に帰ったため、ついに先生の臨終に逢うことができなかったくらいである。こんなにして問題の苦悶は自分のいないときに起こり、問題の言葉は自分のいないときに吐かれたのであるから、自分は直接の観察によってそのときの有様を語ることはできない。しかしそのとき居合わせた人たちの言葉に徴するに先生の最後の苦しみは主として食塩注射によって自然の死を妨げられた肉体の苦しみであったらしい。もし精神的の苦悶があったにしても、その徴候はただ問題となった一言によって認めうるのみであったらしい。ゆえに自分はあの一言の意味を解釈するに先だって、まずあの一言がいかにして発せられたかの事情を語っておきたかった。読者にしてもし上に述べた私の叙述を信ずるならば、たといこの言葉の意味をいかに解釈するにせよ、それが先生の臨終に非常な精神的苦悶があったことの証明にはならないことを領会されるであろう（このことについては、真鍋氏がそのうち病床日誌を公にして医学上の説明を与えられるように聞いた。それが出たら先生の臨終の模様は自分のような素人の叙述によるよりも、いっそう明らかになるであろう）。

　しからば先生はあの「死ぬと困るから」という言葉を、どんな心持で、どんな意味で言われたか。先生の亡くなられた今日、何人も断定的にその意味の解釈を下すことができないのはもちろんである。我らはただ前後の事情と、一般の人性とに照らしてその可能な意味を忖度《そんたく》するばかりである。それがあたっているかいないか、それはただ自分たちが死んでいって先生にあったときに、先生から聞くことができるばかりである。

自分の考えるところによれば、先生のあの言葉は、三様の意味に解釈することができる。第一は過去の記憶の断片が死にかけている先生の意識の中に再生して、あの言葉となったと解釈することである。この解釈に従えば、あの言葉は老耄《おいぼれ》病者の独語と同様な、そのときの人格とはきわめて縁の薄い言葉となるであろう。老耄病者にあっては意識の全体を統御する人格の働きがすでにその力を失っている。人格の統御と意志の選択とをのがれた過去の記憶は、そのときの人格要求とは大なる連関なしに、晦迷《かいめい》なる意識の中にひらめきまたひらめく。かくて過去に経験したきわめて些末な欲望、過去のある瞬間にかすかに意識をかすめて過ぎた僅かばかりの思想も、なお彼らの独語の内容となることができるのである。そうして一度仮死してようやく蘇《よみがえ》った先生の意識を老病者のそれに比較するは必ずしも失当とはいわれない。こう解釈すればあの言葉は、先生の人格とはほとんど関係のない、生理的心理的部分現象となってしまうであろう。この間先生の旧居であの言葉の意味の解釈を話し合ったとき、生理学的に、もしくは生理的心理学的に説明しようとする人たちは、この解釈に傾いているようであった。

しかし第一説のようにあの言葉と先生の人格とを切り離してしまうには、「早く注射をしてくれ、死ぬと困るから」という言葉は、あまりに意義の明白な、そうしてあまりにそのときの事情に適合しすぎた言葉である。我らの窮理欲は、これをもっと先生の人格と連関させて説明しなければ満足ができない。第二の解釈は先生の奥に潜んでいる盲目的な「生きんとする意志」（Wille《ヴィレ》 zum《ツム》

Leben《レーベン》）がこの言葉を吐かせたと見る見方である。まさに不可知の淵に投ぜんとするときに本能的に人の意志にひらめく生への回顧執着――この執着によってあの言葉が生まれたと見るのは、きわめて自然な見方といわなければならない。そうして世間の人たちも最もこの解釈を喜んでいるように見えた。ただ自分がここに力説しておきたいのは、この解釈に従っても、あの言葉が先生の思想と人格とを累するには足らぬということである。先生の死なれる一年ほど前、自分が先生にお目にかかったときには、先生は死は生にまさると言っていられた。その後になって先生は、もっと積極的の意味で生死を一にすることを説いていられたように聞いた。ある人は先生のこれらの思想と、先生の死前の言葉とが矛盾すると言って先生を責めようとする。しかし彼らは、いかなる人の場合においても、思想は――特に理想の形における思想は――その自然的素質と矛盾するものであることを知らないのである。自然的素質との矛盾は思想の真実を害するものでないことを知らないのである。思想とは自然的素質を規正し精練し浄化するもの――従ってその本質上自然的素質と矛盾した一面を持つべきはずのものである。思想は自然的素質の精練が完成するところから始まるのではなくて、自然的素質を精練するために生まれてくるのである。しかるに生きんとする意志は食色の本能と等しき――むしろ更に根本的な人間の本能である。この本能が存在するゆえをもって生死を一にする思想――もしくは理想をいだく者を責めるのは、性欲を根絶し悉《つく》さぬゆえをもって、貞潔の理想をいだく者を責めると同様の無理難題である。このような無理を要求するよりは、むしろ人に向かってなぜに汝は神でないかと責める方がよかろう。先生が神でなかったことが――臨終にあたって生きんとする意志の動きがあったことが、なんで先生の人格と思想とを累するに足ろう。

　そうしてそこには別に、最もよく前後の事情と照応する第三の解釈がありうる。それは先生が生きていて為《し》たかった仕事があると見ることである。少なくともその仕事をしてしまうまで生きていたかったと見ることである。その仕事の欲望が半ば無意識にあの言葉を吐かせたと見ることである。しからばその仕事とは何であるか。最も直接にいえばそれは先生が百八十八回まで書きかけた『明暗』[1]である。先生が最初に血を吐かれた日の夜、あれほど鮮かな空想をもってあれほど書き進んだ『明暗』は、きっと寝ていても先生の眼に憑《っ》いて先生を魘《うな》すだろうと、自分はW[2]と話し合った。碁《ご》に熱中する者には碁盤が眼に付いて離れないと聞くが、同様に先生には『明暗』が眼に憑いて離れなかったであろう。そうしてこの眼に憑いて離れないものを完成してしまいたい願いが、昏々《こんこん》として睡る間にも（しかも先生は昏睡されたのではなかったから）なお継続していることは、きわめて自然に想像しうることである。しかも『明暗』を外にしても、先生にはなお生きていて為《し》たい仕事がありえた。それは最近になって先生の悟入しえたと聞く真理を伝え残しておくことである。先生は則天去私[3]の真理によって多くの者の迷いをさましてやりたいと言っていられたそうだ。小説家は五十以上にならなければ駄目だと言っていられたそうだ。則天去私の立脚地に立つ新しい文学論を大学で講じてもいいと言っていられたそうだ。そうして見れば最後に近い先生の脳中にはいろいろの仕事と、いろいろの仕事の計画とがあったはずである。こういうような「仕事」を持っている人が、「死ぬと困る」と思うのに何の不思議があろう。自分はむしろ世のキリスト教徒と称せらるる人が、先生のこの一語を捕えて、最後の煩悶あわれむべしというようなことを口にするのを不思議に思う。彼らの師イエスは、「わが父よもしかなわばこの杯を我より離ちたまえ」とゲッセマネ[4]に祈った人である。そうしてマルコ伝[5]によれば、彼は十字架の上にあって「わが神わが神なんぞ我を棄てたまうや」とさえ叫んだと伝えられている。キリストのこの最後の「煩悶」は何のためであったか。それは彼がまだ為《な》すべき仕事を持っていたためではなかったか。自分は真正のキリスト教徒は、先生の最後の言葉を尊崇はしてもあわれむことはできないはずであると思う。（こういったら先生は苦笑しながら、そんなにおおげさなことにしてくれちゃ困ると言われるかもしれない。しかしこの比較はただ仕事のために死を惜しむ心持の一点にあるのだから、先生からもゆるして頂きたいと思う）。しかし先生はもとよりイエスではないから、我らはただ先生の唇から、「死ぬと困るから」という家常茶飯の言葉を聞いただけであった。我らは先生から「この杯を我より離ちたまえ」という言葉と「聖旨に任せ給え」という言葉との間に行なわれる情熱の摩擦を聞くことができなかった。もしかしたら先生は、死んでから、面倒なことをせずに済んだのはありがたいねと言って微笑されたかもしれないと思う。とにかく先生は我らの間に一つの問題になる言葉を残して、最も先生らしく死んでゆかれた。そうして自分はこの言葉をどんな意味に解釈しても、それは先生の徳を累すべき性質のものでなかったことを信じている。

（大正六年二月十六日）

十四　一つの解釈

1

哲学的教養を受けたものがトルストイを読むときに、最初に受けるショックの一つは、おそらくは、トルストイの考え方の多数決主義である。彼が芸術家の信条を受納するを得ぬ一つの理由は、「一人の人によって表白されるあらゆる意見に対して、ただちにこれと対角線的反対をなす他のものが現われるから」（『わが懺悔』第二章）であった。[1] 彼が人生問題の解決を目的とする諸種の学術に対する不信の一つは、「一つの思想家と他の思想家との間に、はなはだしきは同一の思想家においてさえ、不断の矛盾がある」からであった（『同上』第五章）。[2] そうして彼はまた、労働者や農民が受用しえず理解しえざるゆえをもって、ほとんどあらゆる近代の芸術を擯斥《ひんせき》した（『芸術とは何ぞや』、特に第八章、第十章）。一見すればトルストイの採用せる真理の標準は、これをあらゆる人の前に提出するときあらゆる人がただちにこれを真理と認むるに躊躇せぬことであり、トルストイの是認する価値ある芸術は、鑑賞者の側にいかなる準備も態度の転換もなく、すべての人がこれを受用しこれを理解しえるものでなければならないように見える。一つの思想、一つの学説、一つの芸術の価値は、アングロ・サクソン人種や、ゲルマン人種やラテン人種や、スラヴ人種等のコーカサス人種のみならず、アジアやアフリカにおけるあらゆる人種の前に――自分は自分勝手にこれらの人種を列挙するのではない、トルストイのあげた名前を繰り返すのである――これを提供して投票させるとき、それがいかに多数の票数を得るかによって決定されるように見える。しかしもし「一人の人によって表白される意見に対して、これと対角線的反対をなす他の説が現われる」ゆえをもって、ただちにこの二つの説とも同様に信じがたいものとならなければならないならば――また、「二つの思想家と他の思想家との間に、はなはだしきは同一の思想家においてさえ、不断の矛盾がある」ゆえをもって、すべての学説が信ずべからざるものとなるならば、他の多くの思想家と矛盾するところきわめて多き（少なくともトルストイ自身はそう考えていたに違いない）、またその生涯において幾多の変遷を経たる、トルストイの思想と人生観とのごときは、最も信じがたきものとならなければならないであろう。そうして芸術においても、アフリカ人やホッテントット人[1]にもただちに通じうべき芸術を求めるとき、これを求めてその条件にかなわざるものを除外しゆくとき最後に残るものはきわめて貧弱な低級な芸術のみとなるに違いない。真理の標準をかくのごときものと思惟《しい》し、芸術の価値をかくのごとき標準をもって測るは、一見明瞭をきわめたる誤謬といわなければならない。トルストイは実際かくのごとき標準をもって思想の価値を測っているであろうか。かくのごとき標準をもって芸術を評価しているであろうか。

2

誤謬の存在は客観的真理の存在を破壊する理由とはならない。一人の小学生が計算をあやまったゆえをもって――この一つの事実もなおすべての判断の現実的一致というものを破壊する理由とはなりうるのである――数学上の原理が成立しえないならば、一人の片意地なる者が馬を指して鹿と言い張るゆえをもって、馬が馬であるという事実が破壊されるならば、世界にはあらゆる意味において真理というものが存在しえなくなるであろう。すべての人の現実的不一致が真理の存在を傷つくるに足らねばこそ、我らは誤謬の積層をおしわけおしわけして真理に対する努力を続けることもできるのである。すべての人が反対するも余一人のみが真理を把握している場合もまた存在しうる。ガリレオが地動説を主張したとき多くの人は彼の説を無稽として彼を迫害した。しかしその迫害者の子孫も今日においては地動説を認めないものはないであろう。それは事実と人性との本質に、すべての人が地動説に一致すべき必然性が含まれているからである。この意味においてすべての真理は万人に共通なるもの――普遍的妥当性を持っているものでなければならない。しかし普遍的妥当性とはすべての現実的判断の統計によって発見せらるべき性質のものではない。現実的判断においては、九百九十九人が誤っていて、ただ一人だけが普遍的妥当性を持っている場合もまた存在しうる。時代に先んじたる偉人の場合はすべてこれである。多くの説が矛盾するとき、すべての説が誤っていることももとより一つの可能なる場合である。しかしそこにはただ一つが正しくて他のすべてが間違っている場合もあり、すべての説が一つの真理の徐々として完全に近づきゆく認識の、もろもろの段階として歴史的につながっている場合もある。トルストイの考え方は、一見すれば、後の二つの可能性を無視する一面的な考え方であるように見える。

ある人は一つのことを善なりといい、他の人はその一つのことを悪なりという。この矛盾は要するに善悪は迷妄であるという結論に導きうるか。否、善悪は我らの本質の法則に合すると合せざるとによってわかれる。たとい我らが我らの片意地をもって、もしくは誤れる誠実をもって、意識的には善であると主張するときといえども、これを実行することによって我らの本質が内面的に否定されるという事実があるならば、その行為は客観的の意味において悪である。子供は南天の実が毒であることを知らない、もしくは片意地をもって毒でないと主張する。しかし彼の意識と主張との如何《いかん》にかかわらず、これを食えば彼の肉体は傷害されるであろう。母親は南天を毒であると主張する。子供はこれを毒でないと主張する。両者の間には一致がない。この一致せざる意見をもって相争うとき、母親もその子と共に、「瘋癲《ふうてん》病院」中のものであるか。南天を毒でないと主張するものがあるゆえをもって、南天が毒であるという事実は破壊されるか。

3

かくのごときはすべて繰り返して言うまでもない凡常の事実である。トルストイははたしてかくのごとき凡常の事実を知らなかったか。一見すればそう言うよりしかたがないように見える。しかし自分はそうは思わない。自分の考えに従えば、トルストイは自分の認めたる一つの真理を押し通すために、これと矛盾する、もしくは矛盾すると思惟せる諸説をすべて折伏《しやくぶく》(1)したかったのである。そうして無意識もしくは半意識的に、自分自身の上に最も痛切に帰ってくるような不利益な武器を用いたのである。現代の思想家中、トルストイほど自分一人の握っている普遍的妥当性を主張した人が——主張することを喜んだ人が、他に幾人を数うべきであろう。

　自分はここに繰り返して人口に膾炙《かいしや》せるトルストイの手紙の一節を引用する——「我らは相互に求め合いてゆくべきではない。我らはすべて神を求めなければならないのである。……あなたは言う、一緒にするほうが容易であると——一緒にするとは、何を？　労働すること、刈り入れをすることにおいては、しかり。しかし神に近づくことは——それはただ孤独においてすることができるのみである。私は世界を一つの巨大なる殿堂と見る。そこには光が天上から、ちょうどそのまん中に落つるのである。一致するためには、我らはみんな光のほうへ行かなければならない。そのとき我らのすべては、あらゆる方向から集まってきて、我らが捜し求めなかった人たちの群れの間に自分を発見するであろう。そこに悦《よろこ》びがあるのである」——そうして神において、神においてのみすべてが一つになることを知っていた人が、本当に価値の標準を統計的多数決に置くがごときは決してありえざるところである。

彼はまたその『芸術とは何ぞや』において言う、「最高にして最善なる感覚の理解に対する障碍は、これもまた福音書に言われているように、決して発達や教養の欠乏にあるのではなくて、反対に、誤れる発達と誤れる教養とにあるのである」（第十章）と——果然、彼の嫌悪せるは多数の趣味と一致せぬ芸術ではなくて（もとより多数に対する義務という点について、「多数」は再び重要な問題となってくるが）その実偏局せる、人類の健全なる本能の退廃せる芸術であったのである。彼は彼の是認せる——多数決によらずしてただちに彼の心臓をもって是認せる——芸術を民衆の間に見、翻《ひるがえ》りていわゆる貴族的文学の間にその転倒と堕落とを見た。同時にこの貴族的文学が傲然として最高最良の芸術をもって自ら居《お》る僭上《せんじょう》を見た。ゆえに彼はこの僭上を罰するに「多数」と一致せざることをもってするのである。

トルストイが多数と一致せざるゆえをもって擯斥《ひんせき》するいっさいのものは、あらかじめ彼自身の燃ゆるがごとき心臓によって端的に擯斥されたものである。そうして彼はこの擯斥を装うに「多数との不一致」をもってするのである。もし彼自身の心臓の是認するものが「多数」と矛盾するならば、おそらくは彼は更に敢然として「多数」を排斥したであろう。

自分はトルストイの多数決主義をかくのごとくに解する。多数のための奉仕と多数なるがゆえの是認と——この二つを厳密に区別することは、他のすべての場合におけると等しく、トルストイの真意を汲むためにもまた必要である。

（大正六年五月二十五日）

十五　思想上の民族主義

1

余は日本人である。

余は日本人の血を受けて生まれ、日本の歴史によって育《はぐく》まれ、日本の社会の中に生息している。ゆえに自ら好むと好まざるとを問わず、日本人であることは余の運命である。自己の素質に内省の眼を向けるとき、余はいかに多くの日本的なるものを自己の中に発見することであろう。自然の風物や四季の推移に「もののあわれ」(1)を見る感じやすき心において、余の中には平安朝文学の血がこまやかに流れ動いている。おぼろにして包むがごときもの、ほのかにして温《あたた》かなるもの、外表の強さを欠きながら自己の中に帰る力の静けさを保つものに対する特殊なる傾向を持っている点において、余の趣味は弄斎《ろうさい》(2)の旋律や古土佐(3)の巧芸の伝統の継承者である。そうして夢殿《ゆめどの》(4)の秘仏や三月堂(5)の諸仏や法隆寺金堂の壁画や法華寺(6)の弥陀《みだ》三尊図等に言いがたき親愛と畏敬とを感ずる点においても、余は特に日本的なる素質――少なくとも特に東洋的なる素質を持っているに違いない。更に『古事記』や『万葉集』に現われたる上代人の生活に特殊なる愛情を感ずるがごときも、おそらくは日本人ならぬ者の能《よ》くするところではないであろう。余の中に日本的なるよきものの生きていることを感ずるとき、余は余が日本人であることを喜びとする。そうして我らの祖先と共通なる局限を余自身の中にも発見するとき、余は余が日本人であることについて一種の悲哀を感ずる。しかしいかにこれを喜ぶもこれを悲しむも、またいかなる意志の力をもって日本人的素質を脱却せんと努力するも、余はついに日本人ならぬものとなることはできない。余が日本人ならぬものとなりえないのは、余が余ならぬ者となりえないと同様である。

しかしかく言うは、余は「日本人」という普通名詞であるという意味ではない。一面から言えば、日本人の平均的性質以外、余には余自身の個性がある。従って余が余として生きるとき、余の中には、過去の日本歴史においてはかつて実現せられざりし新生面を発展せしむべき可能性が与えられているかもしれないのである。また一面から言えば、世の中には民族的特質を超越して世界におけるあらゆる他の民族と共通なる——釈迦《しやか》やキリストや孔子や、ソフォクレスやセネカやダンテや、シェークスピアや、ルソーやゲーテ等と共通なる、「人」としての生活の一面がある。余は民族史に規定せらるると共に世界史に規定せられ、民族史によって教育せらるると共に世界史によって教育せらるる「世界人」である。我らは「日本人」であるという事実によって、余はまた同時に「余」自身であり「世界人」であるという事実を——これが事実であることは、曇らされざる眼をもって自己と自己の内容とを反省したことがある者の何人も拒みえないところである——この事実を閑却してはならない。

2

余は日本を愛する。

余は日本を愛するのは、すべての人を愛するのが、余の義務であるからばかりではない。余は余の自然的素質のゆえに、血族的親近のゆえに、世界の中でも特に日本を愛せずにはいられないのである。余は日本の文物に対するとき、故郷に帰れる者の親しさと悲しさと心安さとを感ぜざるを得ない。我らが万葉を読み芭蕉を読むとき、法隆寺や(1)薬師寺を訪うとき、古土佐や光(2)悦や宗達や光琳《こうりん》の絵面を見るとき、また弄斎や(3)富本や(4)端《は》唄《うた》を聞くとき、最後に日本の衣服を着て日本の畳の上に安坐するとき、いかに我ら自身の(5)エレメントにいることを感ずるであろう。更に我らは将来にわたっても、これらの文物を保護し発展せしめんとする、特殊なる負荷と憧憬との感情をいだき、特殊なる強さをもって日本の文化に貢献せんとする欲望を感ぜずにはいられないのである。単に外面的政治的関係においてこれを見るも、日本が外国と戦うとき、我らは反射的本能をもって日本の勝利を切望し、日本人が外国において虐待せらるる事実を聞くとき、同様の本能的感情をもって、日本人の世界的地位の低きを憤慨する。もし外国の軍隊がわが国に侵入して、我らの老幼を虐殺し、我らの姉妹を姦淫《かんいん》するならば、余がいかに自ら抑制するも、とうてい銃を執って立たずにはいられないであろう。余が日本を愛するは、動物のその子を愛護するがごとき自然的衝動に基づいているのである。

しかし何ゆえにこの自然的衝動に従うことは正当であるか。あらゆる場合にこの自然的衝動に従ってのみ行動するのは、要するに民族の利己主義と呼ばるべきものではないのか。すべての個人が他人の権利を認容し、他人を愛すべき義務を負うがごとく、すべての民族もまた他の民族を愛し、他の民族の権利を認容すべき義務を負うているのではないか。我らに正当防御の権利あると同時に、いかなる意味においても他を侵害せざるの義務もまた我らに負わされているのではないか。自己の中に起こる不正なる意志と戦うがごとく、民族の不正なる意志と戦うこともまた我らの人類と民族とに対して負う義務ではないのか――すべてこれらの「あるべきこと」に関する問題は、単に民族を愛する自然的衝動が存在するという事実によっては何の答えられるところもない。

また自家の文化を愛すべき途が、自家の文物に愛着する自然的衝動によってただちに与えられているということもまたできない。我らが成心を捨てて外国の文物を研究するとき、我らはそこに、我らの欠陥を補足するがゆえに特に我らにとって切要なるもの、我らに親しからざるがゆえに特に我らを高むる力あるもの、我らの文物よりも更に深く「人」の本質に肉薄して、我らの文化の将来における発展を指導しえるがごときものの多くに逢着する。かくのごとき場合においては、むしろ我らの自然的衝動に逆《さか》って外国の文化を研究すること、外国の文物に対する愛情を開拓することが、かえって真正に我らの文化を愛する途《みち》ではないか。過去の文物に愛着する心安さに甘んずるとき、我らはかえって将来における文化の発展を害することはありえないか。いっさいの真正なる進歩において見るがごとく、過去を嫌悪することが、かえって現在と将来とを愛する心の発現であるような場合は存在しえないか——すべてかくのごとき自国を愛するの途に関する問題も、自家の文物に執着するという自然的事実によっては、何の答えられるところがないのである。

3

余は日本に対して義務を負うている。一つには余は世界のあらゆる存在に対して義務を負うがゆえに。二つには余は日本人として日本と特殊の関係に立つがゆえに。自己の享楽を追うために同胞に対する義務を閑却するならば、自己の利害と安否とを唯一の関心事として民族の利害と休戚《きゅうせき》[1]とに冷淡であるならば、それが正しき途であるとき自己の一身を犠牲にして民族の欲求に奉仕する覚悟を欠くならば、余は好んで生活内容を一個体のことに局限するあわれむべき利己主義者にすぎない。

一個体としての自己と、一個体としての他人を対立せしむる生活の局小に堪えざるとき、自己の生活の普遍化に対する憧憬が心の中に育ちゆくとき、余は必然に自己の属する民族に奉仕せんとするの欲望を感ぜずにいられないであろう。もとより純粋なる心をもって民族に奉仕することは、あらゆる無私なる奉仕と共に、あらゆる利己主義の征服と共に困難なる仕事である。しかし生活の普遍化が個体的自己の義務であるかぎり、この困難なる戦いを戦って普遍なるものに奉仕することは常に我らの義務でなければならない。そうして民族が我らの奉仕を要求する普遍的なるものの一つであることは疑いを容《い》れぬところである。

しかしかく言うは、民族が具体的なる唯一の最後の普遍であるという意味ではない。我らの属する民族の外にも他の民族があり、個々の民族の上にはこれらの民族の相互関係によって成立する一つの「人類」が存在することは、曇らされざる眼をもって事実を見るかぎり、何人も拒みえざるところである。民族に対する奉仕の義務は、いかなる意味においても人類に対する奉仕の義務を妨げることができない。もとより我らは多くの場合、自己の属する民族に対する奉仕を通じて始めて人類に対する奉仕を具体的にする。しかしこの事実を承認することは、民族の不正なる意志に奉仕することによって人類に対する奉仕の義務を傷害する権利を認容することではない。個人的利害の外に正邪があるように、民族的利害の外にもなお正邪があることを否認する理由ともまたなることを得ない。奉仕の対象を民族に局限するとき、普遍に対する我らの憧憬は決して満足することを得ないであろう。普遍に対する憧憬を真正に自己の内面に体験する者が民族に対する奉仕においてその究竟の対象を発見しえることは、余の信ずる能わざるところである。

4

民族主義とは、すべての個人はその属する民族の血液と歴史とによって規定されるものであるという一つの事実の承認を要求するものならば、そこにはもとより何の異論もあることを得ない。また民族主義とは、すべての個人はその民族を偏愛する自然的衝動を持っているという一つの事実の承認を求めるものならば、そこにもまたなんらの異議がないであろう。しかしこれらの事実の承認は我らの生活に対してはたしていかなる規範を与えるか――この問題はすべてかくのごとき事実の承認のかなたに横たわる問題である。民族心理学的ないし民族史的考察の権利を認容することと、思想上の――更に厳密に言えば規範としての民族主義の主張を是認することとは決して同一ではない。思想上の民族主義を認容せざるゆえをもって、民族心理学的ないし民族史的考察の権利と必要とをもまた認容せざる者と誤想するの愚なるはもとより言うまでもないことである。

そうして民族主義の主張が単に我らに一つの規範を与えんとするものであるならば我らはまたいろいろの意味において思想上の民族主義を認容することができる。自分はすでに、民族に対する奉仕を一つの義務として承認する点において、民族主義に是認を与えてきた。その他それは政治上教育上における合目的の問題（Zweckmässigkeitsfrage《ツヴェックメーシヒカイツフラーゲ》）において――換言すれば我らの政治的教育的理想を実現する方法の問題において、きわめて重大なる意義を持っていることをもまた認容しなければならない。民族の特長を尊重すること、最も民族に適合する途《みち》に従ってこれを教育すること、民族の伝統を生かすことは、もとより民族教育にとって重要なる着眼点である。民族の歴史中より復活せしめうべきものを外国より移植せんとするは無用である。民族の特質を抑制してこれを「人類」の平均数に帰せしめんとするは、個々の個性を強制してこれを民族的性格の概念に適合せしめんとすると同様に有害である。民族の教育はもとよりその民族に自然なる途に従って行なわれなければならない。この意味において、我らの政治と教育とはなお甚《はなはだ》しく民族の特質に関する洞察を欠いているということができるであろう。すでにこの意味においても日本の根本的研究は必要である。自分はこのかぎりにおいて民族主義の賛成者である。

5

しかも我らが日本を知ることを要するは、単に我らの統治し教育せんと欲する対象が日本人であるからばかりではない。我ら自身の自然的素質を知り、我ら自身の自然的素質を育てんがためにもまた我らの属する民族を知る必要がある。この意味において、日本を知ることが我らの自覚並びに教養の重要なる一部分をなすことは拒むことができない。余とは本来何者であるか、余はいかなる特質を持っているか、余はいかなる方向に余の才能を発展せしむるを得策とすべきか。かくのごとき自然的素質の問題に答えるためには、余の中を流るる民族の血、余を生みたる民族の歴史を――無意識の間に余の自然的基礎をなせるもろもろの条件を、改めて意識的に把握し、改めて内面的に体験してみることもまた重要なる手段となるであろう。もとより自己の本質を知らざるも余はついに余なるがごとく、特殊なる民族的教養と民族的自覚となきも、余はとうてい日本人である。しかし「汝自身を知る」[1] ことが我らの精神的発展にとって必要なるがごとく――むしろ必要なるがゆえに――余の属する民族を知ることもまた、余自身を知ることの一部分として、きわめて重要なる事件たるを失わない。この意味において、民族的自覚並びに教養は、我らの意識的努力を命ずる一つの規範であることができる。それは我らが自己を発見し自己を教養する努力の一部分として、その存在の理由を持っているものである。

しかし自己を発見する努力が民族的自覚をもって終結し、自己を教養する努力が民族的教養によって完成すると思惟するは大なる誤謬である。余の属する民族は何ものであるか。我らがこの問題を研究する材料は、過去の史実に限られ、我らがこの問題に対する解答は、精緻と粗雑との差別はあっても、要するに不完全にして歴史家自身の性癖に依従するところ多き部分的概括にすぎない。多くの場合において、我らは自己の性癖を史実の上に投影してこれを民族的特質と称するにすぎないのである。ゆえに我らはかくのごときおぼつかなき民族的特質の認識をもって、自己の本質に対する自覚の代わりに置くことができない。余とは何ものであるかの問に答えるものは、ひっきょう余自身の内面的知覚――種々の疑問を征服することによってますます鞏固に練り鍛えられてゆく内面的知覚でなければならない。民族的特質の認識は単にこの内面的自覚を試練し訂正し確かむるために用いらるべき一つの参考以上のものでありえないのである。真正に余とは何ものぞやの問題に心を潜めたることある者は、何人もこの間の消息を知っているであろう。

また仮に過去の史実の中に実現せられたる民族的特質が、なんらかの方法によって完全に認識せられうると仮定するも、これを根拠として将来における無限の可能性を測定し尽くすことはとうてい人力の及ぶところではない。ゆえに過去に実現せられたる民族性の認識をもって直接なる内面的知覚に代えんとするとき、我らは自己の内容に不自然なる限定を置いて、自己の中に存在する無限の可能性に対する信仰を失う。歴史家の想像する民族性と一致するもせざるも、余が余自身の内部に確認するを得るいっさいの能力は余自身のものである。この能力に信頼することによって、民族的特質に新たなる発相を与うべき運命が、余の一身にかかっていることがありえないと、誰が保証することができるか。歴史に対する意識的顧慮は多くの場合において我らの自由なる活動を萎縮せしめる。もとより自己の内面的衝動に信頼することを知る者も、民族的教養によって自己の内容を豊富にすることを求めるであろう。しかし彼は民族的伝統を顧慮することによって自己の内容に限定を付することを屑《いさぎよ》しとしない。そうして民族的特質の中にある可能性を歩々《ほほ》に実現しゆく者は、彼の(1)屑々《せつせつ》たる民族主義者流の間にあるよりも、おそらくは民族的伝統に対する反逆者の間にある。

ゆえに民族的自覚の要求は、歴史家によって構成せられたる民族性との一致を強制するもの、かつて実現せられたるものの形骸を規矩《きく》として新たなる可能性の開展を拒む者であってはならない。我らは過去の形骸を破壊すること、かつて実現せられたる民族的特質を嫌忌すること、破壊と嫌忌とを通じて真正に過去を生かし民族精神を生かし民族に対する愛を生かすことの権利を保留しなければならない。過去に実現されたるいっさいの事物を賞賛することをもって日本を愛する所以《ゆえん》なりとする俗見の捕虜となることを慎まなければならない。人は能《よ》く外国模倣を排斥して民族的自覚を奨説する。しかしそこには模倣ならぬ外国研究もまた存在しうると共に、いわゆる民族的自覚もまた時として個人に対する模倣の要求となることができる。個性の自由なる実現に対する他律的規範として民族的特質との一致が要求さるるとき、民族主義とはひっきょう過去の史実を模倣する要求である。しかも民族的特質としてあげ出《いだ》さるるものが、その実人間として浅薄なる歴史家の偽善者的俗人的人格の投影であるとき、この意味における民族主義の主張は偽善者の曲りくねりたる自己主張にすぎないであろう。我らはいかなる意味においてもかくのごとき偽善者を模倣すべき義務を負うことができない。

そうして自己の教養として見るも、民族的教養は我らにとって唯一の教養ではない。およそ我らにとって教養を求むる努力の根本的衝動となるものは普遍的内容を獲得せんとする憧憬である。個体的存在の局限を脱して全体の生命に参加せんとする欲求である。ゆえに我らは民族という半普遍的なるものの生命に参加することによってこの渇望をみたすことはできない。我らの目標とする教養の理想がひっきょう神的宇宙的生命と同化するところにあることは、自己の中に教養に対する内面的衝動を感じたことがあるほどの者の何人も疑うことを得ざるところである。従って我らが教養を求むるは「日本人」という特殊の資格においてするのではなくて、「人」という普遍的の資格においてするのである。日本人としての教養は「人」としての教養の一片にすぎない。民族的教養が唯一の教養でありえないことは、教養の本質より見て自明の道理である。ゆえに我らが教養の材料を求むるとき、その材料の価値を定むる標準は、それが我らの祖先によって作られたものであるかないかの点にあるのではなくて、それが神的宇宙的生命に滲透《しんとう》することの深さに依従するのである。この意味において我らは我らの教養を釈迦《しゃか》に――自分はここに自明のことを繰り返しておく必要を感ずる、釈迦は日本人ではない、釈迦は蒙古人種でもまたない――キリストに、ダンテに、ゲーテに、ルソーに、カントに求むることについて何の躊躇を感ずる義務をも持っていない。ただそこに同様の深さが実現されているとき、他の民族につくよりも同じ民族の祖先につくことが自然なだけである。もとより自己の祖先の中に、自然なる教養の模範を持っている民族は幸福である。そうして歴史家と教育家との懶惰《らんだ》と迂愚《うぐ》とによって、我らが我らの祖先の中におそらくは多くの教養の材料を持っていながら、これを現在に生かしきることができないのは我らの悲哀である。しかしこれらのすべてのことは、彼らが我らの教養をただその祖先の中にのみ求めなければならぬという一般的原理を承認する所以ではないのである。もしホッテントットの紳士がその人間的教養の材料を求めるために余の意見を徴するならば、余は彼の祖先の遺業を措《お》いて、まず釈迦やキリストの教えに彼を導くであろう。

そうして我らが意識して民族的特性を殺戮《さつりく》せざるかぎり、我らがいかに普遍的内容を追求するも、またこの追求の努力を助くるものとして釈迦やキリストの宗教と、プラトンやカントの哲学と、ダンテやゲーテの文学を研究するも、我らは民族的特性の喪失を憂うる必要を見ない。民族性は我らの自然的規定である。ゆえにそれは必然的に普遍的内容を追求する我らの努力の方向を規定し、従って我らの発見する普遍的内容に民族性の特色を刻印する。この意味において日本人には日本人の哲学があり日本人の宗教があるのは当然である。しかしそれは我らの追求の対象が日本的東洋的妥当性にあるためではなくて、我らの普遍的妥当性に対する追求が必然に民族的素質によって規定されるからである。我らが意識的に日本的哲学と日本的宗教とを求むるとき――換言すれば我らが我らの哲学と宗教とに日本的妥当性を与えることを目的とするとき、我らの哲学と宗教とは不自然に作為されたる、根本動機の純真を欠ける半哲学半宗教となるにとどまるであろう。民族的特性は生かされたものではなくて付加されたものにすぎなくなるであろう。今日のごとく世界の思想界において浅薄なる民族主義が勢力を得んとする時代にあっては、特にこの間の関係を見失わぬようにする必要がある。普遍的妥当性に対する純真なる憧憬を欠くとき、あらゆる教養は、あらゆる学術はその根底を喪失する。かくのごとき教養は民族と民族との間の憎悪を増進する「戦争」の道具となるにすぎないであろう。

個性の特色を払拭《ふっしょく》することによって、統計的に集合写真的に獲得せられたる抽象的普遍は、もとより普遍の最も安価なるものである。しかし普遍的内容に対する憧憬によって生きるにあらざれば、個性は真正に自己の特色を発揮することができない。

6

あるいは言うであろう。民族的自覚とは過去に実現せられたる民族的特質に適合することではなくて、過去と現在と未来とを通じて生きている民族的精神に同化することである。民族的理想に服従し、民族的理想実現の目的に奉仕することであると。

しかし過去に実現せられたる民族的特質の外に、我らは何処《いずこ》に民族的精神を発見すべきであるか。それは民族的教養によって余自身の内面に生かされたる余自身の精神の外に何処にも存在の地を持っていない。余が民族的精神に同化することを要するは、それが民族の精神だからではなくて、それが余自身の本質だからである。むしろ余自身の本質に合致する以外に、余は民族の精神に同化すべき義務を負うことができない。

また民族の理想が余にとってもまた理想となるは、それが余の本質の理想と一致するからである。余はただ余自身の本質に服従することを要するにとどまる。余は単に民族の理想なるがゆえに、余の本質ならぬものに服従すべき道徳的義務を持っているのではない。

最後に余は人類に奉仕することを要するがゆえに、また民族にも奉仕しなければならない。しかし余はいかなる途によって民族に奉仕するを得るか。ただ余自身の体得せる「道」を民族の間に生かすことによって。世界には、民族の異同と、歴史の相違によって局限せられざる一つの「道」が存在する。この「道」は自我と宇宙との本質である。この「道」は歴史によって徐々に実現されるものであるが、歴史によって規定される性質のものではない。衛生の道に従う肉体が強健であり、これに従わざる肉体が病弱なるがごとく、この「道」に従う民族は繁栄し、この「道」に従わざる民族は衰滅する。我らが民族に対して奉仕する唯一の途は、ただ民族の意志をしてこの道に従わしめるところにのみある。その他の意味において民族の欲望に奉仕するは目前の愛に溺るる母と等しくかえってその奉仕の対象を傷害する所以である。ゆえに我らが民族に奉仕する途は必然にまた苦諫の途、力争の途でなければならない。我らは民族的理想が「道」にかなわぬものであるとき、この理想に抗争することによって始めて民族に対する奉仕を全くする。我らが民族的理想実現の目的に奉仕することを要するは、それが民族の理想だからではなくて、民族の理想が「道」にかなっているからでなければならない。自己の本質によって是認せられざるものに奉仕するは奴隷の奉仕である。

およそ自己の生活を普遍化せんとする憧憬には三つの方面がある。一つは普遍的内容の獲得である、換言すれば普遍的教養である。二つは意志の対象の普遍である。換言すれば普遍的なるものに対する奉仕である。そうして第三は意志の根拠の普遍である。換言すれば人間的本質に基づく意志決定、意志の内面的自由、意志の自律である。そうして民族主義が一つの規範を与えるに満足せずに、唯一の道徳原理たるの地位を要求するとき、それはあらゆる意味において半途なる道徳原理である。半個人的、半利己的、半普遍的なる道徳原理である。我らの普遍的要求がかくのごとき道徳原理によって満たさるることを得ざるはもとより当然の数である。

7

最後に自分は一つの注意を付記してこの覚え書を閉ずる。余のここにいう民族主義とは国家主義と同義ではない。民族を統一するものは血液と歴史とである。国家を統一するものは主権とその意志としての法律である。国家主義と民族主義との相違は政治上の主張として両者を対照すれば最も明瞭になるであろう。現在の世界における国境の区分は、強大なる民族の征服欲や政治的経済的野心や、その他種々の理由によって自然の境界を紊《みだ》されている。国家と国家とを区分する理由は、決して血族や歴史の一致ばかりではない。ゆえに政治上における民族主義はむしろ帝国主義的国家主義に反抗して、世界主義人道主義の主張と握手するものである。それはなお一国内における個人の自由の主張のごとく、世界における民族の釈放を主張するのである。すべての民族をしてその血族上その歴史上の自然に従って彼らの国家を組織せしめよ。すべての民族を強国の圧制と征服欲とより釈放せよ。いかなる民族をも、強国が自ら肥《ふと》るための犠牲、強大なる民族の貪婪《どんらん》なる欲望に奉仕するための奴隷となすことなかれ。政治上の民族主義は当然かくのごとき主張をもって世界の政治的区画を変革することを要求するものでなければならない。ゆえにインド人やポーランド人やハンガリー人やスラブ人種のある者に適用さるるとき、民族主義の主張は、現在の主権にとっては危険なる反国家主義である。ウィルソン(1)の民族主義とカイザー・ウィルヘルム(2)の汎ドイツ主義とはいずれが正当であるか、インド人は大英帝国に対していかなる義務を負わざるべからざるか——かくのごとき政治上の問題は我らがここに考察の自由を持っている問題ではない。余が批評せんとしたるは主権によって統一されたる国家主義ではなくて、血族と歴史とによって統一されたる民族主義である。

（大正六年五月）

十六　奉仕と服従

1

奉仕とは「おのれ」を捨てて「おのれ」ならぬもののために尽くすことである。服従とは「おのれ」を捨てて「おのれ」ならぬものの意志に従うことである。奉仕も服従も、共に「おのれ」の否定を意味する点において共通なるものを持っているがゆえに、我らは往々この両者を混同して、あらゆる場合にその対象の意志に服従することをもって、その対象に奉仕する所以《ゆえん》の途《みち》であると思惟する。しかし我らが奉仕において否定する「おのれ」と、服従において否定する「おのれ」とは、ただ一つの場合を除いては――「道」に対する奉仕と、道に対する服従との場合を除いては――全然その意味を異にするものである。そうして奉仕の場合に「おのれ」の代わりに立てられるものと、服従の場合に「おのれ」の代わりに立てられるものとも決して同一であるということができない。ゆえに我らが真正にある対象を愛してこれに奉仕せんと欲するとき、その対象の現実的意志に服従するよりは、むしろこれを「諫《いさ》」めてその意志の矯正を要請しなければならぬ場合も、また決して少なしとしないのである。これは古来――我らの祖先によっても――明瞭に認められてきた陳《ちん》套《とう》の真理である。しかし今日の時勢は、痛切に、この真理を再び明瞭に把握しなおすことの必要を思わせる。ゆえに、余の理解せるかぎりにおいて、この明白なる真理にいくぶんの根拠を与えることは、この一編の目的とするところである。しかしこの問題は人生の至高なる問題の一つである。

この問題に対する考察を進めゆくとき、余はしばしば自己の現在の体験をこえて、予感と憧憬との境に思いを馳《は》せ、いまだ自ら十分に体得せざるところをもって、自他を責めなければならぬ場合に遭遇するであろう。この問題を考察するにあたって、余は特に、自ら主張することのひっきょう自ら責める所以であることを感ぜざるを得ない。

2

我らは何ゆえに「おのれ」ならぬものに奉仕せざるべからざるか。この世にはかぎりなき享楽の対象がある。自然も美しく、女も美しく、酒もまた美しい。しかるに我らは何ゆえにこれらのものの甘美なる享楽を捨てて——時にはいっさいの享楽を可能にする自己の肉体の生命を犠牲にしてさえ、「おのれ」ならぬものに奉仕せざるべからざるか。

答えて曰《いわ》く、我らの本質を真正に生かすために。もし奉仕とは我らの本質を真正に生かすものでないならば——もし奉仕とはあらゆる意味において我らの自我を殺すものにすぎないならば、我らはもとより何物に対しても奉仕の義務を負うことができない。この意味における奉仕は、ただ外から強制することを得るのみである。この場合において我らの感ずる奉仕の義務は、ただ屠《ほふ》らるるものの余儀なき諦め、首絞らるる者が自己の悲痛を紛らすための自欺にすぎない。我らはただ屠らるる牛のごとく、悲鳴をあげつつ奉仕する外に途《みち》はないであろう。しかし我らのここに考察せんとするところは、かくのごとき強制的奉仕ではないのである。我らが心から感ずる奉仕の義務、我らが悦《よろこ》びをもって遂行する奉仕の行為——これらいっさいの内面的奉仕は、ただそれが我らの自我の本質を生かすときにおいてのみ始めて可能である。「おのれ」を捨てることがかえって自我の本質を肯定する所以《ゆえん》であるという信念の上に立たざるかぎり、――もしくは奉仕することによって自我の本質が肯定さるる悦びを知らず識らず自己の内面に感ぜざるかぎり、いかなる道徳の教えも、我らに奉仕の義務を是認させることができない。

しからば何ゆえに「おのれ」を捨てることが、自我の本質を生かす所以であるか。自我の本質を生かすために、何ゆえに我らは「おのれ」を捨てることを必要とするか。この命題を証明するためには、余はただ、おそらくはすべての人の心の中にある「普遍を求むる憧憬」の衝動に訴える外、他に道がないことを感ぜざるを得ない。ここにこの衝動をその本質の中に持っていない人があると仮定すれば、その人にとっては、奉仕というようなことは、道徳的の意味においては、全然問題となりえないであろう。彼はただ永久に、悲鳴をあげつつ、瞞着《まんちゃく》と遁避《とんひ》との途に思い惑いつつ、強いられたる奉仕を――人間の社会に生息するかぎり、彼はどの道その結果において奉仕にあたる行為をしなければならない――遂行するよりしかたがないであろう。もしまたその本質の中に普遍に対する憧憬を持ちながら、いまだこれを意識していない人があるならば、その人を自分と共通の地盤に持ってくるために、余はまず彼の隠されたる本質の要求に訴えなければならぬ。奉仕に対する考察は、ただこの衝動を承認する人々の間においてのみ、これを進めることができるのである。

「おのれ」とは何であるか。それは「他」に対立するもの、他と局限し合うもの、他より奪うことによって自ら肥り、他の肥ることにおいて自らの痩せることを発見する「個体的存在」である。他と区別するところに自己の存在の根拠を求め、他を排斥することによって始めて自己の主張を全くするがごとき、我らの生活の最も暑苦しき一面である。一言にして尽くせば、「おのれ」とは局限である。摩擦である。(1)相関である。「おのれ」を根拠として生きるかぎり、我らはこの広い宇宙の間において、小さい桶の中に入れられたる芋の子のごとく押し合いへし合いしつつ――互いにおのれの臂を張って常に他人に対する一撃を準備しつつ、局限せられたる生活を続けてゆかなければならない。「おのれ」の享楽は他の欠乏を条件とするものである。「他」の享楽は「おのれ」から奪われたるもの、「おのれ」の羨望を誘うものとして、常に我らの苦痛の種である。かくて、自他共に「おのれ」のみに生きてゆくかぎり、我らは相互の享楽をさえ、苦しく濁れるものとせずにいられないのである。

かくのごとき芋の子のごとき生活、かくのごとき多くの「個我」の生活――この蒸し暑く狭苦しき生活の厭離は、我らの眼を必然に、更に広きもの、更に高きもの、更に普遍なるものに向かわしめる。我らの自我の内容ははたしてかくのごとき「おのれ」のみに限られているか。我らの本質には、他と局限し合うことを必須とせざるもの、自己の獲得するところは自と他と共に所有するがごときもの、他の所有を悦《よろこ》ぶことによって自己もまたその所有にあずかるがごときもの――約言すれば個体的局限をこえたる超個体的の自我が含まれていないか。もしかくのごとき超個体的自我を発見して、これを局小なる「おのれ」の代わりに置くことができるならば、我らの生活は、そのとき始めて、広くさわやかに涼しく胖《ゆた》(1)かなるものとなることができるであろう。普遍に対する憧憬は、「おのれ」に生きる生活の真相を洞見せるほどの者が、おそらくは必ず感ぜざるを得ざる内面的衝動である。

そうしてこの内面的衝動に駆られて、「おのれ」の陋屋《ろうおく》をのがれ出でるとき、我らは我らの前途に、我らの憧憬を空《くう》に終わらしめざるものの光――個我を脱却したる自他融合の境地の光――を認めることができるに違いない。我らはすでにこの現実の生においても、純粋なる観照と愛との経験に際して、我らが「おのれ」を忘れて他人の幸福と不幸と歓喜と憂愁との中に生きることができるものであることを知りえた。そうしてかくのごとき生活の広さと胖けさとから来るいいしれぬ悦びを味わうことができた。もし我らが常にこの状態を持続してゆくことができれば、「おのれ」の狭苦しさを脱却することは、決して空想にとどまらないであろう。ここにおいて、普遍に対する憧憬は我らの実際的努力を導く力となる。他の個我の蚕食を外にして、我らの生活には新たなる標的が与えられる。

もとよりこの新たなる生活においても戦いは依然として継続するであろう。むしろそれはいっそう苦《にが》くいっそう苦しくなるであろう。しかしその戦いは今や「他」との戦いではなくて「おのれ」との戦いである。国家と国家との戦争や、人と人との殺戮を条件とする戦いではなくて、普遍を求むるこころと個我に踏みとどまらんとする欲情との戦いである。ゆえにその戦いは内心によって是認されたる戦い、正義の信念によって裏付けられたる戦い、究竟の勝利の確信を伴う戦いである。おのれを生かすために他を殺さんとする戦いではなくて、「人」を生かすために「おのれ」を殺さんとする戦いである。我らの超個体的自我はこの戦いを経過することによって始めて徐々として実現されるであろう。それは一面においては、歩々に「おのれ」を捨てることである。そうして他の一面においては、次第に普遍的自我の光を増しゆくことである。個我の局小に対する厭離を出発点としてこの新しき途《みち》を踏み始めたる者は、誰でも自我の本質を生かすことが同時におのれを捨てることを意味する宇宙と人生との組織を、やむを得ざるものとして承認するであろう。宇宙と人生とがかくのごとき宇宙と人生とであるかぎり、「おのれ」を捨てることは常に自我の本質を生かすことであり、自我の本質を生かすためには、常に、「おのれ」を捨てることが必要である。奉仕という言葉を最も広き意味に解釈するとき、自他のいずれにおけるを問わず、普遍的自我を生かすために「おのれ」を捨てることは、ことごとく奉仕と名づけることができよう。

ゆえに奉仕において我らの捨てるところは、個体的自我の執着であって自我そのものではない。我らが「おのれ」の代わりに立するところは、自我の本質であって非我ではない。自我を捨てて非我を立することを奉仕と解するは非常なる誤解である。

3

奉仕において否定すべきものと肯定すべきものとの対立をかくのごとくに解釈するとき、奉仕の対象が何ものであるべきかについて、我らはいっそう明瞭なる観念を持つことができるであろう。常識の解釈するがごとく、我らの奉仕すべきは、国家や君主や父母や上官や、すべて社会的地位において我らの上に立つものに限られているか。もとよりこれらの長上もまた我らが心を尽くして奉仕しなければならぬところである。彼らの担当する特殊なる負荷の重さを思えば、我らは特に柔らかなる心をもって彼らの労を慰藉しなければならない。そうして我らの彼らに負うところ多き一面より見れば、我らはまた特殊なる奉仕を彼らにいたさなければならぬともいいうるであろう。しかし奉仕の対象をただ彼らのみに限りて、彼ら以外の者に対する奉仕を閑却するとき、我らは知らず識らず、上に立つ者に対する阿諛《あゆ》、権力を有する者に対する屈従、恩恵と報償との打算的交換の動機を交えるものと言わなければならない。その中に「普遍的自我」の萌芽を有する点においては、あらゆる人格的存在の間に差別がない。ゆえに我らは単に長上に奉仕するのみならず、弟にも子にも婢僕にも、乞食にも盗賊にも同じく奉仕して、彼らの普遍的自我の実現を援《たす》けなければならない。

しかもこの実現の途に多くの障碍を有する点から見れば、弱者は強者より、卑しき者は貴き者より、悪人は善人より、我らの奉仕を要することますます切なるものがあるのである。

　しからば我らの奉仕の対象は、およそ我ら自身ならぬもの、換言すれば一般に他人もしくは社会であるか。我らはもとより上は君主より下は盗賊に至るまで一般に他人と社会とに奉仕しなければならない。そうしておよそ我ら自身ならぬものに奉仕するは、常に「おのれ」の脱却を条件とするがゆえに、普通の常識が一般に他人のためにする行為を高しとするは一応無理ならぬことと言わなければならない。たとい我らの奉仕が他人の利害に向けらるる場合といえども、他人の利害に奉仕することは他人の利害に生きることを条件とするがゆえに、我ら自身の「おのれ」はすでに征服されているのである。しかし我らが「おのれ」を捨てることによって奉仕するを得るところは、決して我ら自身ならぬものに限られているのではない。我らはまた「おのれ」を捨てて我ら自身の中にある普遍的自我に——我らの人格に奉仕することもまたできる。そうして我ら以外のものに対する奉仕は、すべて我ら自身の人格を通じてのみ可能なるがゆえに、我ら自身に対する奉仕はあらゆる奉仕の基礎をなしているということもまたできるであろう。自己に対する奉仕——換言すれば自己の内面に「道」を把握する努力を閑却するとき、我らの奉仕は外面的事功[1]の一面にのみ馳《は》せて、確乎たる内面的基礎を欠くこととなるに違いない。

　しからば我らの奉仕するを要するところは、ひっきょうするところ、自他の差別なく一般に人間であるか。「人間」の概念の如何《いかん》によっては、余もまたこの思想に賛成することを躊躇しないであろう。しかし「人間」という言葉を外延的普遍[2]の意味にとるとき、その中に包括する個我の総計の意味にとるとき、我らはただちに恐ろしき迷路に陥らなければならない。この意味において理解されたる「人間」は相互の間に無限の矛盾を包含するものである。彼らの欲情、彼らの現実的意志、彼らの利害は、常に錯綜し矛盾し分裂して、ほとんど適帰するところを知りがたき有様である。曇らされざる眼をもって世界の現状を見るとき、そこには国家の利害と矛盾する君主の利害もある、君主の利害と矛盾する大臣の利害もある。また国民の休戚と矛盾する政党の利害もある。これらの個我にことごとく一票を与えて――もしくはその代表する範囲の広狭に従ってその投票権に差別を付して――我らの奉仕することを要する「人間」の本質を決定せんとするも、我らはとうてい何の成果にも達することができないであろう。我らの奉仕の対象は一でなければならない。一をもって貫かれたる多でなければならない。およそ我らはどこに人間の一を求むべきであるか。我らの奉仕することを要するは人間のいかなる点にあるか。

　我らの奉仕すべきはいかなる人間の欲情でも福利でもない。欲情と福利とは我らの「おのれ」に属する。欲情の満足と福利の所有とは、単にそれのみによって我らの本質を生かすことができない。これらのものが「おのれ」を強めるの用をなすにすぎないとき、これらのものの所有がいかに国家と民族と個人とを滅亡に導いたか、小児の偏愛とその品性の崩壊と、国家の富強とその内面的堕落とがいかにしばしば手をつないでゆくか、これらの事実はすべての人の熟知しているところである。我らは、真正に他人や社会に奉仕せんがためには、彼らの普遍的自我を喚びさまして、これを彼らの中に生かさなければならない。我らの奉仕することを要するは「人間」の普遍的本質である。普遍的本質は「人類」[1]の一である。「一貫の道」である。また「神」である。我らの奉仕の最後の対象は、ひっきょう「道」もしくは「神」に帰する。そうしてすべての個体的存在に対する奉仕は、ただこの唯一なるものを彼らの中に生かすところにのみ成立するのである。

4

上来の所説において容易に看取しうべきがごとく、自分は本論において三種の自我を予想している。第一は他と差別することを本義とする個体的存在としての自我である、換言すれば「おのれ」である。第二はかくのごとき個体的自我と結合し、かくのごとき「おのれ」に繫縛されながら、しかもこの繫縛を脱して自ら実現せんとする普遍的自我である。もしくは普遍的自我を包蔵する個体的自我、個体的自我に繫縛せられたる普遍的自我である。我らが現実の世界において遭逢するいっさいの有情——余や他人や、君主や父母や、妻子や兄弟や、盗賊や婢僕等のいわゆる個人より、国家や社会等の団体に至るまで、これらのものはすべてこの種の自我である。自分は今仮にこの種の自我を呼んで現実的自我と名づける。我らが「自己」と呼び「他人」と呼ぶものはこの現実的自我内における対立である。そうして第三に、かくのごとき「おのれ」に繫縛せられざる(1)普遍的自我そのものを考えるとき、我らはここに「神」もしくは「道」の観念に到達する。

我らがこの三種の自我の観念を立するとき、そこには多くの困難な問題が蝟集《いしゅう》してくる。個体的自我と普遍的自我とはいかに相互に関係するか。現実的自我はそのままに普遍的自我であるか、現実的自我は多くの段階を経て普遍的自我とならなければならないのであるか。普遍的自我は我らの追求の標的たる理想にとどまるか、もしくは我らと世界との根底《グルント》をなす実在であるか。それは自力をもってのみ証悟すべき(2)自性にとどまるか、もしくは念々に我らを救済せんとする活動的意志であり、摂理であり、恩寵であり、慈悲であるか——(3)即身成仏か即身是仏か、(4)此土《このど》即寂光土《そくじゃっこうど》か厭離穢土《おんりえど》欣求《ごくぐ》浄土《じょうど》か、(5)見性《けんしょう》か念仏か、これら種々の問題は我らの考察をかぎりなき高処に導き去らんとする。

しかし自分は、現在の場合、これらの問題に対して軽率な断定を下す必要を認めない。自分はただここに一つのことを断定し、一つのことを約束することを要するのみである。すなわち第一に仏性は――普遍的自我は、少なくとも現実的自我の証悟するを要するものとして、それは我らの実現することを要する理想である。我らは少なくとも即身是仏の真理を把握することによって、仏とならなければならない。第二に自分は普遍的自我そのものを単に理想と見るのみならず世界根底と見、単に自性と見るのみならず救済の意志と見んことを欲する。しかし現在の関係においては、自分は主として、これを現実的自我の実現することを要する理想の一面に限りて見ることを約束する。要するに現実的自我は二重の構成を持っている。それは「おのれ」にして同時に普遍的自我である。それは、「おのれ」を征服することによってますます普遍的自我を実現せんとする内面的衝動を――従って道徳的義務を負う存在である。そうしてかくのごとき衝動に標的を与え、少なくともそのかぎりにおいて我らの道徳的生活の[1] causa finalis（究竟因）となるものは普遍的自我そのものである。

かくのごとくに三種の自我を考えるとき、我らの――「自己」という現実的自我の奉仕は、普遍的自我に対するときと、「他」という現実的自我に対するときと、自らその趣を異にせざるを得ない。普遍的自我は絶対的にあることを要するものである。それは無条件の Sollen《ゾレン》（当為）であり断言的命令である。ゆえに我らはただ普遍的自我に随順することによってのみ――その要求に従いもしくはその意志をみたすことによってのみこれに奉仕することができる。「神」もしくは「道」に奉仕するとは、心を尽くし身を砕いて、「神」もしくは「道」に服従する外に、別になんらの途があることができない。しかし「他」の現実的自我は――父母も長上も、君主も、国家も、すべて

「おのれ」の繋縛を脱却しえざるもの、普遍的自我を実現し尽くさざるもの、従って普遍的自我を実現することを理想とするものである。ゆえに我らがこの現実的自我に奉仕する途は、ただ彼らを助けて普遍的自我実現の道を精進せしめるところにのみ成立するのである。従って我らが他の現実的自我に奉仕する道は自ら二途に別れる。一つは彼らの中にある普遍的自我に服従し、もしくはこれを助成することである。二つは彼らの「おのれ」を克伏して彼らの迷蒙を披払することである。第二のものは普遍的自我に対する奉仕においてはあるべからずして、現実的自我に対する奉仕においては必ず（少なくとも原理上）あらざるべからざるものである。第二のものを覚悟せざるとき、我らは対象に狎褻《こうせつ》(1)し阿諛し屈従するにとどまる。君主や国民や民族等といえども、それが現実的自我であるかぎり、常に「おのれ」に繋縛せらるるもの、常に「おのれ」を征服することを要するものであることは、曇らざる眼をもって事実を見る者の、何人も拒むことを得ざるところである。ゆえに我らは常に上のごとき二つの視点を保持しつつ、これらの現実的自我に奉仕しなければならない。ここにおいて我らは奉仕と服従との分岐点に逢着するのである。

5

奉仕とは自我の本質の肯定である。我らは我らの自我が拡充して対象を自己の中に包摂するとき、我らの自我が「おのれ」の陋屋を出でて対象の上に転移するとき、始めて心からその対象に奉仕することができる。約言すれば、奉仕の内面的根拠は常に対象に対する我らの「愛」でなければならない。愛とは他から奪うことではなくて、自己を他に与えることである。しかも他の中に自己を失うことではなくて、自己の中に他を包摂することである。それは自己を失うことなくして自己を他に与え、他から奪うことなくしてこれを自己の中に吸収する、主客融合の境地、もしくは主客融合の境地に対する憧憬である。かくのごとき境地もしくはかくのごとき境地に対する憧憬を根拠とせざるとき、奉仕とはひっきょう内面的基礎を欠ける外部的強制にすぎなくなるであろう。

　もとより我らが現実的自我であるかぎり――我らの普遍的自我が「おのれ」の繫縛を脱却しえないかぎり、愛といえどもまた、「おのれ」に対する普遍的自我の戦いおよび征服――そのかぎりにおいて内面的強制でなければならない。我らは逡巡として我らの「おのれ」と別れ、遅々として普遍的自我の要求に従う。この間にあって、愛は厳厲《げんれい》なる我らの義務であり、当為であり、理想であり――そのかぎりにおいて我らに対する内面的強制であり、断言的命令である。もし余はいまだ対象に対して完全なる融合の愛を感ぜざるがゆえに、余はその対象に対する奉仕の義務を感じないというならば、我らは永久に奉仕の生活に入ることができないであろう。奉仕の義務は我らが彼を愛せよという普遍的自我の命令を聞くときにおいてすでに始まっているのである。そうして聖フランチェスコのいわゆる「余の力の及ぶかぎり――余の力の及ぶ以上に」彼を愛せんと欲する意志は歩々に我らを導いて主客融合の境地に深入りさせるのである。思うに愛の内面的強制に堪えないものは、およそ奉仕に堪えないものでなければならない。

　しかし要するに奉仕とは愛を――融合の愛もしくは憧憬の愛を、内面的根拠とするものである。ゆえに愛を――愛の強制を感ぜぬものに対する奉仕は不可能でもありかつ望ましいことでもない。

　そうして我らの感ずる愛は――愛の強制は、我らの置かれたる位置によって異なり、我らの中にある普遍的自我の成長の程度によって異なり、我らが現に自己および世界に対して負う使命によって異なる。ゆえに我らはすべての人に向かって、同一の対象に対する同一の奉仕を要求することはできない。ある人は、ある場合に、甲という対象に奉仕しなければならない。しかも他のある人は、他の場合に、甲という対象に奉仕してはならない場合も——甲ならぬ乙に奉仕しなければならない場合もまた存在しうるのである。

(1)仏本生伝に従えば、釈迦は、その前生において雪山童子であったとき、(2)半偈《はんげ》を聞かんがために身を投げ、(3)薩埵《さった》王子であったとき、餓虎にその身を供養したという。しかし彼は苦行六年、林中に「羸痩《るいそう》して気力あることなき」とき、「身に力を求めんがためのゆえに」(4)麤食《そしょく》を求めて自己の肉体に供養することをはばからなかった。彼の肉体にはまさに(5)涅槃《ねはん》を証せんとする使命が宿っていたからである。我らは道を求め道に奉仕せんがために、(6)不惜身命でなければならない。同時に自己の中に道の証《あか》しを求むる者は、また極度にその身命を愛惜しなければならないのである。

6

あるいはいうであろう。奉仕とは対象に対する詮議を外にして、およそ自己に要求さるるものを、随所に、無条件に、即下に満たすことである。自己の使命を忘れ、対象の意志の善悪をも忘れ、ただ対象の意志を満たさざるを得ざるがゆえに満たすことである。釈迦前生の餓虎供養、(7)山上の垂訓のいわゆる「人汝の右の頬を批《う》たばまた他の頬をも転じてこれを向けよ」というがごときは、皆この意味に外ならないと。

もとより「おのれ」を捨てることはそれ自身において朗らかな喜びである。ゆえに個体的自我に対する征服のほとんど完成せる人にとっては、軽く、執着なく、身を餓虎に与え、もしくは左の頬をもその敵に差し出すことはおそらくは、一種の名状しがたき喜びであるであろう。しかしそれがただ身体を餓虎に噛《か》ましめることの喜び、左の頬に感ずる痛さのゆえの喜び——かくのごとき犠牲の快感の享楽にすぎないならば、それは婆羅門《ばらもん》[1]もしくは中世の修道士[2]にのみふさわしい一種の感情耽溺であって、釈迦にもキリストにもふさわしいことではない。もし身を餓虎に供養したために、虎はいっそう狂暴になり、左の頬をも差し出したために、その敵がいっそう猛悪となるならば——自己犠牲の結果が、対象をいっそう悪くし、世界をいっそう悪くするならばどうであろう。またかくのごとくにして身を猛獣もしくは悪人に供養したために、自己の神と人とに対して負える使命が滅び亡《う》せるならばどうであろう。この場合にもなお身を餓虎に供養し、右の頬を打つものに左の頬をも差し出すものは、「無我」の快感を味わわんがために神と道とを私するものである。餓虎供養もしくは左の頬の譬喩《ひゆ》の理由をなすものは、おそらくはかくのごとき「無罣礙《むけいげ》[3]の享楽」以外になければならない。

　自分の考えるところに従えば、これらの譬喩は一面において、悪に抵抗するは悪を更に悪にする所以《ゆえん》であり、悪に抵抗せざるは悪を善に赴かしめる所以であるとする信念——従って餓虎供養は餓虎をよりよくする所以であり、左の頬を批《う》たしむるは悪人をいくぶんの善に赴かしめる所以であるとする信念を予想するものである。善なるがゆえに助成することと共に悪なるがゆえにあらがわざることも、また善に対する奉仕であるとする信念を予想するものである。そうして一面にはまた、随所に自己を犠牲にして、「三千大千世界にわが身命を捨ておかざるところなき」ことが、すなわち「神」と「道」とを証《あか》しする所以であり、かく証しするところに自己の使命があると信ずる信念を予想するものでなければならない。この二つの信念を有するがゆえに、聖者は身を餓虎に供養し、右の頬を批《う》たるるとき左の頬をもまたこれに向けることができるのである。

しかしすべての現実的自我にはそれぞれに自己の程度に応じたる「境」がある。その「境」を越ゆるとき、自己以上の境を模倣することもまた悪である。重ねて思う、もし釈迦が成道に垂《なんな》んとして、まず身を健《すこや》かにせんがために、かくて「一切衆生を成熟せんがためのゆえに」、(1)牧牛女人《もくごにょにん》から(2)乳糜《にゅうび》の供養を受けたとき、もし忽然として餓虎があらわれて彼を喰わんとしたならば、彼はそのときにもなおその身をこれに与えたであろうか。

7

聖者が餓虎に逢いてあえて抗《あらが》わず、その血肉を彼が喰うに任するとき、また正しき者が凶暴なる者に右の頬を批《う》たれて、更に左の頬をも差し出すとき、彼らは猛獣に服従し、凶暴なる者に服従したのであるか。もしおのれを捨てて対象の意志を成さしむる点よりのみ見れば、これもまた服従の一種でなければならないように見える。しかし聖者が餓虎にその身を供養するとき、彼はおのれを捨てて餓虎の意志を自己の中に生かすのではない。また正しき者が左の頬を差し出すとき、彼は凶暴なる者の人格を自己の中に立して自己の人格をそのために捨てたのではない。ゆえに彼らは餓虎もしくは悪者の意志に身を任せながら、その自我は超然として餓虎または悪者の意志に染着せらるるところがない。この場合において彼らが「おのれ」の代わりに立するものは、神の意志もしくは道の要求である。彼らは餓虎または悪者の意志を成さしめながら、自らは神もしくは道に服従しているのである。我らは、自己の意志を捨てて対象の意志を自己の中に立するとき、対象の意志を奉じてこれを自己の意志に代えるとき、始めてこれを名づけて服従という。ゆえに餓虎供養や、左の頬をも差し出すことなどは、この意味において餓虎もしくは悪者に対する服従ということができない。自分はここに、かくのごとく単純に「対者の意志を成さしむること」を服従の概念から除外する。

自分はまた権力に対する服従を現在の問題から除外する。権力に対する服従は、ある場合には、餓虎にその身を与えること、右の頰を批《う》つ者に左の頰をも差し出すことと同様の意味において、我らの忍従である、自己犠牲である、神または道に対する服従である。この場合に我らは権力に服従するのではなくて、神または道に服従するのである。そうしてまた他の場合においては、自己の道徳的意志を独立に保持しながら、権力関係に立てるかぎりの自己を、権力関係に立てるかぎりの長上の意志に服従させるのが権力に対する服従の真髄となる。権力関係によって秩序を与えられたる社会の一員であるかぎり、我らはその社会を脱出せずには権力の命令を拒む権利を持っていないからである。しかしこれは権力者の道徳的意志に自己の道徳的意志を服従させることとは全然別問題である。ゆえに我らはまたこの意味の服従をも現在の問題から除外しなければならない。

また自己の意志が他の要求と全然一致しているとき、自己の意志が他の要求に逢って一歩を進めることなしに、他の要求なきときといえども全然同様の方向に進行するがごときときにおいても――かくのごとく特殊の意味における自他の意志の一致を条件とするときにおいても、我らはこれを特に服従と呼ぶことを避けたい。この場合においては、外来の要求は、我らの意志決定に対してなんらの特殊なる意義を持っていない。ゆえにそれは平俗の意味における一致もしくは協同であって、服従という言葉は強きに失するといわなければならない。我らのここにいう服従とは、自己の意志を排し、もしくは自己の意志に先んじ、もしくは自己の意志の空しきにあたって、他の意志が我らを率い、我らを支配することを意味するものである。

自分は前に、服従とは「おのれ」を捨てて「おのれ」ならぬものの意志に従うことであるといった。しかし上来獲得せる洞察によって、更に厳密に、しかも一般に通ずるように、これを言いなおせば、それは「自己」を――余という現実的自我の意志を捨てて、余ならぬものの――普遍的自我もしくは他の現実的自我の意志を自己の意志とすることである。ゆえに我らが服従において捨てるところのものは、単に我らの「おのれ」ばかりではなくて、また我らの普遍的自我である場合も存在しうる。そうして我らが自己の意志の代わりに立するところもまた単に普遍的自我にとどまらずして、他の「おのれ」――もしくは他の「おのれ」を迂回し来たれる自己の「おのれ」であることもまたありうるのである。

8

奉仕は自我の拡充を根拠とするに反して、服従は自我の無力を――自我無力の事実もしくは自覚を根拠とする。換言すれば、奉仕の根拠の愛なるに対して、服従の根拠は謙遜である――真実もしくは虚偽の謙遜である。

ここに服従の最も正当なる場合を考察しよう。宗教的の欲求を心に持して自己の現実を反省するとき、我らの知恵は浅く、我らの意志は迷いやすく、我らの内面的知覚は欺《あざむ》かれやすい。我らは煩《ぼん》悩《のう》具足の凡夫として、思えば思うほど自ら信頼しがたきことを感ずる。しかるに、ここに人あって、その人の指導に従うとき、我らの生活の歩みが一歩一歩に照らさるることを覚え、自ら知らざりし本質の要求が喚《よ》びさまされかつ満たされてゆくことを感ずるとする。もしくは我らの衷《うち》に普遍的自我に対する――摂取不捨の意志として活動する普遍的自我に対する信があって、その意志が刻々に自己の途を導いていることを感ずるとする。その時我らが弱小なる自己の意志を否定して、その「師」もしくはその「神」に服従するは当然である。我らは個体的存在の弱小を脱して、普遍的存在の中に帰るを得んがためにそれをするのである。自我の意志の確立せざるとき、自己の判断の定めがたきとき、自己の内面的知覚の恃《たの》みがたきを感ずるとき、我らは未知を求むる憧憬と、未知の前に跪《ひざまず》く敬虔と、本質を触知する本能とをもって、自己より優《すぐ》れたるものに服従する。

ただしこの場合において服従を正当にするものは、それが自我の本質を生かすものであるからである。我らの本能は、自ら認識すること能わず、自ら把握すること能わざるも、なお冥々《めいめい》の間に自己を生かすものを触知する。そうしてこれに従うことによって真正に自らの生きることを感ずる。ゆえに彼は自ら知らざるものに服従することができるのである。我らの中に自己を生かすものを触知すべき本能を欠くとき、いわゆる「師」もしくは「神」に対する服従は危険である。我らはかくのごとき服従によって滅亡の途《みち》に陥ることもまたありうるのである。我らはかくのごとき信を名づけて迷信という。迷信の対象は「師」でもなく「神」でもなくて「魔」と名づけらるべきものである。我らは正当に服従すべきものに服従するためにも、常に我らの内面的知覚を磨くことを心がけなければならない。そうして服従によってますます内面的知覚を明らかにして行かなければならない。

9

重ねて問う、我らが神もしくは師に服従することの正しき所以《ゆえん》はどこにあるか。それは我らが自己の本質に従うことをやめて、自己以外のものに聞いたところにあるのではない。不明瞭なる把握の代わりに確かなる本能の触知を置いたところに、知らざるものを信じたところに、かくて本質的生活に一歩を深く進めたところに、そこにその正しさはあるのである。我らは神もしくは師の意志の中に、自ら知らざりし自己の本質の要求を聞く。神もしくは師とは、我らの知に先だって、我らを我らの本質の深みに導くものである。従って我らは我らならぬものを自己の中に立するのではなくて、この服従によっていっそう我ら自身を生かすのである。この意味において、我らは他に律せられるのではなくて、自ら律するのである。この服従は自律的服従なるがゆえに正当である。

しかるにそこには自己の本質を殺す他律的服従もまた存在しうる。第一に我らの内容の貧弱なるとき、我らの中に知見のみならずまた正しき本能をも欠くとき、我らが茫漠として自ら空虚なるとき、我らの中に闖入して我らの内面を支配するものは、およそ有力なるものであって必ずしも正しいものではない。「神」と共に「魔」もまた、我らの空虚に乗じて我らの中に来り住む。そうして、我らが自己の内面的知覚に——知見もしくは本能に照らして自ら生きずして、単に「他」をして自己を支配させるにすぎないならば、神に対する服従といえどもなお我らを殺すものである。かくのごとき服従によっては、我らは自ら生きずに、自ら死ぬのである。

しからば何ゆえに神に対する服従もなお我らを殺すものでありうるか。我らが外なる神を迎うるに内なる神をもってせざるがゆえに。外なる神に導かれて内なる神が自ら伸びんとすることなきがゆえに。自己の任務を外なる神に譲って、内なる神は惰眠を貪るがゆえに。自証によってもしくは信仰によって、自己の内面的知覚を磨くことは、要するに我らを普遍に導く唯一の途《みち》である。内面生活の途には馬も車もない。我らはただ自己の足をもって——他に導かれもしくは導かれずに——この途を歩くことができるばかりである。そうして我らに歩くことを忘れさせるものは、いかに美しきものといえども、ひっきょう我らを欺くものである。この意味において神もまた時として我らを欺く。否、神は我らを欺くのではないが、我らは神によって自ら欺かれる。神に対する他律的服従は、我らの懶惰《らんだ》のゆえに、かえって神に行く道を塞ぐものとなるのである。かくのごとき神は、我らにとって、神ではなくてむしろ「善魔」である。それは我らを生かすものではなくてただ我らに憑くものにすぎない。

もとより善魔に――父母や長上も時としては我らにとって善魔である――服従するとき、我らの行為は自己の内面的知覚に従うときよりも過失が少ないかもしれない。我らの人生の途はいっそう滑《なめら》かに、我らの行く手にはいっそう外面的幸福の光が裕かに輝くかもしれない。しかし我らの本質はこの途によって成長することができない。多くの過失、多くの失敗、多くの蹉躓《さち》は、かくのごとき平滑、かくのごとき幸福よりもはるかに我らの本質の成長を助ける。すべての人は真正の人となるためには自己の心から生きなければならない。自己の責任を他に転嫁して、他に服従することによって過失の少ない途を行こうとするものは、いつまで経っても生命の途に縁のない者である。

しかし他律的服従の厭うべきは、自ら怠らんがために服従する場合のみに限られているのではない。我らはまた「おのれ」を成さんがために、普遍的自我の声を瞞着せんがために、まず他人の「おのれ」を成さしむる場合がある。ここに自分の上に立つある人があってある命令を我らに下すとする。我らは自己の内面に、この命令を否認するある声の囁きを感ずる。しかし我らはこの命令に対する服従を拒むことによって、彼の恩恵を失い、責罰を受け、損失を蒙《こうむ》る。ゆえにこの囁きを闇から闇に葬って、顔を拭って内心の否認する命令に服従する。おそらくは、彼は単に他の「おのれ」を成さしむることによって自己の利害を得んとするのみならず、また自らその内心の声を聞くことを恐れているのである。服従の美名の下に自らも普遍的自我を追求する労苦をのがれんとするのである。ゆえにかくのごとき服従は、自己の中にある「普遍的自我」を捨てて、他人の「おのれ」を自己の中に立するのである。他人の「おのれ」に乗じて更に自己の「おのれ」を遂げんとするのである。

かくて他律的服従は盲目なる者の偸安《とうあん》か、奸譎《かんけつ》なる者の(1)阿諛便佞《あゆべんねい》か――阿諛便佞を通じたる利己かである。ゆえにそれは自己を汚し、他を汚し、重ねて道を汚す。それは普遍的自我の成長を妨げ、「おのれ」の増長を助くるがゆえに自己を汚すのである。それは「他」のあやまちを利用し、かくて彼の反省の眼を昏《くら》ますがゆえに他を汚すのである。そうしてそれは自他の中に道の実現を妨げるがゆえに道を汚すのである。かくのごとき服従は実にあらゆる意味において奉仕の正反対である。

我らが道を把握すること能わざるとき、我らは心を尽くして自己の中に把握することを努めなければならない。そうしていくぶんなりともこれを把握しえたるとき、これを自己の中に生かし、これを他人の中に生かすことは、我らの絶対の義務である。この二つの意味において我らはあくまでも自己に――普遍的自我を実現すべき自己に、またこれを実現しえたるかぎりの自己に――固執しなければならない。この意味において自己に固執するもののみ始めて自らの主である。この意味の自己を抛棄するはただ奴隷のみのよくするところである。そうして他律的服従はまさしくかくのごとき奴隷のことである。これに反して奉仕はただ自ら主たる者のみのよくするところである。奉仕とは自ら主たる人格の甘んじて万物の僕《しもべ》となることである。そうして自ら僕となることは、主のことであって奴隷のことではない。自分はこの意味において僕《しもべ》と奴隷とを区別する。我らは常に道の僕とならなければならない。しかし同時にいかなる者の奴隷となってもならない。

人はまたこの意味において自己に固執することを個人主義と名づける。もし個人主義という言葉をこの意味に解するならば、あらゆる道を求むる者の立脚地は当然に個人主義でなければならない。個人主義に立脚する者のみ、普遍を追求する心境に参し、普遍を追求する努力に参し、歩々に自己の中に普遍を実現する生活に堪えるであろう。この意味における個人主義の精神は、自ら反《かえ》りみて正しからば、千万人といえども我行かんということである。（[1]『倫理学の根本問題』参照）

10

最後に自分は二つの注意を付加しておくことの必要を感ずる。第一に個人主義とは自分のしたくないことをしないことではない。自己の為すべからずと信ずることをしないことである。したくないことをしないのは「おのれ」を恣《ほしいまま》にすることであって、自己の中にある道に固執することではない。

第二に個人主義とは他に反抗すること、他人に逆らうことを意味するのではない。他人に逆らうことを喜ぶものは、「おのれ」を成さんとする者である、道を傷つけるものである。かくのごとき反抗欲、かくのごとき為我欲《いがよく》がいかに人と人との間の和《やわら》ぎを妨げ、道の実現を碍《さまた》げているか、精細に世相を観察するとき、我らは実にそのはなはだしきに驚かざるを得ないであろう。もとより我らはいかなる場合にも道ならざる意志に服従してはならない。しかし我らは服従を拒むときといえども、柔らかなる心をもって、対象に対する愛をもって、対象に奉仕せんとする誠をもって、この服従を拒まなければならない。荒立てる心をもって世界に対せざることを――できるならばいかなる場合にも対象の意志を成さしめんとする愛をもって世界に対することを――「順」と名づけるならば、「順」もまた我らにとって豊かなる考察の材料でなければならない。

(大正六年六月―八月)

十七　某大学の卒業生と別るる辞

諸君と教場で逢うのも今日がいよいよ最後である。諸君の前には間もなく新しい生涯が開けるであろう。そうしてその新しい生涯は諸君にいろいろの喜びと悲しみと、驚きと失望とを持ってくるであろう。この新生涯の第一歩は諸君の一生にとってきわめて大切な一時期である。この時期に踏み迷うことは、人の生涯にとってずいぶん損害の多い事件でなければならない。自分はこの時期の通り過ぎ方について、自ら多少の悔いを持っている者である。ゆえに自分は自分のわずかなる経験と知恵とを諸君にわけて、諸君に別るるにあたっての餞《はなむけ》としたい。もしそれが多少なりとも諸君の参考になるならば、自分の本懐である。

第一に自分は、すべての人に勧めるにその生活の中心を拵《こしら》えることをもってしたい。その中心を中心として、日々の生活を調整することをもってしたい。もしその中心を発見することが容易でないならば、自分は、生活の中心を求めることをもって、それまでの生活の中心とすることを勧めたいと思う。

諸君が学校にいる間は、学校の課程が外部的ながら諸君の生活に一種の中心を与えている。諸君は諸君の生活を調整すべき具体的な秩序を手近に持っている。従ってたとい学校をつまらないもの下らないものと見る人々といえども、なおこれによって自分の生活に一種の具体的内容を与えられていることは争うことができないであろう。しかし諸君が学校を卒業して授業時間や課題や練習や試験の束縛をのがるるとき、諸君はまた一方になんとなく日々の生活に具体的内容を欠いて、退屈と空虚とを覚えることを禁じえないであろう。学校に代わって諸君の生活の中心となるものが、ただちには諸君の手に落ちてこないであろう。多くの人は、学校を卒業すると共に、何かをしなければならぬ義務を、他人から負わされるか、もしくは自らの感情の中に負うを常とする。しかし今日の社会は我らの卒業を待ち受けていて、ただちに我らに適当なる活動の地を与えるような社会ではない。そうして自ら活動の地を造り出そうとするにも、我らは自己の内面に確かさの自信を欠き、我らの働きかけるべき社会に対する適当の知識を欠いているがゆえに、内外両様の意味において、どこから手をつけていいかがわからなくなる。かくて焦燥と空虚と、この二つの相反せるがごとくにして相近似せる感情は、手を携えて我らの生活に迫ってくる。そうして我らはあせればあせるほど、ますます生活の中心を失える感じにとらわれなければならない。自分は学校を卒業するとただちにこの病に捕われて、学校卒業後の二、三年は、まるで何事も手につかなかった。そうしてこの状態を脱却するまでには、自分としては堪えがたいほどの忍耐と摂生とを積まなければならなかった。ゆえに自分は諸君の卒業を送るにあたっても、特にこの点に関する注意を請わなければならない。およそ人生は短く、人生は長い。為すべきことを持っている者には六、七十年の歳月は須臾《しゅゆ》にして流れ去るであろう。しかし何事にも倦める心にとっては、五十年の寿命も長い退屈な旅と思われるに違いないのである。そうしてこの短い生涯を空過しないためにも、この長い一生を退屈せずに暮らすためにも、我らには生活の中心が必要である。自分は中心を欠いた生活の中にある充実と幸福とを考えることができない。

もとよりこの中心は強いて拵えられたものではなくて、自分の中から発見したものでなければならない。学生に対する学校の課程、成年に対する職業の義務のごときものは、ただ我らの内心の寂寞をごまかすための一時的手段となるのみで、我らの一生を貫く中心となることは決してできないであろう。さればといって真正に内面的の意味において、自己の生活の中心を発見することはなかなか容易なことでないに違いない。ここにおいて我らの問題は更に一歩を進めて、いかにして生活の中心を発見すべきかということに移る。この問題に対する解答もまたもとより容易ではないが、自分にはその具体的方法として一つの考案がある。これは自分が大学在学時代から考えていたことで、しかもいまだ実行しえないところであるから、これを自分の体得せるものとして語ることは憚《はばか》らなければならないが、もし諸君がこれを実行するならば、きっと良好な結果があがるに違いないと信ずるから、自分のことは棚にあげて遠慮せずにこれを語りたいと思う。

といってもそれは何も珍しいことではない。最も自分に適しそうな人を選んで、その人の内面的発展を精細に跡付け、その通った道を自分も内面的に通って見ることである。約言すれば自らその「師」を択《えら》んで、自己の鍛錬をその師に託することである。師の奴隷とならずに、しかも師に信頼して、常に「師」に照らして自己を発見する途《みち》を進むことである。我らの時代はあまりに師弟の関係の薄い時代である。我らの間には、十分の責任を帯びて他人の霊魂の教育を引き受ける心持も、尊信と親愛とを傾けて、自己の霊魂の訓練を長上に託する心持も――これらの崇高な、深入りした心と心との交渉があまりに少ない。自分は自分たちの受けてきた纏《まと》まりのない教育と、いたずらに漠然として広い知識とを思うごとに、古人の受けた鍛錬と訓育とを羨ましいと思う。自分はこの春、信濃の飯山に行って、白隠和尚修業の地なる正受庵を訪うた。(1)庵は高社の山を望み千曲川に臨む小丘の上にあって、杉の老樹の生い繁った幽邃《ゆうすい》な境にある。初め白隠が恵端和尚(2)をこの庵に訪うたとき、恵端は白隠を崖から蹴落したそうだ。白隠はそれにも懲《こ》りずに恵端に師事したそうだ。そうしてある日白隠が一つの悟《さと》りを得てその坐禅の座から(彼は戸外の石上に坐して工夫を積んだということである)帰ってくるときに、恵端は縁の端に出て遠くから手招ぎをしながら白隠を歓迎したそうだ。自分はその話をきいて白隠と恵端との間が羨ましくてならなかった。自分にも、自分を崖から蹴落してくれる師匠、縁側から自分を手招ぎしてくれる師匠がいたら、どんなに幸福なことであろう。師弟の関係をもって奴隷と暴君との関係と見る者は浅薄である。師弟とは与えられるだけを与え、受けられるだけを受けんとする、二個の独立せる、しかも相互に深く信頼せる霊魂の関係である。弟子をその個性のままに一人の「人」とするところに師の師たる所以《ゆえん》があり、その稟性に従って一個の独立せる人格となるところに弟子の最も多くその師に負う所以がある。「道」の伝統はなんらかの意味における師弟の関係を経て、始めて内面的に生きるのである。(法然(3)と親鸞との関係を参考せよ)

しかし今日において師弟の関係がくずれたのは、人と人との精神的信頼が内面的にくずれたからである。他人の霊魂の鍛錬を引き受けるほど自分を信ずる力と、自己のいっさいを傾倒して他人に信頼する力とが薄弱になっているからである。ゆえに我らはこの根底の欠陥を別にして、人為的に、楽々と、師弟の関係を昔に引きもどすことはできない。我らの師となるに足るものは、疑い深き我らの心を征服して我らの尊信をよぎなくするほど偉大なものでなければならない。従って我らの師を求むる心が、おのずから身辺の人を離れて古人に向かい、直接の関係を離れて書籍に向かわんとするはまことにやむをえないのである。ゆえにきわめて幸福なる少数の人を除けば、我らが「師」を持つとは一人の人の生涯の著作を通じて、その人の内面的経験に参することである。その内面的経験を参照し、通過することによって、自己の出発点を固めることである。我らはこの順序を経ることによって、おそらくは確乎たる自己の出発点を獲得することができるであろう。そうしてこの出発点を固めることは、精神的の意味において生活の中心を発見することにあたるのである。

もとより師につくとは、自分の生活内容をその師の供給に仰ぐということではない。我らが愛し憎み努め怒る心は我らが我ら自身の中にあらかじめ持っていなければならぬところである。これらの愛憎や喜悲は我らの生活を刻々に新たなる境涯に漂わしめ、往々にして我らの生涯を困惑と(1)壅塞《ようそく》と彷徨と昏迷との境に導く。この窮境を拓《ひら》きこの関門を透過する努力において我らは始めて「師」の忠言を必要とするに至るのである。我らが師について学ぶべきところは、問題の解き方である、途《みち》の切り拓き方である。生活内容を流れゆかしむべき方向である。もし我ら自身の中にあらかじめ生活内容を有することなく、一定の傾向を有することなく、解決を要する問題を有することがないならば、師につくことは全然無意味でなければならない。ゆえに生活の中心を求めるために古人の著作を研究するというとき、我らの研究の意味は、読書にあるのではなくて、我らの内面的知覚を開拓してこれを正しき方向に導いてゆくところにあることは繰り返すまでもないことである。書を読むとは自ら生きることを停止することを意味するならば、また他人の著作を研究するとは自ら省ることを中断することを意味するならば、我らはもとよりいかなる場合にも、書を読むことを、他人の思想を研究することを、生活の中心とすべきではない。ここに読書といい研究といい、師につくというは、自ら生き、自ら省るための一つの途を意味するものであることは、明瞭に記憶しておく必要がある。我らが師について学ぶことを要する第[1]一義諦は、行住坐臥に師の言葉を読誦することではなくて、何よりもまず、師と同一の勇気をもって人生に衝《つ》きあたることでなければならない。自己の直接経験を基礎として人生の疑いに触れ、人生の疑いを解く途を求めることでなければならない。

自分は前に最も自分に適しそうな人を選んでこれを師とすべきことを言った。しかしここに「最も自分に適する」というのは、現在の自分が最も愛好するもの、現在の自分が最も親しみやすきもの——換言すれば現在の自分の程度をもっても容易に接近しうべきものという意味ではないのである。かくのごとき「師」はただ我らを甘やかすもの、現在における我らの偏局せる発展を更に一面的に偏局せしむるものにすぎないであろう。現在の自分は自分の本質のいっさいではない。我らの本質の中には無限の可能性がある。他日、我らの本質の中から、現在の自分には思いも寄らぬ花が咲き出《い》でる日がないことを、誰が保証することができよう。我らの「師」は我らの本質の中からこれらの数多き可能性をひき出す力があるものでなければならない。我らを鞭撻《べんたつ》して常により高き段階を望ましめる力を持っているものでなければならない。約言すれば我らを叱り、我らをひき上げ、我らを打ち砕き、我らを改造するに足るほど、複雑で偉大なものでなければならない。この意味において我らに「無理」を強いる力のないものは、我らの師と仰ぐに値いせぬものである。もとより我らが師を選ぶは一種の冒険である。我らはもとより彼を知悉して後に彼を師と仰ぐのではなくて、一種の予感に導かれて未知の師に牽引されるのである。しかしこの際我らの冒険を導くものは、我らの憧憬を満たすべきものを嗅ぎわける本能であって、現在の自分に最も親しみやすきものを択《え》り出す本能であってはならない。多くの女性は、最も多く自分を甘やかすものを求める本能をもって、最も多く自分の尊敬を要求するものを求める本能に代えるがゆえに、彼らは幾度か無価値なる男の欺くところとなる。同様に自分の情感を甘やかすものを求める衝動に従ってその師を択ぶものも、またついにその師に欺かれるであろう。仮に某々情話の作者をその師とする者があるとすれば、彼はこの選択のあやまちによって生涯の迷路に陥るに相違ないのである。

　ここにおいて、我らの問題はおのずから「自然」と「不自然」との問題に落ちる。我らにとって「自然」なものとは何であるか。我らにとって「不自然」なものとは何であるか。

　自分はこの問題に答えるにDialektik(1) の観念を持ってきたいと思う。自分は従来ディアレクティシュの考え方をするという廉《かど》をもってたびたび某々の非難を受けた。しかし自分は今もなお依然としてこの誤謬（?）に固執する。そうしてこの誤謬を諸君にも感染させたいと思う。ディアレクテイクとは何であるか。それは一つのもの（These《テーゼ》）がこれと矛盾するもの（Antithese《アンティテーゼ》）を放出することによって世界を豊富にすることである。この二つのものの相互作用によって新たなる立脚地（Synthese《ジュンテーゼ》）に到達することである。そうしてこの「合《ジュンテーゼ》」の中にあって「正《テーゼ》」も「反《アンティテーゼ》」も共に破壊され、高められ、保存（aufheben《アウフヘーベン》）されることである。ゆえにそれは単に認識の法則なるにとどまらずしてまた本質発展の法則である。むしろそれは本質発展の法則なるがゆえにまた認識の法則なのである。そうしてこれを本質発展の法則として見れば、それは矛盾の征服を通じて常に新たなる立脚地に進むこと――かくて無限の生々発展を続けゆくことである。またこれを認識の法則として見れば、矛盾するものの双方にそれぞれに存在の理由を認めて、この二つのものが更に高き立脚地において調和の地を持つことを信ずる点において、それは普通の形式論理[1]を超越する。およそディアレクティクは、我らの思惟を実在そのものと共に流動させることであって、狭隘《きょうあい》なる論理の方[2]丈中に実在を幽閉せんとすることではないのである——少なくとも自分はディアレクティクをかくのごとくに理解する。ゆえに自分は宇宙と思想とのディアレクティクに参することの浅きを恥ずるのみであって、ディアレクティシュの考え方をすることを恥辱と感ずることができない。

今、ディアレクティクの思想を現在の場合に応用するに、我らは自然と不自然との対立を二様に解釈することができるであろう。一面からいえば、現在の自己と矛盾せざるもの、現在あるがままの自己を自由に流露させるもの——換言すればテーゼの立脚地に安んじて前進の努力によって衝動せられざる生活は「自然」である。そうしてこれに反するものは「不自然」である。この意味において「自然」に生きるとき、我らの生活には無理がなく、安易で、洒脱で、いかにも垢抜けのしたものと見えるであろう。同時に我らの生活は現在の立脚地に停滞して、新たなる立脚地から新たなる立脚地に前進するディアレクティクの働きは鈍麻するであろう。しかし自己の本質の中に活潑なるディアレクティクを持っているものはかくのごとき「自然」の境界に安住することができない。現在に対する不満、新たなるものに対する憧憬——従って常住に襲いくる一種の「無理」、現在以上のものに対する不断の「努力」が彼の生活の中心に立たずにはいられないのである。ここにおいて我らは「自然」と「不自然」との新たなる対立に到達する。この場合において自然なるものは、現在の自己に適合するものではなくて、自己の本質に適合するものである。現在の中にある矛盾と不安とに押し出されて永久に前進の努力を続ける生活こそ自然であって、テーゼに甘んじてアンティテーゼを通過しジュンテーゼに到達する努力を欠く生活は不自然である。現在に対して「無理」

を加える生活こそ自然であって、現在の享楽のみに生きる生活は不自然である。我らが我らの本質を実現せんとするとき、我らの求むべきは後の意味における「哲学的自然」であって、前の意味における「自然的自然」ではないのである。破壊は苦しく、努力は苦しく、緊張もまた苦しい。しかしこれらの苦しみを通してのみ真正に生きることができるとすれば、この苦しみこそ人生の最も深き幸福、我らの生活の最も深き自然でなければならない。我らを強いるもの、我らを叱咤するもの、我らを鞭撻するものの声に耳を塞いで、ただ現在にとって自然なる生活のみに生きんとするは、懶《らん》惰《だ》なる怯者のことにすぎない。そうして本質のディアレクティクに従って生きんとする勇気は、単に「師」を択《えら》ぶときにのみ必要な条件にはとどまらないのである。

自分は諸君と別れるにあたってこれらの言葉を餞《はなむけ》にする。職業のことや、成功のことや、世間の注意を喚起する方法や、世間に認めらるる秘訣等に関しては、自分は何事をも言おうとは思わない。自分の諸君に希望するところは、世間的成功を収めることではなくて、人らしい人となることである。自分もまた人らしい人となることを心願として、これからも諸君と手を携えてディアレクティクの途を進んでゆきたいと思う。

（大正六年七月）

付録

汝(1)わが数度の流離を数えたまえり。
なんじの革袋《かわぶくろ》にわが涙を貯え給え。

親友(1)

九月二十三日。

彼岸の中日だ。光の勝利の最後の日だ。これから物の影が次第に薄らいで闇がだんだん長くなろうという日だ。力のない光が躊躇《ためら》うように庭の木立を照らしている。かじけた青桐の葉が時々思い出したように身慄いする。風はちっとも吹かない。

例の暗い影が今日も朝から心の底に蠢《うごめ》いている。

十月一日。

本を読んでもちっとも身にしみない。夕暮吉岡を誘って例の所へ行って飲んだ。僕の頭は荒れた水道だ。草鞋《わらじ》のきれたのや菜っ葉の腐った奴が詰って水が流れない。だから酒の威勢でケチ臭いものを洗い流してしまうんだ。

蔦吉がお酌をしながら妙な眼つきをする。細い白い手を握ってやったらふざけちゃいやよと小さな声で言った。お俊の三味線で吉岡が傘《かさ》の雪を踊った。あの大きな体でどたばたやるんだからたまらない。豆子が吉岡さんの踊りはまるで剣舞のようよと言った。

西川はしんみりして可愛い、吉岡は男らしくて痛快だ。

十月二日。

朝から頭が重い。酒がさめれば寂しさが増すだけだ。このごろの僕の生活はまるで過去の黒い影に支配されている。忘れられないから寂しいんだ。寂しいから飲んで騒ぐんだ。しかし酒に酔って蔦吉風情《ふぜい》を相手にふざけたところでそれが何の慰藉になろう。

強い刺激《しげき》がほしい。過去を焼き尽くして新生命を燃え立たしめるような強い刺激がほしい。しからずんば僕の心は荒《すさ》んで鈍って死んでしまうだろう。

僕は男だ。現在に生きるんだ。


十月十五日。

午後西川が来た。仙台行きの話が九分通りきまったそうだ。途中で買ってきた参謀本部の地図をひろげて北の国は寂しいなア寂しいなアといかにも情けなそうに眺めている。小村という別れともない人があるんだから無理もない。この冬は宮城野の霙《みぞれ》も冷たかろう、目白台の時雨《しぐれ》も身にしもう。西川がいなくなれば本郷だってそれは寂しい。

夜二人で上野の××に飲む。今夜は二人きりでしんみり話した。いつもの夢見るような西川の眼が今日は潤いを帯びてことに美しい。話のきれ間にはウットリ煙草《たばこ》の煙の行末を見まもっている。「オイ小村さんの夢でも見ているのか」と言うと「何そんなことはないさ、小村は情の乗らない女だ、僕はあんな女に甘くなりきれない」と言う。僕がとぼけた顔をして「そうとも、そうとも」と相槌《あいづち》を打ってやるとそろそろ遠回しに弁護を始める。「君がそんなに不足なら僕が小村さんにラブをしようか、君という人がなかったら、僕はこの人を他人に渡すことじゃないんだ」と言ってやると、「君ならいくらラブしてくれてもいいよ」と愉快そうに笑った。

西川はだいぶ酔った。玄関を出たら、下弦の月が裸になった桜の枝にかかっていた。秋の風がひしひしと肌にしみる。東照宮前の木下闇《このしたやみ》に西川の手をひいてやりながら「小村さんのような柔らかな手でなくて物足りないだろう」と僕がいうと、「しかし君の手は小村のよりも肥っているよ」と答えて、西川は強く僕の手を握った。

西川は可愛い男だ。彼は今可憐なる矛盾の中に生きている。願わくはいつまでも今のようなうぶな恋をさせておきたい。そうして僕は側からからかったり囃《はや》したりしていたい。寂しい僕はせめて彼らの恋を恋するんだ。

帰って机の前にぼんやり坐っている。琴(1)の緒《お》をなでるような風がさらさらと庭の木立ちをわたる。ふと昔の女の顔が心に浮かんだ。

十月二十三日。

庭の青桐の葉が斑点がついて虫に蝕《く》われて憂き秋風に戦《おのの》きながら、申し合わせたように皆首をうなだれている。蜘蛛《くも》が隣の山茶花《さざんか》から一枚の青桐の葉に糸をかけて、そのたれんとする葉先を強いて擡《もた》げさせている。外の葉は秋風の吹きのまにまにたよりなげに空を游いでいるのに、この一枚だけが蜘蛛の糸に釣られて葉先を動かさない。憎らしい蜘蛛だ。あの糸をきってしまって、あの葉をも秋と共に寂しく戦《そよ》がせてみたい。

西川から葉書が来た。目白の人が来て朝から話しているとある。君によろしくと言ったとある。例の話がいよいよきまって来月二日に出発することとなった、心細くてしようがないとある。

十月二十八日。

いやな日だ。白い雲の頭がくずれて、行方もなげにさまよっている。日の光が薄い、きわめて薄い、死にかけている。

昔の女から手紙が来た。ばかな奴だ。一度死んだものの蘇《よみがえ》るのは、新たに生まれるよりもはるかに困難だ。いまさらこんなことをいってよこすくらいならばなぜあのときにあんな真似をしたのだ。なぜ僕の心を殺してしまったのだ。そむいた女には尽未来際《じんみらいざい》用がない。僕は新しく恋をするんだ。

夜になって雨がふり出した。気がむしゃくしゃしてしようがない。西川に行って愚痴を聞いて貰おう。……

西川から帰った。あいつも要するにばかだ。自分の恋に有頂天になって友達の苦痛を察することができないんだ。「君にはじき新しい恋ができるさ、小村も君をいい人だと言っていたよ」なんてそれで立派な慰めのつもりでいる。誰がそんな呑気《のんき》なことを考えてほくほくしていられるものか。身にしみぬ慰藉の言葉ほど胸糞の悪いものはない。

親しいと見えるのも上部《うわべ》だけだ。底をたたけばみんな「俺は俺の方の用事に忙しいんだ、そんなことにかかり合っている暇を持たん」と言っているんだ。すべての人は皆心の底の底に冷たい自己を守っている。西川もやっぱりそうだ。僕は広い世界にたった一人ぼっちなんだ。何人も汲んでくれぬ憂いをいだいて一人で暗い墓の中へはいってゆくんだ。もし僕の心の底の底まで汲んでくれる神様がいて、そんなに寂しくば俺がおまえと一つになってやろうと言ってくれたら、さぞ嬉しいことだろうけれど、僕の神様はもう死んでしまった。ああ僕は一生一人ぼっちだ！

十一月二日。

西川もとうとう仙台に行った。小村さんは赤くなって、俯向《うつむ》いて、見送り人の後に立っていた。プラットフォームの懸燈に照らされて夜色の中にくッきりと浮かんだ白い顔が美しかった。時々大きい、表情に富んだ眼をあげて西川のほうを盗み見た。西川も潤《うる》みを持った眼を輝かして答えていた。恋人の眼は衆人稠座《ちゆうざ》の中においてもなお彼らだけが住する夢幻の世界を創造する。一瞬の眼くばせにはかなき想思の情を通ずる。

　帰りには小村さんと一緒であった。池の端を通って切通しまで歩いた。すべて少女はその恋を知れる男に対しては特につつましやかなものだ。

十一月五日。

　西川がいる時分には、自分の恋にだけ夢中で、友達のことをしみじみ思ってくれないと怨んだこともあった。しかし別れてからの寂しさったらない。今日吉岡が来たけれども粗大な話ばかりで身にしみなかった。

　夜西川から手紙が来た。仙台に着いたときには流人が遠島に送り届けられたときのような感じがしたと書いてある。西川の本国は南の島だ。南の国には美妙な匂《にお》いの白薔薇が咲いている。目白の秋も寂しいだろう。

十一月九日。

　西川と別れてから彼らの恋が妙に自分のことのように思われて来た。彼らのためならば僕はどんなことでもしてみせる。

　西川はどうしてるかしら。小村さんに逢って西川の話をしたい。

十一月十三日。

　本郷に来たついでだと言って小村さんが寄った。寒菊を四、五本持ってきて、西川の置いていった瓢形の花挿しに挿してくれた。西川がいないんで寂しいでしょうと言ったら、返事はせずに例の大きい眼で僕の顔を見てにっと笑って、心持赤くなった。帰ってからもあの眼が不思議に頭に残っている。昔々どっかで同じ眼の表情を見たような気がする。

十一月十七日。

西川と小村さんとの夢を見た。前後はすべて忘れたけれどもただ一刹那の光景だけは前後を絶して鮮かに記憶している。夜のおぼろなる背景であった。西川がこちらに背を向けて遠くのほうを小さくとぼとぼ歩いている。前景には小村さんが彼の袂《たもと》に縋《すが》るのを彼がふりきってゆくのだと僕は夢中に解釈していた。前景には小村さんが袖を顔にあてててすすり泣きをしている。僕が側に立っていろいろ慰めるけれども女は頭をふってすねたように泣き続けている。と思う間ににわかに顔をあげて僕を見て笑った。その眼がちょうどあの日の眼であった。眼がさめて、有明の暗いランプの光で室内を見まわすと、日外《いつぞや》の寒菊が柱の花挿しに挿されている。乱れた姿が非常にいじらしかった。

なぜこんな夢を見たのであろう。表面だけに解釈しては西川にすまない。僕と昔の女との関係が西川と小村さんとの関係と混淆して一つの夢になったに違いない。

十一月十八日。

僕は久しい間自分の孤独を忘れていた、西川らの恋が続く間は自分も一人ぼっちでないような気がしていた。しかし考えて見れば彼らの恋は彼らだけの恋だ。僕はやはり一人生きて一人死ぬために生まれてきたんだ。寂しい、寂しい。

蟋蟀《こおろぎ》が机の上に来てとまっている。とらえればとらえられるに任せて身動きもしない。凍えているんだろう、可哀《かわい》そうに。

十一月二十日。

寿美子さん（小村の名だ）が来た。この前の寒菊は萎れているからといって新しいのと代えてくれた。

十一月二十一日。

朝から雨がびしょびしょ降っている。庭の青桐はすっかり坊主になって枯葉一枚も枝に残っていない。蜘蛛は山茶花《さざんか》から隣の樅の木に網を張っている。一日でも糸を紡《つむ》がねば生きていられないものと見える。

西川から手紙が来た。例の夢のような情感の言葉を並べて、僕は君を真実の兄と思うと書いてある。

寿美子さんからも絵葉書が来た。

十二月五日。

寒い。火鉢の火が青い焰を吐いている。紙をくべるとぺらぺらと燃えてしまう。火が盛んに燃えているときには、どんな貰い物をその中に投じても、火勢を減じたくないような気がするものだ。火が消えたら僕は死ぬんだ。（完）

（明治四十一年十月記）

狐[1]火

西川はとうとう彼のいわゆる「影の女」と心中してしまった。世間には用のない男であったが、友達の間には忘れがたい思い出の数々を残していった。ふざけたようなまじめな物の言いぶりになんともいえない寂しそうなnuance《ニュアンス》を漂わせる男であった。打ちくつろいだ調子の底にどこか人に迫る峻《けわ》しさを隠している男であった。従って彼の文章には寂しい、せっぱつまった方面のみがあらわれていた。彼の死後、その手文庫の中から手紙の断片やら書き捨てておいた感想やら、いろいろの反古《ほぐ》が山のように出てきた。中には綴じ合わせた紙に日記体に書いてあるのもあるが、たいていはバラバラの洋罫紙に鉛筆の走り書きで、ろくに読めないやつさえ少なくない。そうしてそれが文庫の中にごちゃごちゃに抛り込まれてあるので、時の前後の鑑定さえ十分には付けがたいのが多いが、中学の初めから心中する一月くらいまでの長い年月にわたっているように思われる。暇があったらこれを年代の順序に並べて、西川の一生の涙や迷いをば絵巻物のようにつなぎ合わせてみたいと思っているが、この忙しい身体ではなかなか思うようにもいかない。次に掲げるのは西川が大学を出てからその翌年夏ごろまでの反古と思われるものを択《え》り出して、大体筋道の通るように並べて見たのである。中に出てくる小池や僕の手紙は西川が自分の反古と一緒に手文庫の中に抛り込んでおいたものである。

ついでに読者の頭脳が混雑せぬように脚本に倣《なら》って役割を出しておこう。

西川……卒業したての学士、東京。山口……その友。小池……京都にいる。その母。その妹。
静代……山口の幼な馴染《なじみ》。

山口生記

1

家にこもりいて仙台以来書きたれる六冊の日記を焼く。過去はすべて夢なりき。楽しみも悲しみも流れて帰ることなし。わが過去の生活に慕わしきものなく、わが既往の思想文章に伝うるに足るものなし。ゆえにこれを焼き棄てて甲斐なき追懐の悲を断つ。わが生活の価値は未来にあるべし。しからずんばわが生は徹頭徹尾無価値なり。

2

山口の葉書（東京から東北へ）

六月十六日夜、

会えたのは嬉しかったが、余情を尽くさずに別れたのはかぎりなく本意なかった。ことに学校から出てゆく君や小池は、なんだか詩の中から現実界へ入り果てる人のように思われて、これまでの若い君はもう昨夕限りで見られぬような気がして、侘しくてならなかった——今日はすでに郷里の人となって、一人前になった君の姿が家の方々に大きな満足をもたらしたことと思う——今日午後、一年ぶりで昔の田端に行った。森が拓《ひら》かれ野が坦《たいら》かにせられ、新しい家並みができて途中の様は一変した。欅《けやき》の木立ちは相変わらず森然としている。真言院には老僧きりであった。君もいず渡辺君もいぬ寺堂を回ってみて、桜と楓《かえで》の若葉が濃緑になっているのを見て、言うに言われぬ哀愁を覚えた。

晩春の潮色、初夏の緑、砂丘を渡る波の音、一ノ宮の海はだいぶ僕の心に響いた。ノートを読む気になれず、帰って今日もまだ一日そわそわしていた。試験はどうするかわからない。

一ノ宮で受け取った女の写真を今日国へ送り返した。先方には気の毒かもしれぬが断わってしまうつもりになった。むろん写真が不満足だからではないのである。

母が二十四、五日ころ京都に出て僕を待つと言ってきた。早く行って小池一家の人たちとも逢いたい。千枝子君の大きくなった様をも見て、九月君に逢うときの土産にしたい。

昨夕君を送ってから自分も北の国へ行きたかった。雨の夜の街をひとりとぼとぼ歩きながら、汽車の中の夜情を思い、想像に上る北の国の風情を思って、妻択《えら》びよりも旅だと思った。

3

山口の葉書（京都から東北へ）

東京を発つ前に久しぶりで昇之助を聞いた。去年の十二月十五日に『寺小屋』[1]を聞いてからまさに半歳を踰《こ》えたが、声も姿もなお昨日見た人のごとくであった。「……泣々《なくなく》別れゆく跡を見送り見送り延び上がり……イイイ、イイイー……」「サアサアちゃっと往《い》て尋ねて尋ねてといきせき女房……」どうだ、憶《おも》い出すだろう。

そのために東京の出立が一日延びて、昨日午後夏の雨に濡れる青葉を眺めながら西に向かった。京都の町は例によって物静かである。ここに来てまた君が共にあらばと思う。来年は是非一緒に西下したい。

母は二、三日中に入洛すると言ってきた。静代君も学校の試験をおえて今明日中に東京を発つはずである。これに小池一家も加わるのだから、京都から綾部《あやべ》までの道中は例によって大いに賑《にぎ》わうことであろう。

千枝子さんは一年の間にだいぶ娘らしくなった。小池はもとより、小池母堂からもまだお目にはかからないがなにとぞよろしくという伝言である。

4

影の女が黒い着物を着て今日もまた僕の頭の中を通る。五つばかりのおとなしい女の子の手をひいてゆくのである。顔はそむけているので見えないが、解いたままの髪の毛は巌角の滑《なめら》かな上に乏しき水が千筋に細くすべり落ちるように肩に乱れかかっている。女の左には、遠い寒い壁の上に暗い行灯《あんどん》が描くような影の男がいる。女の左の腕をその右の腕にまいているらしい。男は昂然としてゆく、女は引きずられるように俯向いてゆく、子はまた指を啣《くわ》えて母の後に従う。三人共に一言もなく静かに僕の周囲を回ってゆく。その跫音《あしおと》はことりとも響かない。男は影の薄きままに、女は顔をそむけたるままに、子は指を啣えたるままに、静かに僕の周囲を回ってゆく。

男の顔だけが朦朧《もうろう》たる影の中から鮮かに浮き上がってきた。ああ彼の狒々《ひひ》のような笑顔がたまらない。平べったい、浅黒い顔と、大きい、しかし薄い唇とがたまらない。

北の国でも夏の真昼は焼けつくような暑さである。溢れ漲る日の光は疲れた頭に痛いほどの刺激を送ってくる。僕は今机の前に坐って、黒く緑した欅の梢を渡る風を眺めている。

5

ああ下らぬ夢を繰り返している間にもう秋風の立つころとなった。影の女は要するに影の女ではないか。昔僕との間にあったことを、彼は口の大きい、唇の薄い男との間に復習してきた女ではないか。しかして復習してきたことと、新たに習いえたこととをもたらして再び僕に臨もうとする女ではないか。いったい僕は possession[1] の悦びを知らぬ男である。影の女と別れなかったころさえ、僕はおどおどした、人目を憚《はばか》る日をのみ送っていた。夜風の寒い森の中でも、ただ二人ばかりの世界に住むような気がしたことがなかった。まして今はただ possessed の世界に、肩で息する、蒼白い生き方をしているにすぎない。

月影の凄い晩に、草を藉《し》いて寝ていた若い羊飼いの口に蛇が忍び込んだ。羊飼いは咽《のど》を蛇にかみつかれて悶《もだ》え苦しんだ。[2]ツァラトゥストラは有らんかぎりの声を絞って「かみ切ってしまえ、蛇の頭をかみ切ってしまえ」と叫び立てた。羊飼いはその声に励まされて懸命に蛇をかんだ。そうして蛇をかみ切ってから今まで人間が笑ったことのないような朗らかな笑い方をした――僕は蛇の頭をかみ切ってしまう力のない、弱い羊飼いである。朗らかな笑いはいつの世になったら僕の唇をもれることであろう。

地理の接近は思い出の接近である。僕はいつまでぐずぐず田舎《いなか》にうろついているつもりなのであろう。早く東京に行って快活な日を送りたい。山口も千枝子嬢の消息をもたらして近い内に東京に帰ってこよう。新生だ。新生だ。影は要するに影にすぎないのではないか。

6

「ちょっと分からないのでまごついたよ」と言いながら、山口は新しい下宿の玄関に立って汗を拭いた。

「私も豊さんと一緒に帰ってまいりました」と言って静代さんはパラソルの柄をいじった。その姿のすらりとしたるがごとくその気性ののんびりとした女である。山口の友達に逢ってもはにかんでみせるような芝居を知らない。白い、静かな女である。今日は赤い罌粟《けし》の花を一輪束髪の上に釵《さ》していた。

山口と静代さんとが帰ってから、山口の置いていった回覧雑誌『緑葉』を読んだ。中に千枝子さんの書いた「子燕の旅」というのがあった。遠い海原を通う燕の群れが、孤島に近い礁の上にとまっている。親に伴われて始めてこの長い旅に上った子燕が、顔にかかる浪の余沫に驚かされて眼をさますと、はや東の空が白みかけているというようなことから筆を起こしている。幼い筆ながら観察の独創的《オリジナル》な、印象の鮮かな文章である。千枝子さんはこの燕のように、驚きと心跳りとに満たされた心をもって人生の曙を待ち望んでいるのであろう。小池のような親切な兄と、小池母堂のような行き届いた親とを持って人生の旅に上る人は幸福である。

夕飯をおえて一人で散歩に出かけた。街の火も秋と共に光を鮮かにしたように見える。うっすりと降りた夜霧も涼しい色に夜店のカンテラの火をこめている。氷屋に下げられた寄席のビラは景気のよい赤に染められている。切通しの角を曲ろうとしたら、新しい高等学校の帽子をかぶった六人連れが寮歌を唱いながら一列に街道を押し寄せてくるのに逢った。

東京の空気は田舎に比べればなんといっても弾力に満ちている。僕は湯島の台に立って、深々と夜霧の空気を吸った。

7

小池の葉書（京都から東京へ）

母と妹とは用があってまだ国に残っている。男一人の所帯はノンキこの上もない。

床を出て飯を食ったらドンが鳴った。秋雨が木立ちの多い庭に小やみなしに降っている。松茸の売り声がする。ゴロゴロ拾って歩くような俥《くるま》の音がする。静かな秋だ。

だんだん旅行にいい時節も近づいてきたが、今年は実験室で秋を暮らすより外にしかたがあるまい。切に去年の信飛旅行(1)を思う。

鳩がないて、彼岸の鐘が鳴る。

8

小池の葉書（同）

夜の三時だ——秋雨の寂しい夕暮を、湯帰りに、いつか君と二人して冷《ひ》やを茶碗で空にした例の瓢簞《ひょうたん》に一杯注がせてきて、チビチビやった。やはり冷やだった。夕飯を食って空瓢とともにコロリと横になって結んだ一酔の夢が今さめた。

雨があがって虫の音がしきりと秋を告げる。このままに眠ってしまうには惜しい風情だ。残燈をかかげてつくねんとしている。

昨年の今夜は上松[1]で七人始めて一緒に枕を並べた。臨川寺の光景が忍ばるる。当時「鰌髯」たりし僕は今悄然としている。どこからか鐘の声が渡ってくる。二点、三点、四点、断続して物静かな夜の空気に漂う。なんという声だろう。なんという思いだろう。

9

小池の葉書（同）

またひとりで飲んでいる。いやな時には酒でも飲まんけりゃやりきれない。

君の『緑葉』に書いてくれた「鷗村先生の顔」を読んだときは君自身の姿を見るような心持がしてたまらなかった。君は根から干からびてしまうんじゃないが、粘り気は取り切れはすまいが、寂しいところ、大きいところ、条理の立った頭のいいところが似ている。

俺は薄っぺらで、曲っていて、乾いている。まず「乾反葉」[2]だな。なんでこんな男に生まれたのか情けないがいまさらしかたもない。俺よりか妹は同じ兄妹でも母の血をよけいに受けただけましだ。

俺の血を伝えて児を生むのは今の心ではどんなにか苦しい仕事だ。縁談をきくとグンと参ってしまう。今夜も人の心も知らずに国からいやなことを言ってきたのでやけ酒だ。

こんな葉書が来たなんて座興に友人の前に出されちゃいやだぜ。

10

小池はこの世にもまれなる善良な男である。それでもあんなに下らないように自分を卑下するのは、ひっきょう完《まった》きを責むる心が強いからである。もし小池が子孫を作る資格を欠くものとすれば、僕のごときははたしてどうすればよいのであろうか。

山口は依然として僕のために、千枝子さんを貰わんことを希望している。そうして千枝子さんならばきっと君の悲を癒すことのできる女だと言っている。しかし山口には、かの暗い影がどんなに深く僕の胸に喰い込んでいるかがわからないのだ。氷を恋する火ほどはかないものはない。影をとらえんとする形ほど悲しいものはない。僕はまだ千枝子さんに逢ったことはないが、たとい逢って気が合ったところで(逢えばきっと気が合いそうに思われてしかたがない)このはかない悲しい思いをさせるには忍びない。僕はとうてい影の女を中に置いて人と恋するのはがゆさに堪えない。

初冬の夜の静けさに乗じて、影の女は今夜もまた僕の頭の中に忍んできた。しかし今宵は紅入り友禅の被布《ひふ》を着て、千代紙を截《き》って幼い僕と遊んでいる。畳の上には菫《すみれ》やれんげの花が散らばっている。どこかに母の呼ぶ声が聴こえるように思う——僕は涙を流した。

11

Erste Erfahrung(1) はその何事たるに関せず、これをなす人にとりて重大なる事件である。従って人にある種の erste Erfahrung をなさしむることは吾人の Selbst-gefühl(2) を Kraft-bewusstsein を高むる所以《ゆえん》である。更に人をこの状態に続いて、その人の周章し、困惑し、歓喜する表情を観察することは一種の残忍なる満足を与えるであろう——ここまで考えてきて僕は戦慄した。僕はとうてい甘い男である。
ああ僕は verführen(3) されるもののことを考えるに堪えない。

12

怯者なり。痴者なり。

努力の目標に一として実なるものなかりし。人生に触れんと欲し、人生に触れざらんと欲しき。余は働きのとれざる関係に立つことを恐れたり。

現今の余にとりて唯一の真実なるものは異性なり、異性の美と魂と悲哀と歓喜とを歌う詩歌音楽彫刻演劇なり。事業や思想や時として余が世界の実在となる。平時にありてはあなり。空《くう》なり。

しかも唯一の真実なるものに対してなお満足しうる生活をなさざりき。これ一つは仮なるもの、空なるものの影、実なるものを脅かせばなり。一つは実なるもの甲、実なるもの乙を妨ぐればなり。

女を愛することの終結は恋愛なり。しかれど近来余は恋すること能わざりき。これ一つは多くの女において心の柔らかさに触れたればなり。一つは多くの女において冷笑すべき点を見たればなり。余の女性に対する興味は一点に集まらず、ゆえに多くの女を淡く恋していかなる女をも深く慕わざりき。ただしすべてを通じて余の怯懦累《きょうだ》をなす。努力をばからしとなし、外にありて物を嘲るを喜ばしとする者に恋あることとまれなり。

怯懦なる者は不満を客観して悲哀に生く。荒涼寂寞に生く。現今余が内生活の中核をなすものは不満の味なり。

ああいつまでか異性のみに生きん、不満の味のみに生きん。

現今の余が心は死に瀕せり。

いかにして生きんか、いかにして蘇生せんか。

13

深き執着なきところに深き経験なし。執着浅き者は努力熾《さか》んならず、得るも喜び薄く、失うも悲しみなし。

全く執着なきときそこに喜びなく悲しみなきもまた一種超絶の趣、天空海闊の味あらん。連絡なく系統なき小執着時々刻々に去来する者は、喜悲の浅き波の中にその生を託するものなり。去来するものの無常なるに、不安の念去りあえざる者なり。これを凡夫の生活という。迷いの生活という、小人の生活という。余が現今の生活はまさしく凡夫の生活なり。小人の生活なり、迷いの生活なり、価《ねうち》ある生活とは深き経験の連続する生活なり。充実せる刹那を連結せる生活なり、深き執着なきところに価ある生活なし。凡夫の生活はこれを生きながら死せるの生活という。死にありて生を望み、生を得ずして生を得ざる哀悲を客観するの生活は餓鬼の生活なり。余が現今の生活はまさしく餓鬼なり。

願わくは生を望んで生をつかむの大精進を起こさん。餓鬼道に生まる悲哀これ菩提心なり。

14

宇宙と人間との関係を立すること大執着の核心たるに足る。

放蕩の生活は執着を散漫にするの生活なり。感触を鈍くするの生活なり。恋する者迷う者は救わるるを得ん。放蕩を趣味とする者は底なき淵に沈む者なり。時々刻々自ら殺す者なり。

刹那に生くるとは過去と絶するの謂《いい》にあらず。人には記憶あるがゆえに前の刹那と今の刹那と連絡す。前後を絶して今の刹那を享楽せよとは不可能事を強うるなり。今の刹那より背景と余韻とを奪うなり。余は刹那刹那に充実の生を送らんと欲す。しかれども節制と努力とを無視する能わず。現在を離れて過去ありや未来ありやを知らず。ただ余は現在の中にある過去と未来とを愛惜せんと欲す。

現在の享楽を捨てんは願うところにあらず。ただ享楽の意義を考うることを忘れざらん。部分を味わい全体を観じて宇宙の間に生きんことわが願いなり。

15

三月三日となった。実行力の伴わない思想ほどあてにならないものはない。影の女は今僕の頭の中でその子のために雛壇を飾ってやっている。今、茜染《あかねぞ》めの雪洞《ぼんぼり》に小さい灯を点して五人囃子《ばやし》の左右に並べた。今、無心に見入っている女の子を抱き上げてたまらないように頬擦《ほおず》りした。今、思い出したようにこれを突きのけて、顔をそむけて涙を拭った。

16

小池の妹もいよいよ女学校を卒業したそうだ。いよいよ上京して英語を修めることに決心したそうだ。山口はノートを担いで鎌倉に行く前にわが事成れりというような顔に微笑して見せた。山口の説に従えば二つの大きな眼は心の躍りに輝いているとのことだ。その表情は心の力が漲《みなぎ》っていないながら自分でちっとも意識していないから、すこぶる無邪気で可愛らしいということだ。すべての尻ごみと躊躇とを無視して新しい力を刻々に待っているような緊張の感じが身に迫ってくる。僕と影の女との間に割り込んでくる、よぎなく烈しい印象が期待される。この期待が実になったら心の中にまた新しい戦が起ころう。しかし雨が降っても暴風が騒いでもとにかくこの濁って沈んだ生活をかき回してくれる力がほしい。久しぶりで脳髄の血管を、漲る勢いでドクドクと流れてゆく血の音を聞きたい。

——汝痴者よ。汝の大業な期待を嘲笑する運命の笑いが遠くより聞こえてくるを知らぬか。ようやく十八になったばかりの一少女に汝は何を期待せんとするか。

17

山口への葉書（東京から鎌倉へ）

両度のお葉書ありがとう。勉強ができて何よりだ。前にも話しておいた通り二、三日中に淀橋の方に引越すつもりだ。小池の妹には向こうで逢うことになるだろう。

近ごろはしきりに寂しい。そんな時には家にいるのがいちばんいやだ。しかし訪問して慰められるような友達は一人もいない。むやみに家を飛び出してむやみに近所を歩き回って、疲れて帰ってきてすぐに床にはいる。思うようわがままを言って、思うようふざけて、それでも僕を可愛がってくれる人がほしい。友人でも恋人でも姉でも叔母でも何でもかまわぬ。理想、才能、学問によって結ばれた緊張した友情はいやになった。わがままによって、欠点によって、短所によって結ばれた友がほしい。お世辞のないところ、これに近いのは君一人だが、それでも不満に思うことが少なくない。君ももとよりそうであろう。人間の交わりはあさはかなものだ。人の生涯は寂しいものだ。ああ自然が慕わしい、陶酔が恋しい。なおさら耶蘇《ヤソ》教の神様に祈禱をあげる心がなつかしい。しかし僕は罪悪の筆頭なる高慢を持っている。砕かれざる心の中では神様がまず砕けてしまった。先輩を離れ、朋友を離れ、父母兄弟を離れて孤独の生活をしてみたいとも思う。浅ましさ、寂しさの感じはかえって少ないだろう。

この葉書が着くころには静代さんや千枝子さんが見えているかもしれぬ。雨の日を語り暮らされるのが羨ましい。

18

四月二十九日朝、鎌倉。

君の予想通り昨宵人を送って停車場まで行って、三人連れで帰ってきたら久しぶりのおたよりが届いていた。

昼間は雨に怯《おび》えていたのか、萎《しょ》げ気味であった千枝子さんが、帰って話になるといきいきとし出した。床に着いたのが十二時、今度は静代君がすてきな雄弁を振い出して、襖を隔てた隣の部屋では西京弁と東京弁とが嵐の音を打ち消していた。（山口）

昨日は雨の中を鎌倉に参り、江ノ島から七里ヶ浜の白砂を踏んで、後に富士の裾野を望みました。弁天洞できいた波の音と、昨夜更《ふ》けてからの松風はまだ耳の底に響きます。今日の荒れでは富士は見えませんでしょう。縁がなかったことと諦めております。

入京したのは雪の日でした。是非一度お目にかかりたく、静代様に御一緒に願いましたからなにとぞお願いいたします。（千枝）

お待ち申した千枝様がいらっしゃいました。一度御一緒にお伺いいたしたいと存じますが、金土

の午後と日曜のうちいつがお暇でございましょう。御面倒ながらちょっと麴町のほうまでお知らせ下さいませ。（静代）

よろしく頼むよ、僕もちょっと帰りたいな。（山口）

19

午後淀橋に引越しをする。夕暮れにたいてい片づけが済んだので、夕飯も食わずに外に出て、知らぬ径《みち》を足に任せて歩き回った。朧月《おぼろづき》が空にかかって、木の葉が鉛の色に光っている上を、風がさらさらと渡ってゆく。蛙の声が降るような中に、何の虫だか虫が一匹藪蔭《やぶかげ》にジイジイ鳴いている。にわかに月が暗くなったので、驚いて空を見あげると径がいつの間にか森の中にはいっている。何の花か花の香が柔らかに漂ってくる。森を抜ければまたにわかに明るくなって見渡す一面の畠の上には靄《もや》が低く置いて、月の光に眠っている。故郷の月夜の景色と、幼いときの月夜の心持が夢のように浮かんできて、シットリした悲しみが自然と心の底ににじんでゆく。新しい女がほしい。美しい女と手をひいて、この月光の裡《うち》に遠い遠い国に行ってしまいたい。女は涙ぐんでいてほしい。髪の毛がその頸に乱れていてほしい。そうして襟頸と手の甲とが特に月の光にほの白く浮かんでほしい。

千枝さんは今鎌倉にいる。影の女の眦《まなじり》は今宵特に恨みがましい。忘るるという言葉ははかない言葉である。たとい悲しくいたましいことの記憶であっても消えてゆくとははかない言葉である。唇の薄い、口の大きい男を夫に持つ影の女は憎らしいが、そのおもかげだけはいつまでも残しておいて労《いたわ》ってやりたい。しかし今宵この月の光に僕と影を並べて行くべき女は、影の女ではもちろんない——また千枝子さんでも足りないような気がする。

国の城下には広い野原があって、秋になると草花が小さく、しおらしく一面に咲く。幼いころには母や姉に連れられてよく食後の散歩に行ったものであった。幼心にも草花の上を渡る秋風を悲しいと思いながら、姉に手をひかれて母の後についてゆくと、平原を限る遠くの山続きに狐火《きつねび》が見え出す。四つ五つ続いて北に動くと見る間に、いつの間にか先頭の一つが消えて思いがけない所にまた一つ現われる。ふわふわと漂ってくるようなのもあれば、風に吹かれて消えそうにするのもある。——思えば僕の心は幼い時に見たあの狐火だ。動きもする、漂いもする。しかしどこをあてに動き、どこに漂い着く島もなく、ただふわふわと宇宙に迷うのである。消えてしまえば秋の夜は暗い。

ああ明日は静代さんが千枝子さんを連れてくる日じゃないか。狐はまた一つ火を点《とも》そうとするのか。

（明治四十四年四月）

西川の日記

序

再び西川の日記である。「狐火」以後に整理しえたる彼の日記の一部分をひき抜いてここに並べてみる。時日は前半が狐火の中の材料の日付と重複して、後半が更に延長しているのである。材料排列の方針は「狐火」とは趣を異にしている。前には西川の内面生活の記録を正面にして、その背後に一つの物語を開展させようと試みたが、今は「物語」をしようとする野心は全然抛棄してしまって、ただ彼の思想並びにその他の内面生活を断片的に陳列しておくことに満足する。もとより彼の生活に発展や連続があるかぎり、ここに陳列せられたる世界にもまた発展や連続の暗示があるに違いない。また彼の思想や内生活に実際生活上の根拠があるかぎり、行間の意味を読むに馴れたる読者は、あるいはここに幾つかの物語と幾つかのエピソードを読むかもしれない。前者は自分の希望するところである。後者は自分の忌避するところである。西川は好奇心をもって自分の生活を眺められることが特に嫌いな男であった。

思想や内面生活はもとより個人の現実的生活から生まれきたるべき因縁を持っているに違いない。しかし思想や内面生活は徹底的な進行を続ければ続けるほど、ますます普遍的観念的な内容を獲得してくる。個人的現実的生活の描写に導かれなければ直接に普遍的観念的な世界の描写を理解することができない人はむしろ初めからこの遺稿を読んでくれないことを希望する。西川は特に経験をアネクドートの形において取扱うことを嫌って、それをエッセンスにおいて捕捉することを愛した男であった。もっとも西川といえども、その思想ないし内面生活の描写に必要なかぎりにおいて、その現実的個人的生活を提供することを嫌うものではない。ここに抄出した部分のごときは、その性質上最もアネクドートの叙述に富んでいる部分である。彼のアネクドートを嫌う性質は最も多く彼の書いた論文にあらわれていた。彼の論文に出てくる固有名詞はほとんど多かれ少なかれ永遠に値いするものに限られている。彼は彼の普遍的観念的な世界に、塵のように消えてしまうような固有名詞を混入させることを嫌忌していた。

最後に断わっておかなければならないのは、ここには西川の日記の最も重要な部分が省かれているということである。西川は自分の唯一の親友である。ほとんど自分の影といってもいいくらいの親友である。自分は彼の生活の最も重要な、本質的な方面を、断片的な姿において発表するに忍びない。自分は自分の死ぬまでの間に、彼を主人公とした幾編かの小説を書くことに堅く決心した。そうしてこれらの小説の材料として彼の日記の最も重要な部分を出し惜しんでおくつもりである。もとよりここに抄出した部分といえども、断片的ではあるが決してそれ自身だけで理解のできないものではないと自分は信じている。自分は読者に向かってそれ自身だけでは理解しえないような文章を提供するほど無責任な人間ではないつもりである。しかしここに提供しただけが彼の生活の全体でないことはあらかじめ記憶しておいていただきたいと思う。

彼は自ら痴人と呼んでいた。自分はこれがいや味でも気取りでもまた単純な洒落《しやれ》でもなくて、彼がその悲しみを笑いの中にとかし込んだ誠実な命名であることを熟知している。実際彼は痴愚の名に値いするほどの拘泥と逡巡と多情と、重要な瞬間における放心とに富んでいた。そうしてすべての痴人の生活と等しく彼の生活にもまたそのすべての断面において一人の異性が立っていた。同時に幾つかのエピソードがこれを取り巻いていた。運命はこれらの異性を忍びやかに彼の世界の中に這い寄らせた。もしくは全然彼の予想していない瞬間においてこれを彼の生活の中に投げつけた。そうして運命はまた不思議な径路を描いてその異性を彼より奪い、その上に築いた彼の感情をくずしていった。彼はよろめいて、苦しんで、時として精神的に堕落しながら、またどうにかして立て直してきた。もとより彼を主人公とする小説は決してかくのごとき恋物語を主とするものではない。すべての経験はただ彼の内生活を動揺させ移動させ、そうして結局は発展させてきたところにのみ意味があるのである。自分は彼の三十二年間の生活を――彼は三十二の年に「影の女」と心中した――四編か五編かの小説に書いてみようとする計画を持っている。そうして彼の恋愛の歴史もまた彼の生活全体とともに、連続した形において叙述されなければならない。ここに抄出するものはただ彼の生活から生まれた若干の思想並びに内面醱酵の断片的描写にすぎないのである。これらの断片が彼の恋愛の歴史ときり離してもなお多少の普遍的な内容を持っていることは自分が抄出者の資格において希望するところである。

山口生記

一　さすらい（第一）

1

久しく捨てたる日録を再び抽斗《ひきだし》の奥よりとりいず。今は冬も過ぎて緑なる春となりぬ。乱れに乱れたる心もやや静まりたり。明日よりは再びここに心の跡をとどめおかん。

昨年十二月二十五日、友某がクリスマス祈禱会の席に列《つらな》る。会する者は彼の愛人とその女友某子。余ひとり未信者として席にあり。彼らが賛美し祈禱するを見、自ら顧《かえり》みて心安からざりき。月の初めより乱れそめし心の糸のもつれ、ここにおいていよいよ加わりぬ。書を読めども心はここにあらず。夜しばしば若竹に義太夫を聞きて一時の忘我を楽しみしも、帰りて床に入れば心更に安からざりき。年を越えて一月の五日、手帖のはしに書きつけたる文——

死か。死来たらば我喜びてこれに面すること能わず。されどやむを得ざるものとして、安んじて、これにつくをうべし。未来の生、後生の姿、死せずして誰かこれを明らかにしえむ。我今にしてわがなすべきをなさば、後生もまたその来たるべきがごとくに来たるべし。わが今にしてなすべきは、絶対の実在を恋いんことなり。この恋成らざるに死来たりて我を拉《らっ》し去るも、天なり命なり。もし未来の生ありとせば、神を恋うる悲哀の生活の罪とせらるることよもあるまじ。親子朋友の楽しみを楽にあらずとはいわじ。夫婦の語らいを心ゆかずとは斥《しりぞ》けじ。されど実在を恋うる心に比ぶれば、こは影よりも淡き夢幻の姿なり。何ぞこれをもって大実在を恋して遂げざるの悲しみを癒《いや》すを得ん。ゆえに我はこの恋を得んがためには、いっさいを捨てて悔いじと思う。進みては死せざらん。死来たらば避けざらん。他の慰藉を捨てざらん。慰藉去らば追わざらん。ただ我というもののあらんかぎり、このやみがたき恋に焦《こが》れんのみ。

これわが決心なりき。しかも大実在を追わんにはいかなる方法によるべき。我はこれを二途の並進にありと思いぬ。二途とは何ぞや。愛慕憧憬の深き心情をたどりゆくはその一にして、静かなる理路を追いて実在の不易なる確実性にわけ入り、わが情意の要望と空華ならぬ客観性とを合一するはその二なり。この二途のいずれを捨つるも、わが心には自らみち自ら欺かざる壮厳の姿あるべからざらん。ゆえに余は一面哲学を究めて実在の根底を検し、他面には宗教家の生涯を学びて、思慕の想いの一日もゆるむことなからんことを願いき。しかしわが従来の経歴は、まず第一に余をキリスト教諸聖の膝下に送れり。三月たまたま五月会の当番となりて、聖アウグスティヌスの懺悔録を読まんとす。しかるに怪しむべきかな、余が宗教的生活に対する思慕の情はこの書を読むに先だちて動揺し始めぬ。宗教を信ずという人の心的生活を見るに、権威に圧せられて勇邁自由の精神なきがごときは何ぞや。理性の方面より来たる非難の声に耳を傾くるの度量なく、異趣味にことごとく眼を閉ざして、いっこうその信条に隠るるは、一面においては卑怯の嫌いあり、他面においては自ら欺くの罪を犯すものにあらずや。彼らの神に対するやあるいは畏縮しあるいは狎褻《こうせつ》す。自由闊達《かったつ》の精神をもって高峻悲壮なる人生の事実と面接する勇者の風丰《ふうぼう》はほとんど見るべからざるに似たり。心の震動の広く深く、清新の色の眼に溢るるものあらざれば、彼岸楽土必ずしも望むに足らざるなり。かくのごときが宗教そのものの必然的属性なりや否やは知らず、余が目睹《もくと》する多数の信者は、外部の観察をもってすれば、ことごとくこの類ならざるはなし。これあるいはいわゆる宗教によりて宗教を求むるものの過《とが》にあらざるか。恐怖によりて安立を求めしものが任意に造り出《い》でたる小蜃《しん》気楼《きろう》を宗教と名づくべくば、余は宗教信者と号するを愧《は》ず。真正の宗教を求めんとしてまず宗教家につくは、むしろ拙策にあらざるか——これ余が疑いなりき。かくて幾度か躊躇しつつアウグスティヌスを読むに、彼の熱烈にして燃ゆるがごとき信仰の高調はすこぶるわが心を動かししも、宗教的生活そのものの必ずしも慕うべからざるはアウグスティヌスの場合にもまた適用せらるべきがごとくなりき。最も深く余を動かしたるは彼の壮烈雄偉なる人格にありて、彼の拒斥的禁欲的なる宗教にあらざりき。彼が呪詛し唾棄《だき》せし三十二歳以前の生活にも、なお彼の偉大なる価値はあらわれたるにあらずや。彼はこれあるがゆえに彼のごとき光輝ある生涯を送るを得たり。彼と同様の信条に服従する屑々《せっせつ》たる敬神者流の生活は、得信以前の彼の生活と比してはたして何の尊ぶべきところかある。余はむしろ真理の愛のために結果の恐怖を捨てたる無神論者の態度を尊ぶべしとす。神もしいまさば、何ぞ虚偽をすてて至誠をとらざらんや。(1)面従苟合《めんじゅうこうごう》の徒を悪《にく》みて心から抗弁するの愚直をいとおしとし給わざらんや。主よ主よと称するもの必ずしも主の救いに入れるにはあらず。主と遠からんとしてしかも主の中にあるものかえって多きにあらざるを誰か知るべき。我は神を見るに先だちて神を信ずというの虚偽に陥らんよりは、むしろ滅亡の火の中に入らん。

かくて我は神を人格的に考うるのまず証明せられざるべからざるを思えり。いわんや戒律(2)の神ヤーヴェの絶対的実在なることをや。我は恐れずしてまず価値と実相とを捜さん。両途の合一するところすなわち思慕するの神なり。神もしこの外にあらば、余はこれと弁争することを瀆聖と思わず。ゆえに余が先にあげたる両途の中、哲学の途《みち》に従うは依然として前のごとし。宗教の途に従わんと言いたるものは、今は改めて価値の途と言わん。価値を尋ねつつ味わいつつ進む心情的経験の途と言わん。この両途をたどり行く先にわが宗教はあるべし。余は余の宗教に畏縮圧迫の跡なからしめんことを欲す。余が現在の決心はここにあり。

しかして哲学の途に横たわれる問題として、余の最初に逢着すべきは真理とは何ぞやにあり。価値の途においてまず身を置かんとするは、自由にして拘束なき態度をもって宇宙および人生にわが情意を反応せしむるの活動、換言すれば余の意味における美的活動（道徳的活動の理想もまたここにあるべし）にあり。余はこの二途を追うの外他に道なきを信じて、今よりまさにその探討に向かいて出発せんとす。死か生か。わが進路はただここにあるのみ。

（明治三十八年三月十八日）

2

新しく勉強の計画を立ててから二年余、学校を出てからもう一年になる。僕はこの間何をしてきたことだろう。

無だ。全然たる無だ。僕の心は宗教を離れてしばらく肩の軽くなることを覚えた。僕は新しい元気をもってしばらくの間考えて、読んで、書いた。しかし僕の心は要するに宗教を離れて何処《いずこ》に往くべきかを知らなかった。僕の「自由」と「開放」とには内容がなかった。

こうしているうちに学校卒業後の失望と貧乏と空漠とが僕を襲ってきた。僕は全然どこから手を着ければいいかを知らなかった。僕の生活の遠景は、精神的にも、社会的にも、経済的にも、まるっきり霧に覆われてしまった。そうして精神上社会上物質上における現在の不安は霧中に彷徨している僕の肚《はら》を虱《しらみ》のようにチクチクと螫《さ》した。

僕はまるっきり本を読まなかった。読書の要求が内から湧いてこなかった。ただ読書せざる不安が外から僕をイライラさせた。しかしまれに書に向かえば、捨ててきた過去の画面と、現在を覆う暗くして顫動《せんどう》する影と、僕を取り巻いて花火のようにチラチラしている、面白そうな、手の届かない色彩とが行と行との間に躍り狂った。そうして僕は要するに読書することができなかった。

さしも旺《さか》んであった思想上の要求もほとんど消散してしまった。僕はただ現在の不安と焦燥とを動物のように胸部と腹部とに感じていた。僕はただ目前現実の空虚と悲哀とを弄んでいた。そうして最も悪いことは、僕は自分の生活の醜《みにく》さをば何の羞恥なしに暴露することをメリットとする思潮にかぶれていた。醜いのは人性の本来であった。人性の本来なるがゆえにそれは恥ずるに及ばざるもの、無駄話の話題としても赤面するには及ばぬものであった。

今日僕は過去一年の間僅かにチラホラと書いてきた日記を読みかえして、自分の思想と人格と文章とがいかに低度の自由によってそこなわれているかを思った、そうして恥ずかしくなった。昨年五月、四日、五日、六日、七日と珍しくも書きつけて続けておいた文章を見よ。


「（参照）今日からまた日記を書き始める。三年ぶりだ。その間には僕の考えや嗜好もだいぶ変わった。一つの例が文章も言文一致でないと面倒くさくなった。日記ももちろんそれで書く。同時に書くことにも飾り気がなくなったろう。

昼頃Lが来て手放しの惚気《のろけ》を言ってゆく。「君はまだ女を知らないのか。それじゃ君は片輪だ」と言った。

金がほしい、金があれば旅行に行く。芝居を見る。本を買う。酒を飲み、芸者と遊び、女房を持ってみたいという気もまたチョイチョイと動く。

新緑はすぐに暗緑になる。快活から憂鬱に変わるのは実に早い。しかし今年の緑はまだ老いぬ。

戸山原の初夏の景色は実に壮《さか》んだった。しかるにMは射的場のうしろであくびをした。Verführer《フェアフューラア》の欲望が肚《はら》の中に動く。人には一生のうちにただ一度しかできない表情がある。僕はかくのごとき表情の美に憧れる。この表情を貪り見るのは正しいことではない。たとい正しくても僕にはできない。しかしもし刹那の欲望が全人を呑み尽すことがあるならば、僕は何の罪よりもまずこの表情を貪り見るの罪を犯してみたい。こんなことを書きながらも、他人に見られたらと思う気がさす。僕は実際こんなことを思う人間なんだと公言するほどの勇気がないせいであろう。しかしこれまでの日記は自分に対しても詐《いつわ》っていた。これからはせめて自分だけにでも正直で無腹蔵でありたいと思う」

しかし僕はもうこんな調子の低い正直と無腹蔵とに堪えられない。僕は一日も早くこんな心の調子から脱却したい。

しかし本に向かえば依然としてさまざまなものの影が行間に躍り狂っている。思想を纏めようとすれば散漫にしてたよりがない。社会上経済上の遠景は依然として閉ざされたままで、現在の不安が刻々に僕の肚の下をチクチクと螫している。僕の腰はまだ抜けている。僕の足はまだよろめいている。すべての努力は——微動だもなお僕にとって fremd《フレムト》である。

僕はいつになったらこの病から癒《い》えることができるのだ。

（明治四十一年五月）

3

解剖書

思想上の興味きわめて薄く、ほとんど一流の無理想安住派に堕せんとしき。読書せず。

女性に対する欲望熾《さか》んなるも恋するほどの落ち着きは生ぜざりき。従って外形においては放縦、内心においては寂寞。最後の関係に立ち至らざる範囲において、ほとんど女性に対する謹慎を欠如しき。秋波、戯言、握手——試みに酒中の余を見よ。

酒、女、義太夫、芝居、皮肉、冷笑——これ余が外部の生活なりき。

荒涼、寂寞、悲哀、自嘲、青眼——これ余が内部の生活なりき。

現在に生くるもの、空なる感情に生くるもの、情感の不満の味に生くるもの。

酒中のたのしみの解剖——適度の興奮を得て気分軽くなる。壅塞《ようそく》せる水路を掃《はら》いて水行を快ならしめたる心持。この水路を奔流しゆくものは異性に対する興味なり。余は羞恥の念少なくして女に戯るるを得たり。

女性に対する興味の解剖——（一）触感。血肥りしたる暖かなる白き手。白き肩、冷たき髪の頰ざわり。（二）嗅感《きゆうかん》。油のにおい、香水のにおい、女のにおい。（三）聴覚。銀声、調子高く乙女らしく響く声。（四）視覚。顔と肉との色、身のこなし、羞しそうなる眼、眼と眼と相逢いて燃ゆるとき——酒を飲むとき、女義太夫を聞くとき、途上車中に若き女と逢うとき、若き女ある店に物買うときの余を見よ。（五）女の柔らかなる心を愛す。

皮肉冷笑の興味の解剖――要するに優勝の感なり。余は目がきくぞ甘くないぞというたのしみなり。

近来の余は全く以上のために生きたれり。

(1)Pfui《プイ》! Pfui《プイ》!

(明治四十一年八月野山)

二　さすらい(第二)

1

わが骸とともに火中すべき日誌を再び書き始める。

悲しい、苦しい、身をきるような恋をしてみたい。今、事情は具備している。しかるに何事ぞ僕の心はこの事情に対して反応するの力がない。悲哀の泉は鎖《とざ》されてしまったのか。僕の心はとうに死んでしまっていたのか。僕の心に切実なる感じは、ただ何事に対しても切実でありえざる自己の衰弱を嘆くの情のみである。

一生の大機を僕はかくのごとくにして無意味にすべってしまった。結果は何事も来たれ。僕は痛切にこの結果の苦しみを感じてみたい。ああ、無感覚! 無感覚! 汝は僕の最大の嘆きだ。

僕は遊ぶことの外できない男かしら。どんなに真剣なことでも、平気で遊戯をするように通ってしまう男かしら。どこからか鉄拳が飛んできて、僕の頭を思うさま張ってくれるといい。その痛さを飛び立つほど感じてみたい。

（明治四十二年三月四日）

2

いろいろな夢を見た。故郷に関係したものが多かった。どこかの家の玄関の前に蓆《むしろ》のようなものを敷いてその上に横になりながら、母が子供に乳を飲ましている。その子供は他人のようでもありまた僕自身のようでもあった。安く、しめやかな所は世界の中に母の胸より外にない、自分は今世界の荒《すさ》んだ生活からのがれてきて、母の乳房を吸っているのだというように思われて、なんだか非常に心細いような、寂しいような、安心したような気分になっていると、母が少し身を起こした。見下が湿っている。いつの間にか玄関に人が出てきて、「やあい、小便をたれやがった」と言う。見れば水がその家の壁から流れ出して、あたり一面が湿っているのである。僕は自分にない罪を塗りつけられたのが非常にくやしかった。ふと下を見ると本らしいものがある。黄色がかった雪に埋もれて、黒い表紙の本が一冊出てきた——僕はここで眼がさめた。

悲哀の情が睡裏の脳に動いて、夢の中に一つの事象、一つの世界を創造したものであろう。事件は荒唐《こうとう》だが、感情は実際悲しい、しめやかな、心ゆくばかり哀切なものであった。蒲団の中にじっとしていながら悲しい心持でこの夢の行末を追う。事件は荒唐でも盛られた感情は真実だ。Romantik《ロマンテイク》の心である。気狂いの心である。

午前午後久しぶりに洋服を着て、久しぶりに図書館の書庫にはいった。しばらく別れていた空気に触れて、多少フレムトではあったがなつかしかった。いよいよ怠けてはいられないと思う。しかしこのときの気分は平生のいたずらにイライラするのとは同じでなかった。午前は×××に関係の本、午後は西洋から新着の本を見て、仕事も問題もごろごろころがっているように思われた。一週間も書庫に通って本棚をあさったら、紙と樟脳との臭いに包まれて、本当に勉強する気になってしまえよう。努力することだ、沈潜することだ、生涯の整理を始めることだ！

3

蕩児の妾のこころを思う。

蕩児の妾は敵将の捕虜である。

彼女の身は汚れている。彼女の朝夕は violence《ヴァイオレンス》 の連続の間に送られてきた。しかし彼女は心までも蕩児にまかせてしまいはしなかったであろう。彼女は蕩児の暴力の下にあって、蔑み、憎み、怒り、幾度か自分の運命に泣いてじれてきたことであろう。しかも女の義務という慣習が、もしくはあえて境遇を反撥する力のない女の心弱さが彼女を蕩児につないできたことであろう。彼女はあわれむべきものである。憎むべきものではない。

しかし彼女は蕩児のために怨み、嫉み、泣き、喜び、待ちわびてくる間に、知らず識らずその霊魂に汚れを積んではこなかったか。彼女自身の肉体の奥に、女の心を蕩児に運び去るかすかな願いが動きはしなかったか。その憎み怨む蕩児に対していっさいを忘れたなつかしさを感じた暁はなかったか。強いられて身の汚れを重ねゆく間にはかない情愛の感応を覚えてはこなかったか。肉体の習慣から来た未練の思いが、蕩児と別れる彼女の瞼を赤くはしなかったか——ああ堪えがたい想像だ。彼女はもはや永久に新しい愛に堪えない。彼女は穢《けが》わしい。彼女は憎い。

僕は始めて××見物に連れてゆかれたときのことを思う。僕はそのときあらゆる張店《はりみせ》の女の顔に悲哀の表情を捜して歩いた。店を張っているかぎりことごとく見尽くしたけれども、とうとう尋ねる顔には一つも邂逅《めぐりあ》うことができなかった。灯ともしころの彼らの顔にはお茶挽きを思う憂《うれ》いの外には何の悲しみがありそうにも見えなかった。

この世界をあらゆる害悪《ユーベル》の巣窟とせよ。純潔なる霊魂をこの害悪の巣窟の中に置きて、これを笞《むちう》ち、これを絞り、これを砕け。ただ純潔なるものを永久に純潔なるがままに苦しみ悩み悲しましめよ。それはまだ最大の悲哀ではない。悲哀の最も堪えがたいのは害悪《ユーベル》が罪悪《ベーゼ》をつくることである。無垢《むく》なるものの汚されることである。ああこの世にはなぜ一度失われれば永久に帰らぬものがあるのだ。なぜこの世では純潔が境遇によって内からくずれてゆくのだ。それがわからない。それが悲しい。

もう十一時を過ぎた。外には雨が降っている。もう寝よう。机の上のランプが筆を動かすたびにカタカタと鳴る。寂しい、じれったい。

（明治四十二年三月六日）

4

受納するものと拒斥するものとを明瞭に区別しうる人となりたい。烈しく一つに執着して、強く一つを嫌悪する人となりたい。何物をも平気で取り入れて、何物にも強く執着しないのは淫売婦の生活である。必要によって生じた無神経をもってすべてのものに肌身を許す生活は呪われたる生活である。現代の雑多なる文明はだんだん人を淫売婦に堕落させようとしつつある。真正に精神の眼を開いて自分の周囲を見たら、どんなに驚くべく醜いものが多いことであろう。

（明治四十二年三月八日）

5

二、三の雑誌を読む。しきりに刺激《しげき》される。仕事をせずにはいられぬような気になる。咽喉が相変わらず悪い。肺病になって死んじまいたいと思う。仕事を残さずには死にきれぬようにも思う。

うがいをするために硝子《ガラス》障子をあけて瓦屋根を見る。いつ吐いた痰《たん》か雨にさらされて蒼白く固まっている。僕はその醜くきたない塊《かたまり》を、引き入れられるような陰鬱の思いをもってしばらくじっと見ていた。

十一時半、床にはいる。雨がざあざあ降って世界が水に浸ってしまいそうだ。しきりに胸騒ぎがするかと思えば、暗い暗い穴の底へ沈んでしまいそうな気もする。寝つかれない。

（明治四十二年三月十二日）

6

今週からはいやでも応でもTのほうだけはやることにした。午後書庫にはいって本をあさる。手をつけると亡羊《ぼうよう》の嘆《たん》に打たれざるを得ない。

書庫の中で思いがけなくK先生に逢った。しばらくぶりでお目にかかって嬉しかったが、なんにもしていないのできまりが悪かった。僕は赧《あか》い顔をして先生の手を握った。

夜神田の旅館に家兄を訪う。『樗牛全集』を側に置いていた。トルストイの『復活』の話が出る。

相変わらず思想上の興味が多いらしい。きっと僕などよりも活潑にこれを感じているのだろうと思うと気恥ずかしい。それだのに今日尋ねてきたXという人は、僕のちっとも知らぬ人なのに、弟さんのお世話になっています、第二の高山樗牛[1]だという評判ですなどと言ったそうだ。兄はそんなでたらめをきいても八分通り真に受けて滑稽とも感じていないらしい。まんざらいやな心持でもないけれども、自分の堕落がよく自分の眼に見えているだけに、気がとがめられてしようがない。Xという人はばからしい人ではある。

兄と一緒に両国に散歩してW亭にSを聞く。いつもより身が入っているように思われながら、ただ外にあるものを判断するような判断の仕方で、自分の心にはちっとも響いてこなかった。情があると判断し、悲しいと判断し、哀れだと判断しながら、自分はいささかも動かされないということは、不思議なようで僕にはよくあることである。前に経験があるからすべての感情に対する理解は持っていながら、今残っているのはその理解だけその概念だけで実際の感じが動かない——僕の現在は潑剌たる心をIdee[2]とせる現象仮幻の世界である。イデーに帰らんとする思慕が現在の生活の核心《ケルン》ではあれど、さて帰りうる力ははなはだ疑わしい。むしろ僕の心はGeschlechtsleben[3]を鎖されたるAtrophie[4]だ。こんなにぜんまいがゆるんでしまっては本当にしかたがない。

（明治四十二年三月十五日）

7

今日も頭が痛い。

夜、寂しかったから凸坊を連れてきて話をした。幼い物語が面白い。戦争やお化けや冒険を恐がるところもおもしろい。喧嘩《けんか》に勝つのがおもしろいかと言えば、学問のできるほうがおもしろいやと言う。軍人になるのかいと言えば、戦争の話は大好きだけれども、命のなくなるのが恐いから軍人になるのはいやだそうだ。悪友に従わないと絶交される話、自転車を買うのは贅沢な話、近所の酒屋の子は盗人で一日に一円も使うという話、前の家の子はお婆さんが気狂いでお爺さんが終始下ばかり向いているので毎度盗人をしていたが、一度見つかってから盗人をやめて勉強をしたお蔭で及第した話、落第してはきまりが悪い話などをする。しばらくはこんな話に紛れていたけれども、凸坊が眠くなったと言って帰ってから、僕はやっぱり寂しかった。

（明治四十二年三月二十三日）

8

今日は日曜である。牛込にS氏を訪ねたら主人は留守《るす》で妻君一人が長火鉢の前に坐っていた。直ちゃんが僕を見て恥ずかしがって勝手に隠れた。あまり出てこないから勝手の障子をあけてみたら板の間の隅の醤油樽《しょうゆだる》の蔭にきちんと坐って、母さんから貰った菓子をいじっていた。座敷に抱いてきて蜜柑をやろうと言っても受け取らずに、母の膝によりかかって顔をかくしている。そのくせ声を立てて泣くのでもないのである。帰るときに、障子のかげから顔をのぞけて、立ちながらさいならをする。いつの間にあんな内気な子になったのかしら。どうせまた腕白になるだろうけれど、今の内気もまた可哀《かわい》い。

午後音楽学校に行く。K先生のピアノとW教授のセロとをおもしろいと思った。人間の感情を洗練し尽くしてその精ばかりをとったような音楽をきくと、現象の世界、自然主義の生活がいやになって、このような感情の波に漂っている際にのみ、人間の真生活があるのだと思われる。自己以上にエレベートされたい。これが自己の真正の状態だ。ありたき状態にあらんとする努力――これを外にして人間の真がどこにあろうか。無理想安住派の自然主義ほどつまらないものはない。とは言うもののおまえの生活はどうだ。ああ僕はすべてのものの前に恥じなければならないのか。

　声楽をやったのはSという人であった。ちょっと美しい女で、裾模様のついた派手な着物を着て、声を慄わしたり肩をすぼめたりして歌った。僕は歌の技量よりもそのシチュエーションによって動かされた。音楽者のはなやかないきいきした生活を思い、一技一芸に地歩を占めた人の社会を闊歩してゆく雄々しさを思うにつけても、自分があさましくてたまらなかった。誰か人があって、君はそんなにしているべき人じゃない、なぜそんなに怠けてぐずぐずしているんです、さあすぐにやり出したまえ、私は君の現状を見るとはがゆくてたまらないと涙を流して言ってくれる人があったら、僕も明日からきっと大奮発をしてみせる。その人と二人ならきっと涙が心持よく漲《みなぎ》り落ちるだろう。泣いて泣いて泣きつくして、奮然として起ってみたい。今にちょっとの刺激《しげき》さえあればだいじょうぶ起ってみせるものをなどと、意気地のあるようで意気地のないことを考えていたが、それも次第に疲れてきて、湧き立った感情がいつの間にかすうっと消えてしまった。ああ無神経だ！　神経衰弱だ！　長持ちするものは一つもない。

　あまり疲れたから、夜八時ごろから床にはいった。電燈を消すと雨の音がにわかに耳にはいってくる。静かにポツポツと軒を打つ音が侘しく聞こえてくる。僕は神経が高ぶって寝つかれないので闇の中を見つめていた。すると今年十五になるQちゃんが西川さんお手紙と言って暗い部屋にはいってきた。電灯をひねって頂戴と言って仰向けになると、女ははあと言ってスイッチに手をかけた。

室内がぱっと明るくなる。上と下とで眼を見合わせてにっこりした。刹那に燃えて刹那に消ゆる恋愛である。アドレッセンス(1)の女には特にこの種の経験が無意識の間にひらめきやすかろう。僕も刹那に十代の子供に帰った。ちょっと手紙を見てまた電燈を消すと、雨の音に交じって下の座敷のほうからQちゃんの甘えたような声がかすかに聞こえてくる。時々男の濁った声がして、女の笑い声もまた交じっている。Qちゃんはいきいきした女だ、ただで置いても親から嫁にやられるまで無事にすみそうにもない女だ。ここにいてはなおさらその風に染みやすかろう。この間Vが僕の部屋に来ていたとき、Vさんはお酒を召し上がったから今夜もお出かけになるんじゃないかと下で心配していますと、からかうような眼をしたっけ。男を知らぬ女は、放蕩する男を見るとこわがらずに馴れたがるものだ。自分のまだ知らぬ不思議な世界をこの男はよくよく知っていると思うと、一種のなつかしさと好奇心を感じて、珍しいものにひきつけられるのだろう。若い女、特にEnthusiast(2)は危険だ。Qちゃんなどはそのほうの性質だが、行き先はどんなになるだろうなどとさまざまのことを思った。藍《あい》がかった大縞《おおじま》の羽織を着た小さい姿が眼の前に浮かんでくる。自分ほど気の多いものは世界にあるまいとも思う。しかしそれもこれも次第にぼんやりしてきて、軒をめぐる雨の音が眠りを誘うように枕に通ってくる。

(明治四十二年三月二十八日)

9

本郷の某氏を訪う。白痴の子が親しげに僕によりかかって、大きい瞳を据えて下から僕の顔をのぞいている。頭を撫でてやりながら話をした。こんな子でもさすがに情愛は通ずるのであろう。親しまれればなかなか可哀いものだ。鉢巻きをして剣舞の真似などをする。すべて鳴り物が好きで、遠くのほうで笛の音などがするのをじっとして聞き惚れている際、近いところでちょっとでも音がすると、それに驚いて癲癇《てんかん》を起こすのだそうだ。哀れなる子よ。

帰途藤村《ふじむら》で羊羹《ようかん》を買う。待っている間に、顔の蒼い気抜けのしたような男が来て、小倉羊羹八本を買っていった。番頭につんけんされても怒ったような顔もせずに、眼ばかりぱちくりさせているのを可哀そうだと思った。

（明治四十二年三月二十九日）

10

午後Hの病気見舞いに行く。途中でふとPと出逢って連れ立っていった。学問の研究に熱中して、洋行の時期の遅速について喜んだり悲しんだりしているこの男に逢うと、ほとんど別世界の人の感がある。彼の歩める名誉と光明と平和との道を、僕のようにその日の小遣《こづか》いに困ったり、仕事がどうしても手につかないので煩悶したり、隠れた思いに悩まされたりして、毎日懶惰《らんだ》な生活を送っている者にくらべてみると、実になんと言っていいかわからない。学校にいる時分には僕はこの男を自分の競争相手のように思っていた（上部《うわべ》に出すだけの勇気はなかった、ただ心の底のどこかでそういう感じをしながら、きわめてそんなことに冷淡なような顔をして、人をも——自分をも欺いていた）。今になっては、彼は先輩の覚えめでたい秀才として、僕はいっさいに捨てられた鈍才として、まるで比較してみる気にさえならない。学識においても、もうこの男の前に恃《たの》むところが皆無のような気がして、ただ場あたりの頓才ぐらいで僅かに自分の地歩を占めるにすぎない。情けないことだ。

Sから葉書が来た。春休みが来たので、家から追い出されるようにして叡山にのぼったと書いてある。僕はその返事に「君の言うとおり春風駘蕩の候も近づいたが、僕の心は春でも夏でも冬でもない。四季の心持ではあらわしえないものだ、蒸し暑い、物足りない。のぼせて鼻血でも出そうなのに、どこか底冷たい妙な気持がする。僕はすべての点においてわが身一つをもてあましている」と書いた。

ああ、こんなにしていつまで暮らすのだろう。金をどうしよう、仕事をどうしよう、弟も五月ころには上京するのではないか。気がイライラしてしようがない。

僕に天分というものがあろうか。何もありそうにもない。生きているのがいやだ。自殺してしまおうかと思ったりする。

本当にどうしようかしら。

夜、夢にソドム[1]の徒となった。ちっとも思いも寄らぬことなのに。ああ僕のきたない心が底の底から醱酵《はっこう》して、自分でさえ思いがけない新醜を暴露するのか。


（明治四十二年四月四日）

11

風が落ちた。午後、今ここにいぬ人を思いながら、家を出かけてブラブラ上野へ行った。人出は多いが、はなやかな、派手な心持は浮かんでこない。たとえば宮戸座の大入場を長く長くして、我がちに入場せんとする浅草式の人たちに、どこまでもどこまでも押されてゆくような心持である。

まじめな顔をしてぞろぞろ行く人の顔が無意味に見える。

桜ケ岡の腰掛石に腰をかけて、人ごみの中で乞食の老夫婦が飯を食っているのを見て悲しくなった。

美しい女が通る。たくさん通るけれども皆寂しく情けない姿に見えた。下を向いて地面を見つめていると雑然たる跫音《あしおと》がぼーっとして夢のように聞こえてくる。幽霊の舞踏の、姿は見えずに音だけ聞こえてくるような心持である。谷中から道灌山を廻って帰る。谷中では、星影の寒い夜に一緒に幹に寄って星を眺めたあの老杉の下を廻ってみた。なつかしかった。

（明治四十二年四月十三日）

12

午前工科大学展覧会。午後子供博覧会。夜青楊会。

すべてに刺激される。すべてが手につかない。九時過ぎ上野から帰って三階の欄によると、夜暗く、雨が降り出した。言い知らず心寂しい。明日のことのみが心にかかる。

八畳の部屋に床を一つ敷いて、電燈の光が空しい室内を明るく照らしていた。妻の留守な家に寝るようで物足りなさが一杯だ。

寝るころに降り出した雨が、朝の二時ごろになって大降りとなった。風も非常に強い。夜中に眼がさめて、雨戸を打つ風雨の音をききながら、なんとも言えない心持になった。この模様では今日のこともむずかしかろう。もしいけなかったら、この物悲しい風雨の一夜をいかにして暮らそうかしら。

（明治四十二年四月十五日）

13

僕は今日古い手帳をくりながら、ふと次の二句を見つけた——

[1] Leben は Prozess der Reinigung として始めて意義あり

[2] Reinigung の目標は das Gute, das Schöne.

僕はこの二句を前にしてしばらく茫然としていた。その後の二、三年間僕はどんなにして自分を reinigen《ライニゲン》してきたことか。

これはまだ学校にいた時分に書きつけておいたものであった。その当時、僕は自分の前途にいろいろな希望を描いていた。あの時分も僕の胸には悲しい問題があったけれども、僕はそれに負けずに張りつめた気で勉強勉強と思っていた。僕はまず自分の人格の根本に横たわっている要求をことごとくひき出してこれをシステムにして陳列しようと努力したのだった。要求のシステムを根拠として勉強のプランをきめようと思っていたのだった。そうしてこの二句は僕の要求のシステムを整理する根本原理、根本直観であったのである。もとより当時の計画はいたずらに大きく、いたずらに空漠であった。しかし「人生は浄化の過程として始めて意義あり、浄化の目標は善、美」。この直観は動かすべきではなかった。僕はこの直観を追って、ただその内容を堅実に、緻密に、豊富に満たしてゆく方向にその後の二、三年間を捧げなければならないはずであった。しかるに僕はその二、三年をどんなにして空費してきたことか。

僕はいまさらなる戦慄をもってこの間の自分の生活を思いかえした。あのような懶惰《らんだ》、あのような精神的放蕩、あのような老衰退化無感覚、そうしてあのような焦燥不安羨望！　これもまた「浄化」と呼ばれるのか。それはただ単純な堕落ではなかったのか。一時は堕落の中にいて、堕落の事実に気がつかぬほどにも堕落していた。今僕は自分の堕落に気がついている。気がついているがゆえにあせっている。しかし衰えた眼は見る物ごとに感傷の涙をこぼすのみで、よろめく足は一歩をも踏み出す力がない。もしこれも浄化の段階として一度は通らなければならぬ途《みち》だとしたら、浄化の一段を昇るのさえも、なんという困苦だろう、なんという憂悶だろう、なんという浪費だろう。

いや、それは僕の堕落だった。もとより僕を堕落させたものは、運命が意地悪く僕の途に投げつけたさまざまの事情もあずかって力があった。しかし運命によってくずされたものは、僕に――僕自身に相違なかった。

僕はくずされてくずれたもう一つの霊魂が僕の傍にあることを思った。いずれを見ても僕の世界は悲しい。

14

竹の葉を渡る風が悲しい。秋じゃない。秋じゃないから更に悲しい。

外に出れば朧月夜である。僕は悲しみの思いに耽《ふけ》りながら、蛙の声を聞きながら、遠くもあらぬ田圃道《たんぼみち》に出た。ふと「僕の行く道は地獄の道だ」と何かの本で読んだ文句が浮かんできた。言葉に先回りをされて、寂しさの感情が一時ずっと減ってしまう。無学で困ったと思う一方には、読書の記憶が自分の真正の生活を妨げている憾《うらみ》もまたあるのである。僕は子供の時分から言葉を喜ぶことを教えられてきた。文句や調子が真正な生活の先廻りをせぬように、ここにもまた洗いおとさなければならぬ垢《あか》があるのであった。

僕の今立っているところは擂鉢《すりばち》の底である。その擂鉢の壁は砂だ。のぼろうとすれば砂がくずれて足にたよりがない。

僕は今一室に監禁されている。その部屋の四方の壁には醜い、くやしい画が描きつめられている。そうしてその画の中には僕と僕の最も親しい者との顔がさまざまな姿に描き込まれている。僕はくやしいからその画を見つめずにはいられなかった。その画を見つめれば見つめるほどますますくやしさが込みあげてきた。僕は地団太《じだんだ》を踏んだ。その画を壊そうと飛びかかっていった。しかし冷たい壁はいつまでも冷たい、固い壁であった。僕は飛びかかっていきながら自分でも思いがけぬ情熱に驚かされた。しかし結果は常に自ら傷つき他を苦しめるにすぎなかった。地団太を踏んでも歯ぎしりをしても僕はこの部屋を出ることができない。僕のこの部屋をのがれる唯一の道はじっと辛抱して床に穴を掘ることばかりである。しかし地団太を踏むことがやめられようか。釘づけにされた眼をあの絵からもぎ放すことができようか。

神の道に返れと言うような囁きもきこえる。


(明治四十二年五月三日)

三　山の手の秋

1

Aという妻を持っている男が、その妻の友Bを心の底で思うようになった。Bは処女であった。そうして男とAとは結婚以前からの恋仲であった。彼はその恋をAにも知らせずBにも打ち明けずに、運命の導くままにBと別れてしまった。……今僕はこの男の心理的過程を自分で考えてみようと思うのである。

山口はかつて僕を評して、この男はcase《ケース》ばかり考えている男だからなあ、と言った。よし。僕は今このcaseを考えてみよう。心理的哲学的の(1)experimentierenがどこまで行けるか、それを試してみようと思うのである。

男はBに対して征服せんとする意志を持っていなかった。征服するための術策を講ずることもなかった。彼はBに対して少しも誘惑者の態度をとらずに、ただその前に自分の人間を暴露した。Bもまた彼の前にその自然の性格を暴露することを感じた。そうして二人の暴露と暴露とは何の人工をも加えざる相互の親愛を誘った。彼は自分とBとの間において欠けているものはただ女の側における恋愛の自覚だけであることを知っていた。Bは自分では、ただ男を尊敬し信愛しているだけだと信じていた。しかし彼女は男の尊敬すべき人格を思うとうっとりするのであった。男に対する親愛の感情が昂進してくると懊悩《おうのう》を感ずるのであった。Aがいる前で彼と逢うとなんとなく気が張って、Aがいないときには特別に安らかな嬉しい心持になるのであった――男はこういうようなBの心持を熟知していた。しかし女を誘惑した責任をも、女から誘惑された愚をも感じなかった。二人はただその自然の性をもって相接触した。そうして自然の親しみのズンズン深くなってゆくことを経験した。

男はBとの関係において従来とは違った行き方をした。従来彼は一つのことを肯定する前に（もしくは肯定するとともに）この肯定と周囲との関係を考えた。この一肯定が当然にもたらすべき他のもろもろの否定を頭の中に列《なら》べてみた。そうしてこれを肯定すればaもbもcもdも否定してしまわなければならないのだが、それでいいのかと念を押した。従って彼の肯定はいつもいじけたおどおどしたものになりがちであった。しかるにこのたびに限って、彼はただこの肯定の内容にズルズルと引かれていった。Bと親しくすることの嬉しさが彼をこの関係に深入りさせるに十分であった。彼はしばらくの間この一肯定の意味する他の否定をば意識しなかった。彼は自分に妻のあることも、その妻が久しい間の恋仲であったことも、Bと親しくすることがAを泣かせることになることも、すべてを忘れてただBがなつかしかった。こういう行き方ができようとは彼が今まで自分でも思いがけないことであった。彼はこの行き方ができたことを、宿命の縛《いましめ》から釈《と》き放たれたほどにも嬉しいと思った。

しかし彼の意識がその痛ましい眼をさますときがようやく来た。彼はAが依然として彼を愛しBを信用していながら、男とBとの間に特別な親しみがあることを感じて、腹の底に不安をいだいていることを見た。しかもその不安を自ら承認すまいと努力していることを認めて可哀そうだと思った。そうして自分のほうを見れば自分のほうにもまた、BのためにAの眼を避けようとする態度が知らず識らずできているのであった。彼は今現在の一肯定がいかなる否定を意味しているかを明らかに見た。彼はこの否定を覚悟するのでなければ現在の肯定にこれ以上深入りすることができないと思った。俺はまたとうとうこの壁に突きあたった、と彼は叫んだ。

この一肯定がくずれればもとより他の一つを否定する必要がない。この一肯定を現在の程度にとどめればあるいは他の一つと両立することができるかもしれない。しかしこの肯定をくずすことができるか、もしくは今日の程度にとどめることができるか、それは彼自身にも知りえないことであった。それはただ運命が知っているだけであった。

あるいはいずれをも否定せずに、更に現在の一肯定に深入りする途《みち》があるかもしれない。しかしそれもまた運命だけが知っていることであった。彼はこの壁に突きあたって運命の不思議な力を思った。


男はAとBとの眼が時々宙に逢って立ちすくむことを認めた。そのときAの眼は私に遠慮して無理に謹んでいるわと言っていた。そのときBの眼は、私はなんとも思っていないのにあなたの心にはチラチラ嫉妬の影がさすのねと言っていた。時々そうした眼をしながら二人は親しそうに話をしているのであった。

男はこれを見ているのがつらかった。彼は三人で話をしているのがだんだん苦しくなってきた。


「死者は生者にその記憶を残してゆく。この記憶を強いるは死者の権利である。しかし死者は生者に新しい印象を与えるわけにはゆかない。その人格の印象は当人の死とともに永久に固定する。もしくは変化の範囲に永久の制限を受ける。死者は生者に向かって従来見せなかった笑いを見せることができない。従来見せなかった美しさを見せることができない。新しく他人の霊魂に働きかけることができるかできないか、これが生者と死者とを区別するのである。

第二の女が第一の女をその男から遠ざけようとするのは、第一の女を男の頭の中で殺すことを要求するのである。今日以後、自分一人で男の霊魂を占領することを要求するのである。この意味においてのみ、第二の女の嫉妬は事実上の意義を持っている。

第二第三もしくは第十の恋において、男がその恋人に示しうる信実はただ昔の女を死んだ者として取り扱うことである。それ以外のことは人間にとってできうべきことではない。彼は昔の女に与えたものをとり返すことができない。彼は昔の女によって刻み込まれた印象をその胸中に保存して、時々それを眺めてみることを避けることもできない。

第二の恋をする男はその新しい恋人を昔の女と自分の脳中に同居させることを覚悟してからなければならない」

あるとき男はこう考えた。

「男の心が第二の女との愛に深入りすればするほど、彼の心はますます第一の女に対してpity《ピティ》を感ずるに違いない。このあわれみは第一の女に新しいattraction《アトラクション》を加えるに違いない。一方第二の女に対しては、男は全然その過去を与えてしまうことができないことについて、悔恨の心とすまないという心と――従って相手に対して寛容なハンブルな心とを感ずるに違いない。かくのごとくにして男の恋愛生活は更に新しいnuance《ニュアンス》をとるのである。

紙屋治兵衛(1)は小春とできてから、かえっておさんに対する愛が増しはしなかったろうか」

あるとき男はこう考えた。

「ある女はその持っている人間の価値によってある程度まで俺をひきつける。俺はその価値にひかされてある程度までその女に執着する。ある他の女は更にその特別な価値によって、ある方向に、ある程度まで、俺をひきつける。俺はその特別な価値にひかされて、特別な意味でその女に執着を感ずる。

すべての人には浅いまたは深い特有の価値がある。落ち着いて接触することを許されれば、すべての個性は必ず相応の価値を見せるはずである。そうして二つの個性は必ず相応の愛着を感ずるはずである。

一人の女を愛して更に他の女を愛することはなぜ悪いのか。一人の女を忠実に立派に愛しながら、他の女をも忠実に立派に愛することがなぜできないのか。できないというのは人が他人のハートを独占する権利があると仮定するからである。独占する力のあるものはもとよりかってに独占するがいい。全然独占しているかぎり決して他人の侵害に逢うわけがないのだから。全然相手のハートを占領していなければこそ愛人のハートには空地がある。空地があればこそこれをみたすために他の力が働く。ハートを独占する力のないものがハートを独占する権利を要求するは何の理由によるか。十分に満たされぬハートを十分に満たされぬままに我慢すべき義務はどこから来るか。

もしまた本当の愛は一人に対してのみ感じうるものとすれば、それ以外の愛は本当の愛でないはずである。従って本当の愛を累する力がないはずである。個性と個性とがその深くなりうるかぎりにおいて深くなっても、何の差しつかえもないはずである。両性の間に限りのない苦悩をまく独占の要求と嫉妬よ。汝はその根拠をどこに持っているのか」

あるとき男はこう考えた。しかし自分自身の心の中に独占の要求と嫉妬との事実があることはどうすることもできなかった。

「全然俺のハートを占領してしまう女にぶっつかるまで、俺には移転の権利があるはずだ。全然俺のハートを占領してしまう女を考えるのは白日の夢にすぎないとすれば、俺には永久に移転の権利があるはずだ。そうしてたとい俺のハートを全然占領してしまう女に出逢ったところで、俺には移転のprobability《プロバビリティ》がなくなるだけで、移転の権利がなくなるわけではない。しかるになぜ俺は安んじてこの権利を享受することができないのだ。ああそれは捨て去る女に対するpityだ、pityだ。俺はこのピティのためにどれほど損をしているかわからない。俺はいつまでこのピティの拵《こしら》えてくれるnuanceを――この昔馴染《なじみ》の奴《やっこ》さんを――相手にしていなければならないのだ。生命の芽ぐむとともにこれをおさえんとする醜き道徳よ。汝はまた一つの得がたい経験を逃そうとするのか」

あるときはまた彼はこうも叫んだ。

要するに彼には恋愛におけるSollen[1]がわからなかった。しかしそれがわからないのは、それが作用していないということではなかった。彼はニュートン以前の人が引力によって支配されていたように、恋愛のSollenによって自ら支配されていた。そうしてこの命令の根拠は、彼自身の胸にありAの胸にありBの胸にありまたすべての人胸にある独占の要求なのであった。彼はこの理解すべからざる要求を繰り返し繰り返し眺めて訝《いぶか》っていた。しかしそれは男と女とが「恋愛」という関係において立つかぎりついに抜くべからざる根拠を持っているものに相違なかった。彼は男女の愛が常に相手に対して求めるところのある愛であることを思った。愛する者はその愛人に、消極的に言えば自分以外の人を愛せぬように、積極的に言えば他のいかなる同性よりも以上に自分を愛してくれるように切望している。これは一見例外らしい二、三の場合でもまた同様である。たとえばその愛する者が自分以外のある人と相愛していることを知って、彼らの愛を全からしめんがために自分の愛を捨てる者の心には、せつない諦めがなければならない。そうしてその愛する者と愛する者によって愛されているある人との間には完全なる相互の独占がなければならないと思う思想が、愛のために愛を捨てる人の心の中に予定されていなければならない。また愛のために身を殺すものは、ただこの途によって相互の独占が全くされることを信じているのである。いずれにもせよ、他の愛においてはその愛が深くなればなるほど、ますます自己のために求める心が薄くなるのに、男女の愛においてはその愛が深くなればなるほど、なんらかの意味において自己のために求めることがいよいよ切実になってくるのである。彼はここに男女の愛と他の愛との差別を明らかに見た。彼はこれと連関して、親と子と友との間における愛においても、往々独占の要求と嫉妬との現象があることを思った。そうしてこの場合においては嫉妬の現象は愛の深さをあらわすとともに、また明らかに愛する者の利己主義を表わしているに相違ないと思った。男女の愛もまたこのアナロジー(1)で解けるかもしれないと思った。彼は疑った――男女の愛もまた愛の最も利己的なものではないのか。独占の要求は要するに対象を人格的存在にとった財産の欲望のようなものではないのか。夫婦とはその利害の方面から言えば合名会社のようなもので、その享楽の方面から言えば酒や煙草を人格化したようなものではないのか。占有される物が人格である点にある特殊なmodification《モディフィケーション》がはいってくることは言うまでもない。しかしその根底から言えば夫婦間の道徳は要するに相互の利己心の間に一定の限界を置いて、他人の財産を尊重し自己の財産を防御すると同様の原理によって支配されているものではないのか。対象が物質なるがゆえに人はそれをどれほど積み上げても差しつかえがない。対象が人格なるがゆえに人は相手を占領するとともに自分もまた相手に占領させなければならない。新しい占領に際しては従来の占領の契約を解除しなければならない。財産の道徳と恋愛の道徳との差別はただこの一点にあるのではないのか。彼は恋愛そのもの、夫婦そのものの道徳的根拠がわからなくなってきた。彼にはそうであるらしくも思えた。そうでないらしくも思えた。そうであるとしてしまおうとすれば彼の心持が落ち着かなかった。しかしそうでないとしてしまうには彼の思想がはっきりしていなかった。

　彼は人類の愛と恋愛（もしくは一般に個人的の愛）との Entweder《エントヴェーダア》-Oder《オーダア》 の前に連れてこられたような気がした。人類的の愛に立脚地をきめればAを愛することとBを愛することとの間に何の矛盾もないはずであった。彼はAもBもその他の女性も深く愛すれば愛するほどいいのであった。しかし彼はそのためにはAに対する独占の要求を抛棄しなければならなかった。彼はおまえにはそれができるかと自ら質問した。彼はただちにAのほっそりした、冷たい、きめの細かな手を思った。Aと自分との間に積み上げてきた、悲しい、嬉しい歴史を思った。そうしてAの肉体と、Aの自分一人に捧げてくれた愛情とに対して強い執着を感ぜずにはいられなかった。彼はまだ自分が人類の愛によってAとBとの矛盾を解決するところまでは行き兼ねていることをはっきりと悟った。この問題は「恋愛」の範囲において解決されなければならなかった。そうして恋愛の世界においては独占の要求が動かすべからざる根拠を据えているのであった。恋愛の道徳が必然的にそこから流れてきているのであった。

　彼の前に人類の愛と両性の愛との Entweder-Oder が見えるようになったのはトルストイの誘導

がかなり影響している。彼はその人の絶対的純潔の理想について、あるときこんなことをその日記に書いた――

「この理想を奉ずる者が、この理想を破って堕落するときの霊魂と感覚との状態を思う。その Stauung[1] と充溢とを思う。トルストイがこの状態の経験者なるを思う。Ｚは Gewalttat[2] に際して相手の抵抗から来る感覚によってようやく無感覚が癒《いや》される心持にあこがれているらしい。トルストイの主義をＺに与えれば彼はこれによって Gewalttat の代償を得るかもしれない。

　これは決してトルストイの理想の批評ではない。ただ Don Juan[3] がする心理的実験である」

　彼はこれほどの Erotiker[4] であった。彼はとうてい恋愛の世界を超越することができる男ではなかった。彼は今、あの文章を日記に書いたときのことを考えて顔を赤くした。

　彼はＢを肯定することがＡを否定することにならないように、またＡをこのままにしておいてＢとますます深入りしてゆくことができるように、いろいろの逃げ道を考えてみた。しかし彼に卑怯なことをする気のないかぎり、すべての逃げ道は塞《ふさが》っているのであった。彼はＡをとってＢと別れるか、ＢをとってＡを捨てるか、どちらか一つにきめなければならないことを思った。彼は彼の前に置かれた二筋道を、しばらくの間凝然と見ていた。彼の心は悲しかった。しかし勇ましかった。

　彼の意識はＡよりもＢのために占領されることが多かった。それはＡを領有していることは確かなのに、Ｂを占領していることは確かでないから、Ａは共棲しているから憧憬の対象とならないのに、Ｂは離れているために空想と理想化との余地を多く残しているから、Ａは馴れて古いのに、Ｂは新しくて珍しいからでもあった。しかしその主要な点から言えばＢはＡよりもはるかに賑《にぎや》かでいきいきしているからであった。彼はBと相対しているといつも心がひき立って幸福になることを感じた。彼の心は陰気な沈みがちな心であった。それゆえに彼はますますBを要するのであった。

Aは文字通りに彼から与えられる愛を生命として生きていた。そうして地味な、しめやかな、涙もろい愛をもって彼の心を包んだ。Aの愛は時々彼を退屈にした。しかしAは男が深く愛すれば愛するほど、自分の方でもまたどこまでも深い愛をもって答えてゆくことのできる女であった。

彼はAがまだ彼と結婚せぬ前に、私はあなたから愛していただくと死ねと言われるような気がします、と言った言葉を思い出した。彼らの愛はそれほど苦しい、せつないところを通ってきたのであった。彼は二人できり開いてきたいろいろの道を思った。そうして今襖《ふすま》の向こうにいてひっそりと針仕事をしている静かな陰気な女をかぎりなく可哀いと思った。

彼はまたBが彼の愛と彼に対する愛とを自覚したときに、どんな気がするだろうと考えてみた。彼女は何よりもまず自分の身をはかないと思うに違いない。彼女はおそらくは自ら言うであろう

「あの方はAさんと愛し合っている。たぶん二人の愛は死ぬまでも続くであろう。その死ぬまで続く愛のエピソードとして、あの方は今私を思っている。Aさんと二人いながら私のことを思っている。私もいつの間にかあの方を思うようになっていた。Aさんにはすまないけれども、もしあの方と逢うことができなくなったら私はどんなにか寂しいでしょう。私はどんなにか悲しいでしょう。

しかしAさんと私とどちらか一つをとって、どちらか一つを捨てなければならないことになれば、あの方は私をすててAさんをとるにきまっている。夫婦の間に一波瀾あったあとで二人の愛はまた

事もなくもとの鞘《さや》に返るのであろう。そうしてAさんは憎悪をもって、あの方は悲哀と憐憫とをもって、私のことを時々思い出すであろう。けれど、それもまた久しいことではない。夫婦はその寝物語に遠い昔のことを語り合って、眼と眼とを見合わせて冷ややかに私のことを笑うようになるであろう。それが結婚した男と恋におちいる女の運命である。エピソードはついに忘れられる」

「そうだ」と彼は考え続けた――「Family《ファミリー》 friend《フレンド》のはかなさは芸者や妾のはかなさに似ている。自分はBを芸者や妾と同様に取り扱ってはいけない。現在このままでBと逢うならば、たといどんなに彼女を愛したところで、俺は要するに彼女を弄《もてあそ》ぶのだ。自分の愛するものを不幸にして、それが何の愛であろう、何の誠であろう。そうだ、俺はAを捨ててBに走るか、それができなければBがその愛を自覚しないうちに彼女と別れなければならない」

しかしAのことを思えば彼はAに対するそのあわれみの測り知るべからざることを感じた。Bと何げなくわかれてしまおうとすれば、その後の寂しさが恐ろしかった。彼は一挙手にしてBが自分のものとなることを思った。Aにかくれてする逢引きのどんなにしめやかに、悲しく甘くあるべきかを思った。堕落の意識、罪の意識――それさえなつかしいものに思われた。BのためにするAとの口説(1)、Aに憚《はばか》るBの涙――それさえ楽しいものに思われた。彼はどんなにBを「エピソードの女」にしたいと願ったろう。彼はむしろ自分が昏睡状態にいるうちにBと離れられない関係ができていてくれればいいとさえ思った。しかし彼はあらゆる誘惑と苦闘した。彼は自分の愛の中に、どんなに深いエゴイズムが潜んでいるかを思って自ら戦慄した。

彼はまたこんな夢をも自ら描いて自ら破った――

「俺は女に別れなければならぬ話をする。二人は涙を流して握手する。二人は最初にして最後のキスをする――これでエピソードを終わりとする。

いや、いや、こんなことを考えるのも別れの幕がいいからだ。最後のキスの温《あたた》かさと悲しさとがほしいからだ。Aに対する愛とBの未来の幸福とのために別れることを決心する者はキスの柔らかさなどを考うべきではなかろう。俺はどこまでエゴイストなのだ」

そうして彼はこのことについて彼がAのために苦しんできた苦しみを思った。否彼女はその純潔な唇を彼女の未来の夫に持ってゆかなければならないと、彼は心の底から叫んだ。

彼はとうとう何も言わず何もせずにBに対する自分の恋を自分一人の胸に葬るという決心に落ちていった。AとBとは永久に親しい友達でなければならなかった。Bはある他の見知らぬ男にその心と体とを与えなければならなかった。そうして彼自身はいつまでもAの親切な夫として、Aとの陰気な退屈な恋の中に生きてゆかなければならないのだった。

彼はBの白い、血肥りのした、指の関節に靨《えくぼ》のような凹みのある手を思った。洗い髪にすると子供のように無邪気に見える顔を思った。打てば響きを返す、理解のある、感じのある心を思った。そうしてこれらのものによって彼がこれまで享けてきた幸福のことを思った。

彼は興奮して室内を歩き回った。彼はたまらなくなって涙をハラハラと流した。しかし彼の悲哀の底には、自分は自分のすべきことをするのだという厳粛な満足の情があった。

全然Bと逢わないことにするのは、かえってAの疑いを起こしたり、Bを悲しませたりする惧《おそ》れがあった。そうして彼自身もBとの友情を純潔に保ってゆきたいと思う希望が一杯であった。彼はただ一方にBと自分との間に垣根をして、Bの感情の昂進を防ぎながら、一方にはBに対する彼自身の感情を純化してゆこうとする方針をとった。この方針がうまく成功して、知らず識らずの間に恋人が親友と置き換えられていれば、それは彼にとっても最大の幸福であった。Bにとってもまた最大の幸福であったに違いなかろう。

しかしBは女性の悲しさに、男がどんなに苦しんだか、その結果どんな決心に到達しているか、それがわからなかった。彼女は相変わらず親愛と尊敬とのつもりで、恋人に求めるものを男に求めていった。そうしてあるときには垣根に遮られて追い出されるようにフラフラと帰ってきた。あるときには垣根の内に男とAとがならんでいるのを見ながら、自分一人が垣根の手前に彳《たたず》んで、寂しい嫉ましい心持になった。もっともこれはB自身には、ただなんとなく隔《へだ》てができて心細い、と思われただけかもしれなかった。しかし男は今、B自身よりもよくBの心を知っていた。彼は自分の身をBと置きかえて考えた。彼は後悔して夫に帰る姦婦と、逃げてゆく姦婦を追いかけて刃物を振り廻す姦夫との心をまざまざと見るような気がした。女に対する憎しみ、自分に対する卑しみ、傷つけられたるプライドの痛み――こんなさまざまの心持が想像の中においてさえ彼の心を焼くことを覚えた。彼はその愛するBをこんな境遇に置くことをつらいと思った。あの純潔な霊魂に汚れた邪念を喚起することをたまらないと思った。

彼はついに東京を逃げて旅行に出かけた。それは公園の桜の葉が黄色になってチラホラと散り始めるころであった。彼は旅中にあってもう一度恋愛を財産に比較してみた。彼の愛にはどんなに深くプライドや、占領の欲望や、精神上肉体上における主我的な享楽欲が根を張っていることであろう。彼が感じてきたさまざまの苦悩もひっきょうはこの私欲の遂げがたいところから起こってきたのではなかったか。彼は一度過ぎ去ったものを再び喚《よ》び回《かえ》してこれを自分の手中に収めなければたまらないような心持も経験してきた。一時に二つの霊魂を独占してしまわなければ立ってもいてもいられないような心持も経験してきた。自分の手を離れて他の男に移りゆくべき未来に対して、現在目前のことのように嫉妬を感じてきもした。彼は彼が財産に対しては感じたことのない貪欲が、ここでは千年の老樹のように根を張っていることを感じた。彼は恋愛の苦しみを思い、自分自身の心の暗さを思った。彼にはもっと涼しい、もっと朗らかな、もう一つの愛に対するあこがれが湧いてきた。しかしそれはただあこがれにすぎなかった。彼は山の湯に浸りながら、停車場に汽車を待ちながら、頭の中にBのは姿を喚び起こしては心の熱くなることを覚えた。

男が東京へ帰ると間もなく、Aは初産をするために郷里へ帰った。そのうちにBは戸主になっている兄の都合で一家とともに郷里へ引き移らなければならないこととなった。AとBとは同郷であった。Bは郷里に帰ってAと逢うはずであった。彼女は別れを告げるために彼の家を最後に訪問した。それは秋の末の、風の立つ日の午後であった。

男の頭にはAが留守なための寂しさがあった。初めて産まれる子供のことを思う待ち遠いような恐ろしいような予感があった。Bの頭にはこれから田舎で送らなければならぬ生活の味気なさがあった。そうして二人の心には現在の別れの悲しみが流れていた。こういったいろいろの事情が二人の心を感傷的にした。二人の話は日が暮れるまでも尽きなかった。二人の間には男女として相対する心持が幾度か風のように通ってすぎた。女は涙ぐんでいた。そうして話がこれから後の二人の離れ離れな生活のことに及ぶと、Ｂの涙が一滴その眼頭のところから溢れてきた。彼は桜の花の雫《しずく》のように、たった一滴綺麗《きれい》に眼頭のところへ浮かんでいる涙をじっと見入った。そうして彼の自制力は少しフラフラしてきた。彼は四つの手が火鉢の縁をめぐって悶えていることを感じた。

帰りにはＢを電車通りまで送るために、男は女と連れ立ってある大きい公園を通った。風が桜の枯葉を彼らの足もとに吹きつけた。二人は桜の下を並んで歩いた。二人の肩と肩とは時々相触れた。そうして男はその肩と肩との接触から二人の心が流れて通うような気がせずにはいられなかった。彼は今夜別れてはまたいつ逢えるかわからないと思った。彼の心には友達らしく別れを惜しむ心持の底に何かイライラと追いかけてくるようなものがあった。彼はしきりにＢの唇を思った。今かしからずんば永久に二人の唇は逢うときがないのだぞと囁くものがあった。彼はこの囁きを耳にして自ら驚き、また自ら恥じた。彼は人間の決心というもののどんなに微弱であるかを思った。彼はわずかのきっかけさえあれば、今が今にもＢを傷つけるのは実に容易なことだと思った。彼をＢと無事に別れさせるものは彼自身の力ではなかった。それは彼以上のある不思議なものの力であった。Ｂを郷里に帰らせるその力がＡとＢと彼自身のためにこの問題の終結をつけてくれるのであった。彼は現在のイライラした心の底に、ＡやＢや彼自身や、その他影のようにチラホラと夜の公園を通るすべての人たちを包んでいるある大きいものの姿を思い浮かべた。そうしてやや落ち着いた心で電車通りを見おろす石段の上にＢと別れた。彼は石段を下りてゆくＢの後影を見送りながら、僕が公な大きい愛で包んであげることができるようになるまで達者で暮らしていらっしゃいと心の中に叫んだ。そうして次第次第に巷《ちまた》の灯の中に交じってゆくＢの小さい影をじっと見ていた。

男はこんなにしてBと別れたのである。もとよりラボラトリー(1)における実験は大自然の導いてゆく開展のようにうまく行くことができないにきまっている。どんなところからぼろが出てくるか、今度山口に逢ったら検査してもらわなければならない。

2

彼はまた一人の女の心をかすって過ぎた。女は色の白い、中ぜいな人であった。しかし女には左の瞼の上にやけどがあった。彼は肉体の不具に堪ええない男であった。彼は片眼がない人を描いている廉《かど》をもって、セザンヌ(2)の『煙草のむ人』を芸術的に鑑賞することができないほどの男であった。彼は瞼の焼痕《やけど》を見たくないために、その女と話をするときにはたいてい下を向いていた。それにもかかわらず、彼がその女について最も鮮《あざや》かに記憶していることは、その眼が熱を帯びて輝いてくると、特にひきつれて見える左の瞼であった。

女はかなり鋭い頭を持っていた。女は彼の親戚に寄食している人であった。女には余裕がなかった。心も体も飢えたようにピリピリ顫えていた。

女の態度には乾いた、カサカサした、落ち着かない熱があった。女は彼に英語を教えてもらいにくるのだった。しかし男は女の意識の奥に始めから恋愛らしいものが動いているらしいことを感じていた。女の恋愛には特別に肉体的にさし迫った心持がピリピリしていた。抑圧され虐待されている肉がなまなましい感じの形において時々ひらめいた。

男は女の恋愛を問題とすることを好まなかった。この寂しい女を更に寂しくするのは残酷だと思った。彼はただ黙々の間に「友情」のほうにエンファシスを置くことを努めながら、自分のほうにはなんらの性的感情なしに、この飢えたる女をあわれむ心と、このむさくろしく一本筋に働いてくる熱心に対する不思議な同情とのために、この女との交際を続けた。

しかしすべてのごまかしと等しくこのごまかしもまた破れなければならなかった。ある日彼は女から恋を告白した手紙を取った。女の恋の告白は同時に思いきるとの告白でもあった。彼はその手紙を読んで、女がその恋の受納を迫るために、婉曲《えんきょく》に、否定の仮託をもってやってきたような気がした。そうしてしばらく返事をすてておいてやれというような心持になった。同時にこの返事が行かぬ間、女はどんなにジレジレしているだろうと可哀そうにも思った。

二、三日立って彼はついに返事を書いた。彼の返事はもとよりきまっていた。彼は手紙を書きながら女の左の瞼の上の焼痕を思った。女はこの焼痕のためにどんなに不幸を嘗《な》めてきたことだろう。全然彼女自身に責任のないこの焼痕が彼女の運命をこれほどまでに左右するはなんという残酷なことだと思った。しかし彼は他に返事の書きようもなかった。彼はただ自分よりももっとハンブルな、もっと本当にこの女に同情する男の愛が、彼女の霊魂と肉体とを蘇らせる日が来るように祈るのみであった。

翌朝彼は友人夫婦の来訪を待つ間に、女の従来の手紙を一纏《ひとまと》めにして、これまで葬ってきた幾つかのハートの墓に――錠をおろした手匣《てばこ》の中に――埋めた。そうしてこれまでにかすめて通ってきた幾人かの女のこころを思って惨然とした。

この不思議なエピソードは、どのような疑察を用いても彼の方に道徳的責任がなかった。そうして彼はどんな意味においてもこの女の熱情をわかたなかった。彼はただ女の触れられぬ高みにいて女をあわれんだ。そうしてこのあわれな女の熱情をこんなにして斥けなければならなかった懸絶を寂しいと思った。

3

「なぜ僕はあなたの世界にはいりきれないのだろう。僕は心からあなたにひかれている。しかし僕は僕の心がすっかりあなたに占領されていることを感じないから、僕の心はあなたの中にいながら、あなたの世界の外をのぞいている。あなたも物足りないだろう。僕も苦しい。ああ僕はなぜあなたの中に没頭してしまうことができないのだ」
「みんな私がこんな身分だからですわ。私はあなたの愛の序幕に出てくる人間にすぎないような気がいたします。しかし序幕に出て焦《こが》れ死ぬ人もあるのですから」
「僕もその焦れ死ぬ人になりたい」

（明治四十四年十一月）

痴人とその二つの影

ふくれたる影（独語）男にその手を任せるとき、悲の女の顔は世界のあらゆる絵画や彫刻よりも美しく輝く。美しい絵に心渇くとき、自分は女の肩に左手をかけて、右手にその腕をとる。

灯点《ひとも》しころの街を行けば、行き違う女はたいてい若く、つややかに見える。湯上がりの温《あたた》かそうな肌の上に、わざとならずうっすりとつけた白粉の匂《にお》いもなつかしく、衢《ちまた》の灯に映ゆる眼の湿《うるお》いも、男の心を唆《そそのか》すような、悪戯《いたずら》らしい思わせぶりに輝いている。猥《みだら》なる男心には、行き違いざまに見かわす女の瞳ごとに、点してくれる手を待ち焦れて、心の炎が悶えているようにも思われるのである。我知らず凝視する瞳が、思いがけなく女の瞳と突きあたってハッとするとき、自分はその瞳の奥に開いている新しい神秘の一閃《いっせん》に触れて心ときめく。男にその手を任せるとき、おそらくは悲の女とは別様の美に輝くであろう。世界のあらゆる絵画や彫刻よりも美しく輝くであろう。すべての美しい女の眼はそれぞれに匂いを異にする新しい世界の象徴である。自分は無数の垣星の間をさまよう天文学者の心をもって、灯明《あか》い夕べの衢を行く。

すべての美しい女と恋して、匂いを異にするあらゆる神秘に触れてみたい。すべての女の閉ざしたる戸をたたき回って、日ごとに変わる新しい光景に、念々の驚嘆をつないでみたい。たたくに忙しく、駆けるに忙しいために、眼眩《くら》んで倒れ死ぬならばそれもまた本望である。すべての神秘が平明となり、すべての驚嘆が倦怠に変わるならばそれもまた面白い。とにかく、すべての女に心を動かしながらすべての女を外に眺める生活はたまらない。

痩せたる影（独語）神秘を作る者は求める者の心であるかもしれない。女性の神秘は女を求める男の心の幻であるかもしれない。いずれにもせよ自分は女に対して求める心を持っている。従って女性は自分にとって驚異である、神秘である。その神秘の底なき淵に臨んで、わが心は吸い込まれる者のごとくに震い慄《おのの》く。

神秘とは沈湎するに従って光景を新たにする世界である。沈湎することを知らざる者を嘲って、その真面目《しんめんもく》を呈露することを拒む世界である。浮気の虫を七重に封じて、命を捨ててその中に飛び込んでこそ、始めて箇中《こちゆう》の消息を解することができよう。沈湎を解せざる者にとって人生は首を抜かれた人形である。世界は塗りつぶされたカンバスである。彼らのいわゆる神秘とは鼓膜に響いて心に徹せざる空しい言葉にすぎない。

女の胸に探索を投げて深く深くその秘密を探ってみたい。潜めば潜むほど味を濃くする神秘の中に漬《つ》かって、他を顧《かえりみ》るの遑《いとま》ないほどに酔ってみたい。千人の女の肌に代えて一人の女の心を突きつめてみたい。事物の中核を斜に睨んで輪郭のどうどうめぐりにその日を暮らす生活はたまらない。

ふくれたる影（独語）世界には大理石のように青白く、吸いつくように滑かな女の手もある。紅玉のようにほの紅く、包むように温かな女の手もある。軽い春の雲のように額にかかるブロンドの髪もある。男のほてった頬に触れて、冷々《ひえびえ》と心持よい緑の髪もある。白く乾いた薄皮もいじらしく、燃えるように赤い唇もある。やや色褪めた年増《としま》らしさに、歯の冷たさを思わせる唇もある。夏の日のように大きく輝いて、男の心をジリジリと焦さずにはおかぬような恐ろしい眼もある。物思わしげに俯向いて、そっとその上にキスしてやったらそのまま瞑《ねむ》ってしまいそうな悲しい眼もある。すべての姿がそれぞれの神秘を語り、すべての神秘が相集まって「女性」そのものの大きな謎を形づくる。男の心はこの大きな謎からのがれることができない。悲の女はこの大きな謎の一部分にすぎない。

瘦せたる影（独語）世界の女は無数である。女の中には美しい襟頸《えりくび》と、眩しそうな眼差《まなざし》とが多い。男の心はしばらく軟風の精となってこの花園の上に戯れる。しかし一度一人の女の心に触るるや、軟風の精はたちまち姿を変えて潜水夫となる。心の海を沈みゆくに従って、水はいよいよ蒼々として、四囲の世界は次第に霊光を帯びるように見える。我をことごとく彼に任せて胸の潮の快く揺るるがままに動くところに、表に浮かぶ者には理解しえざる静謐《せいひつ》と平和とがある。彼のいっさいを我に収めて絶対に安全なる領有を意識するところに、個我を守る者の想像に及ばざる歓喜と寂光とがある。この階段に立つ者にとっては女性の神秘はただこの一人にかかるのである。愛人の神秘はただちに宇宙の神秘に連なるのである。深く一人を愛する者にあらざれば[1]シンボルの霊活を理解することができない。

愛する者はかすかに更《ふ》けゆく夜半の寝息にも、全幅を尽くして共棲の幸福を味わいしめることができる。多くの女を弄ぶ男に対して、女の眼はただ楽欲とそのニュアンスとを語るのみである。女の心に触れた男は、その眼の中に精神のあらゆるニュアンスを読む。

ふくれたる影（独語）待てよ。心の底に「嘲る者」の声が聞こえるようだぞ。何？　できるならばすべての女の戸をたたいてご覧《ろう》じろだって？　わがふくれたる影はそんなに色男ではないはずだって？　すべての女が神秘の戸を閉ざして、[2]戸の内側から声を合わせて笑うだろうって？　措《お》いてくれい。俺の問題は動機だ、能力じゃない。本然だ、境遇じゃない。俺の心の中にすべての女の神秘に触れなければ満足ができないような要求があって、その動機が俺の本然の性に基づいている以上は、境遇と能力とが許さないからといって、俺の動機と本然とが間違っているという証拠にはなるまい。許されないのは人間の運命が悲壮だという結論を導くばかりだ。何も俺が悪いんじゃない。

痩せたる影（独語）待てよ。心の底に「嘲る者」の声が聞こえるようだぞ。何？　君は本当に一人の女の神秘に漬かっているかって？　わが痩せたる影はそんなに古代な恋人ではないはずだって？　当世の女はなかなかそんな殺し文句じゃ参りませんよ、お生憎様《あいにくさま》だって？　措いてくれい。俺の問題は要求だ、現実じゃない。理想だ、性格じゃない。俺の心の中に深入りしなければ、沈湎しなければ、従って一人の女の神秘に漬かってしまわなければ満足ができないような憧憬があって、この憧憬が俺の本然に根をおろしている以上は、俺の現実がこの理想にかなうように鮮かでなくとも、俺の性格が真一文字にこの要求に殉ずるように強くでき上がっていなくとも、俺の要求と理想とが虚偽だという証拠にはなるまい。理想と性格とが矛盾する事実は人間の運命が悲壮だという結論を導くばかりだ。何も俺の考えが悪いんじゃない。

ふくれたる影（半ば独語するがごとく）あいつの理想と性格とが矛盾するのは、何も人間の運命が悲壮だからではない。彼《あれ》が痴人の影だという単純な事実がいっさいを説明して余りあるのだ。彼を例の女につないでおくものは、一つは彼の怯懦《きょうだ》だ、一つは彼の空想だ。この外には何もない。見給え、自分では例の女の胸の海に、深く沈んでいるつもりでも、彼が美しい女と擦れ違うごとに、振り返る眼の物ほしさといったらないじゃないか。もし一人の女の神秘に沈潜することが彼の本当の理想なら、その理想は彼に力を与えるはずだ。彼に力を与えてあんなみっともない真似をさせないはずだ。彼の理想は彼の空想で、しかも彼にこの事実を正直に自認するだけの勇気がないから、つまみ食いをして前後を見回すような高尚な矛盾にも陥るのだ。痴人の影というものは実にみじめなものだなア。

神秘の深さは求める心の強さに比例するものだろう。ところがあいつの求める心は今からぐらぐらしているんだろう。悲の女の秘密の深さももう底が知れている。深いつもりで飛び込んで案外足が底に触ったときのあいつの寂しそうな顔も今から思いやられる。そうしたらどうせ思いきりの悪い男だから、すごすご這い出して、第二の女にいわゆる「宇宙に連なる神秘」を求めるだろう。しかし一度あったことは一生帳消しにはならないから、あいつの弱い心の奥には、悲の女の恨めしそうな面影がだにのように食い込んでこんりんざい離れないにきまっている。こうして第二から第三、第三から第四と這い出したり飛び込んだりしている間に、幽霊の数がだんだんに殖《ふ》えて、ついには身に余る重荷に疲れて野たれ死にをするのが見えるような。あいつも可哀そうな奴だなア。

一人の女に深くなりたいというのも掛け値のない彼の要求だ。多くの女に気がひかれるというのも偽らざる彼の事実だ。どうしても両立しないものが二つとも彼の心の中に根をおろしているからそこに恋愛のアンティノミー[1]が成立する。その上に、新たに求める心が一方にあって一方に旧いやつが忘れられないとくるからここにもアンティノミーができかかっている。あいつの将来を待ち受ける物はアンティノミーだらけだから可哀そうだ。

痩せたる影（半ば独語するがごとく）あいつの動機と能力とが矛盾するのは何も人間の運命が悲壮

だからではない、彼が痴人の影だという単純な事実がいっさいを説明して余りあるのだ。彼をあのような空想につないでおくのは、一つは問題の本質を知らないからだ。一つは自分の本性をご存じないからだ。この外には何んにもない。およそ一人の女の神秘に触れるとは、他の女の神秘には触れないということを必須の条件とする。ゆえにすべての女の神秘に触れたいとはいかなる女の神秘にも触れえないということの別名にすぎない。千人の女の肌に触れても一人の女の心はわからない。お隣に来たついでですが、なにとぞ戸を開けて下さいと声を嗄《から》して怒鳴《どな》っても、すべての女はますます戸を固く締めるにきまっている。神秘の戸の内側から声を揃えてドッと笑うにきまっている。もっともすべての女の神秘をば、外面から一目ずつのぞいて回る方法はないことはない。それはどこの戸をたたくにも、これが一生に一度の恋であるような哀れっぽい仮声を使うことだ。そうすると気の弱い女はそっと戸を開けて外をのぞくに違いないからその機をはずさず暴力をもってこれを押し開けるのだ。そうして一度のぞいてしまったら泣いて縋《すが》る者を突きのけて飛び出すほどの強健なる良心を発揮するのだ。

しかし少しでもこちらに弱味があればそこなわれたる女の魂はきっと男に復讐する。しかるに彼《あれ》の顔はどうだ。すでに心《しん》の疲れが現われているではないか、このことを頭の中に考えることすらすでに悲の女に申し訳がないようにあの小児らしい顔を赧くしているではないか。彼は薄ぼんやりだから、静かに戸をたたいたら門をギイとあけて、すべての女が羞ずかしそうに顔を出すに違いないと思っているだろう。すべての女が彼の前に心を開いて、三千の妻妾姉妹のごとく相和するに違いないと思っているだろう。ところが一つの戸をたたけば怒鳴って追い出され、次の戸をたたけば笑って断わられ、どこにも心から彼を承《う》け容《い》れる者がなく、乞食のように門から門をさまよわなければならないのが彼の事実だ。多くの人の怒りと恨みとを負って、神経の疲れと心の不安とのために野たれ死にをするのが彼の運命だ。痴人の影は哀れだなア。

ふくれたる影　（痩せたる影に向かって）神経の疲労と心の不安とが何だ。不断の変化の中に生命の充実を楽しむ強者となればいいじゃないか。すべての女を征服してその神秘を開かせる強者となればいいじゃないか。

痩せたる影　おまえは強者にはなれない。おまえは痴人の影だ。

ふくれたる影　……

痩せたる影　その上におまえには客観性が足りない。

ふくれたる影　客観性とは何だ。

痩せたる影　すべての女の神秘にあこがれる者は独占《アラインベジッツ》の要求を超越せねばならぬ。自分の独占を許さぬ者は他を独占することをも断念せねばならぬ。自分の独占を許さぬくせに他人の独占を企てることは、単に公平を欠いたわがままの証拠となるばかりではない。それはまた心の奥の奥に独占されるのが人間の道だと感ずる意識が蠢《うごめ》いている証拠にもなるのだぞ。おまえの哲学を根底から覆《くつがえ》す大敵がまだおまえの心の中に潜んでいる証拠にもなるのだぞ。いったい悲の女の過去を追求して泣かせなければ満足せぬのは誰だ。昔を悔いる女の瞼《まぶた》を今でも始終赤くさしておくのは誰だ。涙に濡れた女の顔を流し目に見て、晴々しい微笑をもらすのは誰だ。

ふくれたる影　俺は女を泣かせると回復しがたい損害のいくぶんを回復したような気がする。俺を傷つけくさった運命に、せめてもの復讐をしたような気がする。男は独占することを幸福とする者だ。女は独占されることを幸福とする者だ。男と女とを一つにすることはできない。

痩せたる影　おまえもずいぶんおめでたいね、女の浮気をしないのは、浮気をすると生きていられないからだ。可愛い子供と別れなければならないからだ。女の浮気は命がけの仕事だからだ。しかし浮気の遂行を許されぬ代わりに、女は賢明なる抜け路を発見した。結婚した女ほど能《よ》く眼に物を言わせるものはない。結婚した女ほどとぼけた顔をして外ながら男に触れたがるものはない。しかし自然は他のすべての場合と等しくここにも必要なる無知を与えた。女は自分の浮気を浮気と解釈していない。

ふくれたる影　おまえは女も男のようにいろいろの神秘に触れたがるというのだな。俺にはそれを差しとめる権利がないというのだな。ああ、俺はどうしても悲の女が浮気をするのを黙って見ている気にはなれん、彼は徹頭徹尾俺のものにしておかなければ承知ができん。しかしこれを矛盾と言われれば矛盾に相違ない。やむを得ない。俺には確かに哲学的なオブジェクティヴィティが欠けているんだ。俺はセンチメンタルでエゴイスティックだから、自分を解放するように女を解放することができないんだ。

しかし俺が悲の女を折檻《せっかん》するたびに眼で同感を表わしたのは誰だ。肉体を超越しなければならぬ身でありながら最も肉体に捕われているのは誰だ。女を見るたびに乞食のような眼つきをするのは誰だ。

痩せたる影　やむを得ない。俺は痴人の影だ。他の男に触られるときの女の乳房の感覚を想像すると俺の血は確かに血管を逆行する。そうしてその代償を路上の美しい女に求めている。俺には偶然を刈除《かいじょ》して本質を強調するabstraction《アブストラクション》とconcentration《コンセントレーション》の力が欠乏をきわめているに相違ない。四囲の猥雑なものに眼を閉じて深く深く沈湎するには俺の尻はあまりに軽すぎる。そこで常に[1]中有《ちゅうう》に迷う悲哀にとらわれているのだ。しかしジンリヒカイト[2]の超越とともに俺の後には美しい世界が来るに違いない。その世界では魂と魂とが相互を凝視し、了解し、点頭し、微笑する。男にとってはその妻が唯一の女性となる。女にとってはその夫が唯一の男性となる。相互の胸が相互の無窮の神秘だ、無窮の多様だ、無窮の風光だ、愛人の胸の海の底には表面を騒がす風波はない。ただそれ自身の静かなる律動が快く揺れているのみである。この世界に至って始めて両性の恋愛は完成する。しかし俺は痴人の影だ。俺にはこの世界にはいる資格がない。

ふくれたる影　しかしおまえの世界はまだ personal love[3] の域を脱していない。そこにはやはり exclusion《エクスクリユージヨン》の悲哀が残っていそうだぞ。俺の後にもまた美しい世界が来る。Egoism《エゴイズム》の脱却がこの世界にはいる鍵だ。この世界ではいっさいの男は大なる「男性」のシンボルだ。いっさいの女は大なる「女性」のシンボルだ。男はすべての女を通じて「女性」に触れ、女はすべての男を通じて「男性」に触れる。自分が異性を取り扱うごとく、異性が自分を取り扱うことを怪しまないからその間には嫉妬や独占の醜い現象がない。男と女とは雲のごとく美しく、水のごとく自由に流動する。しかし俺は痴人の影だ。俺にはこの世界にはいる資格がない。

痩せたる影　おまえの世界にはぐっと対《こた》えるところがなさそうだな。すべてが遊戯三昧《ざんまい》に陥りそうだな。

ふくれたる影　どうせ二人の道は一生一つになりっこはない。しかしこんな話をしている間にもう一時間はたったろうな。厄介な主人を墓場に送り込むのがこれで一時間近くなったわけだな。

痩せたる影　どうせ痴人に付いて回っている間は昼の光も俺たちのためには夜だ。早くあいつを送り込まなければ全く俺たちの浮かぶ瀬がない。あいつが死んじまったら奇跡が起こって、影の復活する日が来るんだ。そうして俺たちが新しい人格となって新しい世の予言者となる日が来るんだ。

ふくれたる影　そうして二人が命がけの喧嘩をするという段取りだな。おさらばだ。

（明治四十四年十二月十一日）

合本三太郎の日記の後に

私は昨日『合本三太郎』の日記の初校を終えた。もうこれからは永久に手を触れることをやめるつもりで、今回は初校も再校も三校もすべて自分で眼を通すことにしたのである。そうして二度も三度も旧稿を読みかえしながらどんな心持を経験したか、私は今これを語ることをやめようと思う。ここに集めたものはすでにいったん公にしたものであれば、いまさら自ら恥じ自ら躊躇してももう及ばない。現在の自分がよいと思うものと悪いと思うものとをよりわけて、我慢ができるものだけを残すことにするにしても、そのよきものと悪きものとがわかつべからざるほどからみ合っている以上は、これもまた如何《いかん》ともすることができない。私はただ思想上芸術上人格上未熟をきわめたるこれらの文章も、なお当時の混乱せる内生から直接に発芽せる生気のゆえに、私のごとく内密な、恥ずかしい、とり紊《みだ》したる思いの多い人たちに、いくぶんの慰藉と力とを与えうることを、せめてもの希望とするばかりである。

改めて言うまでもなく、三太郎の日記は内生の記録であって哲学の書ではない。もしこの書にいくぶんの取柄があるとすれば、それは物の感じ方、考え方、並びにその感じ方と考え方の発展の径路にあるのであって、その結論にあるのではない。単に結論のみについて言えば、そこには不備や欠陥が多いことは言うまでもなく、また相互の間に矛盾するところさえ少なくないであろう。ことに本書の中にある思想をそのままに、今日の私の意見と解釈されることは私の最も不本意とするところである。私の哲学は今もなお成立の過程の最中《さなか》にあって、いまだ定まれる形をとるに至らない。

この問題については他日また世間の批評を請う機会があることを期待する。しかしこの三太郎の日記においては、特に内生の記録としてのみ評価せられんことを、親切なる読者に希望しておきたい。

しかし三太郎の日記の中には、少なくともこれを書ける当時に、ある種類の問題の解釈を求めて、その結果到達せるところを記録せる文章もまた少なくない。したがってそれがあまりに現在の意見と背馳するか、あまりに一面観にすぐるか、もしくはあまりに大胆なる断定を下している場合には、現在の立脚地から見て、いかにもそのままに看過しがたき拘泥を感ぜずにはいられない。ゆえに私はせめて二、三の点について、一言の注釈を付記しておきたいと思う。それは注釈のない部分はすべて現在の意見と合致するという意味ではない、ただ注釈のある部分がとうていそのままに通過しがたきほど、現在の私にショックを与えるという意味なのである。

三太郎の日記　第一

人生と抽象（三七―四一）私は今このような広い意味において「抽象」という言葉を使うことを躊躇する。世界の改造、並びに経験の主観的抑揚をもことごとく「抽象」の概念の中に包括するのは、人の思索を迷路に陥らしむる虞れがある。しかし狭義の「抽象」にも世界の改造や経験の主観的抑揚と共通の動機あることを認めて、その意義を是認する点においては、私は今日といえどもなおこの章の趣旨に同感する。

影の人「自然的科学的の立場がぐるりとその姿を代えて神秘的形而上学的の立場に変わる刹那の経験を持たない者は気の毒である。はなはだ希有ながらこの刹那の余光を身に浴びて、魂の躍《おど》りを直接に胸に覚えることができる自分は幸福であった」（八五）。自分は三太郎にこう言わしめる資格があるだろうか。現在の自分はこの言葉を書いたことを恥ずかしく思うものである。

内面的道徳（九二―九五）現在の自分は、「何をなすべきか」の問題にも、この文章を書いた当時以上の意義を認めている。しかし内面的道徳それ自身の重要なることを感ずる点においても、私の思想は当時以上に深くなっていると信じている。ゆえにこの文章の一面的な点を補えば、その趣旨は現在の自分の意見としてそのままに通用させてもかまわない。

個性、芸術、自然「ロダンが彫刻とともに素描に長じ、カンジンスキーが絵画を描くとともに詩を作り、ワーグナーが音楽とともに劇詩と評論とをよくする等、近代的天才には精神的事業の諸方面にわたる者次第に多きを加えてきたとはいうものの云々」（一〇四）。自分はこの一節を取り消したく思う。実際十九世紀の中葉等に比ぶれば、現今はやや総合的精神の――従って総合的天才の時代が始まりかけていると言えるかもしれない。しかしミケランジェロやレオナルドに比べればロダンでさえその傍に寄りつけないであろう。ましてカンジンスキーのごとき名をここに並べたことを私は非常に恥ずかしいことに思う。この文章を書いたとき私は確かに流行に動かされていたに違いない。私はその後彼の版画というものも見、彼の油画の写真もかなり見て、特に珍重するに足るものでないことを感ずるようになった。そうして彼の(1) *Ueber das Geistige in der-Kunst* という論文集を少し読んでから、この人は一種の野次馬にすぎないのではないかとさえ疑うようになった。最後にワーグナーは十九世紀中葉の人であって、彼は彼の時代にとっての除外例と言われなければならないであろう。いったいに現在の私は「精神的事業の諸方面にわたる者」が多くなってきたことをもって「近代的天才」の特徴となすには、まだ実例が足りないと思っている者である。

聖フランチェスコとスタンダール（一八五—二二一）私は今でもドン・フアンをここに用いたような意味の class-name《クラスネーム》 に用いることを、それ自身においては不都合だと思っていない。しかしドン・フアンそのものの心理についてはもっと深い解釈を下す余地がありまた必要があるに違いないと思う。そうして我らはスタンダール自身がドン・フアンの味方ではなくてヴェルテルの味方をもって自任していたことをも記憶しておかなければならない（*De l' Amour*《ドウラムール》 LIX）。しかしこの事実は彼が余の意味におけるドン・フアンであることの反証にはならないと思う。彼が**l'amour à la Don Juan, l'amour à la Werther**[1] 等と名づけた命名の仕方が、すでに彼の態度のドン・フアン流であることを証明するものである。

ついでながら Stendhal はベールがその崇拝するウィンケルマン[2]の生地に因んで名づけた雅号である。これをフランス風にスタンダールと発音するも、半ばドイツ風にステンダールと発音するも、共に大して差しつかえはあるまいと思うが、自分は大学のフランス文学の教授H氏（フランス人）の発音に従ってステンダールと言い馴れたのでこの方に従ったのである。Don Juan は *New Standard Dictionary* に（don hwan）とあるのに従った。

砕かれざる心　「もとよりこれはこのときだけの気分にすぎないことを彼は知っていた」（二八六）。私は今になってこの言葉のあたりすぎていたことを恥ずかしく思う。私は今この類の憧憬を語ることさえ身分不相応であるような気がしている。

去年の日記から（三〇六―三一八）これは私の実際の日記からの抄録である（No. 21を除く）。今ならばこの類の、断片的な中でも断片的なものを公にする気にはならなかったであろう。しかしさすがに捨てがたい部分もあってここに編入した。大正三年の始めに、私は弟や妹とともに谷中のほうにおり、妻は子供とともに柏木のほうに別に家を持っていた。五月、一家は柏木のほうに一緒になって、私一人鵠沼のほうへ移転した。これだけのことを注記しておかなければ読者には大体の事情さえ通じないであろう。

五、六、七　当時近親に大病人があって、妻は一年ばかり毎日病院のほうへ行っていたために、私は小さい子を預かって女中とともに留守をしていなければならなかった。私はちょうど頭の中に醱酵している仕事を持ちながら、何もできずにいらいらして一年間を空過しなければならなかった。これらの文章は当時の乱れた、断片的な生活の記念として、全編の中でもおそらくは最も落ち着かないものである。そうして読者はその後に書いたものが急に理屈っぽくなったことを感じられるであろう。事実上三太郎の日記はあの混乱せる時期をもって死んでいるのである。三太郎の日記の水脈は今後しばらくはただ地下をのみ流れていなければならない。そうしてもっと纏まった形において、いつか泉となって噴出する時期が来ることを待っていなければならない。それはもっと蓄積して恐ろしいものとなる必要があるのである。

付録

西川の日記　西川の日記の思想については私は直接に責任を負う必要を認めない。ゆえにこれらの文章に関する注釈は無用である。私はただ、今になっては、「自分は読者に向かってそれ自身だけでは理解しえないような文章を提供するほど無責任な人間ではないつもりである」（四七三）と言える山口生の豪語を信じないことと、「自分は自分の死ぬまでの間に、彼を主人公とした幾編かの小説を書くことに堅く決心した」（四七三）というその決心が「堅い」ことについて疑いをいだいていることを言っておきたい。後の点について言えば、私は、今にも降り出しそうにした夕立の雲の、いつの間にかあらぬ方にそれてしまっていることを恐れるものである。

（大正七年五月九日記）

注

合本　三太郎の日記序

頁
七 (1)Volksausgabe《ヴォルクスアウスガーベ》〔独〕普及版のこと。『合本・三太郎の日記』は最初岩波書店から刊行されたときは、袖珍普及版であった。

(2)西川の日記　本書巻末付録の「西川の日記」のこと。

三太郎の日記　第一

一〇 (1)Es irrt der Mensch, solang er strebt.《エス イルト デア メンシュ ゾラング エア シユトレブト》　ゲーテの『ファウスト』の第一部「天上の序曲」の中に出てくる言葉で、阿部次郎訳『ファウスト』にはこう訳されている――「努力している間は人間は迷うものだ」

一二 (1)『影と声』　これは阿部次郎が大学卒業後の無職時代、夏目漱石の門に出入りしていたころ、森田草平、小宮豊隆、安倍能成の諸友と合著の形で出した文集。

(2)断簡零墨《だんかんれいぼく》　きれぎれの短い書きもの。

一四 (1)魔障　心がよきに進むを妨げる悪魔のさわり。

(2)下根《げこん》の者　心の根本の劣った者。

一七 (1)青田三太郎　これは阿部次郎の仮名《かめい》の一つ。

(2)訛伝《かでん》する　誤り伝える。

一八 (1)芝居の波　芝居の舞台での布で出来た波で、これはその下にかくれた下回り役者がせわしくばたばたと動かして波の感じを出すようにしていた。

(2)フォルキュスの娘たち　ギリシア神話によるとフォルキュスはケートーと結婚して三女を生む。この娘たちは怖ろしい怪物で、名はステンノー、エウリュアレー、メドゥサと言った。

一九 (1)北国の山村　山形県飽海郡上郷村大字山寺。

二〇 (1)表　象　Vorstellung《フォーアシュテルング》〔独〕独立の全体として現われる意識の客観的内容、たとえば高山の表象とか、牧場の表象とか。

(2)形象《ビルト》　Bild〔独〕前記の表象は知覚を伴う場合もあるが記憶的再生表象である場合もある。そうして特に後者である場合を形象《ビルト》というのが普通で、これは心象とも言われる。

(3)小万　浄瑠璃「源平布引滝《げんぺいぬのびきのたき》」の女主人公。この小万は源氏の白旗をしっかり握ったままその手を切りおとされる。

(4)An-sich《アン・ジヒ》〔独〕それ自体。

二一 (1)「ミネルヴァの梟《ふくろう》は夕暮に飛ぶ」　ギリシア神話の知の神ミネルヴァは梟を愛鳥としていたが、その梟は好んで夕暮に、黄昏に飛ぶといわれ、ここではつまり知とか自覚とかいうものはとかくに弱者の自己感傷、自己への感情的惑溺をひき起こしがちなものであり、自らあること（弱くあること）の爛熟と退廃とをひき起こしがちだということを言おうとして、これを引用しているのである。

二二（1）Pessimismus《ペシミスムス》〔独〕厭世主義。

（2）Illustration《イルストラツイオーン》〔独〕例示。

（3）累《かさね》　浄瑠璃「色彩間刈豆《いろもようちょっとかりまめ》」の醜い顔の女主人公。

（4）Sucht《ズット》〔独〕疾病。

二五（1）痴者の歌　「頭では承知しながら、どうも思い切りの悪い人間」の嘆きの言葉。

（2）黄昏《たそがれ》の天地　夕暮の悲哀の境地。

二六（1）貘《ばく》　中国の想像上の動物。人の悪夢を食うといわれている。

二八（1）ヘルメノフ　阿部次郎の仮名の一つと解される。

二九（1）コボルト　Kobold〔独〕ドイツ神話に出て来る小魔、おてんば妖精。

三〇（1）レオパルディ　Giacomo Leopardi《ジャコモレオパルディ》 イタリアの詩人（一七九八―一八三七）、深刻な厭世主義と熱烈な祖国愛の詩を書いた。

三一（1）坌湧《ふんよう》　湧きあがり。

（2）アスピレーション　aspiration〔英〕大望、高志。

（3）反語　皮肉。

三二（1）情調　主体の全体的な感動状態。

（2）倍音　基音（原音）に調和する従属音。

（3）シンボリズム　主体的なものたとえば情調が、客観的な諸事象（ここで言えば知識や思想や情緒）に客観化されているとする見方――これがシンボリズム（象徴主義）。

三四（1）聖アウグスティヌス　初期ローマカトリック教会の最も偉大な教父。

（2）ノラ　イプセンの『人形の家』の女主人公、因襲打破の新しい女。

（3）夕霧　近松作浄瑠璃「夕霧阿波鳴渡《ゆうぎりあわのなると》」の女主人公。

（4）フモール　Humor〔独〕美的感情の一つで、真面目と滑稽とのない交ぜられたもの。「有情滑稽《うじょう》」などとも訳される。フモリスティシュ humoristisch はフモール的という意味のドイツ語。

三五（1）ディッソナンス　dissonance〔英〕不協和。

（2）富士松加賀太夫　新内浄瑠璃家元七代目富士松加賀太夫。

（3）菊五郎　六代目尾上菊五郎。

三七（1）抽象　ここでは普通の解釈とだいぶちがって、抽象によっていよいよ具象的（現実的）となるといった特別の抽象が語られている。

（2）悟性ないし理性　概念構成の情神活動とか社会批判の精神活動とかいうもの。

三六 (1)剖判《ほうはん》 秩序づけること。
(2)リップス Theodor《テオドール》 Lipps《リップス》 ドイツの哲学者、美学者(一八五一―一九一四)。
(3)古典主義の世界 現実と理想とが融合して、現実が理想化されているといった模範的な状態の世界。
(4)経験の抑揚 ある経験を尊びある経験を抑えしりぞける。
(5)擯出《ひんしゅつ》 しりぞけること。

三九 (1)桟敷《さじき》の客 ここでは指導者の格を持つ者という意味。

四〇 (1)二致《にち》 意味のちがい。

四一 (1)三面の交渉を絶って…… 実際の改造交渉を諦めて静かに観念の世界に沈潜するとき。

四五 (1)砕かれざる者 素直ならざる者。

四六 (1)納所《なっしょ》先生 高野山の宿坊で厄介になった納所坊主(小坊主)、それを親しみをこめて納所先生といった。

四八 (1)夢想の家 これは読売新聞の明治四十五年六月二十三日の日曜付録にのった文章で、この時は「住宅建築夢物語」という標題になっている。

五四 (1)品し 品さだめをすること。

五五 (1)漂蕩 浅薄に次から次へと遊蕩すること。
(2)迷惑 ここでは迷い惑うこと。

五六 (1)ジャスティフィケーション ここでは自己弁護、自己正当化。
(2)反語と皮肉とに飽和したる自分の道徳 集注なき生と意識の散漫とに迷う自己嘲笑の状態を正当視し満足視している自分の道徳。
(3)ユーバァヴィンデン überwinden〔独〕 超克、克服。

五七 (1)フレムト fremd〔独〕 不慣れな、見知らない。
(2)「八雲《やぐも》」 当時発売されていた紙巻たばこの名。

五九 (1)狷介《けんかい》 頑固でなかなか他と和合しない心情。
(2)リフレッシュメント refreshment〔英〕 疲れの洗浄、レクリエーション。

六一 (1)特定の自然 ここでは優美の自然と考えるがよい。
(2)ああエホバと……魂となり得んには 天地創造の神であるエホバと、それの創るところの雲霧雷霆《らいてい》の崇高なる自然と、これらと交歓しうる魂となりたいものだなあ。

六三 (1)鈍麻 ここではにぶい曇天のような気分。
(2)懐疑者 ここでは厭世者のような独断家に対する概念で、この文章に説明してあるように、論理の飛跳《ジュプルング》を嫌い、真実にして謙遜する反省の上に立脚する者。

六四 (1)一度自己を保護する薄弱なる人工の揺籃を離れて 家庭とか朋友間の交遊とかいう薄弱低級で人工的な満足を離れて。

六五　(2)諦視《ていし》し　つまびらかに見ること。

(1)悪魔　ここでは低級な安楽を打破する悪魔。

(2)残虐し　ここでは右のような悪魔的なこともするということ。

六六　(1)三様の対立　本文初行にあるように、確信と困惑、宣言と逡巡、主張と迷妄凝視、これらの三様の対立。

(2)身辺方寸　身辺一寸四方くらいのわずかな領域。

六七　(1)巣鴨　東京で有名な精神病院のあった所。

(2)尤《ゆう》なる者　親玉。

(3)懐疑者　ここでは真生をまだ十分には確信し得ぬ者。

六九　(1)領す　承知する。

七一　(1)加賀《かが》鳶《とび》梅吉　河竹黙阿弥の「盲長屋梅加賀鳶《めくらながやうめのかがとび》」の主人公加賀鳶頭領梅吉。

(2)あらぬ濡衣《ぬれぎぬ》　右の梅吉の女房おすがは雷嫌いだったが、ある大夕立の日、子分の一人と夕立よけの蚊帳の中にはいっていて、姦通だと騒ぎたてられた、その無実の罪をいう。

七四　(1)超人　ニーチェ哲学の主要概念の一つで、人間の弱さを超克した精神的強者のこと。

(2)ツァラトゥストラ　ニーチェの主著、これにおいて「超人」が説かれている。

(3)ワーグナー　Richard Wagner《リヒャルトワーグナー》　ニーチェはワーグナーを楽聖として一時猛烈に尊敬したことがあったが、後に別れ去った。

(4)衒耀《げんよう》　みせびらかし。

七五　(1)イプセン　社会改造劇の始祖的作家。

七九　(1)意識　ここではっきりした承認のこと。

八一　(1)転身の秘跡《メタモルフォーゼ》　火を用いて他の者へと変身させる宗教上の秘密行事。

八二　(1)論理学　先行するものと、それから当然に帰結するものと、この両者の間の首尾一貫を原理とする学。

(2)論理的気分　すべて自分の言動が、一般的に期待されているところと合致し、一般的期待からまっすぐ帰結してくるといった、こういう首尾一貫をよろこぶ気分。

(3)コンゼクヴェンツ　Konsequenz〔独〕右のような論理的首尾一貫、インコンゼクヴェンツは右の反対の論理的首尾不一貫。

八三　(1)人格的一貫《ペアゼーンリヘ・コンゼクヴェンツ》　論理的一貫は先行者と、それから帰結者との間の一貫・統一を言うのだが、これが破れているところにも人格的統一、一貫は成立する。人格的一貫は一個人におけるリズム的統一、一貫である。

(2)昇之助　豊竹昇之助、当時における娘義太夫の巧者。

(3)紙治内　近松作「心中天網島《しんじゅうてんのあみじま》」の中の巻、紙屋治兵衛宅の場。

八四 (1)アガトン　アテネの悲劇作家（前四四五―四〇〇頃）。

(2)アリストファネス　ギリシア最大の喜劇作家（前四四五―三八五頃）。

(3)ツォイス　Zeus〔独〕ギリシア神話における主神。

八五 (1)永遠のZweisamkeit《ツヴァイザムカイト》〔独〕永遠の双在性《ツヴァイザムカイト》（二人在《あ》ること）、恋愛の極致。

八八 (1)「重圧の精」"Geist der Schwere《ガイスト デア シュベーレ》"〔独〕ツァラトゥストラ第三部にも出てくる。

九二 (1)行為の規矩準縄　ここで何々してはいけないというような世間的規定。

九三 (1)ドン・ファアン　奔放なる漁色家。

(2)電《いなずま》小僧　明治の凶悪な強盗。

(3)エディプス　生母と通ずる破目になってしまったギリシア悲劇の主人公。

九四 (1)紀伊国屋《きのくにや》小春《こはる》　近松作「心中天網島」の女主人公、遊女だけれど心のあわれに純粋な女。

(2)マダム・ボヴァリー　フロベールの傑作『マダム・ボヴァリー』の女主人公、正直な自由恋愛者。

(3)二重道徳　偽善道徳。

(4)一元的道念　一筋な、正直な信念。

九五 (1)大乗の教説　大所高所からの精神的な教説。

(2)小乗説　卑近の説。

九七 (1)オリュンプス　ギリシア諸神の棲む峻峰。

一〇一 (1)「汝ら明日の糧を思い煩うなかれ」という言葉の意味　物質生活を簡単にするということ。ちなみに括弧内の言葉は新約聖書マタイ伝六章二十五節―三十四節に見える。

一〇二 (1)窈深《ようしん》　麗わしくて深穏なること。

(2)菽麦《しゅくばく》を弁ぜざるもの　豆と麦とを区別しないもの、物をむやみにいっしょくたにするもの。

一〇三 (1)石塑　大理石とか粘土とか。

一〇四 (1)カンジンスキー　ロシアの表現主義画家（一八六六―一九四四）。阿部次郎はここでこの人のことを書いたのを後で大変後悔している（『合本三太郎の日記』「後書《あとがき》」参照）。

(2)戸惑《とまど》いのシンボリズムとアレゴリー　絵画の統一的表現そのものを逸した、単なる表象記号なり比喩《アレゴリー》なりの表現。

一〇五 (1)神会融合　霊妙に融合していること。

一〇六 (1)外化《エクスターナライズ》　externalize〔英〕内面のものを外界化すること。

一〇七 (1)質料……形式　アリストテレス哲学の概念で、前者は形づくられる受動的素材、後者はそれを形づくる能動者。

(2)アダム……イヴ　アダムは旧約聖書に出てくる人類最初の男、イヴはそのアダムに似ていて、アダムの肋骨《ろっこつ》から生まれたといわれる最初の女。

一〇八（1）三千代　夏目漱石の『それから』の女主人公。
（2）サランボー　フロベールの歴史小説『サランボー』の女主人公。
（3）パウロの腕の上に見えるフランチェスカの顔　これはダンテの『神曲』の「地獄編第五曲」に出て来る一場面を指している。
（4）乾物の「個性」　創造的の個性ではなくて、乾して固まってしまっている「個我」。
一〇九（1）対象を統　覚する《アッパーシーフ》　対象を統一的に意識し、明確に把握すること。
（2）抽象的形式　ここではたとえばキュービズムの画家たちの対象となった空間的諸形態など。
一一〇（1）サイプレス　cypress〔英〕糸杉。
（2）テオドール　ゴッホの実弟で画商。
一一一（1）「天地の化育に参す」　中庸にある言葉で、天地の生成にはいり込んで、それを歓ぶこと。
（2）「人は遊ぶときにのみ完全に人である」　これはシラーの『人間の美的教育に関する書簡』に出てくる言葉で、そこではそれ自身価値ある芸術的表現活動を「遊戯」という言葉で表している。
一一五（1）友人　たとえば安倍能成とか生田長江とかいう人たちである。

一一六（1）ある者　武者小路実篤などもこのうちの一人である。

一二〇（1）友人　ここでの友人はたとえば俳優の中村吉右衛門というような人。阿部次郎は小宮豊隆とともに吉右衛門とは昵懇《じっこん》であった。

一二一（1）ロマンティックの運動　シュレーゲル兄弟たちのはじめた文芸運動で、はげしく無限を求めることを特色としている。そしてこれはゲーテらの平静なる心情のクラシシズム（古典主義）とはだいぶ違う。
（2）プリテンション　pretension〔英〕自負。
一二八（1）「神聖なる不安」　真生の道の達成容易ならずとする――神聖なる不安のこと。
（2）あずからない　与らない、むしろ敵だという意味。
一二九（1）協和不協和の消息　偉大なり矮小なりの意識と偉大なり矮小なりの内実とは時に一致し、時に一致しないことがある、このあたりの消息。
（2）自己諂諛《じこてんゆ》　自分へのへつらい。
（3）把住力　いったん経験したことを意識につかまえておく力。
（4）徂徠《そらい》し　行き来すること。
一三〇（1）窮窘《きゅうきん》　苦しい行きづまり。
（2）迷妄《マーヤ》の面帕《めんばつ》　無明迷妄の現象界のベール（面覆）。
一三一（1）善知識　善き導者。
（2）左道　邪道。
一三三（1）射僥《しゃぎょう》　僥倖をねらうこと。

一三四（1）実　験　家《エクスペリメンタリスト》　ここでは実験的物知り家。

一三六 （1）心の苦楚《くそ》　悩み。

一三七 （1）厭離《おんり》　穢《きた》ない小我を捨てること。

（2）真如《しんにょ》　真生。

（3）純粋否定《ライネ・ネガティヴィテート》　精神は自己の蔵する矛盾によって自己を否定しつつ進展して行くとヘーゲル論理学は説くのであり、その場合の否定を純粋否定（reine Negativität）という。

一三八 （1）形而上的生活　物質的物理的存在をこえいでた精神的自由創造的世界の生活。

一三九 （1）稟性《ひんせい》　天与の性質、天性。

（2）「人間」《プリテンション》　ここでは真生へと謙遜に努力する者。

一四四 （1）pretension《プリテンション》とreality《リアリティ》〔英〕ここでは見せかけと自己の真実。

一四六 （1）ambition《アンビション》……aspiration《アスピレーション》〔英〕野心と高志。

一五〇 （1）信実　偽のないこと。

（2）張三李四　張氏の三男、李氏の四男、つまりあいつやこいつ。

（3）「デカダン」　退廃派の連中。

一五三 （1）謙抑　へりくだり、己れをおさえてたかぶらぬこと。

一五七 （1）無感動《アパティー》　Apathie〔独〕冷静。

三太郎の日記　第二

一六〇 （1）主よわれ信ず、わが信なきを助けたまえ　これは新約聖書マルコ伝九章二十四節に見える。

一六三 （1）傾向芸術　芸術そのものの内部価値を尊重するのではなくて、それがいかに社会改革に役立つかなどというような外部的目的に芸術が奉仕せしめられる場合、これを傾向芸術という。

一六四 （1）in abstracto《インアブストラクト》〔拉〕おしなべて、概して。

一六五 （1）Vision《ヴィジオーン》（直視）　思想とそれの実行とが共存一体をなしている状態――これをヴィジオーン・直視とここでは言う。

一六八 （1）誠慤《せいかく》に　忠実に。

一六九 （1）aufheben《アウフヘーベン》〔独〕ヘーゲル哲学の基礎概念で、止揚と訳されている。たとえば本能まかせの性欲を恥ずかしいとして否定して、統御された性欲を理想とし、それのうちに前者を保存しながら高めている――といったような場合がここでの例として考えられる。

一七三 （1）宇宙的内容　超個人的な、普遍妥当的な内容。

一七四 （1）清沢先生　清沢満之（一八六四―一九〇四）。真宗大谷派の僧、雑誌「精神界」によって精神主義を鼓吹した。

一七五 （1）クーノー・フィッシャー　ドイツの哲学者（一八二四―一九〇七）。主著『近世哲学史』、他に『ゲーテのファウスト』等。

一七八 （1）スピノザ　オランダの哲学者（一六三二―一六七七）。阿部次郎は東大卒業論文のテーマにスピノザの本体論を選んでいた。

(2)鳥差しの影　指で鳥刺人の姿をつくって、それを障子にうつし、その影絵を楽しむ遊びがあった。

一七九 (1)論理は誤謬に満ちていたが……　たとえば、死んで生きるとか、殺して生かすとか、否定して肯定するとかいうようなことは一般論理的には成立しがたいものなのだが、しかしそれは現実超越の精神生活の上では現実の否定と理想の肯定として緊密な連係を保って成立していて、その間にギャップはなかった、という意味である。

一八〇 (1)自己超越の要求　機械論的必然の被動の世界から創造的自由の主体の世界へと超越してゆこうとする要求。

(2)カントの根本悪の思想　カントはその『単なる理性の限界内における宗教』で、人間の根本性質に悪に向かう傾向のあることを言い、真にわれわれが徳行をする為には、この根本性質において改まるを必要とし、キリストという「人間の理想」へと超越し行くべきことを説いた。

(3)オイケン　ドイツの新理想主義の哲学者（一八四六—一九二六）。

一八二 (1)アンダーエスチメート　under-estimate〔英〕過小評価。

(2)popular writer《ポピュラーライター》〔英〕人気作家。

(3)fame〔英〕フェーム、名声。

一八三 (1)おおけなくも　身のほど知らずにも。

一八四 (1)晩老　ゆっくりと人生の頂点に達し、ゆっくりと老人になること。

一八五 (1)スタンダール　Stendhal——これは筆名で、本名はMarie Henri Beyle（一七八三—一八四二）。フランスの作家で、著書には、小説「赤と黒」、「パルムの僧院」、手記「アンリ・ブリュラールの生涯」などがある。なおこれは『三太郎の日記』の従来の版ではステンダールとなっていて、そのことの理由が巻末の「後記」——「合本・三太郎の日記の後に」——の中に書かれていたのだが、この新版では普通の呼び方のスタンダールを採らしていただいた。

(2)ブランデス　デンマークの評論家（一八四二—一九二七）。

一八六 (1)モンテスキュー　フランスの思想家・法学者（一六八九—一七五五）。

(2)ウォルター・スコット　スコットランドのローマン派詩人、小説家（一七七一—一八三二）。著作「湖上の美人」、「アイヴァンホー」等。

一八七 (1)戯譜図《ガウケルビルダー》　Gaukelbilder〔独〕幻覚。

(2)カフェー　コーヒー。

(3)巫神《ジビュレ》　Sibylle〔独〕魔女・古代の巫女。

(4)カフェー・ライオン　これは当時（大正のはじめ）東京銀座にあった大きな洋風料亭の名。

一八八 (1)「紅裙」　芸者たち。
(2)和製ルーズヴェルト　当時の米国大統領ルーズヴェルトにちなんで言われた和製大統領・大政治家のこと。

一九〇 (1)慄え《トレモロ》　tremolo〔伊〕感動。
(2)"La Chartreuse de parme"《ラ　シャルトルーズ　ド　パルム》　〔仏〕スタンダールの小説「パルムの僧院」。

一九一 (1)ホメロス　紀元前一〇〇〇年頃のギリシアの詩人。
(2)ソフォクレス　紀元前四五〇年頃のギリシア悲劇の巨匠。
(3)アキレス　ホメロスの叙事詩「イリヤス」に出てくるギリシア軍随一の英雄。
(4)アヤス　古代ギリシアの将軍。

一九二 (1)ドン・ファネリー　ドン・ファン式、ドン・ファン流。
(2)ディヴォーション　devotion〔英〕献身。
(3)エゴー　自己、自我。

一九三 (1)公教的教育　ローマ旧教的教育。
(2)サン・ピエトロ　ローマのヴァチカノの丘のセント・ピーター大寺。
(3)シロッコ　scirocco〔亜〕地中海方面からイタリア方向へ吹いてくるなま暖かい東南風。
(4)アルバノ連山　ローマ南方の連山。

一九四 (1)ハンニバル　カルタゴの名将（前二四六―一八三）。

一九五 (1)イェルゲンセンの『聖フランチェスコ』　デンマーク人イェルゲンセンの今世紀初めの著書で、日本語訳は「聖フランシス」久保正夫訳、新潮社、一九一七年等がある。
(2)アッシジ　ローマ北方の古い町。
(3)プロヴァンスの Chansons de geste《シャンソン　ド　ジェスト》〔仏〕南仏プロヴァンス地方の「武功の歌」。
(4)アーサー王および円卓の騎士　六世紀のブリタニア王アーサーとそれをめぐる騎士たち。

一九六 (1)ミンストレル　欧州中古の吟遊詩人。
(2)ペルジア　中部イタリアのアッシジ近くの都市。
(3)疇昔《ちゅうせき》　先ごろ。

一九七 (1)コンヴァージョン　conversion〔英〕改心、改宗。
(2)アプリア　南イタリアの州名。
(3)スポレト　アッシジのすぐ南方の都市。

一九九 (1)ウンブリア　アッシジやスポレトのある中部イタリアのウンブリア州。
(2)サン・ダミアノ　アッシジ近郊の一つの小さな教会堂。

二〇〇 (1)ピエトロ・ディ・ベルナルドーネ　アッシジの富豪の一人、織物商。

二〇一 (1)ポルティウンクラの会堂　これもサン・ダミアノと同じアッシジ近郊の小さな教会堂で、またの名をサンタ・マリア・デリ・アンジェリ「天使たちの聖母」といった。

二〇三 (1)ラ・ヴェルナの山　フランチェスコが信者オルランド伯爵から贈られた山。

二〇四 (1)セラフ　最高位の天使。

二〇五 (1)speculum《スペクルム》 perfectionis《ペルフエクツイオニス》〔拉〕完全の鏡、ここではアッシジの聖フランチェスコのこと。フランチェスコの弟子レオに帰せられる同名の書がある。

(2)かつて山中に行き悩んで……『三太郎の日記第二』の中の「山上の思索」において阿部次郎は彼が赤城山中で天地創造の神エホバの前に平伏した経験を語っている。

(3)「俺より偉大な者がこの年にならずに……」阿部次郎はこれを書いたのが大正三年で三十二歳、フランチェスコが入信（出家）したのは二十六歳であった。

二〇六 (1)性の秘密　男女を創った神の意志。

(2)出離の願い　出家遁世の願い。

二〇七 (1)第一の関門　世俗の歓楽を捨てるの関門。

(2)公案　道に入るために解くべき試験問題。

二〇八 (1)聖傷 stigma《スティグマ》〔希〕十字架にかけられたキリストの傷痕に似た痕跡。

二〇九 (1)十字架　ここでは道に至るために通過すべき運命的な難関。

二一〇 (1)キリスト教的な心《クリスチャン・マインド》　他人の苦悩を自らの苦悩とする心。

二一三 (1)Natürlichkeit《ナテユーアリヒカイト》〔独〕自然性、出家遁世というような異常な生き方に対する、生活の自然性。

(2)エピキュリアン　快楽主義者。

二一四 (1)romantic《ロマンティク》 love《ラヴ》〔英〕浪漫的恋愛、素晴らしいラブ。

二一五 (1)マニア　行きすぎた性質。

(2)ペダンティック　面白くない衒学的なこと。

(3)ベール　アンリ・ベールがスタンダールの本名であることは既に挙げた。

(4)メレジコフスキー　ロシアの詩人で宗教哲学者、文芸評論家（一八六五―一九四一）。

二一七 (1)マンモン　シリア人の財貨の神。

二一九 (1)松原越しに遠く海を見渡す……　阿部次郎年譜によるとこれは神奈川県鵠沼の当時の寓居先でのことであった。

二二三 (1)限られた者　完全ならざる者、神ならざる者。

二二四 (1)「義務」　カントが実践理性批判において説いている「義務」はいやいやながら従う義務ではなくて、道徳的大法への心からの尊敬から来る積極的履行の義務を指す。

二三一 (1)「一国の選良」　代議士、貴衆両院の議員。

二三六 (1)ベルグソン　フランスの哲学者（一八五九―一九四一）、機械論的世界観に反対し、創造的進化の哲学を説いた。

二三七 (1)ennui〔仏〕アンニュイ、倦怠感。
(2)ある大都会の南の郊外の……　これは当時の東京府下大井町字森五四四五酒井仙太郎別邸のこと。当時阿部次郎はここに住んでいた。

二三九 (1)Ruhe《ルーエ》〔独〕鎮静。
(2)erleben《エアレーベン》〔独〕体験、身をもって感動的に経験すること。

二四〇 (1)Symbol《ジュンボール》〔独〕象徴、個にして全体を代表しているもの。
(2)殊別なる経験　別な、特にすぐれている経験。

二四一 (1)elaboration《イラボレーション》〔英〕推敲《すいこう》。
(2)Tの家　これはたぶん和辻哲郎のお宅であろう。和辻夫妻も当時この大井町に住んでいて、よく往来したことが阿部次郎自筆年譜に見える。

二四二 (1)「死の勝利」　イタリアの作家ダヌンチオの小説。

二四三 (1)contemplative《コンテンプレーティブ》〔英〕瞑想的。

二四四 (1)美学史中世の部のノート　阿部次郎は大正二年四月慶応大学文学部美学講師になっているので、そのためのノートであろう。
(2)H先生の「カントの宗教哲学」　これは波多野精一の「カントの宗教哲学について」のことであろう。大正二年四月東京哲学会における講演だが、これは波多野著「宗教哲学の本質及根本問題」(岩波書店)の付録一として採録されている。
(3)Idealismus《イデアリスムス》の精神　理想主義の精神、これが前記波多野精一の論文に説かれている。

二四五 (1)inactivity《イナクテイヴイテイ》〔英〕不活発、無活動。

二四六 (1)クラシックの血　古典尊重の血。
(2)ヨブやダビデ　共に旧約聖書中に伝の見えている人物で、ヨブは約百《ヨブ》記に書かれている敬虔な篤信家。ダビデは前十世紀頃のイスラエル王。イスラエルの最盛期を作った人として記されている。

二四七 (1)Thema《テーマ》〔独〕テーマ、課題。

二五〇 (1)K　神奈川県湘南の地、鵠沼。

二五一 (1)Entweder-Oder《エントヴエダー・オーダア》〔独〕ここでは、これか然ずんばあれというこの断定に見るような押しの強さ、我の強さ。

二五三 (1)Aに　これは大正三年八月三十日の時事新報に載った文章だが、この時の原題は「安倍能成に」となっている。『三太郎の日記　第二』への安倍能成の批評に対する反批評の文章である。

二五五 (1)ミットライデン　mitleiden〔独〕苦しみを共にすること。

二五六 (1)dialektische《ディアレクティシエ》 Natur《ナトウーア》〔独〕弁証的性格。

二五八 (1)「人交ぜ」　四周の人々を顧慮すること。
(2)「内生活醱酵の一節に結語」を置く……　内生活醱酵を中絶して、四周の人々を顧慮し考慮することを書いた少数の文章(例えば「山上の思索」

では、自分は山へはいっていよいよ社会の恩を思うというようなことを書いているし、「生存の疑惑」では自分は家族を離れて出家は出来ないというようなことを書いていて、これは聖フランチェスコのように内生活醱酵を行くところまで行かしたものではなく、四周の人々への顧慮を敢えて書いた文章ではある)。

二六一 (1)甄別《けんべつ》 明らかに分別すること。
(2)ジンリヒ・エローティシュ sinnlich-erotisch〔独〕官能的・色欲的。

二六三 (1)パリサイ人《びと》 「パリサイ」という言葉は後出の注(三八一(1))に詳しいが、ここでは単に「学問人」というほどの意味。
(2)コンテクスト 文章の前後の関係。

二六四 (1)「痴人とその二つの影」『三太郎の日記 第一』の付録。
(2)ロダンのケンタウロイ 半人半馬、ロダン晩年の作。

二六九 (1)characterization《キャラクタリゼーション》 〔英〕特性挙示。

二七〇 (1)砥礪《しれい》 みがき上げて行くこと。

二七三 (1)顧眄《こべん》 ちょっとふりかえり見ること。

二七七 (1)erhebend《エアヘーベント》 〔独〕心を高めるように。
(2)バックやカリカトゥーアや月評を背景として仕事するよりも 自分の背後の味方や自分への諷刺嘲罵(カリカトゥーア)やその場当たりの月評などにおどらされて仕事するよりも。

二八〇 (1)マナ manna 〔英〕霊的の糧、天恵の食。
(2)燔祭《はんさい》 古代ユダヤ教では石の祭壇で供物の動物の肉と血を焼いて捧げた。

二八五 (1)「忍辱」 忍辱《にんにく》とは仏教の苦行の一つで、大意は、自分を認めることを求めず、他を認めること。
(2)「天」 『三太郎の日記』で用いられてきた他の言葉で置き代えれば「聖」とか「実在」とか「永遠者」とかいうもの。
(3)患ある友 病める友。
(4)サンタ・マリア・デリ・アンジェリ アッシジ近郊の小さな教会堂で、「天使たちの聖母」と呼ばれたもの、既出二〇一(1)参照。

二八六 (1)領会 合点すること。
(2)不易なるもの 単に移り流れて行くもの(流行のもの)に対する永遠のもの。

三太郎の日記 第三

二八八 (1)Inzwischen《インツヴィッシェン》 treibe《トライベ》 ich《イヒ》 noch《ノホ》 auf《アウフ》 ungewissen《ウンゲヴィセン》 Meeren《メーレン》; der《デル》 Zufall《ツーフアル》 schmeichelt《シュマイヒエルト》 mir《ミーア》, der《デル》 glattzüngige《グラットチュンギゲ》: vorwärts《フォルブエアツ》 und《ウント》 rückwärts《リュックヴエアツ》 schaue《シャウエ》 ich《イヒ》—, noch《ノホ》 schaue《シャウエ》 ich《イヒ》 kein《カイン》 Ende《エンデ》. これはニーチェ『ツァラトゥストラ』第三部「意にまかせぬ福祉」の中に見えている言葉で、生田長江はこれを次のように訳している。「この間に我はなほ覚束なき海を行く。舌滑かなるもの、偶然は我に諂《へつら》ふ。我は前を見、後《うしろ》を見る。尚ほ我は何等の極を見ざるなり」

二八九 (1)dialectic《ダイアレクテイク》〔英〕精神が自分の中の対立や相剋を綜合しつつ超越して行く過程。

二九〇 (1)The《ザ》 chariest《チャリエスト》 maid《メイド》 is《イズ》 prodigal《プロディガル》 enough《イナフ》, If《イフ》 she《シー》 unmask《アンマスク》 her《ハア》 beauty《ビューティ》 to《トウー》 the《ザ》 moon《ムーン》.〔英〕乙女は月に肌を見せるだけで十分だ、というのが大意で出典は「ハムレット第一幕第三場」。

二九二 (1)cynical frankness《シニカルフランクネス》〔英〕自嘲的あけすけ。

(2)ルソー流の露出の快感　「エミール」の著者ジャンジャック・ルソーが言っているような、内容が自然的に露れ出てくることの快感。

(3)melancholia《メランコリア》〔英〕憂鬱症。

二九三 (1)忍男　しのび男、まおとこ。

二九四 (1)肯綮《こうけい》　正しい的《まと》。

(2)三面記事　新聞で第三面（社会面）に載せた記事、俗事的ゴシップ。

二九六 (1)メリット　merit〔英〕功績、手柄。

(2)長者　長上《めうえ》の者。

二九九 (1)フェータル　致命的。

(2)「菩薩涅槃《ぼさつねはん》を修むる時……」この句の理解のためには『三太郎の日記　第二』の最後のところ（二八五頁）に描かれているアッシジの聖フランチエスコとその弟子レオとの菩薩的な忍辱の行を参照されたい。

三〇〇 (1)エロス　純愛、真善美への愛。

三〇一 (1)「苦治」　身心にとって厭なこと——やまい——を逃げずに、それを引き受け、苦しみ、耐え抜いてそれにやられない者になること。

(2)貫徹し分関する　積極的に共感すること。

(3)「観《ベトラハテン》」　ドイツ語の Betrachten で、自由な立場に立って、労苦の人だとか悲哀の人だとかを観察し、共感し、観照すること。

三〇二 (1)「働き《テーティヒカイト》」　ドイツ語の Tätigkeit で、労苦などに実際上従事するのではなくて、自由な観照者の立場から、それに向かって進んで共感をするという積極的な自由活動のこと。

(2)正念《ルーエ》　仏教上の言葉で、皮相の狂奔に対する本体における鎮静（ドイツ語の Ruhe）のこと。

(3)法爾自然《ほうにじねん》　仏教上の言葉で、いっさいがそのままでよいとする大悟。

三〇三 (1)合目的観《テレオロギー》　Teleologie〔独〕、実際的に世界がよくなり、神に近付くという世界観。

(2)倫理的の愛　他人の身の上を考える、社会的連帯の愛。

三〇九 (1)Exaltation《エグザルテーション》 と depression《ディプレッション》〔英〕得意満面と意気消沈。

(2)『この人を見よ』　ニーチェの自伝 Ecce《エッケ》 homo《ホモ》.

(3)反対の立場　『この人を見よ』の中でニーチェは

「何故自分はかくも賢明であるか」というように極端に肯定的な自己評価を告白しているのだが、三太郎の立場はこれとは反対である。
(4)ニーチェのメタフュージクには……　例えばニーチェの万物永劫回帰の説は彼のメタフュージク（形而上学）だが、これには物理学的実証意図《ポジティヴィズム》があるけれども、この意図はかえって彼の哲学をそこなっている。
(5)K子　長女の和子のこと。和子はこの前年（大正二年）の暮れに生まれている。

三〇(1)谷中の家　東京市下谷区谷中天王寺町三四の住居。当時阿部次郎が弟や妹と居た家。
(2)柏木《かしわぎ》　東京市外淀橋町柏木六五六。当時阿部次郎の妻と子供の居た家。「合本三太郎の日記の後に」参照のこと。

三一(1)Appetit《アペティート》〔独〕欲情。
(2)W夫婦　和辻哲郎夫妻のこと。この時この夫妻に出した葉書は阿部次郎全集第十六巻書簡集所載第一五二号。大正三年三月八日付。
(3)学校　阿部次郎は前年の四月から慶応義塾大学文科美学講師になっている。
(4)セガンティーニ　十九世紀のイタリア絵画の巨匠で、アルプスの仙域に独特なる自然追求の絵をかいていた。

三二(1)材料の世界　描写対象の世界。
(2)湘南の海と山　阿部次郎は大正三年の五月から神奈川県藤沢字鵠沼中藤ヶ谷高瀬邸内へ移っている。
(3)地《プラッツ》　Platz〔独〕場所。

三三(1)一銭五厘　当時葉書は一枚一銭五厘だった。
(2)T　阿部次郎の妻の恒《つね》の頭字だろう。
(3)God, the scientist《ゴッド　ザ　サイエンティスト》 : God, the novelist《ゴッド　ザ　ノーベリスト》〔英〕科学者としての神、小説家としての神。

三五(1)pose《ポーズ》〔英〕作った素振り。
(2)エチュード　習作。
(3)*Goetz*《ゲッツ》, *Iphigenie*《イフィゲーニエ》, *Faust*《ファウスト》　*Goetz* は「ゲッツ・フオン・ベルリヒンゲン」。ゲーテ二十四歳の作品、*Iphigenie* は三十七歳の作、*Faust* は言うまでもなくゲーテのライフワーク。

三六(1)ロマンティック　ここではドイツ文学上のロマンティックのゼネレーションのこと。

三七(1)抑揚《ベトーヌング》をつける　積極的に力を入れたり、消極的に動かなかったりすること。

三九(1)モナリザ　レオナルド・ダ・ヴィンチのモナ・リザ。これの妙な笑いは誰もが知っている通りである。
(2)「三百おとした気持」　小銭を落とした時の気持。
(3)『クロイツェル・ソナタ』　結婚問題を扱ったトルストイの小説（一八九〇年作）。
(4)『ルツェルン』　トルストイ二十九歳（一八五七）

の作品。
三二一 (1)靭体《じんたい》 柔軟性《フレクシビリティ》を与えるもの。
三二七 (1)弥勒菩薩《みろくぼさつ》 釈迦の滅後第二の釈迦として来世し、釈迦の救い残した衆生をことごとく救うという菩薩。
三二八 (1)"Ivan's Nightmare"《イヴァンスナイトメアー》 〔英〕 ロシアの民話にイヴァンという馬鹿が出てくる。これはその「イヴァン・馬鹿者の夢」。この題でメフィストフェレス(悪魔、多分にファウストに出てくる悪魔に似ている)が語る言葉。
(2)パースペクティヴ 視野。
三二九 (1)Kultur《クルトウーア》 〔独〕 文化、ここでいう「文明史的内容」で、キリスト教文化とか仏教文化とかいうもの。
(2)Altruist《アルトルイスト》 〔独〕 非利己主義者。
三三〇 (1)Konsequenz《コンゼクヴエンツ》 〔独〕 ここでは節操、首尾一貫。
三三三 (1)Stimmung《シユテイムング》 〔独〕 感じ、気分、情調。
三三四 (1)Frömmigkeit《フレミヒカイト》 〔独〕 敬虔、砕かれる心。
三三六 (1)Sollen, Müssen《ゾレンミユッセン》 人間の心の要求と自然の法則。
(2)エホバを見奉らんことを 造物主の単純なる絶対的認識に立ち至りたいものだ。
三三九 (1)一昨年 大正三年にあたる。
(2)早稲田文学社 早稲田大学文学科の機関紙『早稲田文学』の発行所。
(3)C君 生田長江のこと。
(4)『反響』 生田長江が森田草平と創刊した文芸雑誌で大正三年四月から四年五月までつづいた。
三四〇 (1)「新日本」 明治四十四年四月号から、冨山房によって刊行され、大正七年十二月号をもって終わった総合雑誌。
三四三 (1)Entweder-Ocer《エントヴエーダー・オーダア》 〔独〕 ここでの意味は、甲か然らずんば乙かで、断固一方に決すべき事柄で、どちらでもよいといったものではないということ。
(2)絶句的命題 絶句の形をとった判断文のこと、絶句は漢詩の近体詩の一つで、起・承・転・結の二連四句から成るもの。
三四五 (1)上求菩提《じようぐぼだい》 仏教の言葉で、自分が菩提(聖)に至りつかんとして精進すること。
(2)下化衆生《げかしゆじよう》 上求菩提と対《つい》をなすことばで、これは下って衆生を済度救済すること。
三四六 (1)雪山《せっせん》 釈迦は雪山(ヒマラヤ山)に入って修行したといわれている。
三五五 (1)Kultur《クルトウーア》 〔独〕 再出だが、ここでは文化、純粋精神活動の所産。
(2)餓虎 仏道では修行報恩のために身を飢えた虎にささげるという餓虎捨身ということがある。
三五七 (1)究極理想 最後の理想、本書のこれまでの言葉で言えば、真生・実在の生のこと。
三五八 (1)他との比較を拒む独断ではなくて…… 人生のためという一般法則を拒むものではなくて、その法則の範囲内においての芸術優越の主張でなければならない――という意味。

三六〇 (1)Potenzierung《ポテンツィールング》〔独〕増盛、美学上の用語で、純粋化することによって強化すること、徹底的に創造化すること。

(2)フロベールの『サランボー』 フロベール(一八二一―一八八〇)はフランスの自然主義小説家、「サランボー」はそのフロベールの代表作の一つで歴史小説(一八六二年作)。

(3)「人生をより善く且つより悪くする」 人生の苦楽善悪をより純粋にすること。

三六一 (1)*La nouvelle Heroise*《ラ ヌーヴェル エロイーズ》〔仏〕ルソーの著『新エロイーズ』、ルソーはフランスの思想家(一七一二―一七七八)。

(2)内奥の本質 徹底創造性のこと。

(3)Vgl. W. Dilthey : *Das*《ダス》 *Erlebnis*《エアレーブニス》 *und*《ウント》 *die*《ディ》 *Dichtung*《ディヒトゥング》, s. 217 ff. 〔独〕ウィルヘルム・ディルタイ著『体験と詩作』二一七頁以下参照。ディルタイはドイツの哲学者(一八三三―一九一一)。

三六二 (1)*Leiden*《ライデン》 *des*《デス》 *jungen*《ユンゲン》 *Werthers*《ヴェルテルス》〔独〕『若きヴェルテルの悲しみ』、ゲーテの名を一世に高めた、その若き日の名著。

(2)悪魔のごとく襲いくる…… 自分にむりやりに押しかけてくる過去の苦しい実人生を徹底創造の芸術世界に摂取形成して、そこに大自在の歓喜を味わって、新しい創造の生に出発してゆくこと。

(3)対象の精髄をつかんでそこに万物の底に流るる「心」を発見すること その作品において徹底創造者の心を体験するようにすること。

三六八 (1)ギュイヨー フランスの哲学者(一八五四―一八八八)、「現代美学の諸問題」、「社会学上より見たる芸術」等の著がある。

三七一 (1)Synthesist《ジュンテージスト》〔独〕総合主義者、Entweder-Oder(これか然らずんばあれかというように一方づくこと)を好む性質ではなくて、Sowohl-als auch(これもあれも)という総合を好む者。

三七三 (1)フォルケルト ドイツの哲学者・美学者(一八四八―一九三〇)。

三七六 (1)N先生 夏目漱石先生のことであろう。

三七七 (1)エンファシス 強調。

三八一 (1)パリサイの徒 ヘブライ語で「分離者」、イエスに対立したユダヤ教徒。小ざかしき理屈家・学問人、傲慢にして貪欲なる者、偽善者等としてイエスから非難されたともがら。

三八二 (1)「汝らパリサイ人《びと》のパン種を慎め」 新約聖書ルカ伝十二章一節に見える。

三九二 (1)『明暗』 大正五年朝日新聞連載小説、作者夏目漱石死去による未完作。

(2)W 和辻哲郎。

(3)則天去私　天を手本として私心を去ること。
(4)ゲッセマネ　エルサレムの近郊で、イエスが刑死の前日、そのオリーヴ園におもむいて祈ったといわれている。
(5)マルコ伝　新約聖書マルコ伝。
三九四 (1)対角線的反対　矛盾対当。
(2)『わが懺悔』トルストイ著（一八八一年作）、トルストイ主義の理論的基礎をなす作。
三九五 (1)ホッテントット　アフリカ南部の未開種族。
三九七 (1)折伏《しゃくぶく》　仏教語で、煩悩とか悪法だとかを破砕すること。
四〇〇 (1)「もののあわれ」しみじみとした情趣、平安文学の柱となっているもの。
(2)弄斎《ろうさい》　弄斎という浮かれ坊主が歌いはじめたという江戸時代初期の小唄。
(3)古土佐　室町時代の土佐派絵画。
(4)夢殿《ゆめどの》の秘仏　法隆寺東院の夢殿の中の秘仏救世観世音菩薩のこと。
(5)三月堂の諸仏　東大寺法華堂（三月堂）内の諸仏、本尊不空羂索観音、脇侍日光・月光等。
(6)法華寺の弥陀《みだ》三尊図　奈良法華尼寺に伝わる阿弥陀三尊図。
四〇二 (1)薬師寺　奈良市西ノ京にあり、法隆寺、東大寺、興福寺などとともに南都七大寺の一つである。
(2)光悦や宗達や光琳《こうりん》　桃山時代から江戸時代初期にかけて日本工芸界に君臨した本阿弥光悦、宗達は同時代の大和絵の巨匠、光琳はこれらの人の伝統をついだ元禄時代の大画家。
(3)富本《とみもと》　常磐津節の一分派。江戸時代中期に盛行した。
(4)端唄《はうた》　俗曲、江戸時代後期から行なわれた。
(5)エレメント　素質、本筋。
四〇三 (1)休戚《きゅうせき》　悲喜、喜びと悲しみと。
四〇六 (1)「汝自身を知る」これは古代ギリシアのデルフォイの神託『汝自身を知れ』から来ている。
四〇八 (1)屑々《せつせつ》たる　さわがしい、せわしげな。
四一三 (1)ウィルソン　アメリカの第二十八代大統領、第一次世界大戦後のベルサイユ講和会議において各民族の自決主義を提唱したことは有名。
(2)カイザー・ウィルヘルム　ドイツ皇帝ウィルヘルム二世のこと、彼は汎ドイツ主義をとなえて軍備を拡張し、大いに植民地をふやそうとして第一次世界大戦に突入、敗戦後帝位をしりぞいてオランダに隠棲した。
四一六 (1)相鬩《そうげき》　せめぎ合うこと。
四一七 (1)胖《ゆた》か　大まかにゆるやかなること。
四二〇 (1)外面的事功　物質的善行。
(2)外延的普遍　表面的全体。
四二二 (1)「人類」の一　人類の帰一する一点。
四二三 (1)普遍的自我そのもの　自律的自由創造的主体者

そのもの、神そのもの、仏そのもの。
(2)自性《じしょう》　人間本来具有の真性、仏性。
(3)即身成仏《そくしんじょうぶつ》か即身是仏《そくしんぜぶつ》か　ここの言葉でいえば、現実的自我は多くの段階を経て普遍的自我（自由創造的主体者、仏）となるのであるか、あるいは現実的自我はそのままにして普遍的自我（自由創造的主体者、仏）なのであるか。
(4)此土即寂光土《このどそくじゃっこうど》か厭離穢土《おんりえど》欣求浄土《ごんぐじょうど》か　現実的自我がそのままにして普遍的自我たるのか、現実的自我は徐々に厭離して普遍的自我の清浄を徐々に身につけるのか。
(5)見性《けんしょう》か念仏か　本来の真性に自力をもって参ずるのか、他力（念仏）をもってそのままに仏たるのか。

四三 (1)causa《カウサ》 finalis《ファイナリス》 〔拉〕 アリストテレスのいう運動の四つの原因の一つで、ものの到達点にあって、その動きをひっぱっている原因、究竟因・目的因のこと。

四四 (1)狎褻《こうせつ》　きたなくなじんでしまうこと。

四六 (1)仏本生伝《ぶっほんしょうでん》　仏陀はその前世においていろいろな善行を積んだといわれるが、それを集めた仏の前世話、本生譚《ほんしょうたん》。
(2)半偈《はんげ》を聞《き》かんがために身を投げ　これは仏陀の本生譚の一つであって夜叉説半偈《やしゃせっはんげ》といわれるもの。即ち、仏陀は過去生において雪山《せっせん》に入って菩薩の行をしていたとき、ある羅刹（夜叉）から「諸行無常是生滅法」の前半偈（偈とは仏家の詩語）を聞かされて、是非後半を聞きたいと願う。しかし羅刹はその常食（人の暖肉と熱血）とを欠くこと多日、ために後半を説く力なしという。仏陀、然らばわが身を捨て奉施せんと約す。羅刹すなわちその精進に感じて、その本身（釈提桓因）を現じ、「生滅滅已寂滅為楽」の後半偈を説く――というのがこの夜叉説半偈のあらましである。
(3)薩埵《さった》王子　右と同じ仏陀の過去生における菩薩行のときの名前。
(4)麤食《そしょく》　粗食。
(5)まさに涅槃《ねはん》を証す　そのままに成仏する。
(6)不惜身命《ふしゃくしんみょう》　身命を惜しまないこと。
(7)山上の垂訓　新約聖書マタイ伝福音書第五―第七章のキリストの教訓、ガリラヤ湖畔の山上で説いたので山上の垂訓という。

四七 (1)婆羅門《ばらもん》　仏教以前のインド宗教である婆羅門教の僧のことで、難行苦行、操行潔白を主旨としていた。
(2)中世の修道士　西洋中世の修道院の院士たち、彼らもまた厳粛な戒律の下にあった。
(3)「無罣礙《むけいげ》の享楽」　勝手気ままの享楽。

四八 (1)牧牛女人《もくごにょにん》　牛飼いの女。

四三四 (2)乳糜《にゅうび》　乳汁。
(1)阿諛便佞《あゆべんねい》　ひとの「己《おのれ》」に小ざかしくおもねること。
四三五 (1)『倫理学の根本問題』　リップスの倫理学を阿部次郎が粗述したもの、大正五年岩波書店出版、角川版阿部次郎全集第三巻。
四四〇 (1)白隠和尚　江戸時代の臨済宗の高僧、駿河の人、信州飯山の正受《しょうじゅ》老人の法を嗣ぎ、後京都妙心寺の第一座となる。伊豆竜沢寺を開く。
(2)恵端和尚　飯山正受庵主、正受老人ともいわれた。
(3)法然と親鸞　法然は浄土宗の開祖、親鸞は法然の弟子で浄土真宗を開いた。
四四一 (1)壅塞《ようそく》　気持のふさぎ。
四四二 (1)第一義諦《ぎたい》　最も根本のもの。
四四三 (1)Dialektik《ディアレクティク》　〔独〕弁証法。「ディアレクティシュの考え方」は弁証法的進展の考え方ということ。
四四四 (1)形式論理　生きた内容とは無関係に、抽象的推論の形式でだけ進められる論法、三段論法、演繹的論法。
(2)方丈中　一寸四方の居室の中、つまりわくの中。

三太郎の日記付録

四四八 (1)汝わが数度の流離を数えたまえり。なんじの革《かわ》袋《ぶくろ》にわが涙を貯え給え。これは旧約聖書、詩篇第五六篇「ダビデの伶長《うたのかみ》にうたわしめたるミクタムの歌」の第八節である。
四四九 (1)親友　阿部次郎自筆年譜の明治四十一年（一九〇八）二十六歳の項に「一〇月与謝野寛の慫慂《しょうよう》に従いて『明星』終刊号に小説まがいの『親友』を書く」とある。
四五一 (1)琴の緒《お》　琴の絃《いと》。
四五六 (1)狐火　阿部次郎自筆年譜の明治四十四年（一九一一）二十九歳の項に「三月『影と声』出版（春陽堂）草平（森田）豊隆（小宮）能成（安倍）三君との合著。五月、前記三君および鈴木三重吉君と『五人集』（『ホトトギス』臨時増刊）を出し『狐火』を載す」とある。
四五八 (1)『寺小屋』　浄瑠璃の菅原伝授手習鑑《すがわらでんじゅてならいかがみ》の四の切り「寺小屋の段」のこと。
四六〇 (1)possession《ポゼション》, possessed《ポゼスト》　〔英〕前者は所有し占有していること、後者は所有され占有されていること。
(2)ツァラトゥストラは有らんかぎりの声を絞って……　ここでのツァラトゥストラはニーチェの主著『ツァラトゥストラは斯く語りき』の主人公。そしてこの話は『ツァラトゥストラ』第三部の「幻影と謎と」の中に出てくる。
四六二 (1)信飛旅行　信濃や飛驒の旅行。
四六三 (1)上松《あげまつ》　木曾の上松。阿部次郎自筆年譜によると彼は明治四十五年の九月末から十月はじめにかけて友人六人と信飛旅行をしているわけだが、これはその時の思い出に取材していると思われる。

四六四（2）「乾反葉《ひぞりば》」 乾いて反りかえった葉。

（1）Erste《エーアステ》 Erfahrung《エアファールング》〔独〕最初の経験。

（2）Selbst-gefühl《ゼルプスト ゲフユール》, Kraft-bewusstsein《クラフト・ベヴストザイン》〔独〕前者は自己感情、後者は力の意識。

（3）verführen《フェアフユーレン》 される〔独〕誘惑されて汚されること。後出のVerführer《フェアフユーラア》は誘惑者。

四七五（1）若竹 当時東京にあった寄席《よせ》。

四七七（1）面従苟合《めんじゅうこうごう》 面前ではこびへつらって従うこと。

（2）戒律の神ヤーヴェ エホバのこと。

四八二（1）Pfui《プフイ》! Pfui《プフイ》!〔独〕ああ、いやだいやだ！

四八七（1）高山樗牛 高山林次郎、明治の高名な文芸評論家。山形県の出身で、阿部次郎同郷の先輩。

（2）Idee《イデー》〔独〕理念。

（3）Geschlechtsleben《ゲシユレヒツレーベン》〔独〕性生活。

（4）Atrophie《アトロフイー》〔独〕衰弱。

四九〇（1）アドレッセンスの女 二十歳《はたち》前の若年の女。

（2）Enthusiast《エントウージアスト》〔独〕熱心家。

四九二（1）ソドム 旧約聖書によると死海の近くにあった古都市。住民のすべてが淫乱の極度に達したがために、天上からの火によって焼き払われたという。

四九四（1）Leben《レーベン》 は Prozess《プロツエス》 der《デア》 Reinigung《ライニグング》〔独〕人生は浄化の過程。

（2）Reinigung の目標は das《ダス》 Gute《クーテ》, das《ダス》 Schöne《シエーネ》.〔独〕浄化の目標は善、美。

四九七（1）experimentieren《エクスペリメンティーレン》〔独〕実験。

五〇〇（1）紙屋治兵衛と小春 八三（3）および九四（1）参照。

五〇二（1）Sollen〔独〕こうすべきだという命令。ここでは恋愛における独占命令。

五〇三（1）アナロジー 類比、類推。

五〇五（1）Stauung《シユタウウング》〔独〕堰止め。

（2）Gewalttat《ゲヴアルトタート》〔独〕暴行。

（3）Don Juan ドン・ファン、既出（九三（1））。

（4）Erotiker《エロテイカー》〔独〕色好みの人間。

五〇七（1）口説《くぜつ》 口あらそい。

五一三（1）ラボラトリー 研究室、実験室。

（2）セザンヌ フランスの画家。後期印象派の巨匠（一八三九―一九〇六）。

五一七（1）シンボルの霊活を理解する 一人を全体のシンボル（象徴・代表）として深く愛し込んで、それの神秘と霊活（霊妙な感動）とを体験すること。

（2）本然 本来の方向。

五一九（1）アンティノミー 二律背反、自家撞着。

五二三（1）中有《ちゅうう》 天《あめ》の下、宙。

(2)ジンリヒカイト　官能性。

(3)personal《パースナル》 love《ラヴ》〔英〕個人的恋愛。

五三七 (1)*Ueber*《ユーバー》 *das*《ダス》 *Geistige*《ガイスティゲ》 *in*《イン》 *der*《デア》*-Kunst*《クンスト》〔独〕『芸術における精神的なものについて』、カンジンスキーの主著、一九一二年第二版。

五三八 (1)l'amour《ラムール》 à《ア》 la《ラ》 Don《ドン》 Juan《ファン》, l'amour《ラムール》 à《ア》 la《ラ》 Werther《ヴェルテル》〔仏〕ドン・ファンへの愛、ウェルテルへの愛。

(2)ウィンケルマン　Johann Joachim Winckelmann（一七一九—一七六八）、ドイツの Stendal《シュテンダール》市の生まれ、古代美術の研究家。

注解　井上政次

解説

1

最初に『三太郎の日記』という書名の本が世に出たのは大正三年四月のことで、出版書肆は東雲堂（当時東京日本橋檜物町在）というのであった。もっとも著者の阿部次郎はそれまでに「三太郎の日記」という標題でたびたびその内生――内面生活――の記録を新聞へ発表してはいた。例えば読売新聞の明治四十五年七月十四日号や同じく七月二十八日号などにはこの題名で阿部次郎の小編が載っている。そうしてこれらの小編――必ずしも「三太郎の日記」という標題をもつものではなかったが、ともかくこの当時、すなわち明治四十四、五年から大正二、三年へかけて新聞や諸雑誌に発表した小編――のほとんど全部を一括して、世に問うてみたのが前記の東雲堂版の『三太郎の日記』で、これは後に岩波書店から『三太郎の日記・第弐』が出るに及んで、『三太郎の日記・第壱』と世間からも著者からも呼び慣らわされることになったものである。

ところでその『三太郎の日記・第弐』は『第壱』の出た翌年、即ち大正四年の二月に、その間の一年間に諸新聞や諸雑誌に書いた内生記録の文章を本文として岩波書店から発売された。その時ちょっと面白い話があって、阿部次郎はこんな想い出話を書いている。「『第弐』は岩波が出版屋を始めてから日がなお浅く、自分も半分責任をとるつもりで、純益折半の共同自費出版のような形で出して見たものである。あの本のボール箱に本題よりも『第弐』という字の方を馬鹿に大きくしたものがあるのは、こっちで広告すると『第壱』の方が余計売れ出すのが癪だと云って、岩波が憤慨してやった仕業であるが、これも（岩波亡き）今では悲しい笑い話の種となってしまった。」（『阿部次郎選集』第一巻「朝空」の凡例より）

そうして次いで、第三番目に、『合本・三太郎の日記』の出版が来るわけだが、この『合本』においては、まず前記の『第壱』と『第弐』の本文全部が収容された。『第壱』と『第弐』とには、実は、阿部次郎の内生記録の本文以外に、時評的な雑稿――「日記的性質の本文とは別の、当時は批評とか評論とか呼ばれていたもの」（『三太郎の日記・補遺』の自序参照）――の一群が付載されていたわけだが、これは合本の際には取り除かれて、本来の内生記録の文集の面目をあらたにしたのである。そうしてこの際あらたに『第参』として、大体『第弐』の時期以後の執筆にかかる内生記録が付加された。すなわちおおよそ大正四年後半から大正六年前半にわたる内生記録の文章はここにほとんど網羅されて『第参』として『合本』に参加したのである。

そして『合本』は従来からの付録すなわち「親友」以下「痴人と二つの影」に至る四編――前記二編と「狐火」とは『第壱』に載っていたもの、「西川の日記」は『第弐』の付録――を保存した。これらは或る意味では本文よりも一層日記的だといえるようだし、著者が「恥ずかしくって」と述懐する（『三太郎の日記・補遺』自序参照）その言葉が一番生々《なまなま》しくあてはまるのがこの部分であるかのようにも思えるのである。

――いずれにしてもおよそのところこんな成立次第と編成とで『合本・三太郎の日記』は大正七年六月岩波書店から発行された。そうして著者はそれの広告文に自ら筆をとって――当時は著者自らが広告文を書くという出版界の習慣があった――次のように書いた。「この書を除外すれば自分の生活の十年間は文字通り空虚になろう。」これは『思想』大正十二年一月号および十三年一月号に見える広告文だが、「七年六月、著者」という署名が付いている。

2

まことに『合本・三太郎の日記』はこのころまでの、阿部次郎の齢《とし》でいえば三十歳前後通算およそ十年間の、彼の全生活であった。この書に盛られた内生とそれの表現とがこの期の彼の生活全部であったのである。彼は自分の内生――内面生活――を丹念に闡明《せんめい》し、誠実に反省し、深くそれに沈潜しつつ進展さした。そうしてそれの暗黒、苦悶、憂愁、微光を余さず仮借せず、自己翻弄《ゼルプスト・イロニー》のごとくにまで赤裸々に表現した。ここには一語の空語もなく、一行の空論も語られていない。この態度が、思索の仕方が、その結論の如何は暫く措いて、まず当時の青年を打ったし、思想界を驚かせた。『文章世界』第十巻第三号（大正四年三月号）は「『三太郎の日記』は貧弱なわが思想界に春の曙のような諧調を齎らせた。実際、空理を弄ぶ在来の言論界の中に、吾人は初めて、氏によって真の思想家としての面影を見たのである」と批評したし、『アララギ』第二巻第五号（大正三年六月号）は「この表現の能力と深い本質的な内生とは真正の哲学の根本条件である」と評した。また、これはまことに女性らしい言葉づかいで、大正三年七月号の『青鞜』は、「この書に触れる限りの人々はみな著者の誠実さに触れ、浮薄な心を振い落し、自己に沈潜しようとするに違いありません」と評したし、当時の評論家赤木桁平は『文章世界』第九巻第十一号（大正三年十月号）の論文「阿部次郎の思想」の中でこんな風に評してもいる――「阿部氏の思想は浮薄軽佻を極めたわが現代の思想界ではたしかに驚くべき真摯と着実を有している。氏は終始厳粛なる態度で覿面《てきめん》に宇宙人生を凝視し、その根本的意義の闡明に自己の全生命を投擲《とうてき》している。」

　そしてこの真摯にして不惜身命《ふしやくしんみょう》の思索態度は、また青年を、そして心に青年を失わない限りの成年を、とらえて離さぬ特長ででもなければならない。有島武郎は――ぼくが最初に『三太郎の日記』の存在を知らされたのがこの人からだったのだが――あのときぼくらにこんな風に話していた。あのときとは大正十一年夏のこと、場所は北海道の小樽で、ちょうど所有農地を小作人に解放のために渡道して来られた有島さんが、当時あそこにあった殆罔社《たいもうしゃ》という啓蒙団体に請われて一夕講演されたあのときのことなのだが、あのとき既に有島さんは死を、自決を、真剣に考えていられたものと推察される、『三太郎の日記』をぼくらの面前に突き出すようにして、こんなに言われた――「上野を発つなり、みちのくも、津軽海峡も、北海道になってからも、わたしは一つも車窓の眺めを持たずじまいで、ずっとこれまでこの本に目と心を奪いとられて来てしまった」と。

　この翌年の夏、軽井沢で、自決体となって発見された有島さんを想うにつけ、これらの言葉には、『三太郎の日記』にみなぎる真摯なる生死との対決にすっかり自分も惹きこまれてしまっていた有島さんが偲《しの》ばれるのである。

　青年を、そして心に青年を失わない限りの成年を、とらえて離さぬ特長を『三太郎の日記』は持っていると言える。阿部次郎は大正十三年六月、七月、八月、十二月にわたる『思想』誌上の広告文で、著者自身でいささかの自負を述べて、こんな風にも言っている。「あの当時の私の青年の全生活をかけて書いたこれらの文章が当時同様青年の胸に愬ふる力を持つことは私のひそかに信ぜむと欲するところである。」（傍点解説者）

　そしてまことにこれらすべての評言は、今も当時も変わりなく、『三太郎の日記』の第壱、第弐、

第参の各部に通ずる一般的特質の挙示にかなっている。

そしてぼくは当時の『文章世界』第九巻第十一号（大正三年十月号）における赤木桁平とともにその文章表現のまれに見る「堅緻」（堅実精緻）をここに賛えるなら、それでおおよそは『三太郎の日記』の一般的特質は挙げ得たかに思うのである。

3

ところで『三太郎の日記』はこれらの一般的特質のほかに、その第壱と第弐と第参とのおのおのに、それぞれ多少の内容的特色がありそれらの間に進展関係が見られるわけで、これについても解説がなされねばなるまい。無論その特色なり進展なりはかなりかすかで緩慢なところからして、時には立ちどまったり逆方向へ揺れ返ったりする気配の個所も無いではないが、大きく見れば、そういう進展なり特色なりは目についてくるのである。

で、その「第壱」の特色だが、ここでちょっと断わりを一つ――

『合本・三太郎の日記』は戦後は、改版岩波版も、角川文庫版も、全集版も、この角川選書版も、その各部標記に従来の「第壱」「第弐」「第参」を用いずに、「第一」「第二」「第三」を使っているので、解説もこのあたりで切り替えて、簡単の方の文字を用いることにする。――

で、その『第一』では、まず真には一片の生さえも存在しないという状態で内生その物が告白される。この『第一』の書かれた時期は、既述のように、明治四十四年（阿部次郎二十九歳）の夏から大正三年（三十二歳）の正月へかけてであったが、これは彼の大学卒業前後の虚脱と放心と彷徨の時代――これはその友人たちとの合著『影と声』（明治四十四年、春陽堂出版）の中にその悲痛の状態を伝えている——の後をうけて、未《いま》だにそれから脱却出来ない時代であった。無数にして過多なる諸文化は、哲学と宗教と芸術と、そしてそれらのおのおのにおける諸流派の巨大な波濤は、日露戦争戦勝直後の国情もあって、世界のあらゆる隅々から、歴史のあらゆる時代から押し寄せて来て、この秀才《エリート》はそれの渉猟と応接の間に、自己と真の生とを失ってしまったのである。「俺の生命は多岐に疲れて漸くその純一を失って来た。過度の包摂は俺の心の生命《いのち》を傷つけた。」「散漫、不純、放蕩、薄弱、顚倒、狂乱、痴呆——その他すべての悪名は皆俺の異名である。」（「断片」より）

だが自己と真の生との喪失の詠嘆《なげき》がこんなにも凄愴であることは、反面では、その失われたものへの希求がどんなにか深刻であり、その希求がどんなにか強靭に活《はたら》いていることを物語るものでもなければならない。そしてこの『第二』ではこの希求がさすがに徐々に実を結んで来る趣（「さまざまのおもい」、「山上の思索」、等参照）も見えてくるのであり、そして後半殊に大正二年にはいってからの文章ではその希求の達成が控え目ではあるが明確に告知されもする。「与えられたる素質と与えられたる力のいっさいをあげて、専心に、謙遜に、純一に、無邪気に、その内部的衝動の推進力に従う。……悲観と萎縮との終局に、不思議なる力と勇気とが待ち受けていて、窮窘《きゅうきん》の中にも新しい路を拓《ひら》いてくれることを経験する。そうして私は意識の測定を超越する私の無意識の底力を思う。」（「沈潜のこころ」より）「従来のさまざまな疑惑と混乱とにかかわらず知らず識らずの中に私の人格に凝成した些細なある者を感ずる。従来の模索と瞑想との底に、些細ながらもある『確かなもの』のいつしかできかかっていることを感ずる。」（「年少の諸友の前に」より）

自己と真の生とはここに終局において辛うじて救出された。それは阿部が単なる時代の秀才《エリート》でなく、時代の病弊を触知し、身に滲み込んだそれとの格闘に堪えた野人青田三太郎であった（「影の人」参照）からであり、『三太郎の日記・第一』はその三太郎の自己病患の自己翻弄と、それを経て辛くも達した自己救出の凄愴なる内生の記録なのである。

そして『第二』は、『第一』の境地からはそこに若干の進展を見せている。成程「自己」とそれを基盤とする「真の生」とは『第一』の終期において救出された。しかしそれは救出されたというだけでその自己とその生との内容はこれは極めて貧弱たらざるを得なかった。すなわち、それはたしかに「実在」の道に就いたのではあったが、しかしその実在の「程度」はこれは甚だ貧弱たらざるを得なかったのである。今や阿部の内省の眼はもっぱらこの点に注がれて、この『第二』の時期（大正三年三月から同年十一月にわたる著者三十二歳の約一年間）の主要課題は如何にもしてこの自己をいよいよ実在たらしむること、この生をいよいよ根元的生命へと近づかしむること、真に実りある永遠的主体「霊」へと自身をいよいよ近接せしむること、こういうところにあることになったのである（「遅き歩み」、「聖フランチェスコとスタンダール」、「郊外の晩春」第十八節、等参照）。

そうしてそれがいくらかずつは果たされてゆく。悪——本能に動かされる刹那的興奮と浮誇《ふこ》と嫉妬と散漫と虚脱と、こういうものが今や徐々に征服されて、それに代って永遠と普遍と充実と肯定と愛が、「霊」と「神」とのものが、いくらかずつ自分自身のものとなって行く。「俺は蚕が桑の葉を食うように、徐々に、本当に徐々に神の中に食い入っている。」（「遅き歩み」より）こんな告白もここには聞こえてくるのである。

「求道者《ぐどうしゃ》」とその「上求菩提道《じょうぐぼだいどう》」——これがこの第二期の特質といえるだろう。

所で次の『第三』だが、これはその執筆が一部分は『第二』の書かれた大正三年に重なっており、それから引きつづいて四年、五年、六年にわたっていて、阿部次郎の年齢は三十三、四、五と、ようやく成年期にはいってきた。社会的関心が、倫理的要求が、他人の幸福への顧慮がこの期の心境を特徴づける。自分だけが「霊」と「神」と「実在」とへひたぶるに近接しようとする上求菩提《じょうぐぼだいどう》道の傍らに他人をも同じ道に救出しようとする「伝道者の道」「下化衆生道《げけしゆじょうどう》」がおもむろに萌して来た。(「散歩の途上」、「懊悩」、「二つの道」、等参照)

無論それは上求菩提道が極まって下化衆生へ転じたなどというのではない。阿部がここでも繰返し告白するのは自分が今どんなに神に遠くいるかということであり、「今持っているこれんばかしのものがまだ持たぬものの多きに比べれば何になる。……ないものがほしい、ないのが苦しい」(「病床の傍にて」)の上求菩提の苦闘なのである。

が、ただその「持っているこれんばかしのもの」の胸をつきあげてくる嬉しさが、それをさえ持たない者への惻隠の心を誘うのである。そうして他人もまたこの道に誘い寄せられて、たとい「神の予感におののくにすぎない者」にでも成ってくれるなら、そしてそのような意味で自分もまた他人と社会とへ「奉仕」しうるとするならば——

今や烏滸《おこ》がましいともいおうこの希《ねが》いがようやくこの期の特徴となって来たのであり、ここに阿部の思索が特に「奉仕とは何か」について精緻を極め心熱を凝集することにもなったのである。(「奉仕と服従」参照)

——さて、あらましは右のごとくにして『合本・三太郎の日記』は、内に発展的統一を持つ一箇の独立の本である。それは単に『第一』と『第二』と『第三』とを保存上の便宜のために寄せ集めたという本ではない。「合本の頃になって漸く世間も此の本を一人前の大人に取扱い出してくれた」(『阿部次郎選集』第一巻「朝空」凡例)という阿部の言葉はこの意味で注目されなければならない。

一つのゆゆしい、研ぎ澄まされた理想主義の道が設定されたのである。それは所与的の人間性の無限の超克を課題とするゆえ、それ自身として無限の難路といわねばならない。それに加えて、環境的には左右両翼の——左翼マルクス主義と右翼愛国主義との——挟撃《きょうげき》が待っていた。が、その挟撃で阿部は一層みずからの道を澄ませ、その挟撃との切瑳で一層その道を重厚にする。大正末の『地獄の征服』『人格主義』、昭和戦前期の『秋窓記』、戦後期の『残照』等々は、すべてこの路線における前進の記念碑である。

4

そしてその間に、『合本・三太郎の日記』は常に、「先ず自ら考える」清純真摯の青年の拠点となって読みつがれた。その被読の数が直ちにこの主義の日本における消長を象徴するとはいえぬとしても、それはいつも一般思想書のトップクラスにおり、年々強靭に読みつがれて、岩波書店版は大正七年初刷以来昭和十八年九月第三十刷発行、戦後の二十三年には、従来の袖珍版《しゅうちんばん》を四六判に改版、これも数刷を重ねている。

その間羽田書店から『阿部次郎選集』全六巻（昭和二十二年四月から二十三年六月に至る）というのが出て、それの第一巻「朝空」には『三太郎の日記、第一、第二、第三抄』が収められていて、実はぼくはこれの刊行に際しては、終戦直後の混乱期のこと、このような重い内容のものはどうだろうかとひそかに懸念したのだったが、それが存外の需要と聞かされて、何よりもまず日本の将来に光が見いだせたようで、先生（阿部）と二人で本当に心からよろこび合った、そんなことも今に思い出されて来るのである。

昭和三十四年十月二十日、阿部次郎死去。引きつづいて四十一年までに阿部次郎全集全十七巻が刊行され、それの第一巻が『合本・三太郎の日記』になっていて、これは三十五年十二月に刊行されている。

そうしてこの全集の発行所である角川書店からは、既に昭和二十五年の三月に、角川文庫大型版（四六判）の『合本・三太郎の日記』が出ておって、これも既に数十版を重ねており、その間昭和三十九年平凡社からは『三太郎の日記・第二』だけが『世界教養全集』の一冊として出されており、昭和四十二年には角川書店から同じく、『第二』だけが『世界の人生論』第四巻中に収録されて出されている。

——大体はこんなところが書誌なのだが、ここへ最後に、今度のこの角川選書としての新版『合本・三太郎の日記』の発兌《はつだ》となった。この新版では、思い切って徹底的に新かなづかいが採用され、その他標記の上でいろいろと一新され、随分と読みやすくされたと思う。それにこの新版では全巻にわたって語句の注解が付けられた。この注解は、最初は、この種のこまかなニュアンスの思想書では、なくもがなに思われて、どうも賛成出来なかったのだが、諸般の事情で付けられることとなった。そしていったん付けられることとなってぼくがやらねばならなくなってみると、出来るだけ懇切のものをと老婆心がしきりに動いたのだけれども、なかなか思うにまかせなかった。これは機会のあるごとに、よりよいものにして行きたいと思っている。それにしてもぼくの老若の友人殊にぼくの若い友人堀田裕君や、角川書店編集部の諸君のご協力を多としたい。

ほかにこの新版には『阿部次郎研究主要文献表』と『阿部次郎年譜』とが付けられた。これらもそのおのおの面でお役にたとうかと思う。前者『文献表』はぼくが書き、『年譜』は古川久氏をわずらわした。古川氏には記してここに厚くお礼を申し上げる。

昭和四十三年八月十五日

井上政次

阿部次郎研究　主要参考文献

『阿部次郎全集』全十七巻（昭和三十五年〜昭和四十一年）角川書店
『阿部次郎選集』全六巻（昭和二十二年〜昭和二十三年）羽田書店

＊

『現代日本文学全集第二〇編――上田敏・厨川白村・阿部次郎集』（昭和四年）改造社
『昭和文学全集第二十五巻――阿部次郎・小宮豊隆・木下杢太郎集』（昭和二十七年）角川書店
『現代随想全集第四巻――阿部次郎・天野貞祐集』（昭和二十九年）創元社
『現代日本文学全集第七四巻――阿部次郎・倉田百三集』（昭和三十一年）筑摩書房
『日本現代文学全集46――生田長江・阿部次郎・倉田百三集』（昭和四十二年）講談社

＊

赤木桁平『阿部次郎氏の思想と態度』――「近代心の諸象」収録――（大正六年）阿蘭陀書房
杉原三郎『人格主義の否定』（大正十二年）社会理想社
小宮豊隆『阿部次郎の一面』『阿部次郎著「徳川時代の芸術と社会」』――「人と作品」収録――（昭和十八年）小山書店
宮本和吉他『阿部次郎先生の横顔』（昭和二十六年）阿部次郎先生還暦祝賀記念刊行会
岡崎義恵『阿部次郎論』――「現代日本文学全集」第七四巻収録――（昭和三十一年）筑摩書房
角川源義『阿部次郎先生「生ひたちの記」について』――「近代文学の孤独」収録――（昭和三十三年）現代文芸社
山室静『理想主義のために――阿部次郎先生への手紙に代えて』――「文学と倫理の境で」収録――（昭和三十三年）宝文館
井上政次『人生論読本第十巻――阿部次郎』（昭和三十六年）角川書店
大平千枝子『父阿部次郎　愛と死』（昭和三十六年）角川書店

＊

安倍能成『三太郎の日記を読む』（「時事新報」大正三年七月七日〜十二日）
橋田東声『三太郎の日記・第二を読みて』（「アララギ」大正四年三月）
生田長江『文芸界時評――阿部次郎君に与ふる書――』（「新小説」大正五年五月）
竹田仁『阿部次郎氏の人格主義を難ず』（「新潮」大正十一年二月）
竹田仁『再び阿部次郎氏に』（「新潮」大正十一年四月）

土井虎賀寿『秋窓記』(「京都帝国大学新聞」昭和十二年十一月二十日)

矢崎美盛『秋窓記を読む』(「東京朝日新聞」昭和十二年十二月十三日)

唐木順三『阿部・倉田両氏と大正期』(「現代日本文学全集第七四巻月報」昭和三十一年八月)

大平五郎『山腹の家』(「東京朝日新聞」昭和三十年四月二十三日)

小宮豊隆『阿部次郎君を悼む』(「東京新聞」昭和三十四年十月二十二日)

佐藤佐太郎『斎藤茂吉と阿部次郎』(「短歌」昭和三十五年二月)

小宮豊隆『阿部次郎の思い出――阿部次郎の追悼講演』(「俳句」昭和三十五年二月)

高橋里美『阿部次郎君の思い出』(「思想」昭和三十五年三月)

上山春平『阿部次郎の思想史的位置――大正教養主義の検討』(「思想」昭和三十五年三月)

内田道雄『阿部次郎の文芸評論にふれて』(「阿部次郎全集第十二巻月報」昭和三十七年四月)

船山信一『日本の近代哲学史に於ける阿部次郎の地位』(「阿部次郎全集第十三巻月報」昭和三十七年六月)

井上政次『日本の教育者・阿部次郎』(「教育と道徳」昭和四十二年四月)

古川久『阿部次郎の古典研究(一)』(「東京女子大比較文化紀要第二十三巻」昭和四十二年六月)

古川久『阿部次郎の古典研究(二)』(「東京女子大比較文化紀要第二十四巻」昭和四十二年十一月)

*

『阿部次郎全集』(全十七巻) 解説 角川書店
第一巻―井上政次 第二巻―北住敏夫 第三巻―林竹二・井上政次 第四巻―小野浩・佐藤明 第五巻―橘忠衛 第六巻―井上政次 第七巻―山室静・村田潔 第八巻―古川久 第九巻―橘忠衛・北住敏夫 第十巻―井上政次 第十一巻―林竹二・横沢三郎 第十二巻―井上政次・古川久 第十三巻―古川久・北住敏夫・村田潔 第十四巻―大平千枝子 第十五巻―大平千枝子 第十六巻―佐々木重夫 第十七巻―林竹二ほか

『昭和文学全集第二十五巻』解説 井上政次 角川書店

『現代日本文学全集第七四巻』解説 山室静 筑摩書房

『現代随想全集第四巻』解説 井上政次 創元社

『日本現代文学全集46』作品解説・阿部次郎入門 高田瑞穂・紅野敏郎 講談社

阿部次郎年譜

・明治十六年（一八八三）

八月二十七日、山形県飽海《あくみ》郡上郷村大字山寺（現在の酒田市山寺）に、富太郎・お雪（竹岡氏の出）の次男として生まれる。

・明治二十二年（一八八九）　六歳

山寺尋常小学校へ入学する。

・明治二十八年（一八九五）　十二歳

夏、小学校補習科二年（当時の高等二年）を卒業し、隣町の松嶺《まつみね》町尋常小学校高等科三年に転ずる。「小国民」を愛読する。

・明治二十九年（一八九六）　十三歳

九月、鶴岡の荘内中学へ入学し、松嶺小学校卒業生らと、家を借りて自炊生活を送る。同級生の宮本和吉や早田篤らと、「帝国文学」「太陽」「文学界」「独立雑誌」などを読み、文学の交わりを結ぶ。とくに徳富蘇峰の諸著を耽読する。

・明治三十一年（一八九八）　十五歳

父が山形県の視学に転じ県庁に奉職していたのと、県立としてよく整備されていたため山形中学に転校する。級友の藤原正と親交を結び、内村鑑三や島崎藤村のものを読み、とくに『一葉全集』に影響を受ける。

・明治三十二年（一八九九）　十六歳

十月、「山形県中学校共同会雑誌」に「労働者教育の必要」を書く。

・明治三十三年（一九〇〇）　十七歳

四月、特待生になり、常務委員・級長を勤める。六月、「山形県中学校共同会雑誌」に「中学生の責任を論じて我校の現状を慨す」を書く。十二月、加藤忠治校長排斥の首謀者として藤原正・石塚庄五郎らとともに放校され、年末に上京する。

・明治三十四年（一九〇一）　十八歳

一月、京北中学へ入学し、六月に卒業する。九月、第一高等学校へ入学し、トルストイ・清沢満之・上田敏・高山樗牛らのものを読む。

・明治三十五年（一九〇二）　十九歳

一月、ケーベル「宗教トハ何ゾヤ」を愛読する。五月、ダンテ『神曲』を求める。十二月、桑木厳翼の哲学史講義を聞く。

・明治三十六年（一九〇三）　二十歳

一月、旧新約全書を日課として読み始める。文芸部委員に選ばれ、「校友会雑誌」を編集することになり、年内に十七篇の文章を載せる。四月、人生問題研究会（のち五月会）に加わるが、この会は次第に桑木厳翼を中心とする読書会になって大学時代まで続き、主にイプセン、トルストイ、ゲーテ、シラーの作品に接する。五月、藤村操自殺事件に会い、その煩悶を弁護する。斎藤茂吉・安倍能成・魚住影雄らと交わるようになる。この頃書家小野鵞堂の経営する斯華会の機関雑誌「斯華之友」（のち「書道研究」）を編集して、学資の補助を得る。

・明治三十七年（一九〇四）　二十一歳

七月、第一高等学校を卒業する。「校友会雑誌」にはなお四篇の文章を載せる。九月、東京帝国大学文科大学哲学科に入学し、ケーベル・大塚保治・波多野精一らの講義を喜び聞く。

・明治三十八年（一九〇五）　二十二歳

一月、自活のため家庭教師をする。豊竹昇之助の義太夫に熱中し始める。ゲーテ『ファウスト』第一部を読む。十月、第一高等学校弁論部主催の校風討論会で、「校友会雑誌」に載せた論文で物議をかもした魚住影雄を弁護する。

・明治三十九年（一九〇六）　二十三歳

四月、「帝国文学」編集委員に選ばれ、年内に十四篇の文章を載せる。歌舞伎に熱中し始め、中村吉右衛門に傾倒する。生田長江と交わるようになる。九月、桑木厳翼が京都へ転住し、五月会が解散される。

・明治四十年（一九〇七）　二十四歳

四月、「帝国文学」編集委員を辞任するが、今年に入り四篇の文章を載せる。七月、卒業論文「スピノザの本体論」を提出し、哲学科を卒業する。九月、友人らと、信濃飛騨地方を旅する。

・明治四十一年（一九〇八）　二十五歳

七月、京都へ行き宿南昌吉との交わりを深める。八月、一人で奈良・吉野・高野辺をさまよい、九月に帰京する。十二月、のちの夫人、恒子に初めて会う。

・明治四十二年（一九〇九）　二十六歳

四月、第二回美学会の幹事を勤める。リップスの美学を読み始める。五月、波多野精一を中心に、友人らとヘーゲル『精神の現象学』を読み始める。八月、宿南昌吉が病死する。十一月、「東京朝日新聞」に文芸欄が設けられ、夏目漱石の門に出入りして森田草平・小宮豊隆らと交わるようになる。

・明治四十三年（一九一〇）　二十七歳
一月、以後相馬御風と自然主義について論争する。七月、武者小路実篤と会う。十二月、魚住影雄が病死する。
・明治四十四年（一九一一）　二十八歳
三月、小宮豊隆・安倍能成・森田草平らとの合著『影と声』に「彷徨」を収めて春陽堂から刊行する。五月、森田草平・小宮豊隆・安倍能成・鈴木三重吉らと、「ホトトギス」臨時増刊に載った五人集に「狐火」を掲げる。この頃から中村吉右衛門と交わるようになる。十月、たびたび寄稿した「東京朝日新聞」の文芸欄が廃止され、横山健堂の勧めにより「読売新聞」の客員になる。
・明治四十五／大正元年（一九一二）　二十九歳
青鞜社研究会講師になる。六月、『哲学大辞書』（同文館刊行）に執筆する。九月、和辻哲郎夫妻と交わるようになる。
・大正二年（一九一三）　三十歳
四月、慶応義塾大学文科美学講師を嘱託される。
・大正三年（一九一四）　三十一歳
四月、『三太郎の日記』第壱を東雲堂から刊行する。八月、初めて地方講演として上諏訪教育会講習会で美学を講ずる。十二月、トルストイ『光あるうち光の中に歩め』の翻訳を新潮社から刊行する。
・大正四年（一九一五）　三十二歳
一月、トルストイ『泥濘　結婚の幸福』の翻訳を博文館から刊行する。二月『三太郎の日記』第弐を岩波書店から刊行する。五月、『阿部次郎論集』を新潮社から刊行する。
・大正五年（一九一六）　三十三歳
一月、ストリンドベルヒ『赤い部屋』の翻訳を新潮社から刊行する。七月、『倫理学の根本問題』を岩波書店から刊行する。十二月九日、漱石が病死する。
・大正六年（一九一七）　三十四歳
四月、『美学』を岩波書店から刊行する。五月、日本女子大学校講師を嘱託される。雑誌「思潮」の主幹となり、年内に十八篇の文章を掲げる。六月、『漱石全集』編集会議に出席する。
・大正七年（一九一八）　三十五歳
五月、慶応義塾大学で『ファウスト』を講ずる。上田・今井で「個人主義について」「過失の意義」「祖国と世界」などを講演する。六月、豊科で「人格価値」「自由」「意図と心情」「道徳と宗教」「正信と迷信」「国民道徳」などを講演する。『合本　三太郎の日記』を岩波書店から刊行する。七月、独仏講習会で「個人主義」を講演する。この年、

「思潮」に十七篇の文章を掲げる。

・大正八年（一九一九）　三十六歳

一月、三篇の文章を載せた今月号で「思潮」を休刊する。四月、『ニーチェのツァラトゥストラ　解釈並びに批評』を新潮社から刊行する。五月、萩原蘿月の勧めにより、芭蕉研究を目的とする桃青会に加わる。

・大正九年（一九二〇）　三十七歳

二月、新人会講演会で森戸辰男の筆禍事件を弁護し、大学の独立について講演する。三月、第一高等学校で「伝統の意義」を講演する。満鉄読書会の招きによる講演旅行に出、京城・大連・奉天・撫順・長春・ハルビン・吉林・慶州などの各地を訪い、ところどころで「人格主義の思潮」を講演し、五月に帰京する。十一月、太田水穂の勧めにより沼波瓊音・安倍能成らと芭蕉研究会を始める。十二月、東京帝国大学学友会で「ダンテの神曲とニーチェのツァラトゥストラ」を講演する。

・大正十年（一九二一）　三十八歳

三月、第一高等学校と東京女子大学で「ファウスト」を、全国女教員講習会で「芸術と道徳との関係」を講演する。四月、プラトン『ソクラテスの弁明　クリトン』を久保勉と共訳で岩波書店から刊行する。蒼空邦画会講演会で「リアリズムについて」を講演する。五月、東北帝国大学赴任を受諾する。六月、文部省臨時国語調査会委員を依嘱される。『人格主義の思潮』を満鉄読書会から刊行する。七月、東洋大学で「ダンテ講話」を講演する。十月、小諸・茅野で「ファウスト」を講演する。同志社で「ファウストとメフィスト」を講義する。十一月、美学会で「ダンテの新生について」を講演する。十二月、第一高等学校で「迷えるダンテ」を、東京帝国大学基督教青年会で「ダンテの政治的理想」を講演する。

・大正十一年（一九二二）　三十九歳

五月、文部省臨時国語調査会委員を辞職し、文部省在外研究員として美学研究のために英独伊国在留を命ぜられ、ヨーロッパへ渡航する。『北郊雑記』を改造社から刊行する。六月、『人格主義』を岩波書店から刊行する。九月、『学芸論鈔』を下出書店から、合著『芭蕉俳句研究』を岩波書店から刊行する。十月、『文芸評論第一輯 地獄の征服』を岩波書店から刊行する。

・大正十二年（一九二三）　四十歳

九月、パリの宿で関東大震災の報を聞く。十月、帰国して東北帝国大学教授に任ぜられ、法文学部勤務・美学講座担任を命ぜられる。

・大正十三年（一九二四）　四十一歳

三月、仙台へ移住する。七月、合著『続芭蕉俳句研究』を岩波書店から刊行する。十一月、『学芸論鈔』を改造社から再刊する。

・大正十四年（一九二五）　四十二歳

三月、仙台市土樋二四五に居を定める。

・大正十五／昭和元年（一九二六）　四十三歳

五月、東北帝国大学評議員を命ぜられる。新潟高等学校で「二つの愛、ἔρως と ἀγάπη」を講演する。同僚と芭蕉会を始める。合著『続々芭蕉俳句研究』を岩波書店から刊行する。夏、山形市教育会で「芸術の教育的意義」を講演する。

・昭和二年（一九二七）　四十四歳

三月、宮城県仙台第二高等女学校同窓会で「愚を敬う心」を講演する。『得能博士還暦記念哲学論文集』（岩波書店刊行）に「迷えるダンテ」を寄せる。

・昭和三年（一九二八）　四十五歳

十一月、父が病死する。

・昭和四年（一九二九）　四十六歳

三月、倫理学講座の分担を命ぜられる。合著『芭蕉俳諧研究』を岩波書店から刊行する。四月、岩波講座『世界思潮』に「世界思潮」「ゲーテ」「ダンテ」などを書く。五月、東北帝国大学評議員に再選される。十二月、『上田敏・厨川白村・阿部次郎集』を改造社から刊行する。

・昭和五年（一九三〇）　四十七歳

二月、合著『続芭蕉俳諧研究』を岩波書店から刊行する。四月、仙台高等工業学校講師を嘱託される。芭蕉会の芭蕉俳諧研究を終わる。六月、西鶴連句研究会を始める。八月、倫理学講座の分担を免ぜられる。九月、那須に土地を求める。

・昭和六年（一九三一）　四十八歳

二月、合著『続続芭蕉俳諧研究』を岩波書店から刊行する。六月、山形高等学校で「ニーチェの問題」を講演する。『徳川時代の芸術と社会』を改造社から刊行する。北巨摩教育会で「現代意識と道徳」を講演する。八月、初めて那須に建てた別荘に行く。

・昭和七年（一九三二）　四十九歳

一月、東北帝国大学評議員を辞任する。『大塚博士還暦記念美学及芸術史研究』（岩波書店刊）に「『悲劇の誕生』――その体験及び論理」を寄せる。五月、ゲーテ百年祭講演会で「Dank an Goethe」を講演する。六月、第二高等学校で「教養の意義」を講演する。十月、岩波講座『日本文学』に「比較文学」を書く。

・昭和八年（一九三三）　五十歳

一月、合著『新続芭蕉誹諧研究』を岩波書店から、『游欧雑記・独逸の巻』を改造社から刊行する。三月、高島小学校で「ファウスト二部の読み方」を講演する。四月、宗祇連歌研究会を始める。七月、岩波講座『哲学』に「理解と解釈」を書く。九月、『万葉集講座』（春陽堂刊行）に「世界文学と『万葉集』」を書く。十二月、『文芸評論第一輯地獄の征服』を岩波書店から再刊する。

・昭和九年（一九三四）　五十一歳

一月、宗祇連歌研究会を始める。三月、日本学術振興会日本古典英訳小委員会委員を嘱託され、『万葉集』英訳の業に参加し始める。四月、『文芸評論第一輯世界文化と日本文化』を岩波書店から刊行する。

・昭和十年（一九三五）　五十二歳

一月、『日本文学講座』（改造社刊行）に「日本文学の将来」を書く。七月、合著『西鶴俳諧研究』を改造社から刊行する。

・昭和十一年（一九三六）　五十三歳

四月、ゲーテ『ヴィルヘルム・マイスター遍歴時代　上』を改造社から刊行する。

・昭和十二年（一九三七）　五十四歳

六月、『ヴィルヘルム・マイスター遍歴時代　下』を改造社から刊行する。『秋窓記』を岩波書店から、『ファウスト第一部』を改造社から刊行する。

・昭和十三年（一九三八）　五十五歳

四月、日本学術振興会で「謡曲」英訳の業に参加し始める。十二月、『日本の文化的責任』を文部省教学局から刊行する。

・昭和十四年（一九三九）　五十六歳

二月、『ファウスト第二部　上』を改造社から刊行する。六月、日本諸学振興委員会昭和十四年度芸術学部臨時委員を嘱託される。八月、『ファウスト第二部　下』を改造社から刊行する。十一月、京都帝国大学主催文化講義として、「万葉集の文化史的位置」を講演する。

・昭和十五年（一九四〇）　五十七歳

二月、記紀歌謡研究会を始める。弘前高等学校で「日本語について」を講演する。十一月、岐阜高等農林学校主催文化講義として、「万葉集の植物美観」を講演する。

・昭和十六年（一九四一）　五十八歳

六月、女子高等学院で「連歌と俳諧」を講演する。七月、東北帝国大学法文学部長に補せられる。十月、来学年卒業期九月くり上げの文部省案に不服のため、学部長辞職の意を教授会に予告する。十二月、上京中に軽い脳溢血をおこす。

・昭和十七年（一九四二）　五十九歳

三月、法文学部長を辞任する。

・昭和十八年（一九四三）　六十歳

十月、学生徴兵案が発表されたので、連句に関する特殊講義をする。

・昭和十九年（一九四四）　六十一歳

二月、漱石講演会で「私の接触した夏目先生」を講演する。十一月、『能楽全書』（創元社刊行）に「能の美」を書く。

・昭和二十年（一九四五）　六十二歳

三月、東北帝国大学教授を停年退職し、来学年中講師を嘱託される。七月、仙台市が空襲され災は免れたが、山形県東村山郡大郷村（現在は山形市内）の松田市兵衛方へ疎開する。九月、仙台へ帰る。十月、『万葉時代の社会と思想』を生活社から刊行する。十一月、『万葉人の生活』を生活社から刊行する。

・昭和二十一年（一九四六）　六十三歳

三月、復員軍人受験講習会で「新しき門出の餞に」を講演する。東北大学名誉教授の称号を受ける。十月、太田正雄追悼会で「太田君のこと」を講演する。

・昭和二十二年（一九四七）　六十四歳

四月、『阿部次郎選集Ⅵ学生と語る』を羽田書店から刊行する。六月、日本学士院会員に推される。九月、『阿部次郎選集Ⅱ旅立前』を羽田書店から刊行する。十一月、『ファウスト第二部　上』を国立書院から刊行する。十二月、『阿部次郎選集Ⅴ帰ってから』を羽田書店から刊行する。

・昭和二十三年（一九四八）　六十五歳

二月、合著『根芹』を金文堂から刊行する。『ファウスト第一部』『ファウスト第二部　下』を国立書院から刊行する。四月、『徳川時代の芸術と社会』を改造社から再刊する。『阿部次郎選集Ⅲ船出』を羽田書店から刊行する。五月、『阿部次郎選集Ⅳ家つと』を羽田書店から刊行する。六月、『阿部次郎選集Ⅰ朝空』を羽田書店から刊行する。十一月、『游欧雑記・独逸の巻』を改造社から再刊する。十一月、『人格主義序説』を角川書店から刊行する。

・昭和二十四年（一九四九）　六十六歳

二月、日本文化研究会を催し始める。四月、句集『赤頭巾』を私家版として刊行する。六月、『ヴィルヘルム・マイスター遍歴時代』（全三巻）を改造社から再刊する。八月、時局柄延期中の還暦祝賀記念式が東北大学構内で催される。『残照』を羽田書店から刊行する。『北郊雑記』を改造社から、『文芸評論第二輯世界文化と日本文化』を角川書店から再刊する。九月、那須の別荘を仙台市米ケ袋下丁に移築し、山田孝雄を迎え入れる。十月、『ファウスト第二部』を羽田書店から刊行する。十一月、『ファウスト第一部』を羽田書店から刊行する。

・昭和二十五年（一九五〇）　六十七歳

三月、『合本・三太郎の日記』を角川文庫大形判で刊行する。四月、『勤労』を労働文化社から刊行する。『ニーチェのツァラトゥストラ　解釈並びに批評』を新潮社から再刊する。五月、『美学』を勁草書房から再刊する。九月、『三太郎の日記補遺』を角川文庫大形判で刊行する。

・昭和二十六年（一九五一）　六十八歳

河北新報主催対談会で、日本文化につき長谷川如是閑と対談する。

・昭和二十七年（一九五二）　六十九歳

五月、白内障のため東北大学病院黒川内科へ入院し診断を受ける。十月、東北大学病院眼科へ入院し、白内障の手術を受ける。十一月、『阿部次郎・小宮豊隆・木下杢太郎集』を角川書店から刊行する。

・昭和二十八年（一九五三）　七十歳

九月、『描点日本文化』を角川書店から刊行する。十月、阿部日本文化研究所の地鎮祭が行なわれる。

・昭和二十九年（一九五四）　七十一歳

二月、阿部日本文化研究所の上棟式が行なわれる。『阿部次郎・天野貞祐集』を創元社から刊行する。六月、財団法人阿部日本文化研究所設立が認可され、理事長兼所長となる。落成式・開所式に古稀祝賀会が兼ね催される。

・昭和三十一年（一九五六）　七十三歳

八月、『阿部次郎・倉田百三集』を筑摩書房から刊行する。

・昭和三十三年（一九五八）　七十五歳

十月、東北大学付属病院武藤外科へ入院する。

・昭和三十四年（一九五九）　七十六歳

六月、仙台市制七十周年記念式で、仙台市名誉市民に推される。十月二十日、脳軟化症のため武藤外科で逝去する。二十三日に松音寺で密葬し、老心院殿仁道次郎大居士と法名がつけられる。二十六日、仙台市公会堂で仙台市葬が行なわれ、小宮豊隆が追悼講演をする。十二月、『近松門左衛門集』に「近松の恋愛観」を収め、筑摩書房から刊行する。

・昭和三十五年（一九六〇）　殁後一年

十月、十六日に一周忌が営まれ、『阿部次郎全集』第十巻（角川書店刊行）が霊前に供えられる。

・昭和三十六年（一九六一）　殁後二年

十月、二十二日に三周忌が営まれ、仙台市北山霊園に完成した墓地で納骨式を行なう。

・昭和三十七年（一九六二）　殁後三年

四月、財団法人阿部日本文化研究所が東北大学へ寄付されることに決まる。

・昭和三十九年（一九六四）　殁後五年

三月、『世界教養全集』に「三太郎の日記」第一を収め、平凡社から刊行する。六月、東北大学文学部付属日本文化研究施設の開所式が行なわれる。

・昭和四十年（一九六五）　殁後六年

十月、十六日に七周忌が営まれる。

・昭和四十一年（一九六六）　殁後七年

二月、『阿部次郎全集』全十七巻が完成する。

・昭和四十二年（一九六七）　殁後八年

九月、『生田長江・阿部次郎・倉田百三集』を講談社から刊行する。十二月、『世界の人生論』第四巻「青春の思索」に、「三太郎の日記」第一を収め、角川書店から刊行する。

作製　古川　久

阿部次郎（あべ・じろう）

1883-1959。第一高等学校、東京帝国大学文科大学哲学科卒。慶應義塾大学、日本女子大学などを経て、東北帝国大学評議員、法文学部教授。帝国学士院会員。財団法人阿部日本文化研究所設立。一高では斎藤茂吉、岩波茂雄らと交わり、東京帝国大学では文学に傾倒し、雑誌『帝国文学』を編集、大学卒業後は夏目漱石に師事、漱石門下の安倍能成らと親しむ。1914年に『三太郎の日記』を出版、活発な評論活動を行い、雑誌『思潮』（現『思想』）主幹もつとめた。東北帝国大学では美学講座をもち、多くの学生を育てた。主著に『美学』『三太郎の日記』『人格主義』『徳川時代の芸術と社会』『世界文化と日本文化』などがある。大正・昭和初期を代表する教養主義的哲学者。

角川選書 1

新版《しんぱん》 合本《がっぽん》 三太郎《さんたろう》の日記《にっき》

平成 20 年 11 月 10 日　初版発行
令和 4 年 12 月 20 日　4 版発行

著　者　阿部次郎《あべじろう》
発行者　山下直久
発　行　株式会社 KADOKAWA
東京都千代田区富士見 2-13-3　〒 102-8177
電話 0570-002-301（ナビダイヤル）
装　丁　片岡忠彦　　帯デザイン　Zapp!
印刷所　横山印刷株式会社　　製本所　本間製本株式会社

●お問い合わせ
https://www.kadokawa.co.jp/
（「お問い合わせ」へお進みください）
※内容によっては、お答えできない場合があります。
※サポートは日本国内のみとさせていただきます。
※Japanese text only

定価はカバーに表示してあります。

ISBN978-4-04-703439-6 C0310

角川選書

この書物を愛する人たちに

詩人科学者寺田寅彦は、銀座通りに林立する高層建築をたとえて「銀座アルプス」と呼んだ。
戦後日本の経済力は、どの都市にも「銀座アルプス」を造成した。
アルプスのなかに書店を求めて、立ち寄ると、高山植物が美しく花ひらくように、書物が飾られている。

印刷技術の発達もあって、書物は美しく化粧され、通りすがりの人々の眼をひきつけている。
しかし、流行を追っての刊行物は、どれも類型的で、個性がない。
歴史という時間の厚みのなかで、流動する時代のすがたや、不易な生命をみつめてきた先輩たちの発言がある。
また静かに明日を語ろうとする現代人の科白がある。これらも、
銀座アルプスのお花畑のなかでは、雑草のようにまぎれ、人知れず開花するしかないのだろうか。
マス・セールの呼び声で、多量に売り出される書物群のなかにあって、
選ばれた時代の英知の書は、ささやかな「座」を占めることは不可能なのだろうか。
マス・セールの時勢に逆行する少数な刊行物であっても、この書物は耳を傾ける人々には、
飽くことなく語りつづけてくれるだろう。私はそういう書物をつぎつぎと発刊したい。
真に書物を愛する読者や、書店の人々の手で、こうした書物はどのように成育し、開花することだろうか。
私のひそかな祈りである。「一粒の麦もし死なずば」という言葉のように、
こうした書物を、銀座アルプスのお花畑のなかで、一雑草であらしめたくない。

一九六八年九月一日　角川源義